ullstein

Das Buch

Magdeburg, 1250: Männer hetzen durch die Nacht. Die Verfolger sind ihnen dicht auf den Fersen, doch Herkus und seinen Kameraden gelingt die Flucht aus dem verhassten deutschen Kloster. Sie stammen aus dem weiten Land der Prussen am Ostmeer. Der Deutschritterorden hatte ihr Land überfallen und sie in ein Kloster verschleppt, wo sie Christen werden sollten. Zu Fuß begeben sie sich auf den Weg in ihre Heimat. Als sie nach dem wochenlangen Fußmarsch endlich prussischen Boden betreten, bietet sich ihnen ein trauriges Bild: Die deutschen Ritter haben ihr Volk unterworfen, sie fordern Abgaben und blinden Gehorsam. Herkus beschließt, sich zu wehren. Er wird zum Anführer der Prussen im Kampf gegen ihre Unterdrücker.

Der Autor

Claudius Crönert wurde 1961 in Hamburg geboren. Heute arbeitet er als politischer Journalist und Autor in Berlin.

Claudius Crönert

DIE HERREN DER SCHWERTER

Historischer Roman

Ullstein

Besuchen Sie uns im Internet:
www.ullstein-taschenbuch.de

Für Lukas, Joseph und Fritz

MIX
Papier aus verantwortungsvollen Quellen
FSC® C006701

Originalausgabe im Ullstein Taschenbuch
1. Auflage April 2011

Konzeption: HildenDesign, München
Umschlaggestaltung: bürosüd° GmbH, München
Titelabbildung: Johannes Wiebel/HildenDesign, unter Verwendung eines Motivs von Craig Wactor/Shutterstock
Satz: Pinkuin Satz und Datentechnik, Berlin
Gesetzt aus der Sabon
Papier: Pamo Super von Arctic Paper Mochenwangen GmbH
Druck und Bindearbeiten: CPI – Ebner & Spiegel, Ulm
Printed in Germany
ISBN 978-3-548-28310-4

1

Keiner von uns mochte Heinrich Monte.

Er wirkte genauso abweisend wie die düsteren Säle im Kloster, die nach Weihrauch stanken, nach altem Schweiß und Buße. Selbst in den kurzen Zeiten, die dem Reden vorbehalten waren, sprach er kaum. Unsere Bedürfnisse nach Wärme und Nähe waren nicht seine. Er schien uns dafür zu verachten. Was immer uns umtrieb, scherte ihn nicht, er blieb für sich. Fast hätte man ihn der Seite der Mönche zurechnen können. Auf dem Feld verrichtete er seine Arbeit ordentlich, seine Mahlzeiten nahm er schweigend ein, und beim Beten starrte er vor sich hin – vielleicht dorthin, wo er Erlösung vermutete. Doch irgendetwas war an ihm, dass auch die Mönche misstrauisch machte. Ich glaube, sie bezweifelten einfach, dass er zu demselben Gott betete wie sie.

Als Klosterschüler von vierzehn Jahren war Heinrich größer als die meisten Ordensbrüder. Er hatte einen muskulösen Oberkörper, und seine Oberarme wölbten sich, wenn er arbeitete. Den Kopf hielt er stets erhoben. Am auffälligsten aber waren seine kräftigen Kiefer und das ausgeprägte Kinn.

Bei der Ankunft im Kloster von Magdeburg, sieben Jahre zuvor, hatte er wie alle anderen den Eid auf die drei Tugenden Gehorsam, Keuschheit und Armut leisten müssen. Doch schien er damals schon gewusst zu haben, dass ein Schwur, zu dem man gezwungen wird, nicht gilt.

Er war nicht gehorsam. Sein Gang, seine ganze Haltung machten klar, dass er nur einen einzigen Herrn anerkannte: sich selbst.

Seine dunklen Augen saßen tief in den Höhlen, und wenn er einen ansah, kam sein Blick wie aus großer Ferne.

Er war uns so fremd wie wir ihm.

Ich selbst hatte, obgleich unsere Strohsäcke im Schlafsaal nebeneinanderlagen, überhaupt keine Verbindung zu ihm. Zwischen uns gab es kein Nicken und kein Augenzwinkern, gar nichts. Dabei kannten wir einander gut und waren auch nicht verfeindet.

So kam es, dass mein bester Freund im Kloster ein Galinder war – die Mönche hatten ihn Ludger getauft –, obwohl Heinrich Monte nicht nur vom gleichen Stamm war wie ich, sondern sogar aus demselben Dorf stammte. Mit Ludger verstand ich mich, auch ohne die Worte, die im Kloster verboten waren.

Die Seite von Heinrich ergriff ich bestenfalls dann, wenn er einen seiner Kämpfe mit den Mönchen ausfocht. Schon damals konnte Monte stur sein wie ein Esel. Wenn er etwas nicht wollte – eine lateinische Deklination zum zehnten Mal nachsprechen oder Schnee schippen, obwohl es noch schneite, Brennholz umstapeln, auch wenn es ordentlich lag, oder ohne Grund zur Beichte gehen –, konnten die Brüder ihn nicht zwingen. Sie bestraften ihn. Er ertrug es. Sie entzogen ihm den Wein oder gleich das ganze Essen, peitschten ihn aus und sperrten ihn in die Zelle im Keller, die wir das Loch nannten. Ich hoffte für ihn auf Milde, betete sogar manchmal dafür, aber ihm schien all das nicht viel anzuhaben. Wenn die Strafe – die in seinem Fall der Abt persönlich festzusetzen pflegte – abgelaufen war, kam Heinrich zurück, den Kopf erhoben wie immer, und starrte in die Ferne. Mochte sein Rücken auch blutig sein, gebeugt war er nicht.

Dass Heinrich sehr wohl auf mich achtete, wurde mir erst klar, als ich selbst in das Visier unseres Lehrers Bruder Simon geriet. Simon war im ersten Jahr im Magdeburger Kloster, also einer der jüngeren Mönche. Er war groß und schmal, hatte Locken und schon ein paar Falten auf der Stirn. Seine Stimme war sanft, ich habe ihn nur selten wütend gehört. Uns unterrichtete er in Geographie, Mathematik, Philosophie und Latein.

Eines Tages war er überzeugt, dass ich mit meinem Nachbarn Ludger gesprochen hätte. Wir saßen auf niedrigen Schemeln, immer zwei nebeneinander. Es war kalt im Saal, nur ein paar Kerzen brannten, aber kein Feuer. Bruder Simon, die Hände vor dem Bauch gefaltet, sprach über die Logik, die er die Kunst der Künste nannte, und besonders über den logischen Schluss: »Kein Rechteck ist ein Kreis. Alle Quadrate sind Rechtecke. Also ist kein Quadrat ein Kreis.«

Mag sein, dass ich Ludger einen Blick zugeworfen, vielleicht sogar das Gesicht verzogen habe angesichts dieser umwerfenden Schlussfolgerung. Gesagt habe ich ganz sicher nichts.

»Nikolaus«, erklärte er, und seine Stimme klang, als segne er mich, »die Schüler sprechen nicht ungefragt während des Unterrichts. Wir alle sprechen überhaupt nicht ungefragt im Kloster, es sei denn im Parlatorium, und auch dort nur zu den festgesetzten Zeiten. Komm bitte nachher auf mein Zimmer. Ich möchte, dass du – zu deinem Besten – dieses Gebot verstehst. Ein Gebot Gottes.«

Bruder Simon war kaum in unser Kloster eingetreten, da ging bereits das Gerücht, er verhalte sich unkeusch gegen die Schüler. In jenem Augenblick, als er mich zu sich bestellte, dachte wahrscheinlich jeder das Gleiche wie ich. Die in meiner Nähe saßen, warfen mir Blicke zu, entsetzt die einen, mitleidig die anderen. Ein blonder Junge, den sie Christian getauft hatten und der einige Jahre jünger war als ich, hatte die Augen weit aufgerissen. Den Gerüchten zufolge wurde Christian regelmäßig zu Bruder Simon bestellt, und als ich an diesem Morgen den Schrecken in seinem Gesicht wahrnahm, glaubte ich sie. Er wusste, was mir drohte.

An jenem Vormittag konnte ich an nichts anderes mehr denken. Nach dem Mittagsgebet hatten wir Ruhezeit. In der Regel schliefen wir sofort ein – das erste Gebet war ja schon um zwei Uhr morgens –, aber auch auf dem Strohsack ließen mir mein Verstand und die Angst keine Pause. Mein Herz schlug laut. Mit den anderen betete ich noch die Non, das Gebet genau auf der Hälfte zwischen Mittag und Sonnenuntergang, dann machte ich mich auf zu Bruder Simon. Inzwischen hatte ich gründlich über die Angelegenheit nachgedacht. Meine Entscheidung stand fest. Verweigerte ich mich, würden die Strafen nur noch schlimmer sein.

Es war März. Die grauen Klostermauern strahlten immer noch Kälte und Feuchtigkeit ab, die Sonne schien zu jener Jahreszeit nie in den Hof. Im Kreuzgang war die Eisschicht schon etwas dünner geworden. Auf ihr lagen kleine Pfützen, und das Wasser hatte sich mit dem Streusand zu einer braunen Brühe vermischt. Wir waren durch die langen Wintermonate an die Kälte gewöhnt. Jetzt empfanden wir sie nicht mehr. Ein paar Wochen noch, dann war der Frühling da.

Als ich vor der Tür von Bruder Simons Kammer stand, war meine Kehle trocken. Ich wäre am liebsten davongelaufen. Doch ich zwang mich zu bleiben. Um mich zu beruhigen, strich ich mit dem Finger über die schmiedeeiserne Strebe der Tür.

Andere, sagte ich mir, haben auch durchgemacht, was du gleich erleben wirst, so schlimm wird es schon nicht werden. Doch dass sich mein ganzer Körper zusammenzog, konnte ich nicht verhindern, genauso wenig, dass mir ein Schauer über den Rücken lief. Ich dachte noch einmal daran, ungehorsam zu sein. Die Peitsche – und dann die Zelle im Keller, das Loch, in das Simon jederzeit kommen konnte. Niemand hätte ihn oder meine Schreie gehört. Nein, es blieb dabei, wegzulaufen machte alles nur noch schlimmer.

Ich klopfte.

»Herein«, hörte ich die sanfte Stimme und schob die Tür auf.

Er stand am Fenster, ein Pergament in der Hand, und drehte sich zu mir. Dabei tat er überrascht. »Ah, Nikolaus, schön, dass du gekommen bist. Tritt näher. Und schließ die Tür.«

Im Zimmer gab es ein schmales Bett, einen Holztisch mit einem Stuhl und zwei Bretter an der Wand. Auf dem unteren standen ein paar ledergebundene Handschriften, auf dem oberen lagen eine Peitsche, wie sie manche Mönche zur Selbstgeißelung benutzten, und ein dunkles Holzkreuz, und mein Gedanke war: Wie kann ein so dünnes Brett ein so schweres Kreuz tragen?

Simons Nase war ein wenig gerötet. Sicher hatte er seine Tagesration Wein bereits getrunken. Als er vor mir stand, konnte ich den Alkohol riechen.

»Du weißt, warum du hier bist?«

Er hatte die Hände ineinandergelegt und musterte mich. Seine Lippen, sein Gesicht, alles war reglos, und ich hatte keine Vorstellung davon, was in ihm vorging. Seiner Sanftheit traute ich nicht.

»Nun, willst du nicht antworten?«

In den vielen Tagen im Kloster hatte ich die Erfahrung gemacht, dass es das Beste war, nichts zu sagen. Man widersprach nicht, aber man vergab sich auch nichts.

»Ja, jetzt kannst du schweigen. Aber das verlange ich auch im Unterricht von dir.« Seine kleinen braunen Augen blickten mich an. »Mein lieber Nikolaus, das weißt du doch. Nicht wahr?«

Er nahm meine Hand.

»Ich bin davon überzeugt, du verstehst, was ich meine, und wirst es schnell und für immer lernen. Deshalb brauchst du meinetwegen keine Strafe zu bekommen. Ich muss dein Vergehen nicht einmal dem Abt melden. Letztlich ...« Er hob die Schultern, und auf seinen Mund trat ein Grinsen, wie eine Vorfreude. »... hängt das allein an dir.«

Sein Daumen fuhr über meinen Handrücken. Meine Kehle wurde noch trockener. Es lag mir auf der Zunge, ihn an die Keuschheit zu erinnern, ein Gebot, das im Kloster mindestens so wichtig war wie das Schweigen. Doch ein Schüler erinnerte einen Mönch an nichts und erst recht nicht einer wie ich, den sie für einen Heiden hielten.

Bruder Simon zog mich zu sich und legte mir den Arm um die Hüfte. Ich spürte seine Hand durch meine Kutte.

»Du bist ein hübscher Junge, Nikolaus, das ist mir gleich aufgefallen. Weißt du, wie die Botschaft heißt, die Jesus Christus der Welt geschenkt hat? Na, weißt du es?«

Ich war wie gelähmt und schüttelte den Kopf.

»Es ist die Botschaft der Liebe, du guter Junge.«

Er zog mich noch näher zu sich heran. Seine Augen zwinkerten. Über der Stirn fehlten ihm Haare, doch ein Büschel war stehengeblieben, damit versuchte er, die Löcher zu kaschieren. Sein Atem ging schnell und roch so faulig, als sei der Wein in seinem Mund vergoren. Dann ließ er meine Hand los und legte mir auch den anderen Arm um die Hüfte.

»Die Botschaft der Liebe«, wiederholte er. »Die hat

es vor unserem Herrn nicht auf der Welt gegeben. Da herrschten nur Sünde, Mord und Totschlag. Mit Jesus Christus kam die Vergebung – so, wie ich dir heute vergebe. Und die Liebe. Die Menschen sollen einander lieben, das hat er uns gelehrt.«

Er stand nun ganz dicht vor mir, so dass unsere Körper sich berührten. Etwas Hartes drückte gegen mein Becken. Mit der Hand strich er mir über den Hinterkopf.

Mich schauderte.

»Nikolaus«, flüsterte er.

Dann presste er seinen feuchten Mund auf meinen. Seine Zunge fuhr mir über die Lippen, und ich spürte etwas Kaltes und Nasses im Gesicht. Ekel erfasste mich und ließ mich erzittern. Ohne nachzudenken, stieß ich ihn mit beiden Händen von mir. Er wankte und stolperte und versuchte, sich zu fangen. Erst am Tisch fand er Halt.

Es dauerte einen Moment, bis er begriffen hatte, was passiert war. Er schüttelte den Kopf, dabei sagte er: »Nikolaus«, und wirkte traurig.

Bitten um Vergebung schossen mir in den Sinn. Ich sah mich vor ihm niederknien. Doch ich bekam den Mund nicht auf. Stocksteif stand ich da, während er auf das Regal zuging. Mein erster Gedanke war: Jetzt nimmt er die Peitsche. Aber er griff nach dem Holzkreuz. Sein Arm sackte unter dem Gewicht nach unten. Er musste die andere Hand zu Hilfe nehmen.

»Nikolaus, gerade dich hätte ich für klüger gehalten. Aber ihr Heiden aus dem Prussenlande, ihr habt eben nicht viel Verstand.«

Ich wollte etwas erwidern, um ihn milder zu stimmen, und öffnete den Mund. Dabei riss mir die Lippe auf. Ich brachte kein Wort heraus.

Er kam mit dem Kreuz in der Hand auf mich zu und hob es in die Höhe, als sei ich ein böser Geist. Ich machte ein paar Schritte zur Seite und packte den Stuhl, den ich vor mich hielt.

»Ach, der kleine Heide will kämpfen. Das wollen wir mal sehen.«

Bruder Simon drehte sich um und wischte mit dem Holzkreuz die Handschriften von seinem Regalbrett. Krachend fielen sie zu Boden. Im gleichen Moment begann er, um Hilfe zu rufen.

Ich ahnte, dass nun der Kellermeister hereinstürmen würde, und vielleicht einer der Laienbrüder. Und dass ich dann würde erklären können, was ich wollte, an den beschädigten Handschriften und an der Unordnung im Zimmer würde man mir die Schuld geben. Verkrampft hielt ich mich am Stuhl fest.

Doch dann stand Heinrich Monte in der Tür.

Er musste in der Nähe gewesen sein. Vielleicht sogar dort gewartet haben.

»Gut, dass du kommst, Monte. Nikolaus hat mein Zimmer verwüstet. Halt ihm die Arme fest.«

Heinrich ließ seinen Blick durchs Zimmer schweifen.

»Das kann nicht sein. Du stehst am Regal und hast das Kreuz in der Hand. Nikolaus ist auf der anderen Seite des Tisches und schützt sich mit dem Stuhl. Warum hättet ihr umeinander herumlaufen sollen?«

»Weil … weil … Was redest du da? Ich bin ein Mönch. Zweifelst du etwa an meinem Wort?«

Simon begann erneut, um Hilfe zu schreien.

Heinrich stieß mit dem Fuß die Tür zu. »Halt den Mund«, befahl er und ging auf Simon zu.

Bruder Simon sprang in meine Richtung wie ein in die Enge getriebenes Tier. Instinktiv hob ich den Stuhl wieder in die Höhe. Mag sein, dass er das als Angriff deutete – ich weiß es nicht, ich wollte nur mein Gesicht schützen. Im nächsten Augenblick traf mich eine Kante des Kreuzes am Knie. Ein Knochen knackte, und der Schmerz schoss mir ins Hirn. Mir wurde schwarz vor Augen, ich fürchtete zu fallen. Den Stuhl ließ ich los, stützte mich aber mit beiden Händen auf die Tischplatte. Ich sah noch, wie Heinrich Bruder Simon an der Kutte packte und niederstieß und wie die Zimmertür aufgerissen wurde. Diesmal war es wirklich der Kellermeister, gefolgt von zwei Laienbrüdern.

Einer der Laienbrüder griff mich an. Ich hielt mich wieder am Stuhl fest. Er zog an meinem Arm, zerrte an meiner Kutte, und ich musste, um das Gleichgewicht nicht zu verlieren, mit dem lädierten Bein auftreten. Im nächsten Moment durchfuhr mich ein brennender Schmerz. Ich verlor das Bewusstsein.

Als ich wieder zu mir kam, lag ich auf dem Fußboden, umringt von Sandalen und behaarten Unterschenkeln. Andere Mönche waren dazugekommen. Der Kellermeister und ein Laienbruder hatten Heinrich die Arme auf den Rücken gedreht. Er musste sich gebeugt halten und wehrte sich nicht.

Bruder Simon war wieder hochgekommen. In seinem Gesicht stand die schiere Wut. »Sperrt sie ein, diese heidnischen Rotzlöffel«, brüllte er. »In der Zelle können sie wieder zu sich kommen. Seht nur, wie sie meine Kammer zugerichtet haben. Diese Ungläubigen.«

Heinrich wurde abgeführt. Mich hoben drei Brüder hoch. Der Schmerz am Knie wurde erneut höllisch, ich schrie auf. Am ganzen Körper brach mir der Schweiß aus.

An der Tür blieben sie stehen, und ich sah in das bärtige, dicke Gesicht des Abtes. Er musterte mich. Mein Knie war unter der Kutte verborgen, doch das Bein stand auf unnatürliche Weise ab. Der Abt sagte lediglich: »Krankenstation.«

Sie trugen mich von Simons Kammer aus nach rechts. Heinrich war in die andere Richtung geführt worden, ins Loch.

Im Krankensaal legten mich die drei Träger auf einen Holztisch. Sie wollten schon wieder gehen, als ein älterer Bruder dazukam und sie bat zu bleiben, weil er sie vielleicht noch brauche. Mich grinste er an, als freue er sich auf das, was nun kam. Er war natürlich kein Arzt, hatte aber diese Aufgabe im Kloster übernommen und so manche Wunde ausgebrannt und Schröpfköpfe angesetzt. Auch las er in der Bibliothek gelegentlich medizinische Handschriften. Wir nannten ihn Physikus.

Er schob meine Kutte hoch und betastete mein Knie. »Gebrochen«, stellte er fest. »Die Kniescheibe. Seht nur, wie schief sie steht. Wir müssen einrichten.«

Er bestimmte die Brüder an meine Schultern und an den Fuß des kaputten Beins. Ich schloss die Augen, meine Hände krampften.

»Einen Moment noch«, hörte ich und bekam ein Tuch in den Mund geschoben. »Wir wollen doch nicht, dass du dir auch noch die Zunge abbeißt.«

Der Physikus stellte sich wieder an mein Knie. Auf sein Kommando zogen mich die Brüder an Schultern und Fuß auseinander. Der Schmerz war furchtbar. Ich schrie in den Knebel hinein. Er wurde noch schlimmer, als der Physikus an meiner Kniescheibe herumdrückte. Ich straffte den Rücken und biss auf das Tuch. Tränen schossen mir in die Augen.

»Hab dich nicht so, ist doch schon alles fertig. Wir werden dein Bein schienen, und dann solltest du beten, dass es heilt.«

Er legte mir zwei Holzschienen an, die er mit einem Verband umwickelte, und aufs Knie strich er mir eine kühlende Salbe. Dabei grinste er, und ich sah, dass er Freude an meinem Schmerz hatte.

Die Krankenstation befand sich im oberen Stock des Klosters und roch nach Branntwein. Meinem Lager gegenüber stöhnte ein Mönch, der an einer Magen- oder Darmkrankheit litt. Er krampfte und furzte ununterbrochen. Ich bekam Brei, Gemüse und am Sonntag sogar ein kleines Stück Geflügel. Nur der Wein reichte nicht. Ich trank ihn gegen den Schmerz und um schlafen zu können, aber spätestens zum Mittag war er alle. Mein Bein lag in der Holzschiene und fühlte sich taub an.

Meine Notdurft verrichtete ich in ein Tongefäß, das der Bruder, der hier oben als Pfleger Dienst tat, anstandslos ausleerte. Er war wenig älter als ich, ein scheuer Junge mit unreiner Haut, der mich kaum ansehen konnte. Gelegentlich schob er mein Stroh zurecht. Er sprach kein Wort mit mir. Ich konnte ihm ansehen, dass er mich für einen gewalttätigen Heiden hielt und sich trotzdem abverlangte, mir aus christlicher Nächstenliebe zu helfen. Nach einigen Tagen brachte er mir zwei Holzstöcke, die in ein Dreieck ausliefen, das man unter die Achseln zu klemmen hatte.

Der Mönch mit den Bauchschmerzen grinste und kam sogar mit dem Kopf ein wenig hoch. Ich konnte mir nicht vorstellen, aufzustehen und mich an den Krücken fortzubewegen. In meinem Knie hatte ich keinerlei Gefühl, das halbe Bein war wie taub. Wie sollte ich ohne Hilfe auf die Füße kommen?

Dann nahm der Pfleger mir mein Tongefäß weg, leerte es zwar aus, brachte es aber nicht zurück. Es gab eine Kammer, in die man gehen konnte – wenn man denn gehen konnte. Als meine Blase zu drücken begann, verstand ich, dass ich es versuchen musste. Dazu drehte ich mich auf die Seite und kam dank der Krücken so weit, dass ich auf dem gesunden Bein kniete, während das andere zur Seite wegstand. Von dort konnte ich nicht weiter. Aber meine Blase zwang mich, nicht aufzugeben.

Das Aufstehen war das Schwerste. Ich wackelte und traute mich nicht, mit dem kaputten Bein den Boden auch nur zu berühren. Im Vergleich dazu ging das Hinken mit den Krücken leichter. Ich setzte sie vorsichtig, und die ersten Schritte waren klein und der Weg zur Kammer weit. Als ich schließlich wieder auf meinem Strohsack lag und nach Luft schnappte, dachte ich an Heinrich Monte.

Die Zelle im Keller – das Loch – kannte ich nur aus spärlichen Erzählungen. Vor meinen Augen stand ein feuchter, dunkler Kerker, in dem Ratten hausten und das Stroh stank, weil es nie gewechselt wurde. Die Gefangenen bekamen gerade so viel Wasser, dass sie nicht verdursteten, und Brei und dünne Suppe, um nicht zu verhungern. Nun, da ich mich wieder bewegen konnte, war es meine Pflicht, Heinrich zu helfen.

Ich machte mich auf den Weg, sobald der darmkranke Mönch entlassen war. Um leiser auftreten zu können, umwickelte ich meine Krücken mit Tuch. Um den Hals hängte ich mir einen Leinenbeutel, den ich mir für aufgesparte Lebensmittel geknotet hatte, und meinen Wasserschlauch, der noch halb voll war.

Die Nächte waren kurz im Kloster, dafür schliefen die Mönche tief. Als ich mich auf den Weg machte, begleitete mich ihr Schnarchen und Seufzen, das aus den geöffneten Fenstern des Schlafsaales und der Einzelkammern drang. Ich war vorsichtig, verlangte aber Tapferkeit von mir. Wenn sie mich erwischten und zu Monte sperrten, war ich bereit dazu. Warum sollte es mir bessergehen als ihm, der mir geholfen hatte?

Ich hatte Sorge, auf meinen Krücken auszurutschen,

zumal das Treppenhaus stockdunkel und die Stufen durchgetreten waren. Nicht einmal der Mond tat mir den Gefallen zu scheinen. Es nieselte. Ich tastete mich durch den Kreuzgang zum hinteren Keller. Seine Treppe war eng und gebogen. Ich musste auf jeden meiner Schritte achten. Als ich endlich unten stand, sah und hörte ich nichts, um mich herum waren nur Schwärze und Stille.

Leise rief ich nach Monte.

Ich erhielt keine Antwort, deshalb rief ich noch einmal etwas lauter.

»Was?«

»Heinrich? Ich bin's, Nikolaus.«

Stroh raschelte, und ich hinkte in die Richtung, aus der das Geräusch gekommen war.

»Bist du allein?«, fragte ich.

»Ja.«

Durch das Gitter suchte ich nach seiner Hand und gab ihm Brot, Käse und Wasser. Er schlang es sofort herunter. Er solle langsamer essen, wollte ich ihm sagen, doch das verkniff ich mir. Heinrich war ausgehungert.

»Wie lange werden sie dich noch hier unten lassen?«

»Haben sie nicht gesagt.«

Ich hätte ihn gern angesehen, ich wollte wissen, ob er den Kopf immer noch aufrecht trug, auch ob sie ihn ausgepeitscht hatten. Aber die Dunkelheit erlaubte das nicht. Wir standen einander gegenüber, durch die Eisenstäbe getrennt, und konnten den anderen nicht sehen. Nur seinen Atem hörte ich.

»Ich komme morgen wieder«, sagte ich.

»Wenn sie dich erwischen, bekommst du dreißig Schläge. Dann kannst du nächtelang nicht auf dem Rücken liegen.«

»Ich komme morgen wieder.«

Ich dachte an nichts anderes mehr als an Heinrichs

Versorgung. Als mein Pfleger zu einem der vielen Gebete ging, stahl ich einen zweiten Wasserschlauch. Von meiner Ration sparte ich, so viel ich konnte. Ich suchte auch eine Möglichkeit, die Vorräte leichter in den Keller zu transportieren.

Unter den Verbandssachen im Raum des Pflegers fand ich ein größeres Tuch, aus dem ich mir einen neuen Beutel knotete, und eine Kordel, die lang genug war, um ihn mir umzubinden. Dort lag auch eine Kerze. Ich zögerte. Ihr Docht war noch weiß, vielleicht wurde sie gar nicht gebraucht. Oder er hatte sie gerade erst mitgebracht. Obwohl ich sicher war, dass Heinrich sich über ein wenig Licht freuen würde, entschied ich mich, sie liegen zu lassen.

Nach dem Complet, dem letzten Gebet des Tages, wartete ich noch etwas, dann machte ich mich wieder auf. Beim zweiten Gang war mir der Weg schon vertrauter. Ich hinkte durchs Treppenhaus und tastete mich Schritt für Schritt in den Keller hinunter. Monte schien mich zu erwarten. Er stand, als ich auf ihn zukam. Diesmal sagte ich ihm, dass er langsam trinken solle, den Wasserschlauch würde ich ihm dalassen und morgen gegen einen vollen tauschen.

Dann hörte ich ihn kauen und trinken und bildete mir ein, seine Umrisse erkennen zu können.

»Ich verschwinde von hier«, sagte er mit vollem Mund.

Angesichts seiner Lage im Loch, auch angesichts der dicken Klostermauern und der Tatsache, dass er niemanden hatte, der ihm helfen konnte und ihn verstecken würde, war das einfach abwegig. Aber was Heinrich Monte sagte, nahm man ernst. Trotz Gefangenschaft und Dunkelheit lag eine Menge Kraft in seiner Stimme.

»Und wann?«

»Bei der erstbesten Gelegenheit. Was ist mit dir?«

Ich hing an meinen Krücken und war nicht imstande, mit meinem linken Fuß aufzutreten. Das Bein war lahm, es wurde nur von den Schienen gehalten. Für eine Flucht war es sicher nicht geeignet. »Was soll mit mir sein?«

»Bleibst du hier und wirst Mönch?«

Sein Tonfall klang kalt in meinen Ohren. Heinrich Monte, mein Nachbar aus unserem weit entfernten Dorf, blieb mir ein Fremder. In diesem Moment war ich froh um die Dunkelheit.

Drei Tage später brachten sie den blonden Christian ins Krankenzimmer. Zwei Mönche stützten ihn. Es war offensichtlich, dass sie ihm viel Wein eingeflößt hatten. Sein Kopf kippte nach vorn und wieder nach hinten, die Zunge hing ihm aus dem Mund, er lallte, und als die Brüder ihn auf die Füße stellen wollten, versagten ihm seine Beine den Dienst. Die Mönche ließen ihn auf den Strohsack mir gegenüber fallen. Er rülpste, schloss die Augen und begann zu schnarchen.

Auch hier oben war es nicht erlaubt zu sprechen. Aber als der junge Pfleger kam, tat ich es trotzdem. Das Risiko war nicht groß. Verriet er mich, so würde meine Strafe nur etwas höher ausfallen. Ich nickte in Christians Richtung. »Was hat er?«

Der Bruder drehte sich in Richtung Tür. Niemand war zu sehen, dennoch flüsterte er: »Der Teufel ist in ihn gefahren. Jetzt tobt er in seinem Kopf.«

»Der Teufel – oder zu viel Wein?«

Ich bekam keine Antwort mehr.

Christian wälzte sich im Schlaf. Manchmal schrie er auf, dann entfuhr ihm ein »Nein« oder »Nicht böse sein«, und in seiner Stimme lag Angst. Er schwitzte auch, und sein Gesicht war rot.

Ich rief ihn, als der Pfleger wieder einmal zum Gebet

verschwunden war. Er reagierte nicht, deshalb kroch ich zu ihm hinüber. Er fieberte. Schweißtropfen standen ihm auf der Stirn. Die Hände hatte er zu Fäusten geballt.

Ich schüttelte ihn. »Christian.«

Er stöhnte.

»Christian!«

Langsam schlug er die Augen auf und blickte mich ungläubig an. Aber im nächsten Moment fuhr er mit den Händen nach unten. Als ich die Decke zurückzog, sah ich, wie er seinen Unterleib mit beiden Händen bedeckte.

»Ich tue dir doch nichts.«

Er leistete keinen Widerstand, als ich ihn auf die Seite drehte. Auf seinem Leinenhemd war ein dunkelroter Blutfleck. Ich war mir damals nicht sicher, ahnte aber, was das zu bedeuten hatte.

»Christian, was machen sie nur mit dir?«

Sein Gesicht verzog sich zu einer Mischung aus Lächeln und Schmerz. Er schwieg.

»Hör zu, ich muss Ludger sprechen«, sagte ich zu ihm. »Wenn du vor mir rauskommst, frag ihn, ob er um Erlaubnis für einen Besuch bitten kann.«

»Ludger«, wiederholte Christian, »Ludger.« Seine Stimme sprang in die Höhe, fast fing er an zu singen: »Lu-d-ger.«

Ich hielt ihm den Mund zu.

Als ich zurück auf meinem Lager war, wurde mir klar, wie aussichtslos Heinrich Montes Unterfangen war. Die Mönche hatten uns wiederholt vor Flucht gewarnt. Wer, hatten sie gesagt, von der deutschen Bevölkerung flüchtige Prussen aufgriff und sie zurückbrachte, wurde mit Goldstücken belohnt, egal, ob die Flüchtlinge noch lebten oder nicht. Niemand würde Heinrich Unterschlupf gewähren, er kannte in der Magdeburger Gegend keinen Menschen. Wem sollte er vertrauen?

»Christian«, rief ich leise, »vergiss, was ich dir gesagt habe.«

Er erwiderte nichts. Sein Atem ging ruhig.

Ich hörte den Pfleger auf der Treppe. Mein Vorrat für Heinrich lag unter meinem Stroh, und ich griff danach, um mich zu vergewissern, dass alles gut versteckt war.

»Der Prior kommt«, zischte der junge Mönch. Er hockte sich neben den schlafenden Christian und tupfte ihm das Gesicht ab. Als der Prior eintrat, sprang er auf.

»Gott sieht deine Leistung, mein Sohn, und er würdigt sie«, meinte der Alte zu dem Pfleger, der den Blick senkte, aber strahlte.

Christian schlug die Augen auf. Ich wusste nicht, ob er begriffen hatte, dass Besuch gekommen war. Auch mit offenen Augen schien er in seinem dämmrigen Zustand zu bleiben.

Der Prior war ein kleiner, hagerer Mann mit leidendem Blick und der Tonsur, dem kreisrunden Haarschnitt, den die meisten Brüder trugen. Er kam auf mich zu. Ich dachte daran, ihn auf Christians Schicksal aufmerksam zu machen – vielleicht ohne Bruder Simon zu beschuldigen, da ich ja nichts beweisen konnte. Eine bessere Möglichkeit gab es nicht. Hier würde er vielleicht zuhören.

Er blieb vor meinem Lager stehen und bedeutete mir aufzustehen. Ich fürchtete aber, dabei die Vorräte im Versteck aufzudecken. Deshalb stellte ich mich ungeschickt an und kroch erst von meinem Schlafplatz, bevor ich mit Hilfe der Krücken auf die Füße kam.

»Nicht«, rief Christian. Seine Augen waren wieder geschlossen.

Ich achtete nicht auf ihn, und der Prior schien nichts gehört zu haben. Er trat zwei Schritte zurück und musterte mich.

»Nikolaus, machst du es schlimmer, als es ist?«

»Nein.«

»Achtung vor dem Leiden Christi heißt, das eigene Weh nicht zu wichtig zu nehmen. Du kannst gehen?«

»An den Krücken, ja.«

»Der Abt möchte dich beim Complet sehen.«

»Nicht wieder«, rief Christian. Der Pfleger versuchte, ihm den Mund zuzuhalten, während der Prior ihn mit einem verächtlichen Blick bedachte.

Der Abt rief mich zum Complet, dem letzten Gottesdienst des Tages, um zu sehen, ob ich in der Lage war, mich zu bewegen. Aufgrund seines eigenen Eindrucks und der Schilderungen des Priors würde er dann entscheiden, ob ich zur Genüge wiederhergestellt war. Nun drohte das Loch.

»Außerdem hat der Abt verfügt, dass du deine Strafe erst nach Monte anzutreten hast. Zwei von euch im Keller, das könnte euch so passen. Den Weg zu Gott findet ihr so bestimmt nicht, sagt der Abt. Dafür braucht es Einkehr. Einsamkeit.«

»Den Weg zu Gott«, wiederholte Christian. Er klang wie jemand, der zu viel getrunken hatte.

»Beginn trotzdem mit der Reue, mein Sohn«, sagte der Prior, »und bete. Gott wird dir vergeben, aber er will, dass du es ernst meinst. Und vergiss nie: Über reuige Sünder herrscht Freude im Himmel.«

Mit gesenktem Blick nickte ich – zu unterwürfig vielleicht, aber ich war froh um den Aufschub und wollte ihn mir nicht verderben.

Ich holte Luft und wollte über Christian sprechen, da hatte der Prior sich ihm schon zugewandt. »Und du, du Wirrkopf, steh auf. Hier hast du nichts verloren, du bist nicht krank. Wir haben schon Fälle wie dich gehabt – Jungen, die nicht fest genug geglaubt haben. Steh auf, und bitte Gott um Hilfe.«

Mein Widerspruch blieb nur ein Gedanke.

Der Prior nickte dem jungen Mönch zu, und der zog Christian mit Schwung aus dem Bett. Allein aber konnte der Junge nicht stehen, deshalb musste der Mönch ihn stützen. Er brachte ihn zur Treppe.

Am Abend kostete ich das Schweigegebot aus. Ich machte mich frühzeitig auf den Weg zum Gottesdienst. Der Pfleger blickte mich fragend an, aber ich durfte ihm keine Antwort geben. Ich hinkte durch den Saal und wollte es noch zur Sprechzeit ins Parlatorium schaffen. Dort hing ein großes Holzkreuz an der Wand. Der Raum hatte nur ein Fenster und war düster. Auf einem Tisch brannten ein paar Kerzen. Vom Fußboden zog es kalt. Wie immer, wenn einer der Schüler aus dem Krankensaal oder dem Loch zurückkehrte, wurde ich von allen begafft. Ich unterdrückte meine Freude, als ich Ludger erblickte, nickte ihm zu und bewegte mich zum Fenster.

Er folgte mir, aber nicht allein. Zwei, drei andere Schüler stellten sich hinter ihn. Sie waren neugierig und hatten sicher nicht damit gerechnet, mich so bald wiederzusehen. Ich gab Ludger ein Zeichen und drehte mich zur anderen Seite. Er begriff und trat so nah an mich heran, dass ich ihm zuflüstern konnte: »Heinrich Monte will fliehen.«

Ludger war, im Gegensatz zu Monte, jemand, der seine Wärme und Freundschaft zeigen konnte. Er hatte volle Wangen und braune treue Augen. Ich dachte oft, dass er in seinem letzten Leben ein Bär irgendwo in den prussischen Urwäldern gewesen sein musste.

Als er verstanden hatte, was ich gesagt hatte, grinste er.

»Würdest du …«, fragte ich leise.

Er starrte mich an. Dann zuckte er mit den Schultern.

»Wenn, dann wir beide. Ich meine, wenn ich wieder ...« Ich sah an meinem Bein herunter.

»Schwatzen kannst du also schon wieder«, hörte ich hinter mir eine Stimme. Ich brauchte mich nicht umzudrehen, um zu wissen, dass Bruder Simon auf mich zukam.

»Nach dem Complet spreche ich mit dem Abt. Die Kirche hat schon vielen Heiden den rechten Weg gewiesen, warum soll das mit euch Prussen nicht auch gelingen? Es ist Gottes Wille, dass wir bei denen, die sich sperren, etwas nachhelfen.«

Ich sah ein Blitzen in seinen Augen. »Und wenn es mit der Peitsche ist. Die hat schon so manchen demütig werden lassen.«

Die Glocke schlug dreimal – der Ruf zum Gebet. Mir fehlte eine letzte Antwort von Ludger, und in dem Moment brauchte ich sie unbedingt, damit sie mir Hoffnung gäbe für die schweren Wochen im Loch, die vor mir lagen. Über die Schulter warf ich ihm einen Blick zu. Er bewegte den Kopf, ganz leicht nur, aber deutlich genug, um ein Nicken erkennen zu lassen.

Nach dem Gottesdienst stieg ich die Treppen ins Krankenzimmer hinauf. Niemand hatte mir gesagt, dass ich wieder mit den anderen in den Schlafsaal zu gehen hätte. Ich legte mich auf meinen Strohsack. Die Vorräte waren noch da.

Als die Lichter im Kloster gelöscht wurden, stand ich mit dem Beutel und dem Wasserschlauch an der Treppe. In den Nächten zuvor war mir nie jemand begegnet, deshalb fühlte ich mich sicher.

Der Kreuzgang lag ruhig, das Schnarchen der Mönche war mir ein vertrautes Geräusch geworden. An meinen Krücken hatte ich an Geschicklichkeit und Geschwindigkeit gewonnen. Bald war ich an der Treppe zum hinteren Keller. Doch als ich die ersten Stufen genommen hatte, wusste ich, dass etwas anders war. Von unten flackerte Licht herauf. Im ersten Moment dachte ich, Heinrich hätte eine Kerze. Aber ich hatte ihm keine gegeben, woher sollte er sie also haben? Dann hörte ich eine bekannte Stimme.

»Nun liegt es an dir, Heinrich«, klang es sanft herauf, »an dir allein. Die Freiheit – oder weiter Kerker.«

Ich blieb stehen, mein Herz klopfte heftig. Niemand durfte mich hier sehen, am allerwenigsten Bruder Simon. Ich stellte meine Krücken auf die nächsthöhere Stufe, um sofort fliehen zu können.

»Was würdest du an meiner Stelle tun?«

Ich glaubte, mich verhört zu haben. Das waren doch keine Worte, die Heinrich Monte sagen würde.

»Ich?«, lachte Bruder Simon. »Wenn Freiheit und Liebe zusammengehen, ist die Antwort nicht schwer.«

Wie festgewachsen stand ich auf der engen Treppe und bezweifelte, was ich da hörte. Einfach zu verschwinden war mir nicht möglich – meine Neugier war stärker. Ich spitzte die Ohren.

Heinrich musste genickt haben, denn als Nächstes hörte ich, wie die Kette rasselte und das Schloss geöffnet wurde. Ich musste mich einfach irren, so etwas tat er doch nicht.

»Ich wusste, du bist ein kluger Junge«, sagte Simon. »Die Stillen sind meistens klug. Sie empfinden tiefer. Auch die Liebe.«

Als die Zellentür quietsche, harrte ich immer noch auf der Kellertreppe aus. Die Wände waren feucht und kalt. Mein Herz raste. Doch meine Neugier und mein Unglaube waren stärker als alles andere. Ich wollte sehen, was ich bis dahin nur gehört hatte. So hinkte ich, meinen Beutel um den Hals, leise nach unten.

»Heinrich«, hörte ich Simons aufgeregte Stimme.

»Bald bist du schon ein richtiger Mann. Und ein stattlicher obendrein.«

Als ich um die Ecke spähte, hielt Simon die Zellentür noch mit einer Hand fest. Seine Kutte hing lose an ihm herunter. Von Heinrich konnte ich im Kerzenschein nur Umrisse ausmachen. In diesem Moment dachte ich das Allerschlechteste von ihm, Verräter, war noch eins der freundlicheren Wörter, die mir durch den Kopf schossen. Näher heranzugehen traute ich mich nicht.

Simon ließ die Zellentür los und stellte die Kerze ab.

»Ich werde den Abt für dich bitten«, sagte er leise und keuchte dabei. Mir lief ein Schauder über den Rücken. »Das verspreche ich dir ... werde ihm sagen, dass du nicht ... dass du ein guter ... ein guter ... wir uns ausgesöhnt haben ... Meine Fürsprache zählt bei ihm, weißt du?«

Inzwischen war er in der Zelle. Auch ich hatte mich noch ein wenig genähert, blieb aber außerhalb des Kerzenscheins und in Reichweite der Treppe, um schnell verschwinden zu können. Bruder Simon stellte sich auf die Seite, so dass ich Heinrich sehen konnte, als er gerade die Arme sinken ließ, und ich dachte: Nun haben sie ihn, er hat allen Widerstand aufgegeben und lässt mit sich machen, was immer sie wollen, nur um aus dem Loch zu kommen. Auch Simon schien das zu denken. Er fuhr mit den Händen über Heinrichs Hüften.

Heinrich machte einen halben Schritt zurück und riss im nächsten Augenblick die Arme nach oben, beide Hände zur Faust geballt. Er traf Bruder Simon am Kinn. Ich hörte ein Krachen – das mir in den Rücken schoss, weil es mich an das in meinem Bein erinnerte.

Bruder Simon sackte auf die Knie, wie zum Gebet. Heinrich schlug ihm die Faust an die Wange, der Mönch kippte zur Seite. Heinrich zog Simon die Kordel von der

Kutte und fesselte ihm damit die Hände. Der Mönch war nicht bei Bewusstsein. Ohne aufzusehen, rief Heinrich nach mir. Er verlangte nach meinem Beutel. Ich hinkte zu ihm. Er leerte den Vorrat, zerriss das Tuch und knüllte es zusammen, um es Simon in den Mund zu stopfen. Der Mönch hatte Blut an den Lippen. Ich zog die Kerze heran. Simon waren zwei Schneidezähne abgebrochen, von denen einer in der Unterlippe steckte. Ich nahm ihm den Knebel aus dem Mund und band ihn um sein Kinn, so dass der Gefesselte nicht schreien, aber atmen konnte.

Dann sperrten wir die Zelle ab.

Heinrich biss in ein Stück Hartkäse. Den restlichen Vorrat steckte er sich in die Tasche. Den Wasserschlauch hängte er sich um die Schulter.

»Bis morgen Mittag kommt niemand hier herunter. Aber unsere Flucht werden sie früher bemerken, denn sie werden nach ihm suchen.«

»Geh allein, das ist deine einzige Möglichkeit.«

»Und du?«

»Ich schleiche zurück ins Krankenzimmer und weiß von nichts.«

Er schüttelte den Kopf. »Du bist ein Natanger. Wir fliehen gemeinsam.«

Auf eine Antwort von mir wartete er nicht, sondern stieg die Treppe hinauf. Ich folgte ihm, so schnell ich konnte. Oben löschte er die Kerze und schmiss sie in den Keller zurück.

Der Kreuzgang lag so ruhig vor uns wie in all den anderen Nächten. Wir mussten auf die gegenüberliegende Seite und drückten uns an der Wand entlang.

»Was ist mit Ludger?«, flüsterte ich.

»Keine Zeit.«

Ich blieb stehen. Ohne Ludger konnte ich nicht gehen.

»Bist du sicher, dass er mitwill?«

Ich nickte.

Heinrich legte die Hand auf den Türgriff des Schülerschlafsaals und drückte ihn vorsichtig herunter. Verbrauchte Luft drang zu uns, der Geruch ungewaschener Fußlappen und die Wärme schlafender Körper. Heinrich warf mir einen Blick zu, ich verstand und blieb an der Tür. Auf Zehenspitzen schlich er zu Ludger. Ich nahm wahr, wie er ihn kurz schüttelte und dann eine Handbewegung machte. Ludger war sofort auf den Beinen. Aber es gab ein Knacken. Ludger war auf irgendetwas getreten. Augenblicklich hörte ich Christians Stimme, die mir laut wie ein Weckruf vorkam: »Ludger?«

Beide waren sie Galinder, und auch wenn Ludger Christian gegen den unkeuschen Mönch nicht hatte helfen können, suchte der Junge immer Schutz bei ihm. Ludger zögerte. Heinrich konnte er nicht fragen, es war unmöglich, im Schlafsaal zu sprechen, ohne die anderen zu wecken. So zog er Christian hoch und legte ihm dann den Finger auf den Mund.

Schweigend schlichen wir durch den Kreuzgang und weiter zum Klostertor, einem schmiedeeisernen Gitter, das natürlich verschlossen war. Heinrich kletterte hinauf, Ludger folgte ihm und zog Christian nach oben. Ich stand da, auf meine Krücken gestützt, ein unüberwindliches Hindernis vor mir.

Heinrich beugte sich herunter: »Erst die Stöcke.«

Ich reichte sie ihm, und er schmiss sie auf die andere Seite des Tores. Ludger und er hielten sich jeder mit einer Hand am Gitter fest, und im nächsten Moment wurde ich in die Höhe gezogen.

Christian balancierte auf dem steinernen Torbogen auf einem Bein und hatte die Arme ausgebreitet. »Ich fliege wie ein Vogel, wie ein Vogel, wie ein Vogel«, sang er.

»Sei still«, befahl ihm Ludger.

Doch er hörte nicht auf. »Wie ein stiller Vogel, ein stiller …« Er drehte sich auf seinem Fuß, und ich dachte, er würde jeden Moment abstürzen.

»Halt endlich den Mund«, zischte Heinrich. »Du weckst noch die Mönche.«

»Die schlafen doch nicht. Die haben etwas anderes zu tun.«

Auf dem Torbogen legte er sich flach auf den Bauch und vollführte seltsame Bewegungen mit dem Becken. Sein Gesicht schrammte über den Stein, und das helle Haar fiel nach vorn. Schmerz empfand er offenbar nicht.

Ich hielt mich mit den Händen am Gitter fest. Ich war hoch genug, um allein auf die andere Seite zu gelangen, und traute mir auch den Abstieg zu, ohne mit dem kaputten Bein auftreten zu müssen.

Ludger kletterte höher, zu Christian. Der stand inzwischen wieder auf dem Torbogen. »Wenn du näher kommst, springe ich«, rief er fröhlich und breitete die Arme aus.

»Hör endlich auf.«

Aber Christian rutschte bis an den Rand des Steinbogens. Seine Stimme war fast kreischend: »Bleib. Oder fang mich.« Er beugte sich weiter vor.

»Christian!«

Er war so laut, dass es nur eine Frage der Zeit war, wann jemand wach wurde. Ich schwang mich auf die andere Gitterseite und machte mich an den Abstieg. Heinrich folgte mir.

»Christian«, flehte Ludger, »komm. Dort liegt die Freiheit.«

»Die Freiheit … Nur wer hier oben auf den Händen stehen kann …«, erwiderte Christian und beugte sich vor, bis er seine Hände auf den Stein pressen konnte, »nur der … verdient …« Er drückte sich auf den Händen in die

Höhe. Ein Handstand ganz oben auf dem Torbogen, zehn Meter über dem Boden und in dunkler Nacht. Die Kutte fiel ihm über den Oberkörper, seine nackten Beine waren zu sehen. »Ja-aa«, sang er, »die Freiheit.«

Ich konnte nicht mehr hinschauen.

»Er ist wirr«, sagte Heinrich, als ginge ihn das Schicksal des Jungen nichts an.

Vor uns lag eine Wiese, die zur Elbe führte. Heinrich zeigte Richtung Fluss. »Lauf los. Dort ist das Boot des Kellermeisters festgemacht. Das nehmen wir.«

Im gleichen Moment wurde im Kloster ein Fensterladen aufgestoßen. Eine Kerze wurde herausgehalten. Dann folgte das schmale Gesicht des Priors. »Seid ihr von Sinnen?«

Ich begann, so schnell zu hinken, wie es mir möglich war. Meine Krücken versanken in der matschigen Elbaue, deren dünne Eisschicht unter meinem Gewicht brach. Bei jedem Schritt verfluchte ich abwechselnd Bruder Simon und mein kaputtes Knie und das Eis und die Feuchtigkeit und den Nebel. Was passieren würde, wenn die Mönche uns einfingen, mochte ich mir nicht ausmalen. Die Peitsche war das Mindeste. Ich hinkte um mein Leben. Die Elbe war nicht zu sehen. Nur riechen konnte ich sie.

Aus dem Kloster kam Glockengeläut.

»Christian«, flehte Ludger hinter mir, »komm mit uns. Sonst müssen wir dich hier zurücklassen.«

Ich drehte mich um. Christian stand immer noch auf dem Torbogen, die Arme ausgebreitet. Und auf dem Hof liefen die Mönche zusammen.

2

Über ein Vierteljahrhundert liegt unsere Flucht inzwischen zurück. Zu jener Zeit war ich noch keine fünfzehn, jetzt habe ich die vierzig hinter mir gelassen. Nach christlichem Kalender war damals der Monat März des Jahres 1245 nach Jesu Geburt. Dieser Tage beginnt der Sommer des Jahres 1271. Ich stehe in der Nähe des Ostmeeres, an einem der schönsten Orte unseres Landes, am Alsmaris, das die Deutschen das Frische Haff nennen.

Hier – auch hier – ist zu besichtigen, was mit dem Land der Prusai in der Zeit der Besetzung geschehen ist. Am Alsmaris liegt eine Landzunge aus breiten Dünen, die Nehrung, wie sie sagen. Geduckte Kiefern stehen neben dürren Birken, denen der karge Boden genügt, und es wachsen Gräser und Farne. Die Dünen teilen das Meer und haben an ihrer Rückseite einen Bodden entstehen lassen. Hier gibt es kaum Wellen, denn die Landzunge fängt den Wind auf, und die See hinter ihr ist seicht und plätschert ans Ufer. Einen einzigen Durchbruch zum Meer hat die Düne gestattet, breit genug für die großen Segelschiffe, die die Ostsee befahren. Im rückwärtigen Wasser können sie ihre Ladung löschen und auf Boote verteilen, die sie ans Ufer bringen. Deshalb ist das Alsmaris der Hafen des ganzen Prussenlandes. Wer es besitzt, kontrolliert den Handel und all die Ware, die auf dem Seeweg kommt und geht.

Ein leichter Wind streicht mir durchs Haar und bewegt

das Gras zu meinen Füßen. Die Wellen schwappen an den Strand. Die Sonne steht schon weit im Westen. Das Alsmaris gehört jetzt dem Deutschritterorden.

Solange meine Erinnerung reicht, lebte an diesem Ort ein weißhaariger Mann, ein samländischer Herr namens Laucstite, zusammen mit seinen Frauen, seinen Kindern und Bediensteten und dem Vieh. Er besaß ein großes Haus, in dem vor ihm schon sein Vater und dessen Vater gelebt hatten. Laucstite wurde von uns allen verehrt, weil er klug war und weil wir vor dem Alter Respekt haben. Doch er ist fortgegangen.

Wo sein Haus gestanden hat, bauen die Deutschen jetzt eine Burg. Die Deutschen? Nein, das ist nicht wahr – wir bauen sie. Unsere Leute graben, brennen und schleppen Steine und rühren den Mörtel an. Die Deutschen stellen den Baumeister, den Steinmetz, den Zimmermann und den Maurer. Darüber hinaus beaufsichtigen sie die Arbeit der Prussen, und wenn sie ihnen nicht schnell genug vorangeht, schwingen sie die Peitsche.

Zu Laucstite ist im vergangenen Herbst eine Schar Ritter gekommen. Er hat es mir selbst erzählt. Ein Meister des Deutschritterordens führte das Wort, ein Mann in leichter Rüstung und dem weißen Umhang, auf dem das schwarze Kreuz prangte. Der Ordensmeister stieg nicht mal vom Pferd, als er dem alten Laucstite zurief: »Wir bringen dir zwei Nachrichten. Die eine lautet: Wir brennen dein Haus nieder. Und die andere: Wir fangen erst in zehn Minuten damit an. Zeit genug also.«

Laucstite glaubte an einen schlechten Scherz. Oder hatte seine Hörkraft im Alter nachgelassen? »Was habt Ihr gesagt?«

»Genau das, was du gehört hast.«

»Aber ... dies ist mein Haus. Es hat meiner Familie immer gehört.«

»Nun sind's nur noch neun Minuten, alter Mann. Immer noch Zeit genug, dein Leben zu retten.«

»Aber … Ihr könnt doch … Ihr habt kein Recht … mein Haus … Ich lebe hier. Und meine Familie. Das Vieh.«

»Acht Minuten, um sie alle in Sicherheit zu bringen. Du solltest bald anfangen.«

Die Ritter lachten.

Laucstite brauchte volle fünf Minuten, um zu begreifen, dass sie es ernst meinten. Dann ist er schreiend durchs Haus gelaufen. Die meisten Bewohner, seine Frauen und Kinder, sind ins Freie gerannt und haben zugesehen, wie an allen vier Seiten des Hauses das Feuer entfacht wurde. Die Flammen sind schnell nach innen gedrungen, wo sie in Tischen und Stühlen und Balken neue Nahrung fanden. Zwei Bedienstete, die die Rufe offenbar nicht gehört hatten, sind verbrannt und ein Großteil des Viehs. Das Brüllen der verzweifelten Tiere, hat Laucstite erzählt, trage er seitdem im Ohr, es lasse ihn nicht mehr los und klinge lauter als jedes gesprochene Wort.

Lochstädt soll die Burg hier am Haff heißen, wenn sie eines Tages fertig ist. Burg Lochstädt. Fast immer bleiben die Deutschen nahe an unseren Namen. Doch wem hilft das noch?

Als im Frühjahr der letzte Frost vorüber war, wurden zunächst Holzhütten errichtet, und die größte von ihnen war dem Baumeister und seinen Gehilfen zugedacht. Mit langen Bändern maßen sie dann das Grundstück aus, und die Schreiber füllten seitenweise Pergament und fertigten Skizzen, andere schlugen an wichtigen Messpunkten Pfähle ein. Dann begannen unsere Leute, Gräben auszuheben von einer Breite und Tiefe, dass man bald nur noch die Köpfe der Grabenden sah. Allein die ausgehobene Erde wegzukarren beschäftigte unzählige Männer. In die Gräben kamen massive Steine, die Fundamente.

Zehn, manchmal fünfzehn Arbeiter zogen an Seilen, und die Steine liefen auf Holzschienen, und trotz der vielen Peitschenhiebe haben sie sie kaum bewegt.

Vom ersten Tage an habe ich den Bau der Burg beobachtet, im Verborgenen zwar, um nicht aufzufallen, aber doch außer Gefahr, verpflichtet zu werden. Einen Hinkenden, haben sie gesagt, können sie nicht brauchen.

Obwohl eine so lange Zeit seit unserer Flucht aus dem Magdeburger Kloster vergangen ist, kann ich mir das Bild, wie Christian mit ausgebreiteten Armen auf dem Torbogen steht, in einer Klarheit vor Augen rufen, als sähe ich ihn in diesem Moment vor mir. Hätte damals einer der Mönche eine Vorstellung benötigt, wie ein Engel aussieht, er hätte nur etwas schneller aufzustehen brauchen. Denn dort oben gab es sie: der blonde, hübsche Junge, der schmale Körper, die wie Flügel ausgebreiteten Arme.

Ludger flehte Christian im Dialekt der Galinder an: »Komm mit uns, sonst müssen wir dich hier zurücklassen.«

»Dann fangt mich auf«, rief Christian mit einem Jauchzen und sprang im nächsten Moment ab, als wollte er fliegen. Ich hörte ein dumpfes Geräusch, aber auch ein Klatschen und hoffte, dass sie ihn zu fassen bekommen hatten. Sehen konnte ich es nicht mehr. Ich hinkte weiter in die Richtung, wo ich die Elbe roch.

Hinter mir schrie der Prior: »Flucht! Fangt sie ein.«

Unter meinen Krücken schmatzte das Wasser auf der Auenwiese, immer wieder knackte auch dünnes Eis. Meine Füße waren nass, genauso wie der Saum der Kutte. Und meine Kräfte wollten nachlassen.

Nach einigen Minuten hatten mich Heinrich und Ludger eingeholt. Ludger hielt den strampelnden Christian wie einen Sack über der Schulter.

»Was ist mit ihm?«, keuchte ich.

»Wir haben ihn aufgefangen. Aber der böse Geist ist in seinem Kopf. Man kann ihn nicht allein laufen lassen.«

Das Kloster war inzwischen so hell erleuchtet, dass sich der Fackelschein auf der feuchten Wiese widerspiegelte. Das Tor wurde geöffnet, überall hörte man Rufe. Mir kam in den Sinn, die Mönche ans Schweigegebot zu erinnern.

Die Kutten von Ludger und Heinrich waren nass wie meine, und sie sanken mit den Füßen in die Erde. Ludger hatte zusätzlich Christian auf der Schulter, der strampelte, schrie und heruntergelassen werden wollte.

Heinrich lief vorneweg.

Die Elbe konnte nicht mehr weit sein, aber in der schwarzen Nacht war sie immer noch nicht auszumachen. Heinrich war ein Stück vor uns und stand dort, am Ufer, wie ich hoffte. Er schien das Boot zu suchen. Dann hob er den Arm und winkte.

Als wir dazukamen, hatte er das Boot losgemacht und hielt es mit dem Fuß. Ludger ließ Christian von der Schulter und setzte ihn hinein. Wie selbstverständlich nahm er auf der Ruderbank Platz, aber Heinrich sagte: »Du sitzt hinten. Bei ihm.« Er zeigte auf Christian.

Das hieß, ich sollte mit auf die Ruderbank, und ich war froh, nicht nur Last zu sein. Meinen Armen fehlte ja nichts.

Heinrich stieß uns ab, wir trieben hinaus auf den Fluss, auf dem es kein Eis mehr gab. Wir ließen die Ruder ins Wasser und nahmen Fahrt auf. Heinrich wollte an das gegenüberliegende Ufer.

Die Fackeln der Mönche näherten sich über die Auenwiese, und da wir rückwärts ruderten, blickten wir auf die Wand aus Licht, die auf uns zukam. Es schienen viele Brüder zu sein, die uns folgten. Wahrscheinlich versprachen sie sich alle göttlichen Segen, wenn sie mithalfen, ein paar geflohene Heiden einzufangen. Wir ruderten schnell. Der Schein der Fackeln hatte uns noch nicht erfasst.

»Wir fliehen. Und wir fliegen. Nach Hause«, rief Christian. »Bis sie uns kriegen.«

»Sei still«, befahl ihm Ludger. Er hatte ihm den Arm um die Schultern gelegt.

Dann hörten wir Hufgetrappel und das Wiehern von Pferden. Wir stießen die Ruder leiser ins Wasser. Ludger hielt Christian die Hand vor den Mund. Die Pferde entfernten sich. Einige der Mönche mussten aus dem Kloster in die uns entgegengesetzte Richtung geritten sein, dorthin, wo eine der beiden Magdeburger Elbbrücken lag. Sie würden also beide Ufer nach uns absuchen.

»Pferde, schnelle Pferde«, rief Christian, sobald Ludger seinen Mund losgelassen hatte. Er stand auf, und sofort begann das Boot zu schwanken. Ludger drückte ihn zurück auf die Bank.

»Lass mich«, rief Christian. »Wir wollen ins Wasser.«

Ludger schlug ihn auf die Wange. »Gib endlich Ruhe.«

Doch Christian fing an zu schreien und versuchte, wieder aufzustehen. Unser Boot kippelte erneut, obgleich Ludger sich bemühte, den Jungen festzuhalten.

Heinrich zog sein Ruder weiter durch. Ich musste achtgeben, Kurs zu halten.

»Da sind sie«, hörten wir von dem Ufer, wo wir abgelegt hatten. Wir waren im Schein ihrer Fackeln. Und auf der anderen Seite kam das Pferdegetrappel näher.

»Jetzt haben sie uns entdeckt, nur weil du so laut schreist«, schimpfte Ludger.

Heinrich zog noch stärker an seinem Ruder, so dass wir einen Bogen fuhren, aus dem Fackelschein heraus auf die Mitte des Flusses zu.

»Aber sie kriegen uns nicht«, sagte Christian. Der Gedanke schien ihn zu freuen. Und er rief mit seiner hellen Stimme: »Ihr kriegt uns nicht.«

Ludger presste ihm erneut die Hand auf den Mund. Christian würgte. Dann schrie Ludger halblaut auf. Der Junge hatte ihm in den Finger gebissen. Christian stand sofort wieder auf, machte einen Schritt, und unser Boot schwankte noch heftiger, als Ludger ihn von hinten am Hals packte.

Heinrich schien das alles kaum wahrzunehmen. Er zog sein Ruder durch, als gäbe es nichts anderes auf der Welt. Ich hatte mein kaputtes Bein ausgestreckt, den anderen Fuß gegen ein Stück Holz gedrückt. Um mit Heinrich mitzuhalten, brauchte ich all meine Kraft.

Christian krächzte und würgte, als Ludger die Hände um seinen Hals enger schloss. Vom Ufer hörten wir Stimmen, konnten aber nichts verstehen. Auch auf der anderen Elbseite hatten uns die Pferde eingeholt. Die Reiter trugen ebenfalls Fackeln.

Ludger hielt Christian jetzt wie in einer Zwinge, die Hand vor den Mund, den Arm um den schmalen Oberkörper geschlungen. Christian wand sich. Mit seinen Beinen versuchte Ludger, die von Christian zu umklammern, aber das gelang ihm nicht. Der Junge zappelte wie wild. Das Boot bewegte sich unter dem Kampf der beiden so stark, dass Wasser hineinschwappte.

Ludger hob den Kopf und sah zu uns. Er schien eine Frage stellen zu wollen, schwieg aber. Christian ließ er los, lockerte sogar die Hand über dem Mund des Jungen. Dabei nickte er ihm zu. Christian lag halb auf den Beinen seines Freundes, und Ludger schaute ihn an. Dann drückte er die Stirn des Jungen nach unten. Es knackte, und zum dritten Mal schoss mir das furchtbare Geräusch brechender Knochen in den Rücken. Christian ließ die Arme sinken. Ludger hatte ihm das Genick gebrochen.

Er sah Christian lange an. Ich konnte sein Gesicht in der Dunkelheit nicht erkennen, doch ich nahm seinen Schmerz und dazu eine Erhabenheit wahr, von der ich glaubte, dass sie prussisch sei. Langsam hob Ludger den toten Körper in die Höhe.

»Nicht ich habe dich getötet.« Seine Stimme war ruhig, er verteidigte sich nicht, er nahm nur Abschied. »Das waren sie. Sie haben dich gequält, bis dein Kopf wirr wurde. Wenn sie recht haben mit ihrem Glauben, dann möge dir das Paradies offenstehen. Aber wenn unser Glaube der richtige ist, dann wünsche ich dir, dass du als prussischer Fürst wiedergeboren wirst. Als einer, der Land hat und Vieh und schöne Frauen, dem es an nichts mangelt. Bei uns zu Hause, im Land der Galinder, war dein Name Tork. Ich wünsche dir Frieden, Tork, und ich werde dich nie vergessen.«

Fast geräuschlos ließ Ludger Christians Leichnam ins Wasser gleiten.

Sogar Heinrich hatte aufgehört zu rudern. Ich sah weder das Licht der Fackeln am Ufer, noch hörte ich die Rufe der Mönche. Gegen das Gefühl von Traurigkeit biss ich mir auf die Lippe.

Ludger wischte sich mit dem Ärmel seiner Kutte über das Gesicht. Er wirkte ungehalten. »Was ist? Rudert ihr nicht weiter? Wollt ihr, dass sie uns einfangen?«

Lange blieb es still auf unserem Boot. Man hörte nur das sanfte Eintauchen der Ruderblätter und die fernen Rufe der Verfolger. Wir erkannten, dass der Fackelschein von keinem der Ufer bis in die Mitte des Flusses reichte, deshalb blieben wir dort und ruderten so lange weiter, bis endlich die Fackeln und Pferde von unseren Seiten verschwanden. Selbst da trauten wir uns noch nicht ans Ufer, denn wir wussten nicht, ob sie uns eine Falle gestellt hatten.

Heinrich verteilte Käse und Brot. Als wir schließlich unser Boot an Land zogen, graute bereits der Morgen. Wir ließen uns auf den feuchten, kalten Waldboden fallen und konnten, bevor uns der Schlaf übermannte, gerade noch unsere Kapuzen unter die Köpfe ziehen. Doch viel Ruhe fand keiner von uns. Und immer wenn ich die Augen aufschlug, war auch einer der anderen wach und genauso in Sorge.

Am nächsten Morgen ließen wir das Boot zurück, in einer Erdkuhle versteckt und mit Laub getarnt. Wir hielten uns in Ufernähe, und als wir später an einem Feldrand eine Scheune fanden, blieben wir einen Tag und eine Nacht dort. Das Stroh war warm und trocken, und wir gruben uns ein und schliefen. Nicht einmal eine Wache hatten wir aufgestellt.

Beim Weiterziehen bemühte ich mich darum, den anderen nicht zu sehr zur Last zu fallen. Mein Knie schmerzte ununterbrochen, die Krücken hatten die Achselhöhlen wundgescheuert. Am schlimmsten war der Hunger. Es gab nicht einmal Beeren im Wald, denn es war ja erst März. Wir aßen Gras wie die Kühe und kauten auf Birkenrinde herum. Wasser nahmen wir aus dem Fluss. Unsere Kutten waren voller Erde und Laub. Und sie würden uns immer verraten.

Heinrich ging vorneweg, Ludger blieb neben mir. Obwohl ich mir alle Mühe gab, den Abstand zu Heinrich nicht zu groß werden zu lassen, wuchs er mit jeder Meile. Heinrich war manchmal schon außer Hörweite, und dann und wann hockte er sich auf einen Baumstamm. Mit seinem strähnigen Haar sah er aus wie ein Waldmensch, wie ein fremdes Geschöpf. Der Hunger hatte seine Wangen einfallen und die Knochen noch weiter hervortreten lassen.

Selbst Ludger zog sich in sich zurück. Aus seinem Bauch hörte ich Geräusche, die wie ein Flehen klangen.

Er begann, vor mir zu laufen, und machte Schritte, mit denen ich nicht mithalten konnte. Auch zwischen uns vergrößerte sich der Abstand. Mir brannten die Achseln, die Hände hatten sich an den Griffen meiner Krücken verkrampft, und die Oberarme taten weh. Ich hielt den Kopf gesenkt und fluchte ununterbrochen, schimpfte auf unser Abenteuer und darüber, dass wir irgendwo in den deutschen Wäldern verhungern würden. Irgendwie erleichterte mich das.

Nach vier Tagen voller Gras und Baumrinde stießen wir auf zwei Felder. Eins lag brach, das andere wurde von Landarbeitern gepflügt. Sie hatten zwei Ochsen vor ein Joch gespannt, hinter ihnen riss das Pflugmesser den Boden auf. Die Furchen liefen schnurgerade, und die Erde war klumpig und fast schwarz. Wir hielten uns im Schutz der Bäume. In der Ferne auf einer Anhöhe stand ein Haus, umgeben von Scheunen und Katen. Unfähig, uns zu bewegen, konnten wir unsere Blicke nicht davon lassen. Ludgers Magen knurrte wieder. Heinrich warf ihm einen Blick zu.

»Wir könnten uns als Bettelmönche ausgeben«, schlug Ludger vor.

Ich war unfähig, einem Gedanken nachzugehen, meine ganze Aufmerksamkeit war in meinem Bauch. Ich wollte nur essen.

»Wir gehen zurück zum Fluss«, sagte Heinrich.

Er drehte sich um, ohne auf eine Reaktion zu warten. Ludger und ich schauten uns an. Dann folgten wir ihm zum Ufer.

»Wenn ihr euch als Bettelmönche ausgeben wollt, solltet ihr einigermaßen sauber aussehen. Wascht den gröbsten Schmutz von den Kutten ab. Und dann braucht ihr eine Geschichte – woher ihr stammt, welchem Orden ihr angehört, was euer Ziel ist.«

»Und du?«, fragte ich.

»Ich komme nicht mit.«

Ich blickte in Ludgers eingefallenes Gesicht. »Und was hast du vor?«

»Ich versuche, uns Kleidung zu besorgen, die nicht so auffällt.«

Vor meinen Augen tauchten Bilder von gebratenem Fleisch und Brot auf. Heinrich und seine Pläne wurden mir vollkommen egal. Ich verbannte alle Gedanken, die mich aufgeben lassen wollten – die mir vorgaukelten, dass ich mich einfach ausstrecken und abwarten könnte, was geschah. Wie Ludger zog ich meine Kutte aus und watete im Leibrock in die Elbe, bis das kalte Wasser meine Knie erreicht hatte, und wusch mich und meine Kutte. Mit beiden Händen schöpfte ich mir Wasser zum Mund und hörte erst auf zu trinken, als mein Bauch mir meldete, dass es genug sei. Dann war ich wieder klar genug, um meinen Einwand vorzubringen. »Was ist, wenn die Leute hier von der Flucht aus Magdeburg wissen?«

»Dann erwarten sie drei Jungen«, erwiderte Heinrich.

»Vier«, verbesserte Ludger.

Wir warteten bis zur Abenddämmerung und übten inzwischen demütige Blicke, falteten unsere Hände wie im Kloster und erzählten uns unsere Geschichte: Wir seien Dominikaner und hätten unseren Dienst in einem Kloster weit im Norden verrichtet. Und wir zögen dorthin, wohin uns Gott befehle. Auch für meine Krücken erfand ich einen Grund.

Ludger und ich gingen auf das Anwesen zu. Ich zwang mich zu einer geraden Haltung und versuchte, mein Hinken nicht allzu schlimm aussehen zu lassen. Ludger hielt den Kopf aufrecht, er gab sich Mühe, christliche Zufriedenheit auszustrahlen.

Der erste Mensch, auf den wir trafen, war ein Bediensteter des Gutsherrn, ein älterer Mann mit blassem Gesicht und grauen Haaren. Er werde sehen, was er für uns tun könne, sagte er, doch zunächst sollten wir aus dem Weg gehen. Kurz darauf kam eine Gruppe Reiter – zwei Männer und zwei Kinder. Der Vordere war der Herr, das machte die Art deutlich, wie er Befehle gab. Die Kinder mochten zehn oder zwölf Jahre alt sein. Sie trugen bunte Gewänder, Lederstiefel und Hüte. Der Diener begrüßte sie alle. Zwei Stallburschen kamen dazu, halfen den Kindern aus dem Sattel und übernahmen die Pferde. Uns, die wir im Schutze einer Hauswand standen, beachtete niemand.

Das Herrenhaus lag am Ende eines kleinen Platzes, auf den die anderen Gebäude zuliefen. Etwas abseits befand sich eine Kapelle.

Als der Herr und seine Gesellschaft im Haus verschwunden waren, liefen Bedienstete über den Hof, jeder strebte auf ein Ziel zu. Uns sprach keiner an.

Wie wir es geübt hatten, hielten wir die Blicke gesenkt und die Hände gefaltet. Nur als ich hinter mir Schritte hörte, ein vorsichtiges und eiliges Tasten, drehte ich mich um.

Heinrich lief im Schutz der Stallwand vorwärts. Sofort schaute ich wieder nach unten. Unsere Kutten waren vom schlimmsten Schmutz befreit. Allerdings rochen wir immer noch streng.

Ein Mann mit Vollbart und Schürze holte uns. Er hieß uns, ihm in die Küche zu folgen. Uns empfingen Gerüche, die mich schwach werden ließen. Ich hatte das Gefühl, mir drehe sich etwas im Kopf, und meine Beine würden weich. Ludger tippte mich an. Er unterdrückte die Vorfreude, doch ich sah sie ihm an.

In der Mitte der Küche stand ein großer Herd. Der Vollbärtige war der Koch. Er war groß, mit dickem Bauch und vollen Wangen. Seine Augen schienen mir gutmütig zu sein. Er zeigte auf einen langen Tisch, an dem sonst das Gesinde aß. Die arbeitenden Mägde und Knechte sahen kaum auf.

»Dominikaner seid ihr?«, fragte er, während er uns eine Schüssel hinstellte.

»Ja, Herr«, antwortete Ludger, und ich fand, dass er die christliche Demut besser getroffen hatte als mancher Mönch.

»Bin kein Herr, brauchst mich nicht so zu nennen. Und du? Was ist mit deinem Bein?«

»Eine Verletzung am Knie«, sagte ich. »Stammt von einem Kreuz. Das war unser wahrer Herr – der einzige –, der wollte mich etwas lehren.«

Er musterte mich, und ich glaubte, er fragte sich, ob ich ihn aufzog. Dann brachte er einen Topf Brühe mit Geflügel und Dinkelklößen und füllte unsere Schüssel. Zum Glück war die Suppe heiß, so fiel es uns nicht allzu schwer, langsam zu essen.

Ludger schlürfte. Da wir uns die Schüssel teilten, saß er so eng neben mir, dass ich spüren konnte, wie er sich immer wohler fühlte.

Wir hatten die Suppe noch nicht aufgegessen, da stellte der Koch uns Brot und kalten Schweinebraten auf den Tisch, dazu warmes Bier. Ludger fuhr mit dem Finger über das Fleisch und seufzte. Ich stieß ihn am Bein an und flüsterte Heinrichs Namen. Er nickte. Während wir aßen, warfen die Mägde und Knechte, die in der Küche Gemüse putzten oder Brennholz brachten, uns dann doch verstohlene Blicke zu. Wir senkten die Köpfe und taten fromm.

Wo die Speisekammer lag, hatten wir schnell verstanden, direkt neben der Küche. Nur konnten wir nicht hinein. Immer war jemand zugegen, deshalb begann ich, die Momente zu nutzen, in denen der Koch uns den Rücken zuwandte, um mir Brot und Fleischstücke in die Taschen zu stopfen. Ludger war noch damit beschäftigt, den eigenen Magen zu füllen. Als die Schüssel vor uns langsam leerer wurde, ermahnte ich ihn mit einem Fußtritt. Nicht nur, dass wir Heinrich zu versorgen hatten, wir brauchten auch Proviant.

Schließlich kam der ältere Diener, der uns zuerst begegnet war, in die Küche. Er wollte wissen, ob es uns schmecke, und bot uns ein Quartier für die Nacht.

Ludger senkte den Blick, und ich hörte, wie er durchatmete. Die Vorstellung eines warmen Bettes – und vielleicht ein Teller Grütze am nächsten Morgen – war unendlich verlockend. Aber wir konnten Heinrich schlecht allein lassen, zumal er nicht wüsste, warum wir nicht kämen. Auch er hatte Hunger. Ich tat dem Diener gegenüber bescheiden. Wir wollten keine Umstände machen, wir schliefen immer im Wald.

Doch der Diener, der offenbar eine Erlaubnis von seinem Herrn erbeten hatte, wollte uns nicht ziehen lassen. Vielleicht glaubte er, an diesem Abend ein gutes Werk tun zu sollen. Ludger hatte die Stirn in Falten gelegt, aber in Wahrheit war Freude in seinem Gesicht. Ich nickte, und wir bedankten uns und sagten, Gott würde seine Großmut sicher vergelten.

Ein Küchenknecht führte uns über den Platz. Die Dämmerung war der Dunkelheit gewichen. Am Haus hing eine Öllampe, die den Hof nur schwach beleuchtete. Ludger und ich hielten die Hände in den Taschen unserer Kutten, wo die Vorräte steckten.

Hinter uns drang ein Schrei aus dem Haus: »Diebe, Diebe!«

Wir falteten die Hände und murmelten etwas, das wie ein Gebet klingen sollte.

Der Knecht warf uns einen Blick zu, er schien unentschlossen zu sein. Ich ahnte, dass Heinrich erwischt worden war, wusste aber nicht, wie wir ihm am besten zu Hilfe kommen konnten.

Wenigstens den Knecht müssten wir beschäftigen. Da lief er auch schon zum Haus zurück. Der Raum im oberen Stockwerk war von Kerzen erleuchtet. Dort speiste offenbar der Herr mit seiner Familie.

»Wir verschwinden«, zischte Ludger mir zu.

So schnell ich konnte, humpelte ich hinter Ludger her, der den finsteren Hof absuchte.

Wir versuchten, weiter ins Dunkel des Hofes zu gelangen. Hinter uns rannten Leute aus dem Haus, und wir hörten, wie jemand rief: »Die Bettelmönche. Haltet sie auf.«

Wir entkamen von dem Platz ins Dunkle, waren aber längst nicht vom Hof. Von allen Seiten drangen schnelle Schritte und Rufe zu uns. Aufregung lag in der Luft. Und von Heinrich keine Spur.

Ludger zeigte auf die kleine Kapelle.

»Da suchen sie als Erstes.«

»Glaub ich nicht«, erwiderte er. »Komm schnell. Eine andere Möglichkeit haben wir nicht.«

Ich humpelte auf die Tür zu, die er bereits aufgerissen hatte. Kaum war ich drin, schob er sie wieder zu. In der Kapelle war es stockdunkel. Ludger stieß aus Versehen gegen einen Stuhl, den er aber noch auffing, bevor er umfiel.

Als unsere Augen sich an die Dunkelheit gewöhnt hatten, erkannten wir einen Altar. Dahinter stand ein Kreuz. Es roch feucht. Ein Versteck gab es in dem kleinen Raum nicht. Die Rufe von draußen wurden lauter. Unter der Tür drang Licht herein. Sie hatten Fackeln im Hof angezündet. Jemand verlangte mit Befehlsstimme, die Pferde zu satteln. Ich war davon überzeugt, den Herrn gehört zu haben. Er übernahm selber die Führung beim Ergreifen derjenigen, die seine Gastfreundschaft missbraucht hatten. Sie würden uns zurück ins Kloster bringen und die Belohnung kassieren. Wer ließ sich schon Goldstücke entgehen?

Ludger und ich tasteten uns zum Altar vor, unter den wir krochen. Ich hörte den Freund atmen. Mir wurde zum ersten Mal bewusst, dass er einen Menschen getötet hatte. Bestimmt hatte er recht, dass nicht er, sondern Bruder Simon und das Leben im Kloster schuld waren an Torks Tod. Und doch war am Ende er es gewesen, der dem Jungen das Genick gebrochen hatte. In Magdeburg würde er dafür gehängt werden.

Ich fühlte mich verloren in der finsteren Kapelle, mit Ludger neben mir und Heinrich, dem ewig schweigsamen, abweisenden Schicksalsgenossen irgendwo da draußen. Ihm hatte ich die Flucht zu verdanken, aber er hatte mich nicht aus Freundschaft mitgenommen, sondern weil ich ein Natanger war wie er. Wäre ich im Kloster geblieben, würde ich gerade irgendeines der sinnlosen Gebete murmeln oder säße im Loch, aber ich hätte die Hoffnung, dass die Mönche mich in ein paar Jahren meines Weges ziehen lassen würden.

Im nächsten Moment schämte ich mich für all diese Gedanken.

Da wurde die Tür aufgerissen.

Ludger tastete nach meinem Arm und drückte ihn. Mein lädiertes Bein stand zur Seite, die Krücken lagen auf dem Boden. Ich hatte keine Möglichkeit, aus dieser Falle wegzulaufen. Ludger vielleicht – er war auch stark genug, die Verfolger niederzustrecken. Aber ich nicht.

Eine Fackel erleuchtete die Kapelle. Ihr Schein wanderte durch den Raum. Wir hörten Schritte auf dem steinernen Fußboden. Jemand kam näher. Auch das Licht der Fackel näherte sich. Wir drückten uns tiefer unter den Altar.

Ein zweiter Mann kam zur Tür herein. »Und?«

»Hier ist niemand«, erwiderte der Fackelträger.

»Bist du sicher? Gib mal die Fackel her.«

»Warum, wenn ich doch schon gesucht habe?«

»Nun gut, dann komm. Der Herr verlangt, dass alle gefasst werden. Er hat eine Belohnung versprochen. Es sollen gar keine Mönche sein, sondern gewöhnliche Diebe.«

Der Schein der Fackel entfernte sich, ich konnte ihn auf der Wand verfolgen. Als die Tür zugezogen wurde, atmete Ludger lange aus.

»Und jetzt?«, fragte ich.

»Wir müssen in den Wald. Dort finden sie uns nicht.«

»Aber wie?«

Wir blieben in der Nähe des Altars. Mein Knie rächte sich mit Schmerzen für das, was ich ihm zugemutet hatte. Ludger stand und spähte durch eins der kleinen Fenster. »Wir versuchen's«, entschied er. »Hier können wir nicht bleiben.«

Ich folgte ihm zur Tür. Bevor er sie aufzog, hielt ich ihn zurück. »Wenn du laufen musst – dann mach. Auch wenn ich nicht hinterherkomme.«

Er machte sich frei und öffnete leise die Tür.

Der Hof war weiterhin erleuchtet. In der Nähe der Fackeln standen Knechte, die sich unterhielten. Wir drückten uns an der Außenwand der Kapelle entlang. Auf ihrer Rückseite war es dunkler. Ludger setzte sich in Bewegung. Ich folgte ihm.

Wir versuchten, uns von dem Licht und den Rufen zu entfernen, doch als wir schon glaubten, den Wald bald erreicht zu haben, kamen uns drei Männer entgegen. Am Rand eines Feldes warfen wir uns auf die Erde, die Gesichter nach unten. Zwei, vielleicht drei Schritte entfernt, zogen sie an uns vorbei und leuchteten nur nach vorn auf ihren Weg.

Als wir den Wald erreicht hatten, hielten wir uns in Richtung Fluss. Laub raschelte unter unseren Füßen. Es war so dunkel, dass ich Ludger neben mir nicht sehen konnte.

Wir schwiegen und achteten auf alle Geräusche. So liefen wir immer tiefer in den Wald hinein.

Schließlich legten wir uns in ein Erdloch. Die Flucht und die Angst hatten mich schwitzen lassen, jetzt kam die Kälte der Nacht. Ludger lag in dem engen Loch neben mir. Nur mein Bein konnte ich nicht ausstrecken. Bevor mich der Schlaf überfiel, dachte ich an das Bett in dem großen schönen Haus. Wie schön hätte diese Nacht sein können.

Als der Morgen graute, deckte Ludger unser Loch mit Ästen und Laub zu, und wir blieben dort den ganzen Tag liegen. Wir redeten kaum, aber ich war froh, nicht allein zu sein. Ludger hatte mich gerettet. Ich hätte die Kapelle nicht verlassen. Er hatte uns auch in jener Nacht gerettet, als er Tork getötet hatte. Da hatte er ganz allein die Entscheidung getroffen und alle Verantwortung auf sich genommen. Ich schämte mich erneut für meine Gedanken über ihn.

Wir hatten zu essen, da wir in der Küche Brot und Braten in unsere Kutten gestopft hatten, aber es gab kein Wasser, und die Münder wurden uns trocken, zumal das Fleisch salzig war. Aber erst als es wieder dunkel wurde, trauten wir uns zum Fluss.

In der Nacht tasteten wir uns weiter, auch ohne etwas von Heinrich zu wissen. Wir blieben beieinander und folgten der Elbe stromabwärts. Heinrich hätte genauso gehandelt, sagten wir uns.

Ludger ging langsam vor mir und schaute sich immer wieder um. Ich war einige Male davor, die Krücken wegzuschmeißen und mich vor Erschöpfung fallen zu lassen, und ohne Ludger hätte ich es vielleicht getan. Doch vor dem Freund konnte ich mir die Blöße nicht geben.

Im Morgengrauen hörten wir Laub rascheln, nicht nah, aber deutlich. Erst dachte ich, ich habe Phantasien vor lauter Müdigkeit. Ludger blieb stehen und spitzte die Ohren. Er zeigte auf den Wald. Wir verließen unseren Weg am Fluss und suchten Schutz hinter zwei nebeneinanderstehenden Buchen. Dann hörten wir einen Pfiff. Lang gestreckt und nicht besonders laut. Und Hufe, die auf den Boden stapften.

Das musste Heinrich sein. Ich war mir sicher. Welche Verfolger würden sich so nähern? Vor Erleichterung ließ ich mich auf den Boden fallen. Nur den Kopf hielt ich oben, um zu sehen, wie er auf uns zukam.

Das Pferd war braun, mit heller Mähne und kräftigen Beinen. Heinrich ritt es ohne Sattel. Als es direkt vor uns stand, rief er »Ho«, zog am Zaumzeug und sprang ab. Er schien zu grinsen, aber irgendwie sah er seltsam aus, er schien breiter geworden zu sein.

»Ich habe uns was mitgebracht«, sagte er.

Er lockerte seinen Gurt. Wie bei einem Zauberer auf dem Jahrmarkt fielen Kleidungstücke auf den Boden, eins nach dem anderen. Er bückte sich und hob sie auf. Dabei hielt er sie sich an den Körper, bevor er sie einem von uns zuwarf. Ich bekam eine blaue löchrige Kniehose und ein rotes Wams, außerdem ein Leinenhemd.

Ludgers Wams war blau, das von Heinrich grün. Er hatte sogar eine Mütze, die er sich selbst aufsetzte.

»Wo hast du das alles her?«

»Ich war in der Kammer einer Näherin. Leider kam sie herein, als ich ihre Sachen durchwühlte, und hat sofort geschrien. Deshalb der Aufruhr. Dann habe ich mich im Stall versteckt – während ihr beiden Bettelmönche natürlich in die Kapelle gelaufen seid. Wohin auch sonst?«

Wir mussten lachen, erst leise, dann immer lauter und fanden kein Ende. Vor Lachen fielen wir auf den Boden und strampelten mit den Beinen.

»Das Pferd ist übrigens für dich«, sagte Heinrich schließlich zu mir.

Ich ging auf das Tier zu, das auf dem Waldboden nach Gras suchte, und streichelte es. Mir war klar, dass eigentlich Heinrich den Dank verdient hatte, aber ich konnte ihm schlecht mit der Hand über die Nase fahren. »Ich werde dich Tork nennen«, sagte ich zu dem Pferd.

Ludger kicherte. Heinrich fiel ein. Diesmal lachten sie mich aus.

Ich fragte, was sie hätten.

»Es ist eine Stute«, erklärte Ludger.

»Ist mir egal. Sie wird Tork heißen, zur Erinnerung an unseren Freund.«

Wir teilten unsere Vorräte mit Heinrich und aßen, bevor wir uns wieder auf den Weg machten, immer dem Lauf der Elbe folgend. Wie wir je nach Hause gelangen sollten, konnte ich mir nicht vorstellen. Wir waren vierzehn und fünfzehn Jahre alt. Als die Kreuzritter uns verschleppt hatten, waren wir neun gewesen. Ich hatte bestenfalls eine ungefähre Ahnung davon, wo wir waren und wo unser Land lag.

Heinrich ging wieder vorneweg. Ludger führte Tork am Zügel, auf dem ich saß. Die Schmerzen in meinen Achselhöhlen ließen nach, und mein Bein war dankbar für die Entlastung. Während wir rasteten und abends übte ich schon bald, ohne Krücken zu laufen.

Nach ein paar Tagen hielt Heinrich an und zeigte nach Osten. »Hier biegen wir ab«, sagte er. Keiner von uns widersprach.

Wir kamen durch eine Hügellandschaft, und ein paar

Tage später an den Zusammenfluss von Havel und Spree, wie uns Bauern erklärten.

Unsere Kutten lagen auf dem Pferd, ich nutzte sie als Sattel, und abends deckten wir uns damit zu. Wir wussten, dass es besser gewesen wäre, sie zu vergraben, denn sie konnten uns verraten. Aber im März und April waren die Nächte noch kalt und nass, und da waren wir froh, sie zu haben.

In der Elbe hatten wir uns Fische gefangen. Jetzt, wo wir nicht mehr einem Fluss folgten, begannen wir zu jagen. Niemand konnte uns so weit gefolgt sein, deshalb fühlten wir uns sicher. Wir hatten Bogen aus Weidenholz und Pfeile, die wir an Steinen spitz gerieben hatten. Vor allem Heinrich legte sich auf die Lauer, bis ein Tier seinen Weg kreuzte. Nie dauerte es ihm zu lange, nie verlor er die Geduld. Abends machten wir ein kleines Feuer und brieten, was er erlegt hatte, ein Reh oder ein junges Wildschwein, manchmal nur zwei Hasen. Bald löschten wir unser Feuer nicht einmal mehr, sondern ließen es langsam ausgehen, während wir in seiner Nähe einschliefen.

Ludger führte tagsüber mein Pferd, und nachts schliefen wir nebeneinander, und es gab mir Sicherheit, seinen Atem zu hören. Auch wir sprachen nicht viel, aber sahen uns an und versicherten uns, dass wir beieinander waren. Heinrich marschierte immer vor uns, lag allein auf seiner Seite des Feuers, ging ohne uns zur Jagd. Tagelang redete er nicht, nickte bestenfalls oder schüttelte den Kopf, wenn er gefragt wurde. Sprach er mal zwei oder drei Sätze hintereinander, war das fast wie ein Feiertag.

Ich habe mich manchmal gefragt, was ihm auf dem langen Weg durch den Kopf ging. Seine Augen lagen so tief in ihren Höhlen, dass man sie kaum sah. Sein Haar war, wie unseres auch, lang geworden, die Strähnen fielen ihm vors Gesicht. Anders als Ludger war er hager geworden. Dadurch wirkten sein Mund, Kiefer und Kinn noch kräftiger. Auch wuchsen ihm dort jetzt Haare.

Der nächste Fluss, auf den wir trafen, war die Oder. Obwohl sie viel Wasser führte, fanden wir eine Furt, und ich wurde auf meinem Pferd nicht einmal bis zu den Knien nass.

Am anderen Ufer zeigte Heinrich nach Norden. »Dieser Fluss fließt ins Ostmeer. Ihm folgen wir ein Stück. Aber erst morgen.«

Obwohl gerade erst Mittag war, rasteten wir. Wir zogen uns bis auf die Leibröcke aus und liefen in das kalte Wasser und wuschen uns. Später legten wir die nassen Hemden ab, trugen nur unsere Wämser und ließen die Hemden trocknen.

Um Marktflecken machten wir einen Bogen, um Fragen nach dem Woher und Wohin aus dem Weg zu gehen. Und wir konnten uns nun selbst versorgen, zumal das Frühjahr voranschritt.

Es regnete seltener, die Bäume trugen Grün, und bald wurde es schon heiß. Ich sah, dass die anderen beiden mühsamer vorankamen und mehr Pausen und vor allem mehr Wasser brauchten. Ich hätte mich gern mit ihnen auf dem Pferd abgewechselt. Aber länger zu laufen ließ mein Knie nicht zu.

So kamen wir durch ein Land, das Pommern hieß, wie wir von Leuten erfuhren, die Brennholz sammelten. Die Wege wurden schmaler, oft waren sie zugewachsen, dafür wurden die Wälder dichter. Manchmal wehte uns eine nördliche Brise eine Ahnung unseres Meeres zu.

Hin und wieder blieben wir zwei oder drei Tage an einem See. Wir schnitzten uns Angelruten und badeten oder lagen faul im Sand. Auch Tork schien sich über die Pause zu freuen. Er graste ununterbrochen. Dabei blieb er immer in unserer Nähe.

3

Als wir erneut einen Fluss zu überqueren hatten, behauptete Heinrich, dies sei die Weichsel. Wir blieben an ihrem Ufer stehen, und er zeigte nach Norden, wo auch dieser Fluss ins Ostmeer mündete. Die Weichsel führte, da es seit Langem heiß war, wenig Wasser, so brauchten wir keine Furt und hatten nicht viel Mühe, sie zu durchqueren.

Am anderen Ufer ließ Ludger Torks Zügel los, fiel auf die Knie, griff mit beiden Händen in die trockene Erde und ließ sie durch die Finger rieseln.

»Ludger«, fragte ich, »was ist los?«

»Was ist, fragst du? Wir sind in der Heimat. Hier beginnt das Land der Prussen.«

Heinrich nickte. Ich fand Ludgers Kniefall übertrieben, die Erde am Westufer der Weichsel war nicht anders als hier, rutschte aber trotzdem vom Pferd, setzte mich und strich über den Boden. Es wurde ein stiller, feierlicher Augenblick, in dem jeder von uns seinen Gedanken nachhing.

Ludger brach unser Schweigen und sagte: »Ich möchte euch bitten, mich von nun an Legien zu nennen. Das war mein Name in der Heimat, so hat mein Vater mich genannt. Schon mein Großvater hieß so. Alles andere wollten bloß die Mönche.«

Uns allen hatten sie christliche Namen gegeben. Ich hatte zu Hause Norelis geheißen, aber Nikolaus war längst mein Name geworden. Ein Gefühl wie Ludger – wie Legien – hatte ich nicht. Heinrich zeigte nicht, was er empfand. Sein prussischer Name war Herkus gewesen.

Noch am gleichen Tag hörten wir zum ersten Mal unsere Sprache.

Wir kamen zu einer Burg, so groß, wie wir noch nie eine gesehen hatten, ein abweisendes Bauwerk aus rotem Stein, die Marienburg. Rings um sie herum lebten Prussen – Prusai, wie man in unserer Sprache sagt. Sie redeten leise, fast flüsternd miteinander, es war, als wollten sie nicht, dass jemand anders hörte, was sie sagten. Und doch: es war unsere Sprache.

Vor der Burg war ein Dorf entstanden, mit breiten Wegen und Häusern, mit einem Marktplatz und Handwerk. Wir standen in der Nähe einer Fleischerei, und da wir – mit fünfzehn Jahren – praktisch immer Hunger hatten, stach uns der Geruch in die Nase. Legien fuhr sich mit der Zunge über die Lippen.

Die Häuser waren aus verwittertem Holz. Sie wirkten schief und geduckt. Wegen der Wärme arbeiteten die Handwerker draußen vor ihren Türen, ein Schuhmacher, ein Stück weiter ein Waffenschmied, dann ein Tischler, der Bretter fertigte. Hinter dem Dorf lagen Felder im diesigen Sonnenlicht, Bauern schnitten Gras mit der Sense. Den Mittelpunkt des Ortes bildete eine Kirche. Sie war wie die Burg aus rotem Stein. Ein Kreuz prangte über ihrem Eingang.

Legien ließ das Pferd am langen Zügel grasen. Das Dorf, so viel wurde uns schnell klar, war dazu da, die Ritterburg zu versorgen. Immerzu waren Fuhrwerke und Karren unterwegs zum Burgtor. Zwei Soldaten kontrollierten die Wagen, manchmal stachen sie mit ihren Lanzen ins Heu, aber meistens winkten sie sie einfach durch.

Wir schafften es nicht, jemanden anzusprechen, weil

die Leute an uns vorbeihuschten. Ich fand, dass wir drei Gaffer ziemlich dümmlich aussahen. Der Geruch der Fleischerei hielt uns fest. Die beiden Ritter, die auf uns zukamen, nahmen wir erst wahr, als sie direkt vor uns waren. Sie trugen Helm und Kettenhemd, darüber den weißen Überwurf mit dem großen schwarzen Kreuz. Jeder von ihnen hatte ein Schwert.

»Was steht ihr hier herum?«, rief der Vordere, der auf einem rotbraunen Hengst saß. »Macht Platz.«

Im ersten Moment waren wir zu überrascht, um uns zu rühren.

»Warum?«, fragte Legien.

»Weil ihr mir im Weg seid.«

Ich sah, wie Heinrich den Oberkörper straffte – er, der nie Befehlen folgte, deren Sinn er nicht einsah. Und hier war der Sinn mehr als zweifelhaft. Der Weg war breit genug, die beiden Männer hätten ausweichen können. Legien rührte sich genauso wenig. Er war wohl der Ansicht, im Land der Prussen sei es nicht angängig, dass Fremde befahlen. Dem Beispiel meiner Freunde folgend, blieb auch ich stehen, auf eine Krücke gestützt.

Der Ritter auf seinem Hengst zögerte. Seine Ungeduld war fast greifbar. Offenbar war er es gewohnt, dass Prussen seinen Anordnungen Folge leisteten. Seine rechte Hand umfasste bereits den Schwertgriff. Der zweite Mann schloss zu ihm auf. Beide hielten ihre Zügel in der Linken, bereit, mit der anderen Hand das Schwert zu ziehen.

Die Straße hatte sich schlagartig geleert. Außer den Handwerkern vor ihren Häusern war niemand mehr zu sehen. Kein Mensch war bereit, uns Hilfe zu leisten. Trotzdem machten wir keine Anstalten, zur Seite zu treten.

Die Ritter ließen uns nicht aus den Augen, und so verharrten wir. Sie saßen auf ihren Pferden, wir standen da und rechneten damit, jeden Moment angegriffen zu werden. Ich war darauf vorbereitet, mit meiner Krücke wenigstens einen ersten Schwerthieb abzuwehren.

Doch der vordere Reiter riss an seinem Zügel, und mit weiten Sätzen wich sein Pferd uns aus. Der zweite Mann folgte ihm.

Beide traten sie ihren Pferden in die Flanken. Staub wirbelte auf. Ich hatte das gute Gefühl, dass wir sie besiegt hatten.

Aus einer Gasse hinter uns kam ein Mann. Im Schutz der Hauswand blickte er sich um. Er trug einen Strohhut und ein ausgeblichenes Wams. Darunter hatte er knielange Hosen an und grobe Holzpantinen. »Seid ihr Prusai?«, fragte er leise in unserer Sprache.

Legien, noch im Gefühl unseres Triumphes, antwortete laut: »Ja. Ich bin Galinder, meine Freunde hier sind vom Stamm der Natanger.«

»Die Ritter werden gleich zurückkommen. Sie holen Verstärkung«, sagte der Mann.

»Wozu sollten sie Verstärkung brauchen?«, fragte Heinrich. »Sie waren bewaffnet. Wir hatten nur unsere Bögen für die Jagd und die Krücken, um uns zu wehren.«

Der Mann hob den Arm und streckte einen Finger aus. »Aber ob dort hinter dem Haus eure Freunde warten und ihr die Ritter in einen Hinterhalt locken solltet, das konnten sie nicht wissen.« Er schüttelte den Kopf. »Die Deutschen kämpfen nur, wenn sie ihres Sieges gewiss sind.«

»Weil sie Angst vor uns haben?«, wollte Legien wissen.

»Du scheinst sie nicht zu kennen.« Der Mann schob seinen Hut aus der Stirn.

»Wir kennen sie alle nicht«, antwortete ich, »obwohl wir in ihrem Land gelebt haben. Aber dort haben wir sie kaum je zu Gesicht bekommen.«

Der Mann sah mir in die Augen. Er wirkte ernst und schien zu versuchen, meine Antwort zu verstehen.

»Hier könnt ihr nicht bleiben.« Er überlegte kurz. »Kommt mit.«

Ohne auf unsere Zustimmung zu warten, stapfte er davon. Wir blickten uns an, schauten dann zur Burg hinüber, wo kein Trupp Reiter zu sehen war. Gefahr schien uns nicht zu drohen. Trotzdem war ich dafür, dem Mann zu folgen, und nickte den anderen zu.

Er führte uns an den Rand des Dorfes zu einem Haus, wie ich es aus der Kindheit erinnerte, klein, aus Holz, mit Moos in den Fugen und einem Dach aus Lagen von Gras. Daneben stand eine Scheune, auf die zeigte er. Dort führten wir Tork hinein. Drinnen waren auf halber Höhe Bretter eingezogen, ein Boden, auf dem Stroh lag. Da oben, meinte er, könnten wir zwei oder drei Nächte bleiben. Im Dorf sollten wir uns besser nicht mehr sehen lassen, wir seien nun jedermann bekannt.

Er hatte ein paar Gänse und Hühner. Über seinen engen Hof liefen Kinder. Sie waren barfuß und trugen schmutzige Hemdchen. Ein Mädchen folgte ihnen. Wir versuchten, uns nichts anmerken zu lassen, aber es war uns kaum möglich, den Blick von ihr zu wenden. Ihr Haar fiel ihr bis auf den Rücken herunter, und ihr Gang war geschmeidig und leicht, als berühre sie kaum den Boden. Sie trug ein sommerliches Kleid und war ebenfalls barfuß.

Ihr Vater zog die Scheunentür zu. Wir standen im Halbdunkel. Es war warm in der Scheune, die Luft roch abgestanden.

»Und ihr habt wirklich keine Ahnung, wie es um die Prussen steht?«, fragte er.

Als wir verneinten, erzählte er, dass sich viele Stämme im Aufstand gegen den Deutschritterorden befänden, auch die Galinder und die Natanger und vor allem die Jadwinger, vor deren Fürsten Skomand die Ritter Angst hätten, weil er schon viele von ihnen getötet habe. Skomand sei der größte Held der Prusai. In sein Stammesgebiet trauten sich die deutschen Ritter nicht, weil sie wüssten, dass er sie zurückschlagen würde.

Wir hatten diesen Namen, Skomand, noch nie gehört, aber ich nahm wahr, wie die Augen des Bauern strahlten und ein Lächeln über sein Gesicht huschte, als er uns von ihm erzählte. Nur bei ihnen in Pomesanien, fuhr er fort, in der Nachbarschaft der Burg, gebe es keinen Aufstand, sie besäßen keine Waffen, und die Ritter hier seien übermächtig. Aber weiter im Osten würden die Prusai kämpfen. Um ihre Freiheit. Die Ritter seien bereits weit zurückgedrängt worden. Ich fragte mich, woher er das wusste.

Er spähte aus der Scheunentür. »Da sind sie schon.«

Wir sahen eine Handvoll Ritter durchs Dorf traben.

»Geht ins Haus«, rief er seinen Kindern zu, »los, schnell.« Er ließ die Tür offen, bis er sicher war, dass sie gehorcht hatten.

Wir spürten seine Anspannung – seine Angst. Die Ritter, sagte er, seien auch bei ihnen sehr nervös und ihre Kerker voll. Drei Jungen ohne Beschäftigung, die den Gehorsam verweigerten, aber vielleicht die Verhältnisse vor der Burg auskundschafteten, die wären so verdächtig, dass sie sie gleich einsperren würden.

Wir hätten ihnen nichts getan, wandte ich ein, aber das ließ er nicht gelten. Es gehe nicht darum, was einer getan habe, sondern um die Gefahr, die jemand darstelle. Wir dürften die Ritter nicht reizen. Auch sollten wir nicht zeigen, dass wir in Pomesanien fremd seien, und erst recht nicht zugeben, dass wir Stämmen im Osten angehörten.

»Wir bringen euch in Gefahr«, meinte Heinrich, »deshalb werden wir weiterziehen.«

Der Bauer spähte erneut nach draußen. »Sie rechnen damit, dass ihr bereits verschwunden seid, sonst würden sie gründlicher suchen. Wenn ich euch ruhig verhaltet, könnt ihr ein paar Tage bleiben.«

Genau wie ich blickten die anderen beiden nach draußen, aber wir suchten keine Ritter. Obwohl der Bauer seine Tochter ins Haus geschickt hatte, hofften wir, sie zu sehen. Das Mädchen ging mir nicht mehr aus dem Kopf. Und so kam ich auf die Idee, mich am Brunnen im Hof zu waschen. Den Weg dorthin legte ich ohne Krücke zurück und versuchte, möglichst nicht zu humpeln. Ich zog meinen Leibrock aus, steckte den Kopf in einen Eimer, den ich mir hochgezogen hatte, und spritzte mir Wasser auf Brust und Arme. Doch meine geheime Hoffnung, sie würde herauskommen, erfüllte sich nicht.

Einer ihrer Brüder rief uns zum Essen. Der Bauer hatte vier Kinder, drei kleinere und die Tochter, aber offenbar keine Frau mehr. Zu acht saßen wir am Tisch. Es gab Hafergrütze aus Steinschüsseln, die kaum zur Hälfte gefüllt waren.

Die Tochter hatte ein Kopftuch umgebunden und bis in die Stirn gezogen. Sie hatte das gleiche flache Gesicht wie ihr Vater. Aber ihr Haar, das zu einem dicken Zopf geflochten war und aus dem Tuch herausfiel, musste das ihrer Mutter sein. Sie sah uns nicht an und sprach nicht, doch sie hörte aufmerksam zu, als Legien und ich die Fragen ihres Vaters beantworteten. Heinrich aß stumm. Einer der Jungen wollte unsere Namen wissen, wir nannten sie und fragten nach ihren. Sie trugen deutsche, christliche Namen. Die große Tochter hieß Liesbeth.

Als ich am nächsten Morgen wach wurde, war Heinrichs Platz leer. Sein Bogen war verschwunden, was mich darauf schließen ließ, dass er zur Jagd gegangen war. Der Bauer zog mit seinen Söhnen, die sieben und acht Jahre alt sein mochten, aufs Feld. Sie hatten eine Sense und einen Holzkarren, es war die Zeit für die Heumahd. Legien und ich blieben am Haus. Wir sprachen natürlich nicht darüber, hofften aber beide darauf, Liesbeth bald zu Gesicht zu bekommen.

Als die Sonne höher stand, begann ihre kleine Schwester Gisa, im Hof mit Glaskugeln zu spielen. Liesbeth brachte einen Korb mit Wäsche nach draußen. Legien war schneller als ich am Brunnen und zog ihr Wasser herauf. Wir erfuhren, dass die Mutter bei der Geburt der kleinen Gisa gestorben war und dass alle Mädchen im Dorf vor den Rittern versteckt gehalten wurden, weshalb sie den Hof nur verlasse, um aufs Feld zu gehen. Sie war sechzehn, ein Jahr älter als wir.

Die Wäsche rieb sie über ein geriffeltes Brett und goss immer wieder Wasser dazu. Dann wrang sie sie aus und hängte sie auf.

»Spricht er nicht, euer Freund?«, fragte sie, während sie ein Leinenhemd ausschlug.

»Selten«, antwortete ich. »Reden ist nicht seine Stärke.«

»So ist eben Heinrich«, sagte Legien. »Gefällt er dir? Musst ihn nehmen, wie er ist.«

»Blödsinn«.

Liesbeth wurde rot. Sie nahm eine Hose und fuhr damit mit aller Kraft über das Brett. »Er scheint so abweisend wie ein Herbstabend. Doch gleichzeitig wirkt er so …«

»… wie?«, hakte ich nach.

Sie hielt inne. »Ich weiß nicht.«

»Nun sag schon.«

»… als flehe er darum, dass man ihn in den Arm nimmt. Fast wie ein kleines Kind, das sich weh getan hat.«

Sie kippte einen ganzen Eimer Wasser über die schmutzige Hose und rieb sie wieder über das Brett. Der lange Zopf rutschte ihr vor die Brust. Sie warf ihn zurück und wusch weiter, als gäbe es nichts Wichtigeres auf der Welt.

Ihre Brüder, die mit aufs Feld gezogen waren, kamen mit dem Karren voller Heu zurück. Einen Teil luden sie im Hof ab, den anderen brachten sie in die Scheune. Danach baten sie mich, auf Tork reiten zu dürfen. Anstelle einer Antwort sah ich Liesbeth an, die den Kopf schüttelte. Die Jungs sollten zurück aufs Feld, wo der Vater auf sie warte. Wenn sie ordentlich arbeiteten, sei vielleicht am Abend noch Zeit dazu.

Das erlaube der Vater doch nicht, meinten sie. Liesbeth erwiderte, sie werde ihn bitten, wenn sie sich mit dem Heu ranhielten.

Ihre Brüder hießen Gerwald und Ottmar. Ich fragte Liesbeth, ob sie alle getauft seien. Sie, die Kinder, hätten nie etwas anderes gekannt als das Christentum, erzählte sie mir. Schon die Eltern hätten, wie alle anderen in ihrer Gegend, die alte Religion aufgegeben. Ihre Antworten waren kurz, und bald verschwand sie mit ihrer kleinen Schwester ins Haus. Ich hatte das Gefühl, etwas Falsches gefragt zu haben.

Bis in den Nachmittag hinein war von Heinrich nichts zu sehen. Liesbeth kam nicht mehr heraus, aber in das Haus konnten wir ihr nicht folgen, deshalb beschlossen wir, uns im Dorf umzusehen. Wir hatten die Warnung des Bauern vor den Rittern im Ohr und nahmen uns vor, vorsichtig zu sein.

Was wir sahen, bestärkte unsere Eindrücke vom Vortag. Wenn sie in ihrer Sprache redeten, flüsterten die Prusai. Und sie waren immerzu in Bewegung. Niemand stand nur herum und schwatzte. Die Burg lag erhöht über der Siedlung. Ihr Tor stand offen, aber wir wagten uns nicht nahe genug heran, um hineinsehen zu können. Und die Schutzmauer war zu hoch, um darüberzublicken. Gegen die kleinen Holzhäuser im Dorf wirkte das gesamte klobige Bauwerk, als sei es für die Ewigkeit geschaffen worden oder zumindest bis zum Jüngsten Gericht.

An einem Platz im Dorf, von dem mehrere Gassen abgingen, stießen wir auf einen kleinen Markt. Unter Dächern aus Tuch waren Stände aufgebaut – ein paar grobe Bretter auf Holzböcken. Angeboten wurden Schafwolle und Leintuch, Gemüse und Getreide, Brot und Ziegenmilch, doch von allem nur geringe Mengen, die wenige Ware verlor sich auf den langen Tischen, und die Leute entschieden sich hastig, als würde es schon bald nichts mehr geben. Wer etwas haben wollte, bot nicht nur etwas anderes zum Tausch, sondern konnte auch mit Münzen zahlen. Wir wussten aus dem Unterricht im Kloster, dass es sich um Geld handelte, hatten aber solche Geschäfte noch nie mit eigenen Augen gesehen. Legien schaute genauso fasziniert zu wie ich. Wir gingen näher heran und wollten diese Münzen, die die Leute kurz prüften und dann in ihren Beuteln verschwinden ließen, aus der Nähe betrachten.

Aber sie waren zu schnell wieder weg, wurden mit raschen, ängstlichen Bewegungen versteckt. Dadurch wuchs unsere Neugier nur noch. Was waren das für besondere Dinge, die funkelten und von Hand zu Hand wanderten und für die man alles bekam, was man wollte? Wir kamen noch näher an einen Stand heran.

Der Moment der Unachtsamkeit.

»He – ihr da!« Zwei Ritter auf ihren Pferden. Ich erkannte den rotbraunen Hengst vom Tag zuvor.

»Weg hier.«

Wir liefen in die entgegengesetzte Richtung. Ich hatte nur eine Krücke mitgenommen, auf die ich mich stützte und mit der ich recht schnell vorwärtskam, natürlich nicht so schnell wie Legien. Aber ich konnte ihm folgen. Der Markt lief in eine Gasse aus, in die wir rannten. Für Pferde war der Durchgang eng. Hinter uns hörten wir ihre Hufe, und als ich über die Schulter blickte, war eins von ihnen an einen der Stände gestoßen und hatte ein Brett heruntergerissen. Der Ritter achtete nicht darauf. Der Händler beschwerte sich nicht, sondern bemühte sich zusammen mit seiner Frau darum, dass nicht all seine Waren in den Dreck fielen.

Legien war einige Schritte vor mir. Er bog in die nächste Gasse. Auf ihren beiden Seiten standen nur Häuser, die keinen Platz für ein Versteck ließen und keinen Durchgang. Ich bemühte mich, mit meiner Krücke voranzukommen – mag sein, dass ich ein lächerliches Bild abgab, denn ich rannte und humpelte zugleich. Die Verfolger hatten uns gesehen.

Legien blieb stehen und drehte sich zu ihnen um. Offenbar hatte er sich entschieden, lieber zu kämpfen, als zu fliehen. Doch er war unbewaffnet. Ich streckte meine Krücke aus und schüttelte den Kopf, und er gehorchte. Wir rannten weiter.

Die Gasse endete an der Straße, die zur Burg führte. Dort war die Werkstatt des Waffenschmieds, daneben der Tischler, und ein Stück weiter waren wir den Rittern zum ersten Mal begegnet. Der Waffenschmied sah zu uns herüber und verschwand schnell in seiner Werkstatt. Das Hufgetrappel unserer Verfolger war bereits zu hören.

Legien rannte in eine Gasse auf der anderen Straßenseite. Wir verschwanden um die Ecke eines niedrigen Hauses und drückten uns an seine Seitenwand. Ich keuchte. Legien stand Schweiß auf der Stirn.

Von der Dorfstraße klangen die Pferdehufe zu uns herüber.

Die Ritter schienen unentschlossen zu sein, sie sprengten die Straße auf und ab, dann hielten sie ihre schnaubenden Pferde an. Wir blieben dicht an der Hauswand und wagten nicht, uns zu rühren. Selbst als sie sich entfernten, dauerte es eine Weile, bis wir uns hervortrauten und in die andere Richtung davonliefen.

Als wir schließlich auf den Hof des Bauern zurückkamen, hockte Heinrich an der Scheunentür. Er hatte einen Hirsch geschossen und zum Ausbluten an Haken an die Scheunenwand gehängt. Neben ihm saß Liesbeth. Sie trug ihr Haar offen, es fiel ihr über die Schultern. Mit einem Finger kratzte sie auf der Erde, als zeichne sie. Auf mich wirkten sie beide so, als kannten sie einander schon lange. Er redete sogar, und sie hörte zu und lachte. Das Seltsamste aber war sein Gesicht. Es sah aus wie ein Sonnentag nach langer Regenzeit.

Als wir bei ihnen angelangt waren, sagte er: »Ich habe Liesbeth gerade erzählt, wie ihr beide euch in der Gutskapelle versteckt habt. Mit den Kutten in die Kapelle, wie zu einem letzten Gebet.«

Sie lachte erneut, aber ich verstand nicht, worüber. Ihre Stimme klang hell. Ich fühlte mich ausgelacht. Legien schien es ähnlich zu gehen, er entgegnete: »Du hättest uns besser vorher gesagt, dass du die arme Näherin erschrecken würdest.«

Ich setzte mich. »Und uns damit in Gefahr bringst.«

»Ihr habt's doch auch so geschafft.«

Plötzlich sprang Liesbeth auf. Ich dachte, sie wollte unserer Streiterei nicht länger zuhören, aber kurz darauf sahen wir ihren Vater, der mit den Söhnen und dem Karren zurückkehrte. Liesbeth war bereits im Haus verschwunden. Als sie zurückkam, um ihn zu begrüßen, hatte sie ihr Haar bedeckt und zeigte ihm den Hirsch.

Wir verzogen uns in die Scheune und kletterten die

Leiter zum Boden hinauf. Legien zwinkerte mir zu. »Wir beide werden wohl allein nach Hause gehen müssen.«

»Das fürchte ich auch.«

»Ihr allein? Warum?«, fragte Heinrich.

»Wirst hierbleiben«, meinte Legien. »Hast dein Herz doch schon verloren.«

»Halt bloß den Mund.«

Ich war froh, dass wir etwas zum Abendessen beitragen konnten. Nach dem Ausbluten hatten wir den Hirsch gehäutet und zerlegt, Liesbeth hatte das Fleisch im Hof am Spieß gebraten. Wir saßen am Tisch wieder eng nebeneinander. Ein paar Kerzen brannten. Die Decke über uns war so niedrig, dass ich glaubte, sie im Sitzen berühren zu können.

Liesbeth trug immer noch ihr Kopftuch und hielt den Blick gesenkt.

Das Gespräch kam auf die Abgaben, die sie zu leisten hatten. Der Bauer öffnete kaum den Mund, wenn er redete. Er klang verächtlich. »Sie wollen den Zehnten von allem Ertrag. Schon während der Ernte kommen sie und kontrollieren, und immer ist ein Schreiber dabei, der alles notiert. Selbst vom Heu müssen wir einen Teil abliefern. Als könnten sie nicht selbst mähen.«

»Aber die Burg wird doch immerzu versorgt, nicht nur nach der Ernte?«, fragte ich.

Er sah nicht auf. »Auch das sind Abgaben – Eier, Hühner, Brot, Wurst. Wenn sie mehr brauchen, bezahlen sie, doch nur den Preis, den sie festlegen. Und ihre Münzen sind nicht viel wert. Sie kratzen immer das Silber ab. Wir arbeiten allein für die Ritter. Aber leben können wir davon kaum. Sie saugen uns aus.«

»Und warum geht Ihr nicht weg?«

Er lachte bitter. »Sie sind doch in ganz Pomesanien. Bis vor kurzem waren sie auch da, wo ihr herkommt, und ob sie nicht bald dorthin zurückkehren, ist noch nicht ausgemacht. Nur bei den Jadwingern waren sie nicht. Skomand anzugreifen – das wagen sie nicht.« Er riss einen Fleischrest von einem Knochen. »Außerdem verlässt ein Bauer sein Land nicht.«

Am nächsten Morgen war Heinrich wieder verschwunden. Der Bauer lud das Heu, das die Kinder im Hof abgelegt hatten, auf seinen Karren. Seine Söhne hieß er zu warten, vor dem Mittag werde er zurück sein, und dann würden sie aufs Feld gehen.

Kaum war er vom Hof, bettelten die Jungen bei Liesbeth, Tork reiten zu dürfen. Als sie einverstanden war, holte ich mit ihnen zusammen das Pferd aus der Scheune und hob sie hinauf. Das Tier ging über den Hof. Die Kinder jauchzten auf seinem Rücken. Liesbeth aber hatte ihren Blick auf die Straße gerichtet, und nach zwei Runden erklärte sie, es sei genug. Ihre Brüder quengelten. Sie warf Legien und mir einen Blick zu. Legien führte Tork zurück zur Scheune, wo ich die Jungen wieder absetzte.

Als die Sonne genau über uns stand, machte sie Feuer und begann, weitere Stücke des Hirschfleisches zu braten und den Tisch zu decken. Die Kinder ließ sie essen, bat auch uns dazu, wollte sich aber selbst nicht setzen. Zweimal trat sie vor die Tür und kam wieder herein. Sie sprach immer weniger. Ihre Geschwister schienen ihre Sorge zu spüren. Sie wurden ebenfalls still.

»Er wird aufgehalten worden sein«, meinte Legien. »Vielleicht im Dorf.«

Sie antwortete nicht, warf aber Legien einen Blick zu, der klarmachte, dass sie auf billigen Trost keinen Wert lege. Wir verschwanden beide nach draußen. Ich dachte an die Ritter, die uns verfolgt hatten. War es möglich, dass sie eine Verbindung zwischen Liesbeths Vater und uns hergestellt hatten? Dass wir schuld daran hatten, dass er nicht zurückkam?

Legien hing seinen Gedanken nach. Ich hatte ein schlechtes Gewissen und war für einen Augenblick sogar versucht zu beten, aber ich fragte mich, ob ich den christlichen Gott bitten sollte. Noch ein halbes Jahr zuvor, in Magdeburg, hätte ich mir diese Frage nicht gestellt, und auch wenn ich nie viel Inbrunst hatte, war der Gott der Mönche für mich der einzig denkbare gewesen. Doch jetzt war ich in Prussen und wusste nicht mehr, an wen ich mich wenden sollte.

Legien hatte sich ein paar Meter von mir auf den Boden gehockt. Er warf Steinchen auf einen größeren Brocken. Er spielte ohne Lust, und es schien, als müsse er vor neuen Würfen erst wieder genug Ärger ansammeln. Heinrich kam zurück, als die Sonne schon schräg über uns stand. Er hatte seinen Bogen auf den Rücken geschnallt und hielt in jeder Hand einen toten Hasen. Als hätte sie auf ihn gewartet, trat fast gleichzeitig Liesbeth aus dem Haus.

Ich berichtete Heinrich, was geschehen war.

»Sollen wir ihn suchen gehen?«, fragte er Liesbeth.

»Damit sie euch auch noch dort behalten?«

Er legte die Hasen auf dem Brunnenrand ab. »Ist es unsere Schuld? Wäre es besser, wir verschwänden?«

»Wer weiß das schon?« Sie stemmte die Hände in die Hüften.

»Wir müssen doch irgendetwas tun«, sagte Heinrich.

Sie schnaubte. »Überfallt die Marienburg. Schlagt die Ritter in die Flucht. Ihr prussischen Helden, ihr.«

Als die Dämmerung einsetzte, war von dem Bauern immer noch nichts zu sehen. Wir zogen den Hasen das Fell ab und zerlegten sie. Die kleinen Kinder sahen uns zu. Liesbeth sprach nicht mit uns. Erst als wir im Hof Holz aufschichteten, um ein neues Feuer zu machen, meinte sie: »Das sieht man meilenweit. Wenn ihr euer Fleisch braten wollt, dann drinnen.«

Zum Essen saßen wir allein am Tisch. Liesbeth brachte die Kinder zu Bett.

»Vielleicht ist das alles nicht so schlimm«, sagte Legien, als sie es nicht hören konnte. »Es gibt doch viele Möglichkeiten, wo der Alte geblieben sein kann. Ein Mann, der keine Frau hat ...« Er stand auf und ging zielgerichtet in eine Zimmerecke, wo er offenbar etwas auf dem Fußboden gesehen hatte. Es war ein schmaler Tonkrug, der hinter einem Tuch versteckt war. Oben war er mit einem zusammengebundenen Strohknäuel verschlossen, das Legien abzog. Er roch an seiner Öffnung, und was ihm in die Nase stieg, schien ihm zu gefallen, denn er hielt sie ein zweites Mal daran. Dann nahm einen tiefen Schluck. Er musste sich schütteln. »Schmeckt nach Weizen. Aber scharf.«

Er hielt Heinrich den Krug hin, der ebenfalls trank, bevor er ihn an mich weiterreichte.

Im Kloster hatten wir jeden Tag Bier oder Wein bekommen, die einem gegen die Kälte, die harte Arbeit und das Schweigen halfen. Aber das hier brannte in der Kehle, ich spürte es in den Beinen, und mein Kopf wurde frei. Wir reichten den Krug einige Male herum. Als wir Liesbeth kommen hörten, war er gerade bei Heinrich. Er ließ ihn unter der Bank verschwinden. »Komm, setz dich zu uns«, forderte er sie auf. Sein Tonfall war fast heiter.

Auch mir schien das Leben auf einmal leicht. »Wer weiß, wo der Bauer ist.«

»Genau. Es ist sinnlos, sich schon vorher zu sorgen«, sagte Legien.

»Nach was stinkt es hier?«, fragte Liesbeth.

Wir grinsten, einer wie der andere.

»Wenn sie es schon gerochen hat, kannst du den Krug

auch wieder vorholen«, sagte ich zu Heinrich. Ich hatte Lust, mehr zu trinken, damit das Kreisen in meinem Kopf noch stärker würde.

»Das gehört Vater! Seid Ihr von Sinnen?« Sie holte aus und wollte Heinrich, der den Krug auf den Tisch gestellt hatte, schlagen, aber er hielt ihr Handgelenk fest.

Ich nahm einen weiteren Schluck, dann reichte ich den Krug Liesbeth. »Willst du auch? Ist gut und hilft.«

»Wie könnt ihr nur!«

Legien nahm mir den Krug aus der Hand. Sein Zug war länger als alle vorherigen. Dann gab er den Krug an Heinrich weiter. Der hielt Liesbeths Handgelenk immer noch mit der Rechten fest, während er trank.

»Komm, sei ein bisschen nett zu uns«, sagte Legien. »Wir sind doch deine Gäste.« Er strich ihr mit der Hand über das Kleid.

Sie war wütend, als sie sich zu ihm drehte. »Hör auf.«

Ich saß am weitesten von ihr entfernt und überlegte, wie ich näher zu ihr kommen konnte. Noch in ihrem Zorn fand ich sie anziehend, und etwas Böses durchfuhr mich, als ich fragte: »Seid ihr hier im Schatten der Burg überhaupt noch Prusai? Oder habt ihr schon vergessen, was Gastfreundschaft heißt?«

»Lass mich endlich los«, fauchte sie Heinrich an.

»Warum soll er? Du magst ihn doch«, erwiderte Legien und lachte. »Oder entscheide dich für einen anderen von uns.»

Sie schnaubte, blieb aber, als Heinrich sie losließ, am Tisch stehen. Wir tranken weiter, keiner von uns wollte dem anderen nachstehen, und so war der Krug bald leer.

»Gibt's noch mehr?«, wollte Heinrich wissen.

»Nein. Wenn der Vater zurückkehrt, wird er euch verfluchen.«

Legien stand auf. Es fiel ihm schwer, sich gerade zu

halten. Er schwankte und tastete nach der Tischplatte. Seine Knie knickten ein, als er wieder auf den Vorhang zusteuerte. Liesbeth wollte ihn hindern, aber er ließ das nicht zu. Er hatte einen zweiten Krug entdeckt, den er mir zuwarf, bevor sie ihn packen konnte. Dann umfasste er sie, zog sie an sich und drückte ihr einen Kuss auf die Wange. Sie schlug ihm auf den Rücken. Aber er schien das nicht zu spüren.

»Auch die Tiere entscheiden sich«, sagte er lallend. »Alle. Die Rinder, die Pferde. Sogar die Fliegen, die aufeinanderhocken.«

Heinrich und ich lachten.

Er zog sie zum Tisch und drückte sie auf die Bank. In ihrem Gesicht waren Entsetzen und Zorn und vielleicht auch Trauer.

Ich mochte nicht darauf achten.

»Nun sag schon, wer von uns gefällt dir?« Ich zeigte auf Heinrich. »Er ist ein guter Jäger. Und arbeiten kann er auch.«

»Allerdings schweigt er meistens. Aber das weißt du ja schon«, sagte Legien.

»Oder Legien hier? Der braucht eine Frau, die gut kochen kann, denn er isst gerne. Kannst du gut kochen?«

»Nein«, rief sie.

»Außerdem ist er kein Natanger, sondern nur ein Galinder«, sagte Heinrich.

»Vorsicht, wenn du mein Freund bleiben willst.«

Liesbeth wirkte wütend, aber ich wusste nicht, ob ihre Wut echt war oder ob ihr unser Spielchen insgeheim gefiel. Ich sah sie wie durch einen Nebel.

»Oder nimmst du unseren Nikolaus hier?«, fragte Heinrich. »Den hat sich schon mal einer ausgesucht.« Er lachte wieder. »Und ihm dann das Bein zertrümmert, weil er bockig war.«

Für einen Moment stand mir ein verschwommenes Bild von Bruder Simon vor Augen. Dann blickte ich Liesbeth ins Gesicht und hoffte, sie würde sagen: Ja, den will ich – genau den. Mein Knie meldete sich, ich klatschte mit der Hand darauf und hasste den Gedanken, dass sie lieber einen Gesunden wählen würde.

»Ohne getrunken zu haben, kann sie sich gar nicht entscheiden.« Ich bot ihr den Krug an. »Hier, das macht dir Mut.«

Sie saß zwischen Heinrich und Legien und schüttelte den Kopf. Ihre Lippen zitterten.

Legien nahm einen weiteren Schluck, dann hielt er ihr den Krug an die Lippen. Sie schob ihn mit einer Handbewegung zur Seite, und ich dachte: Den Kerl will sie nicht, den verachtet sie.

»Nicht einer von euch gefällt mir«, rief sie. »Ihr seid ...«

Legien strich ihr wieder über den Rücken, wofür ich ihn am liebsten geschlagen hätte.

»Sprich nicht so«, sagte er. »Wir sind im Kloster groß geworden, da kam man für Schimpfworte ins Loch. Ich sage dir, der Beste, den du wählen kannst, bin ich ...«

»Das glaube ich nicht«, entgegnete Heinrich.

»Ich auch nicht«, sagte ich.

Heinrich griff nach ihrer Hand. »Ich muss Wasser lassen. Komm mit mir hinaus.«

Sie riss sich los. Verschwommen sah ich ihre Zähne und glaubte, sie würde gleich zubeißen. Mir war schwindelig. Ich saß immer noch am weitesten von ihr entfernt.

»Geh allein«, rief ich Heinrich zu. Ich wollte den Moment nutzen, um neben sie zu rücken.

Inzwischen hatte Legien ihr seinen Arm um die Schultern gelegt. Die Hand war knapp über ihrer Brust, die sich durch den dünnen Stoff des Kleides abzeichnete. Er sah stolz aus, als hätte er gewonnen.

»Lass mich los.«

»Hörst du nicht«, rief Heinrich. »Loslassen.«

»Du geh in den Hof, sonst machst du dir noch in die Hose.«

Liesbeth wollte aufstehen, aber Legien hielt sie. Ich war versucht einzugreifen. Mir drehte sich der Kopf, ich fühlte mich schwer und wusste nicht, wie ich aufstehen sollte.

»Komm, setz dich zu mir«, sagte ich und klopfte mit der Hand auf den Platz neben mir.

Die anderen beiden lachten. Ich hatte selber mitbekommen, wie undeutlich mein Satz geklungen hatte. Doch ich konnte ihnen den Triumph nicht lassen.

»Dich will sie nicht«, fuhr ich Legien an. »Und du sollst endlich verschwinden«, sagte ich zu Heinrich.

Sie stemmte sich mit den Händen auf die Tischplatte und stand auf. »Ich will keinen von euch. Ihr seid ekelhaft, einer wie der andere.«

Legien hielt sie immer noch fest. Ich sah es, ohne eingreifen zu können. Seine Hand war breit, unter den Fingernägeln steckte Dreck. Der Mund stand ihm offen. Er sah an ihr hoch. »Du bist süß, Liesbeth. Hast du schon mal einen Jungen geküsst?«

Sie versuchte, Legien abzuschütteln, aber er hielt dagegen. Als sie nicht freikam, schossen ihr Tränen in die Augen. »Ihr sollt mich endlich loslassen«, schrie sie. »Verschwindet von hier.«

Ich begriff nicht, wieso ihre Wut uns alle drei traf. Warum entschied sie sich nicht für einen von uns? Dann hatte sie doch Ruhe. Traute sie sich nicht, weil sie glaubte, ausgelacht zu werden?

Als ich den Krug ansetzte, kamen nur noch ein paar Tropfen heraus. Nun schaffte ich es endlich, mich hinzustellen. Dass ich schwankte, war mir egal, ich wollte gegen Legien kämpfen, der Liesbeth weiter festhielt. Aber der Tisch stand zwischen uns, deshalb konnte ich nur die Hände zu Fäusten ballen und ihm drohen.

Er lachte.

Ich fühlte mich ausgelacht. Meine Wut auf Legien wurde größer.

»Einverstanden«, sagte Heinrich in einem Tonfall, als sei ihm der Mund geschwollen. »Wir gehen alle hinaus. Erst lasse ich mein Wasser ab, dann prügeln wir uns um sie.« Er wandte sich an sie. »Und der, der wieder hereinkommt, den nimmst du dann, ja?«

Sie schlug ihm mit der flachen Hand ins Gesicht. Dann riss sie sich mit Gewalt von Legien los und versuchte, über die Bank zu klettern. Aber er packte wieder zu, erwischte sie an der Hacke, und sie stolperte und fiel hin. Ich schwang mich, den leeren Krug in der Hand, auf den Tisch. Dabei stieß ich mit meinem Hinterteil gegen die Tischkante. Obwohl der Aufprall heftig war, spürte ich keinen Schmerz in meinem benebelten Kopf.

»Du Schwein«, rief ich Legien zu, den Krug über seinem Kopf.

Liesbeth saß auf dem Fußboden, einen Riss im Kleid. Alle Wut war aus ihrer Stimme verschwunden. Sie hatte Tränen in den Augen. »Verschwindet doch endlich.«

Heinrich stellte sich breitbeinig vor sie und hielt ihr seine Hände hin. Sie nahm sie nicht, aber er zog sie trotzdem auf die Füße. Er versuchte, sie zu umarmen, dabei geriet er ins Schwanken, und ich dachte, dass sie gleich fallen würden.

»Stell den Krug weg, du Dummkopf«, sagte Legien zu mir. »Du tust dir noch weh.«

»Der Dummkopf bist du. Du merkst nichts.«

»Und du willst mich kaputtschlagen? Dabei ist dort der Feind.« Er zeigte auf Heinrich.

Liesbeth rang mit ihm. Wir wollten ihn von ihr wegziehen. Aber selbst mit dem vielen Schnaps im Blut war Heinrich stark. Er hatte etwas von einem Fels, der nicht umzuwerfen war.

Dann ließ er Liesbeth los und wandte sich uns zu. Wir standen einander gegenüber wie die Winkel eines Dreiecks, hatten die Fäuste geballt und waren bereit, aufeinander einzuschlagen. Nur war nicht ganz klar, wer gegen wen kämpfen sollte.

»Hört auf«, rief Liesbeth. »Ihr macht hier noch alles kaputt.«

Ich hörte sie schluchzen und wäre am liebsten zu ihr gegangen. Aber dann wäre ich dem Kampf ausgewichen.

Plötzlich stand die kleine Gisa in der Küche. Sie hatte ein Stofftier in der Hand, dem Stroh aus Armen und Beinen quoll. »Ihr seid so laut, ich kann gar nicht schlafen.«

Als ich am nächsten Morgen wach wurde, lag Legien neben mir und schnarchte. Heinrich saß in seiner Ecke, den Rücken an die Scheunenwand gelehnt. Er hielt den Kopf in den Händen und starrte vor sich hin.

»Heinrich?«, sagte ich.

Er antwortete nicht.

Ich stand auf und spürte den Schnaps in Bauch und Beinen, und während ich die Leiter herunterkletterte, schmerzte auch noch mein Hinterteil, mit dem ich am Abend gegen die Tischkante gestoßen war. Draußen blendete mich die Sonne. Ich war barfuß und nur mit meinem Leibrock bekleidet. Liesbeth stand an der Haustür. Als sie mich sah, wandte sie sich ab und ging hinein.

Am Brunnen kippte ich mir einen ganzen Eimer Wasser über den Kopf. Liesbeths Brüder waren da. Ich brauchte sie nicht zu fragen, ob ihr Vater zurückgekehrt war. Ihre Gesichter verrieten ihre Sorge.

Zurück in der Scheune, sagte ich zu den beiden: »Wir gehen jetzt den Bauern suchen.«

Heinrich schien mich nicht gehört zu haben. Legien schnarchte immer noch. Ich schüttelte ihn, und als er endlich die Augen aufschlug, wiederholte ich meinen Satz. Er kam hoch, brauchte einen Moment, um sich an alles zu erinnern, dann nickte er. Als er aufstehen wollten, fasste er sich an den Kopf und stöhnte auf. Aus seinem Mund kam der Gestank von Weizenbrand.

Ich zog mich an.

»Kommst du mit?«, fragte ich Heinrich. Er sah düster aus und gab wieder keine Antwort. Ich bezweifelte, dass er meine Frage aufgenommen hatte.

»Dann gehen wir eben allein«, sagte ich zu Legien.

Während er in seine Hosen stieg, kehrte ich in den Hof zurück. Liesbeth war nicht zu sehen. Ich klopfte an die Haustür. Sie antwortete nicht, ich trat trotzdem ein.

Ihr Blick war kalt, die Hände hatte sie zu Fäusten geballt. Es war mehr Verachtung als Zorn, was mir entgegenschlug. Sie hätte mich lieber angespuckt als geschlagen.

»Ich … weiß nicht, was ich … Tut mir leid.« Mein Verstand war vom Schnaps wie gelähmt. »Wir … ich … ich war nicht bei mir. Ich weiß nicht, was geschehen ist.« Dann fügte ich hinzu: »Wir gehen jetzt deinen Vater suchen.«

Ich wollte keine Antwort von ihr, deshalb drehte ich mich um und verschwand. Legien war nicht im Hof, ich fand ihn auf dem Stroh liegend in der Scheune. Er hatte den Versuch, die Füße durch die Hosenbeine zu bekommen, aufgegeben.

Heinrich lehnte weiter an der Bretterwand. Er schien uns beide überhaupt nicht wahrzunehmen, so als befände er sich in einer anderen Welt. Er war unnahbar.

Legien musste jede neue Stufe mit dem Fuß ertasten, als er die Leiter vom Zwischenboden herunterzuklettern begann, und ich konnte sehen, wie seine Beine zitterten. Doch als er seinen Kopf ebenfalls mit Brunnenwasser übergossen hatte, kam wieder Farbe in sein Gesicht.

Wir schritten auf die Marienburg zu, die wie ein fremder Koloss über dem Dorf thronte. Ich hatte meine Krücke in der Scheune gelassen. Mir war mulmig zumute. Legien hielt sich neben mir und sprach genauso wenig. Ich zog mein Bein ganz leicht nach. Als ich mich bemühte, zu gehen wie jeder andere, kam mir eine Idee, und ich humpelte erst recht.

»Lass mich allein machen. Ich glaube, das ist besser.«

Er lehnte ab, aber ich überzeugte ihn, und er setzte sich in eine schattige Ecke des Marktplatzes.

Auf dem Weg zur Burg übte ich die Körperhaltung, in der ich auftreten wollte. Ich riss die Augen auf, legte den Kopf ein wenig in den Nacken, zog das Bein nach, als hätte ich nie anders laufen gelernt, und räusperte mich mehrfach. Bei der Wache tat ich, als hätte ich sie nicht gesehen und wollte an ihr vorbei, aber sie hielt mich auf.

Ich starrte den bewaffneten Mann an. Er war schmal, hatte einen jungenhaften Bartwuchs, hielt eine Lanze in der Hand und trug ein Kettenhemd. Er konnte nicht viel älter sein als ich. »Ich suche den Onkel. Denn ohne ihn wissen wir nicht weiter.«

Er antwortete nicht. Ich versuchte, an ihm vorbei in die Burg zu gelangen, aber er versperrte mir mit der Lanze den Weg.

»Der Bauer«, fuhr ich fort, »er muss uns sagen, was wir tun sollen.« Ich grinste ihn an, mit einem Ausdruck sichtbarer Dämlichkeit, wie ich hoffte. »Das ganze Gras ist nämlich gemäht.«

»Und wo soll dein Bauer sein?«

»Na da, in der Burg. Da ist er hingegangen.«

Er zögerte, aber dann sagte er: »Gut, dann geh nach ihm fragen.«

Vom Tor musste man einen kleinen Hügel hinauf. Links und rechts des Weges standen Mauern, die denen, die hier lebten, wohl ein Gefühl von Schutz gaben. Mich ängstigten sie, und ich fragte mich, ob ich wieder herauskommen würde. Aber ohne ihren Vater wollte ich Liesbeth nicht mehr unter die Augen treten.

In die eigentliche Burg gelangte man über eine Holzbrücke. Ritter und Bedienstete liefen umher, ich sah auch Prussen aus dem Dorf in ihren ärmlichen Leibhemden. Auf mich achtete kein Mensch, deshalb wusste ich auch nicht, wen ich ansprechen sollte. Ich hinkte, hielt den Kopf im Nacken und die Augen aufgerissen. Der Bauer war nirgendwo zu sehen. Ich lief kreuz und quer über den Burghof.

Schließlich hielt ich bei einem Priester, der im Gespräch mit einem Ritter war. »Herr, ich brauche den Bauern, denn wir wissen nicht weiter.«

Beide beachteten mich nicht. Ich räusperte mich und wiederholte meinen Satz. »Wir haben nämlich die Mahd fertig, er wird sich freuen. Aber nun – was sollen wir nun machen? Faul rumsitzen?« Ich schüttelte den Kopf, und endlich sahen die Männer zu mir.

»Wer bist du?«, fragte der Ritter.

»Der Nikolaus.«

Beide lachten.

»Bin ich. Der Bauer ist mein Onkel, und er sagt, ich arbeite gut, manchmal, wenn mein Bein mitmacht und mein Kopf auch.« Ich schlug mir erst aufs Bein, dann an die Stirn. »Aber wie sollen wir arbeiten, wenn wir nicht wissen, was?«

»Und wer ist nun dein Onkel?«, fragte der Priester.

Ich kannte seinen Namen nicht, deshalb war mein Stottern echt. »Äh ... äh ... On... On... Onkel.«

Sie lachten wieder, und der Ritter machte mich nach: »On... O... Onkel. Bist ein ganz Fixer, wie?«

»Jawohl, Herr.«

»Gestern wurde ein Bauer festgesetzt«, sagte der Priester. »Vielleicht meint er den.«

»Der steht im Verdacht, Aufständischen geholfen zu haben«, erwiderte der Ritter. »Gesteht er nicht, ist er ein Fall für den Henker. Und sonst auch.«

Ich riss die Augen noch weiter auf. »A... A... Aber dann ... Und wir? Und ... die Felder?«

»Die erntest du ab«, erwiderte der Ritter. »Und den Zehnten lieferst du uns. Bist doch kein Dummkopf.«

»Nein! Oder vielleicht doch. Jedenfalls sagen das die anderen immer.«

Er lachte wieder, und der Priester stimmte ein.

»Was ist eigentlich ein Dummkopf?«

»Du bist einer«, antwortete der Ritter. »Du hast jetzt zwei Möglichkeiten. Entweder du verschwindest, oder ich lasse dich in den Kerker bringen.«

Ich glotzte ihn an. »Mit dem Onkel.«

»Was, mit dem Onkel?«

»Na, verschwinden. Wie Ihr gesagt habt, Herr.«

Er schüttelte den Kopf, aber seine Aufmerksamkeit war – wie die des Priesters – bei einem anderen Ritter, der mit Gefolge über den Hof schritt. Er trug als Umhang das weiße Tuch mit dem schwarzen Kreuz, und seine Haare wurden schon grau. Als der Mann näher trat, fiel mir seine Nase auf, die nicht nur groß, sondern gebogen war. Ein Adler, dachte ich.

»Ordensmeister,« meldete der Ritter, »dieser Junge hier sucht einen Bauern, den wir festgesetzt haben. Er wird verdächtigt, Aufständische zu unterstützen.«

Der Ordensmeister kam näher. Er hatte seinen Adlerblick auf mich gerichtet. Mir war unwohl. In den Beinen spürte ich den vielen Schnaps. »Kennst du sie auch, diese Aufständischen?«

Ich bemühte mich, ein nachdenkliches Gesicht aufzusetzen.

»Er scheint keinerlei Verstand zu haben«, meinte der Priester. »Wahrscheinlich das Ergebnis unsittlichen Verhaltens.«

Ich hob meine Finger, jeden einzeln und sehr langsam. »Ich kenne den Bauern, weil er mein Onkel ist. Und die Kinder. Und seinen Stock natürlich.« Ich fasste mir an den Hintern. »Mit dem hat er mich gestern wieder bekannt gemacht. Hier, ich zeig es euch.«

Ich drehte mich um und begann, meine Hose zu öffnen.

»Lass zu, dein dreckiges Hinterteil will niemand sehen«, sagte der Ordensmeister. »Wir lassen dich zu deinem Onkel bringen, und ihr beide überlegt gemeinsam, ob ihr uns helfen wollt oder den Aufständischen. Und wenn es euch nicht einfällt, helfen wir nach.«

Der Priester schüttelte den Kopf. »Es würde Gott nicht gefallen.«

»Und warum nicht? Alles, was wir hier unternehmen, tun wir allein für Ihn. Um Seinetwillen sind wir überhaupt hier.«

»Der Junge ist wirr, er ist bereits gestraft. Wenn Ihr ihn einsperrt, dann mischt Ihr Euch in die himmlische Gerichtsbarkeit ein.«

»Und was, wenn er auch ein Aufständischer ist?«, entgegnete der Ordensmeister.

Der Priester zeigte mit dem Finger auf mich. »Der, ein Aufständischer?« Er schüttelte erneut den Kopf. »Vor dem muss wohl keiner Angst haben. Vergesst nicht, was da geschrieben steht: Selig sind, die da geistig arm sind, denn ihrer ist das Himmelreich. Selig sind, die da Leid tragen, denn sie sollen getröstet werden.«

Der Ordensmeister winkte ab. »Hört bloß auf. Es gibt nichts Schlimmeres, als mit einem Priester zu disputieren. Eine Stelle aus der Heiligen Schrift lässt sich immer finden. Aber von mir aus, verschwinde, Junge. Du hast einen einflussreichen Fürsprecher.«

Ich nahm meinen Mut zusammen. »Aber nicht ohne den Onkel. Denn wir wissen doch nicht weiter!«

Dem Ordensmeister stieg die Röte in die Wangen. »Unverschämter Lümmel.« Er fragte den Ritter: »Gibt es irgendwelche Beweise gegen den Bauern?«

»Er hat ja noch nicht gestanden. Soweit ich weiß, wurde er mit Fremden gesehen.«

Der Ordensmeister klatschte zweimal in die Hände, so dass auch andere Männer zu uns herübersahen. »Holt ihn raus. Und dann seht zu, dass Onkel und Neffe die Burg verlassen. Und zwar auf der Stelle. Ich will keinen von denen noch mal zu Gesicht bekommen.«

Er wandte sich ab und ging mit wehendem Umhang davon, sein Gefolge ihm hinterher.

Ich unterdrückte jedes Gefühl von Triumph. Der Ritter nickte dem Priester zu und verzog sich in die Richtung, in der ich den Kerker vermutete.

»Wie lange hast du das schon?«, fragte mich der Priester. »Diese Blödheit?«

»Was meint Ihr?«

»Ob du auch mal anders warst?« Er sah mir in die Augen. »Wer waren deine Eltern?« Als er die nächsten Fragen stellte, verzog er das Gesicht: »Waren sie … Geschwister? Oder haben sie in Sünde zusammengelebt?«

Ich setzte einen traurigen Blick auf und schüttelte den Kopf.

»Oder hattest du einen Unfall? Ist dir irgendwas auf den Kopf gefallen? Oder du irgendwo runter?«

»Ich weiß nicht. Was ist das, ein Unfall?«

Er winkte ab. »Ist nicht wichtig. Du musst beten, jeden Tag, verstehst du? Und jetzt warte hier, bis dein Onkel kommt, und dann verschwinde mit ihm aus der Burg.«

»Ja, Herr. Wie Ihr befehlt.«

Ich stellte mich ein wenig an die Seite und behielt meine Körperhaltung mit dem schiefen Kopf und den aufgerissenen Augen bei. Lange brauchte ich nicht zu warten. Der Bauer sah unverletzt, aber blass aus, als er über den Burghof kam. Ich nickte ihm zu, und wir gingen beide Richtung Tor.

»Wolltest du dein Leben riskieren?«, fragte er mich. Seine Stimme klang grantig. Erst als wir an der Wache, die mich grüßte, vorbei waren, fing ich an zu sprechen.

»Ich muss dir etwas sagen, Bauer. Deine beiden Tonkrüge mit dem Weizenbrand, die sind verschwunden.«

»Habt ihr sie ausgetrunken oder fallen lassen?«

»Sie sind einfach verschwunden. Wenn du willst, ersetzen wir sie dir.«

Er gab keine Antwort.

Wir schritten nebeneinanderher. Ich hatte wieder eine normale Körperhaltung. Legien saß noch immer auf dem Marktplatz.

Der Bauer sagte: »Noch einer, der gerne eingesperrt werden möchte.«

Als wir auf den Hof kamen, erwischte ich einen Blick auf Liesbeth. Sie war schön wie am Vortag, aber huschte schnell wieder ins Haus. Nicht einmal ihren Vater hatte sie begrüßt.

In der Scheune suchte ich nach Heinrich. Er war nicht da und kam erst am Abend zurück, mit schleppendem Schritt und hängendem Kopf, in sich gekehrt. Ohne ein

Wort kletterte er auf den Heuboden. Ich ging ihm nach und erzählte ihm, dass der Bauer zurück sei, und fragte, ob er nicht essen wolle. Sein strähniges Haar hing ihm vor dem Gesicht. Er blickte nicht auf und gab nicht zu erkennen, dass er mich verstanden, überhaupt gehört hatte.

Ich lehnte mich an die Leiter. Schwalben tollten um das Dach, und das Heu roch milde. Ich konnte meinen Blick nicht von Heinrich wenden, der so nah und gleichzeitig so fern war. In dem Moment begriff ich etwas über ihn: In Heinrich tobte ein Kampf. Die Düsternis in ihm musste ungeheuer stark sein, und er brauchte schon an normalen Tagen alle Kraft und Aufmerksamkeit, um sie klein zu halten. Wenn aber die helle Seite geschwächt wurde – vielleicht weil er im Überschwang zu viel Weizenbrand getrunken und ein Mädchen schlecht behandelt hatte –, dann brach der Damm.

In der Klosterschule hatten wir gelernt, dass die vier Säfte im Körper im Gleichgewicht sein müssen, damit der Mensch gesund ist. Ich kramte in meinen Erinnerungen und ärgerte mich, so schlecht aufgepasst zu haben, doch nach und nach kam das Gehörte zurück. Es gab, sagten die Wissenschaftler, vier Säfte, genauso wie es vier Jahreszeiten, vier Elemente und vier Lebensabschnitte gab. Dabei entsprach das Blut dem Frühjahr, der Luft und der Kindheit, die gelbe Galle gehörte zum Feuer, dem Sommer und der Jugend. Die schwarze Galle war der Erde, dem Herbst und dem Mannesalter zugeordnet, während das Phlegma dem Wasser, dem Winter und dem Greisenalter zukam.

Heinrich hatte zu viel schwarze Galle – deshalb sein Schweigen, seine Zurückgezogenheit, sein Starren in die Ferne, in der er offenbar das Jenseits vermutete und vielleicht erhoffte.

Die schwarze Galle in ihm gewann wohl oft die Oberhand, aber an Tagen wie diesem hatte sie die anderen Säfte offenbar vollkommen zurückgedrängt und beanspruchte die Herrschaft allein. Er tat mir leid, und ich wäre am liebsten zu ihm gegangen und hätte ihn umarmt. Doch etwas hielt mich zurück, diese unsichtbare Grenze, die um ihn war. Vielleicht wurde auch sie von der schwarzen Galle geschaffen. Überwinden konnte ich sie nicht.

Ich hatte gelernt, dass Ärzte ihre Patienten zur Ader ließen, der Physikus im Kloster hatte das auch gemacht, und ich fragte mich, ob es wohl möglich war, auch Heinrichs schwarze Galle zu schröpfen. Mir fehlte das Wissen und jede Vorstellung davon, wie so etwas zu bewerkstelligen war und ob es diese Möglichkeit überhaupt gab. Aber wenn den Kranken Blut abgelassen wurde, warum dann nicht auch dem Melancholiker ein Zuviel an schwarzer Galle? Vielleicht konnte ich irgendwann einmal jemanden fragen, der etwas davon verstand.

Unten hörte ich Legien nach mir rufen. Mir fiel es schwer, mich abzuwenden. Denn mir war klar, dass mein Verhältnis zu Heinrich von diesem Tag an ein anderes sein würde. Dabei spielte es keine Rolle, dass er mich vor Simon gerettet und mir bei der Flucht geholfen und das Pferd besorgt hatte, es ging nicht um Schuld oder Dankbarkeit. Ich hatte etwas über ihn verstanden und konnte nicht mehr handeln wie vorher. Heinrich brauchte jemanden.

Hatte Liesbeth das nicht auch gesehen? Er wirke, hatte sie gesagt, als flehe er darum, dass man ihn in den Arm nahm. Fast wie ein kleines Kind, das sich weh getan hat.

Ich kletterte die Leiter hinunter, setzte mich aber nicht zu den anderen an den Tisch, sondern füllte eine Schüssel mit Brei und Fleisch und brachte sie, zusammen mit Wasser, Heinrich auf den Heuboden. Den anderen erklärte ich, er käme nicht zum Essen, er sei krank.

Liesbeth beachtete während der ganzen Mahlzeit

weder Legien noch mich, der ich mich wieder zu ihnen gesellt hatte. Als sie aufgegessen hatte, nahm sie ihre kleine Schwester und zog sie in die Schlafkammer. Auch der Bauer erzählte nicht, was ihm auf der Burg widerfahren war, und so aßen wir alle schweigend. Später, als wir im letzten Abendlicht auf dem Hof standen, sagte Legien zu mir, es sei an der Zeit weiterzuziehen. Ich war seiner Meinung, wusste aber auch, dass wir auf Heinrich würden warten müssen.

Zwei Tage verharrte er noch in seinem Zustand. Legien und ich gingen mit aufs Feld. Die Erde war anders, als wir sie aus Magdeburg kannten, nicht schwarz und fett, sondern sandig und hell. Das Getreide stand niedrig. Wir sammelten Steine, die beim Pflügen hinderlich waren, und wendeten das gemähte Gras. Viel Arbeit war das nicht, die Sonne schien, doch der Bauer war mürrisch, deshalb konnten wir uns nicht einfach auf die Wiese legen. Aber wir ließen es langsam angehen. Ich hatte Tork mitgebracht, weil ich ihn nicht immerzu im Stall lassen wollte, und am Nachmittag fragte ich den Bauern, ob ich seine Kinder reiten lassen dürfte. Er grummelte. Ein Ja war das nicht, aber auch kein Nein, deshalb hob ich die Jungs auf das Pferd, und Tork ging mit ihnen um die Wiese herum. Die Kinder jauchzten nicht, wie sie es im Hof getan hatten, doch ich sah ihnen ihre Freude an.

Am Abend hielt der Bauer mich unter einem Vorwand zurück, und als Legien und die Kinder weit genug entfernt waren, sagte er ohne jede Vorwarnung, ich solle mir überlegen zu bleiben, dann könne ich Liesbeth heiraten und eines Tages den Hof übernehmen. Allerdings müsste ich zusagen, dass die Kinder so lange bleiben dürften, bis sie auf eigenen Füßen ständen.

Ich war so überrascht, dass ich nicht antworten konnte. Ich nickte nur und zog Tork am Zügel mit mir fort.

Als wir im Stroh lagen, dachte ich über das Angebot nach. Das Mädchen gefiel mir, sogar sehr, aber zwei Dinge waren stärker: Ich wollte mich nicht von meinen Freunden trennen. Und es zog mich, obwohl ich kaum Erinnerungen an unser Dorf hatte, nach Hause.

In der Ferne war Donnergrollen zu hören. Ein Gewitter kündigte sich an. Ich erzählte Legien von dem Angebot des Bauern.

»Das hat er mich auch gefragt«, erwiderte er.

»Und?«

Er schüttelte den Kopf.

In jener Nacht regnete es. Die Luft in der Scheune war warm und feucht. Keiner von uns konnte schlafen. Wir wälzten uns herum. Selbst Tork war unruhig.

Am nächsten Morgen setzte ich mich neben Heinrich, nahm seine Hand und hielt sie fest. Ich sagte ihm, dass wir weiterwollten.

»Ja«, antwortete er. Das erste Wort seit drei Tagen.

»Kannst du?«

»Natürlich.«

Am Tisch des Bauern, während wir in unserer Schüssel stocherten, war es Legien, der für die Gastfreundschaft dankte und erklärte, dass wir weiterziehen wollten. Der Bauer nickte, ohne aufzusehen, und das war eine so beiläufige Bewegung, dass ich mich fragte, ob er Legien verstanden hatte.

Liesbeth starrte Heinrich für einen kurzen Moment an, dann senkte sie ihren Blick wieder. Die Kinder fragten, warum wir nicht blieben. Der Bauer verbot ihnen weiterzureden.

Als ich unser Pferd aus der Scheune führte, hatten sie sich alle im Hof versammelt. Das Gewitter hatte eine klare, kühlere Luft zurückgelassen.

Liesbeth warf, obwohl sie sich dafür zu schämen schien, Heinrich erneut einen Blick zu. Dabei war er derjenige, dem der Bauer seine Tochter nicht angeboten hatte.

Die kleinen Kinder sagten kein Wort. Auch meine Freunde waren verlegen. Keiner machte den ersten Schritt oder fand ein Wort des Abschieds. Einer plötzlichen Idee folgend, zog ich Tork am Zügel, und das Pferd machte ein paar schwere Schritte. Ich hielt dem Bauern den Zügel hin.

»Wir möchten euch unser Pferd dalassen. Es wird dir bei der Arbeit helfen.«

»Warum? Ist es krank?«

»Es ist gesund und wird euch allen eine Hilfe sein. Du kannst es beim Pflügen einsetzen und als Zugtier.«

»Das nehme ich nicht an. Wir sind bisher ohne Pferd zurechtgekommen, das können wir auch weiterhin.«

»Daran zweifelt niemand. Mit dem Pferd geht es nur leichter.«

Der Bauer rührte sich nicht.

Schließlich war es Liesbeth, die auf Tork zuging, ihm über die Nüstern strich und auf seinen Hals klopfte. Dann reichte sie jedem von uns die Hand. Als sie vor mir stand und mir mit einem kleinen Lächeln zu verstehen gab, dass sie nicht mehr böse war, hätte ich sie am liebsten umarmt. Sie hatte Tränen in den Augen – wahrscheinlich deshalb, weil Heinrich weggehen würde. Nur ihre Geschwister strahlten.

Ich drückte dem Bauern die Zügel in die Hand. »Es ist eine Stute«, sagte ich, »trotzdem heißt sie Tork, und ich bitte dich, ihr keinen anderen Namen zu geben.«

Liesbeth hatte von Anfang an nur Augen für Heinrich gehabt, und das hatte sich auch durch den Abend mit dem Weizenbrand nicht geändert. Wäre er damals in Pomesanien geblieben und im Schatten der Marienburg Bauer geworden, alles wäre anders gekommen. Aber so war sein Schicksal nicht und auch nicht das unseres Volkes.

Heute arbeitet Heinrich mit vielen anderen Prusai daran, die neue Burg für die deutschen Ritter zu bauen. Jeden Tag gehe ich zur Baustelle von Burg Lochstädt hinüber, aber mir gelingt es nur selten, ihn zu Gesicht zu bekommen. Sie wissen, mit wem sie es zu tun haben. Er hat eine geschmiedete Kette um den Hals und wird oft in einer der Bauhütten gehalten. Zwei Aufpasser sind immer um ihn.

Man sieht kaum Fortschritte auf der Baustelle. Die Steine haben sich nicht bewegt und auch die riesigen Flaschenzüge nicht, an denen sie in die Höhe gezogen werden, die Mauern sind nicht größer und die Gerüste um sie nicht versetzt worden. Es scheint überhaupt nichts passiert zu sein. Doch das ist ein Irrtum. Die Burg wächst. Es geht langsam, aber sie entsteht.

Nie hätten die Prusai ein Vorhaben wie dieses in Angriff nehmen können. Unsere Häuser sind aus Holz, die Burgen, die wir gebaut haben, wirken wie Spielzeug im Vergleich zu denen der Deutschen. Sie waren nie, wie Burg Lochstädt, für die Ewigkeit bestimmt.

Ich wohne in einer Hütte an der Ostsee. Wenn meine Tür offen steht, kann ich das Meer sehen, höre das Plätschern der Wellen und rieche die Seeluft. Vor mir, auf meinem Tisch, liegt Pergament. Ich habe es vollgeschrieben, Blatt für Blatt, einen ganzen Stapel schon. Wenn ich weitererzählen will, muss ich neues Pergament machen. Aber ich weiß nicht, ob ich das tun soll. Die Prusai haben noch nie etwas aufgeschrieben. Wir besitzen unsere Erinnerungen genauso wie jedes andere Volk und sind nicht weniger stolz auf sie, aber unsere Geschichten werden erzählt, von Vater zu Sohn und von Mutter zu Tochter.

Jetzt aufzuschreiben, was ich in unserem Land und zusammen mit Heinrich Monte erlebt habe, das wäre deutsch, nicht prussisch. Ich benutze eine Technik, die man hier nicht kennt und nicht versteht und die ich als Junge in Magdeburg gelernt habe. Wer kann mir sagen, ob das richtig ist?

Das prussische Leben in diesem Land an der Ostsee vergeht. Hier haben Menschen Einzug gehalten, die Burgen für alle Zeiten bauen. Vielleicht ist ihr Gott stärker oder ihr Wille größer? Oder sie sind einfach rücksichtsloser. Ich weiß es nicht. Nur dass sie bleiben werden, so viel ist gewiss.

Durch diese Gewissheit wird mein Wunsch, der Nachwelt wenigstens die Geschichte unseres Volkes zu erhalten, noch dringender. Aber ist es richtig, sie deshalb aufzuzeichnen?

Dass ein erster Papyrus-Stapel beschrieben ist, ist auch keine Antwort auf meine Frage. Ich könnte die Blätter anzünden oder sie am Strand dem Wind übergeben. Das Meer würde sie schlucken. Es hat grenzenlosen Appetit.

Der Widerspruch belastet mich. Wie ich es auch drehe, ich sehe für mein Vorhaben keine andere Möglichkeit als das Schreiben. Ich möchte von den Prusai erzählen und ganz besonders von einem Mann, der meistens schweigend in eine unbestimmte Ferne starrte, der niemals Met trank und dessen Gesicht so besonders war, dass man es nie vergaß. Seine Augen waren schwarz, der Blick lag tief.

Dieser Mann lebt. Und trotzdem spielt seine Geschichte in der Vergangenheit.

Ohne unser Pferd wanderten wir damals durch Pomesanien, und uns kehrten die Erinnerungen an das Land unserer Kindheit zurück. Die Wälder waren beinahe undurchdringlich und die Bäume uralt. Birken und Kiefern hatten stattliche Stämme, und die Eichen, die prussischen Eichen, machten uns demütig. Die deutschen Ritter hatten die alten Pfade zu Wegen verbreitert. Wir wichen immer wieder von ihnen ab und schlugen uns durchs Unterholz. Es war weiterhin Sommer. Die Sonne stand hoch, es war heiß, nur die Bäume boten uns Schatten. Wir kamen an Mooren vorbei, über denen die Luft schwarz war von Mücken. In den Sümpfen quakten unzählige Frösche, die auf Beute warteten. Die Heide schimmerte violett.

Wir waren von der Marienburg aus mehrere Tage gewandert und hatten abends unser Lager aufgeschlagen und ein Feuer angezündet. Legien setzte sich. Bevor er zu essen begann, sagte er, er stamme aus dem Land der Galinder – dem Land der tausend Seen – und wolle dorthin zurück. Deshalb müsste er sich von uns trennen.

Ich schluckte meinen Bissen hinunter und fragte: »Und wann?«

Er blickte mich nicht an. »Morgen.«

Am nächsten Tag, nach Sonnenaufgang, umarmten wir uns. Wir sollten nicht viele Worte machen, meinte Legien, er sei sich sicher, dass wir uns wiedersähen, so groß sei das Land der Prusai ja nicht.

Heinrich nickte nur.

Legien wandte sich ab. Sechs Jahre hatten wir fast jeden Tag miteinander verbracht. Jetzt sah ich ihm hinterher.

Er drehte sich nicht mehr um.

4

Je weiter wir nach Osten kamen, desto langsamer wurden wir. Das lag an Heinrich. Er hielt uns auf, wann immer sich Gelegenheit dazu bot. Meistens wollte er jagen. Er hob Fallen aus, die er mit Astwerk und Laub bedeckte. Dann legte er sich auf die Lauer, manchmal stundenlang, manchmal halbe Tage. Oder er nahm seinen Bogen und versteckte sich an einem Wildwechsel. Wir hatten fast immer mehr Fleisch bei uns, als wir essen konnten. Für Heinrich ein Grund zu lagern. Er fand Plätze an Seen, wo er Holz aufschichtete und kochte oder badete und hinterher in der Sonne döste. Es waren Spätsommertage, die morgens schon Nebel brachten und herbstliches Licht, aber tagsüber wurde es warm unter dem wolkenlosen Himmel.

An einem See mit schilfigem Ufer wollte er für ein paar Tage bleiben. Mich aber zog es weiter, ich wollte nach Hause und drängte zum Aufbruch. Er winkte ab. Hier hätten wir doch alles, was wir bräuchten, und unser Dorf liefe uns schon nicht davon. Ich dachte daran, meinen Weg allein fortzusetzen. Doch am Ende verkürzte ich unsere Zeit am See.

Unterwegs begegneten wir niemandem. Wenn wir die Wege oder die alten zugewachsenen Pfade verließen, hatten wir den Eindruck, die ersten Menschen zu sein, die das Unterholz eines Waldes durchquerten. Auch die Seen wirkten unberührt.

Fast so sehr wie die Jagd liebte Heinrich das Fischen. Er stand dann knietief im Wasser, hielt den Speer, den er sich gebaut hatte, wurfbereit in der Hand und wartete. Ich schaute ihm vom Ufer aus zu und versuchte, meine Aufmerksamkeit so lange auf ihn zu richten, wie er auf das Wasser starrte, doch das gelang mir nicht. Meine Gedanken wanderten zurück nach Magdeburg und an die Marienburg, zu Legien, oder sie versuchten, sich vorzustellen, was uns in unserem Dorf erwartete. Erst wenn Heinrich den Speer ins Wasser schnellen ließ, fand ich zurück in die Gegenwart. Er stieß einen Triumphschrei aus, und ein Hecht oder Wels zappelte an seiner Waffe.

Wo genau Natangen anfängt, ist schwer zu sagen. Irgendwann weiß man, man ist da, es ist die schönste Landschaft im ganzen Prussenland. Es hat viele Hügel, tiefe blaue Seen, die Wälder sind größer und undurchdringlicher als anderswo, es gibt Sümpfe und Moore, und man hört nichts als das Klappern der Störche und das Quaken der Frösche. Und den Gesang der Vögel. Der Friede scheint vollkommen. Aber der Eindruck trügt, denn die Sümpfe ziehen den, der einen unbedachten Schritt tut, in ihre Tiefe. Als der Himmelsgott Deiwas unser Land formte, muss er Lust gehabt haben, etwas Besonderes zu schaffen.

Unterwegs sahen wir Spuren von Wisenten und Auerochsen. Heinrichs Jagdfieber war sofort geweckt, während ich den Kopf schüttelte. Wozu so viel Vorrat – wir waren doch bald da. Er stritt nicht. Überhaupt sprach er, wie immer, nicht mehr als das Nötigste und zeigte auch seine Enttäuschung nicht. Doch in diesen Tagen hatte ich mehr als einmal den Eindruck, er wolle am liebsten bleiben und im Wald leben. Dazu passte, dass er aufmerksam wie nie auf mein Bein achtete und bei den kleinsten Anzeichen von Müdigkeit Rast machte.

Eines Nachmittags an einem See bat er mich, mein Messer zu schärfen. Er ging ins Wasser, schwamm und tauchte. Als er herauskam, fasste er sein nasses Haar zu einem Pferdeschwanz zusammen und verlangte, dass ich es kürzen sollte. Es reichte ihm bis auf die Schultern, er wollte es auf Halslänge abgeschnitten haben. Ich legte es auf ein Stück Holz und säbelte los. Dabei wurde mir klar, dass der Freund Scheu hatte. Nach sechs Jahren würden wir zurückkehren und hatten keine Vorstellung davon, was uns erwartete. Deshalb war er so langsam. Dabei verlor Heinrich nicht ein einziges Mal die Orientierung. Er wusste immer, in welche Richtung wir zu gehen hatten. Er war wie ein Zugvogel. Wahrscheinlich hätte er auch mühelos den Weg zurück ans Magdeburger Klostertor gefunden.

Unser Dorf lag im Schutz einer Anhöhe und am Ufer eines Baches, der sich durch das Tal schlängelte. Die Häuser waren nicht, wie an der Marienburg, links und rechts eines Weges errichtet, jeder hatte sich den Platz genommen, der ihm gefiel, der eine am Wasser, der andere am Waldrand, einer in der Nähe des Dorfplatzes und ein anderer weiter abseits. Gebaut wurde aus Baumstämmen, alle Dächer waren mit Gras gedeckt.

Wir standen auf der Anhöhe und sahen hinunter. Das Dorf war weitläufig, das Wichtigste im ganzen Natangerland, denn hier wohnte der Fürst des Stammes. Auf dem Platz stand eine Holzkirche mit einem Kreuz. Die hatte es vor sechs Jahren noch nicht gegeben.

Wir erkannten niemanden.

Menschen liefen hin und her, holten Wasser aus dem Bach, an dem die Frauen wuschen. Feuer brannten, Männer waren mit Karren unterwegs. Die Ernte war noch in vollem Gange. Die Pferdekoppel sah aus wie damals, und eine Wiese für die Schafe war abgezäunt. Ein Schauer lief mir über den Rücken. Ich suchte Heinrichs Arm. Ich wollte herunterrennen und laut schreien, alle sollten wissen, dass wir zurück waren.

Aber er blieb stehen. Ich zog an ihm. Er kam nicht.

Seine Eltern waren tot. Er hatte niemanden, der ihn erwartete. In dem Moment glaubte ich, regelrecht hören zu können, was in ihm vorging. Er wusste nicht, wohin. Hier würde er genauso allein sein wie irgendwo sonst auf der Welt. Dort auf der Anhöhe vor unserem Dorf rührte Heinrich Monte ein weiteres Mal mein Herz.

»Du kommst mit zu mir«, erklärte ich.

Unser Haus gehörte zu den kleineren im Dorf. Vom Bach war es ein paar hundert Schritte entfernt. Als wir darauf zugingen, starrte ich nur geradeaus und hielt den Kopf steif, aber ich nahm wahr, dass wir beobachtet wurden. Die Leute hielten unseretwegen sogar in ihren Beschäftigungen inne.

Bevor ich noch das Haus betrat, kam eine Frau heraus. Sie hatte graue Strähnen in ihrem dunklen Haar und wirkte kräftig und zäh. Ihr Gesicht war schmal und von der Arbeit im Freien gebräunt. Sie sah mich an, legte die Stirn in Falten und schaute wieder weg. Dann warf sie mir einen zweiten Blick zu. Wie ein Fisch öffnete und schloss sie den Mund, ohne dass ein Ton herauskam.

»Mutter?«

»No… Norelis?« Tränen liefen ihr über die Wangen.

Für einen Moment fragte ich mich, wen sie meinte. Ich war Nikolaus – alles andere klang mir fremd. Doch dann nickte ich.

Meine Mutter machte ein paar Schritte auf mich zu. Ihr ganzes Gesicht zeigte Staunen und Skepsis. Dann ließ sie sich in meine Arme fallen, als sei auf einmal alle Kraft aus ihr gewichen. Ich hielt sie fest, während ihr ganzer Körper von einem Schluchzen geschüttelt wurde.

Auch meine Stimme klang nicht besonders fest, als ich sagte: »Was weinst du, Mutter? Du hast deinen Sohn zurück und gleich noch einen dazu. Das hier ist mein Bruder Heinrich Monte, und wenn er mein Bruder ist, dann ist er wohl dein Sohn. Er wird bei uns wohnen.«

Sie wirkte abwesend. Begriff sie meine Worte überhaupt? Sie musterte ihren Gast und kam langsam wieder zu sich. Und als sie Heinrich endlich die Hand hinhielt, machte sich ein Strahlen auf ihrem Gesicht breit.

»Willkommen, Heinrich Monte.«

Sie nahm uns beide bei der Hand und führte uns hinein.

Meine Erinnerung an unser Haus bestand aus blassen Bildern, entsprechend fühlte ich mich fremd und sah mich um. Meinen Vater hatte ich nicht gekannt, er war bei einem Kampf gegen die Ritter gestorben, als ich noch nicht laufen konnte.

Meine Mutter zeigte auf die Stühle an ihrem Tisch, goss Wasser in einen Krug und stellte Becher hin. Heinrich und ich tranken. In ihrem Gesicht wechselten sich Staunen und Freude ab, sie kniff die Augen zusammen und riss sie wieder auf, als wolle sie sich vergewissern, dass sie nicht träumte.

Sie machte sich in der Küche zu schaffen. Überrumpelt, wie sie war, wollte sie uns doch bewirten.

Ich sagte ihr, sie solle sich erst mal zu uns setzen. Sie kam meiner Aufforderung nach und nahm sich den Platz zwischen uns, so dass wir, eng aneinander, alle eine Seite des Tisches einnahmen. Abwechselnd berührte sie unsere Hände und Arme, kniff sogar zu und lachte dann.

Heinrich schob ihr seinen Becher hin. Sie nahm ihn und trank.

Er war ein ruhiger Gast, schweigsam, wie ich ihn kannte, so war ich derjenige, der zu erzählen begann. Ich berichtete von unserem langen Weg, der mehr als ein halbes Jahr gedauert hatte, und von unserem Freund Legien. Zwischendurch trank ich Wasser und wandte mich an Heinrich, um ihn zum Sprechen zu bewegen.

Aber er nickte nur, mehr nicht.

Von draußen hörten wir bald Bewegung und Stimmen.

Da war Aufregung. Mir kam es vor, als wisse das ganze Dorf bereits, dass zwei junge Männer im Haus meiner Mutter saßen, und ich wartete auf die ersten Neugierigen, die hereinkamen.

Meiner Mutter traten hin und wieder ein paar Tränen in die Augen. Dann wischte sie sie mit dem Ärmel ab und wollte von Heinrich eine Bestätigung meiner Erzählung hören. Aus seinem Gesicht waren all die Sorge und Verlorenheit gewichen. Er schien sich zu Hause zu fühlen.

Als ich gerade von Pomesanien erzählte – dabei Liesbeth nur am Rande erwähnte und unser Trinkgelage ganz aussparte –, wurde die Haustür aufgezogen, und ein Mann kam herein. Er hatte einen Bart, rötlich helle Haut und rotblondes Haar. Stattlich sah er nicht gerade aus. Seine Wangen waren eingefallen und sein Blick verschwommen.

Meine Mutter stand auf. »Willun«, sagte sie.

Er beachtete sie nicht. Mir nickte er zu. Sein Blick war auf Heinrich gerichtet.

»Monte?«, fragte er. »Du bist Monte, oder?«

Heinrich saß mit dem Rücken zu dem Besucher. Er stand auf – und überragte den Ankömmling. Breit war er geworden, noch stärker als in Magdeburg. Unsere Reise hatte ihn verändert. Er war endgültig ein Mann geworden.

Er wartete.

Wenn er etwas konnte, dann war es warten.

Willuns Augen flackerten. Ich meinte, Angst in seinem Gesicht zu sehen, zumindest Unruhe. Aber dann fasste er sich. »Du bist Monte. Das ist doch richtig?«

Heinrich nickte. Ganz langsam bewegte er seinen Kopf.

»Zurückgekehrt aus dem Christenland?«

Wieder nickte Heinrich.

Dem Rothaarigen gelang es nicht, ruhig dazustehen wie Heinrich, er trat von einem Bein aufs andere, machte einen halben Schritt Richtung Tür und einen wieder nach vorn. Und immerzu spielte er an seinen Fingern.

»Dein Vater war Natangerfürst«, sagte er.

Heinrich reagierte nicht. Ich beobachtete ihn. Heinrich, der Jäger. Irgendwann würde auch diese Falle zuschnappen, da war ich mir sicher.

»Aber er ist tot. Seit vielen Jahren. Unser Volk hat mich zu seinem Fürsten gewählt. Kannst alle fragen. Selbst«, er machte eine respektlose Kopfbewegung in Richtung meiner Mutter, »Naudith. Sie wird es bestätigen.«

Heinrich stand vor ihm, immer noch schweigend.

»So ist das. Du, der du deinem Vater hättest nachfolgen können, warst weg, bist mit den Rittern gegangen. Ich wurde gewählt. Wenn du anerkennst, dass ich Häuptling und Fürst bin, kannst du bleiben. Sonst verschwinde.«

Er schaffte es nicht, Heinrich ins Gesicht zu sehen. Ich hätte eine Forelle gegen ein ganzes Wildschwein gewettet, dass ihm nicht wohl in seiner Haut war.

»Die Zeit geht immer weiter«, fuhr er fort. »Und ein Stamm kann nicht ohne Fürst sein. Einer muss führen, gerade in Zeiten wie diesen, wo wir die Ritter bekämpfen. Die Natanger, unsere Leute hier und die in den anderen Dörfern, wollten, dass ich das mache. Verstehst du das, Monte? Dein Vater war tot.«

Willun trat zwei Schritte zurück. Er lehnte sich an die

Wand, als benötige er die Unterstützung in seinem Rücken. Auf seinen Wangen und an der Nase hatten sich rote Flecken gebildet. Heinrich stand so vor seinem Stuhl, wie er die ganze Zeit gestanden hatte. Wie ein Baum.

Willun hob den Kopf und sog den Atem ein. »Also, was sagst du? Ja oder nein?«

»Du irrst, ich bin nicht mit den Rittern gegangen, nicht freiwillig. Sie haben mich entführt, wie auch andere Kinder. Aber wenn du gewählt wurdest, bist du der Fürst.«

Er setzte sich wieder an den Tisch. Hinter ihm atmete Willun so laut aus, dass wir es alle hörten. Seine Stimme klang jetzt leichter: »Ich werde heute Abend ein Schwein braten. Ihr sollt beide kommen. Schließlich sind wir immer noch Natanger. Wenn es etwas zu feiern gibt, dann feiern wir.«

Bald darauf kam Bratengeruch auf. Am Dorfplatz hatte Willun einen ordentlichen Haufen Holzkohle aufgeschichtet. Das Schwein war bereits gehäutet und ausgeblutet. Eine lange Stange war durch das tote Tier getrieben worden, die auf zwei Trägern auflag und gedreht werden konnte. Zusammen mit Willun kümmerte sich ein Junge um den Braten. Er hatte ein blasses Gesicht und langes Haar. Ich schätzte ihn auf nicht älter als dreizehn. Obwohl er recht groß war, wirkte sein Gesicht kindlich. Vor allem fiel mir der Eifer auf, mit dem er seinen Aufgaben nachkam. Er drehte den Braten, schob mit einer Schaufel die Holzkohle zusammen oder ließ sich von Willun zu anderen Aufgaben kommandieren. Der Natangerfürst stand dabei, einen Becher Met in der Hand.

Als es dunkel war, gingen wir zum Dorfplatz. Aus allen Häusern strömten die Leute herbei, Männer und Frauen, Alte und Junge. Viele von ihnen hatten sich feingemacht. Mir fielen besonders die gekämmten Haare auf. Heinrich und ich, wir waren die Hauptpersonen, doch es fiel uns schwer, dieser Rolle gerecht zu werden. Wir wurden von allen begrüßt, und mir passierte es immer wieder, dass ich mit meinem Namen, Norelis, angesprochen wurde, aber nicht wusste, wer mir gegenüberstand. Heinrich sah ich an, dass es ihm nicht anders ging. Er ließ sich auf Arm oder Schulter klopfen und nickte dazu. Die Leute nannten ihn Herkus.

Am Kopfende des Tisches saß der Stammesfürst. Er zeigte, kaum dass er sich gesetzt hatte, auf den Platz neben sich und bestimmte Heinrich dorthin. Auf Heinrichs andere Seite ließ sich ein Mädchen nieder – Willuns Tochter Celcis, wie mir meine Mutter zuflüsterte.

Ihr kräftiges rotes Haar, eine Mähne, leuchtete im Feuerschein. Sie hatte Sommersprossen, und ihr Mund war rot bemalt. Die Farbe dazu wurde aus Zinnober hergestellt. Celcis hatte ihre Wangen mit Kalkweiß heller gemacht und sich die Augenlider grün bemalt. Sie trug ein weißes Kleid, ein grünes Wolltuch um die Schultern und eine Bernsteinkette.

Heinrich saß zwischen ihr und ihrem Vater – das sah aus, als wollten sie ihn in ihre Familie aufnehmen, zumal auch ihre Mutter Mertil dazukam.

Neben mich setzte sich ein älterer Mann. Er hatte ein schmales Gesicht, der Bart war gestutzt, weder Essenreste noch Holzspäne waren in ihm hängengeblieben. Seine Augen waren dunkel, und wenn sie mich ansahen, meinte ich, der Mann interessierte sich für mich. Er stellte sich als Dargus vor und war der Onkel des Stammesfürsten. Meine Mutter setzte sich zu ihm.

Meine ganze Aufmerksamkeit aber zog ein Mädchen auf sich, das sich links neben mir niederließ. Sie hatte dunkles Haar, sonnengebräunte Haut und einen weichen Mund, der mich anlächelte, als sie sagte, sie heiße Zanna.

Mein Name klang noch fremd in meinem Ohr. Ihr gegenüber brachte ich ihn kaum heraus.

Sie war die zweite Tochter von Willun und ähnelte ihrer Mutter. Sie war schlicht angezogen. In ihrer Stimme lag nicht so viel Kraft wie in der ihrer Schwester – die gerade laut lachte, doch mir gefiel ihr Klang.

Unsere Augen richteten sich auf den Jungen, der sich bei den Vorbereitungen hervorgetan hatte. Wie zur Belohnung wollte er sich zu uns setzen und war bereits mit einem Bein über die Bank geklettert, als ihn der Blick der Häuptlingsfrau traf. Sie drehte den Kopf einmal nach rechts und einmal nach links. Der Junge hielt in seiner Bewegung inne und erstarrte. Er sah zu Willun hinüber. Dabei hingen seine Schultern herunter, er wirkte, als sei er geschlagen worden. Willun nickte. Auch das war eine kaum merkliche Geste, aber der Junge verstand sie und trottete davon, um sich einen Platz am anderen Ende des Tisches zu suchen

Meine Mutter erzählte mir später, dass der Junge Rognar hieß und Willuns Sohn war, aber nicht mit Mertil, sondern mit einer Frau, die bei ihnen als Bedienstete gearbeitet hatte. Wir blickten ihm alle nach.

Celcis legte die Hand auf Heinrichs Arm und sagte: »Ich will deine ganze Geschichte hören. Lass aber nichts aus, ja?«

Doch seine Blicke waren bei Zanna. Er tat etwas, was ich selten bei ihm gesehen hatte – er lächelte. Alle Düsternis war aus seinem Gesicht verflogen.

»Weißt du noch, dass ich dir einmal eine Kette gemacht habe?«

Zanna nickte. »Aus Flusskieseln. Die mussten Löcher haben, um ein Band durchzuziehen, und du hast ewig lange gesucht.«

Er lachte, und auch das war selten. Seine Stimme knarrte dabei. »Leider ist die Kette so schwer geworden, dass sie nicht zu tragen war. Wer will schon mit einem Sack Steine um den Hals herumlaufen.«

Sie neigte den Kopf und schmunzelte, und ich wünschte mir, sie meinte mich. »Aber ich habe sie noch. Sie liegt in meinem Zimmer in einer kleinen Kiste.«

»Alte Geschichten«, rief Celcis, »wen interessiert das heute noch? Die Kindheit ist vorbei – für uns alle.« Sie lachte laut.

Doch Heinrich schien nur noch Zanna wahrzunehmen. Er redete mit ihr, stellte Fragen und erzählte ohne Unterlass.

Celcis gab sich alle Mühe, sich einzuschalten. Sie sprach nicht nur lauter als Zanna, sie war auch schneller und gab Antworten, als ihre Schwester noch darüber nachdachte.

Ich saß daneben und fühlte mich ausgesperrt. Und dann begann mein Tischnachbar, Dargus, mir Fragen zu stellen. Auch diesmal ließ ich, als ich die Geschichte unserer Flucht erzählte, den Jungen Tork unerwähnt, um nicht über die Umstände seines Todes reden zu müssen. Ich schilderte unser Versteck in der Kapelle, berichtete von dem Pferd, auch von der Kleidung, die Heinrich gestohlen hatte. Dargus freute sich. Er hatte sich zurückgelehnt, damit auch meine Mutter zuhören konnte. Ich registrierte diese Geste, weil Höflichkeit Frauen gegenüber nicht eben prussisch war. Sie kannte meinen Bericht bereits, trotzdem hörte sie zu, und Dargus wandte sich ihr immer wieder zu, um die eine oder andere Bemerkung zu machen. Nur ich war mit einem Ohr und manchmal auch mit den Augen auf der anderen Seite des Tisches. Scheinbar unterhielten sich Celcis, Zanna und Heinrich zu dritt, doch wer genauer hinsah, musste bemerken, dass zwischen Zanna und Heinrich ein Band geknüpft war und Celcis sich bemühte, es zu durchtrennen.

Die Feuer brannten, ihr Schein fiel auf den Tisch, und das Schweinefleisch war saftig. Dargus wollte wissen, was wir in der Klosterschule gelernt hatten, und als ich die Fächer aufzählte, meinte er: »Das ist gut, das ist gut.«

Offenbar machte ich ein unverständiges Gesicht, denn er erwiderte: »Unser Volk muss lernen. Die Christen scheinen so vieles zu wissen. Vielleicht sind sie deshalb so stark, dass sie andere Länder unterwerfen können.«

»Das glaube ich nicht. Es gibt bei ihnen einen großen Unterschied zwischen Rittern und Gelehrten.«

»Trotzdem kommt ihr Wissen allen zugute. Auch wenn es nicht jeder hat.«

Während ich mich abwandte, nickte ich, so dass Dargus glauben konnte, ich stimme ihm zu. Heinrich beugte sich über den Tisch und streckte die Hand aus – in Zannas Richtung. Er griff nicht nach ihr. Aber er rückte ihr näher. Ich wollte dazwischengehen, wusste nur nicht, wie.

Celcis packte Heinrichs Arm und riss an ihm. »Bitte um einen Becher Met«, verlangte sie.

Er schüttelte den Kopf.

»Für mich.«

Das Metfass stand auf einem Hocker neben Willun am Kopfende der Tafel, als hätte es einen Ehrenplatz. Es hielt nicht mehr ganz dicht, seine Wände waren feucht. An seinem unteren Ende war ein Auslass, eine Art Hahn, angebracht, aber Willun benutzte ihn nicht, er tauchte die Becher direkt ins Fass. Heinrich, der im Kloster die gleiche Menge Wein und Bier getrunken hatte wie wir alle, wollte davon nicht einmal probieren. Ich trank nur wenig. Die Männer um uns herum hingegen ließen sich immerzu von Willun nachfüllen, der es augenscheinlich genoss, wieder und wieder gefragt und gebeten zu werden.

Willun hob den Becher in die Höhe. »Auf unsere

Heimkehrer«, rief er, wobei er schon nicht mehr ganz klar sprechen konnte.

Dargus nahm den Trinkspruch auf. Er legte mir die Hand auf die Schulter. »Auf Norelis und auf Heinrich Monte.« Er drehte sich zu seiner anderen Seite. »Und auf dich, liebe Naudith. Du hast nun deinen Sohn zurück.«

Alle um uns herum streckten ihre Becher in die Höhe.

Lauter als alle anderen rief Celcis: »Heinrich – das ist doch kein Name für einen Natanger.«

Sie strahlte ihn an. Ihr Wolltuch war ihr von der Schulter gerutscht. Das Kleid hatten einen weiten Ausschnitt, man sah ihre helle Haut und die Bernsteinkette. Sie beugte sich vor, als wollte sie sich Heinrich in die Arme fallen lassen.

Aber dann war es Zanna, die sprach: »Früher hießest du Herkus.«

»Das stimmt«, rief Celcis, »und es passt viel besser. Also auf dich, Herkus Monte.«

Sie hob ihren Becher Met, dann nahm sie einen kräftigen Schluck. Ihren Vater schien das nicht zu kümmern. Herkus, der neu Benannte, bemühte sich um ein Lächeln.

Nach dem Essen spielten Schalmeien und eine Leier auf. Neben den Musikern standen Frauen und klatschten im Rhythmus mit. Ich hatte nie gesehen, wie die Natanger tanzten, aber die jungen Leute bildeten auf dem Platz zwei Reihen, und da war es leicht, sich ihnen anzuschließen. Die Reihe der Männer und die der Mädchen bewegten sich aufeinander zu, und als wir uns gegenüberstanden, durfte man sich bei dem Mädchen vor einem einhaken und sich mit ihm im Kreis drehen, bevor man wieder mit seiner Gruppe – und mit Rückwärtsschritten – an den Ausgangspunkt zurückzukehren hatte.

Ob er es darauf angelegt hatte oder ob es Zufall war – Herkus drehte sich mit Zanna. Ich hatte mich bei einem

Mädchen eingehakt, das ich nicht kannte. Sie sah nett aus, war blond, mit vollen Wangen und blauen Augen. Sie schien sich zu freuen, mich, den Heimkehrer, über den das ganze Dorf sprach, erwischt zu haben. Mein Blick aber ging zu Zanna hinüber, die an Herkus' Arm zu schweben schien. Sie hatte die Augen halb geschlossen und den Kopf in den Nacken gelegt. So ließ sie sich von Herkus über den Dorfplatz führen und sah aus, als wünschte sie sich, die Musik würde nie verklingen. Meine letzte Hoffnung war, dass sie einfach nur gerne tanzte.

Bevor sich die beiden Reihen ein zweites Mal erreicht hatten, machte Celcis einen weiten Schritt und hakte sich bei Herkus ein, und dadurch stand Zanna mir gegenüber. Sie lächelte, unsere Arme fanden einander.

Was war das, was sie besaß und andere nicht? Ein Zauber, glaubte ich. Sie war schön, aber es gab andere schöne Mädchen im Dorf, helle und dunkelhaarige, zierliche und kräftige, solche, die bereits Rundungen hatten wie eine Frau, und andere, deren Blüte noch bevorstand.

Zanna tanzte voller Anmut. So wie sie bewegte sich keins der anderen Mädchen. Sie ließ sich von mir halten und drehen und hatte keine Angst, dass ich sie loslassen könnte. Ich war mir sicher, dass der, dem sie einmal ihr Herz schenkte, es für ewig bekommen würde – solange er ihr nicht einen Schmerz zufügte, der sie ihr Vertrauen verlieren ließ.

Am Ende blieb ich dabei, dass Zanna einen Zauber besaß, etwas, das sich mit Worten nicht beschreiben lässt. Es war, als hätte der Himmelsgott Deiwas entschieden, ihr etwas zu geben, das er anderen vorenthielt. Vielleicht hatte er sie mit seinem Stab berührt und dabei aus tiefster Seele gelacht.

Die jungen Leute tanzten immer ausgelassener, niemand wollte gehen. Ich bemühte mich, so oft wie möglich

Zanna gegenüberzustehen. Auch Herkus versuchte das, doch mit ihm wollte auch Celcis tanzen.

Neben den Tischen lagen einige der Männer schon auf der Erde und schnarchten, andere schwankten, während sie sich ein Plätzchen suchten, um sich zu erleichtern. Die Feuer brannten herunter, niemand legte mehr Holz nach, die Musiker waren müde, aber wir verlangten immer neue Melodien – oder Wiederholungen der alten – und erlaubten ihnen nicht zu gehen. Als sie Leier und Schalmeien endgültig zur Seite legten, graute bereits der Morgen.

Zu Hause ließen Herkus und ich uns auf unsere Strohsäcke fallen. Ich nahm ihn kaum wahr, um mich waren ein Nebel und ein Rauschen, etwas Undurchdringliches – der Gedanke an Zanna. Ihr Zauber hatte mich erwischt, und er war so stark, dass ich mich nicht einmal fragte, ob es anderen – und vielleicht dem Freund neben mir – genauso ergangen war.

Als ich am nächsten Morgen aufwachte, hatte ich zum ersten Mal das Gefühl, zu Hause zu sein. Herkus war bereits aufgestanden. Für mein Zimmer hatte meine Mutter keine rechte Verwendung gehabt, entsprechend lag manches im Argen. In einigen Fugen zwischen den Holzstämmen, die die Außenwand bildeten, gab es Löcher, an anderen war das Moos hart und brüchig geworden und würde bald herausfallen. Auch sonst gab es manches zu tun. Die Haustür schloss nicht richtig, sie hatte sich verzogen. Außerdem war der Brennholzstapel im Garten niedrig geworden.

Der Herbst stand bevor, Zeit für mich, unser Haus winterfest zu machen. Nur mit dem Brennholz würde es schwierig werden, ich konnte zwar welches schlagen, aber für das Austrocknen veranschlagten wir je nach Baumart zwei und manchmal drei Jahre. Vielleicht war es möglich, mit jemandem aus der Nachbarschaft zu tauschen.

Als ich in die Küche kam, kochte meine Mutter Haferbrei. Sie und Herkus blickten auf, und ihr Gespräch verstummte. Ich setzte mich an den Tisch.

»Wir haben über das Dach gesprochen«, sagte sie. »Es ist zu dünn, meint Herkus. Da fehlt Gras. Im Sommer hat es zweimal durchgeregnet.«

Ich gab mir alle Mühe, ein böses Gefühl zu ignorieren. Wo war über Nacht diese Vertrautheit zwischen ihnen beiden hergekommen? Gestern hatten sie einander noch nicht gekannt, jetzt wirkten sie, als lebten sie seit vielen Jahren unter einem Dach. Wenn sie redete, reichte ihr sein angedeutetes Nicken, und sie verstanden sich, wenn sie dem anderen nur in die Augen blickten. Herkus war mein Freund, ermahnte ich mich, ich hatte ihn hierher mitgebracht, es war gut, wenn die beiden sich mochten. So fing ich an, von meinen Bauplänen zu sprechen und die Vorhaben aufzuzählen.

»Erst das Dach«, entgegnete sie und musterte mich. »Kannst du mit deinem Knie denn raufklettern?«

»Mutter«, schnaubte ich. »Natürlich.«

»Sonst dachte ich … es muss ja einer auch unten stehen und das Gras hochreichen. Na, jetzt essen wir erst mal.«

Die großen Felder bei uns gehörten dem ganzen Dorf und wurden gemeinsam bestellt, und aller Ertrag floss in den Gemeinschaftsspeicher. Die Einteilungen zur Arbeit und die Getreideausgabe unterstanden dem Stammesfürsten. Daneben besaß jede Familie eigene Äcker und Gemüsegärten, die man bewirtschaften konnte, wenn man nicht für die Gemeinschaft zu arbeiten hatte.

Willun selbst kümmerte sich vor allem um seinen Bienenstock, denn er braute Met, und dafür brauchte er viel Honig. Er besaß eine Menge von Fässern. Um ihn herum war oft Rognar, sein Sohn. Der Junge achtete auf den Vater, hörte auf seine Worte und gehorchte bereitwillig, und auch Willun schien es zu genießen, jemanden bei sich zu haben. Nur wenn seine Frau aus dem Haus kam und ihn rief, schickte er Rognar fort.

Der Junge hatte außerdem die Schafherde zu versorgen, die dem ganzen Dorf gehörte. Wenn er mit ihr auf die Weiden zog, ließ er den Kopf hängen. Ich hatte den Eindruck, er wollte nicht vom Vater weg, aber vor allem gefiel ihm das Alleinsein nicht, die Stunden und Tage nur mit blökenden Schafen.

Nach Willuns Vorgaben arbeiteten Herkus und ich auf den Gemeinschaftsfeldern, wir halfen bei der Ernte und füllten den Dorfspeicher. Wenn wir Zeit hatten, besserten wir das Dach aus. Vorm Haus lag der Gemüsegarten meiner Mutter. Das war ihr Reich, und sie ließ uns nur widerwillig hinein und verlangte dann, dass wir auf dem engen Weg blieben, den sie angelegt hatte. Jedes Mal wieder ermahnte sie uns, ja nicht auf die Beete zu treten. Das Wasser schleppte sie alleine heran. Sah ich sie mit einem Eimer und bot ihr meine Hilfe an, schüttelte sie den Kopf. Ich musste ihr den Eimer regelrecht aus der Hand nehmen. Von sich aus fragte sie nie.

Mein Knie behinderte mich an manchen Tagen kaum, nur dass ich das Bein ein wenig hinter mir herzog. Aber manchmal fühlte es sich schon morgens steif an, und ich humpelte und wäre am liebsten irgendwo sitzen geblieben. Meine Verletzung zeigte mir an, wenn sich das Wetter änderte, es juckte, wenn Feuchtigkeit aufzog, und war unbeweglicher bei Trockenheit.

Mit Herkus konnte ich mich bei der Feldarbeit nicht messen. Ob wir Kürbisse aufsammelten oder Hafer und Gerste ernteten – nur in den ersten Morgenstunden schaffte ich so viel wie er. Dann ließ die Kraft in meinem Bein nach, und ich musste mich ausruhen. Es gab Tage, da habe ich die Zähne zusammengebissen und wollte so schnell sein wie er, aber spätestens am Mittag verlangte mein Knie Entlastung, und er arbeitete noch wie zu Tagesbeginn.

Er verlor nie ein Wort darüber, dass ich langsamer war. Am Nachmittag half er mir manchmal bei dem, was ich noch nicht geschafft hatte. Hin und wieder bedankte ich mich, vielleicht nur mit einem Blick oder einem Nicken, aber er wollte das nicht und wandte sich ab. Auch meiner Mutter half er, wenngleich sie ihn genauso wenig bat wie mich. Er kam auf die Idee, ihr einen Wasserbottich für den Gemüsegarten zu bauen. Beide achteten wir darauf, dass er nie leer war. Wenn er zur Jagd ging, war es selbstverständlich, dass er ihr die Beute gab.

Nur über Zanna sprachen wir nie. Mir war klar, dass das Mädchen sein Herz genauso erobert hatte wie meins. Wann immer ich sie im Dorf erblickte, suchte ich einen Vorwand, in ihre Nähe zu müssen, und wenn wir beide am Bach standen und Wasser holten, grüßte ich sie und versuchte, mit ihr zu reden. Herkus hielt es nicht viel anders. Schon wenn er sie in der Ferne entdeckte, trat ein Strahlen auf sein Gesicht.

Und Zanna? Ich deutete jede ihrer Gesten und die Gesichtsausdrücke, aber sie ließ mich kaum etwas erkennen. Sie freute sich, egal wer von uns sie ansprach. Deshalb war Celcis meine heimliche Hoffnung. Auch sie war bemüht, es wie einen Zufall aussehen zu lassen, wenn sie Herkus über den Weg lief. Doch passierte es zu oft, so viele Zufälle konnte es gar nicht geben. Er war höflich zu ihr. Aber Freude in sein Gesicht brachte allein Zanna.

So schritt der Herbst voran. Der Wind trieb Wolken über den Himmel und brachte uns klare Luft und viel Regen. Es wurde kühl. Wir redeten selten, deshalb war ich überrascht, als er eines Abends sagte: »Spürst du den Wind? Ich möchte ans Ostmeer. Ich träume davon.«

»Und wann?«

»Wir wollen nicht warten, bis es nachmittags bereits dunkel wird. Deshalb – morgen?«

»Ist gut.«

Da wir keine eigenen Pferde hatten und den Weg nicht zu Fuß machen wollten, hatten wir Willun zu fragen, der allein über die Pferde aus der Dorfkoppel entschied. Er stand bei seinen Fässern, sein Sohn Rognar war bei ihm. Es schien, als stritten sie miteinander. Der Junge gestikulierte. Als wir näher kamen, verstummten sie.

Willun musterte mich, und ich fragte mich, warum er mich von oben bis unten ansah, schließlich war ich kein anderer als am Tag zuvor.

Dann verstand ich es.

Seine Stimme hatte einen Befehlston, als er sagte: »Norelis, auf dem Feld bist du keine Hilfe. Ein Hinkender als Bauer, so etwas hat es noch nie gegeben, das ist sinnlos. Ich möchte, dass du unsere Schafe hütest.«

Auf Rognars Gesicht machte sich ein Leuchten breit. Darum also war der Streit gegangen. Mein Bein war ihm gerade recht gekommen.

»Du bekommst zwei Liter Milch am Tag und ein Jungtier im Monat.«

Rognar hatte ein Grinsen aufgesetzt, und Spott zeigte sich um seine Mundwinkel und Augen. Ich zögerte mit der Antwort und versuchte, mir vorzustellen, was da auf mich zukam und ob ich eine Möglichkeit hatte, diese Verpflichtung wieder loszuwerden, falls sie mir irgendwann nicht mehr gefiele. Ich dachte auch an meine Mutter – und vor allem an Zanna. Sie würde ich seltener sehen, und vielleicht würde Herkus daraus einen Vorteil ziehen.

»Also? Was ist?«, fragte Willun. Er wollte mein Einverständnis, dabei war es klar, dass ich mich nicht widersetzen konnte.

»Drei Liter Milch am Tag und zwei Jungtiere im Monat«, sagte ich.

Nun war es Willun, der grinste. »Bin schon einverstanden.«

Ich senkte den Kopf. Ich hatte mich zu billig verkauft.

»Aber nicht sofort. Wir wollen zum Ostmeer«, sagte Herkus.

»Warum?«

»Zum Fischen«, erwiderte er. »Und um es wiederzusehen.«

Willun zögerte, schließlich nickte er. »Aber nicht zu lange. Und wenn ihr zurückkehrt, bist du der Schäfer des Dorfes, Norelis.«

Für die meisten von uns bedeutete das Ostmeer Heimat. Mein Herz klopfte bereits, als ich es erst riechen und ahnen, aber noch nicht sehen konnte, und als es dann vor uns lag, das blaugraue Wasser, übersät von Schaumkronen, machte es einen Satz. Auch Herkus strahlte.

Wir saßen ab und führten unsere Pferde einen bewaldeten Abhang hinunter zum Strand. Am Wasser blies der Wind so stark, dass Herkus' Haare und sein Leibhemd flatterten. Wir mussten beide lachen. Diese Küste war das eigentliche Ziel unserer Flucht gewesen. Jetzt erst hatten wir es erreicht.

Wir verbrachten den ganzen Nachmittag am Strand und ritten über die Dünen, über Muscheln und Sand, vorbei an Hagebuttensträuchern und knorrigen Eichen, die sich in den Wind gedreht hatten. Unsere Blicke kehrten immer wieder zum Meer zurück. Wir jagten in gestrecktem Galopp durch das flache Wasser, dass es aufspritzte.

Als die Wellen höher wurden, blinzelte Herkus mich an, sprang vom Sattel, schmiss Schuhe, Wams und Leibrock in den Sand und rannte ins Wasser. Ich tat es ihm nach. Es war eiskalt. Wir warfen uns in die Wellen und jauchzten dabei, ließen uns in die Tiefe reißen und kamen wieder hoch und spürten die unendliche Kraft des Meeres. Als wir wieder herauskamen, die Haut rot, sammelten wir Treibholz, schichteten es auf und machten Feuer, um uns aufzuwärmen.

Meine Mutter hatte uns einen Vorrat zusammengestellt, weit mehr, als die Satteltaschen fassen konnten. Die Wasserschläuche hatten wir alle genommen, aber von dem gekochten Getreide und Fleisch wies ich einen Teil zurück. Wir hatten genug, um nicht jagen zu müssen. Trotzdem wollte Herkus fischen.

Ich lag am Feuer und stocherte mit einem Stock in der Glut. Dabei beobachtete ich ihn. Wie damals, auf unserer Flucht, stand er reglos im Wasser. Wartete. Was immer er tat, tat er aus ganzer Seele. Wenn er fischte, dann gab es für ihn nur das Wasser, den Speer und die Beute. Um ihn zu stören, hätte ich laut werden oder vielleicht um Hilfe rufen müssen.

Was ihm fehlte, war Leichtigkeit. Sein Handeln hatte immer Bedeutung und Gewicht, und das lastete ihm auf den Schultern.

An jenem Abend fing er eine Flunder, die wir über der Glut brieten. Es war bereits dunkel. Am Himmel standen ein paar Sterne, und der Mond war zu sehen. Wir legten Holz nach, und das Feuer wärmte uns gegen den Wind und die Kühle der hereinbrechenden Nacht.

Am nächsten Morgen entfachten wir das Feuer wieder und blieben an ihm liegen. Der Wind pfiff und blies, die Wellen brachen sich und liefen zum Strand hin aus. Was wir hörten, waren die Geräusche unserer Heimat. Wir lauschten ihnen, bis wir auf der anderen Seite der Düne Reiter bemerkten. Wir setzten uns auf. Eines unserer Pferde begann zu wiehern, vielleicht weil es Artgenossen gewittert hatte. Kurz darauf näherte sich der Trupp – christliche Ritter, wie ihre Rüstung verriet.

Sie waren zu fünft und kamen hintereinander über die Düne geritten. Alle blieben sie auf ihren Pferden sitzen. Das Wort führte ein Mann, der die anderen um Hauptes-länge überragte.

»Was treibt ihr hier?«

Herkus warf kleinere Hölzer ins Feuer. Den Reitern schenkte er keine Beachtung. Ich sah sie an, gab aber auch keine Antwort, denn ich fand nicht, dass wir zur Auskunft verpflichtet waren.

Der Ritter zog sein Schwert. »Redet ihr von alleine oder soll erst Blut fließen?«

»Wir treiben nichts, wir lagern hier«, entgegnete ich.

»Wer seid ihr?«

»Natanger«.

»Und von wo?«

»Unser Dorf liegt einen halben Tagesritt entfernt. Warum ist das so wichtig?«

»Ihr dürft nicht fischen. Prussen haben keine Fischrechte.« Mit der Schwertspitze zeigte er auf die Reste unseres Abendessens. »Aber das da ist ein Fischkopf.«

»Diethart«, sagte der Ritter neben dem Wortführer, »das sind nur zwei dumme Jungen. Die paar Fische machen den Orden nicht arm. Lass uns weiterreiten, wir haben noch einen langen Weg.«

Der Erste starrte uns weiter an, das Schwert immer noch in der Hand. Dann nickte er, und sie wendeten ihre Pferde.

Herkus sah ihnen nach. Seine Hand griff nach Sand. Ich wollte ihn fragen, was er in diesem Moment dachte, aber er stand schon auf, nahm seinen Speer und stapfte zum Wasser, und etwas später aßen wir wieder Fisch.

Drei Tage blieben wir an der See. Das Wetter änderte sich mehrfach, dem Sonnenschein folgte feiner Nieselregen und manchmal ein Himmel, an dem die Wolken ein richtiges Schauspiel aufführten. Wir schliefen am Strand und suchten Schutz unter Bäumen, wenn es regnete.

Für den Rückweg wählten wir eine andere Route und kamen an einer Burg vorbei. Der Wald rings um sie war gerodet, mehrere Wege waren angelegt. Man hatte freie Sicht. Wir hielten Abstand und waren wachsam, um dem Trupp Ritter nicht noch einmal zu begegnen. Dass man anderen Menschen auswich, war etwas Neues in unserem Land. Früher hatte man angehalten, wenn man unterwegs einen Reiter traf, hatte sich über Gefahren am Wege ausgetauscht und gefragt, ob der andere etwas brauche. Die Deutschen aber mied man.

Die Burg, die wir passierten, bewohnte der Vogt von Natangen. Ich hatte ihn noch nie zu Gesicht bekommen, kannte aber, wie jeder andere, seinen Namen. Er hieß Volrad Mirabilis – Volrad, der Bewundernswerte. Er lebte hinter einer hohen roten Mauer, und die Zugbrücke konnte bei Gefahr hochgezogen werden. Außerhalb der Burg lag ein Teich, aber niemand hätte vermocht, die Ritter vom ihrem Wasser abzuschneiden, denn sie konnten von ihrer Mauer aus alle Angreifer beschießen und gleichzeitig hinter den Zinnen Deckung finden. Auf diese Burg brachten unsere Leute, was sie den Deutschen zu geben hatten: einen Teil der Ernte – den Zehnten.

Der Aufstand der prussischen Stämme, von dem wir zum ersten Mal bei der Marienburg in Pomesanien gehört hatten, war bereits niedergeschlagen worden. Dargus hatte mir erzählt, dass die Prusai einen Friedensvertrag unterschrieben hatten, in dem wir zugestanden, christlich zu werden und Kirchen zu bauen und den Zehnten unserer Ernten abzugeben. Die Deutschen hatten alle Fischrechte in der Ostsee – wer hinausfahren wollte, brauchte ihre Erlaubnis, die sie sich bezahlen ließen. Unsere Fürsten hatten den Vertrag nicht lesen können, ein päpstlicher Gesandter trug ihnen vor, was auf dem Pergament stand, und die Prusai setzten am Ende gemalte Zeichen darunter. Sie verzichteten auf viele unserer Sitten. Ein Mann durfte plötzlich nur noch eine einzige Frau haben, die er in der Kirche zu heiraten hatte. Es war nicht mehr erlaubt, jemandem die Tochter abzukaufen. Selbst was wir mit unseren Toten zu machen hatten, wurde uns vorgeschrieben – sie durften nicht mehr verbrannt, sondern mussten im Kirchhof vergraben werden. Alle Zauberei war verboten und mit ihr die Tänze, die dazugehörten. Und natürlich durften wir unsere Götter nicht mehr anbeten. Was wir dafür gewonnen hatten, hatte ich von Dargus wissen wollen. Unser Leben, hieß die Antwort. Wir waren nicht mehr die Herren im eigenen Land, als solche hatten wir für alle Zeit den Orden anerkannt. So hatten wir unser Leben für einen hohen Preis behalten dürfen – gegen unser Prussentum. Damit aber nicht genug: Wer von uns zusätzlich in einer Kirche einen Eid auf Jesus Christus ablegte, wurde augenblicklich besser gestellt, bekam eigenes Land und Saatgut. Für die anderen sollte er ein Vorbild sein, und oft genug fanden sich einige, die den gleichen Weg gingen.

Viele Natanger lachten aber auch über das Christentum. Das war jedoch ein heimliches und verhaltenes Lachen. Mancher, der an unserer Kirche vorbeiging, schlug ein verkehrtes Kreuz, ballte die Faust oder streckte das Hinterteil heraus und machte unanständige Geräusche dazu, und die, die das sahen, feixten. Sie lachten über den immer gleichen Scherz.

War ein Kirchenmann – ein Pfarrer oder nur ein Mönch – im Dorf, und selbst wenn er keine Ritter zu seinem Schutz dabeihatte, tat jeder fromm. Das hatte ich selbst erlebt. Man ging dann sonntags in die Kirche, kniete nieder und bekreuzigte sich.

Unser Land verwalteten sie von der Burg aus, an der wir vorbeiritten. Der Vogt war der, der zu bestimmen hatte. Herkus und ich, wir blieben im Wald, von wo aus wir die Burg des Vogtes im Blick hatten, aber selber nicht gesehen wurden.

Einige Stunden später erreichten wir unser Dorf. Wir brachten die Pferde zur Koppel. Als wir abgesattelt und sie zur Tränke geführt hatten, kam eine Gruppe Ritter und hielt die Pferde mitten auf unserem Dorfplatz an. Sie trugen leichte Rüstung mit Kettenhemden, ihre Umhänge mit dem Kreuz und waren bewaffnet. Ihren Anführer erkannte ich wegen seiner Größe sofort wieder. Die jungen Frauen im Dorf ließen alles stehen und liegen und liefen in die Häuser. Ich erhaschte einen Blick auf Zanna. Meine Mutter, die uns gerade erst gesehen hatte, blieb stehen. Ich bedeutete ihr hineinzugehen. Dass sie von der Tür aus zusah, konnte ich nicht verhindern.

Zusammen mit Herkus ging ich auf den Dorfplatz, wo der Trupp angehalten hatte. Andere Natanger kamen dazu, wir alle, nur Männer, bildeten einen Kreis um die Ritter. Diesmal stieg ihr Anführer vom Pferd. Erst als er stand, erkannte ich, wie groß und breit er tatsächlich war. Ein Hüne. Unsere Leute überragte er um Haupteslänge, er hatte kräftige Arme und Beine. In einem seltsamen Gegensatz dazu stand sein Gesicht, das er zeigte, als er den Helm abzog. Ein Kindergesicht, hell und weich, ohne jede Spur von Bartwuchs, eingerahmt von blonden Haaren.

»Der Vogt schickt uns«, sagte er auf Deutsch zu Willun.

Er hatte einen Akzent, eine harte Sprache, die ich nicht zuordnen konnte. Aus Magdeburg jedenfalls stammte er nicht. »Er wartet auf den Zehnten. Ihr seid überfällig.«

»Die Ernte ist noch nicht eingebracht. Und sie fällt auch kleiner aus. Es gab langen Frost im Frühjahr und danach viel Regen.«

Der Ritter wandte sich zu seinen Leuten. Er schien mir der Jüngste von ihnen zu sein, und ich fragte mich, wie er ihr Kommandeur hatte werden können. Er war entweder von besonderer Geburt oder Tapferkeit. Vielleicht auch nur von besonderer Brutalität.

»Männer, wie viele dieser Entschuldigungen haben wir in den letzten Tagen gehört? Hat einer von euch mitgezählt? Der eine sagt, es gab zu viel Sonne, dem anderen hat's zu viel geregnet. Dann behauptet einer, sie hätten zu wenig Werkzeug wegen der päpstlichen Eisensperre. Fehlt nur noch, dass einer uns mit einem Ostseehochwasser kommt, das das halbe Prussenland überschwemmt hat.«

Die Ritter lachten.

Ihr Anführer wandte sich wieder Willun zu. »Soll ich dir etwas sagen? Ich glaube, die Prussen halten uns für dumm. Ihr lügt, einer wie der andere. Ihr lügt, sobald ihr's Maul aufmacht.«

Willuns rötliche Haut färbte sich dunkler, und er ballte die Fäuste.

»Du bist doch der, der den Met braut«, meinte der Ritter und grinste. Mit einem Mal hatte er eine versöhnliche Stimme.

»Das ist richtig.«

»Willst du denn deinen Gästen nichts anbieten?«

»Doch, sicher, wenn Ihr mögt.«

Der Ritter zeigte auf Willuns Fässer. »Du hältst den kostbaren Trunk doch nicht …« Er verzog das Gesicht, während sein Finger auf die leckenden Behälter gerichtet blieb, deren Holz sich von der Feuchtigkeit verfärbt hatte, »… in diesen Bottichen?«

Willun gab keine Antwort.

»Darin würde ich nicht mal Regenwasser sammeln.«

Seine Ritter lachten wieder. Er sah über die Schulter zu ihnen und strahlte. Willun hatte den Kopf gesenkt.

»Na los, hol ein paar Trinkhörner.«

»Wir haben Becher«, erwiderte Willun. »Aus Ton.«

Er eilte in Richtung auf sein Haus. Der Ritter pfiff hinter ihm her. Willun blieb stehen und machte ein fragendes Gesicht.

»He, Metbrauer, willst du wissen, warum ihr den Krieg verloren habt? Es ist nicht nur, dass ihr nicht an Gott glaubt – obwohl das natürlich das Wichtigste ist. Aber dann trinkt ihr nicht aus Hörnern, wie Krieger das tun. Sondern aus Bechern.« Seine Freunde johlten. »Obendrein holt ihr euch die Becher auch noch selber. Wir haben für so was Weiber. Kann es sein, dass ihr zwischen den Beinen … nichts habt?«

Er fasste sich in den Schritt und rieb seine Hand, während er sich um die eigene Achse drehte, damit seine Leute ihn sehen konnten. »Dass euch hier nichts gewachsen ist?«

Die Ritter johlten wieder und klopften ihren Pferden auf den Hals. Willun wurde noch röter, noch wütender. Ich wartete darauf, dass er dem Hünen an den Hals springen würde – und dann von ihm in den Dreck gestoßen wurde.

Aber das Spiel des Ritters war noch nicht vorbei.

»Warte, ich hab's nicht so gemeint«, rief er und hatte wieder einen anderen, fast freundschaftlichen Ton. »Das beweis ich dir. Ich hole die Becher selber.«

Er setzte sich in Bewegung, auf Willuns Haus zu, was

der unbedingt verhindern wollte. Aber ein zweiter Ritter kam vorgeprescht, zog sein Schwert und versperrte ihm den Weg. Willun musste stehen bleiben.

Er konnte auch nicht zu Hilfe eilen, als er einen Schrei aus seinem Haus hörte. Sein Gegenüber hatte das Schwert angehoben und machte klar, dass er zuschlagen würde, sollte Willun nicht gehorchen.

Herkus neben mir wurde unruhig. Ich hielt ihn am Arm fest und schaute über den Dorfplatz. Wir waren sicher dreimal so viele wie sie, allerdings fast alle unbewaffnet. Käme es hier zum Kampf, dann würden viele unserer Leute ihr Leben lassen müssen.

Der Ritter trat aus Willuns Haus. Mit jeder Hand hatte er eine der Töchter am Kragen gepackt.

»Eine schöner als die andere«, rief er. »Das Beste versteckt er vor uns. Und so einer will unser Freund sein? Wo ist denn die berühmte prussische Gastfreundschaft geblieben? Wie?«

Die Ritter lachten wieder, dabei blieb dem einen oder anderen der Mund offen stehen. Wer noch nicht abgesessen war, stieg vom Pferd. Sie alle kamen näher. Manche pfiffen durch die Zähne.

Ich vergewisserte mich erneut unserer Leute. Warum holten sie nicht ihre Waffen? Auch ich zögerte, nach meinen zu laufen, ich konnte mich nicht losreißen. Herkus neben mir war angespannt. Willun drängte es, seinen Töchtern zu Hilfe zu kommen, aber das Schwert versperrte ihm weiter den Weg.

Celcis schimpfte ununterbrochen, und dabei wurde ihre Stimme immer lauter. Der Ritter solle sie loslassen, was er sich einbilde, sie sei doch kein Schaf, das man einfach am Nacken packen könne. Sie versuchte, sich loszumachen, wand sich und wollte ihn schlagen und kneifen. Aber der Deutsche war stark. Mit seinen langen Armen hielt er sie sich vom Leib. Auch musste sein Griff schmerzen, wenn sie sich bewegte.

Zanna dagegen war vollkommen ruhig. Sie trug den Kopf erhoben, sah niemanden an, gab keinen Ton von sich.

Herkus wollte zu ihnen. Ich hielt ihn weiter am Arm fest, denn ich war sicher, der Ritter würde ihn wiedererkennen. Auch Herkus hatte Speer und Bogen an der Pferdekoppel liegen lassen, aber ob mit oder ohne Waffen, ich wollte verhindern, dass er dem Hünen entgegentrat.

»Lass mich endlich los, du grober Kerl«, zeterte Celcis. Ihre Stimme tönte über den Dorfplatz. Sie trat nach dem Ritter. Obwohl sie zu weit von ihm entfernt war, um ihn treffen zu können, ließ er sie los. Entkommen konnte sie nicht, da seine Freunde um ihn standen.

Willun, immer noch von dem Schwert bedroht, sagte: »Lass sie beide los. Wir bringen euch den Zehnten. Gleich morgen.« Seine Stimme klang unterwürfig.

Der Anführer schien ihn nicht zu hören. Er sprach zu seinen Freunden, vielleicht auch zu unseren Leuten. »Ich liebe die Temperamentvollen.« Er schlug Celcis auf den Hintern. »Doch ich habe so einen Feuerball schon zu Hause. Wenn ein Weib ein wenig sanfter ist, ist es auch nicht schlecht. Wir müssen schon den ganzen Tag kämpfen, da freut man sich, wenn man abends im Bett ein bisschen Ruhe hat.«

Er legte beide Arme um Zanna und zog sie zu sich heran. »Küss mich, du Holde, küss mich hier vor den Leuten. Sie sollen alle sehen, dass wir uns lieben.«

Seine Leute riefen laut, klatschten und stampften mit den Stiefeln. Er zog Zanna noch näher an sich heran. Sie wandte den Kopf von dem Ritter ab, als stinke er aus dem Mund.

Herkus riss sich los von mir. Ich rief ihn halblaut zurück. Aber er ging auf den Ritter zu. Ich hingegen konnte immer noch nicht fort, um unsere Waffen zu holen. Die Szene vor mir hatte mich in ihren Bann geschlagen, und ich fürchtete, sie mit Pfeil und Bogen nur weiter anzuheizen.

»Ich nehme dich mit auf die Burg, du Schöne. Meine Frau ist weit, weit weg, zu Hause im Sauerland. Da leidet ein Mann, verstehst du das? Komm mit mir. Dir wird es an nichts fehlen, das verspreche ich dir, und jede Nacht beglücke ich dich.« Und zu Willun rief er: »Bring mir ein Pferd für das Mädchen. Aber schnell. Sonst brenne ich dein Haus nieder.«

Seine Leute grölten Zustimmung.

Im nächsten Moment stand Herkus vor ihm. Er war vielleicht einen halben Kopf kleiner, doch das rührte ihn nicht. Er starrte den Ritter an und sagte wie immer kein Wort.

»Was willst du denn?«

Herkus gab keine Antwort.

»Dich habe ich doch schon mal gesehen. Du hast Fische gefangen, ohne das Recht dazu zu haben. Und jetzt willst du mit mir streiten?«

Der Freund rührte sich nicht.

»Bist du hier der Beschützer, oder wie? Seht nur«, rief er seinen Leuten zu, »ein prussischer Ritter. Das erste Mal, dass ich einen sehe. Ein richtiger Edelmann.«

Die anderen johlten wieder.

Herkus fasste Zanna am Arm. »Lass sie los«, forderte er den Ritter auf.

Der schüttelte den Kopf und feixte. »Ich mache dir einen anderen Vorschlag. Wir tun so, als wäre sie ein edles Fräulein und kämpfen um sie. Das macht Spaß. Und ich schlage dir den Kopf ab. Hätte ich längst tun müssen, weil du ein Fischdieb bist.«

Seinen Rittern rief er zu: »Was meint ihr, ein Zweikampf mit diesem prussischen Helden hier?«

Er solle nicht lange fackeln, riefen sie ihm zu.

Mit einer heftigen Bewegung stieß er Zanna zur Seite und zog sein Schwert. »Hast du eine Waffe? Oder kämpfst du mit ...« Er fasste sich wieder in den Schritt, »mit ... Tonbechern?«

Seine Leute krümmten sich vor Lachen.

Herkus stand vor ihm und rührte sich immer noch nicht. Diese Haltung kannte ich zu gut. Er wartete einfach ab. Und der Ritter wurde unruhig, er machte in Richtung seiner Leute ein übertrieben fragendes Gesicht, als wäre Herkus ein Dummkopf oder taub.

Ich wischte meine verschwitzten Hände an der Hose ab. Unsere Leute starrten wie gebannt auf Herkus und den Ritter. Auch Celcis, die ein wenig in Sicherheit war, rührte sich nicht. Zanna war an Herkus' Seite.

Der Ritter hielt sein Schwert in der Hand, aber er schien ratlos, wie er mit einem Unbewaffneten kämpfen sollte. Herkus sah ihm geradewegs ins Gesicht.

Keiner von uns rührte sich.

Der Ritter trat einen Schritt zurück. Dabei drückte er Herkus die Schwertspitze gegen die Brust, bevor er es in einer ausholenden Bewegung zur Seite fahren ließ. Herkus bewegte sich immer noch nicht. Er schien bereit zu sein, im nächsten Moment zu sterben.

Ich wollte aufschreien, aber aus meiner Kehle kam nur ein Krächzen.

»Halt ein!«, rief jemand.

Das war Dargus. Er trat aus dem Kreis, den wir alle gebildet hatten, ein schmaler, vornehmer Mann und unbewaffnet. Mit kurzen Schritten näherte er sich dem Ritter. Dabei breitete er die Arme aus. »Sieh dich um. Wir sind viele. Und wir haben Waffen.«

Der Ritter ließ seinen Blick über unsere Reihen gleiten. Auch ohne Schwerter wirkten die Natanger entschlossen, und er konnte sich ausrechnen, dass wir Waffen im Haus hatten. Mir fiel ein, wie der Bauer in Pomesanien uns erklärt hatte, dass die Deutschen nur kämpften, wenn sie sicher waren zu siegen.

Herkus fasste Zanna am Arm. Er ließ den Ritter mit seinem Schwert in der Hand stehen und führte sie zu ihrem Haus. Dabei ging er an Celcis und an Willun und seinem Bewacher vorbei, ohne irgendeinen von ihnen anzublicken. Zanna ließ sich von ihm führen, als sei das selbstverständlich. Alle Männer auf dem Platz, Ritter genauso wie Prussen, sahen ihnen zu. Das Gegröle war verstummt.

Herkus ließ Zanna so lange nicht los, bis sie die Haustür erreicht hatten. Er nickte ihr zu, dann kam er zurück auf die Mitte des Dorfplatzes.

Sein Gegner war inzwischen zu seinem Pferd zurückgekehrt. Er rief Willun zu: »Der Vogt wartet nicht mehr lange. Wenn wir noch einmal kommen müssen, dann brennt dein Dorf, und es fließt Blut.«

Er saß auf. Von seinen Sporen angetrieben, machte sein Pferd zwei große Sätze, doch als er vor Herkus war, riss er es am Zügel: »Und wir beide, mein Freund, wir haben noch eine Rechnung offen. Wir sehen uns wieder. Das verspreche ich dir.«

Er jagte davon, gefolgt von seinen Leuten. Herkus sah ihnen nach. Dann kehrte er zur Pferdekoppel zurück.

5

Arbeit machten mir die Schafe kaum, nur war ich mir nicht sicher, ob das von Vorteil war. Hätte ich mehr zu tun gehabt, wäre mir weniger Zeit geblieben, an Zanna zu denken. Aber es war kaum mehr, als die Herde auf eine Weide zu treiben und mit ihr weiterzuziehen, wenn das Gras abgefressen war. Ab und an musste ich einem Muttertier ihr Lamm aus dem Bauch ziehen, dann waren meine Arme bis zu den Ellenbogen blutig und der Leibrock nass vom Fruchtwasser. Aber sonst? Zwei Hunde passten auf, dass keins der Schafe weglief, und wenn sich Wölfe oder Luchse näherten, schlugen sie an. Der Rüde war älter und schmal, er ließ den Schafen keinerlei Freiheit und war dabei so streng wie die Brüder im Kloster, deshalb nannte ich ihn Abt. Der Hündin war stolz, sie kam nur zu mir, wenn sie das wollte, nicht, wenn ich sie rief. Ich gab ihr den Namen Liesbeth.

So saß ich viele Stunden im Schatten eines Baumes. Dabei wollte mir das Bild nicht aus dem Sinn gehen, wie Herkus Zanna aus der Gefahr befreit und über den Dorfplatz geführt hatte. Mir fielen andere Situationen ein, da hatte nicht nur er ihr hinterhergesehen, sondern auch sie ihm. Ich versuchte, es zu leugnen, als Einbildung abzutun, doch weil ich so viel Zeit hatte, kehrten die Bilder zurück, und endlich blieb mir nichts übrig, als mich zu der schmerzlichen Einsicht durchzuringen, dass Zanna zu Herkus gehörte und nicht zu mir.

Ich schloss die Augen, trat gegen den Baum, manchmal schrie ich laut oder riss büschelweise Gras aus. Der Schmerz war stark. Ich hätte sogar geweint, hätte ich mich dafür nicht geschämt.

Wenn ich nachts zu Hause war und nicht auf dem Feld, schlief ich wie immer im selben Zimmer wie Herkus. Er sprach wenig, hing seinen Gedanken nach oder begann zu schnarchen, sobald er sich hingelegt hatte. Ich aber war wütend auf ihn. Er hatte mir Zanna genommen, und auch die Zuneigung meiner Mutter zu ihm schien stärker zu sein als die zu mir. Er war mir im Weg. Ich begann, mir klarzumachen – und auch das dauerte Tage und Wochen –, dass ich dieses Gefühl nicht wollte. Herkus war mein Freund. Er hatte mich vor Bruder Simon gerettet und dafür selber alles riskiert. Ohne ihn wäre ich wahrscheinlich immer noch im Kloster, und wer konnte wissen, wie oft mich Simon inzwischen beschmutzt hätte. Herkus war es gewesen, der für mich ein Pferd gestohlen hatte, weil mir das Laufen schwerfiel. Stärker noch als all seine Hilfe wirkte das Bild seinerzeit auf dem Heuboden in Pomesanien – der Freund, wie er der schwarzen Galle ausgeliefert war, melancholisch, einsam, bedürftig.

Auch wenn meine Gefühle für ihn zurzeit andere waren, entschied ich mich dafür, Herkus' Freund zu bleiben. Die Liebe, sagte ich mir, war Schicksal. Es hatte die beiden zusammengeführt, nicht mich und Zanna. Aber eine Schuld lag nicht vor.

Wenn mir die Stunden bei der Herde zu lang wurden, vertrieb ich mir die Zeit mit Schnitzen. Mit dem Messer schälte ich Köpfe oder ganze Figuren aus trockenen Holzstücken. Damit konnte ich mich viele Stunden aufhalten. Ich arbeitete mit dem weichen Holz von Nadelbäumen und dem härteren von Buchen und Eichen und stellte fest, dass mir das harte mehr lag. Man brauchte zwar mehr Kraft und Geduld, aber es verzieh Fehler.

Manche meiner Figuren brachte ich mit nach Hause und stellte sie auf einen Absatz über den Ofen oder sogar auf den Tisch. Meine Mutter tat meistens so, als nehme sie sie nicht wahr. Manchmal schüttelte sie auch den Kopf. Derlei Spielchen hielt sie nicht für die angemessene Arbeit für einen Mann.

In jener Zeit fing ich auch an zu schreiben. Wie wir es im Kloster gelernt hatten, stellte ich aus der Haut toter Schafe Pergament her. Dazu kam das Fell zunächst in Kalklauge, um die Wolle und Fett- und Fleischreste zu lösen. Dann wurde es auf einen Rahmen gespannt und mit Messer und Stein abgerieben.

Uns allen hatten die Mönche im Kloster eine enge Schrift angewöhnt, wer zu große Buchstaben schrieb, dem schlugen sie mit dem Stock auf die Hände. Man hatte kein Pergament zu verschwenden. Auch die Tinte fertigte ich so, wie man es mir beigebracht hatte, aus Galläpfeln, die man von den Eichen abkratzt, und aus Vitriol. Dazu mischt man etwas Alkohol, und es entsteht Tinte in nachtschwarzer Farbe.

Diese Dinge tat ich nicht gerade heimlich, aber ich zeigte sie auch nicht vor. Ich war davon überzeugt, dass weder Willun noch andere Männer aus dem Dorf Verständnis dafür haben würden, dass man Gedanken oder Erinnerungen aufschrieb, und sie würden auch keine Beschäftigung dulden, die sie den Christen zuordneten. Aber ich hatte nichts Besseres zu tun.

Als Unterlage diente mir ein Holzbrett, das ich mir gemacht hatte. Mein Messer hatte ich immer bei mir, um den Gänsekiel nachzuschneiden, weil die Spitze durch die Tinte schnell weich wurde.

An einem Baum sitzend, die grasenden Schafe und die

Hunde um mich, fragte ich mich manchmal, ob mein Leben diese Bahn eingeschlagen hatte, weil mein Bein nicht heil war. Ein Mann, der arbeiten konnte wie alle anderen, der den ganzen Tag auf dem Feld verbrachte oder zur Jagd ging, hatte keine Zeit für solche Dinge. Aber vielleicht war es umgekehrt: damit ich schrieb und schnitzte, war mir das Knie zerschlagen worden.

Manches, auf das ich heute zurückgreife, stammt aus jener Zeit. Ich besitze die alten Pergamente noch, auf denen ich festgehalten habe, was im Dorf passierte. Damals habe ich ohne Ordnung gearbeitet, und wenn meine Gedanken nicht bei der Sache bleiben wollten, habe ich sie nicht gezwungen.

Obwohl ich es nicht wollte – sie kehrten oft zu Zanna zurück.

Eine andere Ablenkung bescherte mir eine Frau, die mich manchmal besuchte. Sie trug einen Korb bei sich, in dem sie Kräuter sammelte, die das Essen besser schmecken ließen und manchmal auch gegen Krankheiten halfen. Ihr Name war Suplith, und ich war dankbar für ihre Gesellschaft.

Erst als der Frühling kam, gelang es mir, mich ein wenig aus Zannas Zauber zu lösen. Ihr Bild wurde schwächer, und es kam der Tag, da stand mir weder ihr Gesicht noch ihr Gang – den Kopf ein wenig schräg und leicht gesenkt – vor Augen. Doch dann sah ich sie abends im Dorf, und die Wunde begann wieder zu schmerzen. Zanna wirkte am Ende eines Arbeitstages so zart, so zerbrechlich, dass ich glaubte, sie halten und beschützen zu müssen. Dann wandte ich mich ab. Ich wusste um ihre Stärke. Niemand zwang sie in die Knie. Sie brauchte mich nicht. Ich blieb mit einem Seufzer zurück.

Wenn ich sie mit ihrer Schwester sah, fiel mir immer wieder auf, wie gegensätzlich beide waren. Celcis trug die

Würde der Fürstentochter vor sich her. Zanna war nicht weniger stolz, aber sie hatte eine andere Quelle dafür, irgendwo tief in ihrem Inneren. Auf Rang und Abstammung gab sie nicht viel.

Sie war die Geheimnisvolle, ihr Gesicht, eben und rund, verbarg, was sie dachte und fühlte. Auf dem von Celcis dagegen konnte man lesen wie in einer Handschrift im Kloster.

Die Rückschritte auf meinem Weg, Zannas Zauber zu entkommen, erkannte ich dann, wenn ich versuchte, ihr Gesicht zu schnitzen, nachdem ich sie am Vorabend gesehen hatte. Viele dieser halbfertigen Hölzer habe ich weggeworfen, manche sogar verbrannt, und nicht unbedingt, weil sie misslungen gewesen wären. Ich hatte mich ertappt, und dann wollte ich sie mir erst recht und mit Gewalt aus der Seele reißen.

So freute ich mich, wenn ich Suplith sah. Sie war ein paar Jahre älter als ich und mit einem Bauern aus dem Dorf verheiratet. Manchmal setzte sie sich zu mir. Außer meiner Mutter war sie die Einzige, die sich nach meinem Knie erkundigte. Sie hatte dunkelbraune Haare und gebräunte Haut und trug meistens ein Lederkleid. Ihr Gang mit seinen leisen Schritten war der einer Katze.

Es war ein Frühlingstag, und die Bäume des Waldes blühten in Rot und Weiß und vielen Farben dazwischen. Suplith griff nach einem Zweig und kratzte damit in der Erde. »Norelis – was bedeutet dein Name?«

»Er hat mit Sehnsucht zu tun und mit Wünschen. Vielleicht: der sehnsuchtsvoll Wünschende.«

»Und was wünschst du dir mit Sehnsucht?«

Die Liebe, schrie es in mir, und ein weiteres Mal stand mir Zanna vor Augen, und ich verfluchte mich dafür, kniff mich in die Hand und schob ihr Bild zur Seite.

»Ich weiß nicht. Es ist doch nur ein Name.«

»Aber einer mit Bedeutung. Du solltest so lange suchen, bis du gefunden hast, was du mit Sehnsucht wünschst. Vielleicht ist es ja ein Mensch. Einen Namen wie deinen, den muss man sich verdienen.«

Ich ging nicht auf sie ein. »Was sagt dein Mann, wenn du hier oben bei mir bist?«

»Erkil? Nichts. Ich sammle Kräuter, und er freut sich, wenn sein Essen würzig schmeckt. Und wenn ich zufällig den Schäfer treffe und mich für eine kurze Rast zu ihm auf die Wiese setze, warum sollte Erkil das umtreiben?«

Hinter mir am Baum lagen zwei Holzfiguren im Gras, an denen ich gearbeitet hatte. Suplith konnte sie nicht sehen, denn sie hatte ihnen den Rücken zugewandt, trotzdem sagte sie: »Mir gefallen deine Schnitzereien. Sie sind sehr schön.«

Mir stieg Blut in den Kopf, ich konnte sie nicht ansehen. »Es ist nur, dass man hier oben irgendetwas tun muss. Sonst wird die Zeit so lang.«

Sie warf mir einen Blick zu und lächelte. Ich wusste nicht, was das zu bedeuten hatte.

»Du hast recht«, sagte sie und stand mit einer lautlosen Bewegung auf. »Eine Frau, die verheiratet ist, sollte nicht zu lange neben einem anderen Mann sitzen.«

Über die Wiese wanderte sie davon. Ab und an blieb sie stehen, um etwas zu pflücken. Ich sah ihr nach. Bevor sie im Wald verschwand, hob sie die Hand und winkte mir zu.

Eines Tages in jenem Frühjahr, am Ende einer heißen, feuchten Zeit, zogen schwarze Wolken über den Himmel. Ein frischer Wind pfiff über die Wiesen. Die Sonne verschwand, die Wolkendecke wurde dichter. Ich rief die Hunde und trieb die Herde Richtung Dorf, um dem Gewitter nicht auf freiem Feld ausgesetzt zu sein. Die Schafe bekamen Angst, die Hunde bellten. Sie hatten es so eilig wie ich. Es regnete noch nicht, als wir das Dorf erreichten, nur der Wind heulte und wirbelte feine Erde auf. Ich glaubte schon, das Gewitter würde vorüberziehen und ich könnte wieder umdrehen, als ich auf dem Dorfplatz ein Pferd entdeckte, wie ich noch nie eins gesehen hatte. Ein Rappe mit kleinen weißen Flecken, ein Hengst. Ein Tier wie ein Fürst, edel und gebieterisch – die anderen Pferde auf dem Platz hielten Abstand zu ihm. Der Rappe war unruhig, tänzelte und schnaubte, während die anderen grasten. Zu fressen schien unter seiner Würde zu sein.

Die Pferde gehörten vier Männern, die auf dem Dorfplatz von Willun empfangen wurden. Sie waren anders angezogen als wir, hatten keine Hosen und Hemden aus Flachs oder Leinen, sondern trugen Fell am Oberkörper und Beinkleider aus Leder und auf ihren Köpfen Helme mit Hörnern. Jeder von ihnen hielt entweder einen Speer oder ein Schwert in der Hand.

Auf Willuns Seite standen Dargus und ein paar andere Männer. Sie hörten zu, wie der Anführer der Fremden sprach.

Seine Stimme war laut, sie hallte über den Platz: »Ihr leistet Fron, anstatt zu kämpfen.«

»Kämpfen?«, erwiderte Willun. »Sie sind uns doch überlegen in Anzahl und Ausrüstung. Dann sterben wir alle.«

»Na und? Dann ist es eben vorüber. Besser in Freiheit sterben, als zu leben wie ein Leibeigener.«

Hätte ich mich einmischen können, hätte ich widersprochen. Meine Überzeugung war, dass es oft die einfachste Lösung war, in den Tod zu gehen. Weiterzumachen konnte viel schwerer sein. Aber in das Gespräch zweier Fürsten durfte ich natürlich nicht ungefragt hineinreden.

»Wir sind keine Sklaven«, erwiderte Willun.

»Aber auch keine Krieger. Hier, ich zeige dir was.«

Der Anführer streckte die Hand aus und ließ sich von einem seiner Begleiter eine Ledertasche reichen und griff hinein. Was er herauszog, war Bernstein – und Gold, eine ganze Handvoll. »Beute«, rief er und strahlte, »den Rittern geraubt.«

Herkus stellte sich neben mich. Ich hätte den Fremden am liebsten gefragt, was er mit seiner Beute anfangen wollte. Was konnte er dort, wo er lebte, mit dem Gold kaufen? Doch wahrscheinlich nicht einmal ein kleines Schaf.

»Du hast leicht reden, Skomand«, erwiderte Willun. »Zu euch ins Jadwingerland kommen sie nicht.«

Das also war Skomand, dessen Ruhm bis nach Pomesanien gedrungen war. Der freie und unabhängige Fürst der Jadwinger.

»Warum wohl nicht? Weil wir sie nicht lassen. Sie haben Angst vor uns. Und dies«, er hob seine Tasche in die Höhe, »haben wir ihnen hier geraubt. In der Nähe einer ihrer Burgen. Wir fürchten uns nicht vor den deutschen Rittern.«

»Meinst du, wir hätten Angst?«

Die ersten Regentropfen fielen. Skomand schwieg auf Willuns Frage, und das war die beste – und böseste – Antwort, die er geben konnte. Willun starrte ihn an, dann senkte er den Blick. Ich konnte seinen Schmerz mitfühlen, er tat mir leid, und ich fand es furchtbar, mit meinem Fürsten Mitleid haben zu müssen.

Wie immer, wenn fremde Männer ins Dorf kamen, hatten sich die Frauen in die Häuser zurückgezogen. Nur Zanna kam noch mit einem Eimer Wasser vom Bach. Sie beeilte sich, um vor dem Regen das Haus zu erreichen. Ihr Eimer war zu voll und schwankte wegen ihrer schnellen Schritte, und etwas Wasser schwappte heraus. Anders als Herkus – und ich – achtete Skomand nicht auf sie, so wenig wie er auf irgendeinen von uns achtete. Aber Zanna lief genau durch sein Blickfeld. Ich konnte die Veränderung in seinem Gesicht miterleben. Er ließ von Willun ab und folgte ihr mit seinen Blicken.

Sie hatte auch ihn in ihren Bann geschlagen. Ich weiß noch gut, wie ich mich fragte, ob Zannas Gabe – ihr Zauber – nur Segen oder auch Fluch bedeutete.

Der Regen wurde heftiger, aus der Ferne kam Donnergrollen. Willun bat die Jadwinger in sein Haus. Herkus und ich liefen zu meiner Mutter hinüber, wo wir in der Tür stehen blieben und zusahen, wie die Regentropfen niederprasselten und helle Blitze über den Himmel schossen. Der Donner klang wie Götterzorn.

Als das Gewitter nachgelassen hatte, machten sich Skomand und die anderen Jadwinger auf den Weg, obwohl es prussischer Gastlichkeit entsprochen hätte, über Nacht zu bleiben. Skomand strich seinem Rappen über die Nüstern und saß mit einem Satz auf. Seine Leute taten es ihm gleich. Auf dem Pferd sitzend, warf Skomand uns einen letzten Blick zu, bevor er davongaloppierte.

Willun war immer noch rot im Gesicht. Als er sich umschaute, ahnte ich, dass er auf der Suche nach jemandem war, an dem er seinen Ärger auslassen konnte. Nur dass ich das sein würde, sah ich nicht voraus. Die wenigen Männer, die schon wieder auf dem Platz waren und dem Aufbruch der Jadwinger zugesehen hatten, schnauzte er an: »Was glotzt ihr so? Habt ihr nichts zu tun?«

Dann fiel ich ihm ins Auge. »Und du, Hinkebein? Du bist Schäfer, nicht Rumsteher. Da habe ich dir schon die leichteste Arbeit zugewiesen, die man einem Mann überhaupt geben kann. Wenigstens die solltest du ordentlich machen.«

Bevor ich mich rechtfertigen konnte, stapfte er auch schon davon. Er ging zu seinen Fässern und schlug eins von ihnen auf. Hintereinander goss er sich drei Becher Met in die Kehle.

Seine Tochter Celcis kam aus dem Haus. Sie strich sich ihr rotes Haar nach hinten und blieb in einigem Abstand zu den Metfässern stehen, weit genug, damit sie laut sprechen musste. »Vater, ich möchte mit dir reden.«

Auf das Gewitter folgte ein milder Frühlingsabend. Der trockene Boden verschluckte das Regenwasser, die Sonne kam noch einmal hervor. Ich kehrte zur Schafskoppel zurück, um mich zu vergewissern, dass die Hunde aufpassten. Mit dem Rücken an eins der Zaunbretter gelehnt, setzte ich mich hin. Herkus kam dazu und hockte sich ohne ein Wort neben mich, was ungewöhnlich für ihn war, da er meistens einer Tätigkeit nachging. Zwei frühe Mücken surrten um unsere Köpfe.

»Das war Skomand«, sagte ich. »Für unseren Bauern an der Marienburg der große Held.«

»Ich weiß.«

»Ob er sein Urteil aufrechterhielte, wenn er ihn erleben würde? Den beutemachenden Angeber?« Ich klatschte mit beiden Händen nach einer der Mücken. »Immerhin haben sie nach wie vor ihre Freiheit.«

Herkus verzog den Mund. »Nur weil ihr Land so weit weg ist. Eines Tages kommen die Ritter auch dorthin. Fällen auch ihre Bäume, legen Wege an und bauen Burgen.«

»Aber die Jadwinger werden sie bekämpfen«, entgegnete ich. »Bis zum letzten Mann. Lieber sterben als in Unfreiheit leben – du hast es doch gehört.«

Herkus zuckte mit den Schultern. »Was einer redet, ist das eine, was er tut, kann ganz anders sein.«

»Du glaubst ihm nicht?«

»Am Ende spielt es keine Rolle. Die Christen sind zu

viele. Auch unsere Leute haben versucht, sie zu vertreiben. Während des Aufstandes haben sie sogar Burgen eingenommen. Es war vergeblich. Wir sind nur wenige.«

»Und jetzt sind wir die Besiegten«, sagte ich, »und müssen uns von den Jadwingern auch noch verhöhnen lassen.«

Wir hörten auf das Surren der Mücken und das Blöken der Schafe hinter uns. Die Sonne war bereits untergegangen, aber es blieb warm. Schließlich brach ich das Schweigen und stellte Herkus die Frage, die mich beschäftigte: »Was ist das Wichtigste? Das Leben? Oder die Freiheit?«

Er lachte. »Eine Frage für einen Philosophen. Du hättest sie im Kloster vorbringen sollen.«

»Vielleicht ist das auch eine Frage, auf die es mehr als eine richtige Antwort gibt. Die jedes Volk für sich zu entscheiden hat. Sogar jeder einzelne Mensch. Einer könnte sein Leben riskieren, damit seine Kinder und Kindeskinder in Freiheit leben. Mein Vater hat es getan. Ein anderer aber will seine Kinder versorgen und sie heranwachsen sehen.«

Wir sahen Willun auf uns zukommen, und ich glaubte, dass er leicht schwankte.

»Stimmt schon«, sagte Herkus, »es kann viele Antworten geben. Wer wollte die eine über die andere erheben? Sein Fehler war ein anderer.« Er nickte in Richtung Willun. Inzwischen war ich mir ganz sicher, dass er nicht gerade ging. »Als Häuptling muss man vertreten, wie das eigene Volk lebt. Man darf sich und seine Leute nicht kleinmachen lassen.«

Wir brachen unsere Unterhaltung ab, als Willun bei uns angelangt war. »Immer steckt ihr beiden die Köpfe zusammen.« Er pustete beim Atmen, als wäre er gerannt. »Was treibt ihr hier?«

»Ich sehe nach den Schafen«, antwortete ich, »und Herkus Monte leistet mir Gesellschaft.«

»Willst du nicht aufstehen, wenn dein Fürst mit dir spricht?«

Ich kam auf die Füße. Herkus ebenso.

Willun verschränkte die Hände auf dem Rücken und streckte die Brust vor, als wollte er uns imponieren. Er schüttelte langsam den Kopf. Ich roch den Met aus seinem Mund. »Ihr beiden …« Er setzte neu an. »Ihr beiden solltet euch endlich entscheiden. Entweder ihr gehört zu uns. Oder ihr geht wieder weg. Von mir aus zu den Christen. Das ist mir egal.«

»Wir gehören dazu«, erwiderte ich. »Wir leisten unsere Arbeit genauso wie alle anderen.«

Er schüttelte wieder den Kopf, diesmal heftiger. »Eure Arbeit.« Er winkte ab. »Aber trotzdem gehört ihr nicht dazu. Herkus Monte spricht mit kaum einem, und alle denken, er habe Geheimnisse. Und du, Norelis, hältst es kaum anders. Du bist mehr mit deinen Schafen zusammen als mit anderen Menschen. Nach anderthalb Jahren seid ihr immer noch Fremde im Dorf.«

»Du hast mir doch die Aufgabe des Schäfers übertragen!«

Er hob beide Arme in die Höhe – eine heftige Geste. Sein Oberkörper schwankte, er glotzte uns an. »Ich bin nicht zum Streiten hergekommen. Lasst euch sagen, ich bin nicht der Einzige, dem ihr als Fremde erscheint. Deshalb wird es Zeit, dass ihr euch entscheidet. Wollt ihr Natanger sein, dann bekennt euch. Oder geht zurück zu euren Christen, die euch erzogen haben.«

Ich hatte keinerlei Vorstellung davon, was er meinte, und ich glaubte, Herkus ging es nicht anders. Am ehesten hielt ich für möglich, dass er erneut seinen Zorn an uns weiterreichen wollte. Skomand, der ihn verdient hätte, war längst verschwunden. Wir beide hatten in der Tat nicht viele Freunde im Dorf, aber das lag nicht nur an uns, von den anderen kam kaum jemand auf uns zu. Dargus suchte hin und wieder unsere Nähe. Und Suplith vielleicht, nur konnte ich die schlecht anführen. Und wir hatten auch keine Feinde.

»Was erwartest du?«, fragte Herkus ihn.

»Dass ihr nach Romowe reitet, Mann.« Er klang, als hätte er das schon häufig von uns verlangt. »Und dort mit den heiligen Männern redet und endlich versteht, was es heißt, ein Prusse zu sein. Verflucht noch mal! Das ist nämlich etwas anderes als ein Christ.« Er fasste sich ans Herz, als wollte er uns zeigen, dass dort seine tiefste Überzeugung saß. »Wir glauben anders, und wir sind anders. Und selbst wenn wir unterschreiben mussten, in unseren Dörfern Kirchen zu bauen und diesen Jesus zu verehren, bleiben wir bei dem, was unsere Vorfahren geglaubt haben. Geht nach Romowe. Lernt über Deiwas, unseren Gott, und über Perkunas und auch über Velnias, der die Toten bewacht. Lasst euch zeigen, wo die Seelen leben, wenn sie gerade nicht in einem Menschen sind. Werdet endlich wahre Prusai. Oder glaubt an diesen Gekreuzigten.«

»Wir sind keine Christen.« Ich klang trotzig.

»Du vergisst, dass sie uns damals geraubt haben«, sagte Herkus.

Willun fuchtelte mit der Hand vor unseren Gesichtern herum. Er war in Rage. »Das habe ich nicht vergessen. Aber wenn man in der Fremde aufwächst – egal aus welchem Grund –, dann färbt das ab. Und deshalb … und deshalb verlange ich eine Entscheidung von euch. Und zwar jetzt.«

Er machte einen Schritt auf Herkus zu und stand so nahe vor ihm, dass ihre Körper sich fast berührten. Der eine war vor Aufregung rot im Gesicht, der andere wirkte wie immer unbeeindruckt. Nur seine Nase kräuselte sich. Er war jetzt dem Metgeruch direkt ausgesetzt.

»Wenn du wirklich kein Christ bist, Herkus Monte, dann reite nach Romowe. Und wenn du zurückkommst und dich endlich bekennst, dann gebe ich dir meine Tochter zur Frau.«

Das waren die Worte, die Herkus aus seiner Ruhe rissen. Ein Leuchten trat auf sein Gesicht, ein Strahlen, das stark genug war, alle schwarze Galle zu vertreiben. Selbst seine Augen hatte ihre Düsternis verloren. Er wollte etwas sagen, aber er brachte keine Worte heraus.

»Du gibst mir … Zanna?«, stieß er schließlich hervor.

Willun lachte. Er lachte viel zu laut, während er mit beiden Händen abwinkte und den Kopf schüttelte.

»Doch nicht Zanna. Celcis natürlich. Sie ist die Ältere und heiratet als Erste. Und sie ist mein Blut. Die Tochter eines Fürsten. Und das weiß sie genau. Gerade erst hat sie's mir gesagt.«

Das Strahlen erlosch auf Herkus' Gesicht, er wurde blass. Mit den Händen tastete er hinter sich und fand schließlich eine Zaunlatte, an der er sich festhielt. Er sackte in sich zusammen. »Ich …«

Willun starrte ihn an. »Siehst du, das ist es, genau das meine ich. Du bist kein Prusai, sondern ein Scheißchrist, der nichts begreift. Dein Vater war Natangerfürst vor mir, jetzt bin ich Fürst. Du und meine Tochter – das ist eine natürliche Verbindung. So soll es sein. Frag andere – aber von unseren Leuten, keine Christen. Ich wette, du wirst keine andere Antwort erhalten. Nirgends.«

Herkus sackte noch mehr zusammen, als würde die Wunde immer größer. Ich stellte mich neben ihn, aber hätte ich ihn gestützt, hätte ich ihn preisgegeben. Ein Mann musste alleine stehen können.

»Also, was ist?«

Auch wenn ich mir vorstellte, wie die Gedanken in seinem Kopf durcheinanderschossen, war es nicht möglich, dass ich ihm half oder gar für ihn antwortete. Aber ihm fehlten die Worte.

»Reite nach Romowe, Monte«, sagte Willun erneut. »Von mir aus nimm deinen Schatten hier mit, ohne den tust du ja eh keinen Schritt. Für die Schafe werde ich in der Zwischenzeit schon jemanden finden.« Er verzog das Gesicht in meine Richtung. »Du passt eh nicht richtig auf die Tiere auf und bist mit deinen Gedanken sonst wo. Vielleicht wird ja in Romowe sogar aus dir noch ein Mann und nicht so ein christlicher Figurenschnitzer und Pergamentbemaler.«

Ich sagte mir erneut, dass ich abbekam, was Skomand ihm eingeschenkt hatte und was die Trunkenheit ihn glauben ließ. Viel Trost brachte mir dieser Gedanke allerdings nicht.

»Bete in Romowe, denk nach, und entscheide dich, Monte. Ich will eine Antwort. Sag ja oder hau ab von hier. Und er genauso.«

Herkus war bleich wie Kalk. Er hielt sich weiterhin am Zaun fest und wirkte wie ein Kämpfer, der eine Reihe von Schlägen hatte einstecken müssen. »Ich … es ist … ich …«

»Was?«, fragte Willun laut.

»Es … es ist Zanna.«

Willuns Oberkörper schwankte. »Zanna willst du?« Er lachte. »Hast du eine Vorstellung, wie viel ich für das Mädchen bekommen werde? Sie hat Anmut, so wie ihre Mutter früher, das hat mich auch betört. Männer mögen das. Wenn ich sie verheirate, bekomme ich viele Tiere und Bernstein und Getreide. Mehr, als du besitzt.«

Herkus lehnte inzwischen am Bretterzaun und sah aus,

als wäre er ohne diese Stütze umgefallen. Willun ins Gesicht zu sehen, dazu war er nicht in der Lage.

»Aber vielleicht bin ich großzügig und gebe sie dir als Zweitfrau. Mal sehen. Unsere Christenfreunde haben uns das zwar verboten, aber wie wollen sie nachprüfen, in welchem Bett du liegst?« Aus Daumen und Zeigefinger bildete er einen Kreis und steckte den anderen Zeigefinger hinein, eine obszöne Geste.

Dabei lachte er wieder. »Umsonst kriegst du sie allerdings nicht. So oder so, ich werde es mir überlegen. Zunächst werd du mal ein richtiger Prusai, so wie dein Vater einer war, dann sehen wir weiter. Ein Christ bekommt meine Tochter jedenfalls nicht, so wahr ich Natangerfürst bin.«

6

Aus der Pferdekoppel des Dorfes wählten wir uns jeder einen Hengst aus und banden die Tiere vor unserem Haus fest. Wir wollten früh aufbrechen. Als wir am nächsten Morgen aufstanden, war meine Mutter bereits in der Küche zugange. Sie hatte alle vier Satteltaschen vor sich liegen, packte sie und stopfte immer mehr Proviant in die Lederbeutel. Dabei seufzte sie. Die Taschen waren zu klein.

»Ist nicht nötig«, sagte ich. »Du musst doch Essen hierbehalten.«

Sie tat, als habe sie mich nicht gehört. Herkus verzog den Mund zu einem Grinsen. Er hatte bereits davon gesprochen, unterwegs auf die Jagd zu gehen. Wir wollten uns selber versorgen.

Ich stellte mich neben sie. »Mutter, wir brauchen nicht so viel.«

»Warum nicht? Ihr macht eine weite Reise.« Sie band eine der Taschen zu. Ihr Tonfall verriet mir, dass sie keinen Widerspruch dulden würde.

Aber ich mochte mich nicht fügen. »Auf unserem Weg von Magdeburg haben wir uns auch selbst versorgt.«

»Und als ihr hier ankamt, saht ihr aus wie die Vogelscheuchen.«

Das war nicht wahr, ich schüttelte den Kopf. Herkus winkte ab, und so aßen wir unseren Morgenbrei und schnallten dann den Pferden die schweren Satteltaschen auf den Rücken. Beide umarmten wir meine Mutter zum Abschied, und sie ließ sich drücken und gab jedem von uns einen Kuss.

Der Morgen graute, es war noch kühl. Wir saßen auf. Als wir zum Dorf hinausritten, waren weder Willun noch eine seiner Töchter zu sehen. Nur Suplith kam aus dem Haus, direkt hinter ihrem Mann. Sie lächelte und winkte zaghaft. Ich wagte nicht zurückzugrüßen.

Am Dorfrand ließen wir die Pferde in einen Galopp fallen. Mich überkamen Erinnerungen, sowohl an unseren langen Weg von Magdeburg als auch an den Ritt zum Ostmeer. Ich empfand ein Gefühl grenzenloser Freiheit und hätte jauchzen können. Alle Pflichten, ob Schafherde oder Feldarbeit, blieben zurück, genauso wie die Menschen, denen wir verbunden waren. Vor uns lag eine Zeit von Unabhängigkeit, die so lang schien, dass sie vielleicht nie endete. Zum nächsten oder zum übernächsten Vollmond, hatte ich meiner Mutter beim Abschied gesagt, würden wir zurück sein. Aber daran brauchten wir uns nicht zu halten. Wir hatten keine Vorstellung davon, was uns erwartete, also konnten wir uns auch nicht festlegen.

Die Landschaft, durch die wir kamen, war uns unbekannt. Wir hatten eine südöstliche Richtung eingeschlagen, während Pomesanien im Westen und unser Meer im Norden lagen. Die Wege wurden manchmal so schmal, dass wir hintereinanderreiten mussten, und hin und wieder hörten sie auch ganz auf. Die Wälder waren dicht und die Baumstämme so dick, wie sie nur in vielen Menschenleben werden. In den Bäumen saßen Scharen von Zugvögeln auf dem Weg in den Norden. Ihr Gezwitscher begleitete uns.

Tagelang begegneten wir keinem Menschen. Irgendwann verließen wir das Natangerland und kamen in das der Barten, die nur wenige Dörfer haben. Über den

Sümpfen kreisten Fischreiher und stießen zu, wenn sie Beute entdeckt hatten. Wir ließen die Pferde Schritt gehen und achteten genau darauf, wo sie hintraten, denn die Sümpfe sind tückisch wie ein Zauber, der einen einlädt, aber Verderben bringt.

In der Heide führten wir unsere Pferde manchmal am Zügel. Es war wunderbar, über den weichen Boden zu schreiten und das blühende Heidekraut anzuschauen und all die Insekten, die es umschwirrten. Ich blickte zu Herkus. Er freute sich und genoss genauso, was wir erlebten. Ich fragte mich, wie viele Menschen schon durch dieses Land gekommen waren. Viele konnten es nicht gewesen sein.

Wir waren eingespielte Reisepartner. Wenn der eine anhielt, brachte auch der andere sein Pferd zum Stehen, und es brauchte nicht mehr als einen Blick und den Anflug eines herausfordernden Grinsens, um auf einem weiten Feld in einen neuerlichen Galopp zu fallen und zu probieren, welcher unserer Hengste mehr Kraft in den Beinen hatte.

Dass abends am Feuer nicht viel gesprochen wurde, darauf hatte ich mich längst eingestellt, genauso wie auf die Jagdlust, die frische Spuren von Wild in Herkus weckten. Wir aßen viel – zweimal am Tag –, und der Vorrat nahm allmählich ab. Endlich gab es einen Grund, auf die Jagd zu gehen.

Dem Land der Barten schloss sich das der Jadwinger an. Die Landschaft veränderte sich kaum, die Wälder blieben dicht, das Unterholz versperrte einem manchmal den Weg. Und wenn wir eine Lichtung oder ein Seeufer erreichten, strahlte die Sonne so stark, dass wir glaubten, aus dem Dunkel ins Helle getreten zu sein.

Ob es noch im Bartenland oder schon bei den Jadwingern war, kann ich nicht sagen, aber plötzlich hob Herkus den Arm. Er war auf Spuren gestoßen – ein Elch, wie er meinte. Er beugte sich auf dem Pferderücken tief nach unten und gab anhand der Fährte die Richtung vor, weiter in den Wald hinein, durchs Unterholz.

Der Weg wurde schnell unzugänglicher, wir saßen ab und führten unsere Pferde. Herkus suchte nach den Spuren. Ein geknickter Zweig oder aufgewühlte Erde trieben ihn vorwärts, und wo uns ein umgefallener Baum oder dichte Schlingpflanzen aufhielten, fand er schnell eine neue Fährte. Ich fragte mich, ob dieser Wald die Jadwinger vielleicht besser schützen würde als alle ihre Krieger. Wie sollten die Ritter mit ihren schweren Rossen und ihrem Tross hier jemals durchkommen?

Bevor wir ihn sahen, hörten wir den Elch. Er stieß einen Schrei aus, als wollte er uns oder seine Artgenossen warnen. Herkus hob wieder die Hand und zog im nächsten Moment seinen Bogen. Der Elch sprang durchs Unterholz. Er hatte die Flucht ergriffen.

Herkus wollte, dass wir uns teilten. Erst hatte er vor, die Richtung zu nehmen, aus der der Wind kam, aber dann änderte er seine Meinung und gab mir die sichere Seite. Ich fügte mich. Ihm bedeutete die Jagd so viel mehr als mir.

Auch wenn ich nun gegen den Wind vordrang, blieb ich vorsichtig und war deshalb langsam. Ich hatte die Zügel in der einen Hand, den Bogen in der anderen. Der Elch war nicht zu sehen. Ich glaubte schon, wir hätten ihn verloren. Doch dann entdeckte ich ihn. Es war ein großes hellbraunes Tier mit kräftigem Geweih, ein Bulle. Er stand am Rande einer Lichtung und war in eine Falle geraten. Zu dicht war das Buschwerk um ihn, er konnte nicht weiter. Dass er verfolgt wurde, schien er längst zu wissen, und als Herkus vor ihm auftauchte, brüllte er erneut – und senkte das Geweih. Er griff aber nicht an.

Auch Herkus wartete. Für einen Schuss war das Tier zu weit entfernt. Ich stieg auf mein Pferd. Herkus spannte einen Pfeil ein. Der Elch stieß einen weiteren Schrei aus, dann setzte er sich in Bewegung und raste auf Herkus zu. Ich begriff nicht, warum der Freund nicht schoss, er wartete und wartete und hielt Pfeil und Bogen in der Hand. Der Elch kam immer näher.

Endlich ließ Herkus den Pfeil los. Er traf, tötete aber das Tier nicht, der Pfeil steckte nicht im Hals, sondern in der Brust. Der Elch ließ sich in seinem Angriff davon nicht aufhalten. Obwohl ich mein Pferd antrieb, war ich noch zu weit weg, um selber schießen zu können. Der Elch stürmte weiter, Staub wirbelte auf, und der Boden dröhnte, aber Herkus legte keinen zweiten Pfeil ein. Er stand breitbeinig da, starrte das Tier an und rührte sich nicht vom Fleck. Ich sah den Aufprall voraus, den es geben würde, das Geweih, das ihn erfassen und durch die Luft schleudern würde.

Für einen Moment glaubte ich, dass Herkus sterben wollte. Obwohl ich noch immer zu weit entfernt war, schoss ich meinen Pfeil ab, traf aber nicht. Warum war Herkus so unbeweglich? Er sah aus, als hielte ihn ein Zauber gefangen. Oder ein Ruf aus dem Jenseits.

Weil ich mir nicht anders zu helfen wusste, legte ich beide Hände an den Mund und begann zu schreien. Aus Leibeskräften rief ich seinen Namen, immer wieder, während mein Pferd über die Lichtung jagte. Es war keine Zeit mehr, dass Herkus nach einem neuen Pfeil griff. Ich schrie und schrie. Im letzten Moment erreichte ich ihn. Bevor der Elch ihn traf, machte er einen Satz zur Seite, einen kraftvollen Sprung, und landete auf dem Boden. Der Elch verfehlte ihn. Das Tier lief weiter, aber vor ihm begann der dichte Wald, er musste abbremsen, um nicht gegen einen Baum zu rasen. Herkus kam auf die Füße, zog mit der nächsten Bewegung einen Pfeil und schoss. Diesmal traf er besser. Der Elch zuckte zusammen. Auch ich erwischte ihn nun.

Ich sprang vom Pferd. Herkus starrte mich an. Er war bleich, seine Lippen und Beine zitterten.

Als ich den Mund aufmachen wollte, kam er mir zuvor. »Frag nicht, ich weiß es nicht«, sagte er mit brüchiger Stimme.

Wir standen einander gegenüber. Mich überkam ein Gefühl der Dankbarkeit, ich freute mich, dass er noch am Leben und unversehrt war. Ich schloss ihn in die Arme, und er ließ sich von mir drücken und hielt auch mich fest.

Der Elchbulle war so groß, dass wir einen ganzen Tag damit beschäftigt waren, ihn ausbluten zu lassen, zu häuten und das Fleisch zu schneiden. Am Ende suchten wir einen See, um das viele Blut von unseren Händen und Armen zu waschen. Das Wasser war noch kalt, aber keiner von uns mochte Schwäche zeigen, ohne jedes Gezeter gingen wir hinein, wuschen uns und tauchten unter.

Romowe konnte nicht mehr weit sein. Trotzdem beschlossen wir, einige Tage an dem See zu bleiben. Der Grund war das Fleisch. Es war mehr – viel mehr –, als wir mit uns führen konnten. Wir aßen viel, dösten in der Sonne und sprangen gelegentlich in das kalte Wasser. Herkus machte sich neue Pfeile mit scharfer Spitze, ich schnitzte an einem Stück Kiefernholz und versuchte, den Elch mitsamt Geweih nachzubilden, außerdem schrieb ich ein wenig auf dem Pergament, das ich mitgenommen hatte. Herkus sah mir schweigend zu.

Seine Stimmung wurde immer düsterer. Bald ließ er es sein, an seinen Waffen zu arbeiten. Ich forderte ihn zu einem neuerlichen Bad und Wettschwimmen auf, er schüttelte nur den Kopf. Entweder lag er im Gras, oder er saß mit gesenktem Kopf im Halbschatten eines Baumes, trank wenig, verweigerte das Essen, sprach nicht. Je stiller er wurde, desto häufiger begann ich, ihn anzureden. Ob er Fleisch wolle oder Brot von meiner Mutter, ob er nicht Lust habe zu angeln, damit wir etwas Abwechslung in unseren Speiseplan bekämen.

Er reagierte kaum. Ich fragte ihn, wie ihm mein halbfertiger Holzelch gefiele. Eine Antwort bekam ich nicht.

Es war die schwarze Galle, die ihn wieder überflutete. Ich wurde unruhig, wollte aufbrechen und hoffte, dass er in Romowe auf andere Gedanken käme. Vielleicht würden die Götter am heiligen Ort für ihn sorgen, und ich hätte nicht mehr allein die Verantwortung. So briet ich viel Fleisch und ließ es dann abkühlen, um es zu verpacken. Wie meine Mutter stopfte ich unsere Satteltaschen voll. Den Rest schichtete ich auf Steine. Sollten die Tiere des Waldes es sich holen.

Herkus war wie willenlos. Sein Blick war verschwommen und in die Ferne gerichtet. Ich vermutete, seine Gedanken waren bei Zanna und Celcis und Willun – vor allem aber bei Zanna. Ihn zu fragen schaffte ich nicht.

Er, der sonst die Wege suchte und vorgab, schloss sich nun mir an, sein Pferd trottete meinem hinterher. Ich fand einen Pfad, der tiefer ins Jadwingerland hineinführte, und den nahm ich. Herkus folgte mir. Die Pferde gingen im Schritt, wir kamen langsam voran. Für mich war es, als hätte ich einen Kranken zu versorgen. Der Freund tat mir leid, ich wollte ihn unterstützen, und gleichzeitig war mir die Last zu viel, ich wünschte mir den früheren, unbeschwerten Abschnitt der Reise zurück.

Passend zu seiner – und auch zu meiner – Stimmung zog sich der Himmel zu. Die Wolken waren nicht schwarz, es war kein Unwetter, das sich ankündigte, eine hellgraue Decke legte sich zwischen uns und die Sonne, es wurde kühler und fing bald an zu regnen. Ein feiner Regen war das, einer, den man am Anfang gar nicht spürt und der einen lange nicht stört, doch mit der Zeit macht er das Wams nass und dann den Leibrock und die Haare.

Wir legten eine Rast ein.

Herkus sattelte sein Pferd nicht ab und kümmerte sich auch sonst um nichts. Er hockte sich hin und achtete nicht darauf, ob der Boden feucht war. Ich reichte ihm den Wasserschlauch. Als er ihn nicht nahm, nötigte ich ihn ihm auf.

Es war mühsam, ein Feuer zu machen. Selbst der Zunder schien feucht geworden zu sein und wollte nicht anbrennen, als ich die Steine aufeinanderschlug. Dabei beobachtete ich Herkus. Er sah aus wie früher im Magdeburger Kloster, nur hatten sich seine Züge viel stärker ausgeprägt. Wie damals lagen die Augen tief in ihren Höhlen, und er starrte in die Ferne. Das gehörte zu ihm, so war er. Am meisten fiel seine Mundpartie auf – das Kinn, das nach vorne stand, die kräftigen Kiefer, die weichen Lippen.

Während mein Feuer langsam zu brennen begann, wurde mir klar, welch ungeheure Kraft dort saß. Doch sie durfte nicht heraus. Er hielt sie fest.

Ich fand ein paar Kräuter, um das Fleisch zu würzen. Seit Tagen hatten wir nichts anderes gegessen als Elchfleisch mit ein wenig Brot. Es schmeckte einigermaßen weich, war aber sehnig.

Der Nieselregen wollte nicht aufhören. Die Pferde drängten sich zu uns unter die Bäume und ließen die Köpfe hängen. Ich warf noch ein wenig Holz aufs Feuer, dann streckte ich mich aus. Auch Herkus hatte sich hingelegt und die Augen bereits geschlossen. Ich wünschte mir, ihm helfen zu können, ihm eine Medizin zu geben oder, wie ich es schon einmal überlegt hatte, das Zuviel an schwarzer Galle abzulassen. Er öffnete die Augen, drehte sich auf den Rücken und verschränkte die Arme hinter dem Kopf. Ich erschrak fast, als er mich fragte: »Was soll ich tun? Ich will nicht Celcis. Ich will Zanna.« Seine Stimme klang wie ein Wagenrad, das den ganzen Winter nicht bewegt worden war.

Im ersten Augenblick stellte ich fest, dass ich mich tatsächlich aus Zannas Zauber befreit hatte. Was er sagte, tat mir nicht mehr weh. »Ja, ich weiß.«

»Weißt du auch, was sie mir gesagt hat?«

Ich schüttelte den Kopf.

»Sie meint, wenn sie sich einen Fürsten vorstellt, dann wäre er so wie ich. Deshalb sollte ich einer werden.«

»Und du? Was glaubst du?«

»Dass sie nicht recht hat«, brachte er mühsam hervor. »Fast hätte der Elch mich getötet. Ich war … wie erstarrt. Nicht bei mir.« Er stieß ein Lachen aus. »Hätte sie mich da gesehen, so wie du mich gesehen hast, dann würde sie anders reden.«

»Das glaube ich nicht. Aber ich finde, der Preis ist hoch. Für dich – und auch für sie.«

Der Regen ließ die ganze Nacht nicht nach. Wir lagen unter den Satteldecken. Bevor wir einschliefen, warf ich noch Holz aufs Feuer, und dann hörte ich auf das Knacken der brennenden Äste und auf die Tropfen, die auf die Blätter fielen. Ich drückte Herkus den Unterarm. Mehr wusste ich nicht zu tun.

Im Morgengrauen zogen wir weiter. Wir durchquerten einen nahe gelegenen Wald, als plötzlich eine Männerstimme erklang: »Halt! Keinen Schritt weiter. Pfeile sind auf euch gerichtet. Bleibt stehen, oder wir schießen.«

Kein Mensch war zu sehen, wir hörten nur Geräusche, die darauf hindeuteten, dass der Rufer nicht allein war. Ich glaubte zu wissen, wer uns da aufhielt – die berühmte Vorwache von Romowe.

»Wir sind Natanger und kommen in Frieden«, rief ich zurück.

»Werft alle Waffen auf den Boden.«

Herkus zögerte. Zum ersten Mal seit Tagen entdeckte ich auf seinem Gesicht einen Hauch seines alten Lebenswillens. Da war er wieder, der sture Esel. Fremden Befehlen gehorchte er nur, wenn er ihren Sinn einsah. Ja, er war wieder da. Ich hätte jauchzen können.

Ich ließ meinen Bogen und das Messer auf die Seite fallen. Herkus rührte sich nicht. Als ich ihm zunickte und aufforderte, es mir gleichzutun, musste ich grinsen. In sein Gesicht war wirklich Leben zurückgekehrt. Endlich war der alte Herkus wieder da. Widerwillig ließ er seinen Bogen fallen. Sein Messer blieb im Gürtel stecken.

Bewaffnete Männer kamen aus der Deckung des Waldes, andere kletterten von den Bäumen. Sie waren jung. Auf den nackten Oberkörpern trugen sie Fellwesten, die eng anlagen, aber nicht geschlossen wurden. Die meisten hatten ihr langes Haar zu Zöpfen zusammengebunden. Muskulös waren sie alle.

Sie ließen uns absitzen und sammelten unsere Waffen ein. Die Befehle ihres Wortführers, des Ältesten der Truppe, waren knapp. Mehrere der Wächter hatten Pfeile eingelegt, und auch wenn sie ihre Bögen nicht im Anschlag hatten, zweifelte ich nicht, dass sie schießen würden, sollten wir ihnen Anlass dazu bieten. Herkus beobachtete sie. Was ihm durch den Kopf ging, konnte ich ihm nicht ansehen.

Die Selbstsicherheit der Männer war in jeder ihrer Bewegungen zu spüren. Unter den Prusai war es eine Ehre, der Vorwache anzugehören, viele bewarben sich, nur wenige wurden genommen. Man durfte keine Angst vor Kampf, Verletzung oder Tod haben. Wer dort zehn Jahre seinen Dienst verrichtet hatte, der wurde bei der

Rückkehr in seinem Dorf mit besonderer Ehre behandelt. Mancher wurde zum Häuptling gewählt, zumindest gehörte man dem Führungskreis an. Die Ehemaligen hatten auf den Gemeinschaftsfeldern wenig zu arbeiten, und Eltern waren stolz, wenn ihre Töchter einen Mann bekamen, der bei der Vorwache gedient hatte. Sie konnten sich die schönsten Mädchen aussuchen.

Etwa zehn Mann umringten uns, und wahrscheinlich waren für zwei Reisende längst nicht alle Wächter aus ihren Verstecken gekommen. Ihr Wortführer fragte uns aus. Bei jeder Antwort, die ich gab, schnitt er mir das Wort ab. Herkus schüttelte den Kopf und schnaubte angesichts der rüden Art des Mannes. Ich erklärte, wo wir herkamen und wo wir hinwollten, und schließlich bestimmte er vier Männer, die uns in den heiligen Ort zu führen hatten.

Nach dem Regen der letzten Nacht war es ein klarer Frühlingstag, als wir nach Romowe kamen, ohne Waffen und unsere Pferde am Zügel hinter uns. Hohe Pappeln säumten das Dorf. Dazwischen standen prussische Holzhäuser, die Dächer, wie bei uns, aus Lagen von Gras. Alte bärtige Männer, aber auch jüngere, saßen auf Bänken und unterhielten sich. Frauen brachten ihnen Getränke, Nüsse und Getreide. Andere Männer lagen auf Decken auf dem Gras und blickten in den Himmel oder hatten die Augen geschlossen. Mein Eindruck war der von Ruhe und Frieden. Einen solchen Müßiggang hätte man in unserem Dorf nicht geduldet.

Auch die Krieger der Vorwache hatten hier, obwohl sie als Einzige im Dorf Waffen trugen, ihr Gehabe abgelegt. Es war, als färbe die Atmosphäre des Ortes ab. Sie ließen uns mit einem Gruß allein, der fast freundlich war.

Das ganze Dorf war auf das eigentliche Heiligtum von Romowe ausgerichtet. Dort endete der Hauptweg, auf dem wir standen. Seine letzten Meter begrenzten junge

Birken, die eine Allee bildeten. Ihre Anordnung war so, dass der Weg sich verjüngte, und man blickte auf einen uralten knorrigen Baum, eine Eiche. In ihrem Stamm war, etwa in Augenhöhe, ein Loch, so groß wie ein Kopf. Darin lag ein Stein. Das war unser Heiligtum – das Heiligtum aller Prusai. Neben der Eiche brannte ein Feuer.

Uns beachtete kein Mensch. Von den Männern hatte keiner aufgeblickt, und die Frauen gingen an uns vorbei, als sähen sie uns nicht.

Mit unseren Pferden am Zügel schritten wir zum Heiligtum. Der Stein im Baum war ein Granit. Er funkelte im Sonnenlicht, und das Feuer war so aufgeschichtet, dass es sich im Stein spiegelte. Die Eiche hatte trotz ihres Alters hellgrüne Blätter gebildet und trieb neue Zweige aus. Der Granit füllte das Loch nicht ganz aus, doch er lag so, dass man nicht ohne weiteres hindurchsehen konnte. Es dauerte einen Moment, bis ich begriff, dass er zu breit war, um mit beiden Augen an ihm vorbeischauen zu können. Eins musste man zukneifen.

Herkus war genauso gebannt wie ich. Er hielt seine Zügel lose, das Pferd suchte nach Gras. Die andere Hand hatte er ausgestreckt, ohne aber Eiche oder Granit zu berühren.

Später begann ich, mich zu fragen, was wir hier sollten. Nur das Heiligtum kennenlernen? Es gab keine jungen Leute wie im Kloster, offensichtlich auch keinerlei Unterricht. Überhaupt war das Leben hier völlig anders als in Magdeburg. Niemand schien die anderen zum Gebet zu rufen oder darauf zu achten, ob sie sich gottgefällig verhielten. Dafür war hier jeder Einzelne selbst verantwortlich. War es das, was Willun von uns verlangt hatte – dass wir das Dorf und das Heiligtum sahen und dann zurückkehrten?

Ich konnte mir nicht vorstellen, in Romowe unser Lager aufzuschlagen. Genauso wenig mochte ich jemanden ansprechen und um einen Schlafplatz fragen. Hier, wo es niemanden interessierte, dass wir gekommen waren? Gerade als ich Herkus meine Zweifel mitteilen wollte, trat ein Mann auf uns zu. Ein Priester, wie ich mir sicher war. Er hatte einen dünnen weißen Bart und eine gebeugte Körperhaltung. Über dem Leibrock trug er einen weiten Mantel. Seine hellblauen Augen blitzten, als würde er uns gleich einen Streich spielen.

»Habt ihr Essen bei euch?«

»Ja«, antwortete ich, »Fleisch von einem Elchbullen.«

»Ihr seid Prusai?«

»Ja.«

»Oder seid ihr Christen?«

Wir schüttelten die Köpfe.

Der alte Mann musterte uns, als wollte er an unserem Aussehen etwas erkennen.

»Wir sind in einem Kloster aufgewachsen«, räumte ich ein.

»Sie haben euch geraubt, und jetzt wisst ihr nicht, wo ihr hingehört. Das geht vielen so.« Er zeigte auf den Wald. »Elchfleisch ist mir zu zäh. Geht auf die Jagd, und schießt mir Wild. Dann essen wir zusammen, und ich will euch von unseren Göttern erzählen.«

Wir waren zu überrascht, um zu reagieren, während er strahlte und sich mit einer Hand den Bauch hielt. »Am Ende könnt ihr euch aussuchen, wo ihr hingeht, zu den Christen oder zu uns. Das ist doch wunderbar.«

Herkus war genauso erstaunt wie ich. »Wir haben keine Waffen«, sagte er.

Er winkte uns, ihm zu folgen. In seinem Haus gab er uns einen Bogen und ein langes Messer. »Ein junges Tier, ja. Bitte. Alte Männer brauchen zartes Fleisch. Und lasst mich nicht zu lange warten. Ich habe Hunger.«

Und so ritten wir hinaus in den Wald um Romowe und gingen auf die Jagd. Die Tiere wussten offenbar, dass die Umgebung des Heiligtums für sie kein guter Ort war, wir brauchten lange, bis wir eine Spur fanden. Schließlich schossen wir ein Reh und brachten es dem Priester, der in die Hände klatschte. Er rief, und aus seinem Haus kamen zwei Frauen, die das Tier wortlos nahmen und davontrugen. Uns nannte er seinen Namen – Glande.

»Heute Abend essen wir zusammen«, sagte er. »Kommt dann wieder.«

Als wir abends am Tisch saßen, hatte ich den Eindruck, dass Herkus besonders darauf achtete, wie Glande mit seinen Frauen umging. Der Priester war höflich zu beiden, bedankte sich, wenn sie ihm auftaten, und lobte das Essen, kaum dass er es probiert hatte. Die Ältere hatte weißes Haar und ein offenes Gesicht, während die Jüngere dunkelhaarig war, kräftig und die zwanzig gerade erst überschritten haben mochte. Sie schnitten das Fleisch, schenkten Wasser nach und achteten darauf, dass es ihm – und uns – an nichts fehlte. Ihre Plätze hatten sie zu beiden Seiten von Glande.

»Was hat euch an der christlichen Religion gefallen?«, wollte er wissen.

»Nichts. Sie lügen«, stieß Herkus hervor, schneller, als ich überhaupt die Frage bedacht hatte. In seiner Stimme lag Ärger. »Sie predigen Frieden, führen aber Krieg. Sie fordern Keuschheit, woran sie sich selbst nicht halten. Ihr Jesus Christus hat ohne Besitz gelebt und Armut verlangt.« Herkus schüttelte den Kopf. »Wir haben einige Predigten von ihm im Kloster selbst gelesen und andere gehört, denn beim Essen wurde immer aus der Bibel vorgetragen. Christus sprach von Sanftmut, Barmherzigkeit und Gerechtigkeit.«

»Außerdem reden sie immerzu von Liebe«, sagte ich. »Die Christen sollen einander lieben. Und andere auch.«

»Gier gibt es überall, und die Menschen sind schwach, egal, ob sie glauben oder nicht«, erwiderte Glande. »Auch bei den Prusai, fürchte ich.«

Mich faszinierten die hellblauen Augen des Priesters. Sie strahlten.

»Schwäche?«, wiederholte Herkus. »Es ist etwas anderes als Schwäche. Wie soll es möglich sein, die Botschaft der Liebe mit Gewalt zu verbreiten? Ist das kein Widerspruch, Priester? Sie sind ja nicht nur in unser Land eingedrungen, sondern auch dort, wo dieser Jesus gelebt haben soll.«

Glande gab keine Antwort. Er kaute und dachte nach. Ich hatte den Eindruck, Herkus hätte ihn in Verlegenheit gebracht.

»Jetzt erzähl du uns, was den prussischen Glauben ausmacht«, bat ich.

»Später, später.« Er hob seinen Becher. »Erst lasst uns essen und trinken. Aber denkt dabei an die Götter, selbst wenn ihr sie noch nicht kennt. Seid ihnen dankbar – ohne sie müsstet ihr hungern.«

Ich wollte entgegnen, dass wir es waren, die das Reh geschossen hatten, ließ es aber sein. Aus Erfahrung wusste ich, dass mit Gläubigen schlecht streiten war. Sie sagten dann, hinter allem stecke göttlicher Wille – demnach war Er es auch gewesen, der uns das Reh vor die Pfeile geführt hatte.

Glande aß mit den Fingern, und Fleischstückchen blieben in seinem Bart hängen. Seine Blicke schweiften immer wieder zu Herkus und mir, und ich hatte das Gefühl, er habe uns bereits bis in die Tiefe durchschaut. Er ließ sich viel Zeit mit dem Fleisch, und die Frauen gaben ihm immer wieder nach, sobald sein Teller leer war.

Schließlich schob er sein Geschirr von sich und rieb sich den Bauch. »Ich frage die Christen: Wenn Gott allmächtig wäre, warum sollte er sich für die Einsamkeit entscheiden?«

Ich begriff den Satz nicht. Auch Herkus sagte nichts.

Glande lachte. »Deshalb stimmt nicht, was sie behaupten. Bei ihnen gibt es einen allmächtigen Gott, richtig? Und der soll ganz allein leben? Keine Frauen, keine Freunde, nichts. Jede Mahlzeit allein? Niemand zum Lachen, Weinen, Streiten oder Lieben? Wer würde freiwillig ein solches Dasein wählen? Einer, der es sich ohne Mühe anders einrichten könnte? Bestimmt nicht. Wie hat er denn eigentlich seinen Sohn gezeugt? Ohne die Frau je zu berühren? Ohne Liebe?«

Er schüttelte den Kopf, und seine beiden Frauen kicherten.

Glande legte die Arme um beide. »Es gibt viele Götter«, sagte er. »Stellt sie euch vor wie eine große Familie, sie schimpfen übereinander und streiten den ganzen Tag, aber sie gehören zusammen. Dem einen Stamm steht Perkunas vor, der über den Donner regiert und der uns jedes Frühjahr den Regen bringt, ohne den nichts wachsen könnte. Deshalb ist er der Befruchter, aber er ist auch der Schmied – und der Gegner des Todes. Der andere Stamm wird von Deiwas beherrscht, dem Schöpfer, der auf den Bergen lebt. Er bestimmt den Lauf der Welt, und wenn etwas anders geht, als er vorgesehen hat, legt er seinen silbernen Umhang an, nimmt sein Schwert und kommt zu uns herunter. Entweder er reitet, oder er fährt in der Kutsche. Weil er selber auf einem Hof lebt, weiß er, was die Bauern brauchen, und er hilft ihnen, wenn ihnen etwas fehlt. Jeder dieser beiden Götter würde gern allein regieren, natürlich will er das. Und doch wissen sie beide, dass ohne den anderen kein Leben möglich wäre. Die

Taten des jeweils anderen sind auch notwendig. Versteht ihr das?«

Wir nickten. Auch die beiden Frauen hatten aufmerksam zugehört. Wie oft mochten sie diese Geschichten schon gehört haben?

»Es gibt eine Göttin der Sonne und einen Gott des Mondes, und es gibt Zemyna, die Mutter Erde. Ihr schuldet ihr Dank, sie liebt euch. Sie liebt alle ihre Kinder. Bedankt euch am besten jeden Tag bei ihr, besonders dann, wenn ihr etwas esst, was aus der Erde kommt. Sie hat es für euch wachsen lassen.«

Er machte eine Pause und schaute uns an. Schließlich breitete er die Arme aus, als wollte er das ganze heilige Dorf umfassen.

»Ihr solltet vor allem verstehen, dass rings um euch viel mehr ist, als ihr sehen könnt. Die Kraft des Auges ist sehr begrenzt, auch wenn viele Leute glauben, dass es das, was sie nicht sehen, nicht gibt. In Wahrheit ist die Natur voller Leben. In den Bäumen wohnen die Seelen der Toten – die der Männer in den Eichen, die der Frauen in Linden – und warten darauf, irgendwann wieder in einem Menschen auf die Welt zu kommen. Ihr könnt sie grüßen, dann freuen sie sich, und wenn ihr ein wenig übt, könnt ihr auch mit ihnen sprechen. Mit euren Vorfahren.«

Glande gab uns in seinem Haus ein Zimmer, in dem nichts als Stroh lag. Die Wand war aus halbierten Birkenstämmen. Mich beschäftigte die Frage, ob nur eine seiner Frauen bei ihm lag und welche. Ich achtete heimlich auf Geräusche, die vielleicht herüberdrangen, hörte aber nichts.

Herkus legte sich aufs Stroh und sagte: »Die heiligen Männer schwätzen alle nur, hier wie bei den Christen. Eigentlich sind sie heilige Schwätzer.«

»Das stimmt nicht.«

»O doch! Wir sollten zusehen, dass wir bald wieder aufbrechen.«

Ich wollte widersprechen und mit ihm streiten, doch er drehte sich auf die andere Seite und war bald eingeschlafen.

In Romowe schien es keine Verpflichtungen zu geben, keine Feldarbeit, keine Herde, die zu hüten war, nichts dergleichen. Glande hatte viel Zeit, und nur wenn das Fleisch zur Neige ging, verlangte er von uns zu jagen. Er redete gern, mit anderen Männern im Dorf, mit den Priestern, und auch mit uns, und manchmal schielte ich dann zu Herkus, dachte an den Ausdruck »Schwätzer« und wünschte mir, er würde sein Urteil ändern.

Am Heiligtum erklärte der Priester uns, dass Löcher in einem Baum deshalb so besonders seien, weil man durch sie ins Jenseits sehen könne. Der Granit in der Eiche von Romowe sei ein Schutz für die Lebenden, ohne ihn würde man zu leicht in die andere Welt gezogen.

Wir lernten die Göttinnen des Herdes und der Schnecken kennen und Velnias, den Gott des Todes, der gerne furchterregend tue. Aber man brauche keine Angst vor ihm zu haben, sagte Glande, er sei nicht bösartig, und die Seele sterbe ja nicht. Velnias sei der Bruder des Himmelsgottes Deiwas, und Perkunas sei sein Gegner, weil er gerne Leben rette, die Velnias nehmen wolle.

Ich stellte Glande viele Fragen zu all den Göttern, ich wollte erfahren, welcher der beiden Familien sie angehörten, mit wem sie Freund und mit wem Feind waren. Der Priester schien alles zu wissen, und je mehr er erzählte, desto größer wurde meine Neugier. Herkus hingegen schwieg, sein Gesicht war düster, und den Wunsch, bald aufzubrechen, hatte er nicht zurückgenommen. Er trottete neben uns her, während ich Glande kaum noch von der

Seite wich. Wir folgten ihm durch das heilige Dorf. Ich hörte zu, wenn er mit anderen sprach, und blieb sogar in seiner Nähe, wenn er sich zur Ruhe ausstreckte. Auch wenn er die Augen schon geschlossen hatte, konnte er erzählen. Dann wurde es sogar besonders interessant. Das Schicksal, hörten wir, wurde gewebt von einer Weberin, die Laume hieß. An sie würden die Menschen all ihre Wünsche senden, doch sie reihe nur Faden an Faden und arbeite so, wie es ihr Handwerk erfordere. Selbst ihr eigenes Schicksal könne sie nicht verbessern, denn sie habe Augen allein für Deiwas, aber er nicht für sie.

Tagelang sagte Herkus fast nichts. Mir war sein Gebaren dem alten Mann gegenüber unangenehm, er schien alle Höflichkeit und Sitte vergessen zu haben.

Schließlich wandte sich Glande an ihn. »Und du? Was ist deine Frage?«

»Ich habe keine Frage.«

»Nein?«

»Nein. Die Rede hat keinen Preis. Das sind doch alles nur Worte. Man kann sie endlos aneinanderreihen. Dadurch ändert sich nichts.«

Glande unterdrückte ein Lächeln. »Ich habe noch nie erlebt, dass ein junger Mann keine Frage hätte.«

Herkus schnaubte. Wieder war es respektlos und barsch, wie er sich dem Priester gegenüber verhielt. Dann verzog er den Mund, und es war, als schleudere er Glande seine Worte entgegen. »Dann sag mir: Dürfen die Christen uns zu ihrer Religion zwingen?«

Glande schüttelte den Kopf, während er immer noch mit dem Lächeln kämpfte, das auf sein Gesicht wollte. »Sie fragen uns nicht.«

Die Frühlingssonne schien und wärmte uns, und ich schaute hoch zu ihr und dachte, dass sie wirklich eine Göttin sei. Glande blieb stehen und wurde ernster.

»Die Antwort heißt natürlich nein. Wenn man einen anderen Menschen achtet, dann stellt man sich neben ihn, nicht über ihn. Dann zwingt man ihn nicht zu glauben was man selber glaubt. Daraus erkennst du, sie achten uns nicht.«

»Und was folgt daraus? Müssen wir sie vertreiben?«

»Du stellst schwere Fragen.« Glande wiegte den Kopf und dachte nach. »Hast du eine andere?«

Herkus machte einen Schritt, er wollte weitergehen, aber da Glande stehen blieb, konnte er das nicht tun. Er zog an seinen Fingern und blickte zu Boden. Ich sah ihm an, wie mit sich rang, und wusste, was ihn quälte. Er schien dem Priester seine Frage stellen und gleichzeitig nicht stellen zu wollen. Als er schließlich ansetzte, kamen die Worte nur mühsam heraus, und seine Stimme klang rauer als sonst. »Stell dir einen Mann vor, der ein Mädchen liebt. Um Fürst zu werden, muss er eine andere heiraten. Ihre Schwester.«

»Und er?«

Herkus stieß Luft aus, und wieder fand ich seine Geste boshaft. Doch Glande schien sie nicht zu stören.

»Ihm bedeutet es nichts, Fürst zu sein. Überhaupt nichts. Es ist nur … sein Vater war Fürst. Aber er hat ihn nicht mal gekannt.«

Glande dachte nach, dann zeigte er in Richtung der heiligen Eiche. »Wenn der junge Mann, von dem du sprichst, nach Romowe käme, könnte er versuchen, den toten Vater um Rat zu fragen. Allerdings bin ich mir ziemlich sicher, was die Seele des Alten antworten würde.«

Der Priester wies nun mit dem Arm vorwärts, und wir setzten uns in Bewegung.

»Meine Meinung ist diese: Das Leben ist lang, und ein Mensch braucht eine Aufgabe. Wird der Mann aus deinem Beispiel nicht Fürst, dann wird es ein anderer. Jetzt versetz dich in den, von dem du gesprochen hast. Weil er jung ist, bedeutet ihm die Liebe alles und das Amt des Fürsten nichts. Aber was macht er, wenn er später eine Entscheidung seines Fürsten für falsch hält – vielleicht eine schwerwiegende Entscheidung, zum Beispiel einen Feldzug? Er wird denken: Das hätte ich besser gemacht. Vielleicht würde er seinen Fürsten das sogar merken lassen – und schon hätte er einen Feind und Zwietracht im Stamm. Oder er würde sich in sich zurückziehen wie eine Schnecke in ihr Häuschen und nichts tun als seine Obstbäume schneiden und das Gemüse ziehen.« Er hielt einen Moment inne, um dann fortzufahren: »Wie auch immer er reagieren würde, es würde an ihm nagen. Und nicht nur an ihm, auch an der Liebe zu seiner Frau. Könnte diese Liebe jahrein, jahraus so stark sein wie die Gelegenheit, auf die er ihretwegen verzichtet hat?«

Herkus musterte den Priester. »Du antwortest mit einer Gegenfrage?«

Glande nickte. »In diesen Dingen gibt es keine Wahrheit, die für alle gilt. Deiwas wollte nicht, dass wir wissen. Wir sind blind und sollen versuchen. Riskieren sollen wir. Aber er hat uns etwas mitgegeben – tief in uns. Es braucht Übung, um dort hineinhören zu können. Mit meiner Gegenfrage möchte ich dir dabei helfen.«

Herkus verzog das Gesicht, als spüre er einen Schmerz. Zum ersten Mal, seit wir hier waren, war er dabei, sich zu öffnen. »Der Mann wäre Fürst, aber er hätte keine Liebe. Meinst du, so jemanden würden die Götter schützen?«

»O doch, er hätte Liebe«, sagte der Priester und lachte, »denn wenn er wirklich liebt, würde er die Liebe bewahren, und die Götter nähmen Anteil an seinem Schicksal. Sie würden sogar die Weberin Laume für ihn bitten. Trotzdem hast du recht: Er hätte es schwer. Schwerer, als wenn er beides bekäme. Die eigentliche Frage haben wir noch nicht berührt.«

Herkus zeigte mit dem Finger auf Glande und sagte: »Vor kurzem hast du uns erzählt, alle Leute bäten das Schicksal immerzu, doch Laume arbeite nach den Regeln ihres Handwerks, damit ihr Webtuch ordentlich aussähe.«

Der Priester nickte. Seine hellen Augen blitzten, was Herkus zusätzlich zu ärgern schien, denn er drehte Glande den Rücken zu, und ich wartete darauf, dass er davonstapfte.

»Du bist scharfsinnig, Herkus Monte«, erwiderte Glande. »Vielleicht haben sie dich im Kloster darin geschult. Ich weiß, dass die Christen die Disputation lieben. Aber begreife, dass ich nicht dein Gegner bin.« Er tippte Herkus auf die Schulter. »Du hast in der Welt nicht nur Feinde. Mir hast du eine Frage gestellt – ich bemühe mich, dir zur Antwort zu helfen. Zu deiner Antwort, mein Freund. Und was Laume angeht: Wie jeder Handwerker verfügt sie über einen gewissen Spielraum. Wenn die Götter sie bitten, mag es sein, dass sie ihn eher nutzt. Aber meine Frage ist eine andere. Hörst du weiter zu?«

Glande setzte sich auf eine Bank. Ich suchte mir einen Platz im Schatten einer Pappel. Herkus zögerte, dann hockte er sich neben mich. Er starrte auf seine Stiefel.

Glande wartete. Er wartete so lange, bis Herkus endlich nickte.

»Die entscheidende Frage heißt: Ist der Mann in deinem Beispiel ein Herrscher, oder ist er das nicht?«

Herkus wollte ihn unterbrechen, er holte tief Luft, um dazwischenzurufen, aber Glande sprach einfach weiter. »Wie ist ein Herrscher? Einer, der es sich leichtmacht und nur deshalb Häuptling wird, um nicht auf den Gemeinschaftsfeldern arbeiten zu müssen?« Er schüttelte den Kopf. »Solche gibt es natürlich, du findest sie überall im Prussenland. Aber ein wirklicher Fürst ist anders. Der ringt mit sich und trifft seine Entscheidungen durch genaues Bedenken. In der Zeit der Suche ist er in sich gekehrt. Er weiß um die Verantwortung, die er trägt, er fühlt sie, sie kann auf ihm lasten. Schließlich bestimmt sein Wort das Leben vieler Menschen. Das weiß er. Ja, und er ist stolz. Weil er ein Prussenfürst ist, ist er stolz. Er lässt sich das Knie nicht beugen und den Rücken nicht krumm machen, auch nicht von den Christen, die mehr sind und besser gerüstet. Wenn er sich verbeugt, dann nur, weil er es für richtig hält.«

Glande lehnte sich zurück. Er wandte den Kopf in meine Richtung, sah mich aber nicht an, er blickte über mich hinweg.

»Wenn ich ihm etwas wünschen dürfte, deinem jungen, zögernden Mann, ich gäbe ihm einen Begleiter auf seinen Weg, einen Freund. Einen, der sein Schicksal kennt und versteht, der mitfühlt und manchmal mitleidet. Und der ihm das gelegentlich auch zeigt.«

Ich musste mir auf die Lippe beißen. Weil ich mich an die Pappel presste, drückte mir die Baumrinde auf den Rücken, und der Schmerz tat mir gut, ich wollte gar nicht wieder ablassen. Die Sonne schien auf meine Beine. Meine Aufmerksamkeit war auf die Grenze zwischen Hell und Dunkel, zwischen Licht und Schatten auf meiner Hose gerichtet. Auch die anderen beiden schwiegen.

Als ich zu Herkus schielte, hatte er jenen Gesichtsausdruck, den ich seit vielen Jahren an ihm kannte. Er starrte in die Ferne. Obwohl seine Augen sich nicht bewegten, schienen sie etwas zu suchen. Seine Wahrheit? Ich nahm seine Stärke wahr – konnte sie auf meinem Platz neben ihm regelrecht spüren –, empfand seine Ausstrahlung und ahnte, dass der Priester sie ebenfalls erkannt hatte.

Nur Herkus wehrte sich gegen sie. Er wehrte sich gegen sich selber.

Glande hatte mich gemeint, als er von einem Begleiter und Freund gesprochen hatte. Mir lag auf der Zunge, Herkus zuzurufen, dass ich ihn unterstützen würde, so gut ich es irgend vermochte, er sollte nur den Weg gehen, der ihm vorgezeichnet war. Doch ich behielt es für mich. Solche Sätze sprach man nicht aus. Wie Herkus gesagt hatte: Worte haben keinen Preis. Was zählte, war die Tat.

Es war Herkus, der nach einer langen Pause das Gespräch wiederaufnahm. Sein Tonfall gegenüber dem Priester war etwas milder geworden. »Ich kenne einen Fürsten, der ist ganz anders, als du beschreibst. Draufgängerisch. Keiner, der sich Entscheidungen schwermacht. Wenn er Gelegenheit dazu hat, greift er die Ritter an. Er hat keine Angst, seine Kühnheit erkennst du, bevor du überhaupt mit ihm gesprochen hast. Er strahlt sie aus. Angst vor dem Tod kennt er nicht. Ihm scheint es egal zu sein, ob er lange lebt oder bald stirbt.«

»Den kenne ich auch«, erwiderte Glande. »Unser Romowe liegt in seinem Land. Bewunderst du ihn?«

Herkus wiegte den Kopf. »Nein«, antwortete er. »Aber viele tun es. Sogar im fernen Pomesanien.«

Das Gespräch verstummte erneut. Ich hatte vor Augen, wie Skomand in unserem Dorf seine Beute vorgezeigt und unseren Fürsten gedemütigt hatte. Es war nicht nur ein Draufgänger, wie Herkus ihn beschrieben hatte, der die Jadwinger befehligte, sondern auch ein Mann, der nach Beifall für seine Taten gierte. Unser Häuptling dagegen suchte Zuflucht im Met. Ob er ein starker Fürst war oder nicht, hing von seinem Trinken ab. Der Alkohol bestimmte über ihn.

Ich rückte ein Stück von der Pappel ab. Mein Rücken

dankte es mir. Das Sonnenlicht auf meinem Bein breitete sich aus. Mir wurde klar, dass ich in Romowe zum ersten Mal das wirkliche und echte Prussentum erlebte. Im Kloster hatten wir als Heiden gegolten, als Jungen, auf deren Glauben kein Verlass war, doch dort waren wir einfach nur heimatlos gewesen. Nach Hause, in unser Dorf, war ich zurückgekehrt, weil ich meinte, dorthin zu gehören, schließlich war ich dort geboren worden. In Romowe – wo ein erfahrener Mann gegen etwas Wild viele Tage damit zubrachte, zwei Heranwachsenden auf ihren Weg zu helfen – war es anders, hier lernte ich die Seele meines Volkes kennen. Vielleicht hatte Willun diese Wirkung im Sinn gehabt. Mir aber wurde bewusst, dass weder er, der Trinker, noch ein Draufgänger wie Skomand unser Land vor seinen Feinden schützen konnte.

»Was wäre in unserem Beispiel«, sagte ich deshalb, »hätte das Mädchen gesagt, wenn sie sich einen Fürsten vorstellt, wäre er genau so wie der junge Mann, den sie liebt?«

Glande freute sich. Herkus hingegen ärgerte sich über das Strahlen auf dem Gesicht des Älteren. Er wandte sich ab, und ich fürchtete zum zweiten Mal, er würde aufstehen und davongehen, vielleicht sogar gleich wegreiten. Doch er blieb.

»Es zeigt, dass sie ihn wirklich liebt«, erwiderte Glande. »Sie erkennt ihn. Das spricht für sie.«

Ich fragte mich, was für ein Bild wir drei abgaben, Glande auf seiner Bank, wir beide auf der Erde und Herkus so offensichtlich voller Ärger und Ablehnung. Doch wir schienen niemanden zu interessieren. Die anderen in unserer Nähe waren in ihre eigenen Gespräche vertieft.

»Jetzt ist es Zeit für eine Antwort auf deine erste Frage«, sagte Glande zu Herkus. »Müssen wir sie vertreiben? Es wenigstens versuchen?«

»Wir beide haben bereits darüber gesprochen«, meinte ich. »Wir glauben, am Ende läuft alles auf die Frage hinaus, was wichtiger ist, die Freiheit oder das Leben.«

Glande nickte. »Beides sind hohe Güter, und die Weisen haben gerade in diesem Punkt unterschiedliche Ansichten.«

»Frag doch«, sagte ich, »wie das Leben in Unfreiheit wäre.«

»Ein guter Vorschlag«, entgegnete Glande. »Sie lassen uns, was wir brauchen, Nahrung aus der Erde und aus dem Wald – und unsere Ehre.«

Herkus fuhr auf. »Unsere Ehre? Sie lassen uns gar nichts! Wir müssen Christen werden. Unsere Fürsten wurden gezwungen, das zu unterschreiben. Jetzt machen sich die Natanger darüber lustig und pinkeln an die Kirchentür, aber nur, solange es kein Ritter oder Priester sieht. Die Christen denken in langen Zeitspannen. Unsere nächste Generation wird sich bekreuzigen, und für die übernächste werden Deiwas und Perkunas nur noch Legenden aus der Vorzeit sein.«

Sein Ton war scharf, fast böse, und ich hatte den Eindruck, er wollte Glande dort treffen, wo es ihn schmerzen konnte. Zumindest das Lachen war dem Priester vergangen.

»Unsere Leute lesen und schreiben nicht« fuhr Herkus fort. »Trotzdem wurde der Vertrag nach Art der Christen geschlossen, nicht wie bei den Prusai mit Handschlag und Blut. Aber wenn etwas geschrieben werden muss, steht der, der nicht schreiben kann, wie ein Dummkopf da. Und jetzt sag du mir, ob sie uns unsere Ehre lassen.«

»Du hast die Antwort bereits gegeben«, erwiderte Glande, der immer milder zu werden schien, je schärfer Herkus wurde. »Ich stelle eine andere Frage. Auch die scheint mir wichtig zu sein. Ihr habt unter den Christen gelebt, deshalb kennt ihr sie. Haben wir eine Möglichkeit, sie zu vertreiben?«

»Sie sind viele«, erklärte ich, »unendlich viele. Ihr Gebiet reicht im Westen bis an das große Meer und im Süden bis nach Sizilien. Frankreich gehört dazu und England und viele Länder, die ich nicht kenne. Wenn der Papst ruft, kommen Ritter aus der ganzen christlichen Welt, denn er hat die Macht, ihnen zu versprechen, dass sie in den Himmel kommen. Das ist das Wichtigste für sie.«

Glande schnaubte. Ich wartete auf sein Lachen, aber er schüttelte nur den Kopf.

»Was denkst du?«, wollte Herkus wissen.

Nun war es der Priester, der lauter wurde. »Dass sie Angst vor dem Tod haben, das denke ich! Sie begreifen nicht, dass Velnias, der Todesgott, nur ein Schauspieler ist. Er tut grausam, aber in Wahrheit ist er ein friedlicher Kerl. Ja, Tod ist Frieden. Weil sie das nicht verstehen, brauchen die Christen das Versprechen, dass es gut wird in ihrem Jenseits.«

»Vielleicht hängt damit zusammen«, meinte Herkus, »dass sie so vorsichtig kämpfen. Sie wollen möglichst keinen Mann verlieren, keinen einzigen. Nur wenn sie des Sieges sicher sind, greifen sie an. Stirbt aber trotzdem einer der ihren, ist das Leid groß.«

Glande zuckte mit den Schultern. Auf seinem Gesicht war jetzt etwas Höhnisches. Er verspottete die Angst, die die Christen hatten. Er besaß die Sicherheit, dass seine Seele immer weiterlebte und wiederkommen konnte.

Wie aus der Ferne beobachtete ich das ruhige Leben im heiligen Dorf, die schlendernden Männer, die Gespräche, die Frauen, die beschäftigt waren, aber keine Eile hatten. Die Nachmittagssonne zog weiter. Ich bat sie still, uns noch ein wenig länger Wärme zu spenden.

Schließlich sagte Herkus: »Norelis hat recht, sie sind so

viel mehr. Auch haben sie eine bessere Ausrüstung. Sie besitzen Eisen, aus dem sie Waffen und Schilder schmieden. Und dann ihre vorsichtige Art zu kämpfen. Um wenigstens die Möglichkeit zu haben, gegen sie zu bestehen, müssten wir von ihnen lernen. Wir bräuchten ihre Ordnung. Denn auch wenn wir keine Angst vor dem Tod haben, wäre es entscheidend, unsere Krieger zu schonen. Ja, wir hätten von den Christen zu lernen. Aber gleichzeitig dürften wir nicht werden wie sie, sondern müssten Prusai bleiben, sonst hätte es überhaupt keinen Sinn, dann können wir auch kampflos aufgeben.« Er schüttelte den Kopf. »Ein unmögliches Unterfangen.«

»Unmöglich nicht«, erwiderte Glande. »Aber eine Aufgabe für einen großen Fürsten.«

Von zu Hause hatte ich drei Rollen Pergament mitgebracht, dazu Tinte und Gänsekiel. Ich schrieb nur heimlich am Abend. Herkus lag dann auf seinem Stroh, die Hände hinter dem Kopf verschränkt, und hing seinen Gedanken nach. Im Zimmer brannte eine Kerze, man hörte nichts als das Kratzen meiner Feder auf dem Pergament. Ob Glande wusste, dass ich meine Erlebnisse aufschrieb, kann ich nicht sagen, er machte nie eine Andeutung. Meinen Verstand beschäftigte so viel Neues, ich wollte es festhalten und dachte immerzu, wenn du es nicht aufschreibst, wird es bald verflogen sein.

Herkus machte die eine oder andere Bemerkung: »Ah, er schreibt wieder«, oder: »Ich habe mich schon gewundert, dass du dein Pergament gar nicht hervorkramst«, und einmal auch: »Du bist ein Christ, ein Schreiber, und für die Prusai verloren.«

Dieser letzte Satz schmerzte. Ich wollte zurückschlagen. Mir schoss es durch den Kopf, dass er selber für die Prusai verloren war, weil er nicht bereit war, zu seiner Verantwortung zu stehen. Doch ich hielt mich zurück und entschied mich dafür, mich nicht beirren zu lassen und meine Arbeit fortzusetzen. Mir fiel Dargus ein, der an unserem allerersten Abend zu Hause gesagt hatte, die Prusai sollten lernen, um eine Zukunft zu haben. So schrieb ich – wenn auch mit schlechtem Gewissen –, trocknete die Tinte und verstaute mein Pergament sorgfältig.

Heute besitze ich die Rollen noch und lese darin, während ich in meiner Hütte an der Ostsee sitze. Es ist Sommer. Ein paar dünne Wolken stehen am Himmel, die Sonne scheint, es ist so warm, dass ich die Ärmel meines Leibrocks über die Ellbogen gerollt habe. Die Tür steht offen, von draußen fällt das weiße Licht der See herein, und ich höre das Geschrei der Möwen. In meinem Inneren hätte ich nur einen winzigen Schritt zu machen, um der friedlichen Stimmung zu trauen. Doch das geht nicht. Ich weiß es besser. Sie gaukelt mir etwas vor. In unserem Land ist kein Frieden.

Damals in Romowe quälte sich Herkus, grübelte, und oft war etwas Düsteres um ihn. Von ihm wurde eine Entscheidung verlangt. Er spürte, dass Glande und ich der Ansicht waren, er solle seine Bestimmung annehmen, Fürst der Natanger werden, den Invasoren die Stirn bieten. Wegen Zanna konnte er sich dazu nicht entscheiden. Aber es gab noch einen anderen Grund. Er fühlte sich einer solchen Aufgabe nicht gewachsen.

Zu Glande sagte er auf einem unserer Spaziergänge durch Romowe: »Im Kloster haben wir gelernt, dass der Melancholiker zu viel schwarze Galle in sich hat. Dieses Übermaß kann zwar zu etwas Gutem führen, aber nur, wenn zwei Bedingungen erfüllt sind: der entsprechende Mensch braucht genau das richtige Übermaß an schwarzer Galle, nicht zu viel und nicht zu wenig. Und die schwarze Galle selber muss genau in der Mitte zwischen kalt und warm liegen. Bei allen anderen führt sie entweder zur Lethargie, zum Schwarzsehertum, zur Hoffnungslosigkeit. Oder bei denen, die zu viel warme schwarze Galle haben, zu leichter Erregbarkeit und zu Wahnsinn, denn die schwarze Galle liegt dem Denkzentrum im Körper benachbart.«

Glande hörte zu. Ich hatte den Eindruck, er erfahre etwas Neues – etwas, das die christliche Wissenschaft herausgefunden hatte.

Herkus fügte hinzu: »Ich glaube, die meisten Melancholiker werden von den Göttern bestraft.«

Der Priester schüttelte den Kopf. »Wenn du nicht Götter, sondern Gott gesagt hättest, dann wäre es eine echte christliche Vorstellung gewesen: Strafe. Wie entgeht man der Strafe? Indem du gottgefällig lebst. Spürst du denn nicht, Herkus Monte, dass sie mit diesem Gedanken auf das Erdenleben abzielen? So schaffen sie den Gehorsam und die Selbstbeherrschung, die sie groß machen. Alle Ausschweifungen und jeder Widerspruch können bestraft werden. Zum Beispiel mit einem Überschuss an schwarzer Galle und mit Melancholie.«

Nach diesen Worten wurde Herkus blass. Sein Oberkörper verlor die Spannung und fiel in sich zusammen. Der Freund wirkte, als sei er von einem Schlag getroffen worden. Als er sich an Glande wandte, flüsterte er fast: »Und was denkst du?«

»Was ich denke, ist nicht so wichtig. Ich kann dir sagen, was die Prusai meinen. Die Götter spielen manchmal mit den Menschen, das ist wohl wahr, aber wir profitieren von ihrer Uneinigkeit. Wenn der eine von ihnen es dir schwermachen will, kommt der andere und hilft. Das Spiel der Götter ist eine Auszeichnung, denn dazu nehmen sie nur die, die sie für stark genug halten. Am Ende aber lieben und unterstützen sie uns, auch wenn man es manchmal nicht merkt. Sie haben uns geschaffen, wir gehören ihnen. Wieso sollten sie uns von Grund auf übelwollen? Die wichtigste Prüfung, die sie uns aufgegeben haben, ist die Angst. Sie selber lachen natürlich darüber, denn sie wissen, man braucht als Mensch keine Angst zu haben, der Tod ist nichts als ein Leben in einer anderen Form. Trotzdem haben viele von uns Angst. Wer sie aber ablegen kann, der ist frei, und da ist es egal, wie viel schwarze Galle einer in sich hat und ob sie warm oder kalt ist.«

Herkus sah auf, er wollte etwas einwenden, aber Glande winkte ab. »Ich sage euch jetzt noch, wie man seine Angst besiegt. Das ist mein bester Ratschlag. Man muss lernen, seine Ohren zu spitzen. Dann kann man hören, wie die Götter lachen, wie sie uns auslachen, wenn wir aus lauter Angst stehen bleiben und uns steif machen. Wer ihr Lachen hört, begreift, wie sehr es ein Spiel ist, was sie mit uns treiben. Und dann spielt man einfach mit – und wird frei.«

Ich hatte jene Frage auf der Zunge, die ich schon seit der Marienburg mit mir herumtrug. Sie passte nicht recht, trotzdem stellte ich sie. »Wenn Menschen krank sind, lassen die Christen ihnen oft Blut ab und verschaffen ihnen auf diese Weise Erleichterung. Man nennt das Schröpfen. Ich habe mich gefragt, ob man jemandem nicht auf die gleiche Art die schwarze Galle schröpfen und ihm so helfen kann?«

»Das weiß ich nicht. Ich glaube nicht daran. Nach meiner Ansicht ist der Gedanke falsch, der ewige Versuch, die Dinge besser zu machen, als sie sind. Richtiger wäre es, so sein zu wollen, wie man geschaffen wurde, und das Lachen zu lernen.«

Herkus hob einen Ast auf, hielt ihn in der Hand und prüfte ihn. »Wenn du recht hast und die Götter nicht strafen, sondern nur spielen, dann ist es ein böses Spiel, das sie mit mir treiben. Trotzdem ist es wohl so. Solange ich mich erinnern kann, begleitet mich dieses Gemüt. Warum sollten die Götter aber einen Jungen strafen? Das ergibt keinen Sinn.« Er warf seinen Stock in die Höhe und fing ihn wieder auf. »Mag sein, dass man mit viel schwarzer Galle Fürst werden kann. Aber ein großer Fürst – einer, wie ihn unser Volk braucht –, das geht nicht. Das nicht.«

Er lachte, aber ich wusste, das war nicht das Lachen, von dem Glande gesprochen hatte, dazu klang es zu böse. Wie um mich zu bestätigen, schlug er mit seinem Stock gegen eine der Birken. Das Holz krachte, der Ast zerbrach, und der Aufschlag hallte wider.

In unseren zwei Wochen in Romowe ging der Geist des Ortes auf mich über. Außer wenn Glande uns auf die Jagd schickte, verbrachte ich alle Zeit mit ihm, schlenderte an seiner Seite durchs Dorf, saß auf einer der Bänke oder im Gras neben ihm, stellte Fragen, hörte zu. Auch Herkus war meistens dabei. Aber es gab Tage, da zog er es vor, in den Wald zu gehen oder allein zu sein.

Mein Knie tat mir manchmal weh. Tagelang spürte ich es kaum, und dass ich mein Bein ein wenig nachzog, erkannte nur, wer ganz genau hinsah. Ich konnte so gut wie jeder andere reiten und wanderte über lange Strecken. Doch dann, plötzlich, begann es zu stechen und zu brennen. Ich kam nur noch mit Mühe vorwärts. In Romowe konnte ich zum ersten Mal mein kaputtes Bein als Teil meiner selbst annehmen. Ich glaubte, Glandes Götterlachen zu hören. So wollten sie mich haben – als Hinkenden. Diese Einschränkung passte zu mir. Sie hob mich sogar heraus. Vor allem führte sie mich an einen Platz ein wenig abseits, und ich begriff, dass dieser Ort und ich zusammengehörten, und begann, mich dort heimisch zu fühlen.

Ich fürchte, dass mein Gesichtsausdruck in Romowe manchmal ein wenig verzückt aussah, zumindest milde. Das, spätestens, war der Augenblick, in dem Herkus eingriff. Dann nannte er mich Mönch oder Jungpriester. Auf der Jagd verlangte er, dass ich tötete, obwohl es seine Leidenschaft war, Tiere zu schießen. Und er sprach immer davon, dass wir aufbrechen sollten, was ich nicht einmal hören mochte.

Er rang mit sich. Im heiligen Dorf redete er für seine Verhältnisse viel. Es gab Tage, die ganz im Zeichen des Konfliktes seines jungen Mannes standen, der Häuptling werden, aber auf das Mädchen seines Herzens verzichten sollte. Dabei hatte ich den Eindruck, dass Herkus nach den Ansichten des Priesters genauso gierte wie ich. Der Unterschied war, dass er es sich nicht zugestand. Was immer Glande sagte, Herkus widersprach. Und er hatte einen ruppigen Tonfall. Er streckte die Brust heraus und spannte die Muskeln an, sein Hals war steif, und die Schultern waren die eines Kämpfers.

Glande ließ sich von alldem nicht beirren. Er blieb freundlich und sprach mit Herkus nicht anders als mit mir. Nach meinem Erachten waren seine Antworten die besten und ehrlichsten, die er geben konnte. Vor allem wollte er zu nichts drängen, vielmehr war es sein Ziel, Herkus zu seinen eigenen Erkenntnissen zu helfen. Aber Herkus konnte diese Geduld und Freundlichkeit nicht annehmen. Sie machten ihn ärgerlich.

Ich schämte mich für den Freund und ertappte mich dabei, froh zu sein, wenn er in den Wald verschwand oder irgendwo abseits im Schatten saß. Vielleicht starrte er mit seinem Herkusblick ja in eine andere Welt und erhoffte sich den Rat seines Vaters oder eines Ahnen.

Glande hatte von Anfang an die Möglichkeiten von Herkus erkannt, das war offensichtlich. Mir gab er nie das Gefühl, lästig zu sein, aber dass er viele junge Männer wie mich kennengelernt hatte und um ihre Schwierigkeiten wusste, war mir klar. Herkus dagegen interessierte ihn auf einer tieferen Ebene. Wahrscheinlich faszinierte er ihn auch. Trotzdem hielt er zu jeder Zeit den Abstand ein, den Herkus vorgab. Und er ließ sich von den Vorbehalten seines jungen Gastes nicht treffen. Vielleicht wollte er keine Liebe zu den Schülern entwickeln, die doch immer wieder abreisten. Er hatte seine Frauen und Freunde in Romowe. Er lachte viel, berührte andere Menschen, hielt sie am Arm oder legte ihnen die Hand auf die Schulter oder sogar aufs Haar. Mit uns, Herkus und mir, tat er das nie. Trotzdem machte Glande einen tiefen Eindruck auf mich. Er erschien mir sogar in meinen Träumen. Ich studierte sein Verhalten und wollte werden wie er. Besonders sein Lachen nahm ich in mich auf und war davon überzeugt, dass dahinter die bestmögliche Lebenseinstellung lag.

Das Frühjahr schritt voran, es wurde wärmer und trockener. Nach zwei Wochen fragte Glande uns nach dem Morgenbrei, ob es noch Dinge gebe, die wir mit ihm besprechen wollten. Ich konnte gar nicht antworten, weil ich mir fortgeschickt vorkam.

Herkus hingegen sagte, es sei Zeit, nach Hause zurückzukehren.

Dabei sei keine Eile, erwiderte Glande, als wollte er seinen ersten Satz entschärfen. Herkus ließ sich nicht darauf ein. Wir seien lange genug geblieben und hätten all das erfahren, weswegen wir gekommen seien.

Mir ging der Aufbruch viel zu schnell. Ich wollte wenigstens einen Tag, um alles noch einmal anzusehen und Abschied zu nehmen. Doch nun wurde Herkus ungeduldig. Er würde die Pferde allein satteln, bot er an, und ich könne inzwischen meine Runde durchs Dorf machen.

Als wir uns von Glande und seinen Frauen verabschiedet hatten und bereits auf unseren Pferden saßen, kam ein einzelner Reiter ins Dorf. Ich erkannte ihn bereits von weitem.

»Legien!«

Wir saßen ab und wollten uns schon in die Arme fallen, doch dann benahmen wir uns wie Männer und grüßten uns verhalten. Legien trug einen Bart an Kinn und Wangen. Auch Herkus freute sich. So recht wussten wir nicht, wo wir anfangen sollten. Fast zwei Jahre hatten wir uns nicht gesehen, und Herkus und ich waren im Aufbruch.

Glande richtete das Wort an Legien. »Hast du Essen dabei?«

»Ein wenig harten Ziegenkäse. Und Wasser. Warum fragst du?«

»Geh für mich auf die Jagd«, verlangte Glande, »und schieß mir ein schönes und junges Tier, und ich will dich die Geschichte der Götter lehren. Du bist Prusse?«

»Ja«, antwortete Legien.

»Oder bist du ein Christ?«

»Nein.«

Glande hatte uns über unsere Verlegenheit geholfen. Wir gingen gemeinsam auf die Jagd. Als wir ein paar Stunden später das Wild ins Dorf brachten, war von Abschied keine Rede mehr. Wir blieben, zusammen mit Legien, und verbrachten den Abend damit, dem Priester und seinen Frauen Geschichten aus dem Kloster und von unserer Flucht zu erzählen. Es waren diese gemeinsame Jagd und vor allem die Erinnerungen, die uns wieder zusammenrücken ließen. Der Legien unserer Erzählungen unterschied sich nicht von dem, der mit uns am Tisch saß. Er war der Bär, den ich aus Magdeburg kannte, stark und weich zugleich. Auch sein Bart änderte nichts daran. Wie früher liebte er das Essen.

Später, auf dem Stroh, als es so dunkel war, dass keiner von uns das Gesicht des anderen erkennen konnte, erzählte uns Legien von einem Mädchen, in das er verliebt sei. Sie heiße Narwike und lebe bei ihm im Dorf. Nach seiner Rückkehr aus Romowe wolle er ihren Vater bitten, sie ihm zur Frau zu geben.

Ich hörte Herkus' Seufzen, bildete es mir zumindest ein. Er tat mir leid, umso mehr, als Legien fragte, ob auch wir Mädchen hätten, die wir heiraten wollten. Weder Herkus noch ich gaben eine Antwort, so herrschte Schweigen in dem dunklen Zimmer.

Legien hätte denken können, wir seien eingeschlafen. Deshalb sagte ich: »Für uns ist das schwerer. Ich mit meinem kaputten Bein bin sicher nicht der, den sich ein Vater für seine Tochter wünscht. Und Herkus …«

»… Herkus sucht sich die, die er nicht bekommen kann«, beendete Legien meinen Satz und lachte.

Herkus seufzte erneut.

»Entschuldige«, sagte Legien. »Ich weiß doch, dass die Mädchen dich mögen. Wie Liesbeth damals. Erinnert ihr euch?«

Ich war froh, noch ein wenig über die Marienburg reden zu können. Herkus war der Erste, der einschlief. Er schnarchte bald. Legien flüsterte und wollte wissen, wie es Herkus gehe. Ich sagte es ihm nicht. Mir gefiel es nicht, über den schlafenden Freund neben mir zu schwatzen.

Als wir am nächsten Morgen aufbrachen, hatte ich trotzdem die Sicherheit, Legien, den Freund meiner schweigsamen Kindheit im Kloster, wiedergewonnen zu haben. Zum Abschied umarmten wir uns lange und versprachen einander, uns zu besuchen. Auch Glande drückte uns nun beide an seine Brust. Dank nahm er nicht an. Er sei sicher, sagte er, von unserem weiteren Weg zu erfahren.

Während wir aus Romowe herausritten, drehte ich mich um und grüßte Glande und Legien, die uns nachblickten. Ich versuchte, den heiligen Ort mit den Augen festzuhalten, damit ich ihn mir immer in Erinnerung rufen konnte. Auch nahm ich mir vor wiederzukommen, selbst wenn Herkus nicht wollte. Ich brauchte doch nur jemanden für die Schafherde zu finden.

Die Vorwache war nicht zu sehen, deshalb riefen wir sie, und als einige der Männer hinter ihren Bäumen hervorkamen, gaben sie uns unsere Waffen zurück. Wir hatten wenig Vorrat bei uns. Trotzdem achtete Herkus auf keine einzige Tierfährte. Er schien sie nicht einmal zu bemerken. Auch mir stand der Sinn nicht nach Jagd.

Die Pferde schritten voran, mal ging meins an der Spitze, mal das von Herkus. Der Himmel hatte sich zugezogen, vom Ostmeer kamen Wind und Regen. Meine Gedanken waren weiter in Romowe, bei Glande und seinem Lachen, bei dem Frieden dort, den nun Legien erleben durfte. Ich hatte Abschiedsschmerz. Ich stellte mir die vielen Götter vor und wäre am liebsten umgekehrt, wäre zurückgeritten in das sorgenlose heilige Dorf. Wenn mein Wunsch zu stark wurde, heftete ich den Blick auf Herkus.

Wir rasteten erst, als es bereits dunkel war. Ein Feuer wollte uns nicht angehen. Reisig und Zweige waren nass geworden, sie qualmten, brannten aber nicht. Wir kauten auf kaltem Fleisch herum, bevor wir uns ausstreckten. Die Pferde waren neben uns, man hörte, wie sie Gras aus der Erde rissen.

In der Nacht wurde der Wind stärker, er pfiff durch die Bäume, trieb aber die Regenwolken weiter, so dass wir trocken blieben. Doch sein Geheul ließ uns nicht schlafen. Als der Morgen anbrach, saßen wir schon wieder auf den Pferden.

Drei oder vier Tage sprachen wir nicht mehr als das Nötigste miteinander. Als wir die ersten längeren Sätze wechselten, waren wir bereits im Land der Barten.

Dicke Wolken standen weiterhin am Himmel, aber die Sonne kam ab und an dahinter hervor. Wir lagerten an einem See, wo wir unsere Wasserschläuche aufgefüllt und die Tiere zur Tränke geführt hatten. Unser Feuer war über Nacht ausgegangen. Herkus schürte die Glut. Ich fragte mich, wozu er es am Morgen wieder anfachen wollte.

Er blies ins Feuer und stocherte mit einem dürren Stock darin umher. Bald begannen die ersten Zweige, die er neu aufgeschichtet hatte, zu brennen.

Als er zu sprechen anfing, sah er nicht auf. »Kannst du dich an den Logikunterricht im Kloster erinnern?«

Ich zog mein Knie an und schützte es mit der Hand. »Bei Bruder Simon?«

Er nickte. »Die Kunst der Künste.«

Eine Flamme schoss in die Höhe, er nutzte sie und brannte andere Zweige an. »Menschen können irren. Glande ist ein Mensch. Also kann er irren.«

»Das würde er nicht bestreiten«, erwiderte ich, heftiger vielleicht, als notwendig gewesen wäre. »Er hat selbst gesagt, Deiwas wollte nicht, dass wir wissen. Keiner von uns, also auch ein Priester nicht. Wir sollen probieren und riskieren.«

»Von mir aus. Meine Entscheidung ist endlich gefallen. Ich will nicht Natangerfürst werden. Ich will Zanna.«

Er sah mich nicht an, während er sprach. Seine Hände hielt er über das Feuer, als müsste er sie wärmen. Im Haar hatte er braune Blätter, sein Wams war schmutzig, genauso wie seine Hände. Die Fingernägel waren aufgerissen und schwarz. Wie er roch, nahm ich nicht mehr wahr, denn ich hatte mich selber seit Tagen nicht mehr gewaschen.

»Ich mache es wie Legien. Sobald wir zurück sind, werde ich Willun bitten, mir seine zweite Tochter zu geben, und nur die. Was immer er als Brautpreis verlangt, werde ich zahlen, nicht gleich, aber immer dann, wenn es mir möglich ist.«

Vor der Brautwerbung, dachte ich, sollte er sich gründlich waschen, denn einem Waldmenschen würde Willun seine schöne Tochter sicher nicht geben.

Das Feuer brannte nun ordentlich, ich bekam Hunger und dachte daran, vor dem Aufbruch zu essen, was wir sonst nicht taten.

»Mag sein«, sagte Herkus, »dass der Priester recht hat und ich eines Tages die Entscheidungen unseres Fürsten, wer auch immer das dann ist, falsch finden werde. Ich weiß es nicht – ich weiß nur, dass ich auf Zanna nicht verzichten kann.« Er senkte den Blick und suchte nach Worten. »Außerdem ahne ich, dass einer wie ich – einer, der schweigt und wartet und zögert –, dass der kein echter Fürst sein kann. Wenn man zu entscheiden hat, darf man sich nicht immer nur Gedanken machen, dann muss man handeln, auch auf die Gefahr hin, einen Fehler zu machen. Aber so bin ich nicht. Ich würde grübeln, würde lange überlegen, und bis dahin stünden die Feinde vor unseren Türen und hätten unsere Pferde und Waffen bereits erbeutet und die Frauen dazu.«

Ich teilte seine Ansicht nicht, mein Bild von ihm war anders, ich wusste um seine Stärke. Aber er hatte seine Entscheidung nun getroffen, da war es nicht recht zu widersprechen. Bestärken allerdings konnte ich ihn nicht. Also schwieg ich.

Er hob die rechte Hand und sah mir ins Gesicht. »An diesem Morgen und an diesem See gebe ich dir ein Versprechen, Norelis. Anders, als Glande gesagt hat, werde ich loyal sein, wer auch immer Natangerfürst ist. Ich tue, was unser Häuptling entscheidet, so lange jedenfalls, wie er meine Ehre nicht zerstören will. Allein um dieses Gedankens willen bin ich froh, nach Romowe gegangen zu sein. Ich habe die Warnung gehört, die Glande mir gegeben hat.«

Wie um seine Worte zu bestätigen, knackte das Feuer.

»Ich weiß jetzt, dass ich Zanna will«, wiederholte er. »Sie gehört zu mir.« Er klang erleichtert.

Er ließ sich wieder auf die Erde fallen und zog die Satteltasche zu sich heran. »Und jetzt lass uns essen. Ich habe Hunger.«

7

Nach dem Morgenessen rannten wir in den kalten See. Vögel flogen auf. Nur zwei Schwäne ließen sich nicht aus der Ruhe bringen. Sie hielten Abstand und beobachteten uns. Herkus und ich strampelten mit den Beinen, wir tauchten unter und prusteten, als wir wieder hochkamen. Und natürlich schwammen wir um die Wette.

Die Kälte des Wassers konnte uns nichts anhaben, im Gegenteil, ich fand, sie reinigte mich von manchem alten Gedanken und machte meinen Kopf wieder klar. Herkus wusch sich Erde und Laub aus dem Haar. Als er aus dem Wasser kam, hing ihm das nasse Haar über die Schultern. Er schüttelte sich, dass die Tropfen flogen wie bei einem Sprühregen.

Wir wuschen auch unsere Leibhemden. Am Ende, als wir nur in Wams und Beinkleidern dastanden, war ich froh, dass das Feuer brannte und uns wärmte. Ich legte Holz nach, und wir hängten die feuchten Hemden über eine Stange.

Herkus streckte sich am Feuer aus. Ohne Leibhemd waren die Muskeln an seinen Oberarmen und an der Brust noch deutlicher sichtbar. Er schloss die Augen.

»Glande ist ein Priester, und er hat zwei Frauen. Aber sind es wirklich seine Frauen? Ist er mit ihnen verheiratet? Am Ende ist er ein Gottesmann. Wahrscheinlich kennt er gar nicht, wonach ich ihn gefragt habe – die Liebe. Deshalb hat er …«

Ich fiel ihm ins Wort. »Du hast deine Entscheidung getroffen, aber nun lass Glande in Frieden. Natürlich weiß er um die Liebe. Wir haben es beide erlebt. Es ist nicht nötig, das kaputtzumachen.«

Er sah mich an und grinste, ein seltener Gesichtsausdruck bei Herkus Monte. Es schien, als fühlte er sich ertappt.

Als unsere Kleider trocken waren, ritten wir weiter. Sobald es der Weg erlaubte, ließen wir die Pferde im Galopp laufen. Wir jagten, als sollten wir nie wieder zusammen auf die Jagd gehen. Wir schwammen manchmal in drei Seen hintereinander und plantschten wie die Kinder. Einen ganzen Nachmittag brachten wir damit zu, immer wieder auf einen Baum zu klettern, der krumm über einen See gewachsen war, und von seiner Spitze ins Wasser zu springen. Als ich dem Freund dabei zusah, war ich von dem Gedanken erfüllt, diesen Moment festzuhalten. Ich war sicher, ein Lebensabschnitt ginge zu Ende. So etwas würden wir nie wieder erleben. Wenn wir zurückgekehrt sein würden und Herkus heiratete, dann war diese Zeit vorbei.

Die Götter gaben sich alle Mühe, uns diese Tage schön zu gestalten. Der Himmel war blau, die Sonne schien, es war warm, aber noch nicht heiß, und die Nacht kam erst spät. Die Bäume blühten, und ihre Blätter hatten ein Grün, in dem alles neue Leben steckte. Wir sahen Schwärme von Kranichen, und es begleiteten uns die Brunftrufe des Wildes. Als wir sie zum ersten Mal hörten, warf ich Herkus einen Blick zu, wir mussten beide lachen.

Er legte seinem Hengst die Hand auf den Hals und saß auf. Ein Zittern ging durch den mächtigen Tierleib. Das Pferd wieherte. Herkus stieß ihm die Fersen in die Flanken. Der Hengst riss den Kopf in die Höhe. Im nächsten Augenblick jagten sie davon. Er ritt schneller, als ich mithalten konnte, der Abstand zwischen uns wurde größer. Herkus lag fast auf seinem Pferd, Arme und Oberkörper um seinen Hals geschmiegt, die Beine um den Leib geklammert. Unter den Sprüngen des Tieres hüpfte sein Hinterteil in die Höhe. Er ritt immer weiter, über eine langgezogene Lichtung, an einem Wäldchen entlang, über die leuchtende Heide. Mein Pferd schwitzte und hatte weißen Schaum vor dem Mund, da jagte Herkus immer noch weiter. Als er endlich stehen blieb und ich ihn einholte, zitterten sie beide, Mensch wie Tier. Er blickte mich mit einem abgekämpften und herausfordernden Gesichtsausdruck an. Sein Leibrock war voller Schweißflecken. Er wischte sich mit dem Ärmel über das glänzende Gesicht und strich seinem Pferd über den Hals und lobte es leise.

Je näher wir der Heimat kamen, desto langsamer wurden wir. Wir saßen ab und führten unsere Pferde an den Zügeln. Da wir andauernd jagten, wurde es trotzdem immer mehr, was sie zu tragen hatten. Auch wurde der Abstand zwischen unseren Nachtlagern immer kleiner. Als wir längst im Natangerland waren, übernachteten wir noch zweimal im Wald, obwohl der Ritt nach Hause nur ein paar Stunden gedauert hätte. Aber wir machten Feuer und legten uns auf die Erde, zusammengeschobenes Laub als Bett, eine Hand unter dem Kopf und die Satteldecke über Brust und Beine.

In meiner Erinnerung haben diese Tage der Rückkehr etwas Unwirkliches. Manchmal glaube ich, ich hätte sie nur geträumt. Uns beiden genügte ein Nicken, manchmal nur ein Blick, um zu wissen, was der andere dachte. Keiner hatte an jenen Tagen einen starken Willen. Wir ließen uns treiben. Herkus lachte so oft, dass ich dachte, durch seine Heirat mit Zanna werde die schwarze Galle in ihm zurückgedrängt.

Erst als wir auf der Anhöhe über unserem Dorf standen und den fremden Rappen auf der Koppel sahen, erwachten wir aus unserem Traum. Ich schickte einen Gedanken zu Laume, der Weberin des Schicksals. Das war kein Gebet, sondern ein Ruf – ein Schrei eher, dass sie den Faden, den ich vor meinem Auge auftauchen sah, anders anlegen müsse. Unbedingt anders.

Heute und hier oben auf der Düne, auf der ich stehe und auf die Baustelle von Burg Lochstädt hinunterblicke, würde ich Laume gerne wieder bitten. Ich möchte sie für Herkus bitten und für all die anderen Prusai, die dort Lehm und Steine schleppen müssen. Ihre Schreie gehen mir nicht aus dem Ohr. Der Baumeister besteht darauf, dass die Steine direkt aus dem Ofen verbaut werden müssen. Sie dürfen nicht abkühlen, so werden sie angeblich besonders fest. Zwar gibt es Zangen, um den heißen Stein anzufassen, trotzdem verbrennen sich die Männer immer wieder. Ihnen fallen die Steine auf Füße oder Hände, und dann brüllen sie ihren Schmerz über den weiten Platz.

In meinem Leben habe ich nie vergessen, dass Glande uns damals in Romowe gesagt hat, alle Menschen bäten die Schicksalsweberin immerzu, aber sie arbeite, wie ihr Handwerk es ihr vorschreibe. Auf all die Wünsche, die sie erreichten, könne sie nicht hören, wie würde sonst ihr Webtuch aussehen? So wird wohl auch meine Bitte unerhört bleiben.

Jeden Tag aufs Neue mache ich mich auf den Weg in unser Dorf. Da die Männer eingesperrt sind und Fron leisten müssen, arbeiten die Frauen allein auf den Feldern. Sie wenden das Heu. Ich greife nach Werkzeug und helfe, aber sie heben kaum die müden Augen und nehmen mich nicht wahr, außer Suplith, die immer aufsieht und mir zunickt und manchmal sogar zu lächeln versucht.

Die Gesichter der Frauen sind ausgemergelt. Sie wissen nicht, wie sie ihre Kinder satt bekommen sollen. Ihnen fehlt die Kraft, über die Abgaben zu klagen oder darüber, dass sie von den Rittern auch noch beraubt werden. Was ihnen widerfahren ist, lässt sich nie mehr rückgängig machen, ein Teil des Lebens ist aus ihren Körpern gewichen. Lachen gibt es nicht mehr in unserem Dorf, keinen Gesang, keine Musik, kaum noch ein Gespräch. Die Frauen gehen nur noch ihrer Arbeit nach, sie heben die dünnen Arme und machen die Rücken krumm. Ihre Schönheit ist verflogen.

Wie anders sah unser Dorf damals aus, als Herkus und ich aus Romowe zurückkamen. Wir standen auf der Anhöhe, unter uns das bekannte Treiben. Die wackeligen Metfässer von Willun, von ihm selbst bewacht. Der hölzerne Getreidespeicher. Männer auf den Gemeinschaftsfeldern. Frauen am Bach, schwatzend, während sie die Wäsche einweichen ließen. Auf der Wiese waren Leinenhemden und bunte Hosen ausgelegt, die in der Sonne bleichen sollten. Wir hörten Kinderlachen, und die älteren Jungen übten mit Holzschwertern. Der Stärkste von ihnen war Rognar.

In der Mitte der Koppel stand der fremde Rappe. Er tänzelte, seine Artgenossen hielten Abstand. Herkus neben mir war wie erstarrt. Mein allererster Gedanke – weswegen ich zu Laume gerufen hatte – war verschwunden, jetzt empfand ich Wut. Was wollte der Kerl schon wieder bei uns? Erneut Willun und uns alle beleidigen?

Ich beginne, meine Pergamentbögen zu numerieren, einen nach dem anderen. Wer meine Arbeit einmal lesen wird, sage ich mir, kann so die richtige Reihenfolge finden, selbst wenn die Bögen durcheinandergeraten sein sollten. Doch der Grund ist ein anderer. Ich weiche aus. An der

Stelle, an der ich angelangt bin, will ich nicht mehr weiterschreiben. Mit den freien Tagen im Wald möchte ich meinen Bericht beenden. Damals waren wir zwei glückliche junge Männer.

Während ich die Ziffern oben rechts auf meine Bögen setze, schüttele ich den Kopf. Wen sollten diese Erinnerungen interessieren? Die Prusai? Unser des Lesens unkundiges Volk? Die Christen? Was scheren die sich um Geschichten von Perkunas und Deiwas und von einem heidnischen Volk.

Ich bin in der Stimmung, meinen Gänsekiel zu zerbrechen und all die vollgeschriebenen Seiten ins Feuer zu werfen. Dann müsste ich nicht mehr weitererzählen und bräuchte mich nicht mehr zu erinnern. Doch ich bringe es nicht fertig, diesen Schritt zu gehen. Aufzuhören, zu zerstören. Selbst wenn niemand meine Arbeit lesen wird, ich bin stolz auf sie. Ein Hinkender hat das geschaffen. Einer, den sie nicht einmal zur Baufron wollten. Von ihm sind all die enggesetzten Zeichen, die zusammen eine Schrift ergeben. Er ist es, der sich als Chronist seines Volkes versucht, auch wenn ihn kein Fürst beauftragt hat.

Und dennoch sträubt sich alles in mir, in meiner Erinnerung auf die Anhöhe vor unserem Dorf zurückzukehren. Deshalb mache ich eine weitere Pause und gehe hinaus an den Strand. Der Himmel ist grau und das Meer von einer Ruhe, die ich als trügerisch empfinde. Es gibt keinen Wind, kaum Möwen. In der ganzen Bucht bin ich der einzige Mensch. Ich könnte glauben, es herrsche Frieden. Doch dieser Gedanke ist so falsch wie die Ruhe der See. Tose doch, Ostsee, brülle, wüte. Drohe ihnen. Lass endlich deine Wasser steigen, und spüle hinweg, was immer die fremden Herren aufzubauen versuchen. Zeig aller Welt, dass du zum Volk der Prusai hältst. Zu niemand anderem.

Nun steigt doch eine Möwe auf. Ihre Schreie klingen wie ein Lachen. Solange es nur Fische im Meer gibt, ist es ihr egal, wer an Land das Sagen hat. Nicht unser Ostmeer ist das, sondern ihres und das ihrer Artgenossen.

Also zurück nun. Zurück zum Ende unserer Heimkehr aus Romowe. Unsere Pferde standen ruhig auf der Anhöhe und schienen genauso wie wir auf das Dorf zu starren. Ob sie ihr Zuhause auch wiedererkannten? Herkus warf mir einen Blick zu. Ich nickte, und wir setzten die Tiere in Bewegung.

Als wir hinunterritten, wurden wir wie von selbst immer schneller, bald galoppierten wir, die Leute in unserem Dorf sahen auf und dachten sich wahrscheinlich ihren Teil. Erst kurz vor der Koppel rissen wir an den Zügeln. Der fremde Rappe erwartete uns, als seien wir dabei, in sein Gebiet einzudringen. Er wirkte kampfbereit.

Niemand begrüßte uns. Meine Mutter stand an der Haustür, sie kam nicht näher, winkte nicht einmal. Die Nachbarn nahmen ihre Tätigkeiten wieder auf. Ich erinnerte mich daran, dass Willun uns vorgeworfen hatte, nicht dazuzugehören. In Wahrheit wurden wir von den anderen geschnitten, und dass wir den weiten Weg nach Romowe auf uns genommen hatten, änderte daran nichts. Sie hielten uns immer noch für Christen.

Während Herkus sein Pferd absattelte und zur Tränke führte, ertappte ich ihn dabei, wie er verstohlene Blicke zu Willuns Haus hinüberschickte. Auch wenn er alles tat, um es zu verbergen, wirkte er aufgeregt. Zanna war nicht zu sehen. Ich schlug ihm auf die Schulter, nahm die Satteltaschen und zog ihn mit mir.

Im Haus umarmten wir meine Mutter. Sie drückte mich fest an sich, jetzt spürte ich ihre Freude, mich zurückzuhaben. Aber auf ihrem Gesicht war nicht einmal der Hauch eines Lächelns. Augenblicklich wollte sie uns

Essen bringen, dabei waren wir nicht hungrig. Wir gaben die Satteltaschen so gut gefüllt zurück, wie wir sie mitgenommen hatten. Sie räumte sie aus, während wir am Tisch saßen und Wasser tranken. Dann schürte sie das Herdfeuer. Dass wir nicht essen wollten, hatte sie offenbar überhört.

Ich fragte, was Skomand schon wieder im Dorf wollte, und erhielt keine Antwort.

Sie brachte uns Brot und Gänsefett, das kalt und hart geworden war, und drehte uns wieder den Rücken zu.

Herkus zuckte mit den Schultern und brach sich ein Stück Brot ab.

Meine Mutter stellte einen Kessel aufs Feuer, sprach aber nicht und sah uns auch nicht an.

Ich wiederholte meine Frage.

Sie nahm den Wasserkrug, der noch halb voll war, stellte ihn auf den Boden und füllte ihn aus ihrem Eimer auf. Ohne dass wir darum gebeten hätten, schenkte sie uns frisches Wasser nach.

Ob sie sich nicht setzen wolle, fragte ich, aber da war sie schon wieder am Feuer und schien zu beschäftigt, um auf mich eingehen zu können.

Herkus schüttelte den Kopf. Sein Gesichtsausdruck fragte mich, was los sei. Ich konnte ihm keine Antwort geben.

Ich schob meinen Stuhl nach hinten und stand auf.

»Du bist meine Mutter, und ich habe Respekt vor dir, wie es sich gehört. Deshalb wiederhole ich meine Frage kein drittes Mal, und erst recht nicht mit lauterer Stimme. Du willst nicht antworten? Gut, ich stelle sie jemand anderem. Dargus vielleicht. Ja, genau, Dargus.«

Nun schien sie verstanden zu haben, denn sie kam zum Tisch. Sie wich unseren Blicken aus. Ich glaubte, ein ganz leichtes Zittern zu bemerken. War meine Mutter krank?

»Erzählt mir von Romowe. Eine Frau kommt dort doch nicht hin.«

Herkus wurde unruhig. Er rutschte auf seinem Platz umher und wusste nicht recht, wo er die Hände lassen sollte. »Weißt du, wo Zanna ist?«, fragte er.

Sie wandte sich ab und biss sich auf die Lippe. Dann versuchte sie ein Lächeln, doch das misslang vollständig.

»Mutter?«

Hinter ihr kochte das Wasser. Ein Grund, erneut aufzuspringen.

»Stell bitte den Kessel auf die Seite, und setz dich wieder zu uns. Wir haben keinen Hunger, den wir nicht mit Brot und Gänsefett stillen könnten. Aber wir wollen jetzt wissen, was hier los ist. Und warum Skomand wieder im Dorf ist.«

Herkus heftete seinen Blick auf meine Mutter und wartete mit seiner unendlichen Geduld. Sie aber regte sich nicht. Uns hatte sie den Rücken zugewandt.

»Gut«, sagte ich, und jetzt klang meine Stimme drohend, »wie du willst. Ich gehe zu Dargus.«

Meine Mutter stellte sich vor einen der Stühle, packte die Lehne und hielt sie so fest, dass ihre Knöchel weiß hervortraten. »Ja, Skomand ist im Dorf. Er ist bei Willun.« Sie verstummte.

»Und was will er?«

»Ich weiß es nicht. Die Leute sagen, dass er die Häuptlingstochter zur Frau will.«

Sie starrte auf ihre Hände. Herkus hatte den Mund halb geöffnet. Ich glaubte, die schwarze Galle in ihn zurückkehren zu sehen. Im Raum herrschte Schweigen.

Mir war klar, welche von beiden Töchtern der Jadwinger wollte, schließlich hatte ich gesehen, wem er auf dem Dorfplatz mit den Blicken gefolgt war, als gäbe es auf der ganzen Welt niemand anderen. Trotzdem fragte ich: »Er will Celcis?«

Sie schüttelte den Kopf. »Er bittet um Zanna. Die Leute sagen, Willun habe schon zugestimmt. Er bekommt für sie Pferde und Schafe und Gold und Bernstein. Und eisenbeschlagene Fässer, die Skomand von den Rittern erbeutet hat.«

Ich wollte Herkus die Hand auf den Arm legen. Dabei stieß ich gegen meinen Becher, konnte aber gerade noch verhindern, dass er umkippte.

Herkus ging hinaus. Weder meine Mutter noch ich sagten ein Wort, denn hätten wir über ihn gesprochen, wäre das ungehörig gewesen, fast wie ein Verrat. Ihre Augen waren verquollen und ließen ihr Gesicht kummervoll aussehen. Krank war sie nicht. Sie litt mit ihrem zweiten Sohn.

Erst im Laufe des Tages habe ich Herkus gesucht. Er schlug Holz. Die Axt war so groß wie ein halber Mann, er hielt sie mit beiden Händen, hob sie über den Kopf und ließ sie auf die Baumscheiben niedergehen. Wenn sie auftraf, gab es einen hellen, dumpfen Ton. Herkus' Leibhemd hatte Schweißflecken, aber er schien nicht müde zu werden.

Ansprechbar war er nicht, genauso wenig wie er es später, am Nachmittag, war. Da saß er auf der Rückseite eines Baumes, einen trockenen Grashalm im Mund. Er bemerkte mich nicht einmal, obwohl ich vor ihm stand, er war weit weg, in seiner düsteren Herkus-Welt.

Suplith kam vom Bach und schleppte einen Eimer Wasser. Als sie mich sah, blieb sie stehen, der Eimer schwang zurück gegen ihr Bein, und Wasser schwappte über und machte ihr Kleid nass. Sie zeigte darauf und lachte. Ich wäre am liebsten zu ihr gelaufen und sah mich sogar ihre Hände greifen. Aber mehr als ein verhaltenes Winken, ähnlich wie ihres zu unserem Abschied, brachte ich nicht zustande.

Dann machte ich mich auf zu Dargus. Der alte Mann umarmte mich. Er freute sich, dass wir zurück waren, und fragte gleich nach unseren Erlebnissen in Romowe. Doch ich wollte zunächst wissen, was mit Zanna war. Dargus bestätigte, was meine Mutter gesagt hatte: Willun hatte dem Jadwinger Zanna versprochen und würde für sie Tiere, Bernstein, Gold und Waffen bekommen. Außerdem habe Skomand ihm eisenbeschlagene Fässer zugesagt, die offenbar jahrelang dicht hielten.

Dargus schüttelte den Kopf. Er legte mir die Hand auf die Schulter. »Tut mir leid«, sagte er.

Ich versprach, an einem besseren Tag wiederzukommen und aus Romowe zu berichten.

Im Dorf herrschte keinerlei Hochstimmung. Keiner freute sich mit dem Brautpaar, niemand gesellte sich zur Fürstenfamilie und ihrem Gast. Mag sein, dass mancher Willun neidete, was er als Brautpreis bekommen würde, doch die meisten wollten Zanna nicht ins Jadwingerland ziehen lassen, erst recht nicht gegen Gold und Fässer.

Sie selbst war nicht zu sehen.

Herkus schien zu wissen, dass alles wahr war. Er fragte mich gar nicht erst, und ich habe auch nicht gesehen, dass er das Wort an jemand anderen richtete. An jenem ersten Abend nach unserer Rückkehr kam er ins Haus und legte sich gleich auf sein Stroh. Als ich ihn ansprach, antwortete er nicht. Er reagierte überhaupt nicht.

Am nächsten Morgen nahm er seine Arbeit wieder auf, als sei er nie fort gewesen. Sein Werkzeug in der Hand, zog er auf eins der Gemeinschaftsfelder und half, es zu bestellen. Man hätte denken können, er sei in seinen Alltag zurückgekehrt. Nur arbeitete er abseits von den anderen und hielt sogar Abstand, wenn auf dem Feld gegessen wurde. Dass Skomand ein paar Tage später davonritt, schien er nicht einmal zu bemerken.

Willun, seine Frau, beide Töchter und Rognar begleiteten den Jadwinger zur Koppel. Das ganze Dorf hielt inne, als der Jadwinger auf seinen Rappen stieg und davonsprengte.

Nur Herkus schien sich nicht zu interessieren. Er arbeitete einfach weiter.

Meiner Mutter half er im Garten. Wenn er auf die Jagd ging, verabschiedete er sich nicht einmal, und nur weil sein Bogen weg war, wusste ich Bescheid. Auf unserem Tisch blieb immer Essen für ihn stehen, manchmal so lange, dass der Teller, der aus Brotteig bestand, weich wurde. Dann formte meine Mutter einen neuen. Selbst wenn Herkus mehrere Tage nicht zurückkehrte, machte sie ihm nie einen Vorwurf oder verlangte, er solle ankündigen, ob er zum Essen da sei oder nicht. Sie kochte einfach immer für ihn mit.

Auch sie litt mit ihm.

Er verbrachte viele Nächte draußen, selbst wenn es feucht und kalt war. Ich wachte dann im Zimmer auf, weil ich seinen Atem nicht hörte. Wieder und wieder kam mir der Gedanke an Laume, die Schicksalsweberin. Ich wollte ihn nicht, doch er fand immer neue Wege in meinen Verstand. Dabei wusste ich, sie würde nicht eingreifen, und wahrscheinlich konnte sie es auch gar nicht, wo sie doch nicht einmal in der Lage war, für ihr eigenes Liebesglück zu sorgen. Warum also sollte ich sie bitten?

So wie der Frühling fortschritt, wuchs das Getreide auf den Feldern. Ich war wieder der Dorfschäfer und zog auf die Weiden. Wie früher versuchte ich, mein Schnitzen und Schreiben zu verbergen, aber es gab auch Stunden, da war mir von Herzen egal, wer es sah. Sollte Willun doch von mir denken, was er wollte. Der Tochterverkäufer – mit welchem Recht hielt er sich für etwas Besseres?

In einer jener Nächte kam Herkus nach Hause. Wir hatten ihn den ganzen Tag nicht gesehen. Am Abend hatte ich meiner Mutter noch gesagt, sie brauche für den Freund nichts stehen zu lassen, aber sie hörte nicht auf mich und formte ihm sogar noch eine frische Schüssel.

Er legte sich auf seinen Platz. Genau wie heute hatten wir Stroh auf Holzgestelle geschüttet und drehten es von Zeit zu Zeit um. Es war bequem, nur musste man sich morgens die Halme aus den Haaren ziehen. Herkus gab sich keine Mühe, leise zu sein. Als er die Stiefel auszog und zu Boden warf, wurde ich wach. Er konnte nicht sehen, dass ich die Augen geöffnet hatte. Trotzdem fing er an zu sprechen.

»Sie schlägt vor, dich zu fragen.«

Wen meinte er? Zanna? Hatte er mit ihr gesprochen? Wann und wo?

»Du hättest Verstand und könntest ihn auch benutzen, sagt sie. Also, Norelis: Was soll ich tun?«

Ich war so überrascht, seine Stimme zu hören – und auch unvorbereitet auf eine solche Frage –, dass ich nichts erwiderte. Ich konnte keinen zusammenhängenden Gedanken fassen.

»Norelis?«

»Nimm sie, stiehl zwei Pferde von der Koppel, und reite weg mit ihr, so weit du kannst«, war das Erste, was mir einfiel.

»Sie sagt, es gäbe keinen Platz für uns.«

»Du liebst sie, sie liebt dich. Alles andere wird sich finden. Flieht doch ins Land der Litauer.«

»Man kann nicht davonlaufen, meint sie.«

Ich hörte ihn Stroh zusammenpressen. »Wir würden unser Leben lang dastehen und ins Gebiet der Prusai starren, und die Sehnsucht nach der Heimat würde uns auffressen und unsere Liebe dazu.«

»Sie kennt offenbar alle Antworten. Warum dann noch mich fragen?«

Er warf das Stroh gegen eine Wand. »Weil ich nicht einverstanden bin mit dem, was sie sagt.«

»Und was sagt sie?«

Von seiner Seite kam ein kurzes, bitteres Lachen, dann erklärte er: »Dass ich Celcis heiraten muss. Zanna folgt Skomand ins Jadwingerland, und ich bleibe hier als Mann ihrer Schwester.«

»Warum das denn?«

»Ihr Vater will erst die ältere Tochter verheiraten.«

»Soll er. Aber doch nicht mit dir!«

Er schwieg. Ich erkannte langsam, welches Ausmaß dieses Vorhaben angenommen hatte. Es würde Herkus' Leben für immer verändern. Natürlich sträubte er sich. Doch wieder einmal stand er ganz allein.

»Zanna möchte, dass ich Fürst werde. Fürst der Natanger.« Er lachte wieder auf. »Dann sei sie stolz auf mich.«

»Vielleicht hat sie recht. Glande hat das auch gesagt.«

»Ich kann aber nicht«, rief er in einem Ton, als sei ich schuld, »und ich will nicht.«

»Herkus …«

Mir war klar, dass er sich nicht gegen unseren Häuptling stellen konnte, es sei denn, er verließe das Dorf. Ich wusste nur nicht, ob dies der richtige Moment war, ihm das zu sagen. »Du …«

»Was?«, fuhr er mich an.

»… kannst dich nicht wehren.«

»Aber sicher kann ich das. Hier geht es um meine Ehre.«

Seine Wut – seine Verzweiflung – konnte ich förmlich spüren.

Er tat mir unendlich leid. Gleichzeitig dachte ich, dass er nicht zufällig in eine solche Lage geraten war. Er war stark genug, sie zu ertragen. Die Götter prüften ihn, weil sie ihn wertschätzten.

Nur ihr Lachen, das konnte ich an diesem Abend nicht hören.

Er schwieg eine Weile, aber es war klar, dass er nicht fertig war. Als er weitersprach, war seine Stimme leise geworden: »Zanna sagt, sie könne mich nicht heiraten. Der Vater entscheide über das Leben einer Tochter. Nur über ihre Gefühle habe ein Vater nicht zu bestimmen, auch Willun nicht. Sie …« Er hielt inne.

Ich ließ ihm Zeit, aber als ich überhaupt nichts mehr hörte, fragte ich: »Was?«

»Sie hat gesagt: ›Ich verspreche dir, Herkus Monte, ich liebe dich bis in den Tod.‹«

8

Eine Hochzeit im Prussenland lässt sich nicht geheim halten. Erst recht keine Doppelhochzeit, und schon gar nicht eine, bei der der eine Bräutigam ein Fürst ist und beide Bräute Fürstentöchter.

Der Sommer war vorangeschritten, die Felder machten weniger Arbeit, trotzdem war das ganze Dorf fleißig. Überall wurde gekocht und gebacken und natürlich gebraut. Die Vorratslager füllten sich. Mancher Nachschub wurde von anderen Stämmen herbeigeschafft. Fisch und Bernstein aus dem Samland, wilde Pferde aus dem Land der Barten. Felle und Geweihe brachten die Jadwinger mit.

Die Männer nutzten die Zeit auch, um ihre Häuser zu reparieren, altes Moos vom Holz zu schrubben, undichte Stellen auszubessern und Wege und Gärten zu pflegen. Der Nachbar fasste beim Nachbarn an, man half sich mit Werkzeug und Baumaterial, und abends wurde zusammen gegessen und getrunken.

Diesen Tagen, so idyllisch sie anmuteten, fehlte nur eins: die Heiterkeit. Es wurde kaum je gelacht und nicht einmal viel geredet. Die Leute waren ernst, manche missmutig. Nicht einmal jene Witzchen, die der Vereinigung von Mann und Frau immer vorauszugehen pflegten, waren zu hören.

Zanna sah ich in dieser Zeit fast nie. Anders als ihre Schwester ließ sie sich nicht einmal zeigen, wie weit die

Vorbereitungen waren. Celcis sah man die Vorfreude an. Sie war stolz.

Am Vortag der Hochzeit allerdings kam Zanna mit Herkus aus einem Wäldchen nahe meiner Schafweide. Beide hielten einander fest an der Hand. Sie hatte den Kopf gesenkt, er hingegen blickte mir in die Augen, mit einem Ausdruck von Trotz und Wildheit. Ich nahm mir vor, niemandem von dieser Begegnung zu erzählen.

Als sie wortlos an mir vorbeigingen, dachte ich daran, wie sehr sich Herkus gegen das gewehrt hatte, was nun bevorstand. Letztlich hatte Willun ihn vor die Wahl gestellt, sich entweder zu fügen oder das Dorf zu verlassen. Herkus hatte ihn angeblickt, aber keine Antwort gegeben, was Willun als Zustimmung genommen hatte. Tatsächlich war sein Widerspruch danach verstummt. Zeichen von Trauer oder Verzweiflung zeigte er nicht, sein Gesichtsausdruck war unverändert, er sprach wie immer wenig, war aber höflich und ging einer Beschäftigung nach. Was immer in ihm vorging, er machte es mit sich aus. Ich fragte mich, ob Celcis klar war, unter welchen Umständen sie heiraten würde.

Als Legien eintraf, wurde sogar Herkus etwas weicher. Genau wie ich schloss er den Freund in die Arme. Wir saßen zu dritt bis tief in die Nacht am Feuer und erzählten. Legien fragte auch nach der bevorstehenden Heirat. Herkus zuckte nur mit den Schultern und verzog den Mund.

Bis dahin waren die Jadwinger noch nicht aufgetaucht. Ich hatte die Hoffnung, sie würden nicht kommen, und während ich in das Feuer starrte, bat ich verschiedene Götter um Hilfe, nicht nur die Schicksalsweberin, sondern auch Deiwas und Perkunas, denn diese Sache schien mir bedeutend genug, dass sich die Häupter der Götterfamilien persönlich darum kümmerten.

Die vielen Gäste wurden verköstigt und untergebracht.

Allerdings waren die Häuser bald belegt, deshalb musste draußen schlafen, wer spät eintraf. Aber fortgeschickt wurde niemand – fast niemand, um ehrlich zu sein.

Einen Tag vor der Hochzeit kam ein Pfarrer in Begleitung von zwei Novizen in unser Dorf geritten. Unsere Leute starrten ihn an. Eine christliche Hochzeit – damit hatte niemand gerechnet. Gemurre erhob sich. Legien verlangte, den Kerl sofort wieder zu vertreiben.

Der Pfarrer ritt ein Pferd, das mich an unseren Tork erinnerte, einen Gaul, der mehr zur Feldarbeit geschaffen war als dazu, Aufsehen zu erregen. Der Pfarrer trug eine schwarze Kutte, hatte rote Wangen und einen runden Bauch. Die beiden Novizen waren Jungen mit verschwitzten Gesichtern und unreiner Haut. Sie stammten aus deutschen Landen, waren schmal und schlugen die Augen nieder, wenn sie angesprochen wurden.

Der Pfarrer stellte sich als Bruder Clemens vor, unterwegs, um das Wort des Herrn zu verbreiten. Er hatte eine singende, dabei laute Stimme. Zu Willun sagte er, im Friedensvertrag sei festgelegt, dass die Prussen die christliche Religion anzunehmen hätten, und dazu gehöre nicht nur der allsonntägliche Besuch in der Kirche, sondern auch eine Hochzeit mit dem Segen Gottes.

Willun fehlten die Worte, aber alle warteten auf seine Antwort. Ich warf Herkus einen Blick zu. Mit ihm wusste ich mich einig in der Bewertung des Vertrages, wir hatten oft darüber gesprochen. Bei den Prussen hatte ein Kriegsverlierer zu bezahlen – Pelze, Schafe, Getreide, Bernstein –, aber danach wurde er in Ruhe gelassen und nicht auch noch gedemütigt.

Herkus interessierte sich nicht für den Pfarrer. Ich konnte spüren, wie schwer sein Herz war. Auch Legien sah es.

Bruder Clemens wollte noch vor der Hochzeit einen

Gottesdienst in unserer Holzkirche abhalten. Er lade uns alle ein, sagte er in seinem Singsang, und hoffe, dass alle kämen, dann könne er dem Vogt melden, die Natanger seien guten Willens und brave Christen. Willun stürzte zwei Becher Met herunter und trieb uns in das Gotteshaus. Der Pfarrer, von seinen betenden Schülern eingerahmt, predigte auf Latein. Wir drei, die wir in Magdeburg aufgewachsen waren, waren die Einzigen, die ihn verstanden. Alle anderen ließen die Stunde über sich ergehen, sie konnten nicht folgen, kannten die Lieder nicht und sangen also auch nicht mit. Viele machten auf den harten Bänken ein Nickerchen.

Als wir aus der Kirche strömten, kam Skomand an der Spitze seines Gefolges in unser Dorf geritten. Sein Rappe tänzelte. Seine Krieger waren mit Schwert und Bogen bewaffnet, sie trugen Felle und Helme und schienen Haare und Bärte kaum je zu schneiden. Einäugige waren unter ihnen und Männer mit Narben über das ganze Gesicht. Ihre Rufe gellten über den Platz. In ihrer Mitte führten sie zwei beladene Wagen mit den Fässern – dem Brautpreis. Willun strahlte.

Der Pfarrer stand neben unserem Häuptling vor der Kirche. Skomand sprang von seinem Pferd und sprach auf Prussisch zu Willun. Er wollte wissen, was der dicke Wicht mit der seltsamen Kutte hier wolle. Die Antwort war noch nicht gegeben, da fuhr der Jadwinger schon dazwischen. Auf keinen Fall gehe er in die Kirche, erst recht nicht zu seiner Hochzeit. Bruder Clemens' Gesicht war anzusehen, dass er kein Wort verstand.

Willun gab Skomand recht, nur habe er als Häuptling zu bedenken, was einer Weigerung folgen würde. Ritter könnten ins Dorf kommen und Strafen aussprechen oder Schadenersatz verlangen, die Angelegenheit könne auch dem Vogt zu Ohren kommen, auf dessen Wohlwollen man angewiesen sei. Vielleicht sei es doch das Beste, man setze sich für ein kurzes Stündchen in das Holzhaus und gedenke der eigenen Götter.

»Kommt nicht infrage«, erwiderte Skomand.

Der Pfarrer versuchte zu lächeln. Er begriff, dass der zukünftige Schwiegervater und Schwiegersohn eine Meinungsverschiedenheit hatten. Auch nahm er sicher wahr, dass Skomand ihn keines Blickes würdigte. Trotzdem bemühte er sich um einen freundlichen Gesichtsausdruck. Die Novizen neben ihm hielten die Köpfe gesenkt.

Den rettenden Einfall hatte schließlich der alte Dargus. Er verschwand, zog sich ein altes Flachshemd über, schmierte sich etwas Dreck ins Gesicht und sogar in den Bart und ließ sich abseits der Kirche von Skomands Leuten ein Pferd geben. Mit dem Gaul am Zügel schlich er sich aus dem Dorf, um kurz darauf in scharfem Galopp zurückzukehren. Schweiß stand ihm auf der Stirn. Mitten auf dem Dorfplatz rief er, dass er den Pfarrer brauche.

Bruder Clemens freute sich, dass jemand nach ihm verlangte. »Mein Sohn, hier bin ich«, sagte er. »Sitz erst mal ab, trink einen Schluck Met mit mir, und dann sprich.«

»Keine Zeit. Ihr müsst sofort mitkommen.«

»Eile ist nicht christlich, mein Sohn. Unser Herr Jesus Christus hat nie gehetzt.«

»Meine Frau schickt mich nach Euch. Ihr sollt Euch beeilen.«

»Was hat sie denn, deine Frau?«

»Sie ... sie ist krank und wird nicht mehr lange leben. Seit Tagen geht das Fieber nicht zurück. Jetzt möchte sie den letzten Segen. Denn vor langem ist sie schon der ... richtigen, also der wahren Religion beigetreten.«

Wer dabeistand, kniff die Lippen zusammen, und wer es gar nicht aushalten konnte, drehte sich weg, um zu lachen. Aber die meisten wollten wissen, wie das Schauspiel weiterging. Dargus war immer noch nicht vom Pferd gestiegen.

Bruder Clemens breitete die Arme aus und sagte: »Es ist ein Teil unseres Leidens als Diener Gottes, dass wir nicht überall helfen können, auch wenn wir uns das wünschen. Der Herr in seiner unendlichen Weisheit hat es eben so eingerichtet. Morgen soll ich hier vor Gott zwei Paare vermählen. Übermorgen komme ich mit dir.«

»Und wenn sie dann nicht mehr lebt?«

Bratenduft zog durchs Dorf, der Bruder Clemens sich umblicken ließ. Über dem Feuer wurde ein Schwein gedreht. Überall waren die letzten Vorbereitungen im Gange, die Frauen rührten in Schüsseln, salzten Fleisch, buken Brot und schwatzten und lachten dabei.

Bruder Clemens neigte den Kopf. »Gott wird sie trotzdem ins himmlische Paradies aufnehmen, wenn sie ein gutes Leben geführt hat. Und das hat sie doch, oder?«

Dargus wurde jetzt ungehalten. »Natürlich hat sie. Kommt trotzdem.«

»Mein Sohn, vergiss nicht, mit wem du sprichst. Ich kann dir einen der Jungen mitgeben, sie dürfen bereits segnen. Oder du geduldest dich. Bis übermorgen.«

Dargus sprang vom Pferd und zog sein Schwert, das er auf den Pfarrer richtete. »Jetzt, sofort. Und keinen Jungen. Ich hab's ihr versprochen.« Er richtete die Schwertspitze direkt auf den Hals des Pfarrers.

Bruder Clemens ließ seinen Blick über den Dorfplatz schweifen. Er seufzte. »Wie weit ist es?«

»Einen halben Tagesritt. Wenn wir uns beeilen, sogar weniger.«

Der Pfarrer verzog den Mund. Der Schwertspitze war so nah an seinem Hals, dass sie ihn kitzeln musste. »Aus euch werden nie gute Christen. Ihr begreift einfach nicht, dass der Herr Frieden gebracht hat. Das ist das Gegenteil von Gewalt«, sagte er zu Dargus. Und an Willun gewandt: »Wir kommen zurück. Auch wenn ihr dann mit der Hochzeit schon angefangen habt – für den Segen ist es nie zu spät. Dann feiern wir den Gottesdienst etwas später.«

Er rief seine beiden Jungen und nahm den einen mit auf sein Pferd, während der andere zu Dargus aufstieg. So wie er davonritt, hatte er es nun selber eilig. Wenig später folgte ihnen ein Trupp Natanger und Jadwinger, die die Christen überfielen, knebelten und an Bäume banden. Zusammen mit Dargus kamen sie ins Dorf zurück, und der alte Mann genoss es, von allen beklatscht und beglückwünscht zu werden. Sogar meine Mutter lächelte ihm zu.

Am Vorabend der Hochzeit begann die Feier. Noch hatten die Brautleute getrennt voneinander zu sitzen, es gab einen Männer- und einen Frauentisch. Willun hatte seine neuen Fässer an seiner linken Seite, sie hatten die alten bereits ersetzt und waren gefüllt. Er schaute immer wieder zu ihnen. Gegenüber seinem zukünftigen Schwiegersohn aus dem Jadwingerland versuchte er, nicht allzu brav zu wirken, und brachte das Gespräch mehrfach darauf, wie er den Rittern Widerstand geleistet und sie in die Flucht getrieben hatte. Skomand lächelte höflich dazu.

Herkus sprach den ganzen Abend nicht, er aß wenig und trank überhaupt nicht. Die erste Möglichkeit, sich zu verdrücken, nutzte er. Ich nickte kurz darauf Legien zu, und wir verschwanden ebenfalls, was niemand zu bemerken schien. Er begleitete mich zur Schafskoppel, wo ich nach dem Rechten sah.

Herkus kehrte die ganze Nacht nicht zurück, erst am nächsten Morgen stand er vor uns. Ich suchte in seinem Gesicht nach Zeichen von Trauer, glaubte aber, eher Stärke zu erkennen.

Als wir auf den Dorfplatz kamen, scherzte Skomand mit seinen Leuten. Sie lachten, während sich die Natanger zurückhielten. Man hätte denken können, sie wären in unserem Dorf zu Hause. Skomand selbst hatte das Fell eines schwarzen Lamms als Umhang, sein Schwert war mit Steinen besetzt.

Celcis trat als Erste aus dem Haus, begleitet von ihrem Vater. Sie trug ein Kleid aus heller Seide, das bei ihren Bewegungen raschelte. Zanna dagegen, die mit ihrer Mutter kam, hatte ein schlichtes Kleid an, ohne gebauschte Ärmel oder Gürtel, ein Kleid, das weder Hüfte noch Brust betonte. Mir schien es vor allem zu zeigen, dass seine Trägerin um den schweren Gang wusste, der ihr bevorstand. Als ihre Hand in die des Jadwingers gelegt wurde, wandte ich mich ab und ebenso, als Herkus und Celcis verheiratet wurden. Zwei der vier Brautleute wollten jemand anderen.

Am Abend bekamen Legien und ich einen Platz in der Nachbarschaft der Brautleute und der Eltern. Herkus hatte darauf bestanden, dass auch meine Mutter in der Nähe saß. Am Kopfende thronte Willun, neben ihm seine Frau, auf der anderen Seite sein Sohn Rognar. Dann kamen die beiden Paare, einander gegenüber.

Es gab Suppen, Fleisch von Schwein und Rind, dazu Erbsen und Linsen, dann Wild mit Beeren und Pilzen, später Lammbraten. Legien neben mir aß und aß. Seine Kiefer mahlten ununterbrochen, und dabei strahlte er. Er trank auch Met, allerdings längst nicht so viel wie Willun oder Skomand. Herkus blieb bei Wasser.

Skomand ließ der Besuch des Pfarrers in unserem Dorf keine Ruhe. »Ob ihr Natanger jemals wieder so frei sein werdet wie wir?«

Die Frage hatte er an Herkus gerichtet, der ihm gegenübersaß, aber es war Willun, der antwortete: »Wir sind frei. Anders als ihr vielleicht, aber wir bewahren unsere innere Freiheit. Wir bleiben Prusai.«

Skomand stand auf und hob seinen Becher, die andere Hand legte er auf Zannas Arm. Seine Aussprache war schon nicht mehr ganz klar. »Ich gelobe hier und heute, am Tag meiner Hochzeit mit dieser schönen Frau, dass im Land der Jadwinger nie eine christliche Kirche gebaut werden wird. Was immer sie versuchen, ich werde es zerstören.«

Er reckte den Becher in Richtung seiner Leute, die aufsprangen und »Hoch« riefen und miteinander anstießen.

Ich fand dieses Gehabe unangenehm. Zwischen zwei Bissen nannte Legien Skomand halblaut einen Angeber. Herkus hatte nicht einmal aufgesehen, er legte nur, als Botschaft für Zanna, die Stirn in Falten und verzog den Mund. Celcis hingegen schien sich zu ärgern. Ihre geballte Faust lag auf dem Tisch.

»Hättest nicht wenigstens du diese Kirche verhindern können, Herkus Monte?«, fragte Skomand weiter.

Herkus machte sich nicht die Mühe zu antworten, aber immerhin sah er nun auf. Im Stehen tätschelte Skomand Zannas Arm, dann ließ er sich auf die Bank fallen.

Der Jadwinger gab keine Ruhe. »Fehlte dir der Mut, Schwager?«

»Hör auf«, bat Zanna ihn.

Herkus hatte sich wieder seinem Essen zugewandt.

An seiner Stelle antwortete Celcis: »Ihm fehlt nicht der Mut. Er war gar nicht hier, als die Kirche gebaut wurde.«

»Oho, Herkus Monte braucht seine Frau, die ihn verteidigt.«

»Schweig, Tochter«, rief Willun mit rotem Kopf. »Hört alle auf. Wir wollen feiern, nicht streiten. Schließlich sind wir alle Prusai. Wir gehören zusammen.«

»Das ist doch kein Streit. Ich biete Herkus Monte die Hilfe der Jadwinger an, falls er sich eines Tages gegen die Eindringlinge zur Wehr setzen will. Und ich stelle ihm die Frage, wie er es halten will, wenn er einmal Natangerfürst ist. Ob er dann zu ihrem Gott betet und ihnen brav den Zehnten bringt. Oder ob er kämpfen wird?«

Willun war bereits in jenem Zustand, in den ihn zu viel Met versetzte. Sein Kopf war noch röter angelaufen, und jede Reaktion von Wut bis hin zu übertriebener Freundlichkeit war möglich – man konnte es nicht vorhersagen. Als er schließlich den Mund aufmachte, klang es, als bettele er: »Skomand, bitte.«

»Es ist nur eine Frage, die ich stelle«, entgegnete der Jadwinger.

»Das ist es nicht«, sagte Zanna.

»Hast du deinen Vater nicht gehört? Auch ich befehle dir zu schweigen.«

Herkus sah sie an. Auf seinem Gesicht lag Spott. Er schickte Zanna ein Zeichen, ein kurzes, angedeutetes Augenzwinkern.

»Was ist, Schwager? Hat es dir im Angesicht der Jadwinger-Krieger die Sprache verschlagen?«

Rings um uns war es still geworden. Aller Augen waren auf Herkus und Skomand gerichtet.

»Lasst uns einfach einen Becher Met auf alle Prusai trinken«, rief Willun. »Er hat noch nie so gut geschmeckt wie aus den neuen Fässern.«

»Gleich«, erwiderte Skomand. »Erst will ich meine Antwort.«

»Und was ist, wenn er sie nicht geben will?«, fragte Zanna.

Skomand starrte sie an, und auch mir schien ungehörig, wie sie sich über sein Schweigegebot hinweggesetzt hatte. Sie hielt seinem Blick stand, senkte weder den Kopf noch zeigte sich sonst wie unterwürfig. Ich bekam Angst um sie. Wie würde es ihr ergehen, wenn sie erst im Jadwingerland war?

»Herkus?«, fragte Celcis und legte nun ihre Hand auf seine.

Er sagte immer noch nichts.

Skomand trank aus seinem Metbecher. »Ob du kämpfst oder dich anpasst. Das ist die Frage. Solltest du irgendwann einmal Fürst werden.«

»Eine berechtigte Einschränkung«, sagte Willun in versöhnlichem Tonfall und klopfte sich auf den Bauch. »Noch bin ich derjenige, der hier das Sagen hat. Und ich versichere euch, das wird noch lange so bleiben. Ich bin gesund. Und nun lasst uns einfach weiterfeiern.«

Skomand reagierte nicht mehr auf ihn. Mit der gleichen Sturheit, mit der Herkus die Antwort verweigerte, wartete er nun darauf.

»Skomand, bitte«, sagte Willun noch einmal. Jetzt bettelte er nicht mehr, jetzt flehte er regelrecht.

Auch Herkus schien dieser Tonfall unseres Häuptlings zu unwürdig zu sein. »Lass«, sagte er, »der viele Met hat deinem Schwiegersohn die Sinne verdreht. Er weiß nicht, was er redet.«

Willuns Mund stand offen, als er den Kopf schüttelte. Er machte den Eindruck, als zweifle er an dem Gehörten. Rognar starrte ihn an. Selbst Legien hatte aufgehört zu essen.

Skomand legte beide Hände auf den Tisch und stemmte sich erneut in die Höhe. Alle Gäste beobachteten ihn, und auch ich wartete gespannt auf seine Reaktion. »Du hast es gehört, Schwiegervater«, rief er. »Dieser Mann hat mich beleidigt. Selbst meinem Schwager lasse ich das nicht durchgehen.« Dann wandte er sich Herkus zu. »So lerne denn, Monte, einen Jadwingerfürsten beleidigt man nicht ungestraft. Niemand darf das. Wenn du ein Mann bist, dann stell dich einem Zweikampf.«

Der Jadwinger trat hinter den Tisch und seine Bank zurück und zog sein Schwert. Alle sahen nun, wie kostbar es war. Die Steine am Griff funkelten, und das geschmiedete Eisen schillerte silbergrau. Es war scharf – mit der Waffe hätte er ein Blatt in der Mitte durchschneiden können.

Unsere Leute waren still geworden. Die Jadwinger hingegen lärmten, lachten und prosteten einander zu. Keiner von ihnen zweifelte an der Kraft und Geschicklichkeit seines Fürsten oder an seinem Mut. Ihre Rufe und ihr Lachen sollten uns alle herausfordern. Sie freuten sich darauf, dass Skomand einen anderen Mann besiegen und wahrscheinlich töten würde. Ein bisschen Blut würde dem Fest seine Würze geben.

Herkus blieb nichts übrig, als sich zu stellen. Er hätte sonst allen Respekt eingebüßt, im Dorf wie bei den Gästen, und hätte von Skomand und auch von sonst jedem beleidigt und gedemütigt werden dürfen. Die Ehre zu verlieren wog immer noch schlimmer als der Tod. Er hatte kein Schwert angelegt und sah deshalb zum Haus. Ich erhob mich und war bereit, für ihn zu laufen.

»Stumpfe Waffen«, rief Willun in dem Moment dazwischen.

Seine Stimme zitterte. In seinem Gesicht standen neben der Alkoholröte Verwunderung, vielleicht auch Entsetzen. Er fürchtete wohl, dass seine Freude an zwei Schwiegersöhnen nicht lange währen würde, wenn sie sich mit Schwertern bekämpften.

Skomand ließ die flache Seite seines Schwertes auf den Tisch knallen. Der Jadwinger war wütend, seine Leute protestierten und hieben mit ihren Bechern aufs Holz.

Auch Willun war nun aufgestanden. Selbst wenn er nicht beeindruckend aussah, er hatte die Fäuste geballt und streckte die Brust heraus. Er war der Häuptling im Dorf. Niemand konnte sich über seinen Befehl hinwegsetzen.

Eifrige Hände brachten jedem von beiden einen Holzschild, wie es die Männer bei uns zum Üben benutzten, und dazu einen schlanken Knüppel, stabil genug, um dem Gegner ein paar Knochen zu brechen und vielleicht noch mehr. Andere zündeten Fackeln an, der Dorfplatz war sofort erleuchtet. Aus der einen großen Festgesellschaft waren zwei geworden, unsere Natanger standen auf der einen Seite, die Jadwinger auf der anderen, und sie, das muss ich einräumen, waren lauter. Aus vollen Kehlen feuerten sie ihren Häuptling an.

Skomand hatte sich das Leinenhemd ausgezogen. Im Feuerschein sah man seine muskulösen Oberarme und seine breite Brust. Aber man sah auch, dass er gerne – und viel – aß und trank. Ich setzte auf den Met in seinem Kopf, hoffte darauf, dass der ihn langsamer und schwächer machte. Seinen Schild hatte er angehoben und schlug mit dem Knüppel darauf. Dazu nickte sein Kopf im Takt. Er konnte kaum erwarten, dass es losging.

Herkus' Knüppel dagegen zeigte mit der Spitze auf den Sand. Er hatte sein Leibhemd anbehalten. Ihm fehlte alle Anspannung, er stand da, als verstünde er gar nicht, wie er auf diesen Kampfplatz geraten war, und hielte all das für ein großes Missverständnis. Sein Blick suchte jemanden im Kreis der Zuschauer, und ich wusste, wer das war. Ich wollte ihn rufen, ihn aufwecken, blieb aber stumm. Das würden die ersten Schläge von Skomand schon erledigen. Die Kraft von Herkus hatte ich oft genug erlebt. Allerdings hatte er sich mit einem Gegner wie diesem noch nicht messen müssen. In mir wechselten sich das Vertrauen in meinen Freund und die Sorge um ihn ab. Legien hatte die Fäuste geballt und die Arme angewinkelt, als wolle er im Notfall eingreifen. Er feuerte Herkus an. Doch seine Rufe waren angesichts der Übermacht nur zu hören, wenn man direkt neben ihm stand.

Willun schritt mit ausgestreckten Armen zwischen die beiden Kämpfer und verlangte erneut, dass keine Messer und Schwerter benutzt werden dürften. Dann ließ er die Arme sinken und trat aus dem Kreis.

Augenblicklich griff Skomand an. Mit erhobenem Knüppel lief er auf Herkus zu und setzte einen ersten Hieb. Herkus riss seinen Schild in die Höhe und parierte. Der Aufprall hallte über den Platz. Die Jadwinger sahen einen schnellen Sieg voraus und wurden noch lauter. Skomand holte ein zweites und drittes Mal aus, er schlug von oben, dann von der Seite. Herkus' Schild fing die Schläge ab. Aber er selbst griff nicht an. Er benutzte den Knüppel nur, wenn er die Hiebe seines Gegners nicht mit dem Schild abwehren konnte, dann hielt er ihn vor den von Skomand. Manchmal wich er unter den Schlägen des Jadwingers ein paar Schritte zurück. Doch von sich aus kämpfte Herkus nicht, er reagierte immer nur, und selbst das schien er nicht mit Verstand zu tun. Herkus Monte wirkte wie abwesend. Mir kam die Erinnerung an den Elch, der auf ihn zugestürmt war, während Herkus sich nicht gerührt hatte. Wie damals legte ich meine Hände an den Mund und brüllte seinen Namen. Ich wollte ihn aufwecken.

Er schien mich nicht zu hören.

Es dauerte lange – eine endlos lange Zeit –, bis Herkus überhaupt anfing, ein paar Schritte zu machen, während Skomand vom ersten Moment an lief und tänzelte und sogar in die Höhe sprang, um einem Schlag mehr Gewicht zu verleihen. Die Jadwinger brüllten inzwischen so laut, dass ihr Krach ohrenbetäubend war. Legien hatte eine Hand auf meine Schulter gestützt. Er schüttelte den Kopf.

Nun, endlich, begann auch Herkus, seine Füße zu benutzen, aber zum Missvergnügen unserer Leute wich er nur aus. Er hüpfte zur Seite, ging in die Hocke, drehte sich – und verweigerte Skomand weiterhin den Kampf.

Die Jadwinger pfiffen und verhöhnten ihn. Unsere Natanger waren vollkommen verstummt. Legiens Hand krampfte sich in meine Schulter.

Im Schein der Fackel erwischte ich einen Blick auf Zanna, die neben ihrer Mutter stand, beide Hände im Gesicht, so dass sie jederzeit die Augen verdecken konnte. Sie hatte Angst. Celcis hingegen hielt beide Hände wie einen Trichter vor den Mund. Was sie brüllte, konnte ich nicht verstehen. Ich löste Legiens Hand von meiner Schulter und drängte mich durch die Zuschauer zu Zanna.

Skomand, der in den Feuerschein hinein- und aus ihm wieder hinauslief, war ebenfalls rot im Gesicht geworden. Mit jedem Schritt, den Herkus auswich, wuchs sein Zorn. Er brüllte wie ein Stier, während er gegen seinen Gegner anrannte und versuchte, Treffer zu landen. Seine Schläge wurden noch gewaltiger, aber viele von ihnen verfehlten ihr Ziel. Sein Atem ging schwer, und sein nackter Oberkörper glänzte vom Schweiß. Der Met in seinem Kopf schien sich verflüchtigt zu haben.

Als ich Zanna erreicht hatte, beugte ich mich zu ihr. Gegen den Lärm rief ich ihr zu, sie solle keine Angst haben, Herkus sei stark. Doch ich glaubte selbst kaum an meine Worte. Ich litt, während ich dem Freund zusah. Die Natanger ließen die Köpfe hängen, einige wandten sich bereits ab. Legien hatte das Gesicht verzogen. Warum in aller Welt wehrte sich Herkus nicht? Ob die schwarze Galle ihn beherrschte? In meinem Kopf hörte ich bereits die Vorwürfe, die ihn – und mich – erwarteten. Wir, die Christen, die Fremden, seien nicht einmal zu einem ehrlichen Zweikampf in der Lage.

Wie Celcis legte auch ich wieder die Hände an den Mund. Dass er kämpfen solle, wollte ich ihm zuschreien. Dass er dem Jadwinger seine Grenzen aufzeigen solle. In dem Moment traf mich Legiens Blick. Ich nickte ihm zu. Auch er begann erneut zu rufen.

Anstrengung war Herkus nicht anzumerken. Er keuchte nicht, schien nicht einmal zu schwitzen. Nur seine langen Haare flogen hin und her. Wenn er stehen blieb und die Schläge mit Schild und Knüppel abfing, schöpfte ich Hoffnung, dass er endlich zurückschlug. Doch da wurde er getroffen. Er wehrte mit dem Schild einen Schlag von Skomand ab, aber der Jadwinger schlug mit dem eigenen Schild auf der anderen Seite zu und erwischte die Schulter. Herkus taumelte.

Skomand sah seine Chance und ließ einen Wirbel von Schlägen auf den Freund niedergehen. Herkus hatte keinen sicheren Stand mehr, er stolperte rückwärts, seinen Schild vor sich. Skomand traf ihn am Knie. Er fiel auf den Rücken. Die Jadwinger im Kreis hatte die Arme in die Höhe gerissen und sprangen in die Luft. Skomand holte aus. Als er auf den Liegenden einschlagen wollte, rollte sich Herkus zur Seite. Der Schlag seines Gegners traf den Boden und federte von da zurück.

Herkus kam wieder auf die Füße.

Zanna hatte sich halb abgewandt, nur aus dem Augenwinkel sah sie noch auf die Kämpfenden. Ich spürte ihre Angst und drückte für einen Moment ihre Hand. Es gab niemanden, an den sie sich lehnen konnte. Sie war die Frau des Jadwingers. Ihrem Stand nach hatte sie sich an seinem Triumph zu freuen, auch wenn es gegen ihre tiefsten Gefühle ging.

Skomand ließ nicht nach, er verfolgte Herkus und schlug von links und von rechts auf ihn ein. Dabei war er inzwischen dunkelrot im Gesicht, zeigte aber keine

Anzeichen von Erschöpfung. Herkus wehrte die Schläge zwar immer noch ab, aber es war nur noch eine Frage der Zeit, wann der nächste saß und ihn ein weiteres Mal zu Boden strecken würde. Sein Leibhemd war bereits voller Erde. Skomand holte aus, weiter als zuvor, er hatte die Hand mit seiner Waffe bis hinter die Schulter gestreckt, um mehr Kraft zu sammeln, und dann ließ er sie in Kopfhöhe auf Herkus fahren.

Im gleichen Moment ging Herkus in die Hocke, und nun kamen endlich Leben und Kampfgeist in ihn zurück. Ich sah es an seinem Mund, über den ein Lächeln huschte.

Er war beweglich wie ein Kind, das den ganzen Tag nichts anderes tat, als auf Bäume zu klettern oder über nasse Steine im Bach zu hüpfen. Und er war schnell. Er hockte so tief, dass er mit seinem Hinterteil die Erde berührte. Der Knüppel von Skomand sauste über ihn hinweg. Skomand selber, von dem Schwung gezogen, der den erwarteten Aufprall nicht bekommen hatte, stolperte hinter ihm her. Aber er fiel nicht. Doch als er sich umdrehte, war Herkus vor ihm und schlug zu. Er setzte nun Schlag auf Schlag. Sein Mund war verzerrt, der Blick finster. Endlich hatte auch er Wut.

Skomand gelang es nur mit Mühe, die Angriffe abzuwehren, während Herkus' Knüppel wieder und wieder zuschlug. Der Jadwinger riss sich den Schild vor den Oberkörper und versteckte sich dahinter. Herkus' Schläge prasselten auf ihn nieder, und sie wurden noch stärker. Was mochte alles hinter diesen Hieben stecken? Herkus nahm auch seinen Schild zu Hilfe, den er zur Abwehr nicht mehr benötigte. Er hieb damit auf Skomand ein und drückte mit Gewalt dagegen. Einer seiner nächsten Schläge traf Skomand am Oberarm. Der zweite schlug ihm den Knüppel aus der Hand.

Herkus riss seinen Schild in die Höhe und schlug den von Skomand entzwei. Herkus' Knüppel traf den Jadwinger kurz hintereinander drei-, vier-, fünfmal, an den Beinen, an der Hüfte.

Dann ging Skomand in die Knie. In der Hand hielt er nur noch seinen zerbrochenen Schild. Herkus warf ihn der Länge nach in den Dreck. Sofort stellte er seinen Fuß auf den Kopf seines Gegners und hielt ihm den Knüppel wie eine Drohung über den Körper. Der Jadwinger rührte sich nicht. Seine Leute waren verstummt, aber auch die Natanger jubelten nicht. Nur Legien klatschte vor Freude in die Hände, und auch ich war unendlich erleichtert. Zanna neben mir lachte lautlos.

»Ist nun gut«, hörten wir alle die laute Stimme von Willun. »Ist gut, Herkus Monte. Und du, Skomand, steh auf, und trink meinen Met. Wir haben euch kämpfen sehen, jetzt wollen wir weiterfeiern.«

Die beiden Kämpfenden rührten sich nicht. Immer noch war Herkus' Knüppel über Skomand, der sich nicht bewegen konnte, da der Fuß seines Gegners seinen Kopf in den Dreck drückte. Ich hoffte, Herkus würde zuschlagen und dem Jadwinger die Knochen brechen, und wünschte es gleichzeitig nicht.

Die Anspannung war nach wie vor da. Herkus gab seinen Gegner nicht frei und hätte immer noch zuschlagen können. Die Jadwinger murrten. Willun machte ein paar Schritte auf den Kampfplatz zu. Ich sah ein Zittern in Herkus' Arm.

Noch bevor Willun heran war, gab er Skomand frei. Er würdigte seinen Gegner keines Blickes mehr, schmiss Schild und Knüppel weg und stapfte davon. Die Natanger wichen zurück, so dass sich eine Gasse bildete. Keiner klopfte ihm auf die Schulter, niemand rief ihm etwas zu, im Gegenteil, die Leute drängten weiter zurück, sobald er sich näherte. Herkus hielt den Kopf gesenkt. Er war der Sieger, aber er sah nicht so aus. Es war, als hätte ihn alle Welt verlassen. Ich wollte zu ihm, aber irgendetwas hinderte auch mich. Um den Freund war eine unsichtbare Wand, die ich nicht durchdringen konnte. Zanna zerriss es fast, ihr standen Tränen in den Augen. Sie konnte noch viel weniger zu ihm als ich.

Nur langsam kehrten die Gäste an die Tische zurück, fluchende Jadwinger, Natanger, die sich nicht freuten. Sie alle verlangten nach Met, viele von ihnen aßen auch weiter. Aber die Feier war eine andere, ohne jede Ausgelassenheit. Die Männer steckten die Köpfe zusammen und führten hitzige Gespräche über den Kampf. Willun hatte sich wieder ans Kopfende der Tafel gesetzt, einen Becher Met in der Hand. Er rief nach seinen Töchtern. Zanna kam herbei. Ich sah ihren Widerwillen, aber sie hielt den Kopf erhoben, blickte niemanden an, und als sie sich auf die Bank niederließ, war Anmut in ihren Bewegungen.

Skomand hatte sein Hemd wieder angezogen. Willun versorgte ihn mit Met – stand extra auf, um dem Jadwinger einen Becher zu reichen, und wollte mit ihm anstoßen. Er erklärte, so dass man es am ganzen Tisch hören konnte, Skomand sei doch nur ausgerutscht und gestolpert, dem besten Kämpfer könne so etwas passieren. Der Jadwinger leerte den Becher mit einem einzigen Zug, dann wischte er sich den Mund ab und verlangte einen neuen.

Herkus erschien nicht mehr.

Celcis drehte sich von dem Platz, den ihr Vater ihr zugewiesen hatte, nach ihm um, und auch Zanna blickte einige Male verstohlen in die Richtung, in die er verschwunden war. Ich stand in der Nähe, ein wenig unschlüssig. Ich mochte mich nicht wieder an den Tisch setzen und zuhören, wie Skomand seine Niederlage schöngeredet wurde, deshalb erinnerte ich mich an meine Schafe. Zwar waren sie auf der Koppel und wurden von den Hunden bewacht, aber es war nicht verboten, sie auch in der Nacht hinauszutreiben. Der Mond schien, es war hell genug.

Der alte Dargus hatte Legien in ein Gespräch verwickelt, und ich musste mich nicht um den Freund kümmern. Die Hochzeitsfeier war mir zuwider.

Meine Mutter ging über den Dorfplatz nach Hause. Ich fragte mich, ob sie Herkus suchte und nach ihm sehen wollte. Manches Mal hatte ich geglaubt, dass sie auf ihn, den Starken und Gesunden, stolzer war als auf mich Hinkenden. An diesem Abend war ich froh darum. Er brauchte jemanden, und ich war bereit, sogar die Mutter mit Herkus Monte zu teilen.

Es war eine warme Nacht, Sterne standen am Himmel. Die Lichter des Dorfplatzes blieben zurück, die Stimmen an den Tischen wurden leiser. Dafür hörte ich die Grillen und das Stapfen der Schafe. Meine Hunde liefen um sie herum, sie waren aufgeregt und glaubten offenbar, etwas Besonderes stünde bevor, weil wir im Dunkeln loszogen.

Ich nahm mir ein Fell mit, das ich zum Trocknen über den Zaun gehängt hatte. Während ich aus dem Dorf wanderte, fiel mein Blick zurück auf das entfernte Fest im Feuerschein. Es war kein Zufall, dass Herkus und ich diejenigen waren, die sich davongemacht hatten. Wir waren die Fremden und würden es immer bleiben. Am nächsten Tag würde ich den Nachbarn wieder unter die Augen treten müssen, und sie würden wissen, dass ich mich weggeschlichen hatte. All das war mir egal. Es zog mich hinaus. Ich wollte allein sein, auf meinem Fell liegen, in die Sterne schauen und irgendwann einschlafen.

Als wir unseren Platz, eine Heidewiese, erreicht hatten, dauerte es nicht lange, und die Hunde fingen an zu knurren. Ich kannte sie gut genug, um zu wissen, dass sie nicht vor einem Wolf warnten. Aber irgendetwas stimmte nicht. Ich richtete mich auf. Ein Mensch kam über die Wiese. Er kam langsam näher. Ich sah, wer es war.

»Sammelst du nachts Kräuter?«

Suplith schüttelte den Kopf. »Ich habe dich gesucht, Norelis.«

Sie ließ sich auf mein Fell nieder, und das war eine so schöne, leichte Bewegung, dass sie mir einen Schauer über den Rücken jagte. Ich nahm ihre Hand, die sie mir überließ. Dann legte ich meinen Arm um sie und wartete lange, bevor ich sie küsste. Gemeinsam sanken wir auf das Fell.

Sie war unendlich zart, als wir uns in jener Nacht liebten, die Sterne über uns und das Blöken der Schafe um uns herum. Ihr Geruch war leicht säuerlich, ein Schweißgeruch. Wenn sie die Augen geöffnet hatte, sah sie mich an, wie mich noch nie ein Mensch angesehen hatte. Ich fühlte mich von ihr an meiner tiefsten Stelle berührt, mir wurde fast schwindelig darüber, gleichzeitig empfand ich eine grenzenlose Dankbarkeit. Nur meinetwegen war sie hier hochgekommen, aus keinem anderen Grund. Ich drückte sie an mich, so fest es ging, und küsste sie dabei. Sie stöhnte, dann lachte sie.

Wir waren nackt, erhitzt und hielten uns eng umschlungen. Die Hunde kamen näher und schnupperten an uns. Suplith fragte nach ihren Namen, und als ich den von Liesbeth nannte, sagte sie: »Sie heißt nach einer Frau, die du liebst?«

Ich schüttelte den Kopf. In dieser Nacht hätte kein Satz weniger wahr sein können als dieser.

»Wo ist dein Mann?«, wollte ich wissen.

»Erkil? Betrunken wie die anderen. Und genauso unzufrieden wie sie. Sie wollten nicht, dass Herkus gegen den Jadwinger verliert, doch wo er gewonnen hat, ist es ihnen auch nicht recht. Wahrscheinlich liegt er auf dem Dorfplatz unter einem Tisch und schnarcht.«

Sie strich mir mit einem Finger über den Körper. »Du bist mager, Norelis. Ich muss dir manchmal Essen mitbringen.«

Wir deckten ihr Kleid und mein Hemd über uns. Bevor mir die Augen zufielen, dachte ich für einen Moment an Herkus – und an Zanna. Wie mochte es ihnen wohl ergangen sein in dieser Nacht?

Suplith stand vor dem Morgengrauen auf, zog ihr Kleid an und richtete die Haare. Ich wollte sie ins Dorf begleiten, aber sie lehnte ab. Sie verschwand über die Wiese, so wie sie gekommen war, und mir blieb nur, ihr nachzublicken. Erst als es hell wurde, folgte ich ihr und trieb die Schafe hinunter. Meine Neugier war wieder erwacht. Ich wollte wissen, wie es im Dorf aussah, wo Herkus war, wo Skomand, wo ihre Frauen. Aber vor allem hoffte ich, einen Blick auf Suplith werfen zu können.

Es war ein diesiger Sommermorgen. In der Nacht hatte es sich nur wenig abgekühlt. Meine Hunde waren nun endgültig verwirrt und liefen in falsche Richtungen. Im Dunkeln mussten sie auf die Weide, im Hellen zurück ins Dorf. Ich redete ihnen zu. Wie Suplith gesagt hatte, lagen einige Männer unter den Tischen, die Arme und Beine von sich gestreckt, und grunzten dabei. Überall lagen Essensreste, in denen Vögel pickten, Becher waren umgefallen, Metlachen standen auf den Tischen. Auf dem Feuer glühte noch ein dickes Holzscheit.

Ich wollte nach meiner Mutter – und vor allem nach Herkus – sehen, als sich von Ferne eine Staubwolke näherte. Da kündigte sich Unheil an. Ich war versucht zu verschwinden, war aber der einzige Mann auf dem Platz. Nur zwei oder drei alte Frauen standen an ihren Häusern und besahen sich die Überreste der Hochzeitsfeier.

Die Ritter kamen im Galopp. Sie wurden erst langsamer, als sie unser Dorf erreicht hatten. Ich zählte zehn Mann, in leichter Rüstung, mit Helmen und Schwertern. So wie ihre Pferde keuchten, hatten sie einen scharfen Ritt hinter sich. Den Anführer erkannte ich sofort wieder. Er überragte die anderen. Zweimal war ich ihm schon begegnet, und beim zweiten Mal hatte er Zanna mit sich nehmen wollen.

»He du«, rief er von seinem Pferd herunter, »gehörst du in dieses Dorf?«

»Ich bin hier der Schäfer.«

»Hol den Häuptling. Aber ein bisschen plötzlich.«

Ich blickte zu einer der alten Frauen, die neben Willun wohnte, und zeigte auf sein Haus. Sie verstand. Es dauerte eine Weile, bis Willun erschien. Sein Gesicht sah verquollen aus, vor allem um die Augen, unter denen dicke Tränensäcke hingen. In seinem Haar und Bart steckte Stroh. Sein Leibrock hing ihm wie ein Kleid die Beine herunter. Immerhin hatte er darunter eine Hose an.

»Guten Morgen«, rief der Ritter ihm zu, und seine Leute lachten. Er saß immer noch auf seinem Pferd. »Ich will dir eine Frage stellen. Wir haben einen Pfarrer befreit, zusammen mit zwei Novizen. Jemand hat sie an einen Baum gefesselt. Wer kann so etwas getan haben?«

»Weiß ich nicht«, antwortete Willun, und ich fand, sein Erstaunen klang echt.

»Weiß er nicht«, wiederholte der Ritter. »Soso. Der Pfarrer sagt, es seien Prussen gewesen.«

Willun dachte nach, dabei blickte er zu Boden. »Vielleicht irgendwelche Räuber? Die soll es auch bei uns geben.«

»Er sagt, er sei in einem Dorf gewesen, wo eine Hochzeit gefeiert werden sollte. Kann es sein, dass das dein Dorf war? Wurde hier eine Hochzeit gefeiert?«

»Ja. Aber deshalb fesseln wir keinen Pfarrer.«

Der Ritter saß ab, und einige seiner Leute taten es ihm nach. Er ging auf Willun zu, der ein wenig schwankte.

»Hier wurde geheiratet? Ohne unsere Erlaubnis?« Er schüttelte den Kopf. »Und ohne dass ihr bezahlt habt?«

»Was bezahlt? Davon steht nichts im Vertrag.«

»Nein? Seit wann kannst du denn lesen?«

Die Ritter lachten wieder.

»Ich sage dir, was im Vertrag steht. Wir bekommen die Jungfrauen, bevor sich eure Schmutzfinken an ihnen vergehen. Denn wir sind die Herren im Land. Verstehst du das?«

Willun gab keine Antwort. Ich war mir nicht sicher, ob er aus Klugheit schwieg oder weil er Mühe hatte, das Gesagte aufzunehmen.

»Aber jetzt sind sie keine Jungfrauen mehr.« Der Ritter schüttelte den Kopf. »Ein Akt des Ungehorsams, der bestraft werden muss. Allein schon, damit du es beim nächsten Mal besser machst.«

Willun brach der Schweiß aus, er wischte sich mit der Hand über die Stirn. Einen stolzen Natangerfürsten gab er nicht gerade ab, wie er da in seinem Leibrock stand. Er atmete schwer und hatte ganz offensichtlich Schwierigkeiten, sich halbwegs gerade zu halten. Ich wusste, worunter er litt. Damals an der Marienburg hatte ich es selber erlebt – der nächste Morgen nach zu viel Alkohol.

Inzwischen waren einige unserer Leute aus ihren Häusern gekommen, und auch die Schläfer unter den Tischen waren wach geworden und rappelten sich auf. Skomand blieb mit zwei Jadwingern an einer Hauswand stehen, drei distanzierte Beobachter. Auch er hatte einen roten Kopf. Willun entdeckte ihn sofort.

Der Ritter zog sein Schwert. Er richtete es nicht auf sein Gegenüber, sondern ließ es lose in der Hand pendeln.

Trotzdem war die Waffe eine Drohung. »Ich gebe dir einen guten Rat. Bezahl uns. Sonst erkennst du in einer halben Stunde dein Dorf nicht wieder.«

Willun zögerte. Ich hatte den Eindruck, er müsse erst verarbeiten, was der andere gesagt hatte. Er warf Skomand einen weiteren Blick zu. Es war sinnlos, mit den bewaffneten Rittern zu streiten, deshalb nickte er langsam. Er verschwand in seinem Haus, kam aber schnell zurück, brachte ein paar Marderfelle herbei und einen Beutel mit Bernstein und breitete alles auf dem Boden aus.

»Du machst dich über mich lustig«, sagte der Ritter. Willuns Angebot hatte er kaum beachtet. Er wandte sich an seine Leute. »Seht ihr's? Er macht sich über uns lustig.«

Mehrere von ihnen zogen ihre Schwerter. Der Anführer hob seine Waffe gegen Willun, sie zeigte auf seine Brust. Aber plötzlich war Herkus da – wo auch immer er hergekommen sein mochte. Er stand neben seinem Schwiegervater.

»Du?«, sagte der Ritter. »Dich habe ich doch schon mal gesehen. Da bist du mir in die Quere gekommen. Wo ist das schöne Mädchen? Du hast sie doch nicht etwa geheiratet? Und heute Nacht gleich zugestochen, was? Wie furchtbar – ein Barbar wie du, ungehobelt …«

Er schüttelte den Kopf, während sein Blick über den Dorfplatz ging. »Deine verlausten Marderfelle kannst du behalten. Wir nehmen uns ein paar Pferde, und dann vergessen wir das Ganze. Auch wenn's mir leidtut um das schöne Mädchen.« Er zeigte auf Skomands Pferd. »Der Rappe dort ist für mich.«

Diejenigen Ritter, die noch auf ihren Pferden saßen, sprengten auf unsere Koppel zu. Die anderen bildeten zwei Linien, jede mit dem Gesicht in eine Richtung, so konnten sie nicht überrascht werden.

Auch Skomand war unbewaffnet. Unsere Leute sahen zu, als hätten sie mit dem Streit nichts zu tun oder als träumten sie ihn nur. Die Jadwinger wirkten nicht viel anders, kampfbereit schienen auch sie nicht, obwohl der eine oder andere sein Schwert trug. Die Ritter in ihrer Rüstung, die Pferde gesattelt, waren allemal stärker.

Ich ahnte das Unglück voraus. Mich zog es zur Pferdekoppel, genauso wie Willun, Herkus und manch anderen.

»Mein Pferd nimmst du nicht«, hörte ich Skomand rufen.

Einer der Ritter war auf seinen Rappen zugegangen, um ihn mit einem Seil einzufangen.

Die Jadwinger eilten ihrem Häuptling zur Seite, aber auch die Ritter hatten sich an der Pferdekoppel versammelt. Sie grinsten und schienen nur darauf zu warten, angegriffen zu werden.

»Heute Morgen wird Blut fließen«, verkündete ihr Anführer. »Das schmecke ich. Ich habe den Geschmack von Eisen im Mund.« Und Skomand rief er zu: »Was hast du gesagt? Wiederhole es.«

»Fasst mein Pferd nicht an.«

Der Ritter hob sein Schwert. Skomand war nur ein paar Schritte von ihm entfernt.

»Er hat keine Waffe«, rief Herkus. Seine Stimme hallte über den Platz. »Wenn du ihn tötest, ist das Mord, nach euren eigenen Gesetzen.«

Skomands Rappe tänzelte und schnaubte, hatte dabei den Kopf gesenkt, als wollte es sich selbst gegen die Angreifer wehren. Die Blicke aller Männer waren auf den großen Ritter und auf Skomand gerichtet, der inzwischen in der Koppel war und sein Pferd rief. Dabei hörte ich zum ersten Mal den Namen des Tieres, Bruteno. Er zog das E und das O so lang, dass es klang wie Bruteenooh.

Herkus stellte sich neben Skomand. Das war eine Geste, für alle sichtbar, er sprang ihm bei, während ich mich – ich gebe es ungern zu – für einen langen Moment fragte, warum er ihn nicht einfach seinem Schicksal überließ. Was schuldete er dem Scheißkerl?

»Du bist mir einmal in die Quere gekommen«, sagte der Ritter zu Herkus. »Das reicht.« Und zu Skomand: »Ich bin großzügig und lasse dir die Wahl. Entweder du verschwindest auf der Stelle, und ich nehme das Pferd, oder ich schlage dir den Kopf ab und nehme das Pferd. Los, entscheide dich.«

Skomand rührte sich nicht. Er hatte die rechte Hand an den Hals seines Rappen gelegt. Seine Haltung war kühn und todesverachtend. Herkus stand neben ihm und schien auf seine Entscheidung zu warten.

»Gut«, sagte der Ritter, »wie du willst.«

Skomand hatte keine Eile. Er strich seinem Rappen über den Hals und flüsterte ihm etwas ins Ohr. Der Ritter konnte ihn kaum schlagen, ohne Gefahr zu laufen, das Tier zu verletzen. Es waren prussische Worte, die Skomand seinem Pferd sagte. Vielleicht ein Abschied.

Endlich trat er zur Seite. Er konnte seinen Hass kaum verbergen. Die Augen waren zusammengekniffen, der Mund verzerrt. Er war angespannt.

Die Ritter legten mehreren Pferden Seile und Lederriemen um den Hals und zogen sie Richtung Gatter. Skomands Hengst wieherte und stieg in die Höhe. Der Mann, der ihn am Seil hatte, duckte sich, gleichzeitig musste er mit seinem Körpergewicht gegenhalten und brauchte schließlich die Hilfe eines anderen. Sie stemmten sich gegen die Kraft des Tieres, das immer wieder steigen wollte, während sich die Schlinge um seinen Hals weiter zuzog.

Skomand konnte kaum hinsehen. Er litt mit seinem

Pferd. Sein Gegenüber ließ ihn nicht für einen Moment aus den Augen. Der Ritter würde zuschlagen, sollte Skomand angreifen oder seinem Hengst zu Hilfe kommen. Auch andere Ritter sicherten ihre Leute ab. Alle hatten sie Schwerter in der Hand, standen links und rechts vom Gatter oder als Wache bei ihren Pferden. Der ganze Raub ging schnell. Die Seile wurden aneinandergebunden, so dass ein Mann alle Tiere führen konnte. Einzig Bruteno bekam eine eigene Behandlung. Der Ritter fasste ihn eng, während er selber aufsaß, einer seiner Kameraden blieb hinter ihm, einen Lederriemen als Peitsche in der Hand.

Fast wortlos stahlen sie die Pferde. Die Ritter vertrauten einer dem anderen ihr Leben an, aber dabei gab es keine Kommandos, überhaupt keine Worte. Jeder schien zu wissen, was er zu tun hatte, niemand lamentierte oder wollte ein anderes Vorgehen. Obwohl sie nur zehn Mann waren, trauten sich unsere Leute nicht, sie anzugreifen. Die Prussen waren starr angesichts dieses Schauspiels und sahen mit an, wie die Ritter aus dem Dorf zogen. Ich wartete auf irgendeinen Satz des Triumphes, auf einen Siegesschrei. Doch die Ritter blickten sich nicht einmal mehr um.

Sobald sie außer Hörweite waren, rief Skomand: »Ich brauche ein Pferd von dir, Schwiegervater, um mir meins wiederzuholen.«

Willun nickte.

Herkus war immer noch neben ihm in der Koppel.

»Wie ist es mit dir, Schwager?«, fragte ihn Skomand. »Kommst du mit?«

»Ja.«

»Wer mit uns reitet«, rief Skomand, »und mein Pferd tötet, dem schlage ich den Kopf ab. Aber wer es mir zurückbringt, der bekommt eine Belohnung. Und jetzt, holt euch eure Waffen.«

Die Jadwinger sammelten ihre Schwerter und Bögen zusammen, da waren die Ritter bereits über die Anhöhe verschwunden. Auch Krieger der Natanger bewaffneten sich, und viele Männer waren gleichzeitig zurück an der Koppel, um ihre Pferde zu satteln.

Ich stand zufällig neben Skomand, als ich meinem Pferd das Zaumzeug umlegte. »Du? Bist du nicht der Schäfer? Du kannst hierbleiben. Einen Hinkenden brauchen wir nicht.«

Ich setzte meine Arbeit fort und erwiderte: »Herkus Monte ist mein Bruder. Wo er hingeht, da gehe auch ich hin.«

Wir waren fast vierzig Mann. Nach allgemeiner Überzeugung würden die Ritter ihre Beute in die Burg bringen, bevor sie einen weiteren Zug unternähmen. Es galt, sie vorher einzuholen, denn hinter ihren Mauern konnten wir sie nicht stellen. Wir teilten uns in zwei Gruppen auf, eine bildeten die Jadwinger, die andere die Natanger. Auf diese Weise wollten wir sie einkreisen und von mehreren Seiten angreifen. Sie würden mit den fremden Pferden im Schlepptau nicht schnell reiten können, und vor allem Skomands Hengst, so hofften wir, würde ihnen Schwierigkeiten bereiten. Wir jagten hinter ihnen her, sprengten durch den Wald, da sie sicher die Wege benutzten. Auf unserer Seite waren nur Natanger, Herkus an der Spitze, ich dicht hinter ihm.

Schon bald hatten wir die Ritter eingeholt. Im Schutz der Bäume hörten und sahen wir sie. Sie ritten im Schritttempo, ihre Rüstungen schimmerten durch das dichte Laub.

Im nächsten Moment brach Skomand von der anderen Seite aus dem Dickicht. Er schoss und traf das Pferd ihres Hauptmannes. Das Tier sackte zusammen.

Die Ritter schrien auf, aber bevor sie noch reagieren

konnten, flogen weitere Pfeile. Viele von ihnen prallten an ihren Kettenhemden ab, aber manche fanden ihr Ziel. Skomand war vom Pferd gesprungen und hatte sein Schwert gezogen. Er lief auf den Mann zu, der seinen Rappen geraubt und jetzt Mühe hatte, seine Beine aus den Steigbügeln zu befreien, und drosch auf ihn ein. Der andere hielt sein Schwert vor sich, kam aber kaum dazu zurückzuschlagen.

Die Natanger griffen auf Herkus' Zeichen von der anderen Seite an. Unsere Leute schossen genauer als die Jadwinger, trafen die ungeschützten Arme und Beine der Ritter.

Skomand schlug das schwere Schwert von links und von rechts, scherte sich nicht um die eigene Deckung, gab seinem Gegner keine Gelegenheit, selber anzugreifen. Der Ritter hatte seine Not, das Schwert immer wieder gegen das des Jadwingers in Stellung zu bringen. Beide Männer keuchten. Das knallende Zusammenprallen des Eisens war lauter als die Schreie der Verwundeten. Mit einem angetäuschten Schlag gelang es Skomand, den Ritter am Unterarm zu treffen. Die Verletzung war wie ein tiefer Schnitt, Blut floss. Die Hand hing ihm kraftlos herunter, er musste sein Schwert in die Linke wechseln. Skomand lachte. Für ihn war es ein Leichtes, es ihm wegzuschlagen.

Die Übermacht der Prussen hatte inzwischen die Ritter besiegt, von denen manche kaum dazu gekommen waren, ihre Waffen zu ziehen, bevor unsere Pfeile sie trafen. Sie waren von unseren Leuten umringt, waren verletzt oder tot oder hatten sich ergeben.

Der entwaffnete Ritter überragte Skomand, doch im Gesicht des Jadwingers standen Wut und Entschlossenheit, denen der andere nichts entgegenzusetzen hatte.

Skomand verlangte von seinem Gegner, den er einen

Pferdedieb nannte, niederzuknien. Der Ritter zögerte. Augenblicklich bekam er einen Schlag auf den verletzten Arm. Er schrie auf. Aus der Wunde blutete es noch mehr. Alle anderen Männer, Prussen wie Gefangene, sahen dem Schauspiel zu. Der Ritter sank langsam erst auf ein Knie, dann auf das zweite. Skomand holte aus und schlug ihm mit einem einzigen Hieb den Kopf ab.

Während der Schädel in den Dreck flog, spritzte aus dem Hals Blut in die Höhe. Der Tote kniete immer noch, bis Skomand ihn mit dem Fuß umstieß. Die Ritter hatten sich abgewandt oder die Augen verdeckt, deshalb sahen sie nicht, wie Skomand seinen Leuten ein Zeichen gab und die Schwerter auf sie niedergingen. Einer nach dem anderen fiel.

Die Jadwinger zögerten nicht und begannen, die toten Ritter zu entwaffnen. Ich wies Herkus darauf hin, dass die Hälfte der Beute uns zustünde. So nahmen wir uns ebenfalls Schwerter, Armbrüste und Bögen. Herkus begann sogar, den Toten Helme und Kettenhemden und auch Stiefel auszuziehen, und forderte die Natanger auf, es ihm gleichzutun. Ich achtete auf die Pferde, denn wir mussten unsere zurückhaben und die Hälfte derer, die den Rittern gehört hatten.

»Wir teilen die Beute«, erklärte Herkus.

»Wir nehmen von den Pferden und den Waffen, aber wir ziehen diese Männer nicht aus.«

»Ihre Rüstung ist aus Eisen, das sie uns nicht geben wollen, weil ihr Papst es verboten hat.«

Skomand lachte. »Wir brauchen so was nicht.«

Herkus scherte sich nicht um den Hohn des Jadwingers. Wir brachten alle Helme, Hemden und Stiefel auf unsere Seite. Die Toten lagen in ihren wollenen Hosen und Leibröcken vor uns. Es war unmöglich, sie dort liegen zu lassen, deshalb schleppten wir sie zu den nahe gelegenen Sümpfen, in die wir die Leichen schmissen. Sie gingen nicht gleich unter, sondern schwammen auf dem brackigen Wasser. Erst nach und nach sackten sie unter die Wasseroberfläche.

Skomand war bei seinem Hengst geblieben. Als wir zurückkamen, stand er immer noch bei ihm, streichelte das Tier und flüsterte ihm ins Ohr. Wir verstauten unsere Beute auf die Pferde, die Jadwinger hielten es nicht anders. So kehrten wir langsam zurück.

Im Dorf saß Skomand direkt vor Willun ab. Er gab ihm zurück, was er geliehen hatte, außerdem schenkte er ihm zum Dank für die Hilfe zwei der Pferde, die die Jadwinger erbeutet hatten. Das alles dauerte nicht mehr als einige Minuten. Von dem Met, den Willun ihm anbot, wollte er nichts.

Er suchte Zanna, die ihrer Mutter am Haus half.

»Steig auf, Frau«, rief er ihr zu. »Wir reiten los, ins freie Land der Jadwinger.«

Seine Leute jubelten.

Zanna ging auf das Pferd zu, dessen Zügel er ihr hinhielt. Es war eines der erbeuteten Tiere. Sie hatte kein Gepäck bei sich, nicht einmal eine Satteltasche. Den Kopf hielt sie erhoben, ihr Haar fiel auf die Schulter. Sie trug ein blaues Arbeitskleid und nur ums Handgelenk Schmuck – eine Kette aus Kieselsteinen. Sie verabschiedete sich von ihrer Mutter, aber kaum vom Vater, grüßte die Schwester und den Halbbruder knapp. Herkus schenkte sie einen letzten kurzen Blick. Ihr Pferd ging im Schritt in Richtung Bach. Skomand trieb seinem Rappen die Fersen in die Flanken. Als er Zanna eingeholt hatte, griff er nach ihrem Zügel und riss ihr Pferd in einen Galopp.

Dann hörten wir einen langen Schrei des Jadwingers, der mir durch den Körper fuhr.

Herkus drehte sich weg. Er sammelte die Rüstung ein,

stapelte sie außerhalb des Dorfes und begann, ein Loch zu graben. Das Graben, schien mir, war die richtige Arbeit für ihn. Ich bot ihm keine Hilfe an, denn ich wollte ihm nicht etwas abnehmen, was ihm guttat.

9

In den folgenden Tagen versuchten wir, uns unsere Angst nicht anmerken zu lassen, doch immer wieder stahlen sich Blicke zum Dorf hinaus, und ich habe Männer wie Dargus und Willun dabei beobachtet, wie sie minutenlang auf den Weg starrten, der zum Wald führte. Es war fast, als wünschten sie, dass endlich etwas passiere. Bei aller Stille hatte sich eine schreckhafte Atmosphäre breitgemacht, die die Frauen genauso erfasste wie die Männer und sogar die Kinder, die ausgeschimpft wurden, wenn sie im Spiel aufschrien oder um die Häuser und Ställe jagten.

Skomand war inzwischen weit weg. Für die Rache hatten wir allein herzuhalten. Ich brachte diese Zeit mit meinen Schafen zu, trieb die Tiere allerdings nur auf Weiden in Dorfnähe. Alles andere wäre mir wie ein Weglaufen vorgekommen.

Suplith sah ich regelmäßig, aber meistens nur aus der Ferne. Wenn sie sich unbeobachtet fühlte, zwinkerte sie mir zu. Liefen wir uns über den Weg, grüßte sie mich nicht herzlicher als andere, mit dem einen Unterschied, dass sie dabei immer meinen Namen nannte. Auch auf ihrem Gesicht war kein Strahlen, kein Lachen. Ihr Gang war noch vorsichtiger als sonst, er war nun der einer Katze, die Gefahr gewittert hatte.

Es war die Zeit der Heuernte, heiße, trockene Tage. Rund um unsere Häuser gab es wenig Schatten, so standen die Leute am Bach, wo es etwas kühler war und man sich zumindest Füße und Beine nass machen konnte. Anders als sonst waren die Männer bewaffnet, sie trugen lange Messer am Gürtel und hatten ihre Bögen griffbereit vor den Häusern.

Die erbeuteten Pferde hatte Herkus zusammen mit Willuns Sohn Rognar aus dem Dorf getrieben und ihnen im Wald mit Seilen eine neue Koppel gebaut. Er wohnte weiterhin bei uns und schlief wie immer in meinem Zimmer, dabei hätte er auch in Willuns Haus ziehen können. Doch dazu machte er keinerlei Anstalten, er schien nicht einmal darüber nachgedacht zu haben.

Celcis hingegen zeigte aller Welt, dass sie verheiratet war. Sie rief ihn zum Essen ins Haus ihres Vaters oder fragte ihn nach schmutzigen Leibröcken, die sie mitwaschen wollte. Als verheiratete Frau durfte sie Herkus bei den Händen nehmen, mit ihm reden und ihn sogar in den Wald begleiten.

Er begann, Baumaterial herbeizuschleppen, vor allem Baumstämme, die er an jener Stelle stapelte, die er für sein Haus ausgesucht hatte, am Rand des Dorfes, fast ein wenig oberhalb, aber trotzdem nicht zu weit vom Bach. Ein guter Platz, wie ich fand. Während er den Bau vorbereitete, stand Celcis gerne bei ihm, die Hände in die Hüften gestemmt, und redete auf ihn ein. Ich weiß nicht, was sie alles zu sagen hatte – von Ferne sah sie wie die Baumeisterin aus und er wie der Arbeiter. Doch schien er ihr kaum zuzuhören, geschweige denn zu antworten.

Seine Stämme spaltete er mit Hilfe von Keilen und glich sie in der Stärke einander an. Von Zeit zu Zeit bin ich an seiner Baustelle vorbeigegangen. Hätte er aufgesehen, ich hätte ihm meine Hilfe angeboten. Er tat es nie. Um ihn war etwas Undurchdringliches, dieses Schweigen und sein versunkenes Arbeiten, so dass man ihn besser in Ruhe ließ.

Die Ritter kamen an einem Vormittag. Ein stiller Zug von zwanzig Mann, jeder von ihnen hatte einen weißen Umhang mit dem schwarzen Kreuz über der Rüstung. Wie auf Kommando hielten unsere Leute in ihren Tätigkeiten inne. Die Frauen verschwanden in den Häusern, die Männer starrten zum Dorfplatz. Mancher tasteten nach seinen Waffen. Willun kippte einen letzten Becher Met herunter. Es war an ihm, den Rittern entgegenzutreten.

Ihr Wortführer blieb auf seinem Pferd sitzen. Er stellte sich vor, was ungewöhnlich war, denn in der Regel verlangten die Christen Gehorsam von uns, egal, wer sie waren. Dieser Mann hieß Bernhard von Klingenberg. Er sei, sagte er, vom Vogt mit der Untersuchung einer Angelegenheit betraut worden.

Willun musste zu dem Reiter aufsehen. Die Sommersonne blendete ihn, und er blinzelte.

»Ritter unseres Ordens sind verschwunden. Vor ein paar Tagen sind sie nicht wieder in die Burg zurückgekehrt. Was wisst ihr davon?«

»Nichts.«

Bernhard drehte sich zu seinen Leuten und gab ihnen Handzeichen, eins nach links, das andere nach rechts. Zwei Trupps Reiter lösten sich und begannen, durchs Dorf zu ziehen. Dabei sahen sie sich gründlich um.

»Warum habe ich genau diese Antwort erwartet? Kannst du mir das sagen?«

»Nein.«

»Einer der Verschwundenen ist ein Hüne. Nicht zu übersehen.«

Willun blieb stumm.

Der erste Suchtrupp hatte die Pferdekoppel erreicht. Zwei Mann saßen ab und kletterten über die Planken.

»Sie waren in dieser Gegend. Und so viele Dörfer gibt es hier nicht. Bist du der Fürst der Natanger?«

»Der bin ich.«

»Also ist dies das wichtigste Dorf. Aber ihr habt niemanden gesehen?«

»Nein«, sagte Willun erneut.

Von unseren Leuten hielten sich viele im Schatten ihrer Hauswände. Weder Frauen noch Kinder waren draußen. Die Männer waren in der Nähe ihrer Waffen, bereit, sich zu wehren, doch man brauchte nicht viel Vorstellungsvermögen, um zu erkennen, was für ein Kampf das werden würde. Diese Ritter waren auf Gegenwehr vorbereitet. Sie hatten zwar nicht die volle Rüstung angelegt, doch sie waren gut geschützt und mit Schwert, Armbrust oder Lanze bewaffnet. Bei dem geringsten Anlass würden sie anfangen zu kämpfen.

Auch Herkus hatte seinen Bauplatz verlassen. Er hatte mit bloßem Oberkörper gearbeitet und sich nicht wieder angezogen. Die Kraft in seinen Armen und der Brust war augenscheinlich. Er war nicht etwa zu Willuns Haus gegangen, nicht zu Celcis, sondern zu meiner Mutter. Dort lehnte sein Bogen, und es schien, als wäre es diese Frau, die er im Ernstfall beschützen wollte.

»Häuptling, es verschwinden nicht einfach zehn Ritter. Wenn es einer oder zwei wären, hätte man meinen können, sie seien von wilden Tieren angegriffen worden. Aber nicht bei zehn Männern, die sich zur Wehr setzen können. Von ihren eigenen Leuten werden sie nicht angegriffen. Bleiben also nur die Prussen. Und da, wo wir sind, nur die Natanger.«

»Ich sagte schon, ich weiß davon nichts.« Willun stand vor dem Ritter. Dabei hatte er die Hände in den Hosentaschen vergraben. Sein Kopf war rot, doch das mochte mehr an der Sonne liegen als an seinem Ärger oder am Met.

»Du weißt davon nichts? Der eine von ihnen – der

Hüne – ist mein Vetter. Finde ich heraus, dass du lügst, so wirst du sterben.«

Die Ritter kamen von der Koppel zurück. »Keins unserer Pferde ist dort«, meldeten sie.

»Natürlich nicht. So dumm sind sie nicht.«

Er schien zu überlegen, wie er weiter vorgehen sollte. Sein Gesicht war kaum zu erkennen, er trug einen Helm und hatte nur das Visier nach oben geklappt. Er war kräftig und ritt einen Schimmel. Während er nachdachte, kam Herkus über den Platz geschlendert. Sein schlurfender Gang machte den Eindruck, als habe er die Gefahr nicht erkannt, die uns allen drohte – schlimmer noch, fast wirkte er dumm. Er steuerte einen Wassereimer an, den eine der Frauen abgestellt hatte, um schneller ins Haus zu gelangen. Sein Leinenhemd hielt er wie einen Lappen in der Hand. Vor dem Eimer hockte er sich nieder und schöpfte mit beiden Händen Wasser, das er trank. Als sein Durst gestillt war, spritzte er es sich ins Gesicht. All das ging unendlich langsam vonstatten. Seine langen Haare wurden nass. Er erhob sich wieder und strich sie aus dem Gesicht. Jeder auf dem Dorfplatz hatte ihm zugesehen.

»He, du«, rief Bernhard. »Komm mal her.«

Herkus zögerte, nein, er wartete regelrecht, bevor er dem Befehl nachkam. Zunächst wanderte sein Blick ruhig über den ganzen Platz, er nahm sich Zeit, um die Lage zu erfassen. Wassertropfen liefen ihm über Gesicht und Oberkörper. Während der Ritter immer ungeduldiger wurde, wischte er mit seinem Hemd darüber. Es war vollkommen still geworden. Nur ein paar Vögel zwitscherten auf den Bäumen.

Ich tastete mit der Hand nach meinem Bogen und den Pfeilen. Herkus machte einige wenige Schritte.

»Hast du einen Namen?«

»Selbstverständlich habe ich einen Namen.«

Bernhard von Klingenberg zog seinen Helm ab. Er war ein älterer Mann, sicher über vierzig, seine Stirn war faltig, das Haar weiß und kurz, Seine Augen standen eng.

»Und wie ist dieser Name?«

»Ich heiße Herkus Monte.«

»Herkus Monte also. Kannst du meine Frage beantworten?«

»Wo eure Leute geblieben sind?«

Bernhard legte eine Hand auf seinen Schwertkopf. »Genau die.«

»Das weiß ich nicht. Ich weiß nur, dass es andere Möglichkeiten gibt zu sterben als durch wilde Tiere oder durch Natanger.«

»Welche?«

»Die Sümpfe zum Beispiel. In ihnen sind schon viele Leute untergegangen, besonders Fremde. Oder wenn sie am Ostmeer waren, sind sie vielleicht ertrunken. Auch das ist schon oft passiert.«

»Ich danke dir für deine Belehrungen, Herkus Monte«, erwiderte Bernhard mit kalter Stimme. Seine Leute hatten inzwischen das Dorf inspiziert und meldeten, dass sie nichts Besonderes gesehen hätten. Über die Stelle, wo die Rüstungen vergraben lagen, waren sie hinweggeritten. Mit etwas mehr Sorgfalt hätten sie gesehen, dass dort die Erde frisch umgegraben war.

Bernhard hatte die Hand immer noch am Schwert. »Lassen wir es dabei. Ich werde diese Angelegenheit weiter untersuchen. Und ich habe das verdammte Gefühl, dass wir uns in diesem Dorf wiedersehen werden.«

Kurz darauf begannen wir, die Ernte einzubringen. Herkus baute sein Haus, Willun verbrachte, wenn er nicht mit dem Met beschäftigt war, die Zeit mit seinem Sohn, er gab ihm Anweisungen, gelegentlich ritt er sogar mit ihm und focht mit Holzschwertern gegen den Jungen. Seine Frau kam während dieser Übungen öfters hinaus und rief nach ihm, und im Laufe der Erntezeit hatten Willun und sie zweimal Streit in aller Öffentlichkeit. Beim zweiten Mal schickte er sie ins Haus.

Ich musste für die Schafe entferntere Weiden suchen, damit sie satt wurden, denn der Sommer war heiß und trocken gewesen, und abgefressenes Gras wuchs nicht nach. Erst nach einem heftigen Gewitter regnete es öfter, und nachts wurde es schon frischer. Ich hatte Felle und eine Decke bei mir, und wenn Suplith mich im Dunkeln besuchte, legte ich sie über uns, und sie hielt sogar den Nieselregen fern.

In dieser Zeit ist sie oft im Dunkeln aufgetaucht, immer noch leise wie eine Katze, und dann stand sie plötzlich vor mir, mal mit ihrem Kräuterkorb, mal ohne. Welche Richtung ich mit den Tieren eingeschlagen hatte, wusste sie immer. Ich dachte nur selten daran, was sie ihrem Mann gesagt haben könnte – vielleicht wollte Erkil auch gar nicht wissen, wo sie hinging, oder bemerkte ihr Verschwinden nicht. Wir suchten uns einen Platz am Rand der Weide, im Schutz von Bäumen, lagen zugedeckt beieinander und liebten uns, während die Hunde um uns streunten.

Wann immer sie mich anredete, benutzte sie meinen Namen. »Norelis«, sagte sie, »ich muss dir etwas sagen.«

»Bitte.«

»Norelis, ich bin schwanger.«

»Du bist *was*? Und was … was sagt dein Mann?«

»Der freut sich.«

In dem Moment wurde mir klar, dass ich mir eine Frau mit einem anderen Mann teilte. Sie lebte nicht nur in Erkils Haus – sie schlief auch in seinem Bett.

Ich drehte mich von ihr weg. Sie strich mir über die Schulter und begann, mir den Rücken zu küssen. »Norelis, du lieber Norelis. Ich bin seine Frau, verstehst du das? Wenn er zu mir kommt, kann ich mich nicht verweigern. Aber glaube mir, er kommt selten, sehr selten. Meistens trinkt er zu viel Met.«

Ein schwacher Trost.

Sie schob sich über mich auf meine andere Seite, so dass wir einander ins Gesicht sahen und ich ihre nackten Brüste an mir spürte. Sie nahm meine Hand und legte sie auf ihren Bauch. »Ich sage dir – ich schwöre dir –, das Kind hier drin ist von dir, nicht von Erkil. Glaubst du mir das?«

Ich blieb skeptisch. Woher wollte sie sich so sicher sein? »Wenn du es sagst.«

»Erkil ist schon lange nicht mehr zu mir gekommen. Abend für Abend trinkt er so lange mit Willun, bis er nicht mehr gerade gehen kann. Aber hier bei dir bin ich in den letzten Wochen oft gewesen. Daran erinnerst du dich doch?«

Sie schaffte es, dass ich lachen musste und ihr einen Kuss gab.

»Wird es ein Mädchen oder ein Junge?«

»Woher soll ich das wissen? Ich bin doch keine Göttin.«

Doch, dachte ich, das bist du. Aber ich sprach es nicht aus.

Als sie später ging, hielt meine versöhnliche Stimmung nicht, mich überkam eine Schwere, als trüge ich eine Last auf den Schultern. Ich dachte an Herkus. So mochte ihm zumute sein, wenn die schwarze Galle sich in seinem Gemüt ausbreitete.

In der nächsten Zeit trieb ich meine Schafe weit weg und mit der Dämmerung zurück zum Dorf, sperrte sie in ihre Koppel und verschwand im Haus – dort, wo Suplith nicht hinkonnte. Herkus war weiterhin mit seinem Bau beschäftigt, und wenn er abends in unser Zimmer kam, schlief er sofort ein.

Ich schlachtete mir in diesen Tagen eins der Lämmer, die mir zustanden, ließ es ausbluten, nahm es aus und briet das Fleisch. Eine seltsame Beschäftigung für jemanden, der Vater wurde, aber ich brauchte eine Arbeit, die mich ablenkte.

Bald wurde es kälter, nachts lag Reif, und wenn wir hinausgingen, trugen wir Felle. Ich blickte Suplith manchmal verstohlen auf den Bauch, der nicht dicker wurde. Vielleicht stimmte überhaupt nicht, was sie mir gesagt hatte? Oder sie hatte das Kind verloren?

Nach jenem Abend auf der Weide sprachen wir wochenlang nicht miteinander. Erst als der Schnee langsam taute und sie, wie alle anderen, nicht mehr Schichten aus Wolle und Fell anzog, sah ich ihren sich wölbenden Bauch. Er sah wie eine kleine Kugel aus, und sie liebte es, die Hände auf ihn zu halten. Immerzu strahlte sie. Von da an begann ich, mich mit ihr über ihr Glück zu freuen.

Viele Wochen hatte auf unserem Dorf die Sorge gelastet, die Ritter würden Vergeltung üben. Die Männer hatten ihre Bögen weiterhin griffbereit an den Haustüren lehnen und die Anweisungen an die Frauen vielfach wiederholt, sich ja zu verstecken, sollten sich Fremde nähern. Doch niemand erschien. Wir wurden nachlässiger und dachten bald kaum noch an die Ritter.

Sie kamen erst, als der letzte Schnee geschmolzen war. Im Bach trieb kein Eis mehr, die Wiesen hatten die Farbe der Erde, und bald würden die ersten Bäume austreiben.

Wer von uns sie sah, zuckte zusammen und erinnerte sich der Verteidigung, die wir vorbereitet hatten. Doch sie waren nur zu acht, für einen Vergeltungszug viel zu wenig. Sie trugen Schwerter und Lanzen, aber keine schwere Rüstung. Einen Kampf suchten diese Männer nicht.

Ihren Wortführer erkannte ich sofort, an seinem Schimmel genauso wie an seiner Stimme, und als er den Helm abzog, sah ich auch die kurzen grauen Haare. Was trieb einen Mann wie ihn, der sicherlich ein Gut besaß und Bauern, die für ihn arbeiteten, so weit weg von seinem Haus? Warum machte er es sich nicht vor einem Feuer bequem und genoss die letzten Jahre oder verbrachte sie damit, über das Leben nachzudenken? War das alles nur dem päpstlichen Versprechen geschuldet und der Tatsache, dass er in seinem Leben zu viel gesündigt hatte? Das glaubte ich nicht. Dieser Mann war keiner, der auf einem Lehnstuhl sitzen konnte, der wollte, wenn es so weit war, auf einem Pferd sterben, nicht im Bett.

Als Willun ihm gegenübertrat, schämte ich mich für unseren Fürsten. Seine Haare waren zerzaust, die Nase rot, in seiner Hose klaffte ein Loch, und den Wams hatte er verkehrt herum angezogen. Ihm fehlte das, was wir alle als prussisch bezeichnet hätten – die Würde.

Bernhard verkündete mit befehlsgewohnter Stimme: »Der Orden baut im Natangerland eine Steinkirche. Ihr seid aufgefordert, fünfundzwanzig Männer für die Arbeit zu stellen, darüber hinaus Werkzeug, das in euren Dörfern vorhanden ist, Schaufeln, Hacken, Leitern, Holz.«

Mir war nicht klar, ob Willun überhaupt aufnahm, was der Ritter sagte. Dargus stand bei ihm, auch sein Sohn. Herkus hatte sich ebenfalls eingefunden.

»Ihr habt sieben Tage Zeit, dann kommen wir wieder, und ich will fünfundzwanzig Namen der Männer haben, die sich zur Baustelle melden. Hast du das verstanden? Die Männer müssen nicht allein aus eurem Dorf kommen.«

Er ließ seinen Blick über unsere Häuser schweifen. »So viele habt ihr wahrscheinlich gar nicht. Auch die anderen Natangerdörfer sollen ruhig welche stellen. Solange ihr nur kräftige Kerle schickt, dürft ihr das alles selbst bestimmen. Der Orden hat kein Interesse daran, dass ihr verhungert, alleine schon wegen unseres Zehnten. Aber wenn ihr euch in sieben Tagen nicht entschieden habt, treiben wir die Leute zusammen, bis wir genug haben. Ist das klar?«

Willun sagte immer noch nichts. Er glotzte den Wortführer an.

Bernhard riss die Zügel herum und setzte sein Pferd in Bewegung. Seine Mannen folgten ihm.

»Fünfundzwanzig Männer«, wiederholte Willun schließlich mit zitternder Stimme. »Das ist unmöglich. Wir müssen doch auf die Felder. Das Frühjahr kommt. Unmöglich ist das.«

Dann verschwand er in seinem Haus.

Uns ließ er ratlos zurück. Er hatte nicht gesagt, dass wir uns verweigern sollten, sondern nur, dass wir so viele Männer nicht abstellen könnten. Was sollten wir damit anfangen?

Während die Frist lief, tauchte er kaum auf, und wenn er zu sehen war, dann war er bei seinen Bienenstöcken.

Herkus war wieder mit seinem Haus beschäftigt. Über die Frostzeit hatte er den Bau ruhen lassen. Die Seitenwände standen, aber das Dach war noch nicht fertig. Als ich zu ihm ging, legte er sein Werkzeug aus der Hand und lud mich ein, hereinzukommen. Sein Haus hatte wie unseres drei Zimmer, ein großes und zwei kleinere. Wir setzten uns auf den Boden. Es roch nach frischem Holz, nach Harz und nach dem Gras, das er für das Dach gesammelt hatte. Unsere Worte hallten durch den leeren Raum.

»Ich werde gehen«, erklärte er.

»Du? Warum ausgerechnet du?«

»Weil irgendjemand zu gehen hat. Fünfundzwanzig Männer – da muss sich jemand bereitfinden.«

Ich war davon überzeugt, dass er einem Dasein zu entkommen trachtete, das ihn belastete. Eine falsche Entscheidung, wie ich fand. Es war bekannt, dass viele Männer die Baufron nicht überlebten. Die Arbeit war hart, die Aufseher setzten die Peitsche ein, es gab wenig zu essen.

»Warum ausgerechnet du?«, wiederholte ich.

Er lachte. »Was soll ich dazu sagen? Warum nicht ich?«

»Weil du … du bist jung. Du baust dein Haus. Bist gerade verheiratet.«

»Hör auf, Norelis.«

»Und es gibt viele Leute, die ihre Hoffnungen auf dich setzen. Ich meine, darauf, dass du Fürst wirst.«

Er schüttelte den Kopf. Seine Entscheidung war bereits gefallen.

Ein paar Tage später gab es einen Streit zwischen ihm und Celcis. Er musste es ihr gesagt haben. Sie waren beide auf der Baustelle und stritten so laut, dass es nicht nötig war zu lauschen, man hörte auch so jedes Wort.

»Du gehst nicht! Kommt gar nicht infrage.«

»Wer dann?«

»Das ist mir doch egal. Von mir aus schick deinen hinkenden Freund. Ja, lass Norelis gehen. Auf die blöden Schafe können seine Hunde allein aufpassen. Aber du gehst nicht.«

»Doch. Und ich werde nicht der Einzige sein.«

Sie trommelte auf seine Brust und schrie ihn an. »Du gemeiner Kerl! Wärst du mit Zanna verheiratet, nie im Leben würdest du verschwinden. Aber mich lässt du im Stich. Dabei ist noch nicht mal das Dach fertig.«

»Das Dach kann warten. Du wirst eh bei deinen Eltern wohnen, solange ich weg bin.«

Er hielt ihre Hände fest, aber sie versuchte, sich zu befreien. »Ich will nicht meinen Mann verlieren und den Rest des Lebens als Witwe verbringen.«

»Hör auf, hast genug geschimpft.«

»Noch lange nicht! Ich lasse nicht zu, dass du dich meldest.«

»Schweig jetzt. Und geh.«

Viele Männer fanden sich nicht, die es Herkus gleichtun und sich freiwillig melden wollten. Willun traf keinerlei Festlegungen, redete nicht, schien über die Sache nicht einmal groß nachzudenken. Er schickte nur Boten zu den anderen Dörfern. Dadurch hatten wir nach ein paar Tagen Zusagen für gut die Hälfte der geforderten Männer.

Dann kamen die Ritter wieder.

Willun trat ihnen gegenüber. Er sah etwas besser aus als beim ersten Mal, ordentlicher angezogen, vor allem hatte er noch nicht so viel getrunken. Auch klang seine Stimme fester. »Wir können das nicht, was ihr verlangt. Unsere Männer müssen zu den Tieren und auf die Felder, es ist die Zeit des Pflügens und der Aussaat. Sonst verhungern wir im nächsten Winter.«

»Wir sind nicht hier, um zu disputieren«, erwiderte Bernhard von Klingenberg. »Ich sage dir nur Folgendes: Der Papst in Rom persönlich möchte diese Kirche. Er hat uns immer unterstützt, aber vor allem hat er für euch viel getan, denn er hat euch die wahre Religion gebracht. Wieder und wieder hat er die Christenheit aufgerufen, in dieses abgelegene Land zu fahren und euch Heiden Gott nahezubringen. Uns, den Rittern, hat er die Seligkeit versprochen und setzt sich persönlich dafür bei Gott ein. Aber wie viel größer ist das Geschenk, das er euch gemacht hat! Und jetzt gibt er euch die einmalige Gelegenheit, euren Dank zu bekunden. Ihr solltet diese Kirche gerne bauen, aus vollem Herzen. Und sie sollte größer und solider werden als alle anderen, die die Christenheit kennt. Zeigt ihm eure Dankbarkeit. Also, wer kommt mit?«

Bernhard ließ Schemel bringen, und ein Schreiber öffnete eine Pergamentrolle, die, anders als meine, oben und unten von einem dünnen Stock Holz eingefasst und so leichter zu entrollen war. Herkus war einer der Ersten, die vortraten, und als er es tat, verschwand Celcis im Haus ihrer Eltern.

Bernhard war auf ihn aufmerksam geworden. »Bist du nicht ... wie heißt du noch? Herkus Monte, richtig? Der Fachmann für Sümpfe.«

Ich hätte vorhersagen können, dass Herkus nicht reagieren würde. Genau so kam es.

»He, du, Monte. Haben sie dir die Zunge abgeschnitten?«

Herkus schüttelte den Kopf. Der Ritter erhob sich von seinem Schemel. Auf dem ganzen Platz gab es nur noch diese beiden Männer, den einen mit dem Kreuz über dem Kettenhemd und der Hand am Schwert, den anderen in Arbeitskleidung und unbewaffnet. Alle anderen stellten ihre Tätigkeiten ein. Der Ritter ließ das Schwert stecken, zog aber sein Messer, das er durch die Finger gleiten ließ.

»Wenn du sie nicht brauchst, schneide ich sie dir raus.«

Herkus rührte sich nicht, auch senkte er den Blick nicht oder machte irgendeine andere Geste der Demut. Er wartete ab.

Die anderen Ritter blickten sich um, wahrscheinlich, um abzuschätzen, von wo mögliche Gegner zu erwarten waren. Auch unsere Leute schauten, sie ermaßen den Weg zu ihren Bögen, suchten mit den Blicken Willun, der den Befehl zu geben hatte, und zählten die Ritter.

Das Messer kam Herkus bedrohlich nahe. »Mach es auf, dein Maul.«

Herkus hielt den Mund geschlossen.

»Antworte, oder ich schneide dir deine Zunge heraus.«

Von unseren Leuten dachte wohl jeder das Gleiche: Herkus möge sich rühren, ein solcher Kampf sei doch keine Zunge wert. Aber Herkus stand reglos da.

Bernhard kratzte mit der Messerspitze an seinem Hals. Er wollte nicht die Zunge, er wollte, dass der Heide nachgab.

»Was willst du von mir?«, fragte Herkus schließlich. »Ich gehe arbeiten, wie du es verlangst. Was noch?«

Der Ritter zog sein Messer zurück. In seinem hageren Gesicht lag kein Anzeichen von Triumph. Er nickte lediglich. »Lass dich einschreiben. Selber kannst du es ja nicht.«

»Allerdings kann ich schreiben.«

Bernhard starrte ihn an. Herkus nahm dem Schreiber die Feder aus der Hand, prüfte, wie es die Mönche uns gelehrt hatten, mit der Zunge ihre Spitze, tunkte sie in die Tinte und setzte seinen Namen auf das Pergament. Er drehte sich um und wollte gehen.

»Woher kannst du das?«

Herkus wandte sich erneut um. »Ich bin in einem Kloster aufgewachsen.«

»Du bist christlich erzogen worden? Und … hierher zurückgekommen?« Man hörte das Erstaunen in Bernhards Stimme.

Herkus reagierte nicht.

»Beantworte mir eine Frage, Herkus Monte, eine einzige Frage: Glaubst du an Gott?«

Immer noch war es vollkommen still auf dem Platz. Ich war mir sicher, auch die Natanger warteten gespannt auf Herkus' Antwort.

Doch er gab sie nicht.

Bernard ließ ihn nicht aus dem Blick. Die Stirn des Ritters lag in Falten, in seinen Augen war Leben. Er war ungeduldig. »Also?«

»Ich bin Natanger«, klang es endlich über den Platz, »wie mein Vater und dessen Vater. Ich glaube an Deiwas, den Schöpfer, der auf den Bergen wohnt. Ich glaube, dass die Seelen der Toten in den Bäumen weiterleben und daran, dass es nicht einen, sondern viele Götter gibt.« Er hielt inne. »Wenn Gott allmächtig wäre, warum sollte er die Einsamkeit wählen?«

»Weil Er so groß ist, dass wir nicht in der Lage sind, seine Gedanken zu ermessen. Gottes Wege sind unergründlich, so steht es geschrieben«, antwortete Bernhard.

Herkus zuckte mit den Schultern. »Ich lasse dir deinen Glauben.«

Bernard schüttelte den Kopf. »Du bist ein armer Mensch.«

Sein Messer hielt er nun so, als wolle er Herkus im nächsten Moment aufspießen. »Und noch etwas: Sag nicht Du zu mir. Die richtige Anrede ist Herr und Ihr. Hast du verstanden?«

Herkus reagierte nicht.

»Wiederhole es.«

»Herr und Ihr.«

Bernhard nickte langsam. »Siehst du, Heide, es geht doch.«

Ich hatte mich dazu entschieden, mich ebenfalls zur Baufron zu melden. Wenn Herkus ging, wollte auch ich mitmachen, obwohl es mir schwerfiel. Ich ließ meine Mutter, die für körperliche Arbeit zu alt wurde, zurück, ohne ihr sagen zu können, wann ich wiederkam. Und ich ging auch von Suplith davon. Um nicht meine Geschichte ebenfalls erzählen zu müssen, nannte ich dem Schreiber einfach meinen Namen. Er sollte ihn aufschreiben.

»Seht euch den an«, rief einer der Ritter, »der hinkt ja.«

»So?«, fragte Bernhard. Er hatte sein Messer inzwischen wieder eingesteckt und hockte auf der Tischkante. »Du hinkst? Vielleicht tut er auch nur so, damit wir ihn aussortieren. Schreiber, setz ihn auf die Liste. Arbeiten kann der bestimmt.«

Auf der Liste standen am Ende nicht mehr als fünfzehn Namen. Willun trat vor und bat um weiteren Aufschub, er wolle noch einmal in die anderen Dörfer gehen, er werde die fehlenden Leute persönlich schicken, in ein paar Tagen, das sei ganz sicher.

»Du willst mit Gott feilschen? Das ist nicht möglich.« Bernhard schüttelte den Kopf. »Wir packen jetzt zusammen und sitzen auf. Dann stehen hier fünfundzwanzig von euren Leuten. Sonst treiben wir sie zusammen.«

Die Ritter rollten ihre Liste ein und schickten sich an, aufzusitzen. Im Dorf entstand Panik, man hörte Schreie, verhalten noch. Dargus stellte sich zu uns, er bemühte sich, kräftig und entschlossen zu wirken. Drei andere Männer taten es ihm gleich und dann noch einmal zwei, die sich ein letztes Mal zu ihren Häusern und den Frauen an den Türen drehten und ihnen zunickten.

Entsetzen breitete sich aus wie ein Waldbrand im Hochsommer. Die Frauen schrien lauter, denn viele Arbeiten oblagen den Männern, wie das Pflügen oder Ausbesserungen an Dächern und Wänden. Das Schlimmste war, dass sich im Frühjahr der Hunger breitmachen würde. Der Gemeinschaftsspeicher hatte sich über den Winter geleert, und die Erde brachte noch nichts hervor.

Deshalb jagten und angelten die Männer in dieser Zeit – wenn sie denn da waren. Aber immer noch fehlten vier Fronarbeiter. Die, die noch auf dem Platz herumstanden, waren alt oder nicht kräftig genug, oder sie waren, wie Rognar, zu jung.

Bernhard hob den Arm. »Vier Männer. Los, treibt sie zusammen«.

Die Frauen zogen ihre Kinder in die Häuser, als die Ritter durchs Dorf stoben. Überall war Geschrei. Staub wirbelte auf. Die Reiter mit ihren schweren Rossen preschten umher. Man konnte kaum noch etwas sehen, hörte nur die Entsetzensschreie. Die Männer, die mit uns auf den Abmarsch warteten, wollten eingreifen, doch andere Ritter hielten sie mit ihren Armbrüsten zurück.

Als der Staub sich langsam legte, trieben die Eindringlinge unsere Leute mit Lanzen zusammen. Es waren mehr als vier Männer. Bernhard wählte aus, er hatte einen schnellen Blick und schickte die wieder davon, die am schwächsten wirkten. »Und ihr«, sagte er, »ihr dürft euch freuen, denn ihr werdet zu Ehren Gottes arbeiten. Das ist eine Gnade.«

Wir hatten sofort mitzugehen, unser Werkzeug auf den Schultern. Ich habe Suplith zum Abschied zugewinkt, diesmal viel weniger heimlich als sonst. Vielleicht sah ich sie zum letzten Mal.

Celcis ließ sich nicht blicken. Erst als wir abmarschierten, kam sie heraus. Ihren roten Augen nach zu urteilen, hatte sie geweint.

Sie bemühte sich keineswegs um eine leise Stimme, als sie zu ihrem Mann sagte: »Jetzt wirst du also ein Sklave? Ich bewundere deinen Mut, Herkus Monte. Vergiss nicht, immer schön Herr und Ihr zu sagen.«

Mir war nicht klar, wie sie das gehört haben konnte, sie war doch im Haus gewesen. Hatte sie von dort zugesehen? Er gab ihr keine Antwort – was hätte er auch sagen sollen? Er sah sie nicht einmal mehr an.

Wir marschierten westwärts. Die Ritter auf ihren Pferden waren vor und hinter uns und ließen uns nicht aus den Augen. Wir wussten nicht, wann wir wieder nach Hause gelassen würden, um die eigenen Felder zu bestellen. Der Zusammentrieb unserer Leute stand uns noch vor Augen, deshalb schritten die Natanger mit gesenkten Köpfen und hatten kaum einen Blick für das Erwachen der Natur. Die Knospen waren aufgebrochen, Büsche und Sträucher wuchsen mit neuem Grün, die Vögel zwitscherten, und man hörte das Wild, das sich paaren wollte.

Stumpf setzten wir unsere Schritte. Was sollten wir auch anderes tun? Ein Kampf mit Schaufeln gegen Pfeile, wie es mir mehrfach durch den Kopf ging, hätte unser aller Leben beendet. Und selbst wenn wir den einen oder anderen von ihnen erschlagen hätten, die Christen schienen Menschen ohne Ende hierherschicken zu können. Vielleicht waren sie uns einfach überlegen, und wir hatten unser Schicksal so hinzunehmen, wie es gewebt worden war.

Der Orden plante, einen Fahrweg durch das gesamte Prussenland anzulegen. Bis nach Pomesanien, bis an die Marienburg, sollte er reichen, und an ihm wollten sie neue Siedlungen entstehen lassen. Und für einen dieser neuen Orte hatten wir die Steinkirche zu bauen.

Zeigte sich nicht schon an ihren Plänen, wie weit sie uns voraus waren? Ihr eigentliches Land sollte mit den neuen Gebieten verbunden werden, sie dachten an Nachschub, auch an Handel. Unsere Dörfer hingegen waren einfach immer da gewesen, ich kannte keines, das neu angelegt worden wäre. Auch käme ein Prusse niemals auf die Idee, einen Weg nach Pomesanien zu schlagen – wozu auch? Niemand von uns fuhr dorthin, und wenn es einmal eine

Ausnahme gab, dann nahm er einen der schmalen Pfade und ritt auf ihm oder ging zu Fuß durch den Wald und über die Heide.

Die Deutschen waren anders. Sie wollten vorwärts.

Es war keine Laune, dass sie in unser Land eingefallen waren und nicht wir in ihres. Trotz meiner langen Zeit in Magdeburg begriff ich sie nicht, genauso wenig, wie ich den grauhaarigen Ritter verstand, der sich mit allem, was er sagte und tat, so offensichtlich im Recht glaubte. Wo wollten sie noch hin? Wo war ihr Ziel? Gab es für ihren Weg irgendwann ein Ende?

Nach ein paar Tagen Wanderung erreichten wir den Bauplatz, der bereits gerodet worden war. Während die Ritter ihre Pferde versorgten und in Zelten verschwanden, mussten wir uns hinsetzen und eine Ansprache des Baumeisters über uns ergehen lassen. Er war ein kleiner, drahtiger Mann, schwarzhaarig, und er konnte kaum stillstehen. Sein Name sei Gregor – Baumeister Gregor, sagte er –, er stamme aus Köln, wo die Christenheit gerade mit dem Bau eines Doms zu Ehren der Gebeine der Heiligen Drei Könige begonnen habe. Diese Kirche hier im Osten aber solle schneller fertig werden und schöner aussehen und aller Welt von der Frömmigkeit der Prussen berichten. Später erfuhren wir von deutschen Handwerkern, dass Gregor sich um die Stellung des Dombaumeisters in Köln beworben hatte, aber nicht ausgewählt worden war.

Wir saßen im Halbkreis um ihn herum. Er redete über die Anstrengung, die wir erbringen sollten, darüber, dass wir keinesfalls faul sein dürften. Wir sollten bedenken, Gott beobachte uns bei der Arbeit und werde die Fleißigen belohnen. Während er sprach, trat er von einem Bein aufs andere und machte seinen Körper manchmal so krumm, dass wir lachen mussten.

»Und wo sollen wir schlafen?«, fragte Herkus, als Gregor zwischendurch einmal Luft holte.

Der Baumeister hatte sich darüber keine Gedanken gemacht. Er war erstaunt.

Herkus verlangte, dass wir zuerst eine Hütte für uns bauten; Gregor sträubte sich, aber schließlich stimmte er zu und kam eine Stunde später mit einem Entwurf, den er auf Pergament gezeichnet hatte. Da er Herkus für unseren Wortführer hielt, wollte er ihn mit ihm besprechen. Wir hatten inzwischen angefangen, Bäume zu schlagen. Herkus nickte, während Gregor redete, aber er beachtete die Zeichnung kaum. Unsere Hütte würde ein prussisches Haus werden, länger als üblich, aber nach unserer Art erbaut. Gezeichnete Pläne waren dafür nicht nötig.

Es war später Nachmittag, als einige der Ritter, darunter ihr Anführer, zum Aufbruch rüsteten. Bernhard von Klingenberg wollte gerade aufsitzen, als sein Blick auf Herkus fiel.

»He, Monte, komm her, und hilf mir aufs Pferd.«

Herkus ging ohne Zögern zu ihm. Er faltete die Hände so ineinander, dass sie einen Tritt bildeten. Mit seinem Stiefel stieß Bernhard hinein, doch Herkus ließ sich die Hände nicht nach unten drücken, im Gegenteil, er hob sie an, und der Ritter brauchte nur noch das Bein über den Sattel zu schwingen.

Als er saß, hob er das Visier. Herkus stand neben dem Pferd.

»Und?«, fragte Bernhard.

»Was, und?«

Der Ritter streckte einen Finger in seine Richtung. »Ich möchte einen Satz von dir.«

Herkus zuckte mit den Schultern. »Ich weiß nicht, was du … was Ihr meint.«

Jetzt hob Bernhard den Finger. »Habt ihr gehört, was

unser Heide gesagt hat – ein Anfang. Herr und Ihr, das hatte ich dir bereits beigebracht. Wenn du mir geholfen hast, sagst du: Bitte, Herr.«

»Bitte, Herr«, wiederholte Herkus beiläufig, drehte sich um und ging davon.

Bis es dämmerte, hatten wir eine Reihe von Bäumen geschlagen und gespalten und Stroh für unser Nachtlager aufgeschüttet. Dann gab es das nächste Problem: Auf der Baustelle war Essen für die Ritter vorhanden, für den Baumeister und seine deutschen Handwerker. Aber nicht für uns.

Wir fragten Gregor.

»Ihr habt euch selber zu versorgen, hat man euch das nicht gesagt? Stellt einen Mann ab, wenn es sein muss. Einer von euch hinkt doch, lasst ihn den Vorrat besorgen. Ich leihe ihm einen Karren und einen Ochsen, wenn er verspricht, gut damit umzugehen.«

»Wie soll ein einzelner Mann Vorrat für fünfundzwanzig Leute ranschaffen?«, fragte Herkus.

Gregor hüpfte von einem Fuß auf den anderen, es sah aus, als klinge Musik in seinen Ohren, nach der er tanzen wollte. Dabei breitete er die Hände aus. »Das ist eure Sorge. Eure Dörfer müssen helfen. Ich kann euch nur sagen: Beeilt euch mit eurer Hütte und mit allem, was nicht zum Kirchenbau gehört, denn wir wollen endlich anfangen. Ihr sollt Gräben für die Fundamente ausheben und Ziegel brennen. Ich brauche Steine – so viele Steine, wie ihr wahrscheinlich noch nie an einem Fleck gesehen habt.«

Wir beschlossen, dass ich am nächsten Morgen mit dem Karren aufbrechen sollte, und legten uns hungrig auf unser Stroh. Von der anderen Seite des Platzes drang Essensgeruch zu uns herüber. Die Natanger schimpften. Herkus hatte die Hände unter dem Kopf verschränkt. Wie im Kloster hatte ich meinen Schlafplatz neben ihm.

»Verfluchst du gerade diesen Bernhard von Klingenberg?«

Er lachte kurz auf. »Ein Dummkopf – so einer kann mich nicht beleidigen. Wenn es einmal andersherum kommt, zahl ich es ihm heim, wenn nicht, ist es auch nicht so wild. Er will gar nicht mich treffen, sondern uns alle, die Prusai, die Heiden, und von sich glaubt er, er sei besser. Ein Dummkopf eben.«

»An was denkst du dann?«

»Was du alles wissen willst.«

Nun war es an mir zu lachen. Ich kannte Herkus und wusste, wann und wie er ein Gespräch beendete. Deshalb war ich überrascht, als er nach einer Weile hinzufügte: »Zanna ist in Sicherheit.«

»Sie fehlt dir?«

»Sie ist immer bei mir, und ich weiß, dass sie mich bei sich trägt. Und vielleicht sogar mein Kind.«

Ich erinnerte mich an den Moment, als sie zusammen aus dem Wald gekommen waren. Um uns war das Schnarchen der Schlafenden. Ich drückte ihm den Arm.

Vor Sonnenaufgang machte ich mich am nächsten Tag auf den Weg, während die anderen Natanger trotz ihres Hungers mit der Arbeit anfangen mussten. Schnell wurde mir klar, auf was für ein Unterfangen ich mich eingelassen hatte – jeden Tag Nahrung für so viele Männer zu besorgen. Ich begann zu jagen. Zunächst achtete ich noch auf meine Beute, doch schon bald schoss ich wahllos auf alles, was sich bewegte, auf Muttertiere, Hasen und Kaninchen und Rehe, die kaum Fleisch an den Knochen hatten. Die Holzplanken des Karrens waren bald rot vor Blut. Im Lager war Dargus abgestellt worden, um das zu verarbeiten, was ich brachte. Wenigstens brauchte er keine Gräben auszuheben.

Ich fuhr an vielen Tagen ein zweites und sogar ein drittes

Mal los. Der Druck, immerzu liefern zu müssen, ließ mich kaum noch an etwas anderes denken, morgens war ich der Erste, der aufsprang, und abends der Letzte, der sich aufs Stroh legte. Der Geruch von Blut blieb mir immerzu in der Nase. Während unsere Hütte gebaut wurde, gab es nichts als Fleisch zu essen. Sosehr ich mich auch bemühte, gelang es mir nicht, auch nur einen kleinen Vorrat anzulegen.

Erneut sprach ich mit dem Baumeister, abends diesmal, als unsere Leute schon auf ihrem Stroh lagen und er mit seinen Handwerkern am Feuer saß. Ich verlangte einen zweiten Mann für den Nachschub. Gregor sträubte sich, er wurde wütend, die Arbeit ging ihm nicht schnell genug voran. Der Steinmetz, der Maurer und der Zimmermann hätten zu wenig zu tun, wenn wir so lange brauchten.

Hungrige Männer, erwiderte ich, schafften weniger.

Ich sagte auch, dass wir uns auf die Dauer nicht nur von Fleisch ernähren könnten, wir bräuchten Getreide und Gemüse. Als er immer noch nicht reagierte, fügte ich hinzu: »Oder ihr gebt uns etwas ab.«

Er war unbewaffnet, ein zappeliger Baumeister, sonst hätte ich wohl nicht so mit ihm gesprochen. Als er sich umwandte, sah es aus, als suche er nach Hilfe und überlege, ob es wohl geboten wäre, mich zu strafen.

»Nimm dir einen Mann, der sonst nicht zu gebrauchen ist«, sagte er schließlich. Dabei blickte er in die andere Richtung.

Ich tat, wie mir geheißen. Vorher sprach ich mit Herkus, und wir waren uns einig, abwechselnd einen von denen, die nicht mehr konnten, auf die Jagd zu schicken.

Dann fuhr ich in unser Dorf.

Willun erklärte, es sei Frühling, und sie hätten selber nichts, aber dann seufzte er und ließ mich einige Sack Roggenmehl aus dem Getreidespeicher aufladen und Brot. Ich hielt bei meiner Mutter und erschrak, als ich sah, wie krumm ihr Rücken geworden war. Sie gab mir genauso wie andere Frauen Kohl, Bohnen und Ziegenmilch. Mir war klar, wie wenig sie hatte, und ich bremste sie.

Meine Schafe waren in der Koppel. Die Hunde kamen auf mich zugelaufen und sprangen an mir hoch. Ich streichelte sie. Auf den Gemeinschaftsfeldern arbeiteten alte Männer und die Jungen, und ich hoffte, dass die Zeit der Fron nicht allzu lange dauern würde. Kurz bevor ich davonfuhr, kam Suplith aus ihrem Haus. Ihr Bauch war dick, aber das Gesicht hager, und unter den Augen hatte sie Schatten. Sie reichte mir verstohlen einen Beutel, in dem ich später im Wald Brot und Schafskäse und sogar ein Schälchen Honig fand, das ich ausleckte.

»Dein Kind strampelt«, flüsterte sie. »Leider mit Vorliebe nachts.«

Es war ein verregnetes Frühjahr. Einige unserer Leute auf der Baustelle waren immer wieder damit beschäftigt, das Dach unserer Hütte abzudichten. Aus den Natangerdörfern kamen von Zeit zu Zeit ein oder zwei Mann, um andere auszulösen. Herkus allein bestimmte, wer gehen durfte. Ich fuhr jeden Tag mit meinem Ochsenkarren weite Wege und ließ den zweiten Mann in den nahen Wäldern jagen. Dargus bereitete unser Essen.

Unsere Leute hatten vom frühen Morgen bis zur Dämmerung zu arbeiten, auch am Sonntag. Sechs Tage lang wurden sie von den deutschen Handwerkern angeleitet, die am siebten Tag faulenzten. Der Baumeister wuselte um uns herum, kontrollierte, verlangte bessere Arbeit, trieb uns an. Die Natanger nahmen ihn bald nicht mehr wahr, so, als hörten sie ihn gar nicht. Nur wenn abends am Feuer einer die anderen unterhalten wollte, machte er Gregor nach, hüpfte herum und ahmte dabei den Singsang des Baumeisters nach.

Ich fuhr in alle Dörfer, die in einer halben Tagesreise zu erreichen waren, so dass ich abends wieder zurück war. Nirgendwo durfte ich mich willkommen fühlen. Wenn sie mich, den Bettler von der Baustelle, nur sahen, drehten sich die Leute weg und verschwanden in ihren Häusern oder auf den Feldern.

Aber ich konnte mich nicht abwimmeln lassen. Letztlich waren es die Frauen, die Lebensmittel brachten und wortlos auf meinen Karren luden.

Durch den vielen Regen wurden die Fahrten immer schwerer. Damit Mehl und Brot auf dem Wagen nicht nass wurden, hatte ich mir eine Plane besorgt, aber die Räder blieben im Morast stecken, und ich trieb den Ochsen an, damit er den Wagen herauszog. Wenn das Tier nicht mehr konnte, ließ ich es einen Tag oder zwei in Ruhe, um zu grasen, und ging selber mit auf die Jagd.

Wegen des weiten Weges lag eine lange Zeit zwischen meinem ersten und dem zweiten Besuch in unserem Dorf. In diesen Wochen hatte sich viel verändert. Der Dorfplatz war matschig, auf den Feldern stand das Wasser, und die Regentonnen liefen über. Auch der Bach war breiter als sonst. Doch die größte Veränderung empfand ich in der Stimmung. Sie schwankte zwischen Wut und Verzweiflung. Die jungen Männer arbeiteten nicht mehr. Sie hatten die alten Holzschwerter hervorgeholt und fochten, zu Fuß und zu Pferde. Rognar war ihr Anführer. Von seiner Kraft und dem Geschick her war er allen überlegen.

Meine Schafe waren mager geworden, genauso wie die Hunde, um die sich niemand zu kümmern schien. Der Herde fehlten Tiere. Ich sah mich an der Koppel um, als könnte ich so den Schuldigen finden. Ich wusste, es herrschte Hunger in unserem Dorf, und die Ernte im Herbst würde schlecht ausfallen.

Suplith hatte diesmal nicht gesehen, dass ich gekommen war. Als sie aus dem Haus trat, hatte sie ein Bündel im Arm. Ihr Neugeborenes – mein Kind. Ich wollte zu ihr laufen, doch sie wehrte mich mit einer Geste ab und ging wieder hinein.

Von meiner Mutter erfuhr ich, dass sie eine Tochter zur Welt gebracht und ihr den Namen Uimme gegeben hatte.

Ich blieb über Nacht und schlachtete am nächsten Morgen, ohne irgendjemanden zu fragen, vier Schafe, die ich auf meinen Karren warf. Außerdem hatte ich Gemüse geladen. Ein feiner Regen ging nieder, als ich davonfuhr. Dabei überquerte ich den Platz, denn ich wollte mich nicht wie ein Dieb davonschleichen.

Vor Willun hielt ich an. Es war noch früh am Morgen, trotzdem trank er bereits Met. Ich gab ihm, dem Häuptling, keine Zeichen von Ehrerbietung und grüßte ihn nicht einmal.

»Unsere Leute dürfen von der Baustelle gehen, wenn andere sie ersetzen. Sorg dafür, dass auch wir nach Hause kommen und auf den Feldern arbeiten können.«

Er glotzte mich an. Seine Nase war rot und die Augen glasig. Vielleicht hatte er mich nicht verstanden, oder ich hatte eine Forderung gestellt, die er unmöglich erfüllen konnte.

»Willun, vergiss uns nicht«, rief ich.

Er nickte, aber ich zweifelte, ob er die Geste so meinte, wie ich sie verstehen wollte.

10

Ein regnerisches Frühjahr ging in einen feuchten Sommer über. Unsere Hosen und Wämser waren immerzu klamm, genauso wie die Leibröcke. Wenn die Sonne einmal schien, hängten wir die Sachen nach draußen und arbeiteten mit nacktem Oberkörper. Doch der Regen ließ nie lange auf sich warten. Er drang durch unser Dach, fiel aufs Stroh genauso wie auf die Lebensmittel und zermürbte uns. Auch die Erde, die auf der Baustelle ausgehoben werden musste, machte er schwer.

Wir wurden immer stiller. Morgens redete niemand und abends auch nicht, wir aßen schweigend, jeder war für sich. Wie alle anderen sah Herkus ausgezehrt aus. Die Wangenknochen waren noch weiter vorgetreten. Wenn er den Leibrock ausgezogen hatte, zeichnete sich jede einzelne Rippe ab. Selbst Dargus, der sich immer im Bach gewaschen und Bart und Haare gestutzt hatte, sah wild aus. Sein Hemd war voller Fett- und Blutflecken, er hatte Dreck an den Händen und im Gesicht.

Jeden Tag gruben unsere Leute an den Fundamenten der Kirche. Der Baumeister verfolgte mich bis in meine Träume, hüpfte dort von einem Bein auf das andere und behauptete, wir sollten die Kirchtürme nur hoch genug bauen, dann könnten wir Gott sehen und zu ihm sprechen, wir dürften nicht aufstecken, immer höher sollten wir die Steine aufschichten, nur immer höher. Im Himmel werde für uns alle gesorgt, und wir brauchten uns um die

Verpflegung keine Sorgen zu machen. Selbst im Traum glaubte ich ihm kein Wort, ich hielt den Mann für verblendet, für wahnsinnig.

Wenn Natanger zur Baustelle kamen, ob aus unserem Dorf oder aus einem der anderen, richteten sich die Blicke aller auf Herkus, und es lagen Bitten und Erwartungen darin. Es war klar, dass er allein bestimmte, wer ausgelöst wurde. Ich hatte längst die Nase voll von der Bettelei auf den Dörfern genauso wie von dem freudlosen Jagen, das allein aufs Beutemachen ausgerichtet war, ich konnte das Blut auf meinem Karren nicht mehr sehen und hatte Ekel vor seinem Eisengeruch in meiner Nase. Ja, ich sehnte mich danach, nach Hause zu dürfen.

Doch Herkus wählte immer andere. Er wusste genau, wer wirklich nicht mehr konnte. Die Alten durften gehen, manchmal welche, die kürzer als wir auf der Baustelle waren. Er ließ die ziehen, die im Schlaf schrien, genauso wie die, die sich verletzt hatten oder fieberten. Nicht ein einziges Mal lag er mit seiner Entscheidung falsch. Und dennoch wartete ich darauf, dass er endlich sagte: Norelis, du bist dran.

Inzwischen arbeiteten viele unserer Männer in einem Steinbruch in der Nähe. Sie hatten große Brocken herauszuschlagen und auf Karren zu laden. Da ich den einen der beiden Ochsen brauchte, mussten die Karren oft von Hand gezogen werden. Die Bruchsteine sollten die Fundamente der Kirche bilden. Die deutschen Handwerker, der Steinmetz und der Maurer, überwachten, wie die Natanger die Steine so lange mit Hammer und Meißel bearbeiteten, bis sie die richtige Größe hatten. Mit Hilfe von Seilen ließen wir sie dann in die Gräben.

Auch der deutsche Zimmermann hatte zu tun. Er baute die Kirchentür und die Fenster. Doch bis der Dachstuhl anstand, würden noch Jahre vergehen.

Alle drei Handwerker wurden nicht wie wir von Gregor angetrieben und durften sich Zeit lassen. Bei ihnen ging es um Genauigkeit. Immer wieder nahmen sie Maß und schrieben Zahlen auf Pergament. Und sie sprachen über ihre Werkstücke, auch mit dem Baumeister, der Respekt vor ihnen hatte.

Unsere Leute hingegen schaufelten Erde, schlugen Stein, karrten und schleppten ihn. Wir schufteten noch, wenn die Handwerker bereits am Tisch saßen und Met tranken.

Nicht dass sie uns verspottet hätten, wir bekamen keine bösen Worte von ihnen zu hören. Sie beachteten uns einfach nicht. Manchem von uns stieß das bitter auf, immer länger als die Deutschen arbeiten zu müssen.

Nach einem halben Jahr kamen drei Männer aus unserem Dorf auf die Baustelle. Ich sehnte mich mit einer Gewalt nach Hause, die ich kaum noch beherrschen konnte. Da ich mich nicht traute, darüber zu reden, starrte ich Herkus nur an. Ich konnte nicht und ich wollte nicht mehr. Aber er reagierte nicht.

Auch er hatte sich müde gearbeitet. Seine Hände, die Arme und Beine waren rissig und blutverklebt, das Gesicht schmal, die Augen halb geschlossen. Er bewegte sich langsam. Sein Leibhemd, in dem er Tag und Nacht steckte, war voller Löcher.

Um mir Hoffnung zu machen, hätte er mir von den neuen Männern einen zuweisen müssen, um einen Nachfolger einzuarbeiten. Der Neue musste wissen, wo und wie er Nachschub zu beschaffen hatte. Doch Herkus machte keine Anstalten. Er schickte auch niemanden zu Dargus. Dabei war auch der alte Mann längst am Ende seiner Kräfte. Deshalb überwand ich mich und sprach Herkus an.

»Ich möchte gehen. Und Dargus auch.«

»Ich weiß«, erwiderte er.

»Und?«, hakte ich nach.

Er musterte mich von oben bis unten, dabei schnaubte er. »Wir haben alle genug. Morgen ziehen wir ab.«

Mir stand vor Erstaunen der Mund offen. Herkus wandte sich an die anderen: »Legt euch schlafen. Morgen gehen wir nach Hause.«

Die Männer waren zu erschöpft, um sich zu wundern oder zu freuen, niemand stellte eine Frage, sie streckten sich nur auf dem Stroh aus und waren sofort eingeschlafen.

Am nächsten Morgen lag Reif auf der Wiese. Wir aßen einen wässrigen Getreidebrei, den Dargus gekocht hatte. Um diese Zeit war ich normalerweise bereits unterwegs, doch an diesem Tag wollte ich sehen, was passierte.

»Nehmt alles Werkzeug, das uns gehört, dann brechen wir auf«, sagte Herkus.

Die Männer gehorchten. Jetzt konnte ich ihnen doch ansehen, dass sie gespannt waren. Wir schulterten unsere Hacken und Spaten.

»Baumeister! Wir gehen nach Hause«, rief Herkus über den weiten Bauplatz, machte kehrt und stapfte davon, und alle Natanger hinter ihm her.

Im nächsten Moment war Gregor bei uns. Er keuchte. Und er schien nicht zu glauben, was er gehört hatte. »Macht euch an die Arbeit. Los, los.«

Herkus schüttelte den Kopf. »Wir machen uns auf den Weg nach Hause.«

»Ach was! Wer hat euch das erlaubt?« Er stellte sich vor Herkus und breitete die Arme aus, als könne er ihn damit aufhalten.

»Hör zu, bald kommt der Frost, dann ist sowieso

Schluss auf der Baustelle. Wir gehen jetzt, denn wir werden zu Hause gebraucht, bevor der Winter da ist.«

»Ihr geht, wenn ich das erlaube«, schrie Gregor. »Und keinen Tag früher.«

Ich wartete darauf, dass Herkus den schmalen Baumeister umschubste. Gleichzeitig sorgte ich mich um die Folgen. Aber vor allem hatte ich unendliches Vertrauen zu Herkus. Ich war mir sicher, dass er sich überlegt hatte, was er tat.

»Ich hole die Ritter«, erklärte Gregor. »Sie haben euch wieder eingefangen, noch bevor ihr euer Dorf erreicht habt. Und dann gnade euch Gott.«

Herkus rührte sich nicht, während der Baumeister mit den Händen in der Luft herumfuchtelte, als seien wir ein Schwarm Fliegen, den er zu verscheuchen suchte.

»Und jetzt zurück an die Arbeit.«

»Nein, wir gehen nach Hause. Und du, überleg dir genau, was du tust. Es dauert nicht mehr lange, bis es friert. Lässt du uns wegen so kurzer Zeit strafen, dann bedenke, dass jeder, der verletzt oder tot ist, im Frühjahr nicht wiederkommen wird. Wenn es zu viele sind, dann wird deine Steinkirche wohl nur ein Hirngespinst mit ein paar Fundamenten bleiben.«

Der Baumeister glotzte Herkus an, schüttelte den Kopf, aber gleichzeitig biss er sich auf die Unterlippe. Es war offensichtlich, dass er in der Falle saß. Herkus ließ ihn einfach stehen, ging an ihm vorbei auf den Wald zu, und alle Natanger folgten ihm, ohne dass er ein Wort hätte sagen müssen.

In diesen Herbsttagen schien die Sonne häufig, und es war fast, als habe sich Perkunas mit dem vielen Regen ausgetobt und als versuche die Sonnengöttin, uns zu entschädigen. Aber für alles, was wuchs, kamen Wärme und Trockenheit zu spät. Im Frühjahr waren wir den Weg zur

Baustelle gegangen. Nun wechselte das Laub seine Farbe, und der Wald bot seine ganze Pracht dar.

Wir marschierten stramm, weil wir es eilig hatten, obwohl die Ernte sicher vorüber war. Ich war der Einzige, der eine Ahnung davon hatte, wie es im Dorf aussah, denn ich war in der Zwischenzeit dort gewesen.

Unsere Leute waren entsetzt, als sie kurz einen ersten Blick auf die Gemeinschaftsfelder warfen. Die Getreidepflanzen, die stehengeblieben waren, sahen elend aus, der Roggen hing mehr, als dass er stand, der Hafer war dürr, das Einkorn verschrumpelt. Unkraut hatte sich breitgemacht. Auch die Gemüsepflanzen in den Gärten waren kümmerlich. Deiwas, der Himmelsgott, hatte den Bauern in diesem Jahr seine Hilfe versagt.

Meine Mutter umarmte uns beide stumm, als wir vor ihrer Tür standen. In der Küche schürte sie das Feuer und kochte uns eine Grütze, die wir verschlangen. Danach ließen wir uns, obwohl es erst Nachmittag war, auf unsere Strohsäcke fallen. Herkus schlief sofort ein, ich hörte sein leises Schnarchen.

Celcis hatte er noch nicht gesehen, sie auch nicht gesucht, doch während mich die Müdigkeit überwältigte, bildete ich mir ein, ihre Stimme vernommen zu haben und die meiner Mutter, die sie fortschickte. Vielleicht hatte ich das auch nur geträumt.

Wir schliefen bis zum nächsten Morgen. Ich hätte immer weiter auf meinem warmen Stroh liegen bleiben wollen. Die Beine, der ganze Körper – alles war mir schwer. Doch ich zwang mich aufzustehen. Als wir in die Küche kamen, war Celcis da. Meine Mutter hatte wieder Grütze gekocht. Ich setzte mich an den Tisch und bemühte mich darum, die beiden, Herkus und Celcis, nicht anzustarren. Sie umarmten sich nicht, begrüßten einander kaum.

Ich tauchte meinen Holzlöffel in die Schüssel und hielt den Blick gesenkt. Die Spannung im Raum war allgegenwärtig.

»Komm mit mir«, sagte Celcis, »und iss im Haus meines Vaters.«

Auch sie war schmal geworden. Ihr rotes Haar hatte sie zu einem Zopf gebunden. Sie trug ein verwaschenes Arbeitskleid und keinen Schmuck. Ernster kam sie mir vor, als habe sie gelernt, ihr Feuer kleiner zu halten und ihre Ansprüche zurückzunehmen. Sie legte ihrem Mann die Hand auf die Schulter und sagte mit einer Stimme, die viel weniger laut, weniger durchdringend war als früher: »Herkus, was ich zu dir gesagt habe, tut mir leid. Bitte komm mit.«

Er warf erst ihr, dann uns einen Blick zu und zögerte. Schließlich nickte er und ging mit ihr.

Nach dem Frühstück sah ich nach den Schafen. Die Herde hatte sich halbiert. Ich fragte nicht, ob Willun die Erlaubnis zu diesem massenhaften Schlachten gegeben hatte. Nur einige der Tiere waren geschoren worden, wohl weil jemand Wolle gebraucht hatte. Für die anderen war es jetzt, da der Winter bevorstand, zu spät. Ich hatte auch nur noch einen Hund, den Rüden, der mit dem Schwanz wedelte, als er auf mich zukam. Liesbeth, die Hündin, war verschwunden, wahrscheinlich ebenfalls geschlachtet, denn ihr Fleisch war zarter als das von Abt.

Ich strich dem Hund übers Fell. »Besser aufpassen konntest du nicht, was?«

Tau lag auf dem Gras, und ein dünner früher Nebel hüllte Dorf und Wald ein. Ich öffnete das Gatter. Als der Hund begriff, dass wir hinausziehen würden, wurde er aufgeregt, rannte um die Schafe herum und bellte heiser, wenn sich eines nicht schnell genug bewegte. Blökend drängte die Herde durch das Holztor.

Ich hätte nicht weit ziehen müssen, schon das Gras der ersten Wiesen war saftig, und die Schafe begannen zu fressen. Doch ich wollte weiter. Erst an diesem Morgen, während die Sonne aufging, den Nebel vertrieb und die Tautropfen trocknete, fiel mir meine Last von den Schultern. Ich musste nichts liefern, niemand wartete mit Hunger im Bauch auf mich, ich brauchte kein Wild zu schießen und keinen Dorfhäuptling um Hilfe anzubetteln. Auch der elende Blutgeruch verschwand langsam aus meiner Nase. Es war vorbei.

Ich trieb die Tiere vorwärts. Mein Schnitzmesser steckte in meiner Hosentasche, bei jedem Schritt konnte ich es spüren. Auf den Schultern trug ich das alte Fell, das ich immer auf die Weiden mitgenommen hatte. Ich wollte so weit weg, dass mich niemand sah. Erst hinter den Hügeln würde ich die Schafe grasen lassen.

Unterwegs hob ich ein Stück Holz auf, von dem ich glaubte, es sei extra für mich dort abgelegt worden, ein Weichholz, das sich gut bearbeiten ließ, etwas größer als die Klötze, an denen ich früher geschnitzt hatte. Ich breitete mein Fell aus, die Sonne schien, der Hund strich um die Schafe, und der Wald vor mir zeigte alle Farben von hellem Gelb bis zu dunklem Rot.

Wenn ich anfing, wusste ich selten, was für eine Figur ich schnitzen würde. Zunächst schabte ich am Holz und löste die Rinde. Erst wenn ich den ersten tieferen Schnitt machte, pflegte das Stück zu mir zu sprechen und mir zu zeigen, was in ihm steckte und herausgearbeitet werden wollte. Doch so weit kam ich an diesem Morgen nicht, denn am anderen Ende der Lichtung war jemand aufgetaucht. Ein dunkelhaariges Wesen, wie eine Erscheinung im Gegenlicht. Es setzte seine Schritte wie eine Katze, die kaum den Boden zu berühren schien. Alle Kraft wich aus meiner Hand, das Holzstück fiel zu Boden.

Ich stand von meinem Fell auf. Da hatte sie schon den halben Weg zu mir zurückgelegt.

»Suplith.«

»Norelis, wie schön, dass du endlich zurück bist.«

Wir umarmten uns. Sie trug etwas auf dem Rücken, das sie in ein Tuch geschlagen hatte. Ich wusste natürlich, was es war, noch bevor es die ersten Geräusche von sich gab. Suplith knotete ihr Tuch auf und fasste nach dem Kind, das mich aus großen Augen ansah.

»Das ist deine Tochter. Ich habe sie Uimme genannt.«

»Den Namen habe ich schon gehört«, erwiderte ich.

Das Kind war dünn. Ich fand, es sah Suplith nicht sehr ähnlich. Für einen Augenblick kehrte mein Zweifel, ob ich wirklich der Vater war, zurück. Dann umarmte ich sie wieder.

Ihre Lippen waren weich, und sie roch nach Wald und Kräutern. Sie hielt sich das Kind vor die Brust. Es war zwischen uns, und ihm schienen die beiden Leiber unheimlich zu sein. Es beschwerte sich. Suplith lachte es an, stupste ihm mit dem Finger auf die winzige Nase und legte es auf sein Tuch ins Gras, bevor sie sich zu mir aufs Fell setzte. Sie warf mir einen fragenden Blick zu, doch auf die Antwort wartete sie nicht, sondern ließ sich in meine Arme fallen. Und ich war davon überzeugt, ihr genauso gefehlt zu haben, wie ich sie vermisst hatte.

Sie zog das Kind zwischen uns und forderte mich auf, es zu berühren. Aber meine Hand war so groß wie sein ganzer Oberkörper, und die Haut war rau und rissig, deshalb zögerte ich.

Die kleine Uimme war mutiger als ich, sie griff nach meinem Finger und freute sich, als sie ihn zu fassen bekam. Sie zog ihn sogar zu ihrem Mund. Als das Kind unruhig wurde, gab Suplith ihm die Brust, dabei sang sie ihm ein altes Natangerlied, das meine Mutter mir schon gesungen hatte, und strich ihm über die wenigen Haare. Uimme schloss die Augen.

Das Kind schlief. Suplith legte es vorsichtig auf das Tuch zurück, bevor sie sich mir zuwandte. Und wieder fielen wir einander in die Arme. Sie hielt meinen Kopf, während sie mir einen Kuss gab und dann sagte: »Du hast mir gefehlt, Norelis.«

Ich musste lachen, weil sie wie früher meinen Namen benutzte, wann immer es ging. Sie ließ sich von mir auf dem Schaffell entkleiden und zog mir gleichzeitig an Wams und Leibrock und auch an der Hose. Wir hatten uns nie irgendwo anders geliebt als auf der Wiese, im Schutz eines Baumes und mit den blökenden und grasenden Schafen um uns herum, und anders wollte ich es auch nicht. Ich mochte nicht daran denken, im nächsten Frühjahr wieder zur Baustelle zurückkehren zu müssen, ich wollte nur hier sein, nur bei ihr.

Wie früher deckte sie uns mit ihrem Kleid und meinem Leibrock zu. Sie lag in meinem Arm und strich mit der Hand über meine Brust. Mit den Fingern fuhr sie mir vom Bauchnabel zur Brust und wieder zurück.

»Ich habe Angst, Norelis.«

»Wovor?«

»Vor dem Winter.« Sie hob den Kopf und sah mir ins Gesicht. »Davor, dass ich Uimme nicht satt bekomme. Weil es so wenig zu essen gibt, habe ich kaum Milch. Und das schon im Herbst. Wie soll es erst werden, wenn es kalt ist? Und wie im Frühjahr, wenn der Vorrat aufgebraucht ist?«

»Ich weiß es nicht. Alle rechnen mit einem harten Winter.«

»Norelis, es war schwer für mich, das Kind auf die Welt zu bringen, und ich weiß nicht, ob ich noch eins tragen werde. Aber wenn ich dieses verliere, dann …«

Ich strich ihr übers Haar. »Hab keine Angst vor dem Tod. Er ist nicht grausam, er tut nur so.«

»Es macht mich so traurig. Allein die Vorstellung …«

Doch vor dem Winter kam eine andere Bedrohung. Ich war damit beschäftigt, die Schafskoppel auszubessern. Die Seile, die die Bretter an den Pfosten zu halten hatten, waren dünn und faserig geworden und mussten ausgewechselt werden. Mein Hund hob den Kopf. Erst achtete ich nicht auf ihn, ich hatte ein Seil zu verknoten. Aber als er auf die Füße kam und knurrte, sah ich auf. Eine Staubwolke näherte sich von Norden – eine Gruppe Reiter auf dem Weg ins Dorf.

Mein erster Gedanke war, dass sie uns zurückholten. Der zweite: mich zu bewaffnen. Mein Bogen war im Haus, und ich lief los, ihn zu holen. Andere Männer hatten die Ankömmlinge ebenfalls gesehen, auch sie griffen nach ihren Waffen.

Willun wurde gerufen. Von verschiedenen Seiten näherten wir uns dem Dorfplatz, während die Ritter schnell näher kamen. Als ich mich neben Herkus stellte, war mir bereits klar, was sie wollten. Es ging nicht um die Baustelle. Sie hatten einen Wagen dabei, auf dessen Bock zwei Männer ohne Rüstung saßen. Ihr Anführer war der weißhaarige Bernhard. Er stieg ab und zog auch den Helm vom Kopf. Seine Truppe war bewaffnet, aber sie war nicht allzu groß, nicht mehr als fünfzehn Mann.

Bernhard stellte sich vor Willun. »Ich komme, den Zehnten zu holen, denn ihr habt uns nichts gebracht.«

»Wir haben doch selber nichts.«

»Dann müssen wir das wenige eben teilen.«

Er drehte sich zu seinen Leuten und zeigte auf unseren Speicher.

Willun schüttelte den Kopf. »Wir können nichts abgeben. Was wir geerntet haben, reicht uns nicht einmal über den Winter.«

»Ihr gebt erst, wenn ihr satt seid?«

Bernhards Männer hatten bereits den Speicher erreicht. Auch der Wagen war dorthin gefahren. Die Unruhe unter unseren Leuten war beträchtlich, sie murrten, mancher spannte den Bogen, andere hatten ein Messer oder ein Beil in der Hand.

Drei junge Männer versperrten die Tür zum Getreidespeicher. Einer von ihnen war Rognar.

»Wir haben euch den Herrn gebracht. Und zum Dank wollt ihr uns die Abgabe verweigern?«, fragte Bernhard.

Willuns Stimme klang wie ein Flehen. »Wir haben nichts.«

»Trotzdem wirst du verstehen, dass zunächst einmal wir satt werden müssen. Denn wir haben viele Strapazen auf uns genommen, damit ihr gute Christen werdet und nicht in die Hölle kommt.«

Vor dem Speicher verlangte einer der Ritter von Rognar: »Gebt die Tür frei.«

»Nein.«

Der Ritter zog seinen Handschuh aus, wobei er einzeln an jedem Finger zupfte. Dann betrachtete er seine nackte Hand, bevor er Rognar plötzlich ins Gesicht schlug. Rognar wollte sich wehren, er hob die Fäuste, seine beiden Freunde taten es ihm nach. Sie waren zu dritt, die Ritter aber mehr als doppelt so viele, und sie begannen, ihre Schwerter zu ziehen.

Willun war wie gebannt. Bernhard warf einen Blick auf ihn, wartete wohl darauf, dass der Häuptling die drei Jungen zurückpfiff, doch Willun starrte nur zum Getreidespeicher. Herkus schüttelte den Kopf und setzte sich in Bewegung.

Vor ihm war Celcis da. Woher sie gekommen war, hatte

ich nicht gesehen. Es galt die Regel, nach der die Frauen mit den Kindern in den Häusern zu bleiben hatten, wenn sich Fremde näherten. Höchstens beobachteten sie durch Türschlitze oder Fenster, was sich draußen abspielte.

Celcis stellte sich neben Rognar, vor die gezogenen Schwerter. »Ihr Feiglinge.«

Der Ritter, der Rognar geschlagen hatte, lachte. Dann packte er Celcis am Haar und riss sie zu sich heran. »Komm mal her, du Schöne. Mir gefallen die Rothaarigen.«

Celcis schrie auf. Im nächsten Moment schlug sie dem Angreifer mit der Faust auf die Brust. Er trug ein Kettenhemd, die Schläge taten ihr sicher mehr weh als ihm.

Er packte fester zu. Die Jungen waren in Kampfhaltung, aber sie hatten wohl erkannt, wie sinnlos es war, gegen den bewaffneten Ritter vorzugehen.

Herkus kam näher. Auch er hatte keine Waffe bei sich, während ich meinen Bogen schussbereit hielt. Auf dem Platz wartete Bernhard immer noch darauf, dass Willun eingriff. Auch unsere Leute zögerten, da ihr Häuptling kein Kommando gab.

Der Ritter hatte Celcis' Haare losgelassen, aber er hielt sie an der Hüfte. Es sah aus, als umarme er sie. Seine Freunde feuerten ihn mit derben Sprüchen an, und Rognar war drauf und dran, ihm an die Gurgel zu springen.

Noch ehe Herkus heran war, schallte ein Befehl herüber. »Lass sie los. Ein Christ vergreift sich nicht an Frauen. Und du, Häuptling, entscheide dich endlich. Zieh die Jungen von der Tür ab, oder ich lasse meine Männer das besorgen.«

Endlich wachte Willun aus seiner Starre auf. Mit einer Geste wies er seinen Sohn an, die Tür freizugeben. Aber Rognar rührte sich nicht. Willun hielt den Arm ausgestreckt, dennoch war es Celcis, die ihren Bruder und mit ihm die anderen beiden fortzog.

Ein Ritter öffnete das Speichertor, das laut knarrte, als wolle es ebenfalls Widerstand leisten. Seine Leute bildeten davor einen Halbkreis, eine Sperre, die verhindern sollte, dass die Natanger angriffen oder überhaupt sahen, wie viel mitgenommen wurde. Bevor dieser Halbkreis geschlossen war, schlüpften Willun und einige andere hindurch, darunter auch Herkus und ich.

Im Speicher wurden die verschiedenen Getreidesorten einzeln gelagert, jeweils durch eine halbhohe Holzwand getrennt. Seit unserer Rückkehr von der Baustelle war ich nicht mehr hier gewesen. Was da an Roggen und Hafer und Einkorn und Dinkel lag, bedeckte gerade mal den Boden.

Bernhard inspizierte jede einzelne Kammer. »Habt ihr etwas fortgeschafft oder versteckt?«, wollte er wissen, und seine Stimme klang barsch.

»Sicher nicht. Wenn du dieses Jahr im Prussenland verbracht hast, wirst du wissen, wie viel Regen gefallen ist«, erwiderte Willun.

»Nun gut. Wir nehmen von allem die Hälfte.«

»Das kommt nicht infrage.«

»Sei froh, dass wir euch die Hälfte lassen. Wir ziehen mit weniger Getreide davon als in den anderen Jahren. Dabei sollte es mehr werden.«

»Es hieß: den zehnten Teil. Und jetzt wollt ihr uns aushungern? Sind das die Segnungen eures Christentums? »

Bernhard machte zwei Schritte auf Willun zu und blieb vor dem Häuptling stehen. Seine Stirn war faltig, das Gesicht wirkte entschlossen. »Sei vorsichtig, Häuptling. Wenn du Gott lästern willst, tu das nicht in meiner Gegenwart. Sonst bringen meine Leute dir Anstand bei, und zwar mit der Peitsche und mitten in deinem Dorf.«

Sie hatten Säcke auf ihrem Wagen und Schaufeln, und Bernhard hieß den Kutscher und seinen Gehilfen, sie zu füllen. Einer schippte, der andere hielt den Sack auf. Sie arbeiteten ruhig und ohne Pause, man hörte nur das Kratzen der Schaufel auf dem Boden. Hatten sie von einer Getreideart die Hälfte genommen, dann wandten sie sich der nächsten Kammer zu.

Unsere Leute standen draußen. Die Ritter versperrten ihnen weiterhin den Blick. Das vergangene halbe Jahr hatte ich damit zugebracht, Verpflegung zu besorgen – und anders, als ich geglaubt hatte, war das nicht vorbei. Das würde meine Arbeit auch im Winter sein. Ich nahm mir vor, einen Weg zu finden, Suplith heimlich zu versorgen.

Die vollen Säcke wurden verschnürt und auf den Wagen gelegt, der vor der Scheune, aber innerhalb des Halbkreises stand. Bernhard tat etwas, von dem ich überzeugt war, dass er es die ganze Zeit vorgehabt hatte. Er wandte sich an Herkus und fragte: »Du bist Monte, richtig?«

Herkus nickte.

»Der Natanger, der an die Heidengötter glaubt und nicht spricht. Wäre nicht schade drum gewesen, wenn ich dir damals die Zunge herausgeschnitten hätte. Aber das hebe ich mir auf. Soll ich dir sagen, warum?«

Herkus antwortete nicht. Alle Männer in der Scheune waren gespannt. Nur der Kutscher und sein Gehilfe arbeiteten weiter.

»Weil das die Strafe für einen Lügner ist, nicht für einen Schweigsamen. Ich wende sie dann an, wenn ich weiß, dass du gelogen hast. Meinst du immer noch, mein Vetter und seine Leute seien in den Sümpfen ertrunken?«

»Ich meine gar nichts.«

»So?«

»Ich habe nur gesagt, das wäre eine Möglichkeit. Die

Sümpfe, die die Fremden nicht kennen und deren Tücke sie falsch einschätzen.«

Bernhard nickte langsam. »Ich bin mir sicher, dass du lügst. Ihr lügt alle. Aber Unser Herr war gerecht, und nur weil die Ungerechtigkeit triumphiert hat, wurde Er ans Kreuz geschlagen. Ich bin auch gerecht. Ich werde strafen, wenn der Beweis erbracht ist. Erst dann. Aber ich schwöre dir, Heide, diesen Beweis werde ich erbringen.«

Es war furchtbar mitanzusehen, wie sie unseren Wintervorrat halbierten und immer neue Säcke auf den Wagen luden. Mein Verstand trieb mich dazu, nach vorn zu schauen. Wir würden Fleisch essen müssen – Wild –, auch wenn ich auf der Baustelle erlebt hatte, dass es den Menschen nicht guttat, sich nur davon zu ernähren. Und wir mussten, solange die Seen in unserem Land noch eisfrei waren, Fische fangen. Viele Fische.

Der Kutscher und sein Gehilfe deckten eine Plane über die Ladefläche. Unsere Leute konnten nicht sehen, wie viel Getreide sie uns weggenommen hatten.

Die Ritter schützten den Wagen, während sie das Dorf langsam verließen. Niemand griff sie an.

Willun sperrte die Speichertür zu. Er hatte den Kopf gesenkt und war auf dem Weg zu seinen Fässern, als Rognar ihn rief. »Vater, bitte geh jetzt nicht davon. Wir müssen uns beraten.«

Willun hörte ihn nicht oder wollte ihn nicht hören. Wir folgten dem Häuptling mit den Blicken und sahen, wie er seinen Becher in eins der Fässer tauchte und Met trank.

»Der Junge hat recht«, sagte Herkus zu mir, »wir müssen darüber reden, wie es weitergehen soll.«

Mit dem Met veränderte sich Willun, sein Körper straffte sich, in die Augen kehrte Leben zurück, und in das Gesicht kam Farbe. Wir setzten uns in seinem Haus an den Tisch, Herkus und ich, Dargus, Rognar und Willun. Auch Celcis kam dazu. Niemand schickte sie weg.

Rognar begann sofort zu sprechen: »Ich bin dafür, sie zu bekämpfen. Lasst uns Skomand zu Hilfe holen. Er ist unser Verwandter. Und dann greifen wir sie an.«

»Du wartest, bis du gefragt wirst«, gab Willun zurück. Er sah zu Dargus und nickte ihm zu.

»So wie es steht, werden wir in zwei, spätestens drei Monaten hungern. Die Schwächsten werden zuerst sterben, die Kinder …«, er hielt kurz inne, »… die Alten. Wir könnten die Schafe schlachten. Aber dann haben wir keine Wolle mehr und keinen Käse. Die andere Möglichkeit …« Wieder brach er ab und holte Luft. »Die andere Möglichkeit wäre, andere Stämme um Hilfe zu bitten.«

»Betteln?«, rief Rognar dazwischen.

»Schweig.«

»Es steht zu befürchten«, fuhr Dargus fort, »dass auch sie nicht mehr haben als wir. Es hat nicht nur auf unsere Felder geregnet, und Abgaben müssen alle leisten.«

»Außer den Jadwingern«, warf Rognar ein.

Dargus nickte. »Außer den Jadwingern.«

»Aber wollen wir wirklich zu Skomand gehen und ihn um Getreide bitten?«, fragte Herkus. »Bedenkt einmal, wie viel wir brauchen. Mindestens so viel, wie die Christen uns genommen haben.«

»Nicht um Getreide, um Waffenbrüderschaft!«, rief Rognar.

»Du hast jetzt zum letzten Mal ungefragt gesprochen«, erklärte Willun.

Celcis hielt sich zurück. Ich selbst nahm mir vor, nur dann einzugreifen, wenn sie meine gesamte Herde würden töten wollen.

Aber Willun hatte einen anderen Plan. »Ich werde zum Vogt reiten und ihm unsere Lage schildern. Er ist schließlich eingesetzt worden, um unser Land gerecht zu verwalten. Und auf dem Weg frage ich in anderen Dörfern, ob die Häuptlinge mich begleiten wollen.«

»Du willst allein reiten?«, fragte Dargus.

Willun schüttelte den Kopf. »Ich bitte dich, mich zu begleiten. Dich und – Rognar.«

Der Junge strahlte, aber Celcis rief dazwischen: »Wieso Rognar, wieso nicht Herkus? Vater, das geht doch nicht.«

Willun maß sie mit Blicken. Er schaute auch zu Herkus und dann zu seinem Sohn. »So wird es gemacht«, sagte er.

Celcis schüttelte den Kopf, dabei flog ihr das Haar um die Schultern. Auf ihrer Stirn bildete sich eine Falte. Herkus solle auch etwas sagen, zischte sie ihm zu, aber da stand Willun schon auf. Die Beratung war beendet.

Wie selbstverständlich wohnte Herkus weiterhin im Haus meiner Mutter, nicht in dem von Willun. Er hatte begonnen, sich wieder um seine Baustelle zu kümmern, sein Hausbau war seit einem Jahr nicht vorangekommen, und der nächste Winter stand bevor. Nach der Beratung bei Willun verschwand er dorthin, man hörte Hammerschläge. Er baute, glaubte ich, einen neuen Schneeschutz.

Als er nach Hause kam, war es bereits dunkel. Wir aßen zusammen. Ich sprach mit meiner Mutter über Willuns Entscheidung. Herkus wirkte abwesend, schien gar nicht zuzuhören.

Meine Mutter hatte angefangen zu sparen, vor allem an sich selber. Wir beide bekamen Brot und Schafskäse, sie aß nur Gemüse zusammen mit dem Wasser, in dem sie es gekocht hatte. Ich bat sie, die Hälfte meines Brotes zu nehmen. Sie lehnte ab.

Herkus ging in unsere Schlafkammer. Kurz darauf kam Celcis. Ich deutete ihr mit dem Kopf, wo ihr Mann war. Sie schloss die Tür hinter sich, wir hörten nichts, und ich wollte auch nichts hören.

Doch bald wurde sie laut. »Weil du nie etwas sagst!«

Er schien nicht zu antworten. Ich stellte ihn mir auf seinem Stroh vor, in seiner typischen Haltung, die Hände hinter dem Kopf verschränkt.

»Genau wie jetzt. Sieh Rognar an, er ist jung und dazu noch ein Bastard, und trotzdem nimmt Vater ihn mit. Warum nicht dich?«

Meine Mutter wandte sich ab, ich konnte ihr ansehen, dass sie sich schämte. Aber hinauszugehen, weil die beiden in ihrem Haus stritten, war auch nicht einzusehen. Ich half ihr in der Küche und am Feuer.

»Du musst endlich einmal in Bewegung kommen, wenn du Häuptling werden willst, Herkus Monte. Tu endlich etwas. Und rede.«

Ich hatte in guter Erinnerung, wie alle Männer während der Baufron zu ihm geblickt hatten, wenn Entscheidungen zu treffen waren. Wie er dem Baumeister klargemacht hatte, dass wir zunächst eine eigene Hütte brauchten, und durchgesetzt hatte, dass wir nach Hause gingen. Herkus war ein Häuptling. Ich verstand ebenso wenig wie seine Frau, warum er sich dem nicht stellte.

Ob er etwas erwiderte, konnte ich nicht hören; wenn, dann redete er leise. Sie hingegen blieb laut. »Und außerdem möchte ich, dass du endlich bei mir wohnst. Du bist mein Mann, verdammt noch mal, ich will dein Essen kochen und nachts neben dir liegen.«

Sie waren manchmal zusammen in den Wald gegangen, oft dann, wenn er Baumstämme für seine Baustelle schlagen wollte, und länger geblieben, als nötig gewesen wäre. Ich hatte ihn niemals nach diesen Dingen gefragt.

Aber auch in meinen Augen mutete es seltsam an, sie waren bald zwei Jahre verheiratet und er schlief, wie früher, bei mir.

Er schien auch diese Forderung abgelehnt zu haben. Als Celcis herauskam, war nicht nur ihr Haar rot, sondern auch das Gesicht. Sie schniefte und wischte sich Tränen aus den Augen. Ihr Zorn war fast greifbar. Für einen Moment blieb sie stehen und blickte mich an, und mir schien es, als wollte sie auf mich losgehen. Aber was konnte ich dafür? Er war mein Freund, sicher, doch ich hielt ihn bestimmt nicht davon ab, zu ihr zu ziehen.

Weder Herkus noch ich gehörten also der Delegation an, die sich auf den Weg zum Vogt von Natangen machte. Nach seiner Rückkehr hat mir Dargus von dem Ritt und dem Gespräch in der Burg erzählt. Das ist es, was ich damals aufgezeichnet habe und hier nun wiedergeben kann.

In den anderen Natangerdörfern sah es nicht anders aus als bei uns. Die Ernte war mehr als dürftig ausgefallen, die Ritter hatten sich viel davon genommen. Allerorten herrschte Verzweiflung, die Menschen hatten Angst zu verhungern. Andere Häuptlinge schlossen sich Willun an, auch sie sahen in einem Gespräch mit dem Vogt die einzige Möglichkeit, und am Ende war es eine stattliche Gruppe von fünfzehn Männern, die zur Burg ritt.

Pferde und Waffen der Natanger mussten draußen vor dem Burgtor bleiben. Man ließ eine Wache zurück. Der Vogt empfing unsere Delegation.

Volrad Mirabilis – Volrad, der Bewundernswerte – war ein kleiner, dünner Mann mit schulterlangem Haar. Er trug einen purpurnen Seidenmantel, am Kragen mit Pelz besetzt, außerdem Ringe an beiden Händen. Auf seinem Gesicht lag Freude, ein Strahlen, was unseren Leuten

Hoffnung machte, zumal der Vogt sie nicht nur herzlich begrüßte, sondern einen Diener in die Küche schickte, damit ein großes Essen vorbereitet würde. Wie die Prussen war er gastfreundlich.

Man saß in einem fensterlosen Saal, der von Kerzen erleuchtet wurde, an einem großen Tisch. Der Vogt hatte zwei seiner Untergebenen neben sich, von denen der eine alles, was gesprochen wurde, auf Pergament schrieb.

Volrad ergriff das Wort. »Was führt euch zu eurem Vogt, meine Natanger?«

»Hinter uns liegt ein Jahr voller Regen«, antwortete Willun. »Wir hatten eine schlechte Ernte, und jetzt haben uns die Ordensritter die Hälfte davon weggenommen. Im Winter werden unsere Leute verhungern.«

»Sagt mir zunächst einmal, ob ihr inzwischen gute Christen geworden seid.«

Auf diese Frage war Willun nicht vorbereitet, er zögerte. An seiner Stelle antwortete Dargus: »Das sind wir.«

»Geht ihr in die Kirche? Betet ihr?«

Die Natanger nickten.

»Nun, wenn das so ist, dann will ich euch sagen, es wäre zwar schade, wenn ihr verhungern müsstet, aber ein guter Christ hat nichts zu fürchten, denn Gottes Reich ist weit und voller Frieden. Geht beizeiten zur Beichte. Im Himmel, so steht es geschrieben, herrscht Freude über jeden reuigen Sünder.«

Die Natanger waren verblüfft, das Gespräch lief ganz anders, als sie es hatten führen wollen. Der Vogt dagegen strahlte. Die Saaltüren wurden aufgestoßen, Diener trugen das Essen herein. Es gab eine sämige Suppe, mit einigen Stückchen verkochten Rindfleisches darin.

»Langt zu«, rief der Vogt, dem zuerst aufgetan wurde, »so schnell verhungert man nicht.« Er lachte, als hätte er einen großartigen Scherz gemacht.

»Eure Sorge ist, dass ihr nicht immer ein Leben geführt habt, wie es Gott gefällt, stimmt's? Das verstehe ich. Ihr habt Götzen angebetet. Dabei steht geschrieben: ›Du sollst keinen Gott haben neben mir.‹ Aber ihr könnt, wenn ihr dereinst gefragt werdet, anführen, ihr hättet es nicht besser gewusst.«

Er hatte seinen Löffel in der Hand und beschrieb mit ihm einen halben Kreis in der Luft. »Und ein paar Jahrzehnte Fegefeuer – ach, wisst ihr, meine Natanger, habt doch keine Angst. Das haben andere Seelen auch durchgestanden.«

»Wir haben keine Angst«, entgegnete Willun.

Zu diesem Zeitpunkt glaubte Dargus nicht, dass der Ritt zur Burg irgendeinen Sinn gehabt hatte. Im Saal hörte man das Schlürfen und die Holzlöffel, die gegen die Tonschüsseln schlugen. Verhandlungen würde es nicht geben.

Die Türen ging wieder auf, leise diesmal, und drei Diener kamen herein. Sie begannen, ohne ein einziges Wort zu sagen oder dazu aufgefordert zu sein, das Kerzenlicht zu löschen. Die Natanger wunderten sich. Aber keiner fragte nach.

Volrad Mirabilis kicherte. Man hörte sein Glucksen, seine Freude. Als Dargus es mir später erzählte, machte er es nach.

Minutenlang war der Saal vollkommen dunkel, bis neues Feuer hereingetragen wurde und man die Kerzen wieder anzündete. Als alle wieder sehen konnten, hatte Volrad eine andere Haltung. Er hing auf seinem Stuhl, als würde er gleich herunterfallen. Eine Hand hielt er sich auf die Brust. Der Kopf war nach vorne geneigt.

»Ich bin angegriffen worden«, rief er mit heller Stimme. Er stöhnte, was Dargus schlecht gespielt vorkam.

Seine Untergebenen stützten ihn. Die Natanger saßen

an dem großen Tisch zu weit weg, um eine Wunde erkennen zu können. Dargus und Willun blickten sich an.

»Keiner unserer Leute würde so etwas tun«, erklärte Willun. »Außerdem haben wir keine Waffen.«

Volrad stöhnte erneut. Er litt – oder tat so – und hielt sich die Hand immer noch auf die Brust. Mit schwacher Stimme verlangte er nach Wasser.

Dargus stand schließlich auf und ging nach vorn. Volrads Untergebene schirmten ihn ab, deshalb war es nicht zu sehen, ob er wirklich verwundet war.

»Bleib weg«, rief der Vogt, als fürchte er eine neuerliche Attacke.

Aber andere Natanger, darunter Rognar, drängten nach. Sie wollten diese Wunde sehen. Volrad begann zu kreischen, als werde er wirklich angegriffen, und seine beiden Männer schirmten ihn ab. Einem Natanger gelang es, den Stuhl des Vogtes nach hinten zu ziehen – und Dargus und andere sahen seine Brust. Da war kein Blut, nur das Purpur des Mantels.

»Setzt euch wieder hin«, sagte Volrad. Dabei klatschte er in die Hände. Er hatte seine Stimme zurück und kicherte wieder. »Ich will euch eine Frage stellen.«

Die Natanger waren nun vollends verwirrt. Sie nahmen ihre Plätze ein, schüttelten die Köpfe und waren mittlerweile alle überzeugt von der Erfolglosigkeit ihres Unternehmens.

»Die Frage heißt: Was wäre die gerechte Strafe für einen feigen Angriff auf den Vogt?«

Er bekam keine Antwort. Die ganze Runde schwieg.

»Nun?«

»Es gab keinen Angriff auf den Vogt«, erwiderte Willun. »Ich habe dir schon gesagt, wir kämpfen nicht im Dunkeln, nicht gegen Unbewaffnete, nicht, wenn wir zu einer Verhandlung gekommen sind.«

»Aber wenn, was wäre dann?«

»Was soll diese Frage? Niemand hat dir etwas getan.«

»Mag ja sein. Aber was würde nach euren Gesetzen mit einem geschehen, der mich feige angegriffen hätte?«

»Der …«

Dargus legte Willun die Hand auf den Arm, und der Häuptling hielt inne.

»Nun?«

»Willst du uns eine Falle stellen?«

Volrad Mirabilis verfiel wieder in sein Kichern. »Ich will euch keine Falle, sondern eine Frage stellen. Und ich erwarte eine Antwort.«

Willun stand auf und sagte: »Auf einen feigen Anschlag steht die gleiche Strafe wie auf feigen Mord, nämlich Tod durch Feuer. Aber es gab keinen Anschlag. Du bist ja auch nicht verletzt.«

Auch Volrad erhob sich. Er hielt sich die Hand vor den Mund, um sein Kichern zu verbergen. »Ich habe euer Anliegen verstanden, meine Natanger. Euch sind die Abgaben zu hoch, ihr fürchtet zu verhungern. Ich werde mir die Sache überlegen und sie auch mit dem Ordensmeister besprechen. Vielleicht kann der Orden euch einen Teil des Getreides zurückgeben. Meine Entscheidung wird im Sinne Christi fallen, dessen seid gewiss. In einer Woche lasse ich sie euch wissen. Kommt dann zurück.«

Er verließ den Saal.

Der Herbst war inzwischen weit fortgeschritten, es wurde früh dunkel. Morgens lag Nebel auf den Wiesen, die Luft war feucht.

Nach der Rückkehr unserer Delegation sprach sich schnell herum, was sie erreicht hatten. Unsere Leute teilten sich in zwei Lager. Die einen hatten Hoffnung, die anderen nicht.

Ich neigte der zweiten Gruppe zu, weil ich der Überzeugung war, dass es nicht reichen würde, wenn sie uns einen Teil des Getreides zurückgaben. Wir brauchten alles wieder, und selbst das war wenig. Aber niemals würden sie auf die gesamte Menge verzichten, schließlich mussten auch sie von irgendetwas leben. Im Umkreis der Burgen wurde nichts angebaut. Innerhalb der Mauern gab es ein paar Gemüsegärtchen, einige Schweineställe und auch ein paar Hühner, aber in keinem Fall war das genug für die Ordensritter. Und im Winter kamen keine Versorgungsschiffe.

In jenen Tagen sah ich Celcis zweimal bei ihrem Vater an den Metfässern. Sie hatte die Hände in die Hüften gestemmt, den Oberkörper ein wenig vorgestreckt, und redete auf ihn ein.

Er hörte zu, trank Met und reagierte nicht auf sie. Trotzdem überraschte es mich nicht, als er zum Ende der Frist entschied, nicht Rognar, sondern Herkus solle ihn diesmal begleiten.

Der Junge widersprach, wie Celcis es beim ersten Mal getan hatte. Als Willun nicht darauf einging, stand Rognar aber nicht Zorn, sondern Schmerz ins Gesicht geschrieben. Er wandte sich ab, damit man es nicht sah.

Mir gefiel der Gedanke nicht, Herkus ziehen zu lassen, ohne ihn zu begleiten. Deshalb war ich froh, als der Häuptling am Morgen des Aufbruchs mir zunickte und mich fragte: »Willst du auch mit?«

Ich sattelte mir ein Pferd. Herkus war ebenfalls in der Koppel. »Bleib hier, Norelis, ich habe ein schlechtes Gefühl. Ich hatte einen dunklen Traum, da sind wir beide in einen Sumpf gegangen, immer tiefer hinein, und ich dachte, was tun wir hier, wir kennen doch die Sümpfe und wissen um die Gefahr. Aber es ging nicht anders, wir liefen immer weiter, als hätte uns irgendwas gezogen.«

»Und dann?«

»Ich weiß nicht mehr. Wir sind nicht wieder herausgekommen, glaube ich.«

Ich zuckte mit den Schultern. »Ich reite trotzdem mit.«

Wir waren nur zu dritt, denn Willun hatte nicht nur seinen Sohn, sondern auch seinen Onkel Dargus zurückgelassen. Der Häuptling ritt voran. In den anderen Dörfern saßen die Männer bereits auf ihren Pferden und schlossen sich uns an.

Als wir die Burg erreichten, legten die Natanger, ohne dazu aufgefordert worden zu sein, alle Waffen außerhalb des Tores ab und ließen auch die Pferde dort, die zu einer hölzernen Tränke drängten.

Willun zeigte auf zwei Männer aus anderen Dörfern und sagte: »Ihr bleibt hier und passt auf.«

Dann spürte ich seinen Finger vor meiner Brust. »Und du auch.«

Ohne mich gingen sie an den Torwachen vorbei in die Burg. Die beiden anderen Männer hatten Würfel dabei und forderten mich zu einem Spiel auf, aber ich hatte keine Lust. Lieber besah ich mir die Burg, die ich bisher nur aus weiterer Entfernung kannte. Sie war von einer Mauer umgeben, auf der man umhergehen konnte. Wachposten standen nicht darauf. Offenbar rechnete der Vogt nicht mit einem Angriff.

Er begrüßte die Natanger, wie ich durch das offene Tor sehen konnte. Dargus hatte ihn gut beschrieben, den kleinen, dünnen, langhaarigen Mann. An diesem Tag trug er einen schwarzen Umhang, der ihm fast bis zu den Füßen reichte.

Die Burg war nicht groß, aber wehrhaft. Das Tor bestand aus schweren Eichenstämmen, die von Eisenstreben gehalten wurden. Die Mauer führte darüber hinweg, ähnlich wie im Magdeburger Kloster, nur war sie hier viel massiver, und ich stand wie ein dummer Prusse davor und begriff nicht, wieso sie dort, wo sie über dem Tor schwebte, nicht einbrach.

Wo war sie abgestützt? Am liebsten hätte ich einen der Wachmänner gefragt.

Unsere Pferde hatten genug getrunken und grasten. Die beiden anderen Natanger waren in ihr Würfelspiel vertieft, dabei rissen sie vor jeder Runde siegesgewisse Sprüche, und der, der gewann, lachte laut und klatschte in die Hände. Ich setzte mich mit dem Rücken zur Tränke auf den Boden. Mein Schnitzmesser hatte ich zu Hause gelassen.

Als die Torwachen verschwanden, wunderte ich mich. Das Tor stand offen. Aber wer sollte diese Burg schon überfallen? Höchstens Skomand – doch wer konnte wissen, wo der steckte.

Kurz darauf kam ein Zug Männer herausgeritten, und ich wunderte mich erneut. Es waren Ritter, Soldaten, und auf einem der Pferde saß – der Vogt. Warum verhandelte er nicht mit unseren Leuten? War die Unterredung schon vorbei, hatte er ihnen seine Entscheidung nur mitgeteilt? Warum kamen sie dann nicht heraus?

Ich stand auf. Als die Reiter an mir vorbeigezogen waren, blickte ich erneut in den Burghof, der wie ausgestorben dalag. Nicht einmal eine Katze zeigte sich. Wo waren die Natanger? Ich wollte die beiden Würfelspieler rufen, verwarf den Gedanken aber wieder. Man konnte ja nur abwarten. Unsere Aufgabe war es, auf Waffen und Pferde aufzupassen.

Dann roch ich Rauch.

Es war ein feiner Geruch, der sich auf meiner Seite der Burgmauer mit der frischen Luft vermischte. Ich schnüffelte. Ganz eindeutig, Rauch. Und dann sah ich ihn auch, wie er grau aus der Burg aufstieg. Eine schmale, lange Wolke, die sich in den Himmel schlängelte.

»In der Burg brennt es!«, rief ich, bevor ich in den Hof rannte.

Der Geruch wurde stärker, je näher ich kam, und die Rauchfahne wies mir den Weg. Zu beiden Seiten des Burghofes lagen Gesindehäuser und Ställe. Noch immer war kein Mensch zu sehen. Der Hof kam mir unheimlich vor. Die Ritter waren hinausgezogen, aber wo war das Gesinde? Ich ahnte eine Falle – eine Lanze, vielleicht sogar Pfeile, die auf mich gerichtet waren. Das Haupthaus lag auf der anderen Hofseite.

Niemand hielt mich auf, als ich hineinging. Der Rauch biss mir inzwischen in der Nase. Dargus hatte mir beschrieben, wo die erste Verhandlung stattgefunden hatte, und von dort kam der Brandgeruch.

Ich konnte nicht glauben, was mir als Erklärung durch den Kopf schoss. Aber warum sonst waren die Deutschen alle verschwunden?

Zum Saal fand ich drei Türen. Ich ruckelte an den Griffen und zog daran. Die Türen waren verschlossen. Als ich mein Ohr daranlegte, glaubte ich, Schreie und das Trommeln von Fäusten gegen die Türen zu hören. Feuer prasselte. Ich presste mein Ohr mit Gewalt gegen die Tür. Ja, da drinnen herrschte Todesangst.

Ich versuchte, die Türen aufzureißen, hatte beide Hände am Griff und warf mein Körpergewicht nach hinten. Keine von ihnen bewegte sich. Ich versuchte es erneut, diesmal mit einem Fuß am Türrahmen. Sosehr ich auch zog und riss, es war vergeblich.

Ich rannte über den Hof zurück. Die beiden Natanger sahen von ihrem Spiel auf. Meinen ersten Ruf schienen sie nicht gehört zu haben, und jetzt wirkte ich offenbar wie ein Geist auf sie.

»Feuer! Feuer!«

Mit den Armen fuchtelte ich in der Luft, während ich etwas suchte, um eine der Türen aufstoßen zu können. Die Schwerter nutzten nichts, sie würden zerbrechen. Panische Angst überkam mich. Ich konnte doch nicht bis in den Wald laufen, um einen alten Baumstamm, einen Rammbock, zu finden. Ich musste zurück.

»Kommt mit und helft«, schrie ich. Einem plötzlichen Einfall folgend, warf ich mich in die Pferdetränke, tauchte auch meinen Kopf unter Wasser. Klatschnass kam ich wieder hoch.

Neben den Gesindehäusern lagen Werkstätten. Von den anderen beiden gefolgt, rannte ich dort hinein und fand in der Zimmerei den Stamm einer Buche. Er war schwer. Einer der Männer fasste mit an.

Wir liefen über den Hof, auf dem immer noch niemand zu sehen war. Auch sie hatten nun begriffen, was geschehen war, und stellten keine Fragen.

Als ich zum Saal zurückkam, hatte das Feuer bereits die Wände angegriffen. Hitze schlug uns entgegen. Der eine meiner Begleiter schrie auf, der andere verstummte. Entsetzen stand in seinen Augen.

Ich nickte ihm zu, und wir liefen, den Rammbock vor uns, gegen eine der Türen. Und prallten ab. Ich stieß das schwere Holz erneut gegen die Tür, aus Verzweiflung und ohne Anlauf. Nichts bewegte sich. Wir brauchten eine Stelle, wo das Feuer die Wand bereits geschwächt hatte. Wir suchten die Holzwände ab. Der Saal war wie ein eigenes Gebäude innerhalb der Burg, alle Seitenwände waren zugänglich. Von innen hörten wir das Feuer, das sich immer weiterfraß, und die Rufe der Freunde. Ihre Stimmen klangen heiser. Der Rauch und die Verzweiflung trieben mir Tränen in die Augen.

Das Feuer drang weiter oben aus den Holzwänden. Es

schlug Löcher, wo wir nicht hinlangen konnten. Mit Hilfe des zweiten Mannes stieß ich unseren Baumstamm immer wieder gegen die Wand, aber ohne System, mehr aus Wut und Verzweiflung.

Ich hielt inne.

»Verdammt noch mal, wo ist die Wand am schwächsten?«

Es wirkte kopflos, wie sie beide davonjagten, jeder zu einer Seite. Sie hämmerten und traten gegen die Balken, die den Saal begrenzten. Ich blieb zurück, den schweren Stamm in beiden Händen. Mich überfiel eine seltsame Ruhe, als hätte mich ein Schlag auf den Kopf getroffen, ich sah Bilder, auf denen wir erst in den Saal kamen, als alle Natanger verbrannt waren. Mir wurde nun auch klar, dass das Feuer innen angezündet worden war. Ein Anschlag. Die Ritter waren verschwunden. Sie würden zurückkehren, wenn der Saal niedergebrannt war.

»Herkus!«, schrie ich aus Leibeskräften. »Herkus, Herkus!«

Ich bekam keine Antwort. Zumindest hörte ich keine. Ich hob den schweren Stamm höher und hielt ihn so fest, dass er wie eine Speerspitze herausragte. Mit aller Wucht stieß ich ihn erneut gegen die Wand. Aber vergeblich. Stattdessen schmerzte meine Schulter von dem Rückschlag.

Die anderen beiden kamen zurück. Sie waren langsamer geworden. Auch ihnen tränten die Augen, und gegen den beißenden Rauch hielten sie sich die Hände vor Mund und Nase. Ich sah ihnen an, dass sie die Hoffnung aufgegeben hatten. »Dort hinten«, sagte einer von ihnen, »ist die beste Möglichkeit. Das Feuer ist dort am weitesten vorgedrungen.«

»Kommt, lasst es uns versuchen.«

Wie überall hatte der Brand an jener Stelle die Außenwand in der Höhe durchbrochen. Zu zweit rannten wir mit unserem Rammbock an, einmal, ein zweites Mal und immer wieder. Ich dachte nicht mehr nach, ich wollte nur noch diese Wand zum Einsturz bringen. Die anderen beiden wechselten sich ab, aber ich spürte keine Erschöpfung, obwohl ich keuchte und schwitzte und mir die Haut brannte.

Die Flammen schlugen an die Decke. Nun spürte ich Bewegung in der Wand. Wir mussten den Druck erhöhen – aber wie? Mehr als den Rammbock und unsere Kraft hatten wir nicht.

Wieder stand mir das furchtbare Bild vor Augen, in den Saal zu gelangen und alle unsere Leute verkohlt vorzufinden. Ich schob es nicht davon, achtete aber darauf, nicht nachzulassen.

Sie bewegte sich.

»Los«, schrie ich, »zu dritt.«

Der dritte Mann fasste mit an, und wir nahmen einen größeren Anlauf. Und diesmal gab die Wand wirklich nach, ein kleines Stück nur. Aber sie hatte sich bewegt. Ich zog den Rammbock zurück, und wir rannten wieder mit Wucht an. Die gleiche Bewegung. Aber kein Krachen, kein Brechen.

Doch das kam mit dem nächsten Anlauf. Es klang, als beschwere sich das dunkle alte Holz – von der einen Seite das Feuer, von der anderen die Stöße. Beim nächsten Mal gab es weiter nach, man hörte ein Reißen. Ich versuchte, mit den Füßen ein Loch hineinzutreten, wollte die dicken Balken mit den Händen auseinanderstemmen – alles sinnlose Versuche. Diese Wand war stabil.

Nur unter unserem Rammbock und der vereinten Kraft von drei Männern riss sie Stück für Stück ein.

Das Feuer prasselte immer heftiger, und die Hitze wurde immer schlimmer, bis wir einen Spalt hineingeschlagen hatten, der breit genug war, dass ich mich durchschlängeln konnte. Hose und Hemd waren längst wieder getrocknet. Ich hätte nicht in der Pferdetränke zu baden brauchen.

Die beiden anderen wies ich an, mit dem Rammbock den Durchgang zu vergrößern. Durch den schmalen Spalt ließen sich keine Verletzten oder Ohnmächtigen herausziehen.

Als ich mich hindurchzwängte, schlug mir eine Hitze entgegen, dass ich glaubte, gleich zu verglühen. Grelles Licht blendete mich. Wände, Boden und Decke standen in Flammen. Das Feuer war laut. Der Rauch biss mir in Nase und Kehle. Ich zog mir das Leibhemd vor den Mund.

Die Männer lagen ausgestreckt auf dem Boden. Ich suchte Herkus. Es war nicht möglich, mich schnell zu bewegen, die Hitze machte mir Angst und hielt mich zurück. Gleichzeitig spähte ich immerzu zur Decke, wo die Balken brannten, und erwartete, dass der erste von ihnen herunterstürzte.

Dann sah ich ihn. Er hatte Schutz gesucht unter dem Tisch. Doch der brannte. Ich packte Herkus an den Händen und schleifte ihn über den Boden zur Spalte in der Wand.

Die beiden anderen hatten weitergemacht, und das Loch in der Wand war nun fast türgroß, als ich dort anlangte.

Ich zog Herkus einfach hindurch. Einer der Natanger begann, mir auf den Kopf zu schlagen. Ich dachte, der Kerl sei verwirrt, aber dann merkte ich, dass meine Haare gebrannt hatten. Es roch verkohlt.

Herkus hatte die Augen geschlossen. Vorsichtig schlug ich ihm auf die Wangen. Er reagierte nicht.

Ich sah auf. »Wir müssen die anderen herausziehen.«

Wie Wachen standen die beiden Natanger vor dem Loch in der Wand und schüttelten den Kopf. Drinnen brannte es nun lichterloh. Als wolle er die Männer bestätigen, brach ein Balken von der Decke. Mit einem lauten Krachen schlug er auf den Boden. Funken stoben auf. Die Hitze wurde noch größer. Ich wich zwei Schritte zurück.

Sie hatten recht, es gab keine Möglichkeit mehr, in den Saal zu gelangen. Der Brand hatte sich vollends ausgebreitet, die Flammen waren laut, als sie sich immer weiter fraßen. Unsere Leute verbrannten. Ich sah Haare in Flammen, Leibhemden, auf die sie übersprangen, ein orangefarbener heißer Strom, in dem die Natangerhäuptlinge gestorben waren.

Herkus lag immer noch da, wo ich ihn abgelegt hatte. Er atmete. Ich brauchte einen Moment, um mich vom Feuer loszureißen, dann zog ich ihn hoch und packte ihn mir über die Schulter.

Obgleich ich schwankte, ging ich auf die Hilfsangebote der anderen beiden nicht ein. Herkus hing wie ein Sack auf mir.

Ich schleppte ihn über den Hof, konnte unter der Last nur kleine Schritte machen, keuchte, kam ins Schwitzen. Mein Knie schmerzte, doch ich nahm keine Rücksicht darauf. Ich trug den Freund zum Tor hinaus. Mein Ziel war die Pferdetränke. Dort ließ ich ihn hineinfallen.

Ich achtete darauf, dass sein Kopf nur kurz untertauchte. Herkus saß halb, halb lag er in dem kalten Wasser, da schlug er die Augen auf. Er sah mich an, als komme er aus einer anderen Welt, sein Blick war voller Erstaunen, voller Verständnislosigkeit. Ich wollte ihn aus dem Wasser ziehen und stellte mich breitbeinig über die Tränke.

Mit einer Stimme, so leise, dass sie kaum hörbar war, krächzte er: »Hättest mich verbrennen lassen sollen.«

Mir klappte der Unterkiefer herunter. In mir waren Erschöpfung und Wut, ich spürte sie gleichermaßen. Ohne recht zu wissen, was ich tat, holte ich aus und schlug Herkus mit der flachen Hand – und mit Wucht – ins Gesicht.

»He«, rief einer der Natanger, »was tust du? Er atmet doch.«

Ich achtete nicht auf ihn. Mit dem Schlag war eine Last von mir abgefallen. Vor Erleichterung hätte ich schreien oder wie ein Weib heulen können.

Ich stand immer noch breitbeinig über der Tränke.

»Herkus Monte«, rief ich, und mir war es vollkommen egal, dass die beiden jedes Wort mitbekamen, »rede nie wieder so. Nie wieder, verstehst du? Unternimm endlich etwas, anstatt immer nur weglaufen zu wollen. Von mir aus hol dir Zanna. Oder werde Fürst, und schmeiß die Mörder aus unserem Land. Aber fang endlich an, etwas zu tun. Zum Sterben ist nämlich nicht die Zeit.«

Er sah mich an. Ob er mich gehört hatte, wusste ich nicht. Vielleicht war es auch nicht wichtig – mich zumindest hatten meine Worte erleichtert. Ich zog ihn aus dem Wasser. Diesmal akzeptierte ich, dass die beiden anderen mit anfassten.

Er war kalt geworden. Ich riss ihm den nassen Leibrock herunter und zog ihm auch Stiefel und Hose aus. Am ganzen Körper hatte er Brandwunden, weiße und rote Blasen. Haare und Augenbrauen waren versengt. Wir legten eine Decke von einem der Pferde um ihn, und ich begann, ihm vorsichtig die Stellen abzureiben, die verschont geblieben waren. Er stöhnte. Einer der Männer flößte ihm Wasser ein. Herkus hatte die Augen offen und war bei Bewusstsein.

Als er, in eine zweite Decke gehüllt, mit dem Rücken an der Pferdetränke lehnte und in die Ferne starrte, wollte ich noch einmal in die Burg und zum Saal. Zwar konnte es dort kein Leben mehr geben, trotzdem wollte ich mich vergewissern. Noch bevor ich losging, kam ein Mann aus dem Burgtor. Er trug einen Kittel aus grobem Leinen, Holzpantinen und eine löchrige Mütze. Er hielt Abstand und war bereit wegzurennen.

Wir warteten.

Aus der Entfernung rief er uns zu: »Sie haben uns eingesperrt.« Seine Worte klangen zu uns herüber. Ich winkte ihm zu. Er blickte sich um, und als er sich versichert hatte, dass niemand außer uns da war, kam er näher. »In der Küche. Sie haben die Tür verriegelt und einen Pfosten davorgeschoben. Und es hat bis jetzt gedauert, bis wir sie aufmachen konnten.«

»Alles Gesinde eingesperrt?«, fragte ich.

Er nickte. Ich glaubte ihm, weil ich das Entsetzen in seinem Gesicht sah, die Fassungslosigkeit.

»Vom Festsaal steht nichts mehr, aber jetzt geht das Feuer langsam aus, weil außen herum nur Steinwände stehen.«

»Unsere Leute sind alle verbrannt.«

Er verzog den Mund zu einer Geste des Mitleids. Tränen standen ihm in den Augen. Er kam noch näher, so nahe, dass er leise zu uns sprechen konnte. »Ihr müsst verschwinden. Wenn sie sehen, dass ihr lebt, töten sie euch auch.« Er zeigte auf Herkus. »Was ist mit ihm?«

»Er war im Saal. Der Einzige, den wir retten konnten.«

»Wartet, ich hole ihm etwas zum Anziehen. Und dann reitet fort, so schnell ihr könnt.«

Er lief zurück in die Burg und kam kurz darauf mit einer Hose, einem Leibrock und einem Wams zurück. Auch an Schuhe hatte er gedacht. Sie waren aus Holz wie die, die er selber trug. Er half uns, Herkus anzuziehen und ihn auf eins der Pferde zu setzen.

»Wie war es möglich, dass der Saal so schnell abgebrannt ist?«, fragte ich.

»Sie haben daran gearbeitet, eine ganze Woche lang. Alle Wände haben sie mit Öl eingeschmiert. Wir durften nichts wissen. Aber der Zimmermann hat's erzählt. Er musste die Türen mit Eisenstreben verstärken. Jetzt verstehen wir, warum.«

Wir banden unsere Pferde los und ritten so, dass einer die Spitze übernahm und zwei von uns den schwankenden Herkus in ihrer Mitte hatten. Ich war mir nicht sicher, ob er wusste, wo er war.

Wir bildeten einen traurigen Zug, mit vielen reiterlosen Pferden.

11

Bei einer Rast schichtete einer der beiden Natanger Holz auf und schlug es mit dem Feuerstein an. Wir hatten etwas Verpflegung und Wasserschläuche in den Satteltaschen. Auch die Pferde brauchten eine Pause.

Herkus setzte sich und starrte in die Flammen. Sein Gesicht zog sich zusammen. Ich sah Schmerz darin und war drauf und dran, das Feuer wieder auszutreten.

Er konnte die Augen nicht davon lassen. Wir aßen, er starrte in die Flammen. Und dann begann er, ohne einen von uns anzusehen, zu sprechen. »Sie hatten Haufen mit Zunder im Saal liegen, mit Tüchern bedeckt. Mir waren diese Tücher aufgefallen, als wir hineinkamen, ich fragte mich, wozu die da lagen. Das sah aus, als hätte jemand nicht aufgeräumt. Aber natürlich habe ich sie nicht hochgehoben.«

Seine Stimme war eine andere geworden, leiser und schwächer. Im Schein des Feuers betrachtete ich sein Gesicht, die verbrannten Haare und Augenbrauen, die eingefallenen Wangen, auf denen Ruß verschmiert war. Er hatte mit dem Tod gerungen, mit Velnias, und war davon gezeichnet. In Romowe hatte Glande uns gelehrt, dass Perkunas, der Donnergott, oft mit aller Kraft versuche, dem Tod die Menschen wieder wegzunehmen, die er bereits ausgewählt hat. Vielleicht war er es, der Herkus eigentlich gerettet hatte.

»Der Vogt hat behauptet, mit dem Ordensmeister über

uns gesprochen zu haben, und jetzt sei nur noch unklar, wie viel unseres Getreides wir zurückbekommen würden. Da hat sich Willun zu Wort gemeldet und gesagt, eigentlich könnten wir gar nichts abgeben, da die Ernte so schlecht ausgefallen sei. Aber wir seien bereit, den Rittern den Zehnten zu geben. Das würde bedeuten – da sie die Hälfte aus unserem Speichern genommen haben –, dass wir ihnen von jeweils fünf Säcken einen ließen.«

Wir kauten und hörten zu. Herkus aß fast gar nichts, er trank nur vorsichtig Wasser aus dem Schlauch.

»Volrad Mirabilis hat ein ernstes Gesicht aufgesetzt. Sie würden das nun beraten, hat er gesagt, und ist zusammen mit seinen beiden Untergebenen hinausgegangen. Das ging alles so schnell. Wir haben uns gewundert, wozu noch eine Beratung, sie hatten doch so viele Tage Zeit. Aber niemand von uns hat einen Ton gesagt, schließlich waren wir die Gäste, und die Sache schien gut für uns zu stehen, und wir wollten den Vogt nicht verärgern, da man bei ihm nie weiß, woran man ist. Ein wunderlicher Kerl, dessen Laune vielleicht schnell umschlägt … Einer von ihnen hatte plötzlich eine Fackel in der Hand. Er stand in der Tür.« Herkus hielt inne, ehe er fortfuhr: »Jemand muss ihm diese Fackel von außen gereicht haben. Er hat sie auf einen der Zunderhaufen geworfen, uns mit einem Blick bedacht und ist hinausgelaufen. Dann haben sie die Tür verriegelt.«

Herkus legte den Kopf in den Nacken, bog den Rücken durch und stützte sich mit den Händen ab. »Bis wir begriffen hatten, was passiert war, brannte es schon überall. Die Zunderhaufen waren miteinander verbunden. Wir wollten sie austreten, aber es ging alles so schnell. Die Wände hatten sie mit Öl eingestrichen, die fingen sofort Feuer. Und wir saßen in der Falle.« Er seufzte. »Manche haben geschrien. Willun aber ist mit Würde gestorben.

Ich kann euch seine letzten Worte wiedergeben: ›Sie haben keine Ehre im Leib, diese Menschen, und ich verstehe nicht, warum Deiwas ihnen unser Land lässt. Aber wenn ich ihn bald treffe, werde ich ihn danach fragen.‹ So hat er gesprochen. Und dann hat er sich, während die anderen mit den Fäusten gegen die Türen getrommelt haben, auf den Boden gesetzt, die Augen geschlossen und gewartet.«

Wir kamen durch alle Dörfer, durch die wir auch bei der Hinreise geritten waren, und überall mussten wir unsere furchtbare Nachricht verbreiten. Jedes von ihnen hatte seinen Häuptling verloren. Was wir ihnen geben konnten, war nichts als ein paar reiterlose Pferde. Wir saßen immer ab, drückten Arme, blickten in entsetzte Gesichter. Nicht ein Dorf, wo wir nicht in ein Haus gebeten und bewirtet wurden. Den Met lehnten wir ab, aber wir tranken zweimal Weizenbrand, jenen scharfen Schnaps, den wir vor Jahren im Haus von Liesbeth getrunken hatten und der die trüben Gedanken vertreibt.

In ihrem Heimatdorf ließen wir auch die beiden Männer zurück, mit denen wir den schweren Weg geritten waren. Wir umarmten einander in dem Gefühl, verbunden zu sein durch ein Erlebnis, das uns nie wieder verlassen würde.

Es dunkelte bereits, obwohl erst Nachmittag war. Die Sonne war den ganzen Tag von grauen Wolken verdeckt gewesen. Kalt war es nicht, aber der Winter nahte. Ich zog das Pferd von Willun hinter mir her. Wir waren beide erschöpft. Vor meinen Augen schossen immer wieder Flammen in die Höhe, und ich bildete mir ein, Hitze zu spüren. Dann richtete ich den Blick auf Herkus, der am Leben war, und die Flammen erloschen wieder.

In allen Dörfern hatten wir Mitgefühl gezeigt und empfangen, überall konnten wir spüren, dass wir Natanger zusammengehörten und ein Schicksal teilten. Jeder wusste, dass unsere Leute nicht einfach verbrannt waren, sondern dass jemand sie verbrannt hatte.

Nur zu Hause war es anders. Dort gab es kein Mitgefühl.

Ein paar Fackeln erleuchteten den Dorfplatz. Die Menschen, die noch draußen waren, verschwanden in ihren Häusern, als sie uns sahen. Vom ersten Moment an war klar, dass niemand uns auch nur nahe kommen wollte. Rognar riss am Zügel, maß uns mit Blicken und ritt, von einigen Freunden gefolgt, davon. Ich bekam mit, wie sogar Celcis eine Tür zuschlug.

Wir sattelten ab. Der Wind, der die Gerüchte verbreitet, war schneller gewesen. Vielleicht war ein Reiter aus einem der anderen Dörfer noch vor uns hier gewesen. Der Gang ins Haus meiner Mutter fiel mir schwer. Herkus war stumm, er schien nicht zu begreifen, was vor sich ging. Was dachten die Leute von uns?

Erst als ich die Tür geschlossen hatte, kam meine Mutter auf mich zu. Ohne ein Wort zu sagen, umarmte sie mich und drückte mich fest an sich. Auch um Herkus schlang sie ihre Arme. »Ich bin so froh, dass ihr noch am Leben seid.«

»Das scheint nicht für alle Leute hier zu gelten.«

»Sie hassen euch. Nicht alle vielleicht, aber viele. Sie glauben, ihr seid schuld an Willuns Tod. Warum er und warum nicht ihr, so fragen sie. Zumindest werfen sie euch vor, dass ihr seinen Tod nicht verhindert habt.«

»Naudith, es war ganz anders!«

Ich war erleichtert, dass Herkus diesen Satz gesagt und mir erspart hatte.

»Ich war nur der Erste, den Norelis herausgezogen hat. Danach ist die Decke eingestürzt. Niemand kam mehr in den Saal. Er stand in Flammen.«

Meine Mutter winkte ab. »Es sind die anderen, die so reden, nicht ich. Ich kenne meinen Sohn, und ich kenne dich, Herkus, deshalb weiß ich, dass ihr nichts Unrechtes tut. Im Gegenteil.«

Sie war, wie es schien, die Einzige im Dorf, die so dachte. Auch am nächsten Morgen drehte mir den Rücken zu, wer immer mir begegnete. Celcis ließ sich nicht blicken. Ich konnte auch Suplith nicht finden, obwohl ich sie suchte, soweit mir das möglich war. Und meine Tochter? Ich wurde ärgerlich und war drauf und dran, Suplith zur Rede zu stellen. Nur konnte ich schlecht in das Haus ihres Mannes gehen.

Wie eine Wolke lag Gewalt über unserer Siedlung. Die Jungen, Rognar und seine Freunde, hatten schon morgens angefangen, in scharfem Galopp über den Dorfplatz zu reiten. Sie fochten mit den alten Holzschwertern und übten den Krieg. Helme trugen sie nicht, aber Brustpanzer aus dickem Leder. Überall hörte man ihre wilden Schreie und das Schlagen ihrer Waffen. Der Staub, den sie aufwirbelten, wollte sich gar nicht mehr legen. Offenbar hatten sie Boten ausgesandt, denn bald kamen Reiter aus anderen Dörfern, auch sie achtzehn oder zwanzig Jahre alt und voller Wut. Ihre Waffen waren nicht aus Holz, sie trugen Bögen, hatten Keulen, und manch einer besaß sogar ein Schwert.

Herkus sah sie zunächst nicht, denn er blieb im Haus. Meine Mutter rieb seine verbrannten Hautstellen mit Ziegenfett ein.

Ich wurde weiter im Dorf geschnitten, lehnte es aber ab, mit meinen Schafen hinausziehen. Warum sollte ich den Ort räumen? Das hielt ich für ein Eingeständnis einer Schuld, die mir nicht zukam. Ich hatte so gut gehandelt, wie es mir möglich gewesen war. Einen einzigen Menschen hatte ich aus dem brennenden Saal ziehen können. Mag sein, ich hätte nach Willun suchen können. Aber Herkus war mein Freund. Wer wollte es mir verdenken, dass ich ihn zuerst gerettet hatte? Ich verlangte von mir, die Feindschaft der anderen auszuhalten.

Ich arbeitete ein wenig im Gemüsegarten meiner Mutter und schlug Holz für den Winter. Als ich mit zwei Eimern zum Bach hinunterging, kreuzte Suplith meinen Weg, die kleine Uimme auf dem Rücken. Sie erschrak und senkte den Kopf.

Mein Ärger kam zurück. Doch sie flüsterte: »Norelis.« Dabei hob sie kaum den Kopf.

Ich war unendlich erleichtert. Der Klang ihrer Stimme hatte mir alles verraten, mehr brauchte ich nicht zu hören. Sie warf mir nichts vor.

»Ich danke den Göttern jeden Abend«, sagte sie noch. »Aber ich darf hier mit dir nicht sprechen.«

Ich würde die Schafe wieder auf ferne Weiden hinaustreiben, wo sie mich besuchen konnte. Aber jetzt war keine Eile, ich war ihrer Zuneigung sicher. Zunächst sollte Herkus wieder gesund werden.

Seine Verbrennungen heilten nur langsam, und Haare und Augenbrauen sahen weiter versengt aus. Am dritten Tag ging er ins Haus seiner Frau und Schwiegermutter, die sich beide im Dorf nicht sehen ließen. Rognar, auf seinem Pferd sitzend, starrte ihm nach. Wie bloß kamen dieser Junge und all die anderen Leute zu ihrem Urteil, obwohl sie nicht gesehen hatten, was passiert war? Wer hatte ihnen was erzählt?

Herkus gab mir die Antwort, als er zurückkam und wir vor unserer Haustür stehen blieben. »Der Schmerz bestimmt ihre Sinne und ihr Denken. Sie sind voller Misstrauen, gegen dich genauso wie gegen mich. Warum? Ganz einfach, wir sind bei den Christen groß geworden, und wir haben den Mord als Einzige überlegt. Das kann, meinen sie, kein Zufall sein. Ich habe sie gefragt, ob sie uns unterstellen, dass wir gemeinsame Sache mit den Rittern machen.«

»Und was haben sie geantwortet?«

Er schüttelte den Kopf. »Nichts. Ich habe den Eindruck, dass sie so weit nicht gehen. Sie glauben wohl, uns beide hätten die Ritter verschont. Aussprechen wollen sie auch das nicht. Aber sie konnten mich kaum ansehen und waren erleichtert, als ich wieder gegangen bin.«

Er legte mir die Hand auf den Arm. »Ich werde mein Haus weiterbauen. Arbeit ist gut, wenn man vergessen will.«

»Brauchst du Hilfe?«

Er nickte, und wir mähten Gras für sein Dach. Er hatte recht gehabt, bei der Arbeit verschwanden die Gedanken und die Erinnerungen. Wir hielten ein wenig Abstand zueinander, um mit den Sensen ausholen zu können. Unter den scharfen Messern fiel das Gras, und bald empfand ich nur noch den Schwung der Bewegung.

Aus der Ferne hörten wir das Hufgetrappel und die Kampfübungen der Jungen.

Später brachte uns meine Mutter Essen. Wir ließen uns die Mahlzeit schmecken. Und fast hätten wir die Kampfschreie der jungen Krieger vergessen können.

Auf der Baustelle von Burg Lochstädt, die ich von meiner Schreibklause aus nach wie vor jeden Tag besuche, fuhr heute ein Ordensmeister vor. Dem ganzen Gehabe nach, seinem eigenen wie dem aller anderen, war es der Großmeister selber, Hermann von Salza. Er kam, um die Fortschritte zu inspizieren. Aus meiner sicheren Entfernung, im Schutz der Düne auf dem Sand liegend, habe ich zugesehen.

Er stieg aus einem schwarzen Wagen, nachdem ihm der Verschlag geöffnet worden war. Vorn saßen zwei Kutscher, beide in Uniform, hinten, auf einer Plattform, standen zwei Bewaffnete. Seine Wache. Der Wagen wurde von zwei Rossen gezogen. Auf seinen Türen prangte das Kreuz.

Der Ordensmeister ließ sich über die Baustelle führen. Er trug einen hohen Stab, wie ein Bischof, und einen schwarzen Umhang, der von einer goldenen Kette gehalten wurde. Auf dem Kopf hatte er eine Fellmütze.

Man musste, wenn man ihm zusah, nichts weiter wissen, das Bild erklärte sich von selber. Er war der Mächtige. Die anderen, die Handwerker genauso wie der Baumeister, bemühten sich um ihn. Sie verbeugten sich tief, gaben sich demütig, als sie seine Fragen beantworteten, zeigten ihm die Baustelle. Er nickte immer wieder, blieb aber nirgendwo länger stehen, und das Tempo, in dem weitergegangen wurde, gab allein er vor.

Für die prussischen Fronarbeiter, die ihr Tun nicht unterbrechen durften, hatte er nicht einmal einen Blick. Eine Zeitlang verschwand er zusammen mit dem Baumeister in der Bauhütte. Dort ließ er sich, so vermute ich, die Pläne erklären. Bald kam er wieder heraus, strebte seiner Kutsche zu, verabschiedete sich mit einem Kopfnicken und einem Handschlag und fuhr davon.

Ein Herrscher wie dieser Ordensmeister ist Herkus nie gewesen. Er wollte niemandem imponieren, besaß keine Insignien der Macht, keinen langen Stab und keinen schwarzen Umhang. Andere Kleidung als Arbeitshosen, Leibrock und Wams hatte er nicht, er trug sie immer, es sei denn, er zog zum Kampf eine Rüstung an. Nie haben sich andere Männer vor Herkus in den Dreck geworfen und nicht einmal verbeugt. Auch fühlten sie sich nie als etwas Besseres, wenn er das Wort an sie richtete.

Er blieb immer ein Zweifler und Zögerer. Einer, der sich seine Entscheidungen schwermachte. Zum Amt des Fürsten musste er gedrängt werden, und selbst dann blieb er unentschlossen und rang mit der schwarzen Galle. Dass er der Einzige und Beste für diese Aufgabe wäre, hat er nie geglaubt. Andere, auch ich, waren davon überzeugt, er selbst nicht.

Von seinen Leuten – von uns und von den verbündeten Stämmen – hat er Ordnung verlangt, gelegentlich auch Gehorsam, aber niemals Unterwerfung. Für manchen Prusai war schon das zu viel. Doch vielleicht war es auch zu wenig, um in einem Krieg bestehen zu können.

An einem dieser Herbsttage, an denen wir Gras schnitten, saß ich mit Herkus an seiner Hauswand. Die Sonne stand bereits tief und schien uns ins Gesicht. Vom Dorfplatz schallten die Kampfrufe der Jungen herüber, ein Klang, an den man sich schon gewöhnt hatte. Niemand gebot ihnen Einhalt. Sie übten von früh bis spät, zwanzig oder fünfundzwanzig Burschen, die aus unserem und anderen Dörfern kamen und alle Rognar als ihr Oberhaupt anerkannten. Er war der geschickteste Kämpfer und der beste Reiter.

»Es wird Krieg geben«, sagte ich zu Herkus. »Sie haben sogar schon die erbeuteten Waffen ausgegraben.«

Er winkte ab. »Darauf wartet der Orden nur. Dann haben sie endlich einen Grund, uns zu vernichten.«

»Sie haben doch den ersten Schritt getan und unsere Leute umgebracht.«

»Aber was, wenn sie es als Unfall hinstellen? Es gibt wenige Zeugen. Das Gesinde traut sich nicht, den Mund aufzumachen. Und wir sind nur heidnische Prussen. Das Feuer, werden sie behaupten, wurde nicht gelegt, sondern ist ausgebrochen – ein Unfall, ein Unglück. Trotzdem hätten die Natanger sie angegriffen. Die ganze Christenheit, bis nach Rom, wird an ihrer Seite stehen und sich über uns empören.«

»Wenn das so ist«, fragte ich, »müssen wir dann die Jungen nicht bremsen? Wer immer übt, will irgendwann kämpfen.«

Er gab mir keine Antwort. Sein Gesicht war ernst, die Augen waren kaum zu sehen, so tief lagen sie in ihren Höhlen. Die Leichtigkeit, die ihn während der Arbeit auf der Wiese umgeben hatte, war verschwunden. Doch ich spürte die Kraft, die Überlegenheit, die von ihm ausging. Wie so oft fragte ich mich, warum er sie nicht nutzte.

»Ich glaube«, sagte er, als hätte er meine Frage gehört, »auf mir liegt ein Fluch. Ich könnte viel, aber ich kann es nicht immer. Manchmal spüre ich eine große Stärke in mir und weiß, dass ich mehr vermag als andere. Aber am nächsten Tag kann alles verschwunden sein, und dann möchte ich nur noch für mich sein und mit niemandem reden müssen und niemanden sehen. Dann verrichte ich meine Arbeit, aber zu mehr habe ich keine Kraft. Niemals könnte ich in so einer Stimmung etwas entscheiden oder andere führen.«

»Warum hältst du das für einen Fluch?«

»Weil ich an den guten Tagen sehe, was mir möglich ist. Wenn ich das nicht wüsste, könnte ich in aller Ruhe ein Bauer sein, Feld und Garten bestellen und gelegentlich auf die Jagd gehen. Viele Männer leben so. Wenn die schwarze Galle mich nicht beherrscht, kann ich dreimal so viel wie sie. Doch in schlechten Stunden falle ich hinter sie zurück. So ist doch kein Fürst.«

Als ich nichts erwiderte, hakte er nach: »Norelis?«

»Ich weiß es nicht, ich sehe dich ja nicht von innen. Von dort, wo ich stehe, bist du ein Fürst.«

Ich betrachtete meine Hände, die vom Gras grün

geworden waren. Glande, der Priester im heiligen Ort, kam mir in den Sinn. »Wir haben einmal gelernt, dass die Angst jene Prüfung ist, vor die die Götter uns stellen. Wer aber die Angst ablegen kann, der ist frei.«

Er legte den Kopf in den Nacken. Ich konnte ihn atmen hören. Als er die Luft einsog, glich es einem Stöhnen. »Das Schlimmste ist, dass ich meine Melancholie, wenn sie mich packt und besetzt, auch noch …«

Er hielt inne und sah mich an, seine dunklen Augen funkelten, und der Mund verzog sich zu einem dünnen Lächeln. Als er leise weitersprach, starrte er wieder auf den Boden, »… dass ich sie irgendwie auch noch … liebe. Sie gehört einfach zu mir und ist ein Teil von mir, und deshalb mag ich sie … Es gab nur einen Menschen, der sie genauso mochte.« Er hob den Wasserkrug an die Lippen und trank.

Die Nachmittagssonne war weiter gesunken, nicht mehr lange, und sie würde untergehen. Er reichte mir den Krug, ich trank ebenfalls. Das Wasser war kühl und schmeckte gut.

»Celcis wollte immer einen Fürsten. Sie hat sich in mir getäuscht, und vielleicht wäre es ihr recht gewesen, wenn ich verbrannt wäre.«

»Herkus, sag so etwas nicht.«

»Aber Zanna hat von Anfang an meine beiden Seiten gesehen – und sie hat beide gemocht … Neulich, als du mich in die Pferdetränke geschmissen hast …«

»Oh, hoffentlich hat es dir nicht weh getan.«

»… da hast du gesagt, ich solle sie mir holen. Das ist natürlich Unsinn. Sie ist verheiratet, was soll ich da machen? Das ist ein Teil meines Schicksals, so wie Laume es für mich gewebt hat. Ein Melancholiker bekommt nicht das, was er will, er bekommt immer nur Gründe, weiter melancholisch zu sein. Ich habe Sehnsucht nach Zanna und träume nachts von ihr, aber darf sie nicht haben.« Er schnaubte. »Sie hat meine Melancholie geliebt. Das bedeutet mir viel.«

Auf dem Dorfplatz wurden die ersten Feuer angezündet. Die Kampfgeräusche waren leiser geworden, hier und da wurde noch gefochten, doch Rognar ließ nun, wie an den anderen Abenden, für seine jungen Krieger Fleisch braten.

Ich legte meine Hand auf die von Herkus. »Ich kenne noch einen, der sie liebt.«

Er drückte meine Finger und hielt sie fest.

»Manchmal glaube ich, ich bin nur ein Fischerboot auf der Ostsee, Wind und Wellen ausgesetzt. Steht der Wind günstig, fahre ich wie von allein, und dann kann ich vergessen, wem ich mein Vorwärtskommen zu verdanken habe. Aber wehe, er dreht – dann türmen sich die Wellen vor mir auf, und ich schaukele und schwanke wie ein alter Kahn und komme nicht vorwärts.«

Am nächsten Tag jagten Rognar und seine Truppe über die Wiese, die wir mähten. Sie trieben ihre Pferde an, ritten vor und zurück und schlugen mit den Holzschwertern aufeinander ein. Wir standen dabei, unsere Sensen in der Hand. Herkus griff in keiner Weise ein, dabei wurde gerade das Material für sein Dach kaputtgemacht. Er sah den Jungen zu wie bei einem Wettkampf, und so verhielten sie sich auch. Wer von ihnen vom Pferd fiel, rappelte sich wieder auf und stellte sich einem vermeintlichen Gegner.

Bei einer Übung gingen sie allerdings heftig zur Sache. Sie droschen aufeinander ein, hieben auf die Holzschwerter und manchem auch auf Arme oder Oberkörper. Der Kampf wurde verbissen geführt und dauerte so lange, bis Rognar einen Pfiff ausstieß. Die Burschen versicherten sich, dass ihr Übungsgegner nicht mehr zuschlug, und machten sich davon.

Die Wiese war danach plattgedrückt. Es gab keinen einzigen Halm mehr, den wir hätten sensen können, dabei fehlte Herkus noch viel Gras für sein Dach.

Ich fluchte. Er dagegen zuckte mit den Schultern, nahm sein Werkzeug und ging davon.

War das auch die schwarze Galle, die ihn sich nicht wehren ließ – die gleiche Melancholie, von der er gestern erst gesprochen hatte? Seine Duldsamkeit schien grenzenlos zu sein – auch, was den Mord an unseren Leuten anging. Er mochte recht haben, und die Ritter warteten nur auf unseren Angriff. Aber man konnte doch nicht einfach seinen Alltag wiederaufnehmen. Ich verstand den Zorn der Jungen, auch wenn es mich wütend machte, dass er sich gegen uns richtete. Wenn sie in den Kampf zogen, würden sie alle sterben. Aber war es nicht das bessere Schicksal, sein Leben im Kampf zu lassen, als alles immer nur zu erdulden? An jenem Morgen dachte ich sogar kurz darüber nach, mich ihnen anzuschließen.

Sie kamen zurück, als wir an Herkus' Haus arbeiteten. Er wendete das Gras, ich schmierte an der anderen Seite Holzfugen mit feuchter Erde und Lehm zu. Um die Wand herum beobachtete ich, wie Rognar im Schritt über das Gras ritt, das Herkus mit der Forke gedreht hatte. Manche seiner Freunde taten es ihm nach, andere standen dabei und feixten.

Herkus hatte seine Forke neben sich aufgestellt. Im Vergleich zu Rognar sah er stark aus. Aber er war, von mir abgesehen, alleine gegen mehr als zwanzig Burschen.

»Herkus Monte, du bist ein Feigling«, rief Rognar. »Du hast den Vater auf dem Gewissen, du und dein hinkender Freund. Ihr lebt, und er ist tot.«

Ich war mir sicher, Herkus würde ihn einfach reden

lassen und nicht reagieren, und der andere bekäme das Gefühl, ins Leere zu schimpfen. Deshalb wunderte es mich, als Herkus rief: »Schweig.« Mich wunderte auch, wie laut er gerufen hatte und wie erregt.

»Ich werde nicht schweigen, sondern immer davon sprechen. Und allzeit wiederholen, dass Herkus Monte ein Feigling ist.«

Herkus versuchte, ihn auszulachen. »Du bist ein Kind. Verstehst nichts.«

Rognar sprang vom Pferd. Von einem seiner Freunde ließ er sich ein Schwert reichen, hob es hoch und bedrohte Herkus. »Hol dir eine Waffe, und stell dich. Sonst schlage ich zu.«

Herkus versuchte ein weiteres Lachen, das aber ziemlich künstlich klang.

Verschiedene Nachbarn, darunter meine Mutter, hatten sich eingefunden. Sie schüttelte den Kopf. Dargus stellte sich neben sie und legte ihr die Hand auf den Arm.

»Streitet nicht«, sagte er. »Wir sind alle Natanger, wir kämpfen nicht gegeneinander. Der Feind ist jemand anderer.«

Rognar schien ihn nicht einmal zu hören. »Monte, ich warte nicht lange. Beweg dich, sonst schlag ich zu.«

Herkus nickte und bat mich mit einer Kopfbewegung, ihm sein Schwert zu holen. Ich lief ins Haus und brachte es ihm. Er wog es in der Hand. Plötzlich riss er es hoch und ging in die Knie, in Verteidigungshaltung. Rognar schlug zu. Herkus parierte den Schlag und drückte das Schwert seines Gegners mit aller Kraft zur Seite. Während Rognar noch versuchte, es freizubekommen, schlug ihm Herkus mit der linken Faust mitten ins Gesicht.

Rognar taumelte.

Herkus sprang zu ihm und stieß ihn zu Boden. Er schnaubte, spuckte aus und wandte sich ab.

Doch damit war der Kampf nicht zu Ende. Hinter Herkus rappelte sich Rognar wieder hoch. Sein Schwert in der Hand, stürmte er hinter Herkus her. Die Leute am Rand schrien auf. Auch ich rief den Freund und warnte ihn.

Herkus drehte sich um. Anstatt den Schlag des Anstürmenden zu parieren, wich er ihm aus. Rognar hatte offenbar damit gerechnet, er lief nicht ins Leere und fiel auch nicht hin. Mit einem Schrei schlug er zu, und beide fochten.

Rognars Freunde feuerten ihn an und bejubelten jeden seiner Schläge. Doch es war ein ungleicher Kampf, ein Junge gegen einen Mann. Rognar war nicht ungeschickt, man merkte, dass er viel geübt hatte. Nur war Herkus ihm einfach überlegen. Er ahnte voraus, was der Junge versuchen würde, und hatte sein Schwert schon zur Abwehr, bevor der Angriff kam. Und er schlug härter zurück.

Rognar wurde rot vor Zorn. Der Junge verlor immer mehr seine Vorsicht. Er ließ sich davon provozieren, dass sein Gegner ihm zeigte, dass er ihn nicht recht ernst nahm. Herkus drehte sich um die eigene Achse, als sei das alles ein Spielchen, er nickte wie ein Gönner und lobte, wenn Rognar einen guten Schlag gesetzt hatte. Er machte die Schwachstellen des Jungen deutlich, als sei er sein Lehrer.

Rognar achtete kaum noch auf seine Verteidigung, er griff an, den Kopf rot, die Augen zusammengekniffen, seinem Zorn ausgeliefert. Herkus hätte ihn längst verletzen können. Er traf ihn ein zweites Mal mit der Faust. Rognar taumelte wieder, er wirkte benommen und zögerte. Herkus schlug erneut zu, diesmal in den Magen. Rognar ging in die Knie. Um nicht zu fallen, stützte er sich auf sein Schwert. Er atmete schwer. Seine Freunde schrien seinen Namen. Herkus winkte ab und schüttelte den Kopf.

Doch Rognar kam ein zweites Mal hoch. »Bleib hier, du Feigling«, rief er. Seine Stimme zitterte vor Wut.

Herkus hob sein Schwert, so dass es quer vor seinem Oberkörper war. Ohne sich zu rühren, wartete er ab, was sein Gegner tun würde.

Rognar griff wieder an.

Jetzt kämpfte Herkus ernsthaft. Er schlug schnell und präzise zu, links und rechts und links und rechts, und Rognar hatte alle Mühe zu parieren. Das Blatt hatte sich gewendet. Nun war Herkus der Angreifer.

Die Schreie wurden leiser, aber das Schlagen der Schwerter aufeinander immer lauter. Herkus nahm die zweite Hand zu Hilfe. Seine Hiebe wurden so heftig, dass Rognar bei jedem von ihnen wankte. An eigenen Angriff war für den Jungen nicht zu denken. Er war in Bedrängnis.

Herkus hieb dreimal zu. Mit dem dritten Schlag hatte er Rognar entwaffnet. Das Schwert des Jungen fiel zu Boden. Herkus stieß ihn mit einer Hand um. Rognar war offenbar zu erschöpft, um noch Gegenwehr zu leisten. Sein Gesicht war dunkelrot, seine Brust hob und senkte sich, während er auf dem Rücken lag. Herkus stellte ihm den Fuß auf den Oberkörper. Sein Schwert hielt er über den Kopf des Jungen. »Du hast verloren. Dein Leben ist verwirkt.«

Stille trat ein. Herkus hatte alles Recht, Rognar zu töten, denn der Junge hatte vorher zweimal seine Niederlage nicht akzeptiert. Und doch würde er, wenn er zuschlug, noch weiter geächtet werden. Und ich mit ihm.

»Lass ihn leben, Herkus Monte«, rief Dargus. Er stand immer noch neben meiner Mutter. »Wir dürfen uns nicht gegenseitig töten.«

Herkus schnaubte, was verächtlich klang. »Hätte er mich denn leben lassen?«

Rognar unter ihm rührte sich nicht. Herkus' Schwertspitze befand sich über seinem Hals.

»Der Junge will Rache, weil sein Vater ermordet wurde. Das ganze Dorf will dafür Rache. Ist das so schwer zu verstehen?«

»Ich habe niemanden ermordet«, schrie Herkus. Er zeigte hinter sich, ungefähr dorthin, wo ich stand. »Und Norelis auch nicht.«

»Das weiß ich«, rief Dargus zurück. »Schmerz und Wut haben Rognar bestimmt. Schlechte Ratgeber.« Mit seiner Stimme suchte der alte Mann Versöhnung. Aber Herkus ging nicht darauf ein. Seine Schwertspitze bedrohte Rognar noch immer, und er wurde auch nicht leiser, als er erklärte: »Und noch etwas: Es heißt, wir machten mit den Christen gemeinsame Sache. Oder sie hätten uns verschont, weil wir in einem ihrer Klöster gelebt haben. Das sind alles Lügen.«

Dargus senkte den Blick. »Ich weiß.«

»Dann frag Rognar, ob er das auch weiß. Und ob er mich in Zukunft in Ruhe lässt. Hier vor allen Leuten soll er es sagen. Dann schenke ich ihm sein Leben.«

Dargus trat ein paar Schritte vor. »Die Frage ist doch eine ganz andere. Unser Dorf ist herrenlos, wie der ganze Stamm der Natanger. Sei du unser Fürst, Herkus Monte. Führe uns zu der Rache, nach der wir uns alle sehnen. Kämpfe mit uns gegen die Mörder. Selbst, wenn es das Letzte ist, was wir tun.«

Alle Blicke richteten sich auf Herkus. Aber er war plötzlich reglos. Wie ein Baumstamm im tiefen Winter, festgefroren. Kein Wort fiel.

Herkus hob sein Schwert von Rognars Hals und nahm auch seinen Fuß vom Oberkörper des Jungen. Doch das waren nicht mehr die kraftvollen Bewegungen, mit denen er eben noch gekämpft hatte. Er drehte sich um und starrte mich an, und ich sah Entsetzen in seinem Gesicht. Angst. Das war der andere Herkus – das Fischerboot bei Gegenwind.

Mit seinem verzweifelten Blick auf mir hatte ich das Gefühl, als hätte nun ich die Entscheidung zu treffen – seine Entscheidung. In seinem Gesicht stand Ratlosigkeit. Er tat mir unendlich leid, ich wollte ihn in den Arm nehmen und drücken und hatte gleichzeitig Sorge, er würde davonlaufen. Noch vor ein paar Stunden hatte ich genauso wie alle anderen nach Rache geschrien. Aber jetzt, nach diesem Kampf? Etwas hatte sich verändert. Ich sah sie alle an, die um uns herumstanden, meine Mutter, Dargus, Celcis, viele andere. Suplith war nicht da, aber ich dachte auch an sie – an sie und meine kleine Tochter. Sollten wir alle, um der Rache willen, untergehen?

Ich empfand Schmerz angesichts der übermenschlichen Verantwortung. Warum sollte ausgerechnet ich die Entscheidung treffen? Ich war doch nur ein Schäfer, ein Holzschnitzer, ein Pergamentbeschreiber.

Herkus wartete. Er wartete, wie er immer gewartet hatte, mit jener Ruhe und Geduld, die allen anderen überlegen war, auch mir. Ich versuchte, mich zu konzentrieren, aber es waren nur Gedankenfetzen, die mir durch den Kopf schossen, zusammenhanglose Worte. Anders, als ich gedacht hatte, war Würde dasjenige, was immer wiederkam. Und Würde lag, verdammt noch mal, allein im Kampf. Ganz langsam bewegte ich meinen Kopf. Ein Nicken. Der Hauch eines Nickens.

Herkus nahm es auf. Er hatte sich wieder gefangen. Und sagte, zu meiner Überraschung: »Wir gehen jetzt alle nach Hause.«

Sein Schwert hielt er gesenkt, als er an den Umstehenden vorbeizog. Nicht einmal seine Frau beachtete er. Er hielt auf das Haus meiner Mutter zu.

Ich rührte mich erst, als er darin verschwunden war. Auch Rognar kam nun auf die Füße.

Wir sprachen nicht mehr über den Kampf, nicht über Dargus' Aufforderung, auch nicht über meine Zustimmung. Herkus legte sich früh auf sein Stroh, aber er schlief nicht, er dachte nach. Die Hände hatte er unter dem Kopf verschränkt und starrte ins Leere, wie ich es so oft bei ihm gesehen hatte.

Als ich am nächsten Morgen wach wurde, war er bereits verschwunden. Da er oft früh aufstand, zur Jagd ging oder zu seiner Baustelle, dachte ich mir nichts dabei. Ich fand ihn draußen, auf dem Dorfplatz. Der Morgen graute, der Himmel war bereits von einem klaren Blau.

Herkus hatte alle Holzschwerter und Schilde eingesammelt und auf zwei Stapel verteilt. Mit großen Schritten, die Arme auf dem Rücken, ging er umher. Er wirkte nicht mehr nachdenklich.

Immer mehr Leute kamen aus ihren Häusern. Getuschel setzte ein.

Schließlich teilte Herkus die Männer in zwei Gruppen. Die kleinere von ihnen bestand vor allem aus Rognars Truppe. Er gab ihnen Schwerter und Schilde. Auch die andere Gruppe bewaffnete er und bat schließlich die Frauen, einen großen Kreis um die Männer zu bilden. Die Aufgabe der Jungen war es, zweimal von einem Ende des Zuschauerkreises zum anderen zu ziehen. Dabei sollten sie angegriffen werden. Wurde einer getroffen, hatten die Frauen den Namen auszurufen, und derjenige sollte sich fallen lassen.

Die Jungen fochten, während sie langsam vorwärtszogen, aber sie waren in der Unterzahl, und mancher von ihnen sah sich zwei oder sogar drei Gegnern ausgesetzt. Zwar konnten sie den Angreifern Verluste beibringen, einige der Älteren mussten sich auf den vielstimmigen Ruf der Frauen hin auf den Boden fallen lassen. Doch von den Jungen fielen mehr. Als sie den Platz einmal durchquert hatten, war ihre Gruppe halbiert. Herkus scheuchte sie zurück.

Wie in all den Tagen zuvor klang das Schlagen der Holzschwerter auf die Schilder durchs Dorf. Trotzdem war alles anders. Es waren nicht mehr nur die jungen Männer, die kämpften. Alle waren beteiligt. Die Frauen übertrafen sich darin, die Namen der Verwundeten zu rufen.

Nach zwei Zügen über den Dorfplatz waren von den jungen Burschen nur noch drei übrig. Rognar stand am Rand. Herkus hatte ihn nicht aufgefordert mitzumachen. Erst jetzt bat er ihn.

Er stellte die Truppe wieder auf. Sie bezogen nebeneinander Position. Herkus richtete ihre Schilde aus. Mir war schnell klar, was er vorhatte, als er die Schilde der ersten Reihe vor die Körper und von anderen an die Seiten und sogar über die Köpfe halten ließ. Vor vielen Jahren hatten wir das im Lateinunterricht im Kloster gelernt – das war der Schildkrötenpanzer der römischen Legionen. Damit hatten die Römer unzählige Kämpfe gewonnen.

Herkus redete mit den Jungen, er gab ihnen Anweisungen. Wenn einer von ihnen für verletzt erklärt werden würde, sollte der Nachfolgende dessen Position einnehmen. Um alles in der Welt sollten die Burschen den Panzer halten. Dann schickte er sie los.

Die Angreifer – die ja schon einmal gewonnen hatten – stürmten auf die Schildkröte zu, die noch Schwierigkeiten hatte, sich gleichmäßig vorwärtszubewegen. Doch sie wehrte die Streiche ab, kaum eins der Holzschwerter schaffte es, durch die dichte Schildermauer zu dringen. Dagegen konnten die Kämpfer, die innen waren, ihren Panzer blitzschnell öffnen und einen oder manchmal sogar zwei Angreifer niederstrecken. Als sie den Platz durchquert hatten, hatten sie keinen einzigen Mann verloren. Unter den Zuschauern brach Jubel aus.

Herkus trieb die Schildkröte wieder zurück. Bis auf zwei Verletzte kamen alle am anderen Ende an. Er stellte sich vor sie, gestikulierte und redete auf sie ein, besonders auf Rognar, der seinen Gegner vom Vortag mit großen Augen ansah und schließlich nickte.

Die Schildkröte machte sich abermals auf den Weg.

Die Schritte der Kämpfer hatten sich einander angepasst, der ganze geschützte Körper kam besser vorwärts. Einige Angreifer fielen, dadurch wurden andere abgeschreckt.

Plötzlich brüllte Rognar. Zwei Worte hallten über den Platz. Das eine war »rechts«, das andere »jetzt«. Im gleichen Moment löste sich die Schildkröte auf, und jeder Kämpfer hielt seinen eigenen Schild und ein Schwert in der Hand. Sie rannten auf eine kleine Abteilung von Angreifern zu, die völlig überrascht waren. Innerhalb kurzer Zeit fielen alle. Rognar brüllte erneut seinen Befehl – die Schildkröte sollte sich wieder zusammensetzen, was ihr allerdings nicht ganz gelang.

Die Frauen lachten über die Missverständnisse und Reibereien unter den Jungen, wer auf welchem Platz zu stehen hatte. Einer stolperte sogar. Alle wollten möglichst weit nach vorn oder nach außen, auf die gefährlichen Plätze, während jene innerhalb des Panzers weniger begehrt waren. Die Angreifer von der anderen Seite nutzten dieses Durcheinander und streckten mehrere nieder.

Doch bis zum Mittag hatte die Schildkröte gelernt, sich zu formieren, sich im Laufschritt aufzulösen und neu zusammenzusetzen. Herkus nahm andere Männer hinzu, die Formation wurde größer, dann wieder kleiner. Er gab auch den Burschen die Rolle der Angreifer.

An jedem der nächsten Tage wurde aufs Neue geübt. Herkus baute Ziele für Bogenschützen auf, ließ Schwertträger in dicke Strohballen schlagen und Reiter Hindernisse überspringen. Unsere Leute hatten alle erbeuteten Pferde aus dem Wald zurückgeholt. Herkus prüfte unsere Fertigkeiten zu Pferde. Er verlangte, sich so flach auf den Rücken des Tieres zu legen, dass man nicht getroffen werden konnte, und er ließ uns den Reiterkampf verbessern.

Es gab einen Schmied im Dorf, der wegen der päpstlichen Eisensperre in der Folge des Prussenaufstandes seit langem nicht mehr an seinem Feuer gearbeitet hatte. Jetzt heizte er den alten Ofen wieder an, legte seine Lederschürze um und schleifte und schärfte alle Schwerter. Er freute sich angesichts der langen Schlange von Männern vor seiner Werkstatt.

Auch die Frauen hatten zu arbeiten. Die erbeuteten Rüstungen reichten nicht für alle von uns, deshalb galt es, Lederharnische zu verstärken, Stiefel zu flicken und Handschuhe für den Kampf herzustellen. Mit einem Mal herrschte ein unglaubliches Treiben im Dorf. Niemand hatte mehr Sorge, dass uns die Vorräte ausgehen würden. Das Getreide wurde geschrotet und in großen Töpfen zu Grütze gekocht, und mittags saßen alle an den langen Tischen auf dem Dorfplatz und aßen gemeinsam. War jemand zur Jagd gegangen, gab er seine Beute dazu.

Über seine Pläne sprach Herkus nicht, und ich fragte ihn auch nicht. Spannung lag in der Luft, die Tatkraft wuchs und musste bald zu einem Ziel geführt werden. Aus anderen Natangerdörfern kamen weitere Männer zu uns und machten alle Übungen mit.

Wir fühlten uns stark. Ein Wort unseres neuen Fürsten, so war die allgemeine Überzeugung, und wir würden die Ritter aus unserem Land vertreiben.

Immer wieder ließ Herkus die Schildkröte aufstellen.

Bald hatte sich eine feste Truppe gefunden, die unter ihrem Panzer kämpfen würde. Ihr Kommandeur blieb Rognar, dessen Ehrgeiz es war, die Formation immer schneller aufzulösen und wieder zusammenzusetzen. Das Gebrüll der rennenden Männer wurde wilder, es klang furchterregend, selbst wenn sie nur auf ein paar Bäume zustürmten. Nur Rognar schien nie zufrieden zu sein – mit den anderen Männern nicht und mit sich noch weniger. In diesen Tagen habe ich ihn kein einziges Mal lachen sehen.

12

Zwei Wochen später belagerten wir die Burg des Vogtes.

Es war bereits Winter, doch nicht kalt. Dichter Nebel lag über dem Land, der nur gegen Mittag für ein paar Stunden verschwand. Abends und morgens konnte man kaum weiter als eine Wurflänge sehen. Im Nebelgrau wirkte die Burg unwirklich, fast wie ein Spielzeug. Nebelschleier lagen um ihre Mauern, sie ließen die Zinnen weicher aussehen und das Fackellicht milchig. Von dieser Burg, so war der Eindruck, ging keine Gewalt aus.

Wir waren mehr als vierzig Mann, die meisten aus unserem Dorf. Die Burg hatte nur ein einziges Tor – durch das ich den Freund nach dem Brand geschleppt hatte – und war deshalb leicht zu kontrollieren. Herkus stellte Wachen auf, vier Männer, die hinter Bäumen Stellung zu beziehen hatten. Die anderen führte er tiefer in den Wald hinein, wo er auf einer Lichtung ein Lager aufschlagen ließ. Er wollte vermeiden, dass wir von der Burg aus gesehen werden konnten. Das war der Grund, warum er den Wachen hinter den Bäumen einschärfte, kein Feuer zu machen, und die Hauptgruppe so weit wegführte. Zwischen beiden Positionen sollten Boten eingesetzt werden, immer zwei Mann, die ihm zu berichten hatten, sobald es etwas Ungewöhnliches gab.

Ich half ihm, ein System zu entwickeln, nach dem die Wachen und Boten von anderen Männern aus dem Lager abgelöst wurden. Da die Sonne kaum schien, konnten wir uns nicht nach ihr richten, um die Zeit für alle etwa gleich lang zu machen. So kam ich auf die Idee, auf meinen Magen zu achten. Wenn er, nach einer letzten Mahlzeit, wieder knurrte, war es Zeit für den Wechsel. Herkus verlangte, auch die beiden Zuwege zur Burg im Auge zu behalten. Auch dort stellten wir Wachen auf.

Die Natanger, die er ins Waldlager geführt hatte, fanden das Warten überflüssig. Sie wollten kein Lagerfeuer machen, sondern zuschlagen. Nach den Wochen des Übens fühlten sie sich bereit.

Herkus suchte sich einen Platz ein wenig abseits, an einer Buche. Vor dort sah und hörte er die anderen, die nun doch Holz für ein Feuer aufschichteten und anzündeten. Der Met begann zu kreisen.

Er ließ die Männer sich noch stärker fühlen, ihre Töne wurden lauter. Alle hatten ihre Waffen neben sich liegen, und immer wieder sprang einer auf und hieb oder stach in die Luft, als stünden dort Feinde. Die Männer entwickelten, indem sie sich die Worte gegenseitig zuriefen, auch eine Art Plan, nach dem sie Feuer legen und die Ritter und den Vogt abfangen wollten, sobald sie fliehen würden. Wie sie die steinerne Burgmauer in Brand setzen wollten, habe ich nicht gehört.

Langsam wurde es dunkel und kühler. Mancher am Lagerfeuer hatte sich in eine Decke gehüllt. Alle tranken, und ihre Reden wurden lauter. Die Ersten riefen schon zu Herkus hinüber, er solle sie nur machen – und angreifen – lassen, dann wäre es schnell vorbei mit dem Vogt.

Herkus ging nicht darauf ein. Ihre Rufe wurden lauter und zahlreicher. Sie fragten, was er denke, ob er etwas dagegen habe. Es war nicht möglich, sie noch länger zu ignorieren. So erhob er sich und ging zu ihnen.

Vom Feuer hörte ich Lachen und Sprüche. Ich spürte

die Unsicherheit dahinter. Herkus kam aus dem Dunkel der hereinbrechenden Nacht. Mit jedem Schritt, mit dem er sich dem Lagerfeuer näherte, erfasste dessen Schein ihn stärker. Das hatte etwas von einer Erscheinung. Unseren Leuten, die sich plötzlich Mut zusprechen mussten, schien er Angst zu machen.

Er verlangte, allen Met wegzukippen.

Ein vielstimmiges, dabei halblautes Nein schallte ihm entgegen. Einer setzte einen Becher an und trank, dann rülpste er und erklärte, zum Wegschütten sei das Zeug zu schade. Ein anderer, der es dem Ersten nachmachen wollte, saß zu nahe an Herkus. Ehe er den Becher noch am Mund hatte, hatte Herkus ihn ihm entrissen. Dann trat er in den Kreis und forderte die Männer auf, nur noch Wasser zu trinken.

Unsere Leute schwiegen. Erst als sie aufstanden, um sich im Wald zu erleichtern und sich dann einen Platz für die Nacht zu suchen, setzte das halblaute Murren wieder ein. Keiner traute sich, sich öffentlich zu beschweren. Aber leise bedachten sie ihn mit Schimpfwörtern.

Die Männer waren es gewöhnt zu arbeiten, nicht herumzusitzen. Als sie bei Tagesanbruch wach wurden, wussten sie nicht, was sie mit sich anfangen sollten. Sie machten nur noch Witzchen oder schwiegen oder bekamen aus lauter Langeweile Streit miteinander. Als sich die Ersten zur Jagd aufmachen wollten und schon die Pferde sattelten, regelte Herkus auch das. Nie durften mehr als vier Männer gleichzeitig aus dem Lager verschwinden.

Die anderen lagen auf ihren Decken, starrten in den Himmel oder schliefen. Wer sich gestritten hatte, saß nicht mehr zusammen. Mehrere kleine Feuer entstanden, um die sich Grüppchen fanden, die sich bald auch wieder teilten. Der Ton wurde rauer, man warf sich Beleidigungen an den Kopf. Stolperte einer über die Beine oder die Waffen eines anderen, so wurde er angefahren.

Und Herkus? Saß unter seiner Buche und wartete. Ich verstand, wie viel Stärke darin lag, die eigene Unruhe im Zaum zu halten. Dafür bewunderte ich ihn. Er ging nicht in den Wald, regte sich kaum. Gleichzeitig fragte ich mich, ob er von den Männern nicht zu viel verlangte. Wenn die nicht konnten, was er konnte, hatte er dann nicht Rücksicht zu nehmen?

Am dritten Tag meldeten die Wachen einen Ochsenkarren, der sich der Burg näherte. Diese Nachricht half, die Langeweile zu unterbrechen. Alle sprangen auf, und kurze Zeit später war der Wagen von vielen Bewaffneten umringt. Aber niemand griff ihn an, denn es waren Prusai, die ihn fuhren, zwei Männer aus dem Lande Warmien, über das der Vogt ebenfalls regierte. Die Ladefläche war mit Getreide gefüllt.

»Ihr wollt zur Burg?«, fragte Herkus.

»Das ist richtig.«

»Kehrt um, es gibt keinen Zehnten mehr in diesem Land.«

»Das ist kein Zehnter – den haben sie uns längst genommen. Für dieses Getreide wollen sie uns entlohnen.«

»Und trotzdem, kehrt um.« Herkus zögerte. »Besser noch: Lasst uns das Getreide hier. Ich gebe euch ein Pferd dafür.«

Der Kutscher lachte. »Ein Pferd für eine Ladung Roggen? Wo ist denn das Pferd?«

»Noch nicht hier. Aber ihr werdet es bekommen, so wahr ich Herkus Monte bin.«

Der Tonfall des Kutschers veränderte sich, aus dem Lachen wurde Respekt. »Du bist Herkus Monte? Wir lassen dir unsere Ladung hier, auch ohne ein Pferd als Gegenlohn.«

Ich hatte nicht gewusst, dass man Herkus' Namen außerhalb unseres Landes kannte, ja, dass er einen Ruf besaß. Er wies zwei Männer an, den Ochsenkarren zu unserer Lichtung zu begleiten und dort zu entladen. Dem Kutscher sagte er: »Das Pferd bekommt ihr trotzdem.« Er forderte ihn auf, ihm zu beschreiben, wo ihr Dorf lag.

Im Lager blieb der Tonfall scharf, die Empfindlichkeiten wuchsen weiter. Mancher reagierte heftig, wenn er nur angesprochen wurde. Andere wollten immer wieder zu den Wachposten oder Boten eingeteilt werden, um ja nicht im Lager bleiben zu müssen. Unmut gab es vor allem um die Jagd. Wer loszog, dem wurde vorgeworfen, doch gerade erst zurückgekehrt zu sein, und es half nichts, wenn einer versuchte, sich zu rechtfertigen.

Recht gut kamen Rognar und seine Freunde mit dem Warten zurecht. Dabei hielten sie sich nicht ganz an die Lagerdisziplin, immer mal verschwand der eine oder andere von ihnen ohne Erlaubnis. Auch besaßen sie bald ihr eigenes Wild, das sie an ihrem Feuer brieten. Die Zeit vertrieben sie sich damit, Pfeile zu schnitzen und mit ihnen um die Wette zu schießen. Rognar, so war mein Eindruck, wurde von ihnen weiterhin als Anführer anerkannt. Er schien die Schande der Niederlage gegen Herkus überwunden zu haben.

Ob Herkus wahrnahm, was im Lager passierte, wusste ich nicht. Inzwischen saß er nicht mehr nur unter seinem Baum, sondern ging umher. Aber sein Blick war nach innen gerichtet. Was suchte er dort? Er wirkte angespannt. Auch schlief er wenig, legte sich abends als einer der Letzten auf sein Lager und war schon früh wieder auf den Beinen.

Ich glaubte, es sei die Verantwortung, die auf ihm lastete und ihn in sich gekehrt sein ließ, nicht die schwarze

Galle. Er ließ die Männer gewähren und schien sie nicht zu beachten. Aber fremde Geräusche hörte er immer, und auch auf den Karren der Warmier hatte er sofort reagiert. Er war hier, bei uns.

Ich selbst hätte gern geschnitzt, wollte mich aber nicht zum Gespött machen. Mein Pergament hatte ich gar nicht erst mitgenommen. So drehte ich, wenn ich nicht Dienst hatte oder zur Jagd durfte, meine Runden durchs Lager und beobachtete das Treiben der anderen.

An einem der nächsten Tage kam Streit um eine Nichtigkeit auf, und er war heftiger als je zuvor. Zwei Männer behaupteten jeweils, eine Jagdtrophäe – vier Wildschweinläufe – gehörten ihnen. Der Wortwechsel war kurz, und im nächsten Moment fielen beide übereinander her. Sie schlugen sich, jeder versuchte, das Gesicht des anderen zu treffen, sie wälzten sich, ineinander verkeilt, im Dreck und sogar über ein Feuer, das zum Glück ausging. Andere standen um die Kämpfenden herum, johlten und pfiffen. Erst als Blut floss, aus Nasen und aufgeplatzten Lippen, griffen sie ein. Es brauchte eine größere Zahl von Leuten, um die beiden Kämpfenden zu trennen.

Danach ging ich zu Herkus. Er hatte den Kampf mitangesehen.

»Die Männer werden unruhig. Wir sollten etwas unternehmen.«

»Nein.«

»Herkus! Bald fallen die Nächsten übereinander her.«

»Nein.«

»Erklär ihnen wenigstens, worauf sie warten.«

Er sah auf. »Du bist doch mein Freund, oder?«

»Sicher.«

»Dann tu mir einen Gefallen, und lass mich in Ruhe.«

Ich musste an mich halten, um ihm nicht vor die Füße zu spucken. Ohne ein weiteres Wort wandte ich mich ab.

Hinter mir hörte ich, dass er aufstand. Auf eine billige Entschuldigung konnte ich verzichten. Aber er kam gar nicht hinter mir her, sondern rief die beiden Kämpfer zu sich.

Beide sahen arg zugerichtet aus. Dem einen war ein Auge so geschwollen, dass er es nicht öffnen konnte, dem anderen das Nasenbein gebrochen, die Nase saß schief, und er presste zwei Finger auf ihre Löcher, um das Blut zu stillen. Leibhemden und Hosen waren zerrissen, und an den Stellen, wo sie über das Feuer gerollt waren, schwarz. Beide waren unversöhnlich und konnten sich nicht anblicken.

Herkus fragte, worum es gegangen sei. Beide antworteten gleichzeitig. Der eine behauptete, er habe das Wildschwein gesehen und verfolgt, der andere sagte, dafür habe er es geschossen. Dem widersprach der Erste. Sie wollten schon wieder aufeinander losgehen. Herkus stellte sich dazwischen.

»Holt eure Waffen und eure Pferde, ihr reitet nach Hause.«

»Aber nein«, rief einer von ihnen.

Herkus nickte. »Und zwar auf der Stelle.«

Beide Männer zögerten, aber dann trotteten sie davon. Ich hörte, wie sie ihren Freunden zuzischten: »Viel Spaß beim Warten. Lasst euch die Zeit nicht lang werden. Prügelt euch, dann dürft ihr auch nach Hause.«

Herkus trat an das größte Feuer und sagte: »In der Burg haben sie auf das Getreide gewartet, das nicht gekommen ist. Sie werden bald reagieren. Das ist unser Moment.«

Er erhöhte die Zahl der Wachen. Den Boten schärfte er ein, ihm unverzüglich zu melden, wenn sie etwas Ungewöhnliches bemerkten. Im Laufschritt sollten sie dann zu ihm kommen.

Nach diesem Tag stieg die Spannung. Die Männer hatten nun verstanden, worum es Herkus ging, sie hatten gehört, womit er rechnete. Es gab kaum noch Streitigkeiten, nicht einmal raue Worte, stattdessen machte sich Schweigen breit. Sogar zur Jagd wollte niemand mehr.

Als ich in jener Nacht – es gab bereits Frost – in meine Decke gehüllt am Feuer lag, das nur noch glomm, hockte Herkus sich für einen Augenblick neben mich und drückte mir den Arm. Ich begriff, dass er mir ein Zeichen geben wollte, und empfand es als ungenügend. Ich wollte mich wegdrehen. Gleichzeitig wusste ich, dass ich ihm nicht böse sein konnte. Was auch immer in ihm vorging, es musste ein böser Kampf sein, und er war das Schlachtfeld. Ich fühlte mich ihm nahe. Auch wenn er mich zurückgewiesen hatte, er blieb mein Freund. Ich nickte ihm kurz zu, er nickte zurück und verschwand zu seinem Lager.

Als die Ketten am Burgtor rasselten und sich die eisenbeschlagene Holzwand in Bewegung setzte, gehörte ich zur Wache. Ich schickte den Boten ins Hauptlager. Herkus war schnell bei mir, begleitet von mehreren Männern. Wir sahen aus unserem Versteck, wie ein Trupp von zehn Rittern die Burg verließ.

Rognar wollte sofort zuschlagen. Herkus widersprach. Als der Junge erneut anfing und keine Anstalten machte, seinem Fürsten zu gehorchen, verbot er ihm kurzerhand das Wort.

Aber die Unruhe der Männer war sofort wieder da. Sie waren auf Rognars Seite. Wenn wir unsere Leute aus dem Lager holten, meinten sie, waren wir viel mehr als die Ritter. Unsere Waffen seien nicht ebenbürtig, aber allemal gut genug, und wir hätten das Moment der Überraschung auf unserer Seite. Außerdem seien wir gekommen, um zu kämpfen, nicht um zu warten.

Herkus erlaubte es nicht. Er sagte, er brauche einen Lockvogel. Da er direkt neben mir stand, war ich der Erste, der reagierte. Rognar wollte ebenfalls.

Herkus musterte den Jungen. Dann sagte er: »Gut, dann eben zwei Lockvögel.«

Wir sollten, so sein Plan, auf die Männer zureiten und uns erschrocken abwenden, sobald sie uns erblickten. Er hoffte darauf, dass einige uns verfolgen würden. Sogar die Richtung und den Weg, die wir zu nehmen hätten, wies Herkus uns an, einen Pfad ins Natangerland hinein. Dort wollte er ihnen eine Falle stellen.

Rognar schwang sich auf sein Pferd. Als ich ebenfalls aufsitzen wollte, hielt Herkus mich fest und sagte: »Komm zurück. Und bring auch den Jungen wieder mit.«

Rognar und ich schlugen einen Bogen. Der Junge blieb hinter mir. Er erkannte, glaubte ich, mein höheres Alter an. Wir trieben die Pferde zu einem scharfen Galopp, um die Ritter außen zu überholen, und fielen dann in den Schritt.

Nach einer Kurve begegneten wir ihnen – überraschend, wie sie glauben sollten. Ich hob den Arm, ließ ihn wieder sinken und riss mein Pferd herum. Dabei versuchte ich, panisch auszusehen.

Die Ritter riefen uns etwas zu, wir sollten stehen bleiben, sonst würden sie auf uns schießen. Aber wir hatten längst gewendet und uns in den Wald geschlagen. Rognar war hinter mir. Ich hörte sein Pferd und trieb meins an. Die Bäume flogen an uns vorbei. Ich drehte den Kopf und erkannte hinter uns die blitzenden Helme der Ritter. Herkus hatte richtig vermutet: Einige von ihnen verfolgten uns. Die anderen würden gleich von den Natangern angegriffen werden.

Rognar blieb dicht hinter mir, als wir durch den Wald preschten. Wir mussten den Pfad erreichen, den Herkus vorgegeben hatte. Dort würde hoffentlich die Falle zuschnappen.

Ich wurde etwas langsamer, weil ich den Rittern die Zuversicht geben wollte, ihre Verfolgung lohne sich. Sie sollten sie keinesfalls abbrechen. Rognar blieb die ganze Zeit hinter mir. Ich drehte mich erneut um. Hinter uns waren vier Männer. In Schussweite waren sie noch nicht, insofern bestand keine Gefahr. Außerdem war es schwer, auf einem galoppierenden Pferd anzulegen und zu zielen.

Laub lag auf dem Boden, und Unebenheiten oder Baumwurzeln konnte man nicht sehen, deshalb galt es, vorsichtig zu sein, ohne zu viel Tempo zu verlieren. Ich ließ die Ritter noch etwas näher kommen. Rognar war der, den sie zuerst treffen würden, sollten sie schießen. Trotzdem machte der Junge keine Anstalten, mich zu überholen. Auf einer Lichtung wurde ich etwas schneller. Dann erreichten wir ein Birkenwäldchen, an dessen Ende ich auf den Reiterpfad zu treffen hoffte.

Die Bäume waren so aufeinander zugewachsen, dass sie eine Gasse ließen. Ich lag flach auf meinem Pferd, wie wir es geübt hatten, meine Waffen auf dem Rücken und am Hosenbein. In der Ferne war schon der Pfad zu sehen. In vollem Ritt deutete ich mit der Hand darauf. Unsere Pferde schwenkten auf den Reiterpfad. Ich musste grinsen und drehte mich in frühem Triumphgefühl zu Rognar um. Der Junge hatte die Augen zusammengekniffen, sein Gesicht war ernst, fast starr. Angst erkannte ich nicht darin, aber Konzentration. Aus ihm würde eines Tages ein guter Krieger werden.

Die Ritter kamen etwas näher. Ihre Pferde waren schlachterprobte Rosse. Doch sie hatten viel mehr Gewicht zu schleppen, schwerere Sättel, die Rüstung, auch wenn unsere Verfolger nur Kettenhemden trugen, und Waffen.

Ich ließ sie noch ein wenig herankommen.

Rognar winkte ich nach vorn, er sollte zu mir aufschließen, der Pfad war breit genug. Der Junge gehorchte. Mein Ziel war ein Sumpfgebiet, dorthin wollte ich unsere Verfolger locken, falls Herkus' Falle nicht vorher zuschnappte. Ich rief es Rognar zu. Er nickte.

Dann sah ich im Vorbeireiten zwei Natanger, versteckt hinter Bäumen. Sie hielten jeder ein Seilende in der Hand, aber das Seil war noch nicht gespannt.

Wir ritten weiter. Meine Neugier war groß, ich drehte mich wieder um. Kurz bevor der erste Verfolger bei ihnen war, rissen die beiden Natanger das Seil höher, legten es jeweils um ihren Baum und stemmten sich mit einem Bein dagegen.

Das erste Pferd kam mit dem Huf ans Seil, strauchelte und fiel. Der Ritter schoss kopfüber in den Dreck. Die anderen wurden augenblicklich langsamer.

Unsere Natanger hatten das Seil wieder sinken lassen und waren nicht zu sehen. Ich wusste nicht, wie viele Männer dort im Wald versteckt waren. Sie blieben hinter den Bäumen und griffen nicht an.

Zwei der Ritter nahmen unsere Verfolgung wieder auf, während der dritte offenbar bei seinem gestürzten Kameraden geblieben war. Sie hatten jetzt die Lanzen gezogen und zwischen Arm und Oberkörper geklemmt. Ihren Pferden gaben sie die Sporen.

Ich ließ sie noch näher kommen, wieder aus dem Grund, um sie an einen Erfolg glauben zu lassen. Die Sümpfe waren nicht mehr weit. Dort waren wir im Vorteil. Ich nickte Rognar zu.

Aber plötzlich wich der Junge nach links aus. Aus Leibeskräften rief ich seinen Namen. Er reagierte nicht, sah sich auch nicht um. Ich konnte den Jungen nicht allein lassen. Vor ihm lag Sumpfgebiet, dort ging es nicht weiter. Und einer der Lanzenträger war ihm bereits auf den Fersen. Er musste sich dem Kampf stellen.

Der andere Ritter kam auf mich zugaloppiert. Sein Visier war geschlossen. Eine Lanze, mit der ich gegenhalten konnte, hatte ich nicht, nur mein Schwert. Ich zog es. Aber sein Schild war so groß und stabil, das ich ihn mit meiner kurzen Waffe nicht verletzen konnte. Ich musste aufpassen, nicht getroffen zu werden. Bevor wir auf Waffenlänge waren, wich ich aus. Natürlich galt ein solches Verhalten als unritterlich, als feige. Aber ich war keiner von ihnen und wollte überleben, und dieser Kampf war kein Turnier.

Ich riss mein Pferd herum. Es stieg auf die Hinterhufe und wieherte. Ich trieb es an. Der Ritter erkannte mein Manöver und wollte nun verhindern, dass ich in seinen Rücken gelangte. Aber sein Ross war schwerfälliger. Ich schlug ihm mit dem Schwert auf die Hand, in der er die Lanze hielt. Er schrie auf und fluchte. Als ich an ihm vorbei war, presste ich mich flach auf den Pferderücken, um nicht von seiner Lanze getroffen zu werden. Dabei sah ich, dass Rognar auf der Lichtung mit dem anderen Ritter kämpfte. Er hielt sein Schwert so vor sich wie ein Mönch ein Kreuz. Sein Gegner kam auf ihn zu.

Ich wandte mich wieder meinem Ritter zu. Inzwischen wusste ich, wie ich ihm zu begegnen hatte. Mein Vorteil war die Wendigkeit meines Pferdes. Ich ritt ihm nicht mehr entgegen, sondern um ihn herum, damit ich ihn auch von hinten angreifen konnte. Ihm schien das nicht zu gefallen. Er schob sein Visier hoch, und unsere Blicke trafen sich. Er zeigte mir, dass er mich verachtete. Für ihn war ich ein unwürdiger Feind. Dann hob er seine Lanze und warf sie. Ich presste mich wieder auf mein Pferd. Sie flog über mich hinweg. Er zog sein Schwert. Jetzt waren wir gleich bewaffnet, auch wenn er einen größeren Schild hatte und stabile Rüstung. Aber ich war schneller. Und sein rechter Arm blutete. Wir hieben die Schwerter aufeinander. Er war stark, und ich brauchte all meine Kraft, um meine Waffe in der Hand zu behalten. Dann ritt ich ein Stück von ihm weg, so konnte ich neuen Anlauf nehmen, aber auch nach Rognar sehen.

Dessen Gegner war ein erfahrener Kämpfer, viel kräftiger und schneller mit dem Schwert. Rognar brauchte Hilfe. Aber ich wurde schon wieder angegriffen. Diesmal hielt ich dem Schlag des Ritters stand und konnte selber noch einmal zuhauen, als er fast an mir vorbei war. Ich traf sein Kettenhemd, mit aller Wucht. Er ächzte.

Ich umkreiste den Ritter mehrfach, war hinter ihm oder weiter als eine Schwertlänge von ihm entfernt. Warum sollte ich mich auf einen weiteren Schlagabtausch einlassen? Er fluchte, zog sogar vor Wut seinen Helm ab und warf ihn nach mir. Ich lachte und ritt um ihn herum.

Den Natangern, die zu viert auf die Lichtung gesprengt kamen, rief ich zu, Rognar zu helfen. Meinen Gegner konnte ich hinhalten. Im gleichen Moment traf der zweite Ritter den Jungen mit einem tödlichen Streich. Rognar fiel zu Boden.

Dem Ritter ohne Helm rief ich zu. »Steig ab, und lass die Waffe fallen.«

»Niemals.« Er gab seinem Pferd die Sporen. Das Schwert hielt er vor sich, als wollte er mich aufspießen.

Ich begegnete ihm mit meinem Schild, der dem Aufprall standhielt. Mein Vorteil war seine Wut, die ihn alle Vorsicht vergessen ließ. Ich traf ihn erneut, diesmal am Oberarm, wo ich ihm eine weitere Wunde schlug.

Die Natanger hatten Rognars Gegner inzwischen eingekreist. Der Ritter hatte einen Pfeil im Bein stecken, andere waren auf ihn angelegt. Er sah sich hilfesuchend nach seinem Freund um. Doch der konnte nichts für ihn tun. Vielleicht hätte er fliehen können – zurück zur Burg, aber dieser Weg schien ihm nicht in den Sinn zu kommen. Seine Ehre wollte er als Letztes verlieren.

Mein Gegner blutete an Handgelenk und Oberarm, dennoch ritt er wieder gegen mich. Sein Pferd schien seine Wut zu teilen, es kam wie ein Stier auf mich zu. Meinem Tier drückte ich im richtigen Moment die Fersen in die Flanke. Es lief los. Und wieder war ich ihm ausgewichen.

»Prussischer Feigling«, brüllte er.

Ich lachte.

Erneut ließ ich mein Pferd in einem Kreis um ihn herumlaufen und schwang dabei mein Schwert. Auf der Lichtung hatten die Natanger den anderen Ritter überwältigt. Ihm steckten mehrere Pfeile in Beinen und Armen, und er lag auf dem Boden, nicht weit von dem toten Rognar.

Zwei von ihnen kamen zu mir herüber, ihre Bögen in den Händen. Mein Gegner konnte sich ausrechnen, dass er verloren hatte, er hatte auch verstanden, dass wir uns nicht auf Zweikämpfe gegen besser gerüstete Kämpfer einließen. Unsere Pfeile würden ihn treffen, wie sie seinen Begleiter getroffen hatten.

»Gib auf!«, rief ich ihm erneut zu.

Anstelle einer Antwort kam er wieder auf mich zu. Blut lief ihm aus seiner Wunde am Oberarm. Sein verzerrtes Gesicht zeigte Schmerz und grenzenlose Wut zugleich. Wenn ich ihm die Gelegenheit dazu ließ – er würde mir den Kopf abschlagen, und wenn es das Letzte war, das er in diesem Leben tat.

Ich hielt meinen Schild vor mich. Um den Aufprall nicht noch heftiger zu machen, ließ ich mein Pferd nur langsam gehen. Der Hieb war trotzdem so stark, dass ich fürchtete, mein Schild würde zerbrechen. Bis in die Schulter fuhr mir der Schmerz. Doch mit der Rechten erwischte ich ihn erneut, diesmal an der Hüfte.

Nun waren die beiden Natanger neben uns, die Pfeile im Anschlag.

»Wirf dein Schwert weg, und steig ab«, rief der eine von ihnen.

Aber der Ritter wollte nicht aufgeben. Er griff an.

»Passt auf!«, schrie ich.

Im gleichen Moment wurde der Ritter von zwei Pfeilen getroffen. Der eine steckte in seinem Bein, der andere saß in seiner Wange, nahe dem Mund. Er sah aus wie ein Geist. Seine Kampfkraft hatte er verloren. Trotzdem wichen die beiden Natanger ihm aus, so wie man tödlich verletztem Wild aus dem Weg geht. Ein weiterer Pfeil traf ihn am Genick, und wir konnte sehen, wie das Leben aus dem Mann entwich. Erst fiel ihm der Kopf auf die Brust, dann knickte er am Bauch ein.

Sein Pferd sprang weiter, und da er sich nicht mehr festhielt, warf es ihn ab. Ein Fuß blieb im Steigbügel hängen, und er wurde durch den Dreck geschleift, bis wir das Pferd am Zügel zu packen bekamen und anhielten.

Ich ging zu Rognar hinüber. Der Junge hatte die Augen geschlossen. Sein Mund war verkrampft. Ich schaute auf die Bäume, in der kindischen Hoffnung, irgendwo seine Seele zu entdecken. Dann kniete ich mich und legte ihm die Arme an den Oberkörper.

Wir hatten einen Mann verloren und selber einen getötet, außerdem einen Gefangenen gemacht, dem wir einen Strick um die Hände banden. Er war verletzt, Pfeile steckten ihm in Armen und Beinen. Was sollten wir mit ihm tun?

Zu zweit legten wir Rognars toten Körper auf sein Pferd. Der Junge sollte bestattet werden, wie es einem Natanger zukam. Den toten Ritter einfach liegen zu lassen widerstrebte mir, deshalb beschloss ich zu warten. Einer der beiden Natanger hatte getrocknetes Fleisch in seiner Satteltasche. Ich aß es gierig und trank von seinem Wasser, und ich gab sogar dem Ritter etwas ab.

Dann kam Herkus. Er war ganz allein, trug weder Rüstung noch Helm. Sein Pferd trabte, und erst als es neben mir war, brachte er es zum Stehen. Ich erzählte ihm, was passiert war, er nahm es ohne weitere Fragen zur Kenntnis. Er forderte uns auf, beiden Rittern die Kettenhemden und Beinkleider auszuziehen. Und Rognars Leiche und der Verletzte sollten in unser Dorf gebracht werden.

Der Ritter stand in wollener Wäsche da, die Hände hinter den Rücken gebunden.

»Warst du in der Burg, als der Saal angezündet wurde?«, fragte Herkus.

Der Ritter reagierte nicht.

Herkus schlug ihm mit dem Handrücken ins Gesicht.

»Nein«, sagte der Ritter. Danach spuckte er aus.

»Und wo warst du an jenem Tag?«

»Der Orden hat seine eigene Burg. Du wirst sie noch kennenlernen, wenn sie dich erst gefangen haben.«

»Erst einmal bist du gefangen.«

Der Ritter lachte höhnisch. »Tötest du mich, fahre ich zu Gott. Ich bin ohne Sünde und habe sein Wort in die Welt getragen.«

Herkus schüttelte den Kopf. »Du kommst in eure Hölle. Da triffst du den Vogt wieder und seine Spießgesellen. Die ganze Mörderbande.«

»Was weißt du schon? Du bist doch nur ein Ungläubiger.«

Außer Rognar hatten wir noch zwei Männer im Hauptfeld verloren. Von den Rittern, die die Burg verlassen hatten, waren bis auf einen alle tot. Herkus ließ die Leichen der Christen in die Sümpfe werfen. Unsere Toten sollten nach Hause gebracht werden, um sie nach prussischer Art zu bestatten. Außerdem wies er zwei Männer an, nach seinem Versprechen eins der erbeuteten Pferde nach Warmien zu bringen, die anderen kämen mit in unser Dorf.

Rüstungen und Waffen der Ritter sollten in unserem Lager auf der Lichtung verteilt werden. Sofort gab es wieder Streit. Viele wollten eine Eisenrüstung oder wenigstens einen Teil davon. Der eine behauptete, den alten Besitzer getötet zu haben, deshalb stehe ihm die Beute zu, ein anderer lachte, weil dem Ersten Helm und Beinschutz viel zu groß waren, ein Dritter mischte sich ein und riss ein Kettenhemd an sich.

Herkus ließ all das geschehen. Er saß wieder unter seiner Buche. Immerhin sah er dem Treiben zu, wo einige Männer kurz davor waren, sich zu prügeln.

Ich bot an, die Beute zu verteilen. Doch ich musste mir Hohn anhören. Warum ausgerechnet ich mich berufen fühlte, ich sei doch davongeritten, bevor der Kampf überhaupt begonnen habe. Sowieso gehörte ich nicht richtig dazu. Schäfer, wurde ich gerufen, Holzschnitzer und Pergamentbeschreiber. Darin waren sie sich plötzlich alle einig.

Herkus hörte sich auch das an. Ich wollte und brauchte seine Hilfe nicht. Den Männern zeigte ich meine Verachtung, ohne mit ihnen zu streiten, nannte ihr Verhalten und ihre Ausdrücke dumm. Dann zog ich mich zurück.

Sofort hob der Kampf wieder an, jetzt nicht nur mit Worten, nun flogen die Fäuste. Aus dem Haufen mit den erbeuteten Rüstungen zogen die Kerle, was immer sie bekamen, egal, ob es passte oder nicht. Sie versuchten, sich die Schwerter und Kettenhemden gegenseitig aus den Händen zu reißen.

Dies war der Moment, in dem Herkus eingriff. Er pfiff einmal laut. Dann zeigte er auf die Stelle, wo die Beute gelegen hatte. Jeder sollte dorthin zurückbringen, was er weggenommen hatte. Ein Mann aus unserem Dorf, der eine Lanze und ein langes Schwert in der Hand hatte, widersprach. Was er habe, gebe er nicht wieder her.

»Reite nach Hause. Ich brauche dich hier nicht«, sagte Herkus.

Der Mann rührte sich nicht.

»Hast du nicht gehört? Nimm dein Pferd, und verschwinde.«

»Und was, wenn die anderen mit mir gehen? Du stehst bald alleine hier, Herkus Monte. Vielleicht zusammen mit deinem hinkenden Schäferfreund.« Er lachte auf und blickte die anderen an, in der Hoffnung, sie würden einstimmen.

»Du sollst verschwinden. Auf der Stelle.«

Die Natanger standen im Kreis um die beiden.

»Na, was ist? Kommt ihr mit? Wir nehmen uns, was uns zusteht, und lassen diesen eingebildeten Dummkopf alleine. Soll er doch darauf warten, dass die Burg eines Tages fällt.«

Schweigen trat ein. Herkus und sein Gegenüber nahmen Maß an den Männern um sie herum. Sie würden diese Auseinandersetzung entscheiden. Bislang rührten sie sich nicht.

Auf einmal ging es um viel mehr als nur um diesen Feldzug. Wenn wir jetzt aufgaben, würden die Ritter uns zur Rechenschaft ziehen. Sie hatten viele Leute verloren. In unserem Dorf aber konnten wir ihnen keine Gegenwehr leisten. Dort waren wir ihnen ausgeliefert.

Immer noch sagte keiner der Männer ein Wort. Die meisten hielten die Köpfe gesenkt. Vielleicht dachten sie nach. Mich drängte es, mich einzumischen, doch mir klang noch im Ohr, wie ich gerade erst abgewiesen worden war. So hielt ich mich zurück, obwohl ich kaum aushalten konnte, dass keiner sich rührte, keiner etwas sagte. Auch Herkus und sein Gegenüber bewegten sich nicht.

Mir kam es unendlich lange vor, bis endlich einer der Männer das Wort ergriff. Seine Stimme klang brummig: »Verteil du die Beute, Herkus Monte. Du bist unser Fürst.«

Herkus nickte. »Wir wollen auch an die denken, die zur Wache und als Boten eingeteilt sind. Auch sie haben mitgekämpft. Und Norelis – falls einer das vergessen haben sollte – hat als Lockvogel sein Leben riskiert.«

Der Mann, den Herkus fortgeschickt hatte, schwang sich auf sein Pferd. Bevor er losritt, stieß er einen Fluch aus.

Herkus hatte diese Probe gewonnen, doch das machte das Leben im Lager keineswegs einfacher. Wieder hieß es warten, und die Stunden und Tage flossen träge dahin. Immerhin teilte Herkus den Männern jetzt mit, dass er nicht riskieren wollte, die Burg anzugreifen, weil er zu hohe Verluste fürchte. Auf den Zinnen reiche ein Verteidiger, um fünf Eroberer abzuschießen.

Aber er rechnete damit, dass weitere Ritter die Burg verlassen würden. Sie hätten keinen Nachschub mehr, und ihre Männer würden vermisst. Deshalb sei Geduld die Tugend, die wir brauchten.

Die Männer fielen wieder in ihr Murren. Sie wären lieber gegen eine Übermacht angerannt, als nutzlos am Feuer zu liegen, zumal das Wetter schlechter wurde. Ein kalter und feiner Nieselregen setzte ein, der nicht wieder aufhören wollte. Nässe drang in unsere Kleider, die Decken waren klamm, und das Feuerholz wollte bald nicht mehr brennen.

Und an der Burg rührte sich nichts. Jeden Tag gingen wir mehrere Male zu den Wachposten. Von jenseits der Mauer war nichts zu hören, kein Hufgetrappel, kein Brüllen oder Schreien. Es wurde nicht einmal laut gearbeitet.

Vielleicht, vermuteten die Ersten – und äußerten es wieder nur halblaut –, war die Burg längst leer, und wir warteten auf Gespenster. Ob er das hörte oder nicht, Herkus ließ sich nicht von seinem Plan abbringen. Ich war auf seiner Seite. Die Burg zu stürmen würde uns viel zu viele Männer kosten, und ein Erfolg war nicht gewiss. Wir hatten nicht mal Leitern, um an den Mauern hochzuklettern.

Unser Essen bekamen wir weiterhin aus den Dörfern. Meistens war es Grütze. Die Jagdleidenschaft hatte nachgelassen. Herkus selbst verließ das Lager nicht, als Anführer wollte er nicht wilden Tieren nachjagen, während an der Burg etwas passierte. Ich selbst ritt ein- oder zweimal los. Die Jahreszeit war günstig, denn das Wild hatte sich dem Lager genähert. Ich schoss sogar einen Elch, was mir von Herkus ein anerkennendes Nicken einbrachte.

Immer wieder schärfte Herkus den Wachen und Boten ein, nicht in ihrer Aufmerksamkeit nachzulassen. Er sagte es so oft, dass sie seine Sätze wie bei einem Gebet manchmal mitsprachen.

Doch er hatte Erfolg damit. Als eines Nachts von den Boten Bewegung am Tor gemeldet wurde, befahl Herkus allen, aufzustehen und sich zu rüsten, aber im Lager zu bleiben. Er nahm nur mich mit zur Burg.

Es war stockfinster. Der Regen hatte nachgelassen, die Burg lag im Nebel. Offenbar bemühte man sich darum, das Tor leise zu öffnen. Wir hörten die Ketten kaum.

»Es werden viele herauskommen«, flüsterte Herkus mir zu.

»Warum glaubst du das?«

»Man braucht nur wenige Kämpfer, um eine Burg zu halten. Aber viele, um einen Zug zu verteidigen. Sie wollen zur Ordensburg, nur von dort können sie Hilfe bekommen. Warte du hier. Ich teile die Männer im Lager ein und bin gleich zurück.«

Er lief davon. Ich sah ihm nach. Er war jetzt ein Feldherr, ein Stratege, der in die Zukunft dachte. Seine Schritte waren wie früher, sie hatten nichts von ihrer Kraft und Behändigkeit eingebüßt. Wenn einer die Ordensritter ernstlich schwächen konnte, dann er. Allerdings war er auch jemand, der immerzu Widerstand auf sich zog. Außerdem sprach er zu wenig. Die Männer vergaßen ihn, sie glaubten zwischendurch, er sei gar nicht anwesend und sie wären sich selbst überlassen. Dabei bedurften sie einer starken Führung.

Ich hatte bereits einmal versucht, ihn darauf hinzuweisen. Ob ich es noch mal wagen würde, wusste ich nicht. Und jetzt war nicht die Zeit, darüber nachzudenken.

Am Burgtor leuchteten Fackeln auf. Ihr Schein durchbrach kurz den Nebel, der ihn aber wieder verschluckte. Ich hörte Hufgetrappel. Viele Pferde, dazu leise Kommandos. Herkus hatte recht gehabt – es war ein langer Zug, der sich aufmachte.

Er war noch nicht zurück. Ich überlegte, einen der Boten zu ihm zu schicken. Aber wir hatten es nicht eilig. In der Nacht konnte sich der Zug nur im Schritttempo vorwärtsbewegen. Genug Zeit also, um anzugreifen.

Als Herkus zurückkam, waren ein großer Trupp Ritter und eine Sänfte aus der Burg gezogen. Er ließ uns, die wir das Tor beobachtet hatten, ins Lager zurückkehren. Wir sollten Waffen aufnehmen und Rüstungen anlegen.

Auf der Lichtung, wo wir so viele Tage und Nächte zugebracht hatten, herrschte Leere. Viele Männer waren verschwunden. Ich erschrak und sah Herkus an.

Er schmunzelte und schüttelte den Kopf. »Wir kommen von zwei Seiten und nehmen sie in die Zange.« Er saß bereits auf seinem Pferd, bereit, davonzureiten. »Ich habe den Männern eingeschärft, nicht anzugreifen, bevor ich das Kommando dazu gebe. Hoffentlich halten sie sich daran.«

Er preschte davon, hielt aber wieder an, als habe er etwas vergessen. Er saß ab und nahm am Feuer ein langes Stück Holz, dessen eines Ende er anbrannte. Dann ritt er wieder los, an der Spitze unseres Trupps, seine Fackel in der Hand.

Auch wir kamen in der Dunkelheit nicht schnell voran, doch unser Weg war viel kürzer, deshalb war ich davon überzeugt, dass wir sie überholen würden. Das brennende Holzscheit, das Herkus hielt, brachte nur wenig Licht. Wir ritten zu zweit nebeneinander, breiter war unser Pfad nicht. Keiner von uns stieß Kampfgeheul aus, das uns stark machen konnte, wir waren ein schweigsamer, dunkler Zug. In der Nacht zu kämpfen waren wir nicht gewohnt, und manchem graute vielleicht davor. Aber für den Gegner war es auch nicht heller.

Herkus führte uns in die Nähe des Weges, der zur Ordensburg ging, und wies uns dort an, in einer langen Kette Stellung zu beziehen. Der Wald schützte uns davor, gesehen zu werden. Wir hatten die Bögen und Pfeile im Anschlag. Zu hören war nur das gelegentliche Schnaufen der Pferde.

Herkus selbst zog sich, sein brennendes Holzstück in der Hand, tiefer in den Wald zurück. Allen Männern hatte er eingeschärft, nicht ohne seinen Befehl anzugreifen und möglichst nicht auf die Pferde der Feinde zu schießen. So saßen wir auf unseren Sätteln, lauschten in die Nacht und warteten wieder. Wir harrten des Zuges der Ritter.

Ob unsere Leute auf der anderen Seite des Weges Stellung bezogen hatten, wussten wir nicht. Es war still. Selbst die Tiere des Waldes schienen zu schweigen. Ich richtete meine Gedanken auf den brennenden Saal in der Burg des Vogtes, auf die toten Natangerhäuptlinge, ihre verkohlten Leichen. Wut erfasste mich. In mir schrie es nach Rache.

Dann kamen die Ritter. Der Schein einer ersten Fackel leuchtete ihnen voraus. Man hörte Hufgetrappel, die Umrisse ihre schweren Rosse tauchten auf, man sah das Blitzen ihrer Rüstungen im Lichtschein. Sie zogen langsam, hatten aber unsere Höhe erreicht. Ich strich meinem Pferd über den Hals, damit es ruhig blieb, und wartete auf den Angriffsbefehl. Ich war bereit zu kämpfen.

Herkus kam aus dem Wald geprescht. Er hatte die Spitze eines Pfeiles angebrannt und schoss ihn auf die Sänfte, in deren Wand er stecken blieb.

»Wir sind fünfmal mehr als ihr. Wenn ihr euch ergebt, kommt ihr mit dem Leben davon. Lasst all eure Waffen fallen.«

Ein Ritter, dessen Platz neben der Sänfte war, sprengte auf uns zu. Er hatte seine Lanze im Anschlag. Herkus zog einen weiteren Pfeil aus seinem Köcher, legte an und zielte. Um in der Dunkelheit überhaupt etwas sehen zu können, hatte der Ritter sein Visier aufgestellt. Der Pfeil traf ihn im Gesicht. Der Mann schrie auf und riss vor Schmerz sein Pferd an den Zügeln. Der arme Gaul wusste nicht, was er mit diesem Kommando anfangen sollte, so brach er zur Seite aus, was der Ritter offenbar nicht erwartet hatte. Er fiel herunter.

»Zum Angriff«, schrie Herkus.

Im nächsten Moment ging ein Pfeilhagel auf die Ritter nieder. Doch die meisten Geschosse prallten an ihren Rüstungen ab.

Herkus zog sein Schwert. »Auf!«, brüllte er. »Für Natangen.«

Unsere Leute griffen von beiden Seiten an. Im ersten Moment war die Überraschung unser Vorteil, allerdings hielt das nicht lange, die Ritter brauchten nur wenig Zeit, um sich zu formieren. Hatte sich einer von ihnen nach links gewandt, drehte sich sein Nachbar nach rechts. So begegneten sie beiden Seiten der Zange, in die wir sie genommen hatten. Die Fackeln waren erloschen oder fallen gelassen worden. Es war finster auf dem Schlachtfeld, auch der Mond schien nicht. Man musste sich auf seine Ohren verlassen, in die von überall die Kampfgeräusche drangen, das Brüllen der Männer und das Aufeinandertreffen der Klingen. Bald mischten sich auch die Schreie der Verwundeten darunter.

Auf dem engen Weg hatten die Schlachtrosse der Ritter keinen Platz, um gegen uns anzulaufen. Und ihre Lanzen halfen ihnen nicht. Nur der Nahkampf mit Schwertern war möglich. Ich baute darauf, dass sich unsere Überzahl durchsetzen würde.

Langsam gewöhnten sich meine Augen an die Dunkelheit, und ich nahm wahr, dass Herkus direkt neben mir kämpfte. Er schlug um sich, als würde sein Arm nie ermüden. Einen Ritter hatte er getroffen. Schon kam ein anderer auf ihn zu. Ich wusste, trotz seiner Rüstung, wer das war. Er ritt seinen Schimmel. Für einen Augenblick blieb er stehen und hob das Visier.

»Herkus Monte, der Heide«, rief er. »Nun wollen wir mal sehen, ob deine Waldgötter dich beim Kampf unterstützen.«

Bernhards Pferd machte, von den Sporen angetrieben, einen Satz. »Im Namen des Allmächtigen«, rief er, schloss sein Visier und hieb auf Herkus ein.

Herkus hatte seinen Schild in die Höhe gerissen und

wehrte den Schlag ab. Im gleichen Moment sackte sein Pferd zusammen.

Der Ritter, den er zuvor besiegt hatte, hatte an seinem Tier Rache genommen. Ich konnte unter mir nichts sehen, stürzte mich aber hinab, denn ich wollte Herkus nicht zwei Feinden überlassen. Sein erster Gegner war verwundet. Er zog, als ich neben ihm war, sein Schwert aus dem Leib von Herkus' Pferd.

»Feigling«, rief ich und sprang ihm mit Wucht auf die Brust.

Er stöhnte auf. Um sich zu wehren, fehlte ihm die Kraft. Ich rutschte von seinem Brustpanzer herunter. Ob ich ihn ernsthaft verletzt hatte, wusste ich nicht und konnte auch die Wunde, die Herkus ihm geschlagen hatte, nicht ausmachen. Ich trat ihm gegen den Arm und warf mich im nächsten Moment auf ihn. Wir rangen auf der Erde miteinander. Ich wollte ihm den Helm vom Kopf ziehen. Er hielt ihn mit beiden Händen fest. Jetzt sah ich, dass er am Oberarm blutete. Da er nun um sein Leben kämpfte, schien ihn die Wunde nicht zu schwächen. Wahrscheinlich spürte er sie gar nicht.

Mir gelang es, sein Visier zu öffnen. Ich blickte in zwei aufgerissene braune Augen. Mein Gegner war jung, noch nicht einmal im Mannesalter – viel zu jung, um so viele Meilen fern der Heimat zu sterben. Ich presste mein gesundes Bein auf seinen Hals, bevor ich meine Finger in seine Augen drückte.

Der Ritter rang darum, sein Visier wieder zu schließen und sein Gesicht von meinen Fingern zu befreien. Er trug Handschuhe und einen eisernen Armschutz, was ihn unbeweglich machte. Ich drückte fest zu. Im nächsten Moment hatte er sein Augenlicht verloren.

Herkus focht im Stehen. Bernhard trieb sein Pferd immer wieder gegen ihn und versuchte, mit seiner Lanze zuzustechen. Herkus war in Bedrängnis, er musste jedem Angriff aufs Neue ausweichen. Er sprang über den verendenden Körper seines Tieres, hin und wieder zurück. Dabei schlug er mit dem Schwert gegen die Lanze, aber Bernhard war geschickt und wachsam und zog sie immer wieder zurück, um im nächsten Augenblick einen Treffer landen zu können. Doch dann gelang es Herkus, sie zu packen. Er hatte dafür alles riskiert und sein Schwert fallen lassen und hielt die Lanze nun mit beiden Händen fest. Bernhard zog an ihrer anderen Seite. Herkus war beweglicher, er lief um den Ritter und sein Pferd herum. Bernhard hatte sich zu entscheiden, entweder die Lanze zu opfern oder vom Pferd zu steigen.

Aber er akzeptierte seine neue Lage noch nicht und versuchte, von seiner Seite an der Lanze zu reißen. Herkus war in seinem Rücken. Bernhard, starr durch die Rüstung, verharrte in einer seltsamen Haltung, den Arm nach hinten gestreckt. Herkus entwand ihm mit einem einzigen Ruck die Lanze und stieß im nächsten Moment zu. Bernhard hatte sich auf seinem Pferd halb umgedreht. Der Treffer erwischte ihn über der Hüfte, prallte aber an der Rüstung ab. Er schlug mit seinem Schwert zurück. Herkus musste mit der Lanze parieren, sein eigenes Schwert lag irgendwo auf der Erde. Er stach auch immer wieder zu, traf aber nur die Rüstung.

Die Rufe neben und hinter mir, der Kampfeslärm, wurden auf eine seltsame Art leiser, es war, als erreichten sie mein Ohr nicht mehr. Direkt vor mir ging es auf Leben und Tod, nicht nur für die beiden Kämpfenden. Hier fochten zwei Männer um die richtige Religion, um die Demütigungen, mit denen der eine den anderen bedacht hatte, am Ende auch um die Frage, ob die Ritter in unserem Land sein durften.

Im Kampf Schwert gegen Lanze war Herkus unterlegen. Bernhard und sein Schimmel waren vertraut miteinander. Das Tier wusste immer, was sein Herr wollte, und reagierte auf die kleinsten Bewegungen. Trotz seines Alters schien der Ritter genauso wenig zu ermüden wie sein Gegner. Mit seinem Schwert schlug er immer weiter zu. Dann traf er die Lanze so heftig, dass sie zerbrach. Es gab einen durchdringenden Knack. Der Schimmel setzte trotz der Enge auf Herkus zu.

Bernhard beugte sich herunter und schwang sein Schwert. Herkus trug ein Kettenhemd, aber keinen Helm. Bernhard wollte ihn köpfen, doch Herkus wich zur Seite aus. Er lief nun, und es sah aus, als liefe er vor seinem Gegner davon. Er war unbewaffnet. Ich konnte ihm sein Schwert nicht suchen, ohne Gefahr zu laufen, von dem Schimmel totgetreten zu werden.

Bernhard zog sein Pferd herum, immer Herkus hinterher. Er rief etwas durch das geschlossene Visier. Beim zweiten oder dritten Mal verstand ich seine Worte: »Bleib stehen, du Heide!«

Diesen Augenblick nutzte Herkus. Er lief auf den Kadaver seines Pferdes zu, sprang dort ab und kam mit einem Satz hinter Bernhard auf dessen Schimmel zu sitzen. Er schlang beide Arme um die Rüstung des Ritters, kippte im nächsten Moment mit Schwung zur Seite und zog seinen Gegner mit nach unten. Ich ahnte, dass Knochen brechen, vielleicht sogar Köpfe aufschlagen würden, und spürte plötzlichen Schmerz in meinem kaputten Knie.

Der Aufprall war dumpf. Herkus war bereits wieder auf den Beinen. Bernhard hing mit einem Stiefel im Steigbügel, der restliche Körper lag mitsamt der Rüstung im Dreck. Sein freies Bein strampelte. Herkus griff sich sein Schwert und stellte sich über ihn.

Ich stieg auf mein Pferd und hob das eigene Schwert in die Höhe, um den Freund vor anderen Angreifern zu schützen. Auf einmal hörte ich auch den Lärm der Schlacht wieder. Viele Ritter waren bereits gefallen. Auch von unseren Leuten lagen, soweit ich das sehen konnte, einige auf dem Boden.

Herkus wollte Bernhard den Helm vom Schädel ziehen. Es gab ein verbissenes Zerren, ich glaubte schon, er würde ihm den Kopf abreißen. Doch dann hatte er ihn in der Hand. Herkus hielt das Schwert direkt über Bernhard: »Ruf deine Männer zurück. Sonst bist du des Todes.«

Bernhard reagierte nicht. Sein Fuß hing immer noch im Steigbügel. Er schien zu überlegen. Herkus war nicht bereit zu warten, bis sein Gegner zu einer Entscheidung gekommen war. Er fuhr ihm mit der Klinge übers Gesicht, vom Kinn quer bis an die Augenbraue. Mit dem geschützten Arm zeigte Bernhard auf seinen gefangenen Fuß. Sein Schimmel rührte sich nicht, er wusste offenbar, wie es um seinen Herrn stand.

Herkus nahm den Bügel und schlug ihn vom Sattel ab. Im nächsten Moment war er mit der Klinge wieder vor dem Gesicht des Ritters. »Jetzt sofort. Oder ich schlage dir den Kopf ab.«

Bernhard kam trotz der schweren Rüstung auf die Füße. Dann legte er beide Hände an den Mund und rief: »Im Namen Unseres Herrn, lasst die Waffen fallen!«

Der Kampflärm wurde weniger, aber er hörte nicht auf. Bernhard musste, von Herkus dazu gezwungen, seinen Ruf noch einige Male wiederholen, bevor die Ritter ihre Waffen streckten und sich ergaben.

Unsere Leute banden ihnen Seile um die Hände. Es war immer noch Nacht, der Morgen nicht einmal zu ahnen. Die Natanger hoben einige der Fackeln auf und zündeten sie wieder an. Tote lagen auf der Erde, Verwundete ebenfalls, die Pferde standen um sie herum, hatten die Hälse gereckt und suchten nach Gras.

Herkus zeigte auf die Sänfte. »Weißt du, wer darin sitzt?«

»Ich kann es mir denken.«

Im Gehen hob er einen Helm auf und schlug ihn voller Wucht auf das Dach der Sänfte. »Steig aus!«

Der Vorhang wurde zurückgezogen. Volrad Mirabilis, der Vogt von Natangen, trat aus der Sänfte. Mit einem einzigen Blick erfasste er, wie es um seinen Schutz stand.

Er hob die Arme. »Tut mir nichts«, rief er, »ihr dürft mir nichts tun. Ein wahrer Christ tötet nicht. Das fünfte Gebot des Herrn!«

Herkus ließ ihn reden. Mir fiel es schwer, meinen Hass mit diesem Männchen in Verbindung zu bringen. Der sollte der Mörder unserer Häuptlinge sein? Volrad in seiner fellbesetzten schwarzen Jacke hatte etwas von einem Geist.

Als Herkus sich abwandte, sprang er vor ihn. Seine Stimme klang hell: »Ich bin euer Vogt und war doch immer gut zu euch, da könnt ihr jeden fragen. In eurem Namen habe ich sogar bei den Ordensrittern vorgesprochen – sie sollten euch einen Teil des Zehnten zurückgeben, denn ihr hattet doch eine schlechte Ernte. Ist es nicht so? Frag, wen du willst. Hier, Bernhard, der weiß es.«

Bernhard von Klingenberg sah dem kleinen Schauspiel des Vogtes ebenso zu wie alle anderen.

»Sag doch etwas, Freund Bernhard.«

»Halt den Mund!«

Volrad Mirabilis schien von dieser Antwort so überrascht zu sein, dass er tatsächlich schwieg. Er starrte Bernhard an.

»Hast du denn keine Ehre?«, fragte der Ritter. »Du bist doch der Vogt. Und glaubst an Gott. Also reiß dich zusammen.«

Volrad breitete die Arme aus, als wolle er uns alle segnen. Er jammerte: »Ein Christ tötet nicht. Jesus Christus wollte den Frieden, nicht die Gewalt.«

Herkus hieß einen der Natanger, dem Vogt ebenfalls die Hände auf den Rücken zu binden. »Und stopf ihm irgendwas in sein Maul, damit wir Ruhe haben.«

Es brauchte zwei Mann, um den strampelnden, sich windenden Vogt zu fesseln. Einer musste ihn festhalten. Den Knebel würgte er wieder hervor und belehrte uns mit seiner singenden Stimme erneut darüber, was ein Christ tat und was nicht.

Als er endlich still war, erklärte Herkus: »Ich habe Hunger und Durst. Wir ziehen in die Burg, mit allen Pferden und den Gefangenen.«

Dort war das Tor geschlossen. Es herrschte Stille. Niemand war auf den Zinnen zu sehen. Auf der Tränke, in die ich mich selbst und Herkus getaucht hatte, saßen zwei Krähen.

Wir blieben in einigem Abstand stehen, die Gefangenen in unserer Mitte. Unsere Leute legten Pfeile in ihre Bögen. Andere zogen die Schwerter. Auch Herkus legte einen Pfeil an und zielte auf Bernhard von Klingenberg. »Schick einen deiner Männer vor, dass das Tor geöffnet werde. Und wenn dir dein Leben lieb ist, dann sag ihm, er soll die Natanger besser nicht in eine Falle locken.«

Bernhard lachte. Es war ein böses, höhnisches Lachen. »Die Streitmacht des tapferen Vogtes ist hier. Da drinnen sind nur Unbewaffnete.«

Er hatte recht. Die Ritter hatten nur das Gesinde zurückgelassen. Nachdem einer von ihnen das Tor heruntergelassen hatte, zogen wir langsam in die Burg. Dort war kein einziger Kämpfer mehr. Die einfachen Leute hatten Angst vor uns, die meisten von ihnen hatten sich in die Küche zurückgezogen, wo sie alle in einer Ecke standen und sich an den Händen hielten, als wir eintraten. Ich erkannte den Mann wieder, der uns nach dem Brand gewarnt und geholfen hatte und versicherte ihm, dass wir ihnen keine Gewalt antun würden. Herkus verlangte, dass sie uns auftischten.

Die Ritter mussten ihre Rüstungen im Burghof ablegen und wurden in einen Raum gesperrt, der sich verriegeln ließ. Wir hatten sechs Männer verloren, zwei andere waren so schwer verletzt, dass sie nicht selber laufen konnten. Wunden hatte praktisch jeder, Schnitte an Händen und Armen, Verletzungen an den Füßen und im Gesicht.

Der große Saal war noch nicht wieder aufgebaut, nicht einmal das verbrannte Holz war ganz fortgeräumt worden. So setzten wir uns an Tische in einer weitläufigen Halle. Wir aßen, was die Küche hergab. Herkus gestattete, Met zu trinken, worüber die Männer jubelten. Er bestimmte aber Wachposten, für das Burgtor genauso wie für die Gefangenen, die sich mit Wasser zu begnügen hatten.

Die Decke in der Halle war höher als zwei Manneslängen. Wuchtige gewebte Stoffe hingen an den Wänden, dazu ein Kreuz, das einer unserer Männer unter lauter Zustimmung der anderen herunterschlug.

Wir wurden vom Gesinde bedient. Unsere Leute beklatschten jeden Gang, den sie auftischten. Trotz der Wandteppiche hallten die Stimmen im Saal wider und wirkten lauter, als sie waren. Ein Sprachgewirr erfüllte den Raum, es war kaum möglich, einzelne Sätze oder gar Worte zu verstehen, es sei denn, sie wurden direkt neben einem gesprochen.

Das Gesinde hatte schnell ein zweites und ein drittes Metfass herbeizuschleppen und anzuschlagen. Die Männer tranken, als hinge ihr Leben davon ab. Sie stürzten das Honigbier in sich hinein, und wenn es dabei über Brust und Leibhemd lief, störte das niemanden.

Im Gewirr der Stimmen machte ich große Reden darüber aus, wie unser Feldzug weitergehen würde. Die Leute überboten sich in ihren Phantasien, sie wollten die Ritter aus unserem Gebiet treiben und aus dem ganzen Prussenland. Selbst die Marienburg – die sie alle nur vom Hörensagen kannten – wollten sie einnehmen, und die Pomesanier sollten am Weichselufer Wachen aufstellen und verhindern, dass die Ritter jemals zurückkämen.

Auf jede neue, kühnere Vorstellung reckten sie die Becher in die Höhe. Um gehört zu werden, musste man schreien. Herkus ließ sie gewähren. Er saß nicht abseits, wie im Lager, sondern mittendrin, am Tisch wie alle anderen. Trotzdem gehörte er nicht dazu. Er trank keinen Met, genauso wenig wie ich, und er beteiligte sich nicht an dem allgemeinen Triumphgerede. Ich wusste, dass er seinen Plan längst gemacht hatte und dass dieser Plan anders war, als die Männer sich das vorstellten. Die anderen schienen ihn nicht zu beachten. Vergessen, dass sie ihm und seiner Geduld den Sieg zu verdanken hatten. Obwohl er mit am Tisch saß, wirkte er wie nicht anwesend.

Hin und wieder stand er auf und ging hinaus, und als ich ihm folgte, inspizierten wir die Burg. Das Tor wurde bewacht, also war schwer denkbar, dass wir überrascht würden. Inzwischen war es Morgen geworden. Der Himmel war zwar grau, aber man konnte wieder etwas sehen.

Herkus hatte den Wachen und auch den Rittern Essen und Wasser bringen lassen. In ihrem verriegelten Raum gab es ein wenig Stroh auf dem Boden, allerdings war es kalt und feucht. Doch sie waren die Gefangenen – wer weiß, was sie im umgekehrten Fall mit uns gemacht hätten.

Irgendwann am Vormittag schliefen unsere Männer ein. Einige waren in der Nähe der Tische einfach umgefallen.

Andere hatten sich über die Burg verteilt, und manche lagen in Zimmern, in denen es richtige Betten gab, was für uns, die wir nur Stroh gewöhnt waren, etwas Besonderes war. Von überall her war lautes Schnarchen zu hören.

Herkus blieb unruhig, und mir ging es nicht anders. Er prüfte, ob das Gesinde wirklich in seine Hütten gegangen war, ob die Tür, hinter der die Gefangenen saßen, fest verschlossen war, ob die Wachen aufpassten, er stieg sogar auf die Zinnen, um sich zu versichern, dass niemand sich der Burg näherte.

Seinen Schritten merkte ich an, wie müde er war. Auch ich war erschöpft. Sobald ich mich hinlegte, würde ich einschlafen.

Als wir wach wurden, war die Sonne am grauen Himmel nicht zu sehen, aber sie musste bereits hoch über uns stehen. Herkus ließ alle Männer wecken. Einige von ihnen sollten mit Hilfe der Handwerker das Burgtor abbauen.

Ich verstand die Maßnahme nicht.

»Wir wollen nicht bleiben«, sagte er. »Wir gehen wieder in unser Dorf. Ohne Tor kann sich auch kein anderer festsetzen.«

Später schickte er das Gesinde fort. Es gebe keine Herren mehr auf der Burg, deshalb sollten sie anderswo hingehen, auf jeden Fall nach Westen, entweder nach Pomesanien oder in ein Land der Christen.

Wir luden die erbeuteten Rüstungen und aus den Vorratskammern alle Lebensmittel auf Wagen. Es gab Getreide – von uns angebaut und geerntet – und Dörrfleisch und vor allem Salz. Aller Met war ausgetrunken.

Herkus wollte zu Hause ankommen, bevor es dunkel wurde, deshalb schickte er die Wagen vor. Bevor wir selbst losreiten konnten, hatten wir die Frage zu entscheiden, was mit den Gefangenen geschehen sollte. Sie eingesperrt in der Burg zu lassen, bedeutete, dass sie Bewachung und Versorgung brauchten oder verhungerten. Ließen wir sie ziehen, hätten wir sie bald wieder als Gegner, außerdem würden sie schnell die Kunde verbreiten, dass sich die Natanger erhoben hatten. Aber in unserem Dorf wollten wir sie auch nicht haben.

Viele der Männer plädierten dafür, nicht viel Aufhebens zu machen und ihnen die Köpfe abzuschlagen. Doch Herkus war dagegen. Er ließ sie – zunächst einmal, wie er hervorhob – in der Burg. Vier Männer blieben mit ihnen zurück, sie hatten sich mit der Bewachung abzuwechseln. Er würde, versicherte Herkus, demnächst Ablösung schicken.

Nur Volrad Mirabilis holte er heraus. Die Ritter hoben keine Hand für ihren Vogt, während er schrie und sich wehrte. Im Gegenteil schienen sie froh zu sein, ihren Mitgefangenen loszuwerden. Volrad zeterte ununterbrochen, wollte wissen, was wir mit ihm vorhätten, er sei doch der Vogt der Natanger und habe immer Gerechtigkeit walten lassen, wir dürften ihm nichts tun, er stehe unter Gottes persönlichem Schutz.

Einer unserer Männer schlug ihm mit der Faust ins Gesicht. Er traf den Mund, die Lippe platzte auf. Volrad schluchzte. Als er den Mund wieder öffnete, spuckte er zwei Zähne aus, und rote Speichelfäden liefen ihm übers Kinn. Dann war er, bis auf gelegentliches Schluchzen, still.

Wir hoben ihn auf ein Pferd und ritten los, voller Freude, wieder nach Hause zu kommen. Alle Natanger, auch die aus anderen Siedlungen, kamen mit uns. Auf halbem Weg holten wir die Wagen mit den Lebensmitteln ein.

Als wir im Dorf ankamen, wurde es gerade dunkel. Die Leute, unsere Nachbarn, Alte, Frauen, Kinder, und selbst die zurückgeschickten Krieger standen links und rechts des Weges. Wir wurden mit Jubel empfangen. Hände wurden in die Höhe gereckt. Dargus schwenkte den Arm, meine Mutter neben ihm lächelte. Suplith strahlte über das ganze Gesicht, während sie mir zuwinkte. Auch Celcis und ihre Mutter Mertil begrüßten uns.

Auf dem Dorfplatz begutachteten sie alle die vielen Lebensmittel, die wir mitgebracht hatten. Besonders das Salz fand große Beachtung. Und sie zeigten auf Volrad Mirabilis.

Herkus ließ die Rüstungen in die Schmiede bringen, die Vorräte in unserem Lagerhaus verstauen und Holz für ein großes Feuer aufschichten. »Du wirst heute Abend noch brennen. Der gleiche Tod, in den du unsere Leute geschickt hast«, erklärte er dem Vogt, der blass aussah und elend. Um seinen Mund war das Blut getrocknet und hatte Krusten gebildet. Tränen standen ihm in den Augen.

Trotzdem fand er noch einmal die Kraft, um sein Leben zu betteln. Er redete und redete. Er wolle nicht sterben, so etwas dürften wir nicht tun, Gott würde uns verfluchen, wir sollten es uns gut überlegen. Als er erkannte, dass niemand Erbarmen zeigte, verlangte er, nicht ins Feuer gestoßen, sondern ans Kreuz geschlagen zu werden. Wenn er schon getötet werde, wolle er sterben wie Christus, denn er sei ihm so ähnlich, auch er stehe unter Gottes Schutz fast wie sein Sohn.

Niemand fand sich, der ihm zuhörte. Kinder zeigten mit dem Finger auf ihn und spuckten ihn an. Ihm waren die Hände auf dem Rücken gefesselt, und weglaufen konnte er auch nicht.

Als die Flammen hochstiegen, packte Herkus ihn, hob ihn hoch, als wiege er gar nichts, und warf ihn ins Feuer. Noch auf Herkus' Händen begann er zu schreien. Seine Beinkleider brannten sofort, auch Jacke und Haare standen schnell in Flammen. Volrad schrie immer weiter, seine Schreie gellten durch das ganze Dorf. Dann wurde er still.

An jenem Abend haben wir gesungen. Es gab nicht gerade ein üppiges Mahl, auch nicht viel Met, aber wir saßen beieinander und erzählten vom Feldzug, und später stimmten die Frauen Lieder an. Keiner stand auf und verzog sich in sein Haus. Auch Herkus sah zufrieden aus. Er ließ die Männer von der langen Warterei berichten, ohne zu widersprechen. Wer den Sinn nicht begriffen hatte, dem half er auch nicht. Nur als Dargus sagte, diese Strategie habe uns wohl viele Opfer erspart, lächelte er.

Im Schutz der Dunkelheit konnte ich, als sie mir Wasser brachte, ein paar Worte mit Suplith wechseln und ihr auch die Hand drücken. Bevor es jemandem auffiel, zog sie weiter. Doch in gewisser Weise blieb sie bei mir.

Am nächsten Tag kam Legien in unser Dorf. Die Frauen waren gerade dabei, den Platz aufzuräumen. Von Volrad Mirabilis war nichts übriggeblieben. Die Natanger aus den Nachbardörfern sattelten ihre Pferde, sie wollten nach Hause.

»Du kommst zu spät«, sagte Herkus. »Das Fest war gestern.«

»Ein paar Reste gibt es doch immer.«

Wir setzten uns an einen der Tische auf dem Dorfplatz. Legien wusste bereits, was passiert war. Er ließ sich aber die Einzelheiten unseres Feldzuges erzählen.

»Wird es Krieg geben?«, fragte er.

»Es ist schon Krieg«, antwortete Herkus. »Sobald die Christen von unserem Sieg hören, werden sie nach Vergeltung schreien.«

»Eine weitere Burg erobern wir nicht so leicht«, sagte ich. »Sie werden sich in Zukunft besser schützen. So wie du im Galinderland von unserem Kampf gehört hast, werden auch die Ritter bald davon wissen. Manchmal glaube ich, der Wind trägt die Neuigkeiten weiter, ohne dass es Münder brauchte.«

»Trotzdem, lasst uns weiter angreifen«, entgegnete Legien. »Die Galinder sind bereit, das kann ich euch versichern. Wir wollen die Christen genauso loswerden wie ihr. Auch wir stöhnen unter den Abgaben und wollen keine fremden Herren mehr im Land. Lasst uns die Burg der Ordensritter nehmen, solange die Überraschung auf unserer Seite ist.«

»Kommt nicht infrage«, erwiderte Herkus, und als Legien ihn erstaunt ansah, sagte er: »So weit sind wir noch nicht.«

»Was dann?«

»Vielleicht die Burg, die sie im Samland haben. Sie ist kleiner und schwächer. Die könnten wir belagern und aushungern. Dazu bräuchte es die gleiche Geduld wie im letzten Feldzug. Und wir müssten vorher mit Albat sprechen. Wir greifen im Samland nicht an ohne Einverständnis des Fürsten.«

Er redete langsam, als wäge er seine Gedanken erst ab. Auch ich versuchte, mir das Vorhaben vorzustellen.

Herkus legte Legien die Hand auf den Arm. »Verbündete brauchen wir in jedem Fall, euch und alle anderen Prussenstämme. Reite du zu Albat. Ich weiß, dass er einen Galinder leichter respektiert als einen Natanger, der sein unmittelbarer Nachbar ist. Sprich mit ihm. Erzähl ihm, bring ihn auf unsere Seite. Wir brauchen die Samländer. Sie sind viele, ein starkes Volk.«

Legien war einverstanden. Schon am nächsten Tag wollte er aufbrechen.

»Und für dich, Norelis, mein Bruder, habe ich auch eine Aufgabe.«

13

Bald darauf war ich unterwegs ins Land der Jadwinger. Es war eine Jahreszeit, zu der wir weite Wege normalerweise nicht mehr machten, denn die Dunkelheit brach früh herein, dann konnte man nicht weiterreiten, und morgens dauerte es lange, bis der Tag die Nacht vertrieben hatte. Doch diese Botschaft duldete keinen Aufschub. Herkus wollte nicht nur Albat und die Samländer, sondern auch Skomand und die Jadwinger für einen gemeinsamen Feldzug gewinnen. Und ich sollte ihn davon überzeugen.

Keiner von uns hatte erwähnt, dass ich Zanna treffen würde. Herkus trug mir nicht einmal einen Gruß für sie auf. Ihr Name war wie ein Zimmer, in das man nicht ging. Doch sie war in meinen Gedanken, sobald ich meinen Auftrag erhalten hatte. Ich kämpfte dagegen an, richtete meine Aufmerksamkeit auf das, was ich gerade tat, aber sie kehrte zurück, immer wieder. Sogar als Suplith von mir Abschied nahm, war es, als stünde Zanna zwischen uns.

Suplith hatte die frühe Dunkelheit ausgenutzt und mich an der Schafskoppel abgepasst. Die kleine Uimme trug sie nicht mehr auf dem Rücken, sondern auf der Hüfte. Das Kind hatte dunkle Augen und schaute sich die Tiere und mich ganz genau an. Ich strich ihr mit den Fingern über die Wange und fand meine Haut wieder zu rau für das zarte Geschöpf.

Im Dorf brannten Feuer. Ihr Schein reichte nicht bis zu uns, wir standen im Dunkeln. Suplith legte ihre Hand in meine. »Komm heil zurück, Norelis.«

Ich lachte. Wieder hatte sie es geschafft, meinen Namen zu nennen.

Sie zog ihre Hand zurück. »Was ist daran so lustig?«

»Nichts.«

Sie blickte an mir vorbei. »Du wirst Zanna treffen?«

Ich zuckte mit den Schultern. »Wenn ich in Skomands Dorf reite – wahrscheinlich.«

»Und anders, als du gerade tust, freust du dich darauf?« Sie trat einen Schritt zurück. Doch der Abstand zwischen uns schien auf einmal viel größer zu sein.

»Aber Suplith.«

So hatte ich sie noch nie erlebt, sie, die sich so mühelos zu fügen schien in das, was nicht zu ändern war. Sie biss sich auf die Lippe, um vor mir zu verbergen, wie es um sie stand. Doch ihre Stimme verriet sie. Sie war brüchig. »Zanna ist ... sie hat ... Ich glaube, alle Männer würden sich darauf freuen, sie wiederzusehen. Wahrscheinlich erscheint sie euch in euren Träumen. Sie ist nicht nur schön, sie besitzt auch etwas, was keine andere Frau hat. Benennen kann ich es nicht.«

Mir war klar, was sie meinte, und ich hatte auch einen Namen dafür, ich nannte es Anmut. Suplith versuchte ein Lächeln, doch das misslang, ihr Gesicht sah verzerrt aus, und sie presste die Lippen noch stärker aufeinander. Ich war mir sicher, dass ihr Tränen in den Augen standen. Sie drehte sich weg.

»Suplith«, rief ich. »Zanna ist die Frau eines anderen.«

»Darum geht es mir nicht!«

Sie stand mit dem Rücken zu mir und war im Begriff davonzugehen. Ich legte ihr die Hand auf die Schulter. »Suplith«, bat ich.

Sie schüttelte den Kopf so heftig, dass ihre Haare durch die Luft flogen. »Ich hätte das alles nie … niemals hätte ich all das mit dir beginnen dürfen. Ich hatte doch schon einen Mann. Selbst wenn er den Met mehr liebt als mich. Jetzt bist du in meinem Herzen. Ich kann nicht zu dir, aber auch nicht von dir fort, und es tut mir weh.«

Ich kam mir hilflos vor. »Aber Suplith.«

Mit den zusammengepressten Lippen und dem traurigen Gesicht nickte sie mir zu und ging, die kleine Uimme auf ihrer Hüfte, davon.

Früh am nächsten Morgen machte ich mich auf den Weg. Um die Zeit des Tageslichtes möglichst ohne Rast nutzen zu können, nahm ich zwei Pferde mit, so dass sich die Tiere mit dem Tragen meines Gewichts abwechseln konnten. Wie immer stopfte mir meine Mutter die Satteltaschen bis zum Rand voll mit Proviant. Diesmal waren es vier Taschen, da ich zwei Pferde hatte. Ich nahm es hin. Zum Jagen oder Fischen war keine Zeit, deshalb war es gut, Essen dabeizuhaben.

Bis auf ein wenig Nachtfrost war der Winter bis dahin milde verlaufen, und ich hoffte, dass es bis zu meiner Rückkehr so bleiben würde. Ich hatte es eilig und forderte meine beiden Pferde. Lange Strecken legte ich im Galopp zurück. Die Pausen, meistens an einem See, die ich ihnen gönnte, waren kurz. Aber dann sattelte ich sie ab und rieb sie trocken. Nachts band ich ihre Beine aneinander. Ich selbst lag unter einem Schaffell an einem kleinen Feuer.

Um Romowe schlug ich einen weiten Bogen, auch wenn das ein Umweg war, ich wollte der Vorwache nicht meine Waffen abliefern müssen. Es gab einen Pfad voller Hufspuren, der eine scharfe Kurve machte und den die Jadwinger offenbar nahmen, und dem folgte ich.

Nur bis Romowe war ich mit Herkus geritten. Das Land dahinter war mir unbekannt. Es war einsam und wild. Hohe Bäume säumten den Reiterpfad, im Wald standen uralte Eichen, deren Stämme ich mit beiden Armen nicht umfassen konnte. Wenn ich galoppierte, musste ich wegen des vielen Laubes auf den Weg achten, aber wenn ich die Pferde langsamer gehen ließ, betrachtete ich die Landschaft und bildete mir ein, in den Bäumen die Seelen der Vorfahren erkennen zu können. Ob auch mein unbekannter Vater hier irgendwo war? Ich war mir nicht sicher, bat ihn aber um Schutz auf meinem Weg. Denn es gab auf der Reise Tage, da kam ich mir verloren vor.

Der Himmel riss nicht auf, ich hatte weder Sonne noch Sterne, um mich zu orientieren. Manchmal fragte ich mich, ob die Richtung noch stimmte. Es gab zwar immer wieder Spuren, auch von Pferden, aber es war nicht gewiss, dass sie in Skomands Dorf führten.

Eines Nachts begann es zu schneien. Ich lag an einem Baumstamm, dessen Äste mich zunächst schützten. Dann fielen mir Flocken ins Gesicht und weckten mich. Die beiden Pferde drängten in den Schutz des Baumes. Ich schürte das Feuer. Es war noch finstere Nacht, und es schneite immer heftiger. Ich sehnte mich nach Hause, nach meinem Strohsack und dem Dach über dem Kopf. Gleichzeitig wusste ich, dass ich dieser Sehnsucht nicht zu viel Platz einräumen durfte. Mit der ersten Dämmerung ritt ich weiter.

Ich hielt mich immer an die alten Bäume. Sie schützten mich nachts, und tagsüber grüßte ich viele von ihnen, sprach sogar mit ihnen und hatte den Eindruck, sie würden antworten. So waren sie es, die mir Kraft und Vertrauen gaben. Nicht zuletzt ihretwegen war das Land der Prusai allen Kampf wert. Für diese Bäume und für unser

Volk lohnte es sich, allein ins Unbekannte zu reiten, in den Krieg zu ziehen und sein Leben zu lassen.

Skomands Dorf erreichte ich, als ich schon fast nicht mehr daran glaubte. Ganz ähnlich wie unseres lag es im Schutz eines Hügels, nur war dieser bewaldet. Viele Familien lebten in Zelten aus gegerbter Haut, wenige hatten sich Häuser gebaut. Eines davon aber war größer als alle anderen, es stand in der Mitte des Dorfes. Dort lebte Skomand. Er – und seine Frau.

Die Pferde wurden auf einem weitläufigen Platz gehalten, nur von ein paar Seilen umzäunt. Skomands Rappen sah ich sofort, abseits der anderen, als trauten sie sich nicht, ihm zu nahe zu kommen. Es war ein stolzes, aber einsames Tier. Mir fiel auch sein Name wieder ein: Bruteno.

Ich ritt den Hügel im Schritt hinunter. Der Schnee war wieder geschmolzen, und er hatte den Boden feucht und weich gemacht. Im Dorf brannte ein großes Feuer. Männer wie Frauen trugen Fell und Leder, von den Kindern hatten sich manche wegen der Kälte Decken umgehängt.

Sie alle gafften mich an. Ich hatte Waffen bei mir, ein Schwert, ein Messer und meinen Bogen, aber außer dem Messer befanden sie sich auf dem zweiten Pferd. Ich gab keinen Anlass zur Sorge. Trotzdem fühlte ich mich feindlichen Blicken ausgesetzt. Nicht von den Kindern, die staunten eher, sie sahen wohl nicht oft Fremde. Die wenigen Frauen, die unterwegs waren, wandten sich ab. Aber ihre Männer schienen nur darauf zu warten, sich mit mir anlegen zu können. Einige von ihnen griffen bereits nach ihren Waffen.

Ich ritt langsam ins Dorf hinein, bis ich das Feuer erreicht hatte. Dort zügelte ich mein Pferd und saß ab. Keiner der Jadwinger näherte sich. Ich trank Wasser aus einem meiner Schläuche und aß ein wenig von meinem gekochten Fleisch, das so hart war, dass ich lange darauf herumkauen musste. Den Jadwingern gegenüber tat ich so, als kümmere ich mich nicht um sie. So weckte ich ihre Neugier.

Die Ersten, die sich näherten, waren ein paar Jungen. Sie waren vorsichtig und kicherten. Die Beinkleider aus Fell reichten ihnen bis über die Knie. Die Haare waren lang, im Nacken zusammengebunden. Sie wollten wissen, wer da gekommen war. So kamen sie langsam in meine Richtung. Zurückbleiben konnte keiner, wollte er nicht als feige gelten. Als sie nahe genug heran waren, um mich hören zu können, rief ich ihnen zu: »Ich komme aus dem Natangerland und möchte mit Skomand sprechen. Sagt ihm das.«

Zwei von ihnen liefen davon. Als ich ihnen nachblickte, hoffte ich, Zanna zu entdecken, und malte mir schon ihr Erstaunen aus. Ein Mann aus ihrer Heimat. Sie würde sich freuen. Aber ich sah sie nicht.

Ich blieb in der Nähe des großen Feuers. Meine Pferde grasten. Skomand ließ mich warten. Natürlich ließ er mich warten.

Ich dachte an Herkus und nahm ihn mir zum Vorbild. Niemand, den ich kannte, besaß Geduld, die der seinen gleichkam. Ich würde hier, auf diesem Platz, einfach stehen bleiben und mich ebenfalls in Geduld üben. Mit Unruhe oder einem anderen Zeichen von Schwäche würde ich es dem Jadwinger zu leicht machen.

Ich schüttete mir Wasser in die Hand, ließ meine Pferde trinken und rieb ihnen das Fell ab. Im Dorf herrschte eine seltsame Stille. Ob niemand vor dem Fremden laut sein wollte? Bei uns hatten die Jadwinger viel Krach gemacht, besonders wenn sie Met getrunken hatten. Sie schienen es wirklich nicht gewöhnt zu sein, einen Fremden bei sich zu haben.

Als Skomand endlich kam, wurde er von drei Männern begleitet. Sie trugen Waffen und wirkten wie eine Leibwache. Er selbst machte weite Schritte, als habe er es eilig.

»Der hinkende Freund von Herkus Monte«, rief er mir zu. Und als er näher heran war, sagte er: »Wie war doch dein Name?«

»Norelis.«

»Richtig, Norelis. Sei unser Gast.«

In seinem Haus hingen Geweihe, auf dem Fußboden lagen Felle, von denen eins von einem Bären stammte. An den Wänden lehnten Skomands Waffen, lange Speere mit gewaltiger Spitze, verzierte Bögen, Schwerter, die er erbeutet haben musste, denn sie waren kunstvoller geschmiedet, als ein prussischer Handwerker das konnte. Eines von ihnen kannte ich – das hatte er am Tag seiner Hochzeit getragen. In einer Ecke gab es zwei Holzbänke, mit Schaffellen belegt, von denen er mir die eine anbot. Ein offenes Feuer brannte, dessen Rauch zu einem Loch im Dach abzog.

Ich hatte Zanna noch immer nicht gesehen und begann, sie mir in diesem Haus und mit diesem Mann vorzustellen. Skomand trug ein gefüttertes Lederwams, aber keinen Leibrock darunter. Die Oberarme waren nackt.

Seine Begleiter waren mit uns hereingekommen. Sie lehnten an der Tür oder saßen auf dem Fußboden. Skomand stand zwischen ihnen und mir. Er warf Holz ins Feuer und schien nicht recht zu wissen, was er mit mir anfangen sollte.

Dann kam sie. Vor allerersten Moment an spürte ich das, wovon Suplith gesprochen hatte. Das, was nur Zanna besaß. In jeder ihrer Bewegungen lag es. Sie blieb mitten im Zimmer stehen, sobald sie mich gesehen hatte, und wirkte wie erstarrt. Ich stand auf.

Sie hatte ein Wollkleid an, das Haar trug sie offen. Ihr sonnengebräuntes Gesicht war eben und schön wie eh und je.

»Norelis?« Ihre Stimme war ein einziges Staunen.

»Guten Tag, Zanna.«

Sie wollte auf mich zukommen, aber Skomand fasste nach ihrem Arm. »Du siehst, wir haben einen Gast. Mach uns Essen.«

Sie wandte sich ihm zu. Während sie gehorsam nickte, war ein winziges Lächeln um ihren Mund, ein Hauch von Spott. Mich grüßte sie aus den Augen, bevor sie verschwand.

Obwohl Skomands Haus groß war, aß man, wie bei uns, in der Küche. Auch dort brannte ein Feuer. Zanna servierte Wild, das Fleisch eines Hirsches, dazu Grütze in einer Tonschüssel, die mitten auf dem Tisch stand und aus der sich jeder bediente. Skomand trank Met. Er schob auch mir einen Becher hin, aber ich wollte nicht. Ich nahm Wasser, wie Zanna.

»Zanna, ich muss dir leider mitteilen, dass dein Vater tot ist.«

Sie starrte mich an. Auch Skomand hielt im Kauen inne. »Bist du der Überbringer der schlechten Nachricht?«

»Ich fürchte, ja. Willun wurde von den Christen ermordet.«

Zanna hielt sich drei Finger vor den Mund und starrte auf den Tisch. Am liebsten hätte ich ihre Hand gedrückt.

Skomand hingegen schien sich nicht für ihren Kummer zu interessieren. Er trank Met. »Los erzähl«, forderte er mich auf.

Ich berichtete in groben Zügen. Dabei unterbrach er mich mehrfach und beschimpfte die Ritter, nannte sie ehrlose Feiglinge, die er nicht in sein Land lassen würde, solange er lebe. Dazu ließ er seinen Becher auf den Tisch knallen.

»Sind alle Natanger aus der Delegation tot?«

Diese Frage hatte ich gefürchtet. Ich hatte ja bereits erlebt, dass den Überlebenden die Schuld gegeben wurde. »Fast alle.«

Aber damit war er nicht zufrieden.

Deshalb schilderte ich, wie ich mit den beiden anderen Männern versucht hatte, die schwere Tür einzuschlagen. Ganz vorne, erzählte ich, hätte Herkus gelegen. Es sei mir gelungen, ihn herauszuziehen, bevor ein brennender Deckenbalken heruntergestürzt sei.

Skomand lachte. Es klang wie Hohn.

Zanna sah mich an. In ihre Trauer mischte sich Erleichterung.

Skomand schlug mir auf die Schulter. »Direkt an der Tür hat zufällig dein Freund gelegen. Eine schöne Geschichte, die du mir da erzählst.« Sein Blick fiel auf Zanna. »Schmerzlich zu hören, dass der Schwiegervater tot ist.«

Wir aßen schweigend weiter. Zanna nahm nichts mehr, blieb aber bei uns sitzen. Ihre Tapferkeit rührte mich. Ich musste mich beherrschen, es stand mir nicht an, sie zu trösten. Am liebsten hätte ich ihr gesagt, dass sie mitkommen solle nach Hause, da gehöre sie doch hin. Ich dachte sogar, dass ich zum Glück zwei Pferde dabeihatte – eins davon konnte ich ihr geben.

Um mich abzulenken, begann ich, von unserem Feldzug zu berichten. »Nach dem Brand haben sich die Natanger erhoben. Wir wollen nun ein Bündnis aller prussischen Stämme schmieden. Aus diesem Grund bin ich auch hier bei dir. Um zu fragen, ob die Jadwinger sich uns anschließen.«

»Wir? Wer ist jetzt euer Fürst?«, wollte er wissen.

»Herkus Monte.«

»Der einzige Überlebende.« Er trank einen Schluck Met. »Außer dir natürlich. Aber du …« Er lachte kurz auf. »Obwohl du ein Hinkender bist, hast du Monte, den schweren Kerl, herausgeschleppt. Und nun ist er Fürst geworden. Wie das Leben so spielt.«

Zannas Miene verriet ihre Neugier. Ich ahnte, von wem sie mehr hören wollte. Fragen konnte sie nicht, aber ich sah ihr an, dass ihr Gefühl für Herkus stärker war als die Trauer um Willun.

Beide warteten wir auf Skomands Antwort.

»Über derlei Dinge reden wir nicht beim Essen.« An seiner Hand klebten noch Grützereste, als er nach der von Zanna griff und sie drückte. »Wir haben Trauer um einen Toten. Vielleicht morgen. Und überhaupt ist das ein Männergespräch.«

Ich bekam einen Schlafplatz in einer Kammer, die direkt neben ihrer lag, so hörte ich Zanna und Skomand in der Nacht und konnte nichts dagegen tun. Er sprach laut. Auch seine Bewegungen waren nicht zu überhören, die Schritte auf dem Holzfußboden, aber auch sein Räuspern und Rülpsen. Ihre Stimme war viel schwächer. Als sie sprach, begann ich zu lauschen und bildete mir ein, Festigkeit in ihren Worten zu hören. Das Bild, das ich mir von ihr machte, glich dem, das ich früher von ihr hatte. Damals war sie aus unserem Dorf geritten, ohne sich noch einmal umzusehen. Aufrecht und ungebrochen.

Am nächsten Morgen ging Skomand früh aus dem Haus. Er fütterte sein Pferd und führte es zur Tränke. Der Rappe schien niemand anderen an sich heranzulassen. Skomand nahm sich viel Zeit für das Tier. Dann redete er mit einigen Männern über ihre Arbeit, prüfte Holz, das sie geschlagen, und Werkzeuge, die sie repariert hatten.

Bei all dem ließ er mich kaum je aus den Augen. Ich hatte mir einen Platz an der Hauswand gesucht, deren Holz ein wenig Wärme abgab. Dort wartete ich auf ihn – und insgeheim auch auf Zanna. Es drängte mich, mit ihr zu sprechen. Sie brachte mir einen Becher voll Wasser, setzte sich aber nicht zu mir. Auch das beobachtete Skomand.

Nachdem ich ihm meine Frage gestellt hatte, war es an ihm, auf die Angelegenheit zurückzukommen. Er tat es nicht, am nächsten Tag nicht und am übernächsten auch nicht. Ich war mir sicher, es bereitete ihm Vergnügen, mich in der Schwebe zu lassen. Er war ein Häuptling, der die Macht liebte. Und er war vorsichtiger, als er zugab. Solange ich da war, entfernte er sich nie weit, erst recht ritt er nicht fort. Mit Zanna konnte ich nicht sprechen.

Sie allerdings nutzte den Augenblick, als er einen Streit zwischen zwei Jadwingern zu schlichten hatte. Da stand sie plötzlich vor mir. Das war der Moment, auf den ich gehofft hatte. Doch jetzt war ich so überrascht, dass mein Mund trocken wurde. Ich brachte kein Wort heraus. All das, was ich ihr sagen und von ihr wissen wollte, war in meinem Kopf, nur formte es sich nicht zu Wörtern und Sätzen.

»Zanna«, stotterte ich.

Sie nickte und schenkte mir ein Lächeln. Mehr schaffte auch sie nicht. Wo hätte man anfangen können? Und machten Worte ihre Lage nicht nur schlimmer?

Am nächsten Tag kam ein Ostwind auf. Es würde nun schnell kälter werden. Wenn ich nicht mit Schnee oder Frost kämpfen wollte, musste ich los. Ich hatte einen weiten Weg vor mir. Skomand tat mir gegenüber weiterhin so, als sei ich gar nicht da.

Nur seinen Blick spürte ich immerzu, seine Kontrolle.

Ich konnte kein Stück Brot essen und keinen Schluck Wasser trinken, ohne dass er es registrierte.

An jenem Abend, als Zanna nach dem Essen die Schüsseln abräumte, hielt ich nicht mehr an mich. »Morgen früh reite ich wieder nach Hause. Gibt es irgendetwas, das ich Herkus Monte bestellen soll?«

Er lehnte sich zurück und sah mich an. Sein Blick war böse, auch verächtlich, weil ich mich gerührt und nicht abgewartet hatte. In dieser Stunde war ich davon überzeugt, dass er mich hasste, entweder als Person oder stellvertretend für meinen Stamm und für Herkus. Vielleicht auch aus beiden Gründen.

Und er gab mir keine Antwort.

Ich blieb sitzen. Ein weiteres Mal würde ich ihn nun nicht ansprechen, dann käme ich eben ohne Antwort zurück. Ich war mir inzwischen sicher, dass wir ohne die Jadwinger würden kämpfen müssen. Er hatte kein Feuer für unser Vorhaben. Wie anders hatte Legien reagiert. Skomand – der einen Zweikampf gegen Herkus verloren hatte – würde nicht unser Verbündeter werden. Schon gar nicht unter der Führung eines Natangers.

Mag sein, dass er an diesem Abend meine Entschlossenheit spürte. Er setzte seinen Becher an und trank, bis er leer war. Dann wischte er sich mit der Hand über den Mund und rülpste so laut, dass Zanna zusammenfuhr.

Sie warf mir einen Blick zu, als wolle sie für sein Verhalten um Entschuldigung bitten.

Die Zeit verstrich, niemand sagte ein Wort. Skomand musterte mich. Ich hatte meine Entscheidung getroffen, ich würde am nächsten Morgen aufbrechen.

Es dauerte lange, bis er zu sprechen begann. »Wir haben die Ritter immer bekämpft. Darin unterscheiden wir uns von den Natangern, die sich viel zu leicht gefügt haben. Der Kampf ist für uns eine Sache der Ehre. Dabei bleibt es. Wir unterwerfen uns niemals.« Er stieß ein kurzes Lachen aus. »Aber wenn euer Plan vorsieht, dass wir uns Herkus Monte unterordnen sollen …« Er schüttelte den Kopf. »Ihr kennt die Jadwinger nicht. Wir sind ein freies Volk, und das werden wir immer bleiben. Gegen die Fremden kämpfen – ja. Unter dem Befehl eines anderen – nein. Das darfst du deinem … deinem Fürsten von mir ausrichten.«

Ich nickte. Um nichts in der Welt hätte ich ihm widersprechen, mit ihm disputieren mögen. Ich wollte ihm nicht erklären, dass ohne Einigkeit aller Stämme unser Untergang viel näher lag. Er hätte es nicht eingesehen. Wenn er diese Dinge nicht von selbst begriff – meine Aufgabe war das nicht. Vielleicht hätte er verlangt, selber den Oberbefehl zu erhalten. Was hätte ich dann erwidert?

Zanna verschwand fast lautlos. Das Feuer brannte nieder. Skomand trank seinen Met, und ich empfand Erleichterung, am nächsten Tag nach Hause reiten zu können. Wahrscheinlich hätte ein guter Unterhändler an diesem Abend verhandelt. Ich hätte dem Jadwinger schmeicheln, ihm sagen können, dass wir seiner kampferprobten Männer bedurften. Aber das wäre mir zuwider gewesen. Ich ließ es sein.

In der Morgendämmerung sattelte ich meine beiden Pferde. Ich hatte Skomand schon am Abend für die Gastfreundschaft gedankt und mich von Zanna verabschiedet. Aber sie kam zur Pferdekoppel. Wie meine Mutter brachte sie mir Reiseproviant, einen Beutel, den sie mir hinhielt.

Noch heute, in meiner Hütte an der Ostseedüne, steht mir ihr Bild vor Augen, Zanna in ihrer Anmut, ihre Sehnsucht, ihre Stärke. Ein kalter Ostwind wehte. Sie zog die Decke, in die sie gehüllt war, enger um sich. Auf den Pfützen im Dorf lag eine Eisschicht.

Auch heute bläst ein Ostwind, aber der Sommer geht gerade erst in den Herbst über, und die Sonne scheint. Ich habe nicht, wie damals, eine weite Reise vor mir. Mein Leben spielt sich nur noch zwischen der Hütte und unserem Dorf ab.

Zanna schlug also ihre Decke enger um sich. Ich hatte den Wunsch, alle Züge ihres Gesichtes in mich aufzusaugen, um sie nicht zu vergessen. Deshalb starrte ich sie an, während ich mich darum bemühte, den Zügel meines zweiten Pferdes am Sattel des ersten festzubinden. Ihr Pferd – sie musste nur wollen, brauchte nur aufzusitzen.

Mir war in diesem Moment vollkommen klar, dass sie zu meinem Freund gehörte. Anders, als Suplith unterstellt hatte, war ich schon lange kein Gefangener von Zannas Zauber mehr. Ich erlebte ihn, das wohl, ich wusste, dass er nichts von seiner Stärke eingebüßt hatte. Zanna war schön wie der anbrechende Tag. Dennoch band er mich nicht mehr. Ich gehörte der Mutter meiner Tochter, auch wenn die nicht zu mir gehörte.

Mit einer Hand hielt Zanna ihre Decke, die andere hob sie für einen Gruß. Sie lächelte. Die Kälte hatte ihre Haut gerötet. Auf den Wangen bildeten sich Grübchen, und ihre dunklen Augen wollten sich nicht von mir lösen. Mir lagen all die Worte auf der Zunge, die man nur denkt und träumt, aber nicht aussprechen kann: Sie möge aufsitzen, wir würden fliehen, und bis die Jadwinger die Verfolgung aufnähmen, wären wir schon weit weg.

»Ich …«, sagte sie, »… habe noch eine Bitte. Ich möchte etwas von dir wissen.«

»Ich glaube, ich weiß, was das ist. Wie es ihm geht?«

Ihr Gesicht war nun ernst. Die Luft war kalt, doch ich spürte die Kälte nicht. Sosehr ich mich aus dem Jadwingerdorf fortsehnte, so wenig brachte ich es über mich, Zanna zurückzulassen.

»Ihm geht es gut, glaube ich.« Als ich ihn mir vorstellte, entfuhr mir ein Lachen. »Soweit es ihm gutgehen kann. Es würde ihm viel bedeuten – vielleicht mehr als alles andere –, wenn ich ihm etwas von dir ausrichten könnte. Wenigstens deinen Gruß.«

Hinter ihrem Rücken tauchte Skomand auf. Er sah verschlafen aus, die Haare zerzaust, die Augen klein, der Bart struppig. Unter dem Wams trug er kein Hemd, und er war trotz der Kälte barfuß. Er schien es eilig zu haben.

Zanna konnte ihn nicht sehen. »Sag ihm, dass ... dass ich ...«

»Bist du eigentlich ein Weib, Norelis?«, rief Skomand von weitem. »Jedenfalls schwatzt du wie eins. Deine Zunge lässt sich nicht im Zaum halten, was?«

Er stellte sich neben seine Frau. Beide würdigten den anderen keines Blickes.

Ich hatte genug von seinen Beleidigungen und Bosheiten. So behauptete ich etwas, dessen ich mir gar nicht sicher war: »Noch in diesem Winter ziehen wir gegen eine Ordensburg im Samland. Die Jadwinger bleiben aufgefordert, sich uns anzuschließen.«

Er zögerte. Seine Augen waren groß und die Nase gerümpft. Er sah aus, als müsse er meine Worte erst verarbeiten. Wahrscheinlich begriff er sie so früh am Morgen noch nicht, weil sein Geist mit den Resten des Mets vom Vorabend zu kämpfen hatte. Schließlich zuckte er mit den Schultern. »Wir gehen auf Feldzug, wann es uns passt. Vielleicht kommen wir, vielleicht nicht.«

Ich saß auf und band Zannas Proviantbeutel am Sattel fest.

»Bitte bring ihm meine Grüße, Norelis.«

Ich nickte.

Ob Skomand sie gehört oder sogar verstanden hatte, wusste ich nicht. Sie schien keinerlei Angst vor ihm zu haben, und er, der uns beide immerzu bewacht hatte, wirkte, als schlafe er noch. Ich richtete meinen Blick auf Zanna. Sie, so wollte ich es, sollte das letzte Bild sein, dass ich von hier mitnahm. Wir sahen einander in die Augen.

Ich wendete mein Pferd, hob die Hand zu einem letzten Gruß an Zanna und ritt davon.

Bei meiner Rückkehr war unser Dorf voller Männer und Pferde, und es kam mir wie ein Kriegslager vor. Überall tiefe Stimmen und raues Lachen. Kleinere Feuer brannten. Und es gab Waffen, viele Waffen.

Legien war wieder da. Er hatte zehn Galinder mitgebracht, Männer, die bereit waren zu kämpfen. Und ich lernte Albat kennen, den Fürsten der Samländer. Er war älter als wir, klein, mit dichtem schwarzen Haar. Sein Bauch und die vollen Wangen zeigten, dass er gerne aß. Er trug einen pelzbesetzten Mantel und eine Fellmütze. Als Herkus uns vorstellte, reichte er mir die Hand und begann augenblicklich, mit mir zu reden, fragte nach meiner Reise, unterbrach mich in meiner Antwort und hörte gar nicht wieder auf zu reden.

Was Skomand wohl über ihn gesagt hätte?

So konnte ein Prusai also auch sein. Dieser Mann war umgänglich. Er hatte es nicht nötig, seine Bedeutung hervorzukehren. Ihn kümmerte nicht, dass ich nur der Schäfer war. Er redete mit jedem. Dabei hatte ich, obwohl wir uns unterhielten, nicht den Eindruck, ihm auch nur einen halben Schritt näherzukommen. Er schien kaum aufzunehmen, was ich sagte. Meistens brachte er meine Sätze für mich zu Ende und wusste längst, was ich sagen wollte. Immerhin konnte ich ihm ohne jede Anspannung gegenüberstehen. Bei Skomand war das nicht möglich gewesen.

Herkus hörte ihm ebenfalls zu. Als Albat einmal eine Pause machte, um ein wenig Luft zu holen, fragte er mich, welche Antwort ich brächte. Ich gab ihm wieder, was Skomand gesagt hatte, und benutzte dabei dessen Worte – sie seien ein freies Volk und zögen ins Feld, wann sie wollten.

»Und, wollen sie?«

»Ich weiß es nicht, er hat es nicht zugesagt.«

»Die werden schon kommen«, meinte Albat. »Wo Beute gemacht werden kann, ist Skomand niemals weit.«

Er kicherte.

Der Winter hatte sein Versprechen nicht halten können. Zwar hatte ich meinen Heimweg bei Ostwind und Kälte hinter mich bringen müssen, aber jetzt fiel Nieselregen, und es war wieder wärmer geworden. Herkus zögerte. Er wollte unser Feldlager lieber bei Frost aufschlagen. Gegen Kälte, meinte er, könne man sich besser schützen als gegen Feuchtigkeit.

Diesmal hatte er mit Albat, mit Legien und einigen anderen besprochen, wie er vorzugehen plante. Auch über den Nachschub hatten sie geredet. Die Burg im Samland lag zu weit weg, um die Kämpfer aus den natangischen Dörfern zu versorgen, deshalb wollte Herkus Wagen mitnehmen. Einen anderen Teil, hatte Albat zugesichert, würden die Samländer beisteuern, wenn es nötig würde.

Die Männer im Dorf waren gerüstet, unsere Leute genauso wie die Galinder und die Samländer, die ihren Fürsten Albat begleitet hatten. Manche von ihnen sahen fast wie Ritter aus, denn sie trugen Brust- und Beinschutz und Helme. Nur die Kreuze fehlten.

Der Feldzug würde beginnen, sobald das Wetter umschlug. Ich suchte eine Rüstung für mich, doch alle Stücke, die wir erbeutet hatten, schienen bereits vergeben zu sein. Auch jene Panzer und Helme, die unter der Erde gelegen hatten, waren alle verschwunden. Als ich dort nachsah, blickte ich in ein leeres Erdloch.

Herkus mochte ich mit dieser Sache nicht belästigen, doch als er mir allein über den Weg lief, konnte ich nicht anders. Dabei gab ich mir alle Mühe, meine Frage beiläufig klingen zu lassen.

Er wirkte erstaunt. »Weiß nicht.«

Sein Satz schoss wie ein Schmerz durch mich hindurch. Ich kam mir verraten und vergessen vor. Er hatte mich auf den weiten Ritt zu Skomand geschickt, aber in der Zwischenzeit keinen noch so kleinen Gedanken an mich verschwendet. Zum Glück war er bereits weitergegangen und sah mich nicht mehr, denn ich konnte meine Stimmung kaum verbergen. Sie mischte sich mit Wut, von der ich nicht einmal ahnte, dass sie in mir gewesen war. Jetzt füllte sie mich vollkommen aus. Auch nach Zanna hatte er nicht gefragt, obwohl ich schon den zweiten Tag zurück war. Dabei hätte es Möglichkeiten gegeben. Er hätte mich genauso ohne Zeugen ansprechen können, wie ich das mit ihm getan hatte. Vielleicht kümmerte auch sie ihn nicht mehr.

Er war nun ganz der Kommandeur. Seit langem hatte seine schwarze Galle ihn nicht mehr heimgesucht, er hatte nicht an irgendeiner Wand gesessen und in die Ferne gestarrt. Möglicherweise war er kuriert – und nun, da die Schwermut ihn nicht mehr überfiel, brauchte er uns nicht mehr. Zanna nicht und mich auch nicht.

Wir mussten noch einige Tage auf anderes Wetter warten. Als Herkus zum Aufbruch rief, hatte der Regen aufgehört, aber es gab noch keinen Frost. Ich sprach nicht mehr mit ihm. Ich sattelte mein Pferd, zog ein Lederwams über und nahm meine Waffen.

Als er mich sah, schüttelte er den Kopf. »So kannst du nicht mit uns kommen.«

»Du wirst mich nicht daran hindern.«

»Schon ein einziger Pfeil kann dich töten.«

Ich zuckte mit den Schultern.

Wir zogen nach Norden, dem Meer zu, und hielten uns dann östlich. Herkus und Albat hatten die Führung gemeinsam inne, obwohl wir die Hauptmacht bildeten. Mehr als dreißig Kämpfer der Natanger waren in dem Zug, während die Samländer, genauso wie die Galinder, etwa zehn Männer stellten.

Es ging schnell vorwärts. Die Samländer und Galinder waren in Kampfeslust, man sah es ihnen an, auch wenn sie ihre Pferde zügelten, sie konnten es kaum erwarten, auf den Feind zu treffen. Sie ahnten nicht, was auf sie zukam, das endlose Warten, das Aushungern der Burg.

Herkus stand vor einer weiteren Bewährung. Er würde das Feuer auch dieser Männer klein halten müssen. Dass Legien zu ihm stehen würde, wusste ich, aber ich konnte nicht sagen, wie Albat sich verhalten würde.

Ich selbst hatte immer noch keine guten Wünsche für ihn. Ich ging ihm aus dem Weg.

Nach ein paar Tagen erreichten wir die Burg. Sie war aus rotem Stein, größer als die des Vogtes, aber längst nicht so mächtig wie die Marienburg in Pomesanien.

Herkus ließ uns anhalten. Er schickte die Wagen in Richtung eines Lagerplatzes am Waldrand, bestimmte aber, dass unsere Kämpfer an der Burg vorbeigaloppierten, damit die Wachen uns sähen. Auch wollte er diesmal nicht, dass unser Lager versteckt läge. Die Ritter sollten ihren Feind durchaus im Auge haben.

Albat mischte sich nicht ein, erst recht widersprach er nicht. Er hörte nur zu. Es schien, dass er die strategischen Entscheidungen den Natangern überlassen wollte. Ich hatte nicht den Eindruck, dass seine Samländer diese Dinge von ihm erwarteten, sie akzeptierten Herkus'

Anordnungen, ohne Albat noch einmal gefragt zu haben.

Was war es, das er ihnen zu bieten hatte? Es war deutlich, dass sie Albat als ihren Fürsten achteten. Er wirkte nicht nur geschwätzig, sondern fast gemütlich, keineswegs wie einer, der mit dem Schwert zuschlagen und töten würde. Das Kriegskleid passte nicht zu ihm, er sah wie verkleidet aus, als warte er darauf, dass das Spiel bald vorbei war und man sich wieder zu gutem Essen und Trinken niederließ. Wie setzte sich dieser Mann zu Hause durch? Jeder wusste, Albat war seit vielen Jahren Fürst. Unter den Prusai besaß er Ruf und Namen, und ich hatte nie gehört, dass die Samländer gegen ihn aufbegehrt hätten. Dabei ging es ihnen nicht besser als uns, der Orden war in ihrem Land, sie hatten Abgaben zu leisten wie wir. Im vergangenen Sommer konnte ihre Ernte nicht viel reicher ausgefallen sein. Zusätzlich litten sie, die ein langes Stück der Ostseeküste bewohnten und ein Fischer- und Seefahrervolk waren, darunter, dass die Ritter die Fischrechte für sich beanspruchten. Ohne ihre Erlaubnis – die sie sich bezahlen ließen – durften die Samländer nicht hinausfahren. Und trotzdem hatten sie einen umgänglichen, weichen Mann zum Fürsten, jemanden, der sich in einer kritischen Situation nicht mit seiner Körperkraft Respekt verschaffen konnte. Wie ging das zusammen?

Nachdem er die Krieger im Galopp an der Burg vorbeigeführt hatte, stoppte Herkus am Rande der Lichtung. Die Wagen ließ er rückwärts in den Wald rollen, so dass sie geschützt waren. Er bestimmte Späher, die auszukundschaften hatten, ob es andere Zugänge zur Burg gab. Sie durften nicht so nahe herangehen, dass sie von Pfeilen getroffen werden konnten. Auf unserer Seite stellte er

Wachen auf. Andere Männer hatten sich um die Pferde zu kümmern.

Albat schaute dem Treiben zu und schwatzte, wenn sich die Gelegenheit bot. Der Samländer schob sich den Helm aus der verschwitzten Stirn, was sein Gesicht wie das eines Narren aussehen ließ. Wenn er uns im nächsten Moment ein Stück Trockenfleisch und Wasser serviert hätte, ich hätte mich nicht gewundert.

Herkus hingegen wirkte angespannt. Er trug die Verantwortung. Mehrfach ging er die Reihen unserer Leute ab. Für den Fall, dass die Ritter zum Kampf herauskämen, hatte er bereits eine Ordnung festgelegt. Die Natanger sollten die Schildkröte aufstellen und rund um sie die Hauptmacht bilden, Galinder und Samländer den Flügel auf der Nordseite. Für die andere Seite hatte er die Jadwinger vorgesehen.

Ob ich damit rechne, dass sie kämen, fragte er mich.

»Du solltest davon ausgehen, ohne sie bestehen zu müssen. Wenn sie noch dazustoßen – umso besser.«

Albat schlug ihm auf die Schulter. Innerlich schüttelte ich erneut den Kopf, so wenig Kraft lag in seinem Schlag. »Skomand hat eine Nase für Beute, das lass dir von mir gesagt sein. Der kommt schon noch.«

Herkus schien ihm nicht zu glauben, er ließ Legien und seine Leute ihr Lager auf unserer anderen Seite aufschlagen. Dort sollten sie auch stehen, wenn es zur Schlacht käme.

Es war nicht sehr kalt. Über Mittag hatte die Sonne ein wenig geschienen. In der Dämmerung zündeten wir ein paar Feuer an. Von der Burg wurden wir ununterbrochen beobachtet. Die Ritter zeigten sich ziemlich frei auf den Zinnen. Der Zeitpunkt des Kampfes würde davon abhängen, wie viele Vorräte sie hatten und wie lange sie ausharren konnten.

»Das kann nicht viel sein«, hatte Albat bereits gesagt. Seit den Herbststürmen sei kein Versorgungsschiff mehr gekommen, und die Samländer hätten ihnen nur wenig Getreide abgeliefert. Sie warteten auf Unterstützung aus der Ordensburg.

Wir glaubten ihm nicht recht, aber schon am übernächsten Morgen wurde das Tor geöffnet.

Herkus sah es, fast bevor es passierte, legte die Hände wie einen Trichter vor den Mund und rief uns zu den Waffen. Innerhalb weniger Minuten saßen unsere Reiter auf ihren Pferden, jeder in seiner Rüstung. Auch die Schildkröte nahm Aufstellung.

Die Ritter zogen durch das Burgtor, erst die zu Pferde, dann ein Fußtrupp. Ich versuchte, ihre Zahl zu schätzen, sie waren nicht mehr als wir, wenn sie auch bessere Waffen hatten, vor allem ihre vielen Armbrüste. Doch eine Übermacht beherbergte die Burg offenbar nicht.

Mein Name wurde gerufen. Herkus zeigte auf die Schildkröte – dort fehlte ein Mann, nämlich Rognar, und niemand hatte daran gedacht, ihn zu ersetzen. Das sollte ich nun tun. Ich stieg von meinem Pferd und nahm den Platz ein, ohne Herkus zu zeigen, dass ich lieber als Reiter in die Schlacht gezogen wäre. Ich unterstellte ihm, dass er mich in meinem Lederwams besonders schützen wollte und deshalb hinter die Schilde kommandierte. Nur konnte ich auf mich selber achten. Wir redeten kein Wort miteinander, als ich in der Formation verschwand. Die Reiter der Natanger sollten uns davor schützen, befahl er, von den Schlachtrössern der Feinde über den Haufen geritten zu werden.

Die Jadwinger waren nicht gekommen.

Wir setzten uns in Bewegung. Das erste Aufeinandertreffen hatten die Reiter zu bestehen. Ritter und Prusai jagten auf ihren Pferden aneinander vorbei und versuchten, den Gegner mit der Lanze zu durchbohren. Die Schildkröte hielt sich noch zurück. Erst mit dem zweiten Schlag der Reiter setzte Herkus uns in Bewegung. Die Natanger, die nicht unserer Formation angehörten, bildeten eine Gasse. Wir stürmten vor, rings um uns die Schilde. Dabei schlugen wir auf die Ritter ein, die mit dieser Aufstellung nicht gerechnet hatten. Auch ihre Pferde brachten wir zu Fall. Dann standen wir den Fußsoldaten gegenüber.

Nun waren sie es, die angriffen. Das Schlagen der Schwerter auf die Eisenschilde verursachte einen ohrenbetäubenden Lärm. Dazu kamen das Gebrüll der Kämpfenden und die Schreie der Verwundeten.

Ich schlug zu, wo immer es ging. Die Christen fanden kein Mittel gegen unsere Schildkröte. Wir schienen unverwundbar. Einige ihrer Leute fielen, und sie konnten unserer Formation nichts anhaben. Wir wendeten und machten uns auf den Rückweg, wo der Feind stand. Die Gegner stoben auseinander. Aber einer ihrer Kommandeure erkannte, wie schwerfällig die Schildkröte die Richtung geändert hatte. Natürlich, dort lag unsere Schwäche. Wir waren lange nicht so beweglich wie einzelne Kämpfer. Das nutzten sie aus – und griffen von hinten an.

An Rognars Stelle hatte ich das Kommando übernommen. Ich ließ unsere Leute sich wieder umdrehen. Diesmal klappte das Manöver schlechter, wir hatten Mühe mit den langen Schilden und den Schwertern, und die natangischen Reiter, die uns schützen sollten, waren in eigene Gefechte verwickelt. Als die Ersten von uns getroffen wurden, war mir klar, dass ich die Schildkröte aufzulösen hatte. Die Männer hatten diese Manöver viele Male geübt. Ich warnte sie vor. Meine Stimme war laut und hell, fast kreischend.

Wir rannten auseinander und stellten uns dem Kampf Mann gegen Mann. Ich sah mich einem Gegner in Rüstung gegenüber. Er trug nicht nur Helm und Brustpanzer, sondern auch weite Handschuhe, die seine Armgelenke bedeckten. Er hatte einen Bart auf der Oberlippe, helle Haut und war etwa in meinem Alter. Mit meinem Lederwams kam ich mir gegen ihn ungeschützt vor. Er wusste, wo er mich zu treffen hatte. Sein Schild drückte gegen mich, er schlug zu und wollte mich am Oberkörper erwischen. Ich versuchte auszuweichen, schlug auch zurück. Aber er hielt sein Schwert dagegen und parierte.

Mit einem Schrei begann er seinen nächsten Angriff und hielt das Schwert wie eine Lanze vor sich. Er wollte mich aufspießen. Mit meinem Schild konnte ich ihn abwehren und verpasste ihm einen Schlag. Wir fochten. Ich begann, unter meinem Wams zu schwitzen, und keuchte, aber mir war klar, dass es ihm nicht anders gehen konnte. Auch er wurde schon langsamer, seine Angriffe waren weniger stürmisch. Doch dann bekam er Hilfe.

Neben mir war ein Natanger gefallen, und dessen Gegner wandte sich nun ebenfalls gegen mich. Zwei Schwerter konnte ich nicht parieren. Ich hielt dem einen Ritter meinen Schild entgegen, dem anderen meine Waffe. Auf beiden Seiten krachte es. Ich entkam, aber es war nur eine Frage der Zeit, bis sie sich besser abstimmten.

»Wir nehmen den Ungläubigen in die Mitte«, rief der zweite Angreifer, ein blonder, bärtiger Kerl. »Mal sehen, wer ihm den Kopf abschlägt.«

Der Erste lachte. Ihre Ritterlichkeit schienen sie vergessen zu haben. Ich war in Not und hatte nicht einmal die Möglichkeit, mich nach Hilfe umzusehen. Von zwei Seiten kamen sie auf mich zu, die Schilde vor sich, die Schwerter schlagbereit. Sie rückten noch weiter auseinander, so war die Abwehr für mich schwerer, und treffen konnte ich sie gar nicht. Zu welcher Seite sollte ich mich wenden? Den anderen Mann hätte ich immer in meinem Rücken gehabt.

Ich setzte an, in der Mitte durch sie hindurchzustürmen, um wenigstens ihrem ersten gemeinsamen Angriff zu entgehen, da riss der eine von ihnen, mein ursprünglicher Gegner, den Mund auf. Ein Pfeil steckte in seinem Hals. Er hielt die Hände daran, wagte aber nicht, ihn herauszuziehen. Er sank auf die Knie.

Ich hieb auf den anderen ein, den Blonden, und hatte Kräfte, die ich kurz davor noch nicht besessen hatte, schlug ihn links und rechts und wieder links. Doch auch er wollte siegen. Er hielt dagegen und versuchte, die Oberhand zu gewinnen. Ihn traf ein Pfeil im Gesicht, genau an der Stelle, wo sein Helm ihn nicht schützte. Mit einem Aufschrei wandte er sich ab.

Ich drehte mich um. Herkus reckte seinen Bogen in die Höhe. Mit ein paar Sätzen kam er auf mich zu und streckte die Hand aus. Ich ergriff sie und zog mich hinten auf sein Pferd.

Zum ersten Mal konnte ich überblicken, wie die Schlacht stand. Die Christen kämpften verbissen, aber wir hatten Vorteile. Die Galinder waren auf ihrer Seite fast durchgebrochen, die Samländer hielten sich. Unsere Natanger zeigten, was sie gelernt hatten, auch wenn auf ihrem, dem Hauptfeld, noch nichts entschieden war. Die Ritter hatten mehr Männer verloren.

Herkus hielt sein Pferd neben dem Schlachtfeld. Direkt vor uns war Albat, der hinter drei samländischen Kriegern auf die Gegner zuritt und sein Schwert schwang. Er feuerte seine Leute lautstark an, kämpfte aber selber nicht.

Mit einer Handbewegung hieß Herkus mich absitzen. Ich drückte ihm zum Dank den Arm. Er blickte sich um, bevor er seinem Pferd die Sporen gab und einem weiteren Natanger zu Hilfe eilte, um den es schlecht stand. Sein Pferd lahmte, möglicherweise war es von einem Schlag getroffen worden, und sein Gegner nutzte diesen Vorteil und ritt um ihn herum und versuchte, ihm den tödlichen Streich beizubringen.

Mit dem Schlag eines Schildes vor den Kopf warf Herkus diesen Ritter vom Pferd und schoss auf ihn. Er achtete nicht einmal darauf, ob sein Pfeil tödlich war, sondern überblickte wieder den Kampf. Er war beweglicher als die anderen, die in Zweikämpfen gehalten wurden. Kreuz und quer sprengte er über das Feld, war bei den Samländern, dann auf dem anderen Flügel bei den Galindern, und half denjenigen, die in Bedrängnis waren. Seine Pfeile jagte er über große Entfernung und traf sicher, nicht nur in den Hals, sondern in Arme und Beine und manchmal ins Gesicht.

Ich war so fasziniert von seiner Art, dass ich dort stehen blieb, wo er mich abgesetzt hatte. Der Schlachtenlärm war um mich, auch die Schreie der Verwundeten. Unsere Überlegenheit hatten wir Herkus zu verdanken. Immer wieder entschied er die Zweikämpfe.

Wie lange ich an meinem Platz blieb und gaffte, konnte ich nicht sagen. Erst als vor mir ein herrenloses Pferd auftauchte, wachte ich auf, schwang mich darauf und griff an. Ich ahmte die Art des Freundes nach. Dabei bemühte ich mich, dort zu sein, wo er nicht war, und half besonders den Männern, die mit mir in der Schildkröte gestanden hatten. Ich schoss meine Pfeile auf die Ritter. Ob ich sie am Rücken traf oder auf der Seite, war mir vollkommen egal. Es ging um unser Leben und unsere Freiheit.

Unsere Überlegenheit war deutlich. Etliche reiterlose Pferde, die meisten mit schweren Sätteln und gekreuzten

Tüchern, standen verloren auf dem Schlachtfeld. Die Kämpfer mussten um die Tiere herumreiten, andere versteckten sich hinter ihnen.

Mich beflügelte das Gefühl des nahenden Sieges, ich spürte meine Kraft und wollte wieder mit dem Feind fechten, Mann gegen Mann. Aber niemand stellte sich. Die Freunde brauchten mich nicht mehr. Nur noch wenige Ritter leisteten Widerstand.

Von der Burgmauer aus wurden wir beobachtet. Dort standen Männer, Hauptleute der Ritter, im Schutz der Zinnen. Nur ihre Gesichter waren zu sehen. Genauso wie wir hörten sie Schreie aus dem Wald – und Pferdegetrappel. Die Jadwinger kamen. Im gleichen Moment ergaben sich die Ritter. Sie warfen ihre Waffen weg und knieten nieder.

»Ihr kämpft nicht ritterlich«, rief einer von ihnen. »Nicht Mann gegen Mann.« Ich lachte.

Herkus ließ sie entwaffnen. Unsere Leute stapelten die Schwerter und Armbrüste. Das Burgtor blieb verschlossen, aber immer noch wurden wir von der Burg aus beobachtet.

Die Pferde der Jadwinger schnauften. Die Männer, etwa dreißig Krieger, trugen Fellumhänge und ihre gehörnten Helme.

»Die Hälfte der Beute für uns«, brüllte Skomand.

Alle Blicke richteten sich auf Herkus. Nicht einer war auf dem Feld, der diese Forderung nicht unverschämt fand.

Herkus antwortete nicht sofort, er dachte nach.

»Wir haben gesiegt und behalten die Beute«, sagte er schließlich.

»Ha«, rief der Jadwinger. »Dein hinkender Bote hat uns gerufen. Jetzt gib uns, was uns zusteht.«

»Ihr seid zu spät gekommen, Skomand. Und ihr habt

nicht zugesagt, an unserer Seite zu kämpfen. Deshalb bleibt es bei dem Nein. Die Beute gehört uns allein.«

Skomand zog sein Schwert, und ich glaubte schon, er würde auf Herkus losgehen. Doch er riss seinen Rappen am Zügel und stieß ihm die Fersen in die Flanken. Das Tier stieg und wieherte. Skomand zog es herum. Es machte nur ein paar weite Sätze, bis an den Waldrand. Dort sprang er ab.

»Ob das klug war?«, hörte ich Albat sagen.

»Klug? Hier geht es um ein Prinzip. Nur dem Sieger steht die Beute zu.«

»Ach je, Prinzipien«, erwiderte der Samländer. »Haben die Christen sich ergeben, bevor sie die Jadwinger gesehen haben oder weil sie sie gesehen haben?«

»Und doch ist es wahr«, entgegnete Herkus, »dass Skomand uns im Unklaren gelassen hat, ob er mit uns kämpft oder nicht. Dafür können wir ihn doch jetzt nicht belohnen.«

Albat sagte nichts mehr, aber ich sah ihm an, dass er anderer Meinung blieb.

Die Jadwinger waren inzwischen ihrem Fürsten gefolgt. Sie schlugen mit Beilen ein paar Birken. Kurz darauf rannten sie mit den Baumstämmen Richtung Burg. An der Mauer richteten sie sie auf. Andere gingen hinter ihnen in Stellung, ihre Bögen im Anschlag.

Der ganze Angriff ging unglaublich schnell vor sich. Ein einziger Mann von ihnen war als Wache bei den Pferden geblieben, alle anderen waren an der Burg. Dort gab Skomand den Befehl zum Aufstieg, indem er sein Schwert heruntersausen ließ. Die ersten Jadwinger kletterten die schräg angelegten Baumstämme hinauf. An den breiteren Stellen liefen sie wie Vierfüßler aufwärts, wo die Baumstämme schmaler wurden, zogen sie sich hinauf, indem sie einen Fuß eingehakt hielten.

Von der Mauer wurden sie beschossen, doch ihre eigenen Leute schützten sie, indem sie ununterbrochen Pfeile in Richtung der Zinnen jagten. Dennoch waren schon zwei Jadwinger getroffen und heruntergefallen. Augenblicklich folgten ihnen andere nach, so dass immer drei oder vier auf einem Baumstamm waren.

Wir anderen, die gefangenen Ritter genauso wie die Prusai, sahen dem Schauspiel zu. Die Verteidiger warfen Steine auf die Angreifer. Aber auch sie wurden von Pfeilen getroffen, und anders als die Jadwinger schrien sie auf und wandten sich ab.

Skomand war von seinem Pferd gestiegen und neben seinen Bogenschützen in die Hocke gegangen. Er zielte so präzise wie Herkus, viele seiner Pfeile trafen. Vor allem ließ er nicht zu, dass die Ritter die Baumstämme lösten und zur Seite kippten. Wer immer sich mit ganzem Oberkörper auf der Mauer zeigte, wurde getroffen.

Sechs Jadwinger waren heruntergefallen, als der Erste die Mauer erreichte. Er stieß einen wilden Schrei aus und hatte bereits sein Schwert in der Hand, mit dem er die Ritter abwehrte. Obwohl ihm ein zweiter Mann zu Hilfe kam, wurde er getroffen. Doch nun hatten schon manche andere das Ziel erreicht. Sie fochten und schossen ununterbrochen.

Der Kampf spielte sich hinter den Zinnen ab, wir konnten kaum etwas sehen. Skomand schickte weitere Männer die Baumstämme hinauf, und sie waren, da es keine Gegenwehr mehr gab, noch schneller oben als ihre Vorgänger.

Wir hörten den Kampfeslärm. Unsere Gefangenen waren wie gebannt. Aus der Burg hatten sie sich wohl Hilfe und Befreiung versprochen, zumindest hatten sie sie für uneinnehmbar gehalten. Sie sahen, wie sich Skomand, von vier oder fünf seiner Männer begleitet, auf das Tor zubewegte. Er wusste bereits, dass seine Leute siegen würden.

Kurz darauf wurde es geöffnet. Skomand zog in den Burghof. Das Geschrei der Jadwinger war grenzenlos, ein vielstimmiges wildes Geheul, das Triumph bedeutete. Durch das offene Tor sahen wir, dass sie Männern, die sich bereits ergeben hatten, die Köpfe abschlugen. Die gefangenen Ritter wandten sich ab.

Auf dem Schlachtfeld befahl Herkus den Rittern, ihre Rüstungen auszuziehen, was die ablehnten. Sie gingen doch nicht im Leibhemd in die Gefangenschaft. Wer nicht gehorche, werde getötet, entgegnete Herkus. Immer noch zögerten die Ritter, doch als die Natanger ihre Schwerter hoben, begannen sie, Helme und Brustpanzer abzulegen. Auch die Stiefel mussten sie ausziehen.

Skomand kam wieder aus der Burg. Ihm folgten mehrere Männer als persönliche Wache – eine langsame, eindrucksvolle Prozession. »Du kannst eure Beute behalten und unter euch verteilen, Herkus Monte. Ich schenke sie dir. Und wir nehmen das, was wir erobert haben.«

Niemals hätten die Jadwinger die Burg gestürmt, hätten wir nicht den Großteil der Besatzung besiegt. Trotzdem sagte Herkus: »Das steht euch zu.«

Aus der Burg stieg Rauch auf, die Jadwinger mussten irgendwas in Brand gesteckt haben. Sie feierten bereits, wir hörten ihr Grölen, ihr wildes Lachen und konnten durch das Tor auch sehen, dass sie Wagen mit Beute beluden.

Skomand zeigte auf die Ritter, die inzwischen ihre Rüstungen abgelegt hatten und in Leibwäsche dastanden. »Deine Gefangenen. Drinnen gibt es auch welche. Ich brauche sie nicht. Wir schlagen ihnen die Köpfe ab.«

Nun war es Albat, der sich einmischte. »Nein, Skomand, lass sie leben. Die Samländer werden sich um sie kümmern.«

Skomand schüttelte den Kopf. »Ihr seid alle weich wie die Weiber. Sie glauben doch an den Himmel. Wenn wir sie töten, tun wir ihnen einen Gefallen. Und uns auch, denn dann stören sie uns nicht mehr.«

»Es sind deine Gefangenen, Skomand«, erwiderte der Samländer und klang, als wolle er sich verneigen. »Mach mit ihnen, was du willst. Ich gebe nur zu bedenken, dass Prusai nie Unbewaffnete getötet haben. Warum soll man Menschen erschlagen, die sich nicht mehr wehren können?«

Skomand schnaubte. »Dann pass gut auf sie auf, Albat. Vielleicht vergeben sie dir ja deine Sünden.« Er lachte auf und spuckte auf den Boden.

Wir – Galinder, Samländer und Natanger – waren die Sieger. Nur wollte keine Freude aufkommen. Wir aßen und tranken, was wir auf unseren Wagen mitgebracht hatten. Die gefangenen Ritter saßen abseits, auf dem Feld lagen noch Leichen, und überall war Blut. Aus der Burg drangen lautes Gejohle, tiefes Lachen und die angsterfüllten Schreie der Besiegten, die offenbar gequält wurden. Unsere Männer schielten hinüber, und ich sah ihnen den Neid an. Auch sie hätten gerne dort gefeiert, wo der Sieg vollkommener, die Beute größer und die Stimmung ausgelassener war.

Herkus hatte darauf geachtet, dass wir Met bei uns hatten, doch es war viel zu wenig. Unsere Leute tranken gierig, und die beiden Fässer waren bald leer. In der Burg schien es, dem Grölen nach zu urteilen, noch hoch herzugehen, als es bei uns bereits kein Honigbier mehr gab. Ich scherte mich nicht darum. Anders als andere warf ich nicht einmal einen Blick durch das offene Tor.

Als die Jadwinger abzogen, hatten sie Wagen und Karren, die sie in der Burg gefunden hatten, beladen, mit Getreide und Trockenfleisch, mit Salz und Gewürzen, mit

Gold, Kleidung und Bettzeug und mit allem Eisen, das sie hatten finden können. Und sie hatten Met erbeutet. Skomand warf uns einen letzten Blick zu, aber er hielt nicht an.

Aus der Burg stieg immer noch Rauch auf. Albat befahl seinen Leuten, den Brand zu löschen. Wir zogen durch das Tor und führten auch die besiegten Ritter hinein. Unser Elend war greifbar. Unser Sieg war nichts wert. Nur ein paar Rüstungen und Pferde hatten wir erbeutet, alles andere hatten wir den Jadwingern lassen müssen. Während ich die Flüche unserer Leute hörte, beobachtete ich Herkus. Gold und Bettzeug kümmerten ihn nicht, Met erst recht nicht. Er hatte es geschafft, mit geringen Verlusten eine weitere Burg zu nehmen und die Besatzer zu schwächen. Doch von seinen eigenen Leuten war er wieder weit entfernt.

Albat fand einen Saal, der sich verriegeln ließ, dort sperrte er die Gefangenen ein. Herkus erzählte ihm, dass wir auf der Burg des früheren Vogtes noch Gefangene hatten, und der Samländer meinte, es sei nicht nötig, dort Bewacher abzustellen, er sei bereit, sich auch um diese Männer zu kümmern. Er wollte sogar eigene Leute schicken, um sie holen zu lassen. Das allerdings ging Herkus zu weit.

Im Frühjahr erfuhren wir dann, dass Albat alle Gefangenen als Sklaven verkauft hatte. Manche hatten die Schweden genommen, andere die Litauer. Was und wie viel er damit eingenommen hatte, darüber schwieg Albat sich aus. Als Herkus ihn einmal danach fragte, lächelte er nur.

Ohne die Samländer, aber mit Legien und den anderen Galindern ritten wir nach Hause. Niemand sprach laut darüber, doch lagen die Vorwürfe gegen Herkus in der

Luft, und manchmal waren sie auch zu hören. Hätte er mit Skomand geteilt, so hieß es, hätten die Jadwinger uns genauso beteiligt. Warum wir nicht in die Burg eingedrungen waren? Er hätte es nur befehlen müssen. Ein paar Birken konnten Natanger und Galinder genauso schlagen wie die Jadwinger. Vor allem das Getreide hätten wir gut gebrauchen können.

Wo immer ich so etwas hörte, widersprach ich. Dank Herkus' Umsicht hatten wir eine Schlacht gewonnen. Er hatte mit seiner Art zu kämpfen viele von uns gerettet, auch mich, wie ich betonte. Uns gehe es doch nicht um die Beute, sondern darum, den Orden zu schwächen, und auf diesem Weg seien wir bereits ein gutes Stück vorangekommen. Legien teilte meine Ansicht. Die anderen Männer widersprachen nicht, aber sie mieden bald das Gespräch mit mir. Und blieben mürrisch.

Im Dorf immerhin herrschte Jubel, als wir, die fremden Pferde an den Zügeln und die erbeuteten Rüstungen auf dem Wagen, einzogen. Celcis hatte die Hände in die Hüften gestemmt und wirkte stolz. Nun war sie die Fürstengattin, die sie immer hatte sein wollen. Als ich Suplith mit Uimme auf dem Arm sah, freute ich mich. Dargus umarmte Herkus und mich und viele andere und klopfte uns auf die Schultern. Er veranlasste auch das Festessen am Abend. Schon bald briet ein Schwein über dem Feuer.

Das Brauen von Met war seit Willuns Tod eine Gemeinschaftsaufgabe geworden. Wir alle benutzten die beschlagenen Fässer, Skomands Brautgeschenk. Wer sich bedienen wollte, brauchte keinen Häuptling mehr zu fragen.

Viele fingen direkt nach der Rückkehr an zu trinken, und nun änderte sich langsam die Stimmung. Die Männer berichteten von ihren Heldentaten und ließen sich bewundern. Auffallend war, wie sehr sich Herkus zurückhielt, auch während des Festes. Er aß wenig. Celcis neben ihm wollte von der Schlacht hören, aber es waren andere, die erzählten und sich gegenseitig überboten. Man hatte sich daran gewöhnt, dass die Rede nicht Herkus' starke Seite war. Er kaute lustlos auf einer Schweinekruste herum, und als die Geschichte auf Skomand und den kühnen Angriff der Jadwinger kam, stand er auf und ging davon. Kaum einer schien es zu bemerken, niemandem schien er zu fehlen. Ich wechselte einen Blick mit Legien, der zuckte mit den Schultern und verzog das Gesicht, als halte auch er den Freund für einen Sonderling. Auf mich hingegen wirkte Herkus einsam. Ich ging ihm nach.

Es war eine sternenklare, kalte Nacht. Der Mond war noch nicht ganz voll, aber er leuchtete über uns. Der Himmel war eher tiefblau als schwarz. Abseits des Dorfplatzes wurde es stiller, und ich hörte ein Käuzchen rufen. Ich sog die Ruhe in mich auf und war dankbar für sie. Und ich war auch dankbar, einen weiteren Feldzug überlebt zu haben. Wem ich diesen Dank schuldete, war mir vollkommen klar.

Herkus saß vor unserem Haus. Als ich mich neben ihn hockte, zeigte er nicht, dass er mich wahrgenommen hatte. Weil ich fror, stand ich wieder auf und suchte ein paar Holzscheite, die ich mit Hilfe meines Feuersteines zum Brennen brachte.

»Ist es so schlimm zu sterben?«, fragte ich, als mein Feuer endlich brannte und ich wieder neben ihm saß.

»Warum sollte das schlimm sein?«

»Weil du uns so vorsichtig kämpfen lässt. So anders als die Jadwinger.«

»Sterben ist nicht schlimm. Nur für die, die zurückbleiben. Wenn du von einem deiner Gegner erschlagen worden wärest, würde deine Mutter weinen, und ihr

Leben wäre viel härter. Sie müsste alle Arbeit alleine machen.«

»Oder Dargus würde ihr helfen.«

Er lachte. »Und wenn du ohne Beine oder Arme zurückgekommen wärst, hätte sie die Arbeit zu machen und dich zusätzlich zu versorgen.«

Von der Festtafel drangen Stimmen zu uns herüber. Es wurde geschwatzt und gelacht. Das Feuer dort brannte hoch und leuchtete. Meine kleine Glut wärmte uns die Füße.

»Außerdem bin ich jetzt ein Feldherr«, fuhr Herkus fort.

»Und was heißt das?«

»Das heißt: Wenn ich ein Heer von hundert Reitern habe, bin ich stark. Sind es nur fünfzig, könnten die Feinde überlegen sein. Mit nur fünfundzwanzig Männern verliere ich wahrscheinlich die nächste Schlacht.«

»Und deshalb achtest du darauf, keine Verluste zu haben?«

»Auch deshalb, ja.«

»Aber Skomand ist auch ein Feldherr«, wandte ich ein.

Anstelle einer Antwort schnaubte er, und wir schwiegen. Mit einem kleinen Stock schürte ich mein Feuer, obwohl es von selbst ordentlich brannte. Ich spielte mehr darin herum.

»Das Schlimme an Skomand ist nicht, dass er mich hasst«, sagte Herkus schließlich. »Auch nicht, dass er eine Frau hat, die tausendmal zu schade für ihn ist und die zu mir gehört und nicht zu ihm.« Er schüttelte den Kopf, während er wieder eine Pause machte. Mein Stöckchen hatte Feuer gefangen, ich hielt es vor mich, ließ es brennen und sah der gelbroten Flamme zu. Herkus kannte immer noch keine Einzelheiten von meinem Besuch im

Jadwingerdorf – er hatte nie danach gefragt. Vielleicht würde das jetzt geschehen.

»Was wirklich böse ist – er ist ein Spieler. Manchmal gewinnt er, so wie an der Burg. Er hat einige Männer geopfert, aber große Beute gemacht und damit alle Prusai beeindruckt. Doch wenn man spielt, gewinnt man nicht immer. Eines Tages wird er verlieren.«

»Wahrscheinlich hat er schon oft verloren. Viele Männer, manche Schlacht. Das nimmt er in Kauf.«

»Das meine ich nicht. Eines Tages wird er alles verspielen. Warum? Weil er nicht vorsichtig ist und nicht nachdenkt, bevor er handelt. Und dann greifen die Ritter sein Land an, und wir müssen uns aufmachen, um Romowe zu verteidigen. Das wäre unsere Pflicht. Ein Volk lebt von seinem Glauben. Ohne unseren heiligen Ort wären wir nichts mehr.«

»Düstere Vorhersagen«, erwiderte ich.

»Die Christen wissen um die Bedeutung des Glaubens. Ihre Religion hält sie zusammen. Sie fürchten allesamt die Strafen ihres strengen Gottes oder des Papstes, und sie ersehnen sich den himmlischen Frieden, der ihnen versprochen ist. Nach meiner Ansicht wird es ihr Ziel sein, Romowe zu zerstören, um unser Volk endgültig zu treffen.«

Mein Stöckchen war heruntergebrannt, ich warf den angekohlten Rest ins Feuer. Ich versuchte, mir vorzustellen, was Herkus gesagt hatte. Zweimal hatte ich die unwegsamen Pfade nach Romowe bereits genommen. Wie sollten die Ritter dorthin gelangen? Wussten sie überhaupt um unser Heiligtum?

»Ich glaube nicht, dass die Christen uns alle töten wollen«, fuhr Herkus fort. »Warum sollten sie das tun? Unser Land ist so weit, irgendwer muss hier leben. Und für sie ist es viel bequemer, uns für sich arbeiten zu lassen.

Was sie wollen, ist, dass wir werden wie sie. Vor allem sollen wir glauben wie sie. Das haben sie schon in dem alten Friedensvertrag festgeschrieben.«

»Sie halten ihre Religion für die bessere. Ihr einsamer Gott …« – ich dachte an die Worte von Glande und lachte – »… den halten sie für höherstehend als Deiwas.«

»Mag sein. Oder sie haben Angst. Viele Menschen haben Angst vor dem, was ihnen fremd ist.«

Auf dem Dorfplatz begann Musik aufzuspielen. Ich hörte die Schalmei und einen Mann und eine Frau, die anfingen zu singen. Doch irgendetwas stimmte nicht. Kaum jemand fiel in das Lied ein. Es war, trotz des Mets und der Heldengeschichten, wohl immer noch so, dass unser Sieg nicht groß genug war. Begeistert, gar siegestrunken schien niemand zu sein.

Ich sagte, was ich nicht mehr zurückhalten mochte: »Wenn es so kommt, wie du meinst, dann werden wir nicht nur Romowe, sondern auch Zanna retten müssen.«

Herkus zeigte keinerlei Regung. Sein Gesichtsausdruck im Schein des Feuers verriet nichts. Seine dunklen Augen konnte ich nicht erkennen.

Ich wartete. Aber mir wurde schnell klar, dass er länger ausharren konnte. Warten, das war seine Art. Deshalb sagte ich: »Ich habe sie gesehen. Auch mit ihr gesprochen. Du aber fragst nicht nach ihr. Warum nicht? Sie ist dir nicht egal geworden, das weiß ich. Hast du …?«

Das Wort, das mir auf der Zunge lag, sprach ich nicht aus. Es hieß Angst.

Er atmete tief ein. Es klang wie ein Stöhnen.

»Wir könnten die ganze Nacht hier sitzen«, fuhr ich fort, »das Feuer würde ausgehen, es würde immer kälter werden, und du würdest mich trotzdem nicht fragen, obwohl es das ist, was du von mir wissen willst – mehr als irgendetwas anderes. Fast glaube ich, du hast mich um ihretwillen zu den Jadwingern geschickt und nicht, weil du Skomand als Verbündeten brauchtest. Ich verstehe einfach nicht, warum du nicht nach ihr fragst.«

Immerhin bemerkte ich eine Bewegung bei ihm. Er spannte die Muskeln an und ballte die Hände zu Fäusten. Als ich ihn ansah, hatte er die Lippen aufeinandergepresst. Er litt – und er kämpfte mit sich. Ja, er hatte Angst.

Während ich ihm bei seinem Ringen zusah, änderte sich alles für mich. Am liebsten hätte ich ihm den Arm um die Schultern gelegt und ihn an mich gedrückt. Das ging zu weit, so griff ich nach seiner Hand und drückte sie.

Als er endlich zu sprechen begann, klang seine Stimme belegt. Er hatte Mühe mit seinen Worten. »Brauchst du denn meine Frage überhaupt?«

Ich lachte. Er hatte die Situation umgedreht. »Doch, ich glaube schon.«

Wieder hob sich beim Atmen seine Brust. »Also?«

»Ihr ist es fast ebenso schwergefallen, sich nach dir zu erkundigen. Aber immerhin hat sie es geschafft.« Ich hatte jenen Abschiedssatz von ihr im Ohr, den sie nicht zu Ende gesprochen hatte, weil Skomand aufgetaucht war. An unserem kleinen Feuer nahm ich mir die Freiheit, ihn für Zanna zu beenden.

»Sie hat mich gebeten, dir ihre Grüße auszurichten. Und ich soll dir sagen, dass sie … dass sie an dich denkt. Immer, Herkus.«

Er nickte langsam.

»Sie wirkte stark. Kräftig wie ein Baum im Frühling.«

»Es ist gut«, sagte er, »ich danke dir.«

Nun nahm er meine Hand und drückte sie. »Weißt du, was seltsam mit uns beiden ist? Mir scheint, unser Schicksal ist es, dass wir immer wieder einer den anderen zu retten haben.« Er lachte, und es klang wie eine Befreiung. »Deshalb stirb mir nicht zu früh, mein Bruder, denn ohne dich werde ich nicht lange überleben können. Und du solltest das Gleiche hoffen, auch du kannst nicht ohne mich.«

»Was haben sich die Götter dabei bloß gedacht?«, fragte ich.

»Es gibt schlimmere Strafen als dich«, erwiderte er, stand auf und trat auf unser kleines Feuer. Dann reichte er mir die Hand und zog mich auf die Füße. »Komm, wir wollen uns schlafen legen. Wir haben eine anstrengende Zeit hinter uns und verdienen es, ein wenig auszuruhen.« Er blickte auf den Dorfplatz. »Und die Feier dahinten scheint trübsinnig bleiben zu wollen. Da verpassen wir nichts.«

14

All die Jahre blieb mein Schreiben ein verborgenes Unternehmen. Ich ging ihm nur nach, wenn ich allein war. Das Gleiche galt für die langen Vorbereitungen, das Herstellen von Pergament und Tinte. So kam es, dass ich mir nur unregelmäßig Notizen machte. Heute liest sich unvollständig, was ich damals aufgeschrieben habe, die Skizzen sind hingeworfen, die Berichte lückenhaft. Manchmal gibt es wochen- oder monatelang keinen Eintrag. Deshalb versuche ich, in meine Erinnerung einzutauchen und dort wiederzufinden, was damals passiert ist. Ich halte mich vor allem an die Jahreszeiten – an Baumblüte und Sommerhitze, an Herbstlaub und Schnee. So finde ich am ehesten wieder, was in mir versunken ist. Bilder steigen auf, Wortfetzen und Gesichter, die ich zu sortieren versuche. All das ist eine Arbeit, die mich manchmal glücklich macht und zu anderen Zeiten, wenn Schmerz und Trauer kommen, überwältigt. Jene Jahre sind unwiderruflich vorbei. Damals hatten wir Kraft und Hoffnungen, und beide haben uns über manchen schweren Tag geholfen.

Der Winter, der sich dem Feldzug gegen die Burg im Samland anschloss, wurde von zwei Dingen bestimmt. Zum einen hatten wir Hunger, der immer schlimmer wurde, je länger die kalte Zeit andauerte. Obwohl wir die Vorräte des Vogtes geplündert hatten, reichte das Getreide hinten und vorn nicht. Herkus selbst übernahm die Verteilung. Es gab für jeden eine genau abgemessene Menge. Die Männer beschwerten sich, dass Frauen und Kinder gleich viel bekommen sollten, doch er entgegnete, in den Familien könnten sie selber bestimmen, wer wie viel aß.

Mit dem Hunger wuchs die Empfindlichkeit, doch wo zu anderen Zeiten Streit ausgebrochen wäre, fehlte bald auch dazu die Kraft. Unsere Leute zogen sich mehr und mehr in sich zurück. Alle Bewegungen wurden langsamer, auch meine eigenen. Es war ein Glück, dass im Winter nicht viel Arbeit anstand. Nur die Jagd blieb. Man ritt auf knochigen lustlosen Pferden über gefrorene Böden und suchte lange, bis man Spuren von Wild fand. Je weiter der Winter voranschritt, desto weniger Leute waren dazu bereit. Sie konnten einfach nicht mehr. Andere wollten sich an die Schafe halten. Wie immer fand ich es kurzsichtig, sie zu schlachten, sie gaben Milch, brachten Junge zur Welt, konnten im Frühjahr geschoren werden – aber all das natürlich nur, wenn sie lebten. Mehr als einmal bin ich eingeschritten. Wenn ich die Tiere blöken hörte, bin ich sogar nachts mit Fackel und Schwert zur Koppel gelaufen. Meistens fand ich niemanden. Und wenn ich jemanden sah, konnte ich ihm nichts nachweisen, es war ja nicht verboten, bei Dunkelheit durchs Dorf zu laufen, auch nicht mit einem Messer in der Hand.

Dabei verstand ich natürlich, dass der Hunger die Leute trieb. In manchen Nächten träumte ich von Festmahlen auf dem Dorfplatz und glaubte, mir stiege Bratengeruch in die Nase. Es gab Tage, da fühlte ich mich so schwach, dass ich mich aufs Stroh legte und ausruhen musste. Schon die Vorstellung, auf die Jagd zu gehen, überstieg meine Kraft. Wie andere schoss ich gelegentlich mit Pfeilen auf Vögel, doch die waren schwer zu treffen.

Noch schlimmer als der eigene Hunger war meine Sorge um Suplith und vor allem um Uimme. Viele Eltern versuchten, ihre Kinder satt zu kriegen, und ich hielt es nicht anders. Heimlich hängte ich einen Teil meines Getreides an Supliths Tür, manchmal ein ganzes Brot. Dabei hatte ich immer Sorge, Erkil würde misstrauisch werden. Erlebt habe ich das aber nie.

Suplith nickte mir dann am nächsten Tag von weitem zu, lächelte oder winkte, wenn sie sich unbeobachtet fühlte. So wusste ich, dass sie meine Hilfe erhalten hatte.

Unser Volk wurde mager in jenem Winter. Mehr als eine Mahlzeit am Tag gab es nicht. Die Körper konnten man wegen der Winterkleider nicht sehen, aber die Gesichter mit den eingefallenen Wangen und den hervortretenden Knochen erzählten von der Not. Viele hatten rot unterlaufene Augen und hielten sich krumm. Auch Hungertote gab es.

Herkus gehörte zu denen, deren Energie am längsten vorhielt. Er ging immer wieder auf die Jagd und verteilte seine Beute zusammen mit dem Getreide. Außerdem baute er Fallen, die er jeden Tag kontrollierte. Dankbarkeit erntete er für seinen Einsatz nicht, im Gegenteil, die Leute beschwerten sich, wenn er ihnen ihre kleine Portion zumaß. Oft hörte ich den Vorwurf, er sei nicht gerecht und nehme sich mehr. Wenn er Fleisch verteilte – von Wild, das er geschossen hatte und das deshalb ihm allein zustand –, bekam er kein anerkennendes Wort. Insgeheim hielten sie ihm immer noch vor, dass wir nicht die Burg im Samland gestürmt hatten. Die Vorräte dort – die in der Erinnerung immer herrlicher wurden – hätten das Volk nicht nur über den Winter gebracht, sie hätten uns Überfluss beschert. Dass sieben Jadwinger gestorben waren, hatte sie alle vergessen.

Vom Hunger abgesehen, ging es in dieser Zeit um einen Plan, um ein Vorhaben. Herkus hatte die Idee, die Fürsten aller prussischen Stämme zusammenzurufen. Gemeinsam sollten sie beratschlagen und entscheiden, wie wir weiter gegen die Besatzer vorgehen würden. Dazu wollte er nicht nur Samländer und Galinder einladen, sondern auch die Fürsten der Nadrauen und Schalauen aus dem Osten und die aus den Ländern Barten und Warmien weiter westlich. Über Skomand sprach er lange nicht, es war, als durfte dieser Name nicht fallen. Doch schließlich erklärte er, dass er auch ihn dazubitten wollte. Nur Pomesanien hatte er abgeschrieben. Im Land an der Weichsel saßen die Christen fest, von dort war keine Hilfe zu erwarten.

Er wusste – und sagte es manchmal –, dass wir nur gemeinsam siegen konnten. Genauso stimmte, dass alle Prusai gleichermaßen unter einer Niederlage zu leiden hätten, deshalb wollte er die Zustimmung von allen für unseren Aufstand. Niemand im Dorf hatte jemals von einem solchen Treffen gehört, auch die Alten nicht, doch das bedeutete Herkus nichts. Dann wäre es eben das erste Mal, sagte er. Er wollte Boten ausschicken und legte einen Tag – die Zeit des Frühjahrsvollmondes – fest, an dem sich alle bei uns einfinden sollten. Seine größte Sorge war, dass er sie nicht bewirten konnte. Das ließ ihn zögern. Wir hatten Wintergetreide ausgebracht und würden erneut pflügen und säen, sobald der Frost vorüber war, doch vor dem Sommer war keine Ernte zu erwarten. Aber es war unvorstellbar, so viele prussische Fürsten zusammenzurufen und ihnen dann nichts anbieten zu können.

Wir sprachen an manchem Abend darüber, während wir unser angewärmtes Wasser tranken. Ich sagte auch, dass wir uns nach der Frostzeit wieder zur Fron auf der Kirchenbaustelle zu melden hätten. Herkus war davon überzeugt, dass kein einziger Mann dorthin zurückkehren würde. Es gäbe auch keinen Grund dafür, auch nicht den, unseren Aufstand länger verborgen zu halten. Der

Ritterorden wisse doch längst, dass die Burg des Vogtes überfallen worden sei. Die Christen würden bereits auf Gegenwehr sinnen, glaubte er, vielleicht auch auf Bestrafung. Umso wichtiger sei es, bald ein großes Treffen der Stämme zu arrangieren.

Als die Zeit des Nachdenkens vorüber war, traf er seine Entscheidungen. Es war noch vor der Schneeschmelze. Er schickte Boten in alle vier Himmelsrichtungen. Unsere Leute sollten zu dem jeweils nächstgelegenen Volk reiten, dort den Tag der Versammlung mitteilen und darum bitten, dem auf der anderen Seite benachbarten Stamm Nachricht zu geben.

Für mich hatte er eine Aufgabe, auf die ich mich freute. Diesmal schickte er mich nicht zu Skomand, sondern zu den Galindern.

Er selbst machte sich, von zwei Männern begleitet, auf, die Ordensburg auszuspähen und herauszufinden, ob die Ritter angreifen würden. Auf dem Weg dorthin plante er, mit all den Leuten, die westwärts zu reiten hatten – also auch mit mir –, an der Kirchenbaustelle haltzumachen und dort Lebensmittel zu rauben. Doch als wir dort eintrafen, waren der Baumeister und seine Handwerker noch nicht da. Die Baustelle lag so verwaist, wie wir sie verlassen hatten. In den Gräben für die Fundamente stand Wasser. Das Material war ordentlich gestapelt. Alle, die wir uns umsahen, hatten im letzten Jahr hier gearbeitet. Mit den Erinnerungen kam der Zorn. Mancher zerschmiss Ziegel oder trat gegen die Pfeiler unserer Hütte. Als es Nacht wurde, legten wir uns auf die Schlafplätze der Deutschen.

Am nächsten Morgen nahm ich Abschied von Herkus und ritt zu den Galindern. Ich trieb mein Pferd an, denn ich freute mich auf ein Wiedersehen mit Legien. Bald wurde ich wieder langsamer, um die neuen Eindrücke aufnehmen zu können. Stille umfing mich. Nur ein paar Vögel machten Geräusche. Die Bäume waren noch ohne Laub, Grün trugen nur Tannen und Kiefern.

Legiens Dorf sah ganz anders aus als unseres. Die Häuser waren in den Wald gebaut, von Bäumen umgeben, in deren Schutz sie sich gestellt zu haben schienen. Sie standen einzeln, der Weg zum Nachbarn war weit. Die Gemüsegärten lagen neben den Feldern, die viel kleiner waren als unsere und zu einem See hin abfielen. Von dort wurde das Wasser geholt.

Als Legien mich entdeckte, brauchte er einen Moment, um sich klarzumachen, wen er da vor sich hatte. Dann legte sich ein Strahlen über sein Gesicht, er warf sein Werkzeug weg und breitete die Arme aus. Er hatte Bartstoppeln, sein Oberkörper war breit und kräftig, und ich erkannte den Bären wieder, den ich schon immer in ihm gesehen hatte.

Ich schämte mich dafür, zum ersten Mal hierhergekommen zu sein. Wie oft war Legien schon bei uns gewesen. Insgeheim wartete ich auf Vorwürfe und legte mir eine Rechtfertigung zurecht. Doch ich brauchte sie nicht. Er hielt mich fest, schob mich ein wenig von sich, um mich anzusehen, bevor er mich erneut an seine Brust drückte.

Seine Frau hieß Narwike. Sie war rotwangig, hatte braunes Haar und große Brüste. Eine zarte Frau hätte auch nicht zu ihm gepasst, er brauchte eine, die kräftig war und ein wenig üppig. Ihr Gesicht erinnerte mich an einen Uhu. Sie hatten zwei Kinder, einen Jungen und ein Mädchen. Außerdem lebten Narwikes Schwester und die Mutter mit im Haus.

»Das ist mein Freund Norelis«, stellte Legien mich ihnen vor.

Er musste ihnen von mir erzählt haben, sie begrüßten mich vertraut und wussten, wer ich war und wo ich herkam. Der Abend war noch weit, trotzdem stellten sie ihr Tagwerk ein. Narwike begann, Essen zu kochen. Wir Männer saßen beieinander. Zu uns gesellte sich Legiens Sohn, ein Junge von zehn Jahren, der Rickais hieß.

Ich beobachtete Legiens Familie, einen nach dem anderen. Warum war es mir nicht möglich gewesen, so etwas zu schaffen? Weil ich hinkte? Weil ich schnitzte und Pergament beschrieb? Oder weil ich mein Herz einer Frau gegeben hatte, die zu einem anderen gehörte? Und wie war es mit Herkus, der zwar verheiratet, aber trotzdem einsam war?

Der zehnjährige Rickais sah mich mit unverhohlener Neugier an. Er hatte Nase und Mund von Legien. Seine Augen waren wach, ein wenig rot, und das Gesicht hager. Wann immer ich den Mund aufmachte, hörte er zu, aber anders, als man üblicherweise in einem Gespräch folgt. Der Junge hörte wie gebannt zu.

Ich berichtete von unserem Winter und dem Hunger und erfuhr, dass es den Galindern nicht besser erging. Immerhin angelten sie im See. Bei Frost schlugen sie dazu Löcher ins Eis.

Zum Essen gab es Schweinefleisch und Grütze. Narwike hatte den Tisch reichhaltig gedeckt. Sie machte kein Aufhebens darum, aber an den Blicken ihrer Schwester und ihrer Mutter konnte ich ablesen, dass solcher Aufwand nicht üblich war. Ihre kleine Tochter durchbrach das stumme Staunen und fragte, ob ein Festtag wäre. Legien lachte. Natürlich sei es ein Festtag, wenn Norelis zu Besuch war.

Am späteren Abend erzählte ich von Herkus und seinem Plan. Legien hatte uns gebrannten Obstwein eingeschenkt, ein süßliches, dabei scharfes Gebräu, das einem wie Feuer in der Kehle brannte. Narwike hatte die Tochter auf ihren Strohsack geschickt und verlangte, dass auch

Rickais sich schlafen legte, aber der Junge schüttelte den Kopf und blieb sitzen. Auch ihre zweite Aufforderung, ins Bett zu gehen, ignorierte er. Er wollte weiter zuhören. Bevor es zu einem Streit zwischen Mutter und Sohn kam, erlaubte Legien ihm zu bleiben. Auch die Frauen saßen bei uns.

Legien hatte ihnen natürlich auch von Herkus erzählt. Er selbst war sofort von dem Vorhaben einer großen Versammlung überzeugt. Nur alle zusammen könnten wir uns behaupten, und dazu müssten wir uns abstimmen. Doch die Frauen reagierten anders.

Narwike hatte sich zurückgelehnt, starrte auf den Tisch und drückte so ihre Ablehnung aus. Auch ihre Schwester wirkte nachdenklich.

Legien brauchte sie nicht einmal anzusehen, um ihre Reaktion zu kennen. »Mein Frau mag es nicht, wenn ich in den Kampf ziehe.« Er drückte ihr die Hand und streichelte sie. »Sie denkt immer, ich komme nicht zurück.«

»Das ist ja keine abwegige Vorstellung«, erwiderte ich. »Aber haben wir eine andere Möglichkeit?«

»Weiß ich nicht«, sagte Narwike. Aus ihrem Gesicht war alle Offenheit und Freude verschwunden, in ihren Augen lag etwas Finsteres, das ich auf mich bezog. »Vielleicht gehen die Christen eines Tages von selber wieder?«

Ich schüttelte den Kopf.

»Ich will Legien nicht verlieren. Meine Kinder wollen das auch nicht.«

Rickais saß neben mir. Er verzog Mund und Stirn.

Ich richtete das Wort an Arnike. Sie war schmaler als ihre Schwester, auch das Gesicht war hager, und sie hatte eine höhere Stirn, unter der ihre Augen klein wirkten. »Und du? Was denkst du?«

»Ich habe keinen Mann. Hätte ich einen, würde ich auch nicht wollen, dass er in den Krieg zieht.«

»Und ohne ›hätte‹ – was ist deine Ansicht?«

»Ich sehe beide Seiten. Solange wir unsere Abgaben leisten, warum sollten die Ritter weggehen, wenn wir sie nicht vertreiben? Aber wenn viele unserer Männer sterben, werden wir auch nicht überleben. Und auch die Kinder nicht.«

Danach herrschte Schweigen am Tisch.

Legien schenkte uns wortlos Obstbrand ein. Wir stießen nicht an, sondern kippten den Schnaps herunter. Der Fürst der Galinder, erfuhr ich, war ein alter Mann, der Legien zu seinem Stellvertreter gemacht und ihn mit der Befehlsgewalt für den Kriegsfall ausgestattet hatte. Deshalb würde Legien zu dem Treffen kommen. Er wollte die Zeit bis dahin nutzen und mit den Männern seines Stammes sprechen, um ihre Ansicht zu hören. Als er diese Dinge sagte, wich er seiner Frau nicht aus, er sah ihr in die Augen und drückte erneut ihre Hand. Seine Meinung aber änderte er nicht. Die fremden Ritter müssten vertrieben werden.

Legiens Familie bewohnte ein enges Haus mit niedrigen Decken. Das Moos in den Wandfugen war frisch, der Fußboden sauber und das Brennholz ordentlich gestapelt. Man bewegte sich vorsichtig, aus Angst, irgendwo anzustoßen.

Obwohl ich es zu verhindern versuchte, räumten Narwike und Legien ihre Schlafkammer und breiteten ihre Strohsäcke in dem größeren Raum aus, wo die anderen Frauen und die Kinder schliefen. Ich bekam frisches Stroh in die kleine Kammer. Es war kalt. Ich behielt meinen Leibrock an. Im Haus waren alle Kerzen gelöscht worden und Ruhe eingekehrt. Trotzdem fand ich keinen Schlaf, der Schnaps hielt mich wach, Gedanken an Krieg und Tod – an das Sterben vor der Zeit – ließen mich nicht in

Ruhe. Auch mein eigenes Kind, selbst wenn ich es nicht versorgte, war noch klein, ich würde es nicht mehr unterstützen können, wenn ich von einer Schlacht nicht zurückkehrte. Als langsam der Schlaf kam und mir die Augen zufielen, ich mich zur Seite drehte und den Kopf auf die Hand stützte, wurde leise die Tür geöffnet. Ich war sofort wieder hellwach. Von meinen Waffen lag nur mein Messer neben mir. Ich tastete danach. Nichts regte sich. Offenbar wurde die Tür wieder geschlossen. Ich wusste um die Anwesenheit eines anderen Menschen im Zimmer. Mein Messer hatte ich in der Hand und war kampfbereit. Sehen konnte ich nichts.

Im nächsten Augenblick wurde mein Strohsack angehoben, eine leichte, federnde Bewegung. Eine Frau schlüpfte neben mich. Ich ließ mein Messer los.

»Es ist kalt«, flüsterte sie, »wir wärmen uns ein wenig, ja?«

Es war Arnike.

Ich tastete nach ihrer Hand und ihrem Kopf. Vorsichtig legte sie ihre Arme um mich. Sie fühlte sich sanft an, ihre Haare rochen ein wenig nach Harz, nach Wald. Den Kopf vergrub sie in meinem Hals, als müsse sie sich verstecken, und biss mich vorsichtig. Ich fühlte ihre nackten Beine an meinen. Sie war tatsächlich kalt. Umso enger drückte sie sich an mich.

Mir kamen Bedenken. Wenn einer aus der Familie gehört hatte, wie sie sich hinausgeschlichen hatte, würden es morgen früh alle wissen. Und Suplith? Zwischen uns ging es nicht um Treue, redete ich mir ein, zumal meine Erregung stärker wurde. Arnike hatte ihre Hand unter meinen Leibrock geschoben und strich mir über den Rücken. Ihre Brust drückte sich durch ihr Hemd. Ihr schneller Atem drang an mein Ohr. Auch ich tastete mit meiner Hand unter ihr Leinenhemd und fühlte ihre Brüste. Ich half ihr, das auszuziehen, was sie am Leibe trug, dann lag sie nackt im Stroh und hatte auch mein Hemd so weit nach oben geschoben, dass ich es nur noch über Arme und Kopf streifen musste.

»Was, wenn die anderen es sehen?«

Sie schüttelte den Kopf. »Die schlafen doch.«

Voller Erwartung sah sie mich an. Ich küsste sie, und sie schlang ihre Arme um mich. Sie war hungrig. Wir klammerten uns aneinander wie zwei Menschen, die seit Ewigkeiten allein gewesen waren. Arnike war auch laut. Ich machte zweimal den Versuch, ihr die Hand auf den Mund zu pressen, aber dann war es mir egal, ich versank mit ihr.

Sie lag träge in meinem Arm, die Augen schon fast geschlossen. Ich wollte sie fortschicken und damit die letzte Möglichkeit ergreifen, dass unser Tun verborgen blieb, doch ich brachte es nicht fertig. Ich schlief ein und träumte davon, am nächsten Morgen Legien und seiner ganzen Familie, auch dem strengen Rickais, unter die Augen treten zu müssen, die bereits alles wussten und am Küchentisch auf mich warteten. Ich stammelte eine Erklärung. Sie schüttelten den Kopf. Legien, der seltsame Malereien auf dem Gesicht hatte, jagte mich davon, ich solle ja nicht wiederkommen. Nur die Botschaft für Herkus gab er mir noch mit auf den Weg.

Als ich am nächsten Morgen aufwachte, war Arnike verschwunden. Ich lauschte auf Geräusche und konnte nichts hören. Ich stand auf, zog mich an und schlich hinaus.

Es war noch dunkel. Auf dem Gras lag Tau, Stiefel und Beinkleider wurden mir nass, aber ich genoss die kühle Luft, die alle schlechten Gedanken aus meinem Kopf vertrieb. Ich machte ein paar Schritte in den Wald hinein und dachte an Arnike. Ihr Harzgeruch kam mir in den Sinn.

Als ich wieder auf das Haus zuging, trat Legien heraus. Ich machte mich auf Ärger gefasst. Seine Schwägerin gehörte zu seinem Haushalt, er hatte auf sie aufzupassen. Doch schon von weitem erkannte ich, dass er sich freute, mich zu sehen. Er begrüßte mich ohne Argwohn und fragte, ob ich gut geschlafen hätte. Dann legte er mir die Hand auf die Schulter. Ich fürchtete, den Geruch meiner Liebesnacht auszuströmen. Er sagte, die Angst seiner Frau werde ihn nicht davon abhalten, in den Krieg zu ziehen, genauso wenig, wie sich die anderen galindischen Männer von ihren Frauen zurückhalten ließen. Ich sollte Herkus ausrichten, dass er sich auf die Galinder verlassen könne.

Bei der Morgenmahlzeit blickte Arnike mich kaum an, dabei nahmen wir den Haferbrei aus derselben Schüssel, und einmal stießen unsere Holzlöffel sogar aneinander. Aber sie hielt den Kopf gesenkt. Auch als ich mich bei Legien für die Gastfreundschaft bedankte und sagte, ich müsse zurück zu meinem Stamm, reagierte sie nicht.

»Was wirst du deinem Fürsten sagen?«, fragte Narwike. Anders als ihre Schwester hatte sie mich gemustert, als könne sie auf meiner Stirn meine Gedanken lesen.

»Ich werde ihm bestellen, dass die Galinder nicht in den Krieg ziehen wollen«, erwiderte ich.

Ihre Augen blickten ungläubig. Legien öffnete den Mund und schnappte nach Luft. Er war überrascht – zu sehr, um zu widersprechen.

»Aber dass sie bereit sind«, fuhr ich fort, »wenn es nicht anders geht.«

Sie nickte stumm. Es gab nichts mehr zu sagen.

Bevor ich davonritt, stellte Legien mich dem alten Galinderfürsten vor, einem Mann, der fast blind war und meine Hand ertastete und sie dann nicht mehr losließ. Legien sagte auch, wie viele Kämpfer sein Stamm stellen könne – etwa vierzig –, aber das sei natürlich abhängig von der Jahreszeit, im Frühjahr und zur Erntezeit wären es weniger. Es gäbe nur einen Mann, erklärte er noch, als ich auf mein Pferd stieg, dem er zutraue, die Prusai in diesen Kampf zu führen, und das sei Herkus. Ich solle ihm seinen Gruß ausrichten. Wir hielten einander die Hände. Am Tag des Frühjahrsvollmondes würden wir uns wiedersehen, sagte er.

Herkus nahm meine Botschaft ohne Überraschung auf. Er hatte damit gerechnet, dass die Galinder mitziehen würden. Ein Grinsen lag um seine Mundwinkel, auch die dunklen Augen leuchteten. Andere Leute im Dorf waren ebenfalls guter Dinge. Ich fragte ihn danach. Er sagte, es gebe neues Getreide. Zusammen mit den beiden anderen Natangern war es Herkus gelungen, Nachschub für die Ordensburg abzufangen. Sie hatten mehrere Wagen, mit Weizen und Roggen beladen, überfallen, die Kutscher erschossen und die Beute ins Dorf gebracht. Ich gratulierte ihm, auch weil er nun seine Sorge um die Bewirtung der Fürsten los war. Er erwiderte nur, die Wagen seien schlecht bewacht gewesen, noch einmal werde den Rittern das nicht passieren. Und er müsse mit mir sprechen.

Ein Herkus-Satz – eine Ankündigung, der nichts folgte. Er konnte ein Gespräch lange vor sich herschieben. Ich dagegen war neugierig und hätte am liebsten dort, wo wir standen – in der Nähe der geraubten Getreidewagen, die er mir gezeigt hatte –, gefragt, worum es ginge. Aber ich hielt mich zurück, nickte nur und ging fort, um meine Mutter zu begrüßen, nach den Schafen zu sehen und vielleicht einen Blick auf Suplith und Uimme zu werfen.

Meine Tiere drängten hinaus. Das Gras in ihrer Koppel war abgefressen. Sie spürten das nahende Frühjahr, sie wollten laufen. Abt, mein Hund, sprang an mir hoch, dabei war ich gar nicht lange fort gewesen. Er wedelte mit dem Schwanz. Auch er schien auf bessere Zeiten zu hoffen. Während ich ihn streichelte, sagte ich ihm, wir gingen hinaus, es dauere nicht mehr lange.

Dann kam Herkus. Er kletterte auf eine der Holzbohlen, die die Koppel begrenzten, und hockte sich hin. Ich stand immer noch bei meinem Hund, einige Meter von ihm entfernt. Er blickte nach vorn, wo bald der Wald begann.

»Wir waren einige Tage an der Ordensburg. Dabei haben wir den Nachschub erbeuten können. Ein Zufall. Glück, nichts sonst. Aber ich wollte erfahren, was sie vorhaben, und das ist mir nicht gelungen.«

Ich hatte meine Hand immer noch auf dem Nacken des Hundes und schwieg.

»Wir müssen wissen, was sie planen«, fuhr er fort. »Ob sie Verstärkung erwarten – und wenn ja, wann. Kommen andere Ritter? Wie viele haben sie auf der Burg? Werden sie uns angreifen? Und wen, die Natanger oder die Samländer?«

Ich verstand, dass er seine Fragen nicht mit mir besprechen wollte, um meine Meinung zu hören. Er hatte etwas vor. Mich überkam der Wunsch davonzurennen. Ich war der Schäfer, wollte mein altes Leben zurück und fern vom Dorf aufschreiben, was ich erlebt hatte. Meine Mutter brauchte mich. Und ich hatte Sehnsucht nach Suplith.

»Ich bitte dich, diese Dinge herauszufinden, Norelis.«

»Aber ... Wie stellst du dir das vor?« In dem Moment, wo ich sie ausgesprochen hatte, begriff ich, dass das die falsche Frage war. Wieso ließ ich mich überhaupt auf dieses Vorhaben ein? Warum sagte ich nicht einfach nein?

»Ihnen fehlt das Getreide, das wir ihnen gestohlen haben. Wenn nun ein Bauer käme – ein christlicher Bauer – und ihnen welches anböte und dazu die Aussicht, noch mehr zu liefern, den würden sie hineinlassen. Und wenn er dann geschickt ist, sieht er sich um, zählt die Männer und spricht mit dem einen oder anderen.«

Nun dämmerte mir endgültig, was er wollte.

»Es gibt niemanden außer dir, der einen solchen Bauern spielen könnte. Einen Christen.« Er lachte. »Du bist schon mal in eine Burg gegangen und hast den Rittern etwas vorgegaukelt. Ich weiß es noch, auch wenn ich es damals gar nicht so richtig mitbekommen habe.«

»Aber was, wenn mich einer erkennt? Vielleicht ist der Baumeister dort oder seine Handwerker. Die wissen, wer ich bin! Ich habe über ein halbes Jahr lang Nachschub auf die Baustelle gebracht. Oder irgendein Ritter, gegen den ich gekämpft habe?« Ich musste innehalten und Luft holen, so aufgeregt hatte ich gesprochen.

Herkus blickte zu Boden. »Wir verkleiden dich. Ich habe Hosen und ein Wams von einem der Kutscher. Du wirst wie ein Christ aussehen. Auch eine Kopfbedeckung bekommst du. Und wir schneiden dir die Haare.«

Er hatte alles bedacht. Wie ein Tier in einer Falle suchte ich nach einem Ausweg. Doch es gab keinen.

»Norelis, ohne Risiko ist es nicht. Aber wenn du es schaffst und zurückkommst und hast manches erfahren, dann haben wir einen großen Vorteil.«

Damit waren alle Sorgen beiseitegewischt und die Fragen beantwortet. Ich hockte mich wieder zu meinem Hund, dem ich über das struppige Fell strich. Mein kleines Leben bedeutete nichts im Vergleich zu dem Kampf, den Herkus plante. Es spielte auch keine Rolle, dass ich seinerzeit auf dem Weg zur Marienburg eine unendliche Sicherheit in mir gefühlt hatte. Damals fühlte ich in meinem tiefsten Inneren, ich würde wieder herauskommen.

Jetzt fehlte mir dieses Gefühl. Ich hatte Angst. Einfach nur Angst. Doch am Ende hörte ich nicht auf sie. Ich stand wieder auf und ging zu Herkus, der immer noch auf den Brett saß. »Ich verlange, dass sich inzwischen jemand um die Schafe kümmert und mit ihnen hinauszieht – aber nur so lange, bis ich wieder da bin. Dann will ich diese Arbeit zurück. Die und keine andere. Außerdem möchte ich Getreide. Eine Extraration.«

Er legte die Stirn in Falten. »Die Herde, ja, selbstverständlich. Aber um deine Mutter kümmere ich mich doch.«

»Das sind meine Bedingungen«, erwiderte ich. »Nimm sie an, oder lass es bleiben.«

Er nickte.

Sie machten einen anderen Menschen aus mir. Die Haare wurden gekürzt, der Bart, bis auf ein Stückchen an der Oberlippe, abgenommen. Die Frauen brachten Farben und malten sie mir auf die Haut, damit sie blasser aussähe. Auch mein Haar sollte heller wirken. Alle schmierten sie an mir herum, übertrumpften sich mit immer neuen Ideen und kicherten dabei. Ich war der Einzige, dem nicht nach Lachen war.

Herkus redete nur noch deutsch mit mir. Ich sollte ihm die Namen der Jünger Jesu und die der Evangelisten aufzählen. Zusammen versuchten wir, uns an den Wortlaut von Gebeten zu erinnern. Und ich dürfe keinesfalls fluchen, ermahnte er mich.

Bevor es losging, gab er mir das versprochene Getreide, einen Sack mit Weizen, den anderen voller Roggen. Ich wartete, bis es ganz dunkel war, dann suchte ich nach Erkil. Er war, wie ich gehofft hatte, auf dem Dorfplatz, zusammen mit den anderen Mettrinkern. Ihnen fehlte Willun. Sie brauten zwar weiter, aber ihr Trinken wirkte ein wenig trostlos, hatte nicht mehr die Bedeutung, die es mit dem alten Fürsten gehabt hatte.

Ich fasste meine Säcke fester. Im Dorf war es finster, nur auf dem Platz brannten ein paar Fackeln, der Mond war nicht einmal halb voll. Ich öffnete die Tür von Supliths Haus. Es war das erste Mal, dass ich hier hineinging. Sie war überrascht. Auch die kleine Uimme sah mich mit großen Augen an. Sie reichte ihrer Mutter bis an die Oberschenkel.

Ich hielt Suplith die beiden Beutel hin. »Für dich. Ich wollte es nicht wieder an die Tür hängen.«

Sie griff nach meinem Arm. »Norelis, das ganze Dorf lacht über deine Verkleidung, aber ich finde das nicht lustig. Dein Auftrag ist gefährlich.«

»Ich passe schon auf.«

Sie hielt nun auch meinen anderen Arm fest, als wollte sie mich nicht fortgehen lassen. »Ach, Norelis. Ich ... weiß nicht, wie oft ich diese Worte schon zu dir gesagt habe. Das ist wohl Frauenschicksal.« Sie biss sich auf die Lippe und schüttelte den Kopf. »Komm zurück, ja? Bitte, komm zurück, Norelis.«

Ich hatte immer noch beide Beutel in den Händen, als sie mich umarmte und an sich drückte. Zwar rechnete ich nicht damit, dass Erkil käme, trotzdem war ich unruhig. Es wäre furchtbar gewesen, ihm hier zu begegnen, in den Armen seiner Frau. Ich gab ihr einen Kuss.

»Vergiss mich nicht«, sagte ich, ging in die Knie und schaute Uimme an, die sich am Bein ihrer Mutter festhielt. »Und du auch nicht.« Ich streckte meine Hand nach ihr aus. Sie ergriff sie nicht.

Für meinen Weg zur Ordensburg bekam ich sogar eine Eskorte. Herkus wollte nicht riskieren, dass ich überfallen würde. Er hatte angeordnet, einen Bogen um die Burg zu schlagen, damit ich mich ihr wirklich von Westen näherte. So waren wir tagelang unterwegs. Ich lenkte den mit Getreide beladenen Ochsenkarren. Die Krieger blieben im Wald, manchmal hörte ich sie, sehen konnte ich sie nicht. Selbst im Nachtlager blieb ich allein. So hatte es Herkus bestimmt, und mittlerweile folgten die Natanger seinem Wort ohne Widerspruch.

Die Ordensburg lag inmitten einer hügeligen Landschaft, nicht weit vom Ostmeer und am Ufer eines kleinen Flusses. Dem Weg dorthin sah man an, dass er regelmäßig befahren wurde. Über das Feld konnte sich niemand nähern, ohne frühzeitig gesehen zu werden. Das Tor war gut bewacht. Mehrere Soldaten in Rüstung standen davor.

Ich setzte meinen Karren in Bewegung. Dies letzte Stück hatte ich nun allein zu machen. Der Ochse ging so gemächlich wie bislang. Mir war es recht. Eile war etwas, das zu ihnen passte, aber nicht zu uns.

Wie die anderen Burgen in unserem Land war auch diese aus rotem Stein. Sie wurde durch zwei Mauern geschützt, einer inneren und einer äußeren, nur war die auf der Burgseite noch nicht fertig gebaut. Handwerker arbeiteten daran. Sie hatten hohe Holzgerüste errichtet und zogen mit Hilfe von Seilen und Rädern Material hinauf. Ich dachte an die Kirche, die wir bauen sollten, und hoffte, dass der Baumeister hier nicht für den Winter untergekommen war. Die eigentlichen Gebäude der Burg, ein großes, palastartiges, und ein kleineres, immer noch imposantes, lagen höher als die Mauern, sie waren auf einem Hügel errichtet und hatten zwischen sich eine kleine Kirche, eine Kapelle, auf deren Dach ein Kreuz prangte.

Auf meinem Weg erinnerte ich mich ein weiteres Mal an die Unbekümmertheit, mit der ich einst in die Marienburg gegangen war und dort den Dummkopf gespielt hatte. Damals hatte mich das schlechte Gewissen getrieben, und wenn sie mich erschlagen hätten, wäre es mir egal gewesen, dann hätte ich für mein Verhalten an jenem unseligen Vorabend gebüßt.

Doch jetzt war alles anders. Mein Magen grummelte, ich fühlte mich schwach. Ich wollte nicht sterben, sondern leben. Die Prusai setzten sich zur Wehr – und ich sollte das nicht mehr miterleben? Ich dachte an Suplith und Uimme und ertappte mich dabei, die Schicksalsweberin Laume für mich zu bitten. Dann musste ich laut lachen, so wie ich immer bei Gedanken an Laume lachte, denn mir kam Glande in den Sinn und sein Satz, dass alle Menschen immerzu um etwas bäten, Laume aber so webe, wie es ihr Handwerk erfordere.

Und trotzdem war mein Magen in Aufruhr. Die Wachsoldaten hatten mich längst gesehen. Zwei Armbrüste waren schon auf mich angelegt, als ich noch außer Schussweite war. Andere hatten ihre Lanzen parat. Ich hatte Lust, ihnen zuzurufen, ich sei doch ganz allein, zudem unbewaffnet. Mein Herz klopfte, ich biss mir auf die Lippe, meine Beine fühlten sich weich an. Ich hatte diesen Weg begonnen, nun würde ich ihn auch zu Ende gehen. Und wenn es mein letzter war. Nur die Angst, meine Begleiterin seit Tagen, wurde ich nicht los.

Vor der Wache brachte ich meinen Karren mit einem Ruck zum Stehen. »Erschießt mich nicht gleich. Ich habe Getreide geladen, das ich zum Verkauf biete. Habt Ihr Interesse?«

»Wo kommst du her?«, fragte einer der Wächter mit barscher Stimme, während ein anderer schon mit seiner Lanze in meine Ladung stach.

»Aus dem Lande Warmien. Drei Tagesreisen Richtung Westen, da liegt unser Dorf. Im Getreide versteckt sich übrigens niemand.«

Die Männer berieten sich, dann verschwand einer von ihnen in der Burg, während die anderen mich nicht aus den Augen ließen. Ich hatte den Eindruck, dass sie in ihrem langweiligen Dienst jede Abwechslung besonders ernst nahmen. Immerhin ließen sie ihre Armbrüste sinken. So gefährlich schien ich ihnen nun nicht mehr.

Ich hockte auf dem Kutschbrett, fühlte mich elend und kämpfte dagegen an. Es war ein grauer Frühjahrsmorgen, von der See blies ein frischer Wind. Ich hatte eine alberne rote Mütze auf, mit einem Zipfel, der zur Seite stand. Gegen den Wind zog ich sie tiefer in die Stirn. Dabei sagte ich mir meinen christlichen Namen vor, damit ich mich nicht verriet.

Schließlich durfte ich hineinfahren. Von mir marschierte ein Wächter, hinter mir ein anderer. Beide hatten Lanzen in der Hand. Mein Wagen rumpelte über den Burghof. Ich gab vor, allein auf den Ochsen zu achten, aber wenn ich meinen Kopf hob, ließ ich meinen Blick durch den Hof schweifen. Viele Ritter waren nicht zu sehen. Auch Pferde gab es nur wenige.

Als ich anzuhalten hatte, kamen zwei Männer auf mich zu, von denen nur einer ein Ritter war. Der andere mochte, wie der Kellermeister damals im Magdeburger Kloster, für die Versorgung zuständig sein. Er trug Wollhosen, Wams und einen grauen Filzhut.

Das Wort führte der Uniformierte. Er war klein und dick und hatte nur wenige Haare auf dem Kopf. Auf seiner Stirn glänzte der Schweiß. »Wo kommst du her?«

»Aus dem Westen«, wiederholte ich. »Aus Warmien.«

»Wie ist dein Name?«

»Nikolaus.«

»Du bist Christ?«

»Natürlich. Ich bin doch kein Heide.«

»Erklär mir doch mal eines, Nikolaus. Es ist Frühling, die nächste Ernte kommt im Sommer. Und du hast mehr Getreide, als du brauchst?«

Ich lachte. »Manchmal macht der ein gutes Geschäft, der zu warten weiß.«

Der andere Mann ging auf meinen Wagen zu und fuhr mit beiden Händen durch das Getreide. Er hatte den Blick des Fachmanns. Was ich geladen hatte, war gedroschen und sah ordentlich aus. All das erkannte er und nickte.

»Nun gut«, meinte der Uniformierte, »was willst du für die Ladung haben?«

Wir hatten lange darüber gesprochen, aber keiner von uns kannte Preise, denn bei uns wurde ja nur getauscht. Diese Frage war heikel. Wenn ich mich vertat, konnte ich auffliegen.

»Was bietest du?«

»Küchenmeister, was sagst du?«, fragte der Kahle.

»Wollen wir großzügig sein und einen halben Silberdukaten bieten.«

Bevor der Küchenmeister etwas erwidern konnte, sagte ich: »Nichts für ungut. Ich drehe einfach wieder um. Wir haben nichts zu verschenken.«

Ich packte die Zügel und schnalzte mit der Zunge. Der träge Ochse spitzte die Ohren.

»Was ist denn dein Preis?«

»Wir wollen vier Silberdukaten. Mit weniger brauche ich nicht in mein Dorf zurückzukehren.«

Der Kahle schüttelte den Kopf. »Du bist unverschämt.«

»Sagen wir, ich weiß einfach, was dieses Getreide im Frühjahr wert ist. Wenn ich's den Prussen bringe, bekomme ich Bernstein und Felle dafür. Vielleicht sogar Gold.«

»Und verlierst dabei deinen Kopf. Gier ist eine Todsünde.«

»Das weiß ich, Herr, und ich bin ja auch zu euch gekommen. Aber einem Bauern die Ernte unter Wert abzukaufen, wird Gott auch nicht gefallen.«

Während ich sprach, versuchte ich, den Burghof auszukundschaften. Entweder gab es hier nicht viele Ritter, oder sie hielten sich in einem der Häuser auf.

»Hättest du noch mehr zu liefern?«

Ich verzog das Gesicht. »Mag sein, mag auch nicht sein. Ich werde im Dorf Rechenschaft ablegen, dann entscheiden wir gemeinsam, und dabei wird der Erlös, den ich bringe, ein gewichtiger Grund sein.«

Ich saß immer noch auf dem Kutschbrett. Den grauhaarigen Mann, der von der anderen Seite in den Burghof kam, erkannte ich sofort. Das war Bernhard von Klingenberg. Ich fuhr zusammen und dachte an Flucht. Das war Blödsinn, hier kam ich nicht mehr raus. Ich holte tief Luft und stieg ab. Vielleicht hatte ich Glück, und er ging einfach an mir vorbei.

»Du weißt, dass die prussischen Heiden Aufruhr gestiftet haben?«, fragte der Ritter.

»Man hört so dies und das.«

»Und deshalb glaubst du, wir würden jeden Preis bezahlen, weil sie möglicherweise unseren Nachschub angreifen? Das ist ein Irrtum, mein Lieber. Wir wissen uns zu schützen.«

Bernhard war auf uns aufmerksam geworden. Er blieb stehen und sah herüber. Ich betete, er würde weitergehen. In meinem Magen stach etwas, es fühlte sich wie ein Messer an. Er entschied sich anders und kam auf mich zu.

»Einen und einen halben Silberdukaten, wenn du zusagst, mehr zu bringen.«

Bernhards Stiefeltritte hallten durch den Burghof. Er blieb an meinem Karren stehen und musterte mich. »Ich kenne dich.«

Ich senkte den Kopf. »Das glaube ich kaum, Herr.«

»Ich vergesse nie ein Gesicht. Wo kommst du her?«

»Aus Warmien. Unser Dorf liegt viele Meilen im Westen«, sagte ich zum dritten Mal. »Aber wir wollen wegziehen. Allesamt. Richtung Pomesanien, vielleicht sogar hinüber ins Pommerland. Hier ist man nicht mehr sicher.«

»So?«, fragte Bernhard. »Du hast mehr Vertrauen in die Stärke der Prussen als in uns, wie?«

Mit gesenktem Kopf antwortete ich: »Das weiß ich nicht. Ich bin kein Ritter, Herr, überhaupt kein Kämpfer, sondern ein einfacher Bauer, genauso wie meine Nachbarn. Wir wissen nur eins: Wenn es Krieg gibt, werden die Dörfer geplündert und die Felder zertrampelt. Dann gibt es keine Ernte. Und unsere Kinder müssen hungern.«

Er stellte sich so dicht vor mich, dass ich ihn riechen und die einzelnen tiefen Falten auf seiner Stirn unterscheiden konnte. Es war nicht möglich, immer weiter zu Boden zu blicken, mit zu viel Angst würde ich mich verraten, außerdem wollte ich etwas verkaufen und hatte darin glaubwürdig zu erscheinen.

»Wo habe ich dich schon mal gesehen?«

Ich schüttelte den Kopf. Das schien ihn nicht zu beeindrucken. Er fixierte mich. Die Falten auf seiner Stirn wurden tiefer.

»Und in Pomesanien oder im Pommerland habt ihr mehr Ruhe, meinst du?«

»Davon gehen wir aus, Herr. Die Menschen dort glauben an Gott, und der Orden wacht über sie.«

»Über dieses Land wacht er genauso. Glaubst du, Gott würde zulassen, dass die Heiden es erobern?« Er lachte. »Warum sollte er das tun? Ich stelle dir eine Frage und verlange, dass du sie an die Leute in deinem Dorf weitergibst: Wenn Mut auf Feigheit trifft, was glaubst du, wer obsiegt?«

»Der Mut natürlich!«

Er grinste und breitete die Arme aus. »Na, siehst du. Die Prussen stellen sich keiner offenen Schlacht. Sie greifen hinterrücks an. Manchmal nachts. Und immer nur dann, wenn sie ihrer Überlegenheit sicher sind. Das ist es, was ich feige nenne.«

Ich kratzte mir die Wange. »So habe ich es noch nie betrachtet, Herr.«

»Dann hat sich ja dein Besuch schon gelohnt. Wenn du ein Christ bist und ehrlich an Gott glaubst – und nicht nur deswegen, weil du dir Vorteile davon versprichst –, dann stehst du auf der richtigen Seite. Der Papst in Rom hat die Christenheit bereits zu einem neuen Kreuzzug gegen die Prussen aufgerufen, jedenfalls gegen die unter ihnen, die Heiden sind. Dieser Aufstand, wenn er denn überhaupt einer ist, wird bald erstickt sein. Die Schuldigen werden Strafe erfahren. Wovor also hast du Angst?«

»Ich höre aus Euren Worten, dass es Kämpfe geben wird«, entgegnete ich. »Das ist genau das, was meine Leute und ich befürchten. Auf uns wird man dann keine Rücksicht nehmen.«

Er schüttelte den Kopf. »Wie ist gleich dein Name?«

»Nikolaus«, sagte ich.

»Nikolaus also. Du hältst ein wenig zu viel auf die Stärke der Heiden. Sie können nicht kämpfen. Ihre Waffen sind aus Holz.« Mit den Händen formte er einen Knüppel. »Im Wald gefunden.«

Ich dachte an die vielen erbeuteten Schwerter und Lanzen, an die Rüstungen, die wir besaßen, an unsere Armbrüste und Bögen und Pfeile, die mit Eisenspitzen besetzt waren. Entweder hatte er keine Ahnung, oder er machte mir etwas vor.

»Du glaubst mir immer noch nicht?« Sein Blick wanderte an mir herunter, und er musterte auch meine dämliche rote Mütze. »Ich sage dir etwas: Ich glaube dir auch nicht. Deshalb lasse ich dich einsperren. Wir haben Wege, dich zum Reden zu bringen. Wer glühendes Eisen auf den Leib gedrückt bekommt, wird schnell ein Freund der Wahrheit. Dann erfahre ich auch, wo ich dich schon einmal gesehen habe.« Er wandte sich den Umstehenden zu. »Küchenmeister, ihr könnt das Getreide abladen lassen. Wir betrachten es als Geschenk dieses Mannes. Ich habe sowieso den Eindruck, er bringt nur zurück, was er selber gestohlen hat.«

Der Küchenmeister trat an den Wagen und fuhr erneut mit den Händen durch das Korn. Auf dem Hof war nach wie vor wenig Bewegung. Für mich gab es keine Möglichkeit zu entkommen. Selbst wenn ich bis zum Tor rannte und Ochsenkarren und Ladung zurückließ, würden sie mich spätestens dort einfangen.

»Warum, mein lieber Nikolaus, haben wir so lange keinen Nachschub erhalten? Weil er abgefangen wird. Aber vielleicht sind es gar nicht die Aufständischen – die Heiden können nämlich nicht so weit denken. Sondern es sind ganz gewöhnliche Diebe. So wie du einer bist. Du und deine Freunde. Und jetzt willst du uns verkaufen, was uns bereits gehört.«

»Die Wahrheit ist, dass meine Leute mich gewarnt haben, und in den Augen meiner Frau stand Angst, als ich loszog. Ich aber habe es besser wissen wollen.«

»Wir werden ja sehen, was du unter der Folter sagst.«

Ich bezweifelte, dass der Ritter und der Küchenmeister Bernhards Entscheidung gegen mich richtig fanden, doch sie widersprachen nicht. Mit einem Kopfnicken gab Bernhard ihnen zu verstehen, dass sie seinen Anordnungen Folge zu leisten hatten. Er selbst wandte sich ab.

Als ich hörte, wie sich seine Schritte entfernten, schoss mir ein Satz durch den Kopf, der in der Tiefe meines Hirns offenbar viele Jahre überwintert hatte. Ich hatte nichts mehr zu verlieren. »Steh auf, Herr, in deinem Zorn, erhebe dich wider den Grimm meiner Feinde!«

Bernhard drehte sich um, schüttelte den Kopf und schnaubte. Es klang nach Verachtung. »Eine Zeile aus der Bibel. Wie beeindruckend. Wir haben sie dir gebracht. Du kannst uns danken. Aber sie rettet dich nicht.«

Der Ritter hatte sein Schwert gezogen, er hielt es mir an den Nacken und stieß mich vorwärts. Ich stolperte zwei, drei Schritte nach vorn. Aber ich ergab mich nicht. In meinen Kopf klangen noch mehr Sätze aus einer dunklen Vergangenheit. »Steh auf, Herr, in deinem Zorn«, wiederholte ich, »erhebe dich wider den Grimm meiner Feinde. Wache auf, mir zu helfen, der du Gerechtigkeit verordnet hast, so werden die Völker sich um dich sammeln. Du aber throne über ihnen in der Höhe.«

Bernhard wandte sich erneut um und starrte mich an. »Psalm sieben. Das Klagelied Davids. Der Herr ist Richter über die Völker. Schaffe mir Recht, Herr, nach meiner Gerechtigkeit und Unschuld. Lass der Gottlosen Bosheit ein Ende nehmen, aber die Gerechten lass bestehen, denn du, gerechter Gott, prüfest Herzen und Nieren.«

Er kam wieder zu mir zurück und blieb vor mir stehen. »Was soll ich von dir halten?«

Ich gab keine Antwort. Was konnte ich sagen? Den Kopf erhoben, blickte ich ihm in die Augen, und er starrte zurück. Die Zeit schien stillzustehen. Ich betete darum, dass er das laute Schlagen meines Herzens nicht hörte. Meine Hände waren schweißnass.

»Du sprichst also die Wahrheit, Nikolaus?«

»Ja, Herr.«

»So höre denn: Die Christenheit sammelt sich bereits, und es ist nur eine Frage der Zeit, bis die Heiden hinweggefegt werden. Vielleicht kommen die Ritter schon im nächsten Winter, wenn die Ostsee zugefroren ist. Solange halten wir mit Gottes Hilfe die Stellung. Ihr im Westen seid sicher. Wie viel Getreide könnt ihr uns liefern?«

»Jetzt sofort noch einmal drei Wagen voll. Im Sommer werden wir sehen, wie die Ernte ausfällt. Aber wir haben Wintergetreide ausgebracht. Es wird gut werden.«

»Du verkaufst gegen Geld?«

»Ja, Herr.«

»Also einverstanden. Der Küchenmeister gibt dir die Hälfte deines Preises jetzt. Die andere Hälfte sollst du bekommen, wenn du mit den anderen Wagenladungen zurückkehrst. Machen wir es so? Dann gib mir die Hand darauf.«

Er streckte seinen Arm aus. Ich wischte mir den Schweiß am Beinkleid ab, bevor ich einschlug.

»Eins noch, Nikolaus. Red deinen Leuten aus wegzuziehen. Dieses Land hier hat Zukunft, und wer schon da ist und an Gott glaubt, der wird belohnt werden. Denn wir werden das Gebiet der Heiden verteilen.«

Ich nickte und setzte ein Strahlen auf, schließlich hatte er uns gerade Land versprochen.

Er gab seine neuen Anweisungen an den Küchenmeister. Ich half dem Mann beim Abladen und bekam von ihm nicht nur zwei Silberdukaten, die Hälfte meines Erlöses, sondern auch etwas zu essen.

Erst als er den Filzhut in der Küche abgezogen hatte, betrachtete ich ihn richtig. Er hatte ein schmales Gesicht mit Oberlippenbart. Sein Blick war ängstlich und misstrauisch. Es waren, hatte ich den Eindruck, nicht gerade die besten Leute aus dem Reich, die sich auf den Weg in den Osten machten. Er stammte aus einem Dorf am Fluss Ems und gehe dorthin, wohin das Schicksal ihn führe, sagte er. Um ihm das Leben hier schmackhaft zu machen, habe der Orden ihm Geld und einen hohen Posten geboten.

Ich versuchte, mich auf ihn einzustellen und mich ihm gleichzumachen: zwei einfache Männer, die den Großen auf der Welt zu dienen hatten und dabei sehen mussten, selber nicht ganz vergessen zu werden. Trotzdem verlor er sein Misstrauen nur langsam, und während ich aß, gab er einsilbige Antworten.

Aber dann erfuhr ich, dass die Ritter tatsächlich auf Verstärkung aus dem Reich warteten, wie Bernhard gesagt hatte. Das war der Grund, warum sie den Tod des Vogtes von Natangen und das Stürmen seiner Burg noch nicht gerächt hatten. Alle Männer hatten Anweisung, innerhalb der Mauern zu bleiben, und wenn sie auszogen, dann nur als bewaffnete Truppe. Aber die Hilfe würde bald kommen, und dann würden die Christen den Prussen den Garaus machen. Er begriff, dass ich ebenfalls Prusse war, und verbesserte sich: natürlich nur den Heiden. Diesen Sieg wollte er noch abwarten, aber dann werde er zurückwandern, denn alles Geld entschädige nicht für das entbehrungsreiche Dasein hier, es gebe zwar Met und Branntwein, aber keine Frauen. Er lachte dünn.

Ich stimmte ein, und wir freuten uns zusammen. Wir beide kannten das Leben. Danach taute er auf und begleitete mich hinaus zu meinem Ochsenkarren. Er erzählte mir im Flüsterton, dass Bernhard als Sklave an die Schweden verkauft worden sei. Und zwar von Prussen. Das sei der Grund, warum Bernhard mein Volk hasse, jedenfalls die Heiden unter ihnen. Diese Demütigung könne er nicht verzeihen. Auf meine Frage, wie er denn zurückgekommen sei, sagte der Küchenmeister, der Orden habe Lösegeld für ihn bezahlt, sogar in Gold, so heiße es. Aber das könne er nicht beschwören. Jetzt brenne Bernhard darauf, Rache zu nehmen.

Ich tat, als interessiere mich diese Geschichte nicht mehr als andere, und sagte, wir würden uns bald wiedersehen, denn ich wollte die anderen beiden Silberdukaten haben und vier neue für die nächste Fuhre. Er legte mir zum Abschied die Hand auf den Arm, und ich setzte den Ochsen in Bewegung.

Meine Eskorte war offenbar schon zurückgekehrt. Ich brauchte ein paar Tage für den Weg. Nachts schlief ich auf der leeren Ladefläche.

Als ich ins Dorf kam, glaubte ich, es nicht wiederzuerkennen. Die Frauen hatten eine große Plane aus vielen aneinandergenähten Tierhäuten hergestellt. Wie ein Dach war sie über unseren Dorfplatz gespannt und hing sogar ein wenig schräg, damit Regen ablaufen konnte.

Unterwegs hatte ich schon gesehen, dass der Mond zunahm. Es war nicht mehr lange, bis er voll sein würde – der Tag des großen Treffens. Unser Dorf war vorbereitet. Tische und Bänke waren unter der Plane aufgebaut, jemand hatte Willuns Metfässer ordentlich gestapelt, Jäger hatten Wild geschossen.

Als Herkus mich sah, ließ er sein Werkzeug fallen, kam auf mich zu und legte mir beide Hände auf die Schultern. Er führte mich ins Haus meiner Mutter, wo ich ihm sofort erzählen sollte, was ich erlebt und herausgefunden hatte und wie ich die Stärke der Ordensritter einschätzte. Ich berichtete so genau wie möglich.

Im Dorf lag Spannung, eine nervöse, aber heitere Aufgeregtheit. Uns kam die Ehre zu, Gastgeber zu sein, und wir wollten es richtig machen und gut. Als Legien eintraf, wurde er wie ein Häuptling begrüßt. Herkus ging ihm entgegen und umarmte ihn, ein Junge nahm ihm das Pferd ab, fütterte es und rieb es trocken, und man bot ihm einen Schlafplatz an. Er nahm diesen Empfang mit Haltung entgegen. Am Abend, als wir zu dritt am Feuer saßen, Fleisch aßen und ein wenig Schnaps tranken, schmunzelten wir über all das. Doch in Wahrheit waren auch wir zu aufgeregt, um uns auf einander einzulassen.

Am Vollmondtag trafen gegen Mittag die Fürsten der Nadrauen und Schalauen aus dem Osten ein. Auch in ihren Ländern versuchte der Orden, Fuß zu fassen. Noch gab es dort keine Burgen, keinen Zwang zu Abgaben und nur wenige Ritter, doch die Häuptlinge konnten bei uns einen Eindruck davon bekommen, was ihnen bevorstand. Oder sie fragten die Fürsten aus den Ländern Barten und Warmien, die beide westlich von uns lebten.

Albat, der Samländer, sah anders aus als sie alle. Mit seinem Umhang aus Seide und der Kopfbedeckung aus Pelz wirkte er wie ein Edelmann. Sein kleines, mit Steinen besetztes Schwert war eher Zier als Waffe. Er hätte auch in Magdeburg oder am Rhein leben können. Sobald er abgestiegen war, fing er an zu schwatzen. Es machte den Eindruck, als hätten sich während der Reise all die Wörter in ihm aufgestaut, die nun herausdrängten. Aber als er den anderen Stammesführern begegnete, wusste er sehr wohl, was von ihm erwartet wurde. Die Fürsten zeigten alle Respekt voreinander.

Zur Begrüßung deuteten sie Verbeugungen an, hielten dabei aber Abstand. Man konnte die gegenseitige Achtung fast mit den Händen greifen. Herkus Monte bekam von jedem von ihnen ein Geschenk, Tierfelle, ein Geweih, einen Sattel. Albat überreichte ihm einen Beutel Bernstein. Herkus ließ alle Gaben in den Getreidespeicher bringen. Damit machte er unseren Leuten klar, dass er nichts für sich allein beanspruchte. Er hatte wohl weiterhin das Gefühl, dass sie ihm misstrauten, und damit lag er wahrscheinlich nicht ganz falsch.

Es war ein sonniger Tag. Hoch über uns standen ein paar dicke helle Wolken. Der stete Wind trieb sie weiter, und der Himmel wurde blau, aber dann kamen neue graue Wolken, und wir saßen im Schatten. Es gab den einen oder anderen Regenschauer, den die große Lederplane abfing. Kaum war er abgezogen, erschien ein Regenbogen, und die Fürsten nickten. Jeder konnte sehen, dass Perkunas, der Gott des Donners und des Regens, uns zulächelte – ein gutes Zeichen, denn er war der Gegner von Velnias, dem Todesgott, und zeigte uns, dass er die Prusai schützen wollte. Wir würden nicht sterben.

Die Stimmung wurde immer besser. Die Fürsten und ihre Krieger lachten und tranken viel. Es gab noch nichts zu essen, denn einer fehlte noch, aber man redete miteinander, wechselte auch die Plätze und stieß immer wieder an. Herkus sprach mit jedem der anderen Fürsten, ohne schon auf den Anlass des Treffens zu kommen. Er erzählte von manchem Beutezug und führte Fachgespräche über die Jagd, aber vor allem hörte er zu.

Ich konnte ihm seine Anspannung ansehen. Dieses Treffen war sein Einfall gewesen, und er wollte ein Ergebnis. Dabei wusste er genauso gut wie ich, dass es nur ein Schritt auf seinem Weg war, ein bedeutender Schritt zwar, aber noch weit vom Ziel entfernt.

Nur Skomand ließ sich nicht blicken. Der Jadwinger hatte unserem Boten zu verstehen gegeben, dass er sich alles offenhalte. Ich konnte mir vorstellen, wie er reagiert hatte, in meinem Ohr klang sogar seine Stimme: Wir kommen nur, wenn es uns passt, denn wir lassen uns von niemandem Vorschriften machen.

Als die Sonne sank, gab Herkus ein Zeichen, das Essen aufzutragen. Länger konnte er die Fürsten nicht warten lassen, wollte er nicht riskieren, als schlechter Gastgeber angesehen zu werden. Die Frauen unseres Dorfes tischten auf, was sie seit Tagen vorbereitet hatten, Fisch und Wild, Gemüse und Getreide und natürlich Met. Die Fremden schnalzten mit der Zunge. Herkus hatte es gewusst: Hätte er sie nicht ordentlich bewirten können, hätte er die Fürsten nicht einladen dürfen. Doch er bewirtete gut.

Als es bereits dunkel war und der Vollmond am Himmel stand, bewegte sich eine Staubwolke auf unser Dorf zu. Skomand. Ich konnte seinen Rappen ausmachen und die Krieger, die ihn begleiteten. Alle Blicke richteten sich auf die Ankömmlinge. Skomand brachte sein Pferd erst zum Stehen, als er in Hörweite war.

Herkus erhob sich, um ihm entgegenzugehen. Der Jadwinger aber machte keine Anstalten abzusitzen. Er ließ seinen Blick über den Tisch schweifen. Unsere Gäste hatten aufgehört zu essen. Skomand durfte sich ihrer Aufmerksamkeit gewiss sein.

»Fast wie bei den Christen«, rief er. »Ich habe mal von einem von ihnen gehört, bevor ich ihm den Kopf abgeschlagen habe, dass sich deren Führer auch immer zusammensetzen und fressen und dabei Ränke schmieden. Wollen wir das? Wir sind Prusai – wir reiten in den Kampf und sterben, wenn es so sein soll.«

»Es ist gut, dass du gekommen bist«, erwiderte Herkus. »Setz dich zu uns und lass dich bewirten nach unserer Väter Sitte.«

Der Jadwinger lachte. Immerhin schwang er sich von seinem Pferd, und im nächsten Augenblick taten es ihm seine Leute nach. Herkus würdigte er keines Blickes. Er trat an den Tisch. »Eins solltet ihr bedenken: Wenn wir werden wie unsere Feinde, dann haben sie uns bereits besiegt, ohne überhaupt kämpfen zu müssen. Das sagt euch der Jadwinger.«

Herkus wirkte ein wenig verloren, auch schien er nicht zu wissen, wie er die Aufmerksamkeit der anderen auf sich ziehen sollte. Legien machte ihm ein knappes Handzeichen. Während der Galinder von seinem Platz aufstand, sagte er: »Unser Volk steht vor seiner größten Herausforderung. Unsere Feinde sind übermächtig, nicht nur an Waffen, sondern auch an Kämpfern. Deshalb brauchen wir, wenn wir standhalten wollen, neue Gedanken. Wir können nicht nur in der Vergangenheit stecken bleiben.«

»Wer bist du denn überhaupt?«, fragte Skomand.

Manche der Gäste lachten.

Legien legte Kraft in seine Stimme, als er antwortete: »Ich vertrete das Volk der Galinder.«

Skomand grinste. »Wie beeindruckend.«

Der Jadwinger stand immer noch am Tisch. Hinter ihm waren nicht nur seine Begleiter, sondern auch sein Pferd, und jeder konnte sehen, was für ein stolzes Tier dieser Bruteno war. Selbst von den Jadwingern wagte keiner, sich ihm zu nähern. Der Hengst war scharf geritten worden. Er schnaubte. Die Jadwinger mit ihrer Fellkleidung, ihren Waffen und ihren gehörnten Helmen beeindruckten die Fürsten genauso wie Skomands Rappe. Sie waren laut und unflätig, als sie sich am Tisch niederließen, und verlangten nach Met.

Herkus hatte für einen Moment gewirkt, als sei er geschlagen worden, aber jetzt war er wieder wach und trat an den Tisch, an dem nun drei Männer standen: er selbst, Skomand und Legien. Alle anderen saßen. Niemand aß.

»Über dem, dass wir unterschiedlichen Stämmen angehören«, sagte Legien, »sind wir ein Volk. Wir sind Prusai. Entweder erinnern wir uns daran – oder wir gehen alle unter.«

»Ich hatte keine Ahnung, dass die Galinder so große Propheten hervorbringen«, gab Skomand zurück. Wieder lachten einige.

»Ich spreche nicht als Prophet, sondern aus Erfahrung. Unser Land haben die Christen schon besetzt. Sie sind stark, und sie sind einig.«

»Galinder, solltest du nicht besser schweigen? Ihr habt

den Kampf bereits verloren, und du willst uns sagen, wie wir uns zu wehren haben?« Skomand schüttelte den Kopf. Viele Zuhörer waren auf seiner Seite, sie stimmten zu, was immer er sagte. »Die Jadwinger haben allem standgehalten. Unsere Art zu kämpfen ist die, die Erfolg verspricht.«

Einen Augenblick der Ruhe passte Albat ab. Der Samländer blieb sitzen und breitete seine Arme aus. »Wir sind doch nicht hergekommen, um zu streiten.«

»Nein?«, rief Skomand. »Der Natanger verlangt, dass sich alle Stämme unter sein Kommando beugen. Willst du dich so billig verkaufen, Albat? Die Samländer haben sich noch nie anderen untergeordnet. Ihr segelt durch das gesamte Ostmeer. Und wenn ihr Beute machen könnt, kapert ihr ein Handelsschiff. Das nenne ich prussisch.«

Albat schüttelte den Kopf. »So sieht unser Leben leider nicht mehr aus. Schon lange nicht mehr.«

»Ich bitte euch alle, nun mir zuzuhören«, begann Herkus. Er stand nicht weiter als zwei Schritte von Skomand entfernt, der ihn keines Blickes würdigte. »Ich habe einen Mann in Verkleidung in die Ordensburg geschickt. Norelis, bitte erzähle.«

Nun war es an mir, mich zu erheben. Die Umstände, wie ich in die Burg gelangt war, fasste ich kurz, berichtete aber umso ausführlicher von dem neuen Kreuzzug, zu dem der Papst aufgerufen hatte, und von der Siegessicherheit der Christen. Während ich sprach, nahm ich mir vor, nur zu schildern und alle Wertung den anderen zu überlassen. Doch als ich im Schein der Fackeln in die Gesichter meiner Zuhörer blickte und dort Gleichgültigkeit zu entdecken meinte, konnte ich nicht an mich halten. »Es ist klar, dass Legien recht hat. Wenn wir ihnen einzeln begegnen, jeder Stamm für sich, dann werden sie uns hinwegfegen. Unglaublich viele neue Ritter werden kommen. Entweder stellen wir uns ihnen gemeinsam, oder wir verlieren.«

Skomand setzte sich geräuschvoll hin und verlangte Met. Einen ersten Becher kippte er herunter und wollte einen weiteren. Er rülpste. Dann nahm er sich eine Schweinskeule, biss hinein, kaute laut und drückte damit aus, dass er nicht mehr zuhören, sondern nur noch essen wollte.

Inzwischen hatte Herkus wieder das Wort ergriffen. »Wir stehen vor einer schwerwiegenden Entscheidung, und jeder von euch sollte sich der Verantwortung bewusst sein, die er für unser ganzes Volk trägt. Es ist so, wie Norelis gesagt hat. Die Christen werden einen Stamm nach dem anderen unterwerfen, so wie sie bereits angefangen haben. Und sie werden eines Tages auch zu denen kommen, die heute noch in Freiheit leben.«

Ich wartete auf einen Widerspruch von Skomand, aber der Jadwinger leckte sich nur Fett von den Fingern, bevor er erneut in seine Keule biss und schmatzte. Etwas anderes schien ihn nicht mehr zu interessieren.

»Deshalb glaube ich«, fuhr Herkus fort, »wenn wir bestehen wollen, müssen wir all das zusammennehmen, was wir haben – unsere Tapferkeit, die bessere Ortskenntnis, unsere Art zu kämpfen, auch wenn die Ritter sie ehrlos finden. Aber darüber hinaus müssen wir etwas dazulernen. Die alten Römer, die vor mehr als tausend Jahren die halbe Welt beherrscht haben, nannten es *disciplina* – Ordnung.«

Seine Worte klangen über den Dorfplatz. Ich hielt den Atem an, ein fremdes, ein lateinisches Wort konnte allzu belehrend wirken. Doch keiner wandte sich ab. Herkus' Rede war präzise und ging den Fürsten zu Herzen. Es war still geworden. Nur das Knacken der brennenden Holzscheite war zu hören.

»Manch einer unterstellt mir, dass es mir um meine persönliche Macht ginge. Ich versichere euch, das ist nicht wahr. Ich will die Eindringlinge vertreiben, ja. Aber wenn das geschafft ist, möchte ich nur noch ein Natanger sein und unsere Felder bestellen und manchmal auf die Jagd gehen.«

Albat strahlte, Legien nickte. Auch die anderen schienen ihm zu glauben.

Skomand wischte sich die Hände ab und wandte sich an mich. »Wie genau hast du es geschafft, Hinkender, in die Burg zu gelangen?«

»Ich war als Bauer verkleidet und habe ihnen auf einem Ochsenkarren Getreide geliefert.«

Der Jadwinger nickte und wartete, bevor er weitersprach, und mit jedem Moment, der verstrich, stieg die Spannung.

Albat wollte das Wort ergreifen. Aber Skomand ließ das nicht zu und erklärte: »Ich will den prussischen Fürsten einen Vorschlag unterbreiten: Kommt zur Burg des Ordens. Ich leihe mir von den Natangern drei Karren und Getreide und verbürge mich dafür, alles zurückzugeben. Wir spannen Pferde vor die Wagen, dann sind wir schneller dort. Ich zeige euch, was ich meine. Keine schönen Worte, die der Wind schnell fortträgt, wie bei den Christen. Sondern Taten – Kampf und Mut. Was sagt ihr?«

»Aber Skomand«, erwiderte Albat, »was willst du nur erreichen? Ich verstehe dich nicht. Lass dir von mir gesagt sein, ich habe mit Herkus Monte und den Natangern gekämpft. Du weißt es, denn du bist dazugekommen. Er ist ein überlegter Feldherr.«

»Ich kenne ihn seit langem«, sagte Legien, »und ich vertraue ihm.«

Doch mehr Zustimmung kam nicht. Die Fürsten der

Nadrauen und Schalauen saßen ein ganzes Stück rechts von mir. Ihre Gesichter waren starr im Feuerschein. Ich hatte den Eindruck, sie mochten sich weder auf die eine noch auf die andere Seite schlagen. Die Häuptlinge der Warmier und der Barten blickten einer den anderen an, auch sie konnten sich nicht entscheiden.

»Was in aller Welt haben wir zu verlieren, wenn wir Herkus Montes Weg wählen?«, versuchte es Legien noch einmal. »Ich verstehe euch nicht.«

»Es ist gut«, sagte Herkus, der ebenfalls alle Fürsten angeschaut hatte. »Skomand kann sich von uns nehmen, was er braucht«.

Den Weg zur Ordensburg ritten die Jadwinger nicht mit uns, die wir uns auf den Pfaden hielten. Sie strömten in die Wälder, ließen ihre Pferde über die Heide jagen und wechselten sich auf dem Kutschbock ab, ohne dafür anzuhalten. Vor der Burg nahm Skomand den Platz auf dem vorderen Wagen ein. Es gab insgesamt drei Karren, alle mit Getreide beladen. Einige Krieger vergruben sich im Korn. Ich wies den Jadwinger darauf hin, dass die Torwachen mit ihren Lanzen in die Ladung gestochen hatten, aber er lächelte nur und sagte, man würde sehen. Und er verlangte, dass ich mit ihnen käme. Er bat nicht, er befahl, ich solle aufsteigen. Ich warf Herkus einen Blick zu. Der hob die Schultern. Die Entscheidung lag bei mir.

»Hast du Angst?«, fragte Skomand.

Obwohl ich verstand, dass er mich damit herausfordern wollte, konnte ich nicht anders, als mich darauf einzulassen. Ich verneinte. Er lachte.

Ich stieg neben ihn auf den Bock. Sofort trieb er den Gaul an, und schon waren wir auf dem Weg zur Burg. Alle anderen, die Fürsten und ihre Krieger genauso wie die Horde der Jadwinger, blieben im Schutz der Bäume zurück. Ich warf ihnen einen letzten Blick zu. Die wartenden Reiter saßen so auf ihren Pferden, dass sie auf das kleinste Zeichen losjagen konnten. Alle andere sahen wie Zuschauer aus.

Unterwegs fiel zwischen Skomand und mir kein einziges Wort. Ich glaubte seit langem, dass er mich verachtete, entweder weil ich hinkte oder weil ich Herkus' Freund war. Ich selbst sah in ihm denjenigen, der unserer Sache im Weg war. Wenn er sich wenigstens heraushielte, hätten wir immer noch einen großen Zusammenschluss der Stämme geschafft, dann eben ohne die Jadwinger, auf die sowieso kein Verlass war. Aber Skomand wollte mehr als das. Er kämpfte für irgendetwas. Nur wofür? Vielleicht, dachte ich, kämpfte er vielmehr gegen etwas – gegen uns. In der Nacht nach dem Treffen hatte ich Herkus gefragt, warum er auf Skomands Forderung eingegangen war. Er hatte geantwortet, die Fürsten müssten sich selber ein Bild machen.

Unser Pferd ging einen gemächlichen Schritt. Vor uns bezogen die Torwachen Stellung. Es war ein Leichtes, den Jadwinger an sie zu verraten. Ein Bruch mit der prussischen Loyalität, sicher, aber vielleicht die beste Lösung unseres Problems. Sollten die Ritter ihn töten oder gefangen nehmen.

Skomand, als ahnte er meine Gedanken, zischte mir zu: »Mach deine Sache gut.«

Ich verriet ihn nicht. Den Soldaten rief ich zu: »Wir bringen das neue Getreide.«

Sie waren zu viert, die Gesichter unbewegt. Der Erste von ihnen hob die Lanze. Zwei andere legten bereits die Armbrüste an.

»Bernhard von Klingenberg hat es bestellt. Und euer Küchenmeister aus dem Emsland wartet schon darauf.«

»Ach, du bist das. Ich kenne dich. Neulich hattest du

einen Ochsen. Und jetzt Pferde? Wir bezahlen dich zu gut, scheint mir.«

Ich lachte, und als ich sah, dass sich sein Gesicht aufhellte, sagte ich: »Viel zu gut. Deshalb bin ich wiedergekommen und habe gleich meine Leute mitgebracht.«

Er streckte den Arm in Richtung Tor. Wir konnten passieren.

Skomand ließ das Pferd langsam gehen. Wir erreichten die Zugbrücke. Auf dem Holz änderte sich der Klang der Hufe, er war lauter als auf dem Lehmweg. Ich drehte mich um. Die anderen Wagen folgten uns. Skomand schien das vorauszusetzen, er vergewisserte sich nicht einmal. Im nächsten Moment hob er den linken Arm, zögerte einen letzten Moment und ließ ihn dann nach unten sinken. Das Zeichen. Er rief: »Raus«, griff sich seinen Bogen, der unter dem Getreide versteckt war, und schoss sofort auf einen der Wächter. Aus allen drei Wagen krabbelten die Jadwinger unter dem Korn hervor, das dabei herunterrieselte. Die anderen Kutscher hatten ebenfalls geschossen, drei der Torwachen waren schon getroffen. Vom Wald her kamen ihre Leute angejagt. Sie waren noch winzige Punkte in der Ferne.

Ich sprang ab und wühlte ebenfalls im Getreide nach meinem Bogen. Niemand von uns hatte eine Vorstellung davon, wie viele Ritter tatsächlich in der Burg waren. Noch schien keiner von ihnen alarmiert zu sein. Der Burghof war menschenleer. Der erste Warnruf war ein langer, schriller Pfiff. Er kam von dem letzten überlebenden Wachposten, der in eine Ecke gerannt war, wo er sich vor unseren Pfeilen schützte. Zwei von Skomands Leute setzten ihm nach. Aber er pfiff schon wieder und aus Leibeskräften.

Alle Jadwinger hatten links und rechts der Toreinfahrt Deckung bezogen. Die ersten Ritter kamen, von den Pfiffen aufgeschreckt, auf den Hof gelaufen – ungeschützt, mit fragenden Gesichtern. Skomand und seine Leute beschossen sie. Pfeile surrten durch den Hof, und man hörte das klingende Geräusch der Sehnen. Die Getroffenen fluchten. Sie hielten sich Arme und Beine und versuchten, sich zurückzuziehen.

Mit lautem Geschrei stürmten die Jadwinger – insgesamt acht Mann – in den Burghof. Mancher hatte schon das Schwert in der Hand. Andere verschossen ihre Pfeile im Laufen. Sie hatten den Sieg bereits vor Augen.

Auch ich lief weiter, suchte allerdings Deckung hinter einem Mauervorsprung. Dort hörte ich eine Glocke schlagen. Wieder und wieder drangen ihre Töne herüber. Das Warnsignal für einen feindlichen Angriff. Es hörte gar nicht wieder auf. Wie viele Ritter würden sich uns entgegenstellen?

Wir hatten sie überrascht, kamen aber nicht recht weiter, denn keiner der Jadwinger wagte es ohne Skomands Befehl, in eines der Gebäude einzudringen. Sie hatten die Türen im Blick und ihre Pfeile im Anschlag. Skomand hielt sie zurück. Ihr Kampfplatz sollte der Burghof bleiben. Nur die Gegner fehlten.

Unsere Leute jagten auf die Burg zu. Die fernen Punkte wurden größer, man konnte schon ausmachen, wer dabei war. Vorneweg waren die Jadwinger, hinter ihnen die anderen Fürsten und Krieger. Das Tor war frei und konnte auch nicht geschlossen werden, da es von den drei Wagen blockiert wurde. Skomand hatte sich das gut ausgedacht. Nur einen Fehler gab es in seinem Kalkül. Würden wir hier geschlagen, dann wären alle Stämme führungslos. Ich erinnerte mich, wie Herkus den Jadwingerfürsten einen Spieler genannt hatte. Unser Einsatz war über alle Maßen hoch. Wahrscheinlich konnte man ihn nur lachend eingehen, nur dann, wenn man keinen Gedanken daran verschwendete, wie die eigenen Leute im Falle einer Niederlage weiterleben würden – führungslos nämlich, der Willkür aufgebrachter Besatzer ausgeliefert, hungrig. Wozu hatten wir uns hier verleiten lassen?

Mit einem Schwung wurden die Türen der Gebäude aufgestoßen. Die Ritter hatten Rüstungen angelegt, an denen der Pfeilhagel abprallte. Ich erkannte Bernhard von Klingenberg, der sein Schwert schwang und auf einen der Angreifer zurannte.

Der Kampf begann.

In den Gebäuden rund um den Hof wurden die Fenster aufgerissen. Bogenschützen erschienen hinter den Simsen im Erdgeschoss und im ersten Stock. Es waren ungeschützte Männer – das Gesinde. Sie schossen auf die Jadwinger. Mein Gedanke war: Die Ritter haben zu wenig ausgebildete Kämpfer, deshalb haben sie die Bediensteten bewaffnet. Wir konnten es schaffen.

Im Hof wurde Mann gegen Mann gefochten. Ein Ritter griff mich an. Die Bogenschützen in den Fenstern richteten nun kaum noch etwas aus, die Gefahr war zu groß, im Gewühl die eigenen Leute zu treffen.

Bernhard kämpfte ein paar Meter vor mir. Er schlug ohne Unterlass auf seinen Gegner ein, der die Hiebe nur abwehren konnte, aber selber nicht zu einem Gegenangriff kam. Auch Skomand kämpfte geschickt, weniger kraftvoll als Bernhard, aber behender. Die ersten Toten lagen bereits auf dem Burghof. Blut rann über die Pflastersteine. Innerhalb weniger Minuten verloren wir drei Männer.

Die Ritter gewannen ein Übergewicht, und je weiter sie uns in die Ecken drängten, desto stürmischer fochten sie. Auch ihnen schien es nun egal zu sein, zu zweit oder gar zu dritt gegen einen Angreifer anzugehen. Sie wollten uns totschlagen. Wir hatten Mühe, dagegenzuhalten.

Endlich hörten wir das Kampfgeheul der Prusai. Ich

konnte mich nicht umzusehen – zwei Ritter schlugen gleichzeitig auf mich ein –, aber das war auch nicht nötig. Die Jadwinger hatten die Burg erreicht. Ein Pfeilhagel ging über den Hof nieder, der Empfang für die neuen Eindringlinge. Die Jadwinger glitten von ihren Pferden und kamen den Bedrängten zu Hilfe. Mit ihnen waren auch Herkus und Legien gekommen. Auch sie hatten die Schwerter bereits gezogen. Jeder von ihnen nahm sich einen meiner Gegner vor, die sich ihnen zuwandten. Ich trat einem von ihnen mit meinem kaputten Bein ins Kreuz. Er fiel Herkus in die Schwertspitze. Auch Legien machte seinen Feind schnell nieder.

Unser Nachteil waren die Pfeile, die immer noch aus den Gebäuden auf uns niedergingen. Wir hatten keine Rüstungen. Sobald unsere Leute etwas Abstand vom Gegner hatten, wurden wir beschossen. Skomand hatte das erkannt, er drang mit einigen Männern in Richtung einer Tür vor. Aber die Verteidiger ließen ihn nicht durch. Er musste kämpfen.

Auf meiner linken Seite tauchte Bernhard von Klingenberg auf. Sein Helm bedeckte Stirn und Wangen, aber nicht das ganze Gesicht. Er war über der Brust und an den Oberschenkeln gepanzert. Die Arme konnte er frei bewegen. »Du«, schrie er, als er Herkus entdeckte. »Ich hätte es mir denken können. Herkus Monte, der Heide.« Er zeigte mit dem Arm auf mich. »Und der angebliche Bauer – jetzt weiß ich wieder, woher ich sein Gesicht kenne. Aus eurem Dorf. Er ist der Schäfer.« Bernhard hob sein Schwert über den Kopf. »Ich werde dir zeigen, dass ich immer noch dein Herr bin.«

Der Schlag ging nieder. Herkus parierte und wich gleichzeitig aus. Im nächsten Moment war der Kampf zwischen ihnen entbrannt, wie schon einmal in jener Nacht, als wir ihren Zug überfallen hatten. Voller Wut hieb Bernhard auf Herkus ein. Trotz seines Alters war der Ritter ungeheuer kräftig, er schwang das Schwert, als sei es ein dürrer Ast, dabei konnte man der Waffe ansehen, wie schwer sie war. Herkus leistete noch nicht die Gegenwehr, zu der er in der Lage war, er parierte nur. Ich hatte oft gesehen, wie mein Freund kämpfte. Er fing den ersten Angriffsschwung nur ab und achtete darauf, nicht verletzt zu werden. Dabei wartete er darauf, dass sein Gegner eine Schwäche zeigte. Herkus hatte, nach all den Demütigungen, viel mehr Grund zum Zorn als Bernhard, der sich verraten vorkam. Doch er beherrschte sich. Er kämpfte mit Verstand.

Etwas weiter schlug sich Legien mit einem anderen Ritter. Obwohl er schwerfällig aussah, war Legien ein leichtfüßiger Kämpfer. Immer wieder wechselte er seine Position und nutzte den Vorteil, dass er keine schwere Rüstung trug. Er zwang den Gegner dazu, sich zu drehen und zu wenden, und jedes Mal, wenn der Ritter nicht schnell genug war, bekam er einen Treffer. Er blutete.

Skomand rückte der Tür langsam näher. Er hatte mehrere seiner Leute um sich. Aber auch die Ritter standen dort dicht gedrängt, als wollten sie das Gebäude notfalls mit ihren Leibern verteidigen. Die Bogenschützen in den Fenstern hatten ihre Pfeile im Anschlag, die Sehnen waren gespannt. Sie zielten, nur flogen keine Pfeile. Zu schnell änderten unsere Leute ihre Positionen, zu groß war das Risiko, die Eigenen zu treffen.

Der Kampf zwischen Herkus und Bernhard wurde verbissener. Bernhard schlug immer weiter zu, sein rechter Arm schien nicht zu ermüden. Herkus musste zurückweichen – sein Gegner machte einfach nicht den Fehler, den er brauchte. Plötzlich stolperte Herkus rückwärts gehend über den Arm eines Toten. Im gleichen Moment saß er auf seinem Hintern, hatte sein Schwert zwar nicht verloren, konnte sich aber des nächsten Angriffs nicht erwehren. Ich wollte ihm zu Hilfe eilen. Unsere Blicke trafen sich für einen winzigen Augenblick, und ich sah etwas, das mich stehen bleiben ließ, ein unausgesprochenes Nein, den Hauch eines Kopfschüttelns. Im nächsten Moment rollte er sich zur Seite. Bernhards Schlag traf die Leiche, zerschmetterte ihren Brustpanzer und drang in den Brustkorb ein. Blut spritzte auf.

Herkus war wieder auf den Füßen. Ehe Bernhard seine Waffe noch aus dem Toten gezogen hatte, rannte er schon gegen ihn an, das Schwert gesenkt. Das war der Moment, auf den er gewartet hatte. Er traf den Ritter unterhalb des Bauches, auf Hüfthöhe. Genau da, wo der Brustpanzer endete. Bernhard starrte ihn an. Er konnte sein eigenes Schwert nicht mehr heben. Sein Gesicht, verzerrt wie es war, verriet mehr Überraschung als Schmerz oder Angst. Im nächsten Moment sackte er auf die Knie. Herkus drückte ihm seinen Fuß gegen die Brust, um das Schwert aus dem Sterbenden zu ziehen. Mir schossen Sätze durch den Kopf, mit denen er dem Ritter vor dessen Tod all die Demütigungen zurückzahlen konnte. Doch Herkus nutzte diesen Moment nicht. Unbeteiligt sah er zu, wie Bernhard nach hinten fiel, aber auf den Knien hocken blieb. Rund um seine Wunde breitete sich das Blut aus. Bernhard schloss die Augen, und es hatte den Anschein, als wolle er beten. Herkus stieß ihn gegen die Schulter, aber auch darin lag kein Triumph, vielmehr sah es aus, als wollte er dem anderen aus seiner verworrenen Körperhaltung helfen. Bernhard fiel auf den Boden, sein Helm schlug auf, genauso der Brustpanzer. Und Herkus wandte sich dem nächsten Gegner zu.

Langsam gewannen wir die Oberhand. Wir drängten die Ritter zurück, immer mehr von ihnen lagen auf dem Hof, dessen Steine sich rot gefärbt hatten. Das Stöhnen und

Schreien der Sterbenden war nun lauter als das Kämpfen. Die Burgmauern gaben es zurück und verstärkten es. Ich hätte mir am liebsten die Ohren zugehalten.

Skomand gelangte mit seinen Leuten in das Gebäude. Wenig später trieben die Jadwinger das Gesinde vor sich heraus. Ihre Bögen hatten sie auf einen Haufen zu werfen. Dann verlangte er von ihnen, auf die Knie zu sinken. Sie bildeten eine lange Reihe.

Drei Jadwinger bewachten sie. Auch die letzten überlebenden Ritter warfen die Waffen weg. Der Kampf war zu Ende.

Die Jadwinger verfielen in Siegesgeheul. Aus lauter Übermut schlugen sie manchen ihrer Feinde die Köpfe ab, und jedes Mal aufs Neue war es ein grausames Schauspiel, wie die Schädel auf die Steine schlugen und Blut aus den Hälsen schoss.

Der Küchenmeister hatte mich entdeckt und starrte mich an. In seinem Blick lag ein Flehen. Er hob sogar die Hände und legte sie vor der Brust aneinander. Ich war entschlossen, ihn zu retten, aber noch bevor ich ihn erreicht hatte, war Skomand schon da und schlug hintereinander drei Männer tot. Der dritte war der Küchenmeister. Ich wandte mich ab.

Außer Herkus und Legien hatten die Fürsten nicht gekämpft, sondern in der Nähe der Toreinfahrt zugesehen. Nun nickten sie zustimmend, während sie das Schlachtfeld überblickten.

Ich hatte dem Hof den Rücken zugewandt, weil ich dem Gemetzel nicht länger zusehen mochte.

»Wir dürfen so etwas nie wieder tun«, sagte ich zu Herkus.

Ich rechnete mit seinem Widerspruch. Aber er nickte. »Viel zu riskant, ich weiß. Skomand hat uns ...« Herkus suchte nach dem richtigen Wort.

»... hineingezogen«, beendete Legien seinen Satz. »Und jetzt wird es verdammt schwer mit den Fürsten.«

Herkus schlug vor, die Beratung hier an der Burg fortzusetzen. Vor dem Tor schichteten wir Feuerholz auf, denn im Hof, zwischen all den Leichen und dem Blut, konnten wir uns schlecht niederlassen, und im Haupthaus einen Saal zu suchen widerstrebte Herkus. Skomand hätte ihm dann erst recht vorwerfen können, sich wie ein Christ zu verhalten.

Mehrere Male kehrte ich in den Burghof zurück, um Brennholz herauszutragen. So sah ich, wie die Jadwinger plünderten. Sie schlugen die Fenster ein, Glas klirrte, überall hörte man ihr Jauchzen und Schreien. Möbel flogen auf den Hof, Stühle, Sessel, Teile von Betten und Pritschen. Andere hatte die Küche entdeckt und Fässer von Met und Tonkrüge mit Schnaps herausgeschleppt, wo sie beides kreisen ließen.

Skomand ließ sie gewähren. Er stand, die Arme verschränkt, im Hof und wirkte wie ein stolzer Vater, der seinen Kindern bei ihrem wilden Treiben zusah. Das Plündern war ein Teil der Verabredung zwischen ihnen. Die Krieger gehorchten ihm und gingen mit Todesverachtung in den Kampf, dafür durften sie sich hinterher die Taschen vollstopfen.

Auch Albat und seine Samländer waren in den Gebäuden der Burg verschwunden. Von ihnen hörte man nichts, aber ich hatte schon erlebt, wie viel gezielter sie nach Wertsachen suchten.

Als sich die Fürsten im Schutz der Burgmauer am Feuer niederließen, war er wieder da, und ich glaubte, ein Schmunzeln um seine Mundwinkel zu erkennen.

Skomand kam erst, als alle anderen saßen. In der einen Hand hielt er ein Stück Fleisch, in der anderen eine Tonflasche, wahrscheinlich mit Branntwein. Er grinste über das ganze Gesicht und genoss es, dass alle zu ihm aufsahen.

»Das war sehr beeindruckend«, sagte Herkus, und die anderen stimmten zu. »Und trotzdem bleibe ich bei meiner Ansicht. Siegen können wir nur, wenn wir unsere alte Haltung aufgeben, nach der jeder Stamm für sich lebt und kämpft.«

Skomand spuckte in hohem Bogen Schnaps aus. Er versuchte, höhnisch zu wirken, machte ein paar Schritte und nahm einen neuen Schluck.

»Es ist etwas anderes«, fuhr Herkus fort, »eine dürftig besetzte Burg zu nehmen, als einen wirklichen Kampf gegen ein mächtiges Heer zu führen.«

»Und wenn ich die Marienburg in Pomesanien einnehmen und die Ritter von dort vertreiben würde«, rief Skomand dazwischen, »würde Herkus Monte immer noch behaupten, dass es Glück war und die einen schlechten Tag hatten. Ich sage euch: Wir sind stark. Die Überraschung ist unsere Verbündete. Und wir haben Mut. Und noch etwas, Natanger: Die Jadwinger gehorchen allein ihrem Fürsten. Wir bleiben, was wir sind.«

»Du hast recht, Skomand, es ist nun genug geredet. Dass die Ritter zurückkehren werden, ist eine Tatsache. Sie werden in den christlichen Ländern schon dazu aufgerufen, sich zu sammeln. Das hat Norelis in Erfahrung gebracht. Und jetzt soll hier jeder Fürst für seinen Stamm entscheiden. Wollt ihr mit uns zusammen ein gemeinsames Heer bilden, das Gegenwehr leisten kann? Oder wollt ihr, wie Skomand, für euch bleiben und sehen, ob ihr den Eindringlingen allein Schaden zufügen könnt?«

Danach machte sich Schweigen breit. Ich sah den Fürsten an, wie sie sich wanden. Nun war Schluss mit dem Schauspiel, sie mussten sich bekennen. Die Fürsten der Barten und Warmier hielten die Köpfe gesenkt, die der

Nadrauen und Schalauen flüsterten miteinander. Legien saß neben mir; er war der Einzige, von dem ich sicher war, wie er sich entschied. Albat schmunzelte immer noch. Ich war inzwischen davon überzeugt, dass auch er in der Burg nach Beute gesucht hatte. Seine Leute hielten Taschen in den Händen, die sie vorher nicht gehabt hatten. Im Gegensatz zu den Jadwingern wusste Albat, welche Dinge bei den Christen von Wert waren, denn er hatte Erfahrung im Handel und im Tausch. Ich vermutete, dass in den Taschen nur Silber, Gold und Bernstein steckten.

Herkus' Blicke wanderten von einem zum anderen. Er hatte die Entscheidung Deiwas anheimgestellt und der Verantwortung der Fürsten. Was jetzt kam, hatte Bedeutung für uns alle, doch sie mussten es nun selber wissen. Skomand war ein Kämpfer, wie ihrer aller Vorfahren gewesen sein mochten, wild, dem Augenblick verhaftet und auf das Glück vertrauend. Herkus hingegen verlangte *disciplina* von ihnen, eine christliche Tugend, etwas Fremdes. Er wollte, dass sie sich einordneten.

Legien sprach als Erster und erklärte, die Galinder würden an der Seite der Natanger kämpfen. Das überraschte niemanden, deshalb hatte es auch keine Auswirkung. Aber dann sagte der Fürst der Barten, er schlösse sich an. Auch er sei davon überzeugt, dass die Prusai gegen einen übermächtigen Feind nur gemeinsam siegen könnten. Auch die Burg hätten die Jadwinger keineswegs allein erstürmt.

Herkus nickte. Sein Gesicht blieb reglos.

Der Fürst der Warmier sagte, sein Stamm alleine sei zum Untergang verdammt, das wisse er. Sie hätten das Pech, weit im Westen zu leben, nahe an der Christenheit, deshalb kenne er ihre Stärke. Auch die Warmier gingen mit den Natangern. Die Nadrauen und Schalauen erklärten sich ebenfalls bereit. Man müsse, erklärten sie, den Christen ein für allemal klarmachen, dass dieses das Land der Prusai sei. Nach dem Kampf allerdings würden sie leben wie zuvor. Deshalb sei es ein Bündnis auf Zeit, das sie eingingen.

»Und was ist mit dir, Albat?«, rief Skomand. »Wie hätten deine Väter entschieden? Hat ein Seefahrervolk nicht frei zu sein?«

»Das Meer gehört uns nicht mehr«, erwiderte Albat. »Die Besatzer verkaufen uns Fischrechte, und sie verlangen hohe Preise dafür. Ihre Schiffe sind stärker als unsere. Wir haben, anders als du, Skomand, erlebt, wie sie uns niedergedrückt haben. Deshalb ...«

Er kam nicht dazu, seinen Satz zu beenden. Skomand begann ein Geheul, einen langen, anhaltenden Ton wie ein Wolf, in dem seine ganze Verachtung lag. »Ihr seid doch schon keine Prusai mehr«, rief er. »Warum kämpft ihr überhaupt, wenn ihr ihnen schon gleicht? Die Jadwinger sind das einzige freie Volk in unserem Land. Wir lassen uns von niemandem einschüchtern.«

Mit diesen Worten stapfte er über die Zugbrücke in die Burg. Es dauerte nicht lange, da kam er an der Spitze seiner Männer wieder heraus, diesmal auf seinem Pferd. Seine Leute hatten mitgenommen, was sie tragen konnten. Ihre Pferde waren mit Säcken beladen, die die Jadwinger aus Leinentüchern geknotet hatten. Skomand brachte seinen Rappen vor Herkus zum Stehen.

»Deine Wagen stehen dort, mitsamt ihrer Ladung.«

»Wir nehmen sie wieder mit.«

»Und noch etwas: Meine Frau möchte ihre Mutter und Schwester besuchen – den kleinen Rest ihrer Familie, der noch am Leben ist. Garantierst du für ihre Sicherheit, Herkus Monte?«

Herkus stand auf. Er brauchte einen Moment, bis er sagte: »Ich garantiere dafür.«

15

Anders als Willun war Herkus ein Häuptling, der sich um die Leute kümmerte, um Alte, um Frauen, deren Männer gefallen waren, um halbwaise Kinder. Gab es in irgendeinem Haus einen Kranken, sann er auf Hilfe und ließ zusätzliche Nahrung bringen. Bei den Verletzten achtete er darauf, dass sie ihre Wunden auskurierten und die Arbeit nicht zu früh wiederaufnahmen.

Viel Zeit brachte er in der Schmiede zu. An der Ordensburg hatten wir all die Waffen und Rüstungen, die die Jadwinger zurückgelassen hatten, eingesammelt. Herkus ließ alles aufarbeiten. Das Schmiedefeuer brannte von früh bis spät. Der Schmied kam durch Herkus zu neuem Ansehen. Er wusste darum, und auch sein Sohn, der mit ihm arbeitete, war stolz.

Ein anderes Vorhaben von Herkus waren Lebensmitteldepots. Er wollte verhindern, dass im Dorf Hunger ausbrach, wenn der Krieg begann. Deshalb ließ er Stollen in die Erde treiben. Sie wurden mit Holzpfeilern abgestützt und bekamen Türen aus Brettern. Einige junge Männer schickte er auf die Jagd, und die waren froh, der öden Feldarbeit zu entkommen, und machten bald einen Wettbewerb aus ihrer Aufgabe. Was sie schossen, gaben sie den Frauen, die die Tiere ausnahmen und das Fleisch pökelten. Darüber wurde unser Salz bald knapp. Deshalb bat Herkus mich, zu Albat zu reiten, um neues zu holen.

Wenn er die Zeit dazu fand, deckte er sein Dach oder

zimmerte ein paar Möbel, wobei ich ihm half. Später in jenem Frühjahr zog er endlich mit Celcis in sein Haus. Besonders oft sahen sie sich auch dort nicht. Herkus war morgens einer der Ersten und abends einer der Letzten, und manchmal war er tagelang unterwegs, da er auch andere Natangerdörfer besuchte, deren Fürst er genauso war.

Über all dem Tun jener Tage lag etwas Unwirkliches, fast Unwahres. Jedem war klar, Zanna würde nach Hause kommen. Aber keiner sprach darüber. Ihr Name fiel nicht ein einziges Mal. Nur wenn Herkus in Gedanken war und in die Ferne starrte, vermutete ich, dass er auf sie wartete. Ich selbst konnte nicht verhindern, dass ich jeden Tag mehrere Male mit Blicken dem Weg folgte, der nach Osten führte.

Eine andere Neuerung war unser Botensystem. Herkus hatte es mit den prussischen Fürsten noch an der Ordensburg verabredet. Die Grundlage dafür war seine Einladung zur großen Versammlung, aber jetzt wurde es eine ständige Einrichtung, die jeder, der den anderen Stämmen etwas mitteilen wollte, nutzen konnte. Man musste nur die beiden benachbarten Völker benachrichtigen, und die waren dann verpflichtet, die Botschaft weiterzugeben. Wir hatten im Nordosten zu den Samländern zu reiten, die die Neuigkeiten dann zu den Nadrauen trugen, die sie wiederum den Schalauen weitergaben. Auf unserer Westseite lebten die Warmier, die die Barten zu informieren hatten und die wiederum die Galinder. Die Fürsten hatten dieses System gutgeheißen, und bevor wir alle auseinandergingen, hatten sie am Feuer gestanden und ihre rechten Hände einer über den anderen gelegt. Skomand war zu dieser Zeit längst verschwunden gewesen, aber die Jadwinger sollten auch keine Botschaften mehr erhalten.

Nun wollte Herkus auch benutzen, was er eingerichtet

hatte. So schickte er einen unserer Boten zu den Samländern, um mein Kommen anzukündigen.

Ich machte mich erst auf den Weg, als der Reiter zurückkam und erklärte, ich sei dort willkommen. Früher wäre ich so losgeritten, aber ich gönnte es Herkus, sein neues System anzuwenden.

Albats Dorf lag nahe am Meer. Eine frische Brise wehte, man konnte die Wellen hören und das Kreischen der Möwen. Es roch nach See. Ein Erdwall schützte die Siedlung gegen den Wind und gegen Hochwasser.

Der Samländer begrüßte mich. Sein Haus sah ganz anders aus als unsere. Es stand auf Fundamenten aus Bruchstein. Die Holzwände waren angestrichen. Innen gab es gepolsterte Stühle. An den Wänden hingen Teppiche, anstelle von Fackeln brannten Talgkerzen. Sein Frau hatte in ihrem Gesicht Farbe aufgetragen, rot am Mund, blau rund um die Augen. Die Mädchen taten das bei uns zwar auch, aber nur zu Festen.

Ich hielt mich zurück, mein Anliegen vorzutragen. Lange redeten wir belangloses Zeug. Ich hatte schon erlebt, dass Albat über alles Mögliche sprechen konnte. Er fragte auch nach meinen Erfahrungen in den deutschen Ländern, nur fehlte ihm die Geduld, der Antwort zuzuhören. Immer wieder unterbrach er mich. Wahrscheinlich redete er selber zu gerne.

Seine Kleider schienen alle aus Seide zu sein, die Ärmel waren gebauscht, um den Hals hatte er ein Tuch gebunden. Auch seine Frau trug ein Kleid aus Seide. Ich kam mir in meinen Kniehosen aus zerschlissenem Flachs und meinem Wams aus gewebter Schafwolle trampelig vor. Meine Stiefel waren grob und voller Erde, ich trug sie zur Feldarbeit und wenn ich mit den Schafen hinauszog. Seine dagegen waren aus hellem Wildleder.

Um ihm zu sagen, weshalb ich gekommen war, musste ich einige Male ansetzen. Mehrmals nahm er meine ersten Worte und redete weiter, über etwas ganz anderes. Schließlich brachte ich heraus, dass uns Salz fehlte und dass Herkus mich deshalb geschickt habe.

»Salz? Das ist doch kein Problem.« Ich wunderte mich, wie schnell seine Antwort gekommen war.

»Du hast also welches?«

Er nickte.

»Und kannst es uns geben? Wir brauchen es dringend.«

»Aber sicher.« Er lachte. »Salz hat seinen Preis. Wie alles auf der Welt.«

Ich machte wohl ein ziemlich unverständiges Gesicht. »Was meinst du damit?«

Er lachte immer noch. »Dass du zu bezahlen hast. Oder dein Stamm.«

Wir waren Verbündete, aber jetzt lernte ich, dass das noch lange nicht hieß, dass wir auch Freunde waren. Wir hatten die Christen aus unserem Land vertrieben, aber ihr Geist war offenbar dageblieben. Auch die Prusai verkauften einander nun, was sie besaßen und andere benötigten.

Dieses Gespräch erschien mir ziemlich würdelos. Ich verzog das Gesicht. Irgendetwas anzubieten hatte ich nicht, trotzdem fragte ich ihn, was er für einen großen Sack Salz haben wolle. In seine Augen trat ein Leuchten. Am liebsten nähme er die Silbermünzen der Christen. Oder Gold. Ob wir welches hätten?

Ich schüttelte den Kopf. Er fragte nach anderen Dingen von Wert, zählte sie an seinen kurzen, dicken Fingern auf. Als er auf Felle kam, nickte ich. Die hatten wir. Er zögerte, dabei starrte er in die Luft, bewegte seinen Mund und schien nachzudenken.

Ich hatte den Eindruck, er rechnete nach, wie viele Felle er in einem anderen Land für einen Sack Salz zu geben hatte. Er fragte, von welchen Tieren unsere Felle stammten. Es war mir nicht möglich, ihm eine Antwort zu geben, ich schämte mich – für ihn, für sein Haus, für unser Volk. Ich schämte mich so sehr, dass ich weggehen wollte. Andererseits mochte ich nicht ohne das Salz zurückkehren, wusste ich doch, wie wichtig es Herkus war. Und sein Gedanke, Vorräte anzulegen, war richtig.

Ich stand auf, was ihn zu überraschen schien. Wahrscheinlich hatte er meinen Missmut gar nicht bemerkt. Ich war drauf und dran, ihm an den Kopf zu werfen, dass wir ihm Gefangene überlassen hatten, die er an die Schweden verkauft hatte, deshalb stammte ein Teil seines Reichtums bereits von uns. Doch auch das war unwürdig.

Ich bot ihm ein Pferd an und fragte, wie viel Salz wir dafür bekämen. Er lachte wieder, als wäre das alles nur ein Scherz, und wollte mir erneut den Eindruck vermitteln, nur ein kleiner Junge zu sein, der nichts von der wahren Welt verstand. Ein Pferd, sagte er, das sei ein großer Begriff, ein edles Tier habe einen anderen Preis als ein Ackergaul. Nun führte er den gesamten Handel alleine, ohne ein Wort von mir, unterstellte, dass wir ihm nur ein Arbeitspferd anbieten würden, woran er durchaus interessiert sei, und ich könnte einen Sack Salz sofort mitnehmen und würde einen weiteren erhalten, wenn ich ihm das Pferd brächte. Ich nickte ihm zu, froh darum, endlich weg zu können. Er begleitete mich.

Als er mich an der Pferdekoppel verabschiedete, gab er mir die Hand, gerade so, als seien wir alte Freunde. Er wünschte mir eine gute Heimreise und hoffte, ich würde bald wiederkommen, um den zweiten Sack zu holen. Dass wir uns kurz zuvor um den Preis dafür gestritten hatten, war wie weggeblasen. Er strahlte, lobte mein Pferd und klopfte ihm freundlich auf die Flanke.

Da es in unserem Land keinen Vogt mehr gab und keine Ritter, leisteten wir auch keinen Zehnten. Doch Herkus verlangte, dass wir den Teil der Ernte, der den Abgaben entsprochen hätte, in die Lebensmitteldepots brachten. Nicht nur einen Teil des Getreides, sondern auch von allen Früchten, soweit sie haltbar gemacht werden konnten. Mich hatte er dazu ausersehen, diese Abgabe einzuziehen.

Die Natanger waren alle einverstanden, zumal die Ernte noch weit weg war. Sie redeten von den schweren Zeiten, die auf uns zukommen würden, davon, dass wir vorbereitet sein müssten. Mancher lobte sogar die Weitsicht unseres Fürsten. Nur wenn es darum ging, tatsächlich seinen Teil zu geben, sah alles anders aus. Man wand sich, man versuchte, zu unterschlagen, zu verstecken, und der eine schimpfte auf den anderen, der sich angeblich nicht beteiligte.

Im Laufe des Sommers wurde meine Rolle immer mehr die eines Eintreibers, und mein Misstrauen wuchs. Ich begann, genau hinzusehen, zählte nach und achtete auf verborgene Ecken in Gärten und Häusern. Bald hatte ich Feinde im Dorf. Meine Nachbarn drehten sich weg, wenn ich kam, so wie sie sich ein Jahr zuvor weggedreht hatten, als ich mit meinem Ochsenkarren um Nahrung für die Fronarbeiter gekommen war. Man redete über mich und nahm keinerlei Rücksicht, dass ich es hören konnte.

Abends war ich mehr als einmal versucht, Herkus von meinen Erfahrungen zu erzählen, doch ich ließ es bleiben. Er hatte mir diese Aufgabe zugedacht, und jetzt würde ich sie auch durchführen, egal, wie mein Ruf litt.

Meine Mutter erlebte meine neue Rolle nicht mehr richtig mit. Sie zog sich immer weiter in sich zurück, sprach kaum noch, aß wenig und wurde dünner. Nur ihrer Arbeit ging sie weiter nach. Sie sponn und webte und färbte Wolle, säuberte die Häute der Schafe, sammelte Moos, schleppte Wasser. Wenn ich ihr helfen wollte, wurde sie böse. Mehr als einmal fuhr sie mich an. Ihre ganze Freude in dieser Zeit war Herkus. Wenn er zum Essen kam – und er aß immer noch öfter bei uns als bei seiner Frau –, strahlte sie. Ihr Platz am Tisch lag seinem gegenüber, und sie pflegte ihn mit großen Augen anzusehen. Sobald er zu sprechen begann, nickte sie, egal, was er sagte. Es war unübersehbar, dass sich Velnias schon einen Teil von ihr geholt hatte. Er schien sie Stück für Stück in sein Reich herüberführen zu wollen. Dabei gestattete er ihr, noch einmal schön zu werden. Ihr schmales Gesicht hatte eine edle Ausstrahlung und war weich und weiblich. Die Wangen, so knochig sie waren, hatten Farbe, die Augen leuchteten. Ihr langes Haar war weiß geworden. Sie band es im Nacken mit einem Lederband zusammen.

Dargus schaute regelmäßig nach ihr. Auch ihm gefiel ihre Altersschönheit. Ich merkte es daran, dass er sie oft nur ansah. Er wollte sie auch berühren, ihre Hand halten, aber das ließ sie nicht zu, und so blieb ihm nur, manchmal wie zufällig gegen sie zu stoßen. Sie zog sie dann sofort zurück. Aber er kam trotzdem immer wieder zu ihr.

Die Zeit mit meinen Schafen, mit denen ich längst nicht mehr jeden Tag verbringen konnte, genoss ich. Ich freute mich darauf. Wenn ich morgens loszog, trieb ich die Tiere durchs Dorf oder ließ meinen Hund bellen, denn Suplith sollte wisse, dass ich aufbrach. Aber auch ohne sie war es ein Vergnügen auf den Weiden. Es gab viele warme Tage, ich fand schöne Plätze im Gras oder unter Bäumen und beschrieb seitenweise Pergament und schnitzte meine Figuren, während die Schafe friedlich grasten.

Die kleine Uimme konnte weite Wege noch nicht laufen, aber sie war bereits zu schwer, um getragen zu werden. Ich hatte seit langem anerkannt, dass sie meine Tochter war, so konnte ich gutheißen, dass sie nicht mehr schlief, wenn Suplith bei mir war. Das Kind plapperte und stellte Fragen und wollte die Lämmchen streicheln. Sie zog unsere ganze Aufmerksamkeit auf sich. Wenn die Kleine es nicht sehen konnte, hielten Suplith und ich uns bei den Händen. Aber die Wahrheit war, dass wir innerlich ein wenig voneinander abgerückt waren. Wir sahen uns selten und teilten das Leben nicht. Sie ahnte nichts von meiner Nacht mit Arnike, andererseits erzählte sie nie von ihrem Alltag mit Erkil. Manchmal gingen uns die Worte aus. Dann half es uns, wenn Uimme nach mir rief und ich zu ihr lief. Suplith blieb dann allein auf dem Fell zurück.

Je größer der Abstand zwischen uns wurde, desto mehr verlangte ich von Suplith. Auch wenn es sinnlos war, forderte ich von ihr, sie solle nächstes Mal alleine kommen, und wollte, wenn sie ging, wissen, wann ich sie wiedersehen würde. Damit machte ich allen Zauber kaputt, den unsere Treffen früher gehabt hatten. Was mich ritt, verstand ich nicht. Ich hatte zwar Sehnsucht nach ihr – aber insgeheim vor allem nach ihrem Körper, und weil ich vermeiden wollte, dass sie das merkte, wurde ich grantig und schwer erträglich.

»Warum kannst du nicht meine Frau sein?«

Sie lachte auf. »Weil ich schon einen Mann habe. Dass ein Mann zwei Frauen hat, das gibt es, aber eine Frau zwei Männer, davon habe ich noch nie gehört.«

Ihr Lachen wurde lauter. Ich rollte mich auf den Rücken und starrte in den Himmel.

Zanna kam eines Tages gegen Mittag. Die Zeit der Baumblüte war vorüber, die Blätter waren von einem kräftigen Grün, auf den Wiesen wuchs das Gras, und die Zugvögel waren in unser Land zurückgekehrt und zwitscherten von morgens bis abends. Am Himmel standen ein paar hohe weiße Wolken, die Sonne schien. Es war warm.

Sie ritt langsam und sah sich um, eine Heimkehrerin nach langer Zeit, die ihre Eindrücke mit den Erinnerungen verglich. Drei bewaffnete Jadwinger begleiteten sie. Zanna durchquerte unser gesamtes Dorf, dabei grüßte sie niemanden und zeigte nicht einmal, ob sie den einen oder anderen erkannt hatte. Erst vor dem Haus ihrer Mutter stieg sie vom Pferd.

Wer sie gesehen hatte, folgte ihr mit Blicken. Es war eine Fürstin, die da einzog, dazu eine Frau, die jeder kannte. Ich selbst war im Garten meiner Mutter und wässerte das Gemüse, auch ich hielt inne und stellte meinen Eimer ab. Obwohl ich mich freute, sie wiederzusehen, war es unmöglich, ihr zuzurufen. Wie die anderen blickte ich ihr einfach nach. War das schon wieder ihr Bann?

Sie trug eins ihrer schlichten Kleider. Das Haar fiel ihr über die Schultern. Ihre Bewegungen waren von jener Anmut, die nur sie besaß, und in allem, was sie tat, lag etwas Fließendes. Sie wirkte leicht und sehr stolz.

Mit drei Fingern strich sie ihrem Pferd über den Hals. Es sah aus, als bedanke sie sich dafür, dass es sie den weiten Weg aus dem Jadwingerland hierher getragen hatte.

Mertil, ihre Mutter, kam heraus. Beide Frauen umarmten sich und hielten einander fest. Celcis stand vor ihrem Haus und blickte hinüber, rührte sich aber nicht. Zanna ging zu ihr, nachdem sie die Mutter begrüßt und mit ihr erste Worte gewechselt hatte. Sie schritt über den Dorfplatz, die kleine Anhöhe hinauf, auf der sich Herkus sein

Grundstück ausgesucht hatte. Die drei Frauen im Dorf – das war ein Schauspiel, dem alle Nachbarn zusahen. Zanna wollte ihre Schwester umarmen, streckte beide Arme aus, aber Celcis reichte ihr die Hand und fasste Zanna am Unterarm, damit sie ihr nicht zu nahe kam.

»Guten Tag, Zanna. Wie lange bleibst du?«

Als ich diesen Satz hörte, stockte mir der Atem. Er war gegen alle natangische und prussische Tradition, gegen alles, was wir je gelernt hatten. Niemals wurde bei uns ein Besucher gefragt, wann er weiterziehe, und wenn ein unwissendes Kind das getan hätte, wäre es von den Eltern so gestraft worden, dass es diese Lektion nicht wieder vergessen hätte.

»Ich weiß noch nicht«, erwiderte Zanna. »Ein paar Tage.«

Ich fragte mich, wie Herkus auf diese Frage reagiert, ob er Celcis wohl zurechtgewiesen hätte. Er war im Natangerland unterwegs und wollte erst zum Abend zurück sein.

Als ich ihn in der Dämmerung sah, machte ich ihm ein Zeichen und zeigte auf Willuns Haus. Er begriff sofort. Aber er war nicht der Einzige. Celcis stand wieder vor ihrer Haustür und rief nach ihm. Sie sah aus, als wolle sie kämpfen. Nur mit welchem Gegner? Das Schauspiel im Dorf ging weiter.

Herkus ignorierte sie. Er ritt zu Willuns Haus. Zanna saß mit ihrer Mutter vor der Tür und hatte ihn längst gesehen.

»Guten Abend, Zanna.«

»Guten Abend, Herkus.«

»Es ist schön, dich zu sehen.«

Kaum hatte er diesen Satz gesprochen, war Celcis heran. Fast konnte sie einem leidtun, wie sie sich vor aller Augen und Ohren ins Unrecht setzte. Sie stellte sich neben ihn, nahm seinen Arm und hielt ihn fest. Aber er hatte nur Augen für die andere Frau.

»Lass ihn in Ruhe«, fuhr Celcis ihre Schwester an. »Das ist mein Mann. Du hast selber einen.«

Zanna schüttelte den Kopf, sie wollte davongehen und war schon aufgestanden. Ihre Mutter fasste beide an den Armen. »Geh ins Haus, Celcis«, sagte Herkus. »Ich komme später nach.«

»Ich bleibe hier.«

Die Nachbarn taten nun so, als gehe all das sie nichts an, als hörten sie nichts, jeder war plötzlich beschäftigt, aber es war klar, worüber sie sich in den nächsten Tagen die Mäuler zerreißen würden: Herkus Monte lässt sich auf der Nase herumtanzen. Der Fürst kann nicht einmal seiner eigenen Frau etwas befehlen. Die Frau des Jadwingers scheint ihm besser zu gefallen als die eigene.

Ihm war nicht anzusehen, ob er sich ärgerte. Er wiederholte seine Anweisung an Celcis nicht, sondern ließ sie einfach neben sich stehen. Ihm war egal, was die anderen von ihm dachten, er scherte sich nicht darum. Er war nur er selbst, sein eigener Fürst, so wie er schon als Junge in Magdeburg niemand anderen als seinen Herren anerkannt hatte. Darin hatte er sich nicht verändert. Und mochten ihm aus seiner Art noch so viele Schwierigkeiten erwachsen, er behielt sie bei. Anders hätte er gar nicht gekonnt. Nur erkannten wohl wenige, wie viel Stärke in dieser Haltung lag.

Was Celcis sich einmal von ihm erhofft haben mochte – die Würde eines Fürsten, die auf sie überging –, interessierte ihn nicht. Deshalb konnte sie diese Bedeutung auch nicht vorgeben, obwohl ihre Position im Dorf eine besondere war. Sie war die Fürstenfrau. Mehr respektiert als andere wurde sie trotzdem nicht.

Ich hatte Zanna bis dahin nur aus der Ferne zugewinkt, denn ich wollte ihr erstes Zusammentreffen mit ihrer Mutter nicht stören. Nun ging ich zu ihr und freute mich, dass es mir gelang, ein Lächeln auf ihren Mund zu zaubern.

»Wir haben uns ja lange nicht gesehen«, sagte sie, und als wir uns ansahen, lachten wir beide, was die Stimmung etwas leichter machte.

Celcis allerdings blieb weiter wütend. Wäre sie ein Mann gewesen, hätte ich ihr empfohlen, Holz zu hacken. Doch was tat eine Frau, die von solchen Gefühlen beherrscht wurde?

»Erkennst du deine Heimat denn wieder?«, fragte ich Zanna.

»Jeden Stein. Es hat sich ja auch nichts verändert. Nur das Haus dort ist neu.« Sie zeigte auf die Wohnung von Herkus und Celcis. »Ich habe oft an das Dorf gedacht. Und an euch. An euch alle.« Sie senkte den Blick, schaute dabei aber kurz zu Herkus. Beide standen einander gegenüber, aber es war ihnen nicht möglich, den letzten, entscheidenden Schritt zu tun, dabei war es so offensichtlich, dass sie zusammengehörten. Was in aller Welt mochte sich Laume dabei gedacht haben? Ich fand, hier lag ein Webfehler vor. An dieser Stelle sah das Schicksalstuch unordentlich aus.

An jenem Abend aßen wir alle zusammen. Ich holte auch meine Mutter dazu, und Dargus setzte sich neben sie und strich ihr bei einer Gelegenheit über den Arm. Herzlichkeit kam am Tisch kaum auf, nicht einmal ein richtiges Gespräch, die Spannung zwischen den Schwestern bestimmte den Abend, und am Ende war jeder erleichtert, wieder gehen zu können.

Am nächsten Tag nahmen wir alle unsere Arbeit wieder auf. Herkus verbrachte nach wie vor viele Stunden in der Schmiede. Trotz der Eisensperre besaßen wir mittlerweile eine Menge Waffen, die Herkus und der junge Schmied alle in einem Lager verstauten. Herkus rechnete mit einem neuen Angriff der Ritter, der Gedanke bedrückte ihn, und er konnte ihn auch nicht vergessen, als Zanna da war. Niemals würden die Christen die Niederlage auf sich sitzen lassen, sie wollten ihre Burgen zurück und die unbotmäßigen Heiden züchtigen. Ich war mir sicher, dass auch Zanna um Herkus' Sorgen wusste. Nur konnte sie nicht mit ihm darüber sprechen.

Ich war damit beschäftigt, die Schafe zu scheren, deshalb blieb ich in jenen Tagen im Dorf. Uimme und Suplith kamen oft dazu, dabei zog die Kleine ihre Mutter, denn sie wollte beim Scheren zusehen. Suplith und ich wechselten nur wenige Worte, nicht mehr, als irgendein Mann und eine Frau, zwei Nachbarn, tun durften, ohne aufzufallen.

Herkus und ich waren in einer ähnlichen Lage. Der größte Unterschied bestand darin, dass mein Gefühl für Suplith heimlich war und heimlich zu bleiben hatte, während das ganze Dorf miterlebte, wie es um seinen Fürsten bestellt war. Es war ein seltsames Dreieck, das sie bildeten. Celcis kam regelmäßig aus dem Haus und suchte ihren Mann. Und wenn sie ihn, meistens bei der Schmiede oder beim Waffenlager, gesehen hatte, war sie beruhigt und kehrte um. Zanna hingegen gab sich alle Mühe, ihn nicht anzusehen. Sie half der Mutter, jätete Unkraut, schnitt Pflanzen, gab ihnen Wasser. Sie nähte und kochte. Abends setzte sie sich mit der Mutter vors Haus, trank Wasser und unterhielt sich mit ihr. Auch da versuchte sie, Herkus keine Aufmerksamkeit zu schenken. Allerdings ging er oft zu ihnen zum Essen. Zu uns kam er in jener Zeit nicht. Celcis stand vor der Wahl, alleine zu bleiben oder ebenfalls in ihr Elternhaus zu gehen. Er sprach sich nicht mit ihr ab, das konnte man an ihrem Blick sehen, wenn sie abends vor das Haus trat, um zu sehen, was ihr Mann vorhatte.

Einmal lief sie suchend im Dorf auf und ab, denn plötzlich waren Herkus und Zanna gleichzeitig verschwunden. Die Hände zu Fäusten geballt, kam sie auch zu mir an die Koppel. Sie hatte den Kopf gesenkt und sah aus wie einer meiner Widder, als sie mich fragte, wo Herkus sei. Ich konnte ihr keine Antwort geben. Genauso wenig wie ihr legte er mir gegenüber Rechenschaft über seine Wege ab. Er war nicht nur der Fürst, er war auch vollkommen unabhängig und tat allein, was er für richtig hielt.

Celcis zog weiter zu ihrer Mutter. Von weitem konnte ich sehen, wie sie gestikulierte und ihr Gesicht rot wurde. Als Zanna und Herkus später zurückkamen, zu unterschiedlichen Zeiten und von entgegengesetzten Enden, schien sie sich zu schämen und ließ sich den ganzen Tag nicht mehr blicken. Nur am Abend hörte man Streit aus ihrem Haus.

Ich mochte ihre laute Stimme nicht hören und nichts davon wissen, dass sie mit ihrem Mann und mit ihrem ganzen Leben haderte. Vielleicht hatte sie ja recht damit, all ihr Ungemach herauszubrüllen. Ich ging in unser Haus, wo mich eine stille, freudlose Atmosphäre erwartete. Mit meiner Mutter redete ich nicht viel, da sie kaum noch sprach. So wusch ich mir den Geruch der Schafe von den Händen und aus dem Gesicht und legte mich auf mein Stroh, obwohl es draußen noch nicht mal dunkel war. Die vielen Eindrücke des Tages wollten mich nicht verlassen, ich fand nur schwer in den Schlaf. Doch als die Tür aufgezogen wurde und schwere Schritte über den Holzfußboden trampelten, musste ich doch eingeschlafen sein, denn ich wurde wach.

Es war Herkus.

Sein Strohlager hatte ich nie aus meinem Zimmer fortgeräumt. Ich brauchte den Platz nicht und mochte die Erinnerung an unsere gemeinsame Zeit. Nun ließ er sich darauf fallen. Ich hörte an seinen schwerfälligen Bewegungen und an seinem Atem, dass etwas anders war, und ich konnte es riechen. Er hatte getrunken. Da er dem Met immer auswich, aber gelegentlich, nach schwerem Essen oder zu einem feierlichen Anlass, einen kleinen Schnaps akzeptierte, war es Weizenbrand.

Er kämpfte mit seinen Stiefeln und fluchte dabei leise vor sich hin. Schließlich hatte er einen von ihnen ausgezogen und warf ihn durch das Zimmer, bevor er versuchte, auch den zweiten vom Fuß zu bekommen. Dann streckte er sich auf dem Stroh aus. Es war dunkel, aber vor meinem inneren Auge sah ich ihn, die Hände hinter dem Kopf verschränkt, die Augen offen. Was mich verwunderte, war, dass er anfing zu reden. Der Weizenbrand machte auch aus ihm einen anderen Menschen.

»Ich hoffe, du schläfst.« Er stöhnte. »Natürlich schläfst du, es ist ja mitten in der Nacht, warum sollte ein guter Mensch da nicht schlafen. Du bist doch ein guter Mensch, Norelis, oder? Hörst nichts und siehst nichts, wenn du es nicht sollst. Und was du trotzdem mitbekommst, tratschst du nicht in die Welt hinaus, sondern schreibst es auf dein Pergament. So bist du, Norelis. Ein guter Mensch eben.« Ein lautes Rülpsen unterbrach seine Rede.

»Entschuldigung. Ich habe getrunken. Ganz allein, aber dafür viel. Wenn ich die Augen zumache, dreht sich mir der Kopf, deshalb muss ich sie offen lassen. Du schläfst. Ich hoffe, du schläfst. Weißt du noch, dass ich dich in diesem Zimmer schon einmal nach ihr gefragt habe? Da war es genauso dunkel wie jetzt. Damals warst du wach. Verdammt, Norelis, ich mag nicht mehr. Nicht so. Alle haben sich doch schon gefragt, warum Celcis keine Kinder hat.« Er lachte, aber es klang böse. »Du bestimmt auch. Soll ich dir den Grund nennen? Ganz einfach, ich lege mich nicht neben sie und zeuge keine mit ihr. Ich mag es nicht. Das ist die verfluchte Wahrheit, ich mag nicht bei meiner Frau liegen. Ob ihr das fehlt, weiß ich nicht. Als ich früher manchmal bei ihr war, tat sie leidenschaftlich, doch das war ein Spiel und ein schlechtes dazu. Ich habe ihr nicht geglaubt.« Er stöhnte erneut, dann war er still und atmete tief, und ich glaubte, der Schlaf habe ihn überwältigt. Doch er fuhr fort: »Zanna ist stärker als wir alle zusammen. Es gibt niemanden auf der Welt, den ich so bewundere wie sie. Weißt du, die Kraft, die mich zu ihr zieht – und mich immer zu ihr gezogen hat –, ist ungebrochen. Zanna ist kostbar. Sie ist ein Edelstein. Wenn du den ganzen langen Ostmeerstrand absuchst, findest du, wenn du viel Glück hast, zwischen all den Muscheln und Steinen vielleicht einen einzigen, der glänzt wie sie. Aber nur, wenn du viel Glück hast.«

Sein Schnauben war bitter. Er schlug mit den Händen auf irgendetwas, vielleicht auf seinen Bauch. Ich hörte es klatschen. »Ich habe einen solchen Stein gefunden.« Er lachte wieder. »Zum Glück schläfst du, Norelis, sonst hätte ich Angst, dich zu langweilen. Wie oft habe ich dir schon von meiner Sehnsucht erzählt. Du kannst es längst nicht mehr hören. Zanna klagt nicht. Nie. Worte wie diese kämen ihr nicht über die Lippen. Und sie trinkt wahrscheinlich auch keinen …« Dann folgte ein Rülpser, so laut, dass ich fürchtete, meine Mutter würde wach.

»Alles ist wie immer. Ich liebe sie, sie liebt mich, auch wenn sie es natürlich nicht sagt, ich spüre es, ich weiß es. Du darfst mir beide Hände abschlagen, wenn ich mich irre. Ich irre mich nicht. Ich könnte sie nehmen, jetzt sofort, und mit ihr fliehen. Aber nein, ich muss mich beherrschen – wie so ein Scheißchrist, der sich alles im Leben verbietet. Der hat wenigstens Angst vor seinem Gott.

Ich habe nicht einmal das. Warum bleibe ich? Zanna beherrscht sich auch. Ich habe sie gebeten, bis zur Sonnenwendfeier hierzubleiben. Das wäre ja noch mehr als einen Monat hin, hat sie gesagt. Und: so lange würde unser Dorf ihre Anwesenheit nicht ertragen.«

Stroh raschelte, als er sich umdrehte. »Ich bin dir dankbar, Norelis«, redete er weiter, »dass du schläfst und nichts sagst. Es gibt nämlich nichts zu sagen. Auch für die Dunkelheit in deinem Zimmer bin ich dankbar. Ich könnte dir nicht ins Gesicht sehen. Erst recht könnte ich deinen Blick nicht ertragen. Aber dankbar bin ich, auch dafür, dass es dieses Zimmer gibt.«

Wieder bewegte er sich auf dem Stroh. Das Holzgestell unter ihm knarrte. Mit leiser Stimme fuhr er fort: »Ich habe einmal zu dir gesagt, wenn du mein Freund bist, dann lass mich in Ruhe. Weißt du noch? Natürlich, wahrscheinlich hast du es irgendwo aufgeschrieben. Wenn du nicht schliefest, könntest du jetzt verlangen, dass ich dich in Ruhe lasse. Du hättest alles Recht dazu, meine Geschichte ist alt und immer gleich. Sie ist langweilig. Wie furchtbar für alle, die zuhören müssen.«

Seine Bitterkeit ging mir nahe, ich war drauf und dran, ihn zu trösten. Aber dann dachte ich, die Nacht könne das viel besser als ich, und tatsächlich schlief er bald ein. Er pfiff beim Ausatmen, und es klang wie eine immergleiche Melodie.

Seine Melodie.

16

Die Ritter kamen an einem eiskalten Wintertag über die zugefrorene Ostsee. Am Himmel hing eine graue Wolkenschicht, die bis zum Horizont reichte und dort in das Grau des Meeres überging. Die knorrigen Küstenbäume und Sträucher waren vor Kälte erstarrt. Reif bedeckte sie. Auf dem gefrorenen Boden lag eine dünne Schneedecke. Es war zu kalt für neuen Schnee.

Dass sie über das Eis kommen würden, hatten wir immer vorausgesehen. Nicht nur, dass Bernhard von Klingenberg es mir selber gesagt hatte – dieser Weg war für sie der sicherste. Unser Vorteil lag in der Landschaft, dort konnten wir uns hinter Bäumen oder Hügeln verschanzen und sie angreifen. Sie dagegen brauchten freie Sicht. Hier hatten sie keinen Hinterhalt zu fürchten.

Seit dem späten Herbst, mit Beginn des Frostes, hatte Herkus Späher eingeteilt, junge Männer, die sich darin abzuwechseln hatten, die Ostsee zu beobachten. Doch als es so weit war und man in der Ferne den Zug sah, waren wir selbst im Land und an der Küste unterwegs. Wir mussten nicht erst geholt werden.

Unsere Pferde standen auf einer Düne. Mit jedem Atemzug stießen wir weiße Wölkchen in die Luft.

Wir sahen hinunter auf die zugefrorene See. Da unten zogen unsere Feinde über das Haff. Auch sie hatten uns entdeckt. Es scherte sie nicht. Ihr Zug war lang und langsam. Vorn waren die Ritter. Mit Decken schützten sie ihre

Pferde gegen die Kälte. Sie selbst trugen eine Rüstung, die sich gegen das Eis auf dem Meer abhob und silbern glänzte. Die schwarzen Kreuze sollten zeigen, in wessen Namen sie bei uns einzogen.

Ihnen folgte das Fußvolk, die Lanzen- und Ausrüstungsträger. Nach den Fußsoldaten kamen die Wagen, meistens Ochsenkarren, auf denen ihr Nachschub verstaut war. In weitem Abstand begleiteten wir sie.

Ohne viele Worte zu machen, teilten sie sich und zogen in die verlassenen Burgen ein. Ich dachte an unser Fürstentreffen und an prussisches Gehabe. Wir hätten ein solches Manöver nicht so geräuschlos hinbekommen, unsere Leute hätten sich gestritten, wer in welche Burg zog und warum. Wie schafften sie das? War es nur das Versprechen auf Gottes Gnade, das sie so diszipliniert und gehorsam sein ließ? Oder waren sie einfach anders als wir? Ich hätte sie gerne besser verstanden, denn ich war der Überzeugung, dass man einen Gegner kennen sollte, um ihn zu besiegen. Wir hatten keine Vorstellung davon, wo ihre Schwächen lagen. Deshalb mussten wir allein auf unsere Waffen und unseren Mut vertrauen. Etwas anderes hatten wir nicht.

Ich hatte manchmal mit Herkus darüber gesprochen, ob es nicht sinnvoll wäre, ihre Burgen zu zerstören. Doch dafür hatten wir keine Männer. Unsere Leute hatten auf den Feldern zu arbeiten, sie konnten nicht wochenlang diese ungeheuren Mauern kaputtschlagen. Und hätte es geholfen? Solange die Steine da waren, hätten die Christen alles wieder aufgebaut. Sie bauten immer wieder auf, genauso, wie sie wieder zurückkehrten. Aufzugeben schien in ihrer Religion nicht vorzukommen.

Auch das begriff ich nicht. Ihr Jesus Christus schützte doch vor allem die Schwachen, die, die nicht weiterkonnten. Dafür verlangte er unbedingten Glauben. Ähnlich war es im Alten Testament, das die Mönche uns vorgelesen hatten. Gott prüfte die Menschen und ihr Vertrauen in ihn. War also ihr Krieg in unserem Land ein Beweis ihres Glaubens? Sie trugen ihn weiter, dafür ließ er sie siegen? Oder wollten sie doch nur unser Gebiet besitzen und uns für sich arbeiten lassen? Diese Frage beschäftigte mich. Beantworten konnte ich sie nicht.

Unser Späher meldeten, dass ihre Zimmermänner angefangen hätten, neue Burgtore zu bauen. Die alten hatten wir ja zerstört. Man hörte die Sägen und Hämmer. Bis sie mit der Arbeit fertig wären, waren Wachen eingeteilt. Inzwischen verließen die Ritter ihre Burgen kaum, sie nahmen sie nur wieder in Besitz. Aus den Schornsteinen stieg Rauch auf. Sie schienen sich einzurichten.

Herkus sandte seine Boten aus. Aber mehr als die Nachricht, die Ritter seien zurückgekehrt, verschickte er nicht. Er schien unschlüssig zu sein, wie er dem Feind begegnen sollte. Es war offensichtlich, dass sich die Christen auf ihren Karren mitgebracht hatten, wovon sie in der nächsten Zeit leben wollten. Und schon bald konnten neue Wagen oder Schiffe kommen und Nachschub bringen. Sie auszuhungern war nicht möglich.

Doch es passte Herkus nicht, dass sie sich hier wieder festsetzten. Er wanderte durchs verschneite Dorf, die Hände auf dem Rücken verschränkt, den Kopf gesenkt. Niemand von uns sprach ihn an, auch ich nicht. Wir lebten damit, auf den nächsten Kampf zu warten, aber genau das, das Warten, die Schwebe, machte den Ersten bald zu schaffen. Die Zahl der Ritter war groß, aber nicht übermächtig. An Waffen waren wir ihnen fast ebenbürtig, wir besaßen viel mehr Schwerter, Lanzen und Rüstungen als vor der Eisensperre. Nicht die Angst vor der Schlacht, sondern die Ungewissheit zermürbte unsere Leute. Keiner hatte eine Vorstellung davon, wie lange er noch zu leben hatte. Der Met floss, es wurde immerzu getrunken, auch tagsüber. Manche schrien ihre Angst heraus. Sie suchten Streit, nur um einen Grund zu haben, aus Leibeskräften zu brüllen. Andere wurden immer stiller. Sie halfen ihren Frauen und zeigten den Kindern auf gefrorenem Boden, wie man mit Beil und Schaufel umging. Kein Einziger sagte seinem halbwüchsigen Sohn, er müsse der Mutter helfen, wenn der Vater nicht zurückkehrte, aber viele schienen es zu denken. Die Geduld, die die Väter mit ihren Söhnen hatten, fiel auf. Die Geduld – und ihr Schweigen.

Der Frost ließ uns nicht aus seinem Griff. Von den Dächern hingen Eiszapfen, die dünne Schneeschicht knirschte unter unseren Schritten, in jedem Haus brannten die Feuer, und die Brennholzstapel wurden kleiner.

Die Tage vergingen, die Unruhe wuchs. Herkus teilte seine Gedanken immer noch niemandem mit. Als schließlich unsere Späher ins Dorf kamen und die Botschaft brachten, die Ritter wünschten mit unserem Fürsten zu sprechen, atmeten viele auf. Endlich Bewegung.

Am nächsten Tag machten wir uns zu fünft auf zu der Burg, die früher der Vogt bewohnt hatte. Auf dem gefrorenen Boden kamen wir nur langsam voran. In Sichtweite der Burg hielten wir so viel Abstand, dass sie nicht auf uns schießen konnten. Als sie herauskamen, waren sie ebenfalls zu fünft. Sie trugen nur wenige Waffen und keine Rüstungen. Aber jeder von ihnen hatte einen weißen Umhang mit dem schwarzen Kreuz.

Der Wortführer war jung, mit einem glatten, fast weichen Gesicht. Nur die Augen passten nicht dazu, sie ließen mich an unseren Winter denken, grau und starr. Er blieb so weit vor uns stehen, dass man die Stimme erheben musste. »Wir werden mit unserem Heer aufziehen, und zwar auf einem freien Feld an der Ostsee. Direkt am Frischen Haff. Ihr kennt es?«

»Du meinst das Alsmaris?«, rief Herkus.

»Nenn es, wie du willst. Dort entscheidet sich, wem dieses Land gehört. Heute in sieben Tagen. Wenn ihr nicht kommt, greifen wir jedes Dorf einzeln an. Dann wird viel Blut fließen.«

Herkus ließ sich Zeit mit seiner Antwort. »Wir kommen. Aber nicht in sieben Tagen, sondern erst in zweimal sieben Tagen. Solltet ihr inzwischen ein einziges Dorf überfallen oder irgendeinem Prusai Leid antun, so wird unsere Rache ohne Gnade sein.«

Er wollte mehr Zeit, um die Stämme zusammenzuziehen. Aber begriff der Ritter das auch? Mit seinen eisgrauen Augen sah er zu uns herüber und zögerte, drehte sich auch zu seinen Leuten, sprach aber nicht mit ihnen. Fast hatte ich den Eindruck, es habe ihn überrascht, dass ein Heide es wagte, ihm zu widersprechen.

So saßen wir einander gegenüber, hier fünf Mann und dort fünf, jeweils auf ihren Pferden, um uns die Kälte des prussischen Winters. Keiner sagte einen Ton. Nur die Tiere schnaubten.

»Also gut. Zweimal sieben Tage«, rief er schließlich. »Wenn ihr nicht aufzieht, sind wir an keine Vereinbarung mehr gebunden. Dann holen wir uns das Land auch so zurück.«

»Wir werden da sein«, gab Herkus zurück, »verlass dich darauf. Und sieh zu, dass deine Leute auch da sind.«

Wir wendeten die Pferde und sahen uns nicht mehr um. So langsam, wie wir gekommen waren, ritten wir in unser Dorf zurück.

In den nächsten Tagen ließ der Frost nach, als habe auch er nur darauf gewartet, dass die Schlacht festgelegt wurde. Das Eis auf dem Bach knackte, wenn die Kinder darauf entlangschlitterten. Wir brauchten weniger Wollschichten um uns, konnten vor allem Köpfe und Gesichter wieder frei lassen, und die Leute kamen aus ihren Häusern und verbrachten die Zeit im Freien.

Mit dem Wetter änderte sich auch die Stimmung.

Legien kam an der Spitze einer Truppe galindischer Kämpfer zu uns, zwanzig Männer, auf Pferden und bewaffnet. Als sie ins Dorf einzogen, liefen unsere Leute, ohne dass jemand sie dazu aufgefordert hätte, zusammen und bildeten ein Spalier. Irgendjemand ließ einen Hochruf ertönen. Sofort stimmten andere ein und winkten oder schwenkten ihre Tücher. Im Schritt ließen die Galinder ihre Pferde durch das Spalier traben. Es sah aus, als hätten sie die Schlacht bereits gewonnen.

Ich war einer der wenigen, die abseitsstanden, und das, obwohl Legien mein Freund war. Noch einer, der sein Leben aufs Spiel setzte und vielleicht nicht zurück zu Frau und Kindern kehrte, dachte ich. In mir hatte sich die Sehnsucht nach Suplith wie von selbst erneuert. Ich suchte sie mit Blicken, starrte ihr und Uimme hinterher und sann darauf, ein Treffen herbeizuführen. Aber ich konnte im Winter die Schafe nicht hinausführen, die Leute hätten mich für verrückt gehalten. Und etwas anderes fiel mir nicht ein. Ich bemühte mich, meine Blicke nicht zu auffällig werden zu lassen. Ob es gelang, wusste ich nicht.

Die Stämme im Norden und Osten, die Samländer, Nadrauen und Schalauen, benutzten unser Botensystem und teilten uns mit, dass ihre Kämpfer rechtzeitig am Alsmaris eintreffen würden. Auch diese Nachricht wurde mit Jubel aufgenommen, der noch stärker wurde, als ihre Boten erklärten, die Stämme wollten die Christen nun ein für allemal dorthin zurücktreiben, wo sie herkamen.

Herkus wanderte weiterhin durchs Dorf. Er sah nicht nach links und nicht nach rechts, die hoffnungsvolle Stimmung prallte an ihm ab, und er sprach nicht. Die Leute ließen ihn in Ruhe, man konnte den Eindruck gewinnen, sie hätten sich an ihn gewöhnt und akzeptierten, dass ihr Fürst ein wunderlicher, in sich gekehrter Mann war. Seinen Bewegungen nach dachte ich manchmal, er erlebe bereits die Schlacht in seinem Inneren, dann klatschte er in die Hände, ballte die Faust oder schlug in die Luft.

Neben Suplith und Uimme war meine Mutter meine größte Sorge. Sie würde nicht überleben, wenn ihr keiner half. Sicher, wenn ich nicht zurückkehrte, wäre immer noch Herkus da. Aber was, wenn auch er in der Schlacht getötet würde? Dieser Gedanke quälte mich. Mit ihr darüber zu sprechen war unmöglich, sie wischte jeden Versuch vom Tisch, ich solle mir um sie keine Gedanken machen, wenn es so weit sei, würde sie gehen, wie es sich für eine Natangerin gehöre.

So suchte ich Dargus auf. Auch er war alt geworden, achtete aber immer noch auf sein Äußeres, schnitt sich Haare und Bart und trug saubere Röcke und Stiefel. Es fiel mir nicht leicht, ihm mein Anliegen vorzutragen, ich hatte das Gefühl, die allgemeine Siegesstimmung zu verraten. Aber er legte mir nur die Hand auf die Schulter. Das sei selbstverständlich, er werde für Naudith sorgen, soweit sie es nur zulasse. Dann umarmte er mich und klopfte mir auf den Rücken. Ich dürfe trotzdem während des Kampfes zu keiner Minute in meiner Vorsicht nachlassen. Darin liege die größte Gefahr: dass die Aufmerksamkeit während einer langen Schlacht kleiner werde und die Erschöpfung die Oberhand gewinne. In diesen Momenten, das habe er oft beobachtet, werde man von fremden Pfeilen oder Schwertern getroffen.

Als in den nächsten Tagen die Krieger der Warmier und Barten in unserem Dorf eintrafen, wurden sie genauso empfangen wie die Galinder. Auch Natanger aus anderen

Dörfern fanden sich ein. Unser Platz war voller Menschen und Zelte, er ähnelte einem Heereslager. Über Feuern hingen riesige Töpfe, in denen Suppe warm gehalten wurde. Met gab es allerdings auf Anordnung unseres Fürsten erst nach Sonnenuntergang.

An einem der Abende rief er Legien und die Hauptmänner der anderen Stämme in sein Haus. Draußen, auf dem Dorfplatz, brannten die Feuer, die Männer lachten und sangen. Unsere Leute, besonders die Frauen und Kinder, hielten sich von ihnen fern. Doch Herkus und auch Legien waren auf dem Platz derart gegenwärtig, dass niemand zu weit ging. Jetzt hatte er, während er uns in seinem Haus versammelte, die Aufsicht zwei anderen Männern übertragen.

Celcis stand in ihrer Küche und begrüßte jeden Einzelnen von uns. Sie hatte viele Kerzen angezündet. Die Helligkeit war ungewöhnlich, sie sollte uns wohl deutlich machen, dass wir in einem Fürstenhaus waren. Sie hatte aus getrockneten Kräutern Tee gekocht, außerdem stand ein großer Krug Wasser auf dem Tisch. Es gab Schafskäse. Die Männer setzten sich an den Tisch. Celcis stand mit dem Rücken zu uns und schien in der Küche beschäftigt. Doch ich hatte den Eindruck, sie blieb unseretwegen. Sie wollte hören, was ihr Mann geplant hatte, und besaß im Zweifel Temperament genug, sich einzumischen, wenn sie es für geboten hielt.

Herkus hatte kleine Holzklötze gesammelt, die er aufbaute – auf der einen Seite das Heer der Ritter, auf der anderen die unseren. Die Natanger sollten das Hauptfeld bilden und dabei von den Warmiern unterstützt werden. Für den rechten Flügel teilte er Galinder und Barten ein. Legien übertrug er den Befehl für diesen Teil. Die andere Seite sollten Samländer, Nadrauen und Schalauen besetzen. Herkus sah voraus, dass die Ritter sich genau so aufteilen würden, ein Hauptfeld und zwei Flügel. Wir dürften nicht zulassen, dass irgendein Teil von ihnen durchbrach, denn dann könnte dieser unseren Männern in den Rücken fallen.

Niemand widersprach. Herkus verschob seine Klötze und zeigte, welche Auswirkungen ein Durchbruch auf einem der Flügel hätte. Auch Celcis hatte sich ihm zugewandt und sah zu.

Als er fertig war, lehnte er sich auf seinem Stuhl zurück. Wir schwiegen. Die Siegesgewissheit, die im Dorf fast greifbar war, war im Haus nicht zu spüren. Hier am Tisch war jedem klar, dass wir um das Leben unseres Volkes kämpfen würden. Es ging um alles – und mancher von uns würde auf dem Feld bleiben. Ich blickte sie an, wie sie da saßen und Schafskäse aßen und Tee tranken, die fremden Hauptleute und meine Freunde. Einer wie der andere wirkten sie entschlossen und mutig, während durch meine Hände ein Zittern ging. Ich begriff, dass ich der Schwächste an diesem Tisch war – Velnias' erstes Opfer. Ich sah die Freunde an, erst Legien, dann Herkus. Nein, sie nicht, ich war es, der weit oben auf Velnias' Liste stand. Das Zittern in meinen Händen wurde stärker. Ich musste alle Kraft zusammennehmen, um sie ruhigzustellen. Dann stand ich auf und ging grußlos hinaus.

Mich trieb eine unbändige Sehnsucht zu Suplith. Es war Nacht und auch wieder kälter geworden. Der Schnee knirschte unter meinen Schritten. Auf dem Platz brannten die Feuer, es war laut, die Männer tranken Met. Ich huschte zu ihrem Haus hinüber, blieb in einigem Abstand stehen und wusste nicht weiter. Ich wollte sie sehen, ein letztes Mal. Ein Teil von mir verlangte hineinzugehen, egal, ob Erkil da war oder nicht. Aber der andere Teil widersprach. Suplith hatte mit Erkil weiterzuleben, und ich hatte nicht das Recht, ihr das schwerzumachen.

Ich schlich um ihr Haus. Es war in keinem guten Zustand, das Dach musste ausgebessert werden, die Wände waren grau und feucht, mit Fugen, so brüchig, dass sicher die Kälte hindurchzog. Mich überfiel eine maßlose Scham – unter solchen Umständen ließ ich mein Kind groß werden.

Im Schutz der Dunkelheit stand ich unter einer Buche. In Supliths Haus brannten ein paar Kerzen, deren Licht nach draußen drang. Ich zögerte immer noch und verlangte von mir, die ganze Nacht unter der Buche stehen zu bleiben und zu frieren, wenn ich mich schon nicht hineintraute. Die Ermahnung von Dargus, im Kampf zu keiner Minute mit der Aufmerksamkeit nachzulassen, spukte mir im Kopf herum. Ich konnte das nicht. Meine Hände zitterten wieder, und mir brach der Schweiß aus. Ich hob etwas Schnee auf und formte eine Kugel, mit der ich mir die Stirn kühlte. Dann warf ich sie gegen die Hauswand. Im nächsten Moment wurde auf der anderen Seite die Tür geöffnet. Auf Zehenspitzen lief ich um das Haus herum. Es war Erkil. Ohne sich umzusehen, stapfte er im Dunkeln davon, Richtung Dorfplatz, auf das Licht der Fackeln zu.

Nun gab es kein Halten mehr. Ich klopfte an die Tür und zog sie auf, während ich mir am Türrahmen den Schnee von den Stiefeln schlug. Zum zweiten Mal stand ich in diesem Raum. Er war sauber, wohnlich und warm, ganz anders als das Haus von außen. Ein paar Kerzen brannten auf dem Tisch und an Haltern an der Wand. Über den Stühlen lagen Felle, ein breites, festes Wolltuch bedeckte den Fußboden. Suplith sah mich mit großen Augen an. Es dauerte eine Weile, bis sie begriffen hatte, wer vor ihr stand. Vor Überraschung schüttelte sie den Kopf. Dann kam sie auf mich zu.

»Suplith … ich …«

Sie schlang die Arme um mich. »Norelis«, flüsterte sie mir ins Ohr. »Sag nichts. Halt mich nur fest.«

Ich drückte sie an mich und verbarg mein Gesicht in ihrem Haar. Ihren Geruch hätte ich aus Hunderten wiedererkannt. Wieder und wieder sog ich ihn ein – auch das ein Zeichen von Abschied. Wir lockerten die Umarmung. Ich war angespannt und achtete auf all die fremden Geräusche. Das Holz im Ofen knackte. Aber die Tür bewegte sich nicht.

Als wir uns küssten, waren wir vorsichtig. Doch dann wurden wir wilder. Sie drang mit ihren Händen unter mein Wams und kurz darauf unter den Leibrock, und ich spürte sie auf meiner nackten Haut. Auch ich fühlte ihren Körper mit meinen Fingern. Aber ich schaffte es nicht, mich auf sie einzulassen. »Was ist, wenn er zurückkommt?«

Ihre Stimme kam wie aus großer Ferne: »Ich weiß es nicht. Es ist mir egal.«

Sie klammerte sich an mich und bedeckte meinen Mund mit Küssen. Mich überkam eine unendliche Lust, sie zu lieben, doch etwas wehrte sich. Immer noch achtete ich auf jedes Geräusch in dem fremden Haus. Im Geiste suchte ich nach einem Fluchtweg für den Fall, dass die Tür aufging. Es gab keinen. Suplith glaubte entweder nicht, dass Erkil zurückkäme oder es war ihr wirklich egal. Sie hatte begonnen, mein Leibhemd aufzuknöpfen, es war mir schon über eine Schulter gerutscht. Sie strich mir weiter über die nackte Haut und küsste sie. Dann knarrte eine Diele. Ich zuckte zusammen, schob Suplith von mir und zog mein Hemd über die Schultern, während ich einen Schritt zur Seite trat, wo es etwas dunkler war. Sie sah mich fragend an.

Mein Herz klopfte. »Was war das?«

Sie gab keine Antwort. Wieder umarmten wir uns,

vorsichtiger jetzt. Ich hielt ihre Hüften und strich ihr über den Hintern. Ihr Geruch stieg mir in den Kopf. Mich überkam erneut der Gedanke ans Sterben, und ich wünschte mir, in meinem letzten Moment Suplith riechen zu können.

Wir küssten uns, nur hatte sich die erste Leidenschaft verflüchtigt. Ich sah sie an und fand sie weich im Kerzenlicht und schön. Sie war ein Mensch ohne Bosheit, ohne den Willen zu streiten. »Komm«, sagte ich, »wir gehen ins Haus meiner Mutter.«

Sie nickte, wollte aber erst nachsehen, ob Uimme auch tief genug schlief. Leise verschwand sie in der Nachbarkammer. Als ich allein im Zimmer von Erkil stand, überfiel mich zum zweiten Mal die Scham. Sie packte mich mit einer Gewalt, der ich nichts entgegenzusetzen hatte. Ich hatte mich immer als über dem Met trinkenden Erkil stehend gesehen, aber in Wahrheit besaß ich nichts. Ich war längst erwachsen, trotzdem hatte ich kein eigenes Haus, sondern lebte bei meiner Mutter. Und sie würde aufsehen, wenn ich eine Frau mitbrachte. Also musste ich Suplith heimlich hineinführen, wie ein Junge. Nicht nur meine Mutter, auch die Nachbarn durften nicht wissen, dass ich mich mit Suplith traf. Für einen 16-Jährigen mochte das angehen, aber nicht für einen Mann in mittleren Jahren. Die ganze bittere Wahrheit war, ich hatte nichts in meinem Leben erreicht. Ich war der Schäfer des Dorfes – eine Aufgabe, die ich bekommen hatte, weil ein Halbwüchsiger sie nicht mehr wollte. Ein paar Figuren aus Holz hatte ich geschnitzt, ein paar Pergamentseiten geschrieben ... noch an diesem Abend würde ich all das ins Feuer werfen. Und wenn ich in der Schlacht gegen die Christen starb, dann war es wenigstens ein halbwegs rühmliches und sinnvolles Ende für ein Leben ohne alle Ehre. Ich hörte die Tür der Nachbarkammer, sie wurde leise aufgezogen. Suplith kam zurück. Mir hatte die Scham Tränen in die Augen getrieben. Es war unmöglich, ihr das zu zeigen. Ohne ein Wort lief ich davon, gerade als sie zurückkehrte.

Ein frischer Wind wehte, als wir in die Schlacht zogen. Es war früher Morgen. Die Feuer auf dem Dorfplatz waren gelöscht, die kalte Asche tanzte durch die Luft. Ich trug Helm und Brustpanzer. Meine Scham hatte sich noch nicht verzogen. Ich versteckte mich irgendwo in der Mitte des Feldes.

An der Spitze waren Herkus, Legien und die Hauptleute der Barten und Warmier. Wir bildeten einen langen berittenen Zug, viele von uns hatten Lanzen in der Hand, alle trugen Schwerter und hatten ihre Bögen auf den Rücken geschnallt. Das geduldige Sammeln der Waffen hatte sich ausgezahlt. Wir waren gerüstet wie der Gegner.

Am Rand warteten die Frauen und Kinder und die alten Männer, die nicht mehr mitzogen. Während die anderen Krieger winkten und den Jubel genossen, war es mir kaum möglich hinzusehen. Nur aus dem Augenwinkel suchte ich Suplith und Uimme – und war erleichtert, sie nirgendwo zu sehen. Dargus stand neben meiner Mutter. Sie winkte, als ich an ihr vorbeiritt. Dargus dagegen ballte die Fäuste, ein Zeichen, mit dem er mir Kraft und Glück wünschen wollte. Ich nickte beiden zu, war aber wie seit Tagen davon überzeugt, dass ich von Velnias geholt würde.

Und es war mir auch recht. Irgendwann würde ich einen neuen Versuch auf der Erde beginnen und ein ordentliches Leben führen. Ein Haus, eine Frau, Kinder. Hoffentlich in Freiheit.

Als wir schon aus dem Dorf hinaus waren, sah ich Suplith doch noch, mit der gähnenden Uimme auf dem

Arm. Sie hatte sich halb hinter einem Baum versteckt. Ihr Gesicht war ernst, vielleicht sogar traurig. Sie sah mich an, winkte aber nicht, auch ich grüßte sie nicht. Ich hätte vom Pferd springen und ihr erklären müssen, warum ich davongelaufen war. Stattdessen starrte ich geradeaus.

Während des Rittes waren die Männer laut. Sie malten sich aus, wie sie die Christen schlagen würden. Sie wollten sie aufs Meer hinaustreiben und hofften, dass das Eis dort bereits geschmolzen war. Ich mochte nicht hinhören und musste an mich halten, um sie nicht anzuschreien, sie sollten endlich ihr Maul halten, auch ihr Blut würde bald fließen.

Später trafen wir auf die Samländer, die Nadrauen und Schalauen. Viele sprangen von den Pferden und umarmten die Verbündeten. Nun erst recht würden wir die Eindringlinge niedermachen, ihnen einen Schlag zufügen, von dem sie sich auf Jahre nicht erholten – so war die Stimmung. Unsere Leute waren ungeduldig, auf den Feind zu treffen. Hatten die Araber in ihrem fernen Land die Kreuzfahrer nicht ebenfalls besiegt und vertrieben? Niemand von uns kannte Araber, aber was die konnten, das sollte uns doch allemal gelingen.

In all der Siegesgewissheit ging fast unter, dass die Nadrauen und Schalauen nur jeweils zehn Männer geschickt hatten. In ihrem Land, sagten sie, sei eine Räuberbande unterwegs, eine slawische Truppe, die wehrlose Dörfer überfalle, Tiere und Waffen raube, Männer töte und Frauen entehre, und dieser Räuber müssten sie Herr werden, deshalb hätten sie nicht mehr Krieger aufbringen können. Ich bezweifelte, dass sie die Wahrheit sagten. Aber ich war wieder der Einzige. Für die Christen seien wir allemal genug, meinten die anderen.

Unsere Schwachstelle – das wurde mir klar, als ich ihn sah – war Albat. Herkus konnte kaum umhin, ihm als dem Fürsten eines großen Stammes das Kommando über einen Flügel zu geben. Doch Albat war nun mal kein Feldherr. Er konnte reden wie eine Frau, sich winden wie ein Wurm, Geld verlangen wie ein Christ – fechten konnte er nicht. Und ich hatte noch nie gesehen, dass er eine Schar in eine Schlacht geführt hätte. In seiner Rüstung sah er wie verkleidet aus. Zu ihm passte seine Seide.

Es war zu spät, Herkus mit diesem Einwand zu belasten. Wahrscheinlich hatte er ihn mitbedacht. Trotzdem überholte ich einen Teil unseres Zuges und ritt nun weiter vorne. Vielleicht ergab sich noch eine Gelegenheit, mit dem Freund zu sprechen, und wenn nicht, war ich wenigstens nicht mehr bei den Krakeelern.

Nahe am Alsmaris machten wir eine letzte Rast. Die Pferde wurden getränkt und gefüttert, auch für uns gab es Wasser, Met und Essen. Inzwischen war es Mittag geworden. Der Wind hatte sich abgeschwächt, begleitete uns aber weiter. Von unserem Lagerplatz aus konnte man die Ostsee sehen. Die Gedanken an den Tod waren auch hier um mich, und ich dachte, für einen Prusai gebe es keinen besseren Ort zum Sterben als in der Nähe des Meeres. Vor uns lag ein weites Feld, immer noch weiß von einer dünnen Schneedecke. Die wenigsten unserer Leute hatten sich zur Rast hingesetzt. Sie aßen im Stehen, starrten hinüber und warteten auf den Gegner. Alle tranken Met, der ihnen Mut machte. Ich stand abseits und hielt mich an Wasser.

Legien kam auf mich zu. »Du glaubst nicht an den Sieg.«

Ich schüttelte den Kopf.

»Der Einzige im Lager, der skeptisch ist.«

»Vielleicht der, der sich nicht von einer kindlichen Stimmung anstecken lässt.«

»Wir werden sie trotzdem schlagen.«

»Deine Gewissheit. Und die Hilfe von Deiwas.«

Er schlug mir auf die Schulter. »Kopf hoch, Norelis. Wir haben schon so vieles überstanden.«

Mir lag eine scharfe Erwiderung auf der Zunge. Immer der gleiche Fehler: Wie konnte man aus den kleinen oder großen Siegen von früher auf die Zukunft schließen? Wenn wir heute untergingen, nützte uns die ganze schöne Vergangenheit nichts. Ich hielt meinen Mund und schlug ihm ebenfalls auf die Schulter.

Herkus war ein paar Meter von uns entfernt. Ich ging zu ihm und drückte ihm meine Hände auf die Oberarme. Er hielt mich fest und sah mich an und grinste. »Norelis, mein Bruder, pass auf dich auf, damit ich das nicht die ganze Zeit tun muss.«

»Ich werde mir Mühe geben. Und gleichzeitig versuchen, auf dich zu achten.«

Mein Blick glitt zu Albat hinüber, der im Kreis einiger Samländer das Wort führte. Meinen Einwand verkniff ich mir. »Ich hoffe, unsere Flügel halten«, sagte ich nur.

»Das werden sie. Unsere Leute sind entschlossen.«

Die Ritter kamen in Zweierreihen, in der Anordnung eines Heeres. Sie drangen aus dem Wald und bezogen ihre Positionen, was vollkommen lautlos vor sich ging, während unsere Leute den Feinden wüste Beschimpfungen zuriefen und sich über sie lustig machten.

Wie Herkus vorausgesehen hatte, stellten die Christen ein Hauptfeld auf und zwei Flügel. Auf unserer linken Seite tauchte in der Ferne ein Wagen auf, noch klein wie ein schwarzer Punkt, der sich langsam vorwärtsbewegte. Ich beobachtete ihn, während ich meinem Pferd über den Hals strich. Es schnaubte unruhig und schien zu spüren, was ihm bevorstand. Ich redete sogar ihm gut zu.

Mein Platz war im Hauptfeld. Ich war weit vorne, in unmittelbarer Nähe zu Herkus. Mein Schwert hatte ich in der Hand. Wenn dies mein letzter Tag sein sollte, wollte ich wenigstens sterben wie ein Prusai. Die Angst war weitergezogen. Endlich. Dass ich schwitzte, schob ich auf die Rüstung und aufs Wetter. Der Wind kam mir warm vor. Auch wenn ich es gerne getan hätte, meinen Brustpanzer konnte ich nicht öffnen. Ich wischte mir mit der Hand über die Stirn.

Der Wind blies. Der schwarze Punkt in der Ferne wurde größer. Ich erkannte, dass es nicht ein, sondern zwei Wagen waren. Langsam setzten wir uns in Bewegung. Auch die Ritter kamen auf uns zu. Wir alle ritten im Schritt. Für viele würden dies die letzten Minuten sein.

Auf unserem linken Flügel herrschte Unruhe. Die Samländer starrten über das schneebedeckte Feld, aber nicht zum Feind, sondern zu den Wagen, die langsam näher kamen. Beide waren groß. Ritter waren nicht auf ihnen. Wahrscheinlich versorgten sie die Burg.

Unsere Gegner hielten ihre Pferde an. Sie waren keine hundert Meter von uns entfernt. Ob es Einbildung war oder nicht – ich glaubte, bei ihnen Respekt zu erkennen. Das war keine Schar wilder Heiden mehr, die sich ihnen da entgegenstellte, keine knüppelschwingenden Sumpfbewohner, sondern ein ebenbürtiges Heer. Wir waren etwa gleich viele. Unsere Rüstung glich ihrer, sie war ja von ihren Leuten geraubt. Wir hatten gute Waffen, Pfeile mit Eisenspitzen, Lanzen und sogar Armbrüste. Und – vielleicht wurde ihnen auch das klar – wir würden alles geben, um unser Land und unsere Dörfer zu verteidigen.

Nur auf unserem linken Flügel wurde die Unruhe immer größer. Alle anderen, die Natanger, Barten, Galinder und Warmier, saßen still auf ihren Pferden. Die lauten Rufe hatten aufgehört. Allein dass wir kein Kreuz trugen, unterschied uns von den Rittern.

Aber die Samländer! Einzelne Kämpfer preschten zu

Albat, redeten auf ihn ein, zogen wieder ab. Auch er war unruhig. Unsere linke Seite war ein Hühnerstall, aber kein Heeresflügel.

Die Ladeflächen der Wagen waren mit hohen Planen bedeckt, auf denen das schwarze Kreuz prangte. Sie hielten Abstand zum Schlachtfeld. Nein, da kam keine überraschende Hilfe für die Ritter, sie wollten einfach vorbeifahren. Ihr Ziel konnte nur die Burg sein.

Um Albat waren jetzt mehrere seiner Leute. Sie schienen zu streiten, zumindest hatten sie Meinungsverschiedenheiten.

Die Ritter standen uns gegenüber. Wer würde das Zeichen zum Angriff geben? Wir oder sie? Herkus hatte seine Aufmerksamkeit bei den Samländern. Sicher ärgerte ihn, was die Verbündeten da veranstalteten, aber er ließ sich nichts anmerken. Er hatte den Kopf ihnen zugewandt und wartete. Ja, Herkus Monte wartete, so wie er immer gewartet hatte, geduldig, leidenschaftslos. Als seien all die Widrigkeiten auf seinem Weg Teil einer höheren Ordnung, die er, wie jeder andere Mensch, zu akzeptieren hatte. Was halfen da Ungeduld oder Ärger?

Auch die Ritter hatten die Wagen gesehen, einer wies den anderen darauf hin. Ich fragte mich, was sie, die Samländer genauso wie die Christen, erwarteten? Dass ein großer Friedensgott ausstieg und die entscheidenden Worte sprach, so dass wir alle wieder abzogen?

Umringt von seinen Leuten, die ihre Pferde so nahe an seinem hatten, dass sie ihn zu bedrängen schienen, hob Albat sein Schwert. Er hielt die Spitze in die Luft, als zögere er immer noch, was er damit tun sollte. Dann ließ er es niederfahren, nicht in Richtung auf den Gegner, sondern zu den Wagen hin. Im nächsten Augenblick stoben alle Samländer davon. Von den Hufen der Pferde wurde der Schnee aufgewirbelt. Die Wagen zogen weiter, wahrscheinlich ahnten die Kutscher noch nichts. Es wäre ihnen auch unmöglich gewesen auszuweichen. Die samländischen Reiter jagten auf sie zu und brachten ihre Bögen in Anschlag.

Wir alle starrten ihnen nach. Unsere Ordnung hatte nun ein Loch. Der rechte Flügel, der See zugewandt und mit Legien an der Spitze, stand gut, genauso wie unser Hauptfeld. Doch auf der linken Seite waren plötzlich nur noch zwanzig verlorene Kämpfer, die Nadrauen und Schalauen. Dort durchzubrechen war leicht für die Ritter. Sie würden die zwanzig Männer massakrieren. Dann hatten wir eine offene Flanke. Ich trieb mein Pferd an, es machte einen Satz. Im nächsten Moment war ich neben Herkus. Er sah den Samländern immer noch nach. Als er sich zu mir umwandte, konnte ich kaum eine Reaktion auf seinem Gesicht erkennen, keine Wut, kein Entsetzen. Er brüllte ihnen auch nicht hinterher. Nein, er hielt seine Nase in den Wind. Dazu hatte er den Kopf erhoben und ein wenig in den Nacken gelegt.

»Kannst du dich an Bruder Simon in Magdeburg erinnern? An seinen Geographieunterricht? Weit im Westen liegt ein großes Meer, viel größer als die Ostsee. Es soll bis ans Ende der Welt reichen.« Seine Worte klangen, als spräche ein Fremder. Er redete sanft wie jemand, der am Morgen seinen Traum der vergangenen Nacht erzählte. »Wo es anfängt, da gibt es ein Land, das liegt tiefer als das Meer. Man nennt es deshalb Niederlande. Sie bauen Deiche, die das Wasser abhalten. Sie sind ein Wasservolk. Seefahrer und Landgewinner.«

Ich schüttelte nicht einmal den Kopf. Mein Mund stand offen, und ich dachte: so also geht es in den Tod. Die Verbündeten haben sich abgewandt, um Beute zu machen, und unser Heeresführer hat den Verstand verloren. Anstatt die Lücke zu schließen, faselt er wirres Zeug.

»Spürst du den Wind, Norelis?«

Natürlich spürte ich den Wind! Er blies ja seit dem Morgen, sehr stetig, manchmal in Böen. Aber nicht er war unser Gegner, unsere Sorge. Ich hatte immer noch mein Schwert in der Hand und sah mich Herkus damit in den Oberschenkel stechen. Vielleicht kam er durch Schmerz wieder zur Vernunft.

»Der Wind«, sagte er, »kommt direkt von dem großen Meer, das jenseits der Niederlande liegt. Ich kann es riechen. Ja, ich kann die Seeluft riechen. Sie ist frisch und klar. Pater Simon sagte, die großen Winde entstehen am Ende der Welt.«

Ich wollte ihn anschreien, aber meine Kehle war wie ausgetrocknet. Das Einzige, was mir gelang, war, an dem Gedanken festzuhalten, wie ein Prusai zu sterben. Ich straffte meinen Oberkörper. Ich würde nicht jammern und auch nicht verrückt werden. Ich nicht.

Herkus rief aus Leibeskräften: »Rückzug! Wir ziehen uns zurück!«

Im nächsten Augenblick setzte Geschrei ein, ein vielstimmiger Widerspruch. Zuerst war er vor lauter Brüllerei nicht zu verstehen, dann hörte ich, wie jemand rief, wir könnten die offene Flanke einfach schließen. Ein anderer schrie, wir seien doch nicht feige. Die Natanger waren alle erregt. Sie reckten die Hälse und drohten mit den Fäusten. Herkus zog sein Schwert. Sein Gesichtsausdruck hatte sich verändert. Zwei Falten standen auf seiner Stirn. Die Augen hatte er zusammengekniffen und das Kinn gereckt. Mit der Waffe in der Hand preschte er zu der Stelle, wo der Widerspruch am lautesten war.

»Rückzug!«, rief er erneut, laut und entschieden. »In die Sümpfe. Ich dulde keinen Ungehorsam.« Er schwang sein Schwert.

Ich zweifelte nicht, dass er es auch benutzen würde –

gegen die eigenen Leute. Die freie Hand legte er an den Mund. »Legien«, brüllte er, »wir ziehen uns zurück.«

Legien war treuer als viele Natanger. Ich sah ihn nicken. Er fuchtelte mit beiden Armen, und seine Galinder und die Barten wendeten ihre Pferde. Herkus befahl auch den Nadrauen und Schalauen auf der anderen Seite den Rückzug.

Im nächsten Moment griffen die Ritter an.

»Seid vorsichtig in den Sümpfen«, rief Herkus noch.

Er jagte neben mir davon. Auf seinem Mund lag ein Lächeln. Verzückt sah er aus, als widerfahre ihm gerade etwas ungeheuer Schönes.

»Der Wind vom großen Meer ist ein warmer Wind. Er bringt Tauwetter.«

Ich begriff immer noch nicht.

Wir flohen, die Ritter folgten uns. Nur wenige von ihnen hatten sich aufgemacht, um den beiden Wagen zu Hilfe zu kommen, die mittlerweile von den Samländern beschossen wurden. In vollem Galopp erreichten wir den Wald. Die Ritter auf ihren schweren Schlachtrossen waren hinter uns. Wo die Bäume dicht standen und Äste und Zweige im Unterholz lagen, ging es langsamer voran. Aber der Wald bot uns Schutz vor den Pfeilen der Verfolger. Wir trieben unsere Pferde an. Das Gelände war schwierig, der Boden hart, auf ihm eine Decke feuchten Schnees. Trotzdem blieb keiner zurück. Wir konnten unseren Vorsprung sogar ein wenig vergrößern. Die Ritter schienen die Sicherheit zu haben, uns früher oder später zu stellen. Auf der anderen Seite des Waldes begann das weite Sumpfgebiet. Herkus war ganz vorn und blieb an einem Engpass stehen, an einem Stück Land, das an beiden Seiten von Sumpf umgeben war. Alle mussten an ihm vorbei. Er mahnte jeden Einzelnen zur Vorsicht.

Wir begriffen, dass er recht hatte. Das Eis war dünn,

man konnte nicht wissen, wie lange es noch trug. Unsere Leute, auch wenn sie den Sinn der Flucht nicht verstanden, jagten über das schneebedeckte Feld tiefer in die Sümpfe hinein.

Als die Ritter am Waldrand auftauchten, drehten sich einige von ihnen um und schossen. Die Ritter mussten sich auf Befehl ihres Kommandeurs sammeln. Für beide Seiten war die Entfernung jetzt zu groß, um mit Pfeilen etwas auszurichten. Die Feinde standen in einer Reihe. Sie wollten uns, die wir vor ihnen geflohen waren, endlich niederringen. Ich hörte das Kommando. Sie kamen. Mit Kriegsgeschrei, die schweren Schlachtrosse in jagendem Galopp.

Und dann knackte das Eis.

Endlich begriff ich den Plan von Herkus Monte. Die Prusai bewegten sich vorsichtig, die Sümpfe waren unser Land, viele von uns waren in ihnen groß geworden. Wir kannten die Gefahren, die in ihnen lauerten. Aber die Christen nicht. Reihenweise brachen sie mit ihren Schlachtrossen ein und sanken. Ihre Rüstung verhinderte, dass sie sich bewegen konnten. Wir hörten ihre Schreie, das Platschen ihrer Arme und Beine, ihren Kampf mit dem tückischen Sog des Wassers. Mitsamt ihren Tieren wurden sie in die Tiefe gezogen.

Herkus hieß uns absitzen. Während wir dem Kampf unserer Gegner zusahen, verteilten wir uns auf dem wenigen Feld, das begehbar war. Die Dummheit der Christen war uns unbegreiflich, aber Herkus hatte sie vorhergesehen. Wir hockten uns hin und fingen an, auf unsere Verfolger zu schießen. Die Distanz war nicht groß, und niemand von ihnen war in der Lage zu kämpfen. Unsere Pfeile fanden ihre Ziele. Sie machten das Elend der Ritter noch schlimmer. Sie mussten blind gewesen sein, als sie hier hineingeritten waren. Die Landzungen waren von einer dünnen Schneeschicht bedeckt, das Sumpfwasser aber von Eis. Der Unterschied sprang ins Auge. Doch sie hatten nicht hingesehen.

Ihr junger Kommandant war fast bis zum Hals ins Wasser gesackt. Neben ihm wehrte sich sein Pferd gegen den nahenden Tod. Es wieherte und reckte den Hals, auch er strampelte mit den Armen. Es würde ihm nichts mehr nützen.

Unsere Pferde blieben auf sicherem Gelände. Sie hatten sich dicht aneinandergedrängt, während unsere Kämpfer sich immer weiter verteilten – dort, wo Schnee lag. Sie setzten ihre Schritte vorsichtig, und ich sah, wie sehr diese Vorsicht in den Sümpfen Teil von ihnen war. Das hatten sie schon als Kinder gelernt.

Der Kreis um die Ritter schloss sich immer mehr. Sie wurden von allen Seiten beschossen, aber kaum einer von ihnen konnte sich zur Wehr setzen. Fast alle waren im Wasser, und dort war jeder auf sich gestellt. Sie saßen in einer tödlichen Falle. Die Prusai kannten keine Gnade. Unsere Leute schossen und schossen. Mancher warf eine Lanze, aber die meisten setzten ihnen mit Pfeilen aus den Bögen und Armbrüsten zu. Das Schwert brauchte niemand.

Von den Rittern waren einige bis zu den Knien oder Hüften eingesunken, andere bis zur Brust, und wieder andere streckten nur noch den Kopf heraus und schnappten nach Luft. Ihre schweren Rüstungen, aus denen sie nicht herauskamen, machten alle Versuche, sich zu befreien, zunichte.

Unsere Leute schlossen den Kreis vollends. Manche schossen weiter auf die Ertrinkenden, das war fast wie eine Übung, und wenn die Pfeile ins Gesicht trafen oder einen anderen Weg in die Körper fanden, brach Jubel aus. Ein paar Meter vor mir waren Herkus und Legien. Sie hatten die Waffen gesenkt und sahen zu, wie die Ritter starben.

Ich schnaubte, als ich sie erreicht hatte. »Der Wind vom großen Meer. Du hast aufgepasst bei Bruder Simon, wie?«

Legien starrte mich verwundert an. Herkus grinste.

Wir blieben im Sumpfgebiet, während die Ritter untergingen, einer nach dem anderen. Einige schrien um Hilfe, andere sackten schweigend tiefer. Manche hatten die Augen geschlossen. Vielleicht beteten sie. Wieder andere wurden immer noch von Pfeilen getroffen. Es war ein seltsames Schauspiel. Unsere Feinde starben, während wir keinen einzigen Mann verloren hatten. Sie starben, weil sie die Landschaft nicht kannten, die sie an sich reißen wollten. Fast war es, als wollte die Erde prussisch bleiben.

Keiner der Ritter überlebte, auch keines ihrer Pferde. Die Strudel zogen sie tiefer, und wenn sie ertrunken waren, tauchten nur ein paar Luftblasen auf.

Es verging viel Zeit, bis wir unsere Pferde holten und aus den Sümpfen führten. Durch den Wald trabten wir zurück zu dem Feld, an dem die Schlacht hätte stattfinden sollen. Es war leer. Der nasse Schnee war aufgewühlt von all den Hufen, die über ihn hinweggetrampelt waren. Vor dem Wald, uns gegenüber, hatten die Ritter gestanden. Nichts erinnerte mehr an sie.

Die Samländer waren bei den beiden Wagen. Dort lagen einige Tote, Ritter, die sie verfolgt hatten, prussische Kämpfer und die Kutscher. Die Planen brannten, und Albat wies seine Leute an, das Feuer zu löschen. Es durfte die Ladung nicht beschädigen.

Wir drei näherten uns langsam. Albat übte sein Kommando ohne alle Gewalt aus, er wurde nicht laut und drohte niemandem. Das Einverständnis zwischen seinen Leuten und ihm lag darin, Beute zu machen. Deshalb hatten sie ihn so sehr bedrängen können – sie hatten Sorge gehabt, dass er sich nicht an die alte Übereinkunft hielt. Teile seiner Rüstung lagen im Dreck. Er hatte sie ausgezogen, er brauchte sie nicht und schien sich in ihr nicht wohl zu fühlen. Nun glich er dem Albat, den wir kannten. Sein Mundwerk war in Bewegung, er gestikulierte.

Wir ließen unsere Pferde in seiner Nähe anhalten. Bis dahin hatten wir kein Wort über ihn verloren. Ich ging davon aus, dass meine Freunde empfanden wie ich und ihn verachteten. Ich wartete auf einen Satz von Herkus. Aber es war Legien, der ihn ansprach: »Wie konntest du einfach davonlaufen?«

Albat verdrehte die Augen. »Ihr seid doch auch so ganz gut zurechtgekommen.«

»Das war gegen jede Verabredung«, sagte Legien.

»Verabredung? Ich konnte doch nicht wissen, dass mir eine solche Beute vor die Füße fällt.«

»Sie wäre auch hinterher noch gut gewesen.«

»Du hast keine Ahnung, Galinder. Wenn die Kutscher gesehen hätten, dass ihre Leute in Nachteil geraten, wären sie abgehauen. Und wenn sie erst in der Burg sind, ist ihnen nicht mehr beizukommen.«

Legien schnaubte. »Und trotzdem. Wir hätten verlieren können. Dann wäret ihr jetzt auch tot.«

»Ach ja, hätte, hätte und wäre. Wer nichts riskiert, kann nichts gewinnen.«

In meinen Augen war Albat nicht einmal einen Pfeil durch seine Brust wert. Ich hätte vor ihm ausspucken mögen. Herkus sagte kein Wort. Ich konnte ihm nicht ansehen, was er empfand.

»Und noch etwas«, fuhr der Samländer fort. »Ihr alle braucht, was wir erbeuten.« Er nickte in meine Richtung. »Oder zu wem gehst du, wenn du wieder Salz benötigst?«

»Sicher nicht noch einmal zu dir«, gab ich zurück, riss mein Pferd herum und ritt davon.

Legien und Herkus blieben bei Albat, und ich ärgerte mich. Ich hörte nichts mehr. Ich konnte nur noch hoffen, dass sie nicht milde mit ihm wurden.

17

In unser Land zieht langsam der Herbst ein. Die Tage sind warm, aber nicht mehr heiß, und nachts wird es kühl. Morgens liegt Tau auf den Wiesen und glitzert in den ersten Sonnenstrahlen, und dann sieht man überall Spinnweben. Die Leute glauben, es seien Fäden von Laumes Webtuch, Fäden des Schicksals, die man nicht kaputtmachen dürfe. Aber ich habe manchmal unbändige Lust, sie zu zerreißen.

Den wievielten Herbst erleben unsere Männer auf der Baustelle von Burg Lochstädt? Ich kann es nicht sagen, ich müsste nachrechnen, aber wozu? Eine Zukunft gibt es nicht, trotz der Webfäden auf der Wiese. Und es scheint mir weiterhin fraglich, ob die Vergangenheit eine Bedeutung hat. Der Pergamentstapel auf dem Tisch in meiner Hütte ist groß geworden. Trotz aller Zweifel schreibe ich immer weiter an unserer Geschichte.

Nach wie vor reite ich auch in unser Dorf und helfe bei der Arbeit. Suplith nickt mir zu, wenn sie mich sieht. Manchmal strahlt sie sogar, wie früher. Sie scheint sich ehrlich zu freuen. Unsere Tochter Uimme ist mittlerweile siebzehn Jahre alt, ein schlankes Natangermädchen mit dunklen Haaren und heller Haut. Die Augen sind die ihrer Mutter, aber sie hat nicht Supliths katzenhafte Bewegungen. Da scheint sie eher mir zu ähneln. Sie ist schön. Ihr Körper, schmal und kräftig, ist eine einzige Verlockung. Trotzdem gibt es niemanden, der sie umwirbt. Die jungen

Männer sind unserem Dorf ausgegangen. Einige von ihnen schuften auf der Baustelle, andere leben in den Wäldern, sie tragen das Haar lang, schmieren sich Asche ins Gesicht und überfallen christliche und manchmal sogar prussische Reiter, rauben sie aus, schlagen sie tot. Wieder andere trinken immerzu Met und Weizenbrand. Ihr Leben findet auf dem Dorfplatz statt, und morgens wachen sie in ihrem Erbrochenen auf. Manchmal, wenn sie nicht lallen, hört man sie ihr Elend herausbrüllen. Unvorstellbar, dass ihrem Schreien jemals Taten folgen könnten.

In Uimmes Gesicht liegt Ernst, aber keine Niedergeschlagenheit. Ich wüsste zu gerne, was in ihr vorgeht – worauf sie wartet und hofft. Sie folgt ihrer Mutter aufs Feld oder hilft im Garten. Dass ich ihr Vater bin, weiß sie immer noch nicht. Ich bin ein Fremder für sie, ein Nachbar. Norelis, der Schäfer. Als solcher darf ich ihr bestenfalls einen stummen Gruß senden. Wenn ich ein Gespräch mit ihr begänne, würden die anderen Frauen wegsehen, trotzdem hieße es sofort, ich würde Uimme den Hof machen. Deshalb weiß ich nicht, ob sie so einsam ist, wie ich vermute, und ob sie irgendeine Vorstellung von ihrer Zukunft hat. Oder sehe ich in ihr nur, was ich in meinem Inneren trage?

Supliths Mann, Erkil, leistet seit kurzem Dienst auf der Baustelle, er hatte einen anderen Natanger auszulösen. Sie bleibt, auch wenn er anderswo arbeitet, eine verheiratete Frau. Ich versorge sie weiterhin heimlich. Vor allem gebe ich ihr Fleisch, wenn ich ein Tier geschossen habe. Mehr ist nicht möglich, und selbst das darf niemand sehen.

Den Sieg über den Ritterorden haben wir zweimal gefeiert. Schon am gleichen Tag kamen Männer und Frauen aus den verschiedenen Himmelsrichtungen in unser Lager, brachten uns Geschenke aus ihren Dörfern, jede

Menge Met und Essen und Felle. Wieder hatte sich wie von Zauberhand die Kunde der Schlacht verbreitet. Wir zündeten Feuer an und ließen uns nieder. Musiker waren plötzlich mit ihren Instrumenten da, und die Kämpfer haben gesungen, manches klang schief, nach zu viel Alkohol und war doch einzigartig schön. Allerdings gab es zwei Gruppen am Feuer. Niemand wollte sich zu den Samländern setzen. Zwischen uns und ihnen war ein Abstand, wie eine Grenze, kaum zu überwinden. Ich hätte auch nicht auf ihre Seite gewollt, meine Verachtung für Albat hatte sich in keiner Weise verringert. Legien ging es ähnlich.

Manchmal sahen wir hinüber, beobachteten, dass auch sie feierten und tranken, und rümpften die Nase. Die Samländer hatten reiche Beute gemacht, wieder einmal. Auf den Wagen war tatsächlich Nachschub für die Burg gewesen: Salz, Gewürze, Wein, Kleidung, sogar Waffen. Ich wollte es im Einzelnen gar nicht wissen, aber die Leute sprachen darüber. Albat hatte den Großteil sofort in die samländischen Dörfer schaffen lassen, doch die Weinfässer waren am Feuer aufgebaut, und wer wollte, konnte sich bedienen. Ich wäre nie hinübergegangen. Herkus hielt es anders. Er, der nicht trank, stieß mit Albat an. Er saß bei ihnen fast so oft wie auf unserer Seite des Feuers. Es schien, als habe er den Verrat bereits verziehen. Er scherzte mit Albat, und als die Samländer ein eigenes Lied anstimmten, sang er auch mit ihnen. Diesmal konnte ich all die abfälligen Bemerkungen über unseren Fürsten verstehen. Sie waren nur halblaut, wie immer, aber unmissverständlich. Herkus sei ein Verräterfreund, ein unberechenbarer Mann. Er solle wenigstens dafür sorgen, dass seine neuen Freunde ihre Beute mit uns teilten – aber dazu sei er nicht in der Lage. Niemals würde Albat irgendetwas abgeben.

Am späten Abend, als wir am Feuer lagen, fragte ich ihn, welchen Sieg die Samländer eigentlich gefeiert hätten.

»Wie meinst du das?«

»Sie haben nicht gegen die Ritter gekämpft. Also feiern sie, dass sie die Wagen erbeutet haben?«

»Das – und unseren Sieg.«

Ich schnaubte, während ich mich auf die andere Seite drehte. Mein ganzes Leben lang hatte ich ihn gekannt, seit vielen, vielen Jahren war er mein Freund, und trotzdem war er mir fremd geblieben. Hatte er denn nicht die gleiche Ehre in seinem Leib wie jeder andere? Während ich eine zweite Decke über mich zog, sagte ich noch: »Ein Sieg, den sie fast gefährdet hätten.«

»Und dafür gehören sie bestraft, stimmt's? Nach guter, alter prussischer Weise. Wir sollten sie ausschließen. Am besten gleich massakrieren. Und ihnen vor allem die Beute abnehmen, die sie gemacht haben. Denn die Beute – o ja, die hätten wir auch gerne.«

»Und was ist daran so schlimm?«

»Nichts«, erwiderte er und fügte dann hinzu: »Nichts – außer einer grenzenlosen Dummheit.«

Diesen Satz nahm ich persönlich. »Andere sind ehrlos – und das genauso ohne alle Grenzen«, schoss ich zurück.

»Jaja, die Ehre. Ehre bis in den Tod.«

Er schwieg, ich ärgerte mich. Mein Herz schlug laut, und ich wusste, dass ich für lange nicht würde einschlafen können.

Viel Zeit verstrich, bis er wieder sprach, mit weicherer Stimme. »Du bist doch ein feinfühliger Mann, Norelis. Tust du mir einen Gefallen? Bitte.«

Ich drehte mich auf meinem Lager zu ihm. Er saß immer noch, hatte die Knie anzogen und die Arme darum geschlungen – eine typische Herkus-Monte-Position. Als ich ihn ansah, überkam mich, was ich in dem Moment überhaupt nicht haben wollte, eine Woge von Freundschaft und Zuneigung. Auch wenn ich ihn nicht verstand, blieb er doch mein Herzensfreund, mein Bruder.

»Versetz dich für einen Augenblick in meine Lage. Willst du das tun?«

Ich nickte schwach.

»Wie ihr alle habe ich mich über die Samländer geärgert und sie verachtet. Aber ich weiß, dass wir sie brauchen und immer brauchen werden. Sie sind ein starker Stamm. Ohne sie wären wir viel schwächer. Deshalb muss ich als Kriegsherr alles dafür tun, sie auf unserer Seite zu halten. Das geht so weit, dass ich sie nehme, wie sie sind, als ein Volk, dem das Rauben genauso im Blut liegt wie der Handel. Für eine ordentliche Beute würden sie alles und jeden im Stich lassen.«

Seine Worte trafen mich. Ich schluckte.

»Nun geh auch den anderen Weg mit mir, Norelis. Stell dir vor, ich hätte ihnen meine Abneigung gezeigt wie ihr. Vielleicht wären sie nach Hause gegangen. Und dann? Wenn die Ritter eines Tages zurückkehren, bitte ich Albat wieder, mit uns zu kämpfen? Siehst du, dass das unmöglich ist?«

»Ja.«

»Die Samländer sind Prusai. Sie sind unsere Nachbarn. Wir leben mit ihnen, weil wir es müssen.«

Ich war beschämt. Er ganz allein hatte den Sieg gegen das Ordensheer geschafft. Jetzt war er wieder einen Schritt weiter. Ich hielt ihm die Hand hin, und er drückte sie.

Die Sonnenwendfeier in jenem Sommer war die schönste, die ich je erlebt habe. Es war nicht nur der längste Tag, den wir begingen, sondern wir feierten ein zweites Mal den Sieg über die Christen und die Freiheit unseres Landes. Endlich waren wir wieder unsere eigenen Herren. Dabei hatte ich allen Grund gehabt, den Feiertagen mit Sorge entgegenzusehen. Legien hatte sich angekündigt und gesagt, er würde seine ganze Familie mitbringen. Also auch Arnike. Ich redete mir ein, Suplith habe kein Recht, sich zu beschweren, ich könnte ihr sogar alles erzählen. Doch das stimmte nicht. Obwohl sie nicht meine Frau war, wollte ich sie nicht verlieren. Es gab nur wenige Menschen, zu denen ich eine wirkliche Verbindung hatte, meine Mutter, meine beiden Freunde – und sie. Von ihr bekam ich etwas, das ich in meinem Körper spüren konnte. Ihr Geschenk an mich war Glück. Ich fand nicht, dass ich es mit Füßen getreten hatte. Aber was würde sie denken?

Am ersten Abend mit den Galindern, noch vor der Sonnenwendfeier, war sie nicht bei uns. Ich hatte meine Mutter mitgebracht und Herkus seine Frau. Es war warm und hell, wir aßen draußen und erzählten Geschichten.

Arnike blieb still. Sie schaute mich, wenn ich sprach, nicht anders an als irgendjemanden an unserem Tisch. Neben ihr saß ihre kleine Nichte, Legiens Tochter, der sie half, das Fleisch zu schneiden. Legiens Sohn Rickais war inzwischen ein Junge von zwölf Jahren. Er war kräftig, genauso wie Legien damals im Magdeburger Kloster. Ein wenig unschlüssig wartete er am Tisch. Ich fragte mich, ob er so erzogen war, dass er sich nur nach einer Aufforderung setzte. Doch das war es nicht. Sobald Herkus seinen Platz eingenommen hatte, stieg auch er über die Bank und nahm sich einen Platz in seiner Nähe. Er starrte Herkus zwar nicht an, ließ ihn aber nie aus den Augen. Andere Leute am Tisch schienen ihn nicht zu interessieren.

Herkus nahm den Jungen überhaupt nicht wahr. Vielleicht erwartete Rickais das auch nicht. Wie Legien und ich trug Herkus manche Geschichte aus dem Kloster und von unserer Flucht vor. Seine Rede war nicht blumig, sondern karg, anders als bei uns kamen seine Erzählungen schnell zum Ende. Im Reden lag seine Stärke nicht, hatte sie nie gelegen. Er schien es zu wissen, setzte sich aber gelegentlich darüber hinweg. Seine Stimme war so voll und tief, dass ihm alle Aufmerksamkeit gewiss war. Sie passte zu diesem Mann, der nach wie vor etwas Düsteres, fast Unheimliches ausstrahlte, auch wegen seiner dunklen Augen, die so tief in ihren Höhlen lagen wie eh und je.

Sobald Herkus sprach, hörte Rickais auf zu kauen, ließ fallen, was er in der Hand hatte, und starrte ihn an. Seiner Mutter fiel das bald auf, mit einem Ellenbogenstupser wies sie Legien darauf hin. Nur Herkus merkte es nicht. Fast begann der Junge, mir leidzutun, und ich überlegte, ob ich Herkus einen stillen Hinweis geben sollte. Aber ich fühlte mich selbst nicht frei.

Von Zeit zu Zeit schielte ich zu Arnike hinüber. Ich mochte sie, und doch war mir ihre Anwesenheit zu viel. Mit ihrer Familie würde sie in Herkus' Haus schlafen, das Celcis und er geräumt hatten. Trotzdem konnte ich ihr während der Feier kaum aus dem Weg gehen.

Unser Essen ging langsam dem Ende zu. Narwike wollte ihre Tochter, die bereits gähnte, schlafen schicken, aber das Mädchen hielt sich in der fremden Umgebung an der Mutter fest. Arnike bot sich an, sie zu begleiten, die Frauen sprachen miteinander, es gab einen Moment von Unruhe und Aufbruch. Herkus wandte sich dem Jungen zu. Er musterte ihn, in aller Ruhe und Ausführlichkeit. Rickais spürte die Blicke des fremden Fürsten auf sich und wurde rot.

»Du hast ein Messer?«

Rickais sah nicht auf. Er zog es aus seiner Tasche.

Herkus nickte. Es war still geworden, alle anderen warteten darauf, was passieren würde. Herkus schien das nicht wahrzunehmen. Er erhob sich. »Komm, wir wollen es werfen.«

Beide stellten sich vor einen Baum. Herkus ließ zunächst den Jungen versuchen. Das Messer prallte ab. Dann nahm er sein eigenes und warf es mit einem kurzen, schnellen Schwung gegen den Baum. Es gab ein klingendes Geräusch. Der Griff wackelte, als es stecken blieb. Sie holten beide Messer zurück. Herkus zeigte dem Jungen, wo er es zu greifen hatte. Rickais brauchte drei oder vier Versuche, dann hielten auch seine Würfe im Baum. Herkus lobte ihn. Er nahm beide Messer, in jede Hand eins, und warf sie kurz hintereinander. Sie steckten in der Baumrinde, das eine neben dem anderen.

Rickais staunte. Herkus hieß ihn, nun ebenfalls beide Messer zu werfen. Beide flogen gegen den Baum und prallten ab. Rickais sollte es noch einmal versuchen. Ich wechselte einen Blick mit Legien, und wir beide mussten grinsen.

Als Rickais' Würfe viermal hintereinander stecken geblieben waren, legte Herkus ihm die Hand auf die Schulter und führte ihn zum Tisch zurück.

»Dein Sohn lernt schnell«, sagte er zu Legien. Und zu Rickais gewandt, fügte er hinzu: »Du könntest dir keinen besseren Vater wünschen als den, den du hast.« Er strich ihm über den Kopf.

Meine Mutter wischte sich mit dem Handrücken über die Augen. Celcis stand auf. Sie stieß mit dem Bein gegen den Tisch, auf dem ein Tonbecher umfiel. Grußlos eilte sie zum Haus ihrer Mutter.

Am nächsten Tag waren wir alle damit beschäftigt, die Sonnenwendfeier vorzubereiten. Ich schlachtete zwei Lämmer, weil unser Fürst mich darum gebeten hatte. Als die Tiere im Gras lagen, kam Suplith mit Uimme an die Koppel. Das Kind wollte wissen, ob die Lämmer tot waren. Sie sollte mich fragen, sagte Suplith, ich sei der Schäfer. Ich sagte, wir würden ihr Fleisch am Abend essen.

Suplith hockte sich neben mich. »Ich mag die Galinder, die im Dorf sind. Euren Freund – und die Frauen.«

»Kennst du sie denn?«

»Vielleicht lerne ich sie kennen. Die eine von ihnen schlägt die Augen nieder, sobald du in ihrer Nähe bist.«

»So ein Quatsch«, rief ich aus.

Wir sahen beide zu Uimme hinüber, die bei den toten Lämmern kniete. Sie wollte, dass sie wieder aufstanden.

»Ich habe mir so oft gewünscht«, flüsterte Suplith, »weiter von dir weg zu sein. Oder näher bei dir. Vielleicht ist es dir genauso gegangen, und du wolltest mich hinter dir lassen.«

Ich war dabei zu widersprechen, aber sie tippte mir mit zwei Fingern auf den Arm: »Ohne all das – ohne uns – gäbe es keine Uimme. Das wäre doch schade, meinst du nicht?«

Sie lächelte. In der Ferne tauchte ihr Mann auf. Sie stand sofort auf. Wir hörten ihn nach Uimme rufen. Das Mädchen reagierte nicht, aber Suplith zog sie mit sich davon.

Am Tag der Sonnenwendfeier wich Rickais Herkus nicht von der Seite. Der Junge ahmte sein Gebaren nach und bemühte sich sogar um einen düsteren Gesichtsausdruck. Herkus nahm ihn dazu, als er den beiden Lämmern das Fell abzog. Rickais schnitt nicht etwa drauflos. Er wartete auf Herkus, sah sich an, was der tat, und machte es ebenso. Zusammen stießen sie den Tieren auch die Eisenstangen durch den Körper und drehten sie über den Feuern.

Die Feier war ausgelassen, voller Musik und Tanz. Die Geschichten von der Schlacht mit den Rittern machten ein ums andere Mal die Runde. Man überbot sich in blumigen Schilderungen. Kaum einer erwähnte allerdings, dass wir den Sieg der Eingebung unseres Fürsten zu verdanken hatten, und wenn es doch einer tat, wie Legien, winkte Herkus ab. Er wollte an diesem Abend nicht im Mittelpunkt stehen. Rickais saß immerzu neben ihm. Wie Herkus rührte der Junge keinen Met an und aß das Gleiche wie er.

Als die Musik einsetzte, fühlte ich mich beschwingt. Ich tanzte, auch mit Arnike und mit Legiens Frau, und später, als es dunkel war und Erkil betrunken, nickte ich Suplith zu, und sie kam. Ich war mir sicher, welcher Frau mein Herz gehörte. Arnike war ledig, das hätte vieles leichter gemacht. Aber so war es nun einmal nicht.

Ich hatte beobachtet, dass Suplith sich am Tisch zu Arnike gesetzt und mit ihr gesprochen hatte. Was sie wusste oder ahnte, war mir nicht klar, aber als sie auf dem Platz auf mich zukam, ließ ich es sein, mir darüber Gedanken zu machen. Mir war nur noch wichtig, dass meine Hände sie fanden. Als verheiratete Frau ließ sie es bei einem Tanz bewenden, kehrte an den Tisch zurück und setzte sich neben Erkil, der nicht ein Wort an sie richtete, sie gar nicht wahrnahm. Trotzdem blieb sie neben ihm und ließ ihre Blicke über die Tanzenden gleiten. Sie schien zufrieden zu sein.

Irgendwann am Abend fiel mir auf, dass Celcis fehlte. Während des Essens hatte sie in der Nähe von Herkus gesessen, jetzt war sie verschwunden. Ich machte mir keine großen Gedanken darüber. Vielleicht fühlte sie sich nicht wohl oder war müde geworden.

Später, als die ersten Trinker unter den Tischen lagen und man am Himmel den Morgen ahnen konnte, fanden Legien, Herkus und ich zueinander. Die Musik hatte nach einer Pause ihr Spiel wiederaufgenommen, die Feuer brannten kleiner, und mancher hatte sich auf sein Stroh zurückgezogen. Wir setzten uns zusammen. Rickais, ausgiebig gähnend, drückte sich neben Herkus.

Mir wurde feierlich zumute, ich dachte für einen Moment an den langen Weg, den wir zusammen gegangen waren, und suchte nach Worten dafür.

Aber Herkus sagte: »Nun lasst uns nicht in Altmännergebaren fallen. Wir schauen nach vorne, nicht zurück.«

Er hielt seine Hand über den Tisch. Legien und ich legten die unsere darauf. Mit einem kurzen Blick forderte Herkus Rickais auf, es uns gleichzutun. Er presste seine Jungenhand auf meine und auf die seines Vaters und spreizte den Daumen zu der von Herkus hinüber. Die Geste war besser als jedes Wort.

Es war längst hell, als wir auf unser Stroh krochen. Wir schliefen nur wenige Stunden und gingen dann, vor der Morgengrütze, zum Bach, um uns zu waschen. Dort trafen wir auf Celcis. Ihr Gesicht war voller Bitterkeit. Sie wandte ihrem Mann den Rücken zu und reagierte nicht, als er sie ansprach.

Er ging auf sie zu. »Celcis, was ist?«

Sie hatte einen Holzeimer in der Hand. Ich wollte nicht neugierig sein, fand es aber auch nicht angemessen, wegzugehen. Also zog ich meinen Leibrock aus, wusch mir Gesicht, Arme und Brust und drückte das Hemd ins Wasser.

Herkus wollte um Celcis herumgehen. Sie drehte sich weiter weg. Er sprach sie erneut an. Sie schüttelte nur den Kopf. Da tat er es mir gleich und begann, sich zu waschen. Celcis richtete sich auf und sah zu ihm. Sie kippte ihren vollen Eimer langsam wieder aus. Ihre Augen und der Mund waren zusammengekniffen. Ich sah ein Flackern in den Augen – die Wut. Sie holte aus.

»Herkus!«, rief ich.

Zu spät. Der Holzeimer traf ihn am Rücken. Ein leiser Schmerzensschrei entfuhr ihm. »Bist du verrückt geworden?«

Anstelle einer Antwort packte sie ihren Eimer, tauchte ihn ins Wasser und kippte ihn im nächsten Moment in seine Richtung.

»Celcis?«

»Hau ab! Lass mich in Ruhe.«

»Verstehst du, was sie hat?«, fragte er mich.

Ich wollte mich nicht einmischen und gab keine Antwort. Meinen Leibrock in der Hand, den ich im Gehen auswrang, stapfte ich aus dem Wasser. In dem Moment kam Rickais über die Wiese. Celcis hatte ihn auch gesehen.

»Da, dein neuer Sohn«, kreischte sie. Ihre Stimme überschlug sich fast. Sie lief davon.

»Es scheint, als wünsche sich deine Frau ein Kind«, sagte ich.

Er presste die Lippen aufeinander und ging zum Haus meiner Mutter zurück, einen blauen Fleck auf dem nackten Rücken. Rickais, dem er auf halben Weg begegnete, schenkte er keine Beachtung. Ich sagte dem Jungen, dass Herkus Streit mit seiner Frau gehabt habe.

Der Sonnenwendfeier schloss sich ein langer, heißer Sommer an, den wir genossen. Mittags zogen sich die Leute in den Schatten zurück, abends saß man lange beisammen. Die Waffen waren im Depot verschwunden. Im Dorf herrschten eine gewisse Freundlichkeit und Hilfsbereitschaft. Herkus hatte meiner Mutter gesagt, er habe zwei junge Mädchen aus dem Dorf gebeten, ihren Garten zu bewirtschaften. Das war ein Satz, bei dem ich den Atem anhielt. Nie hätte ich mich getraut, ihn auszusprechen. Aber sie antwortete lediglich: »Ist gut, Herkus, wenn es der Sache dient.«

Ich trieb die Schafe oft im Morgengrauen hinaus, und manchmal begegnete ich Suplith auf der Weide, die erstaunt tat, mich zu sehen, und auch nie viel Zeit hatte, wenn Uimme nicht bei ihr war. Ich vertrieb mir die Zeit mit Schnitzmesser und Feder. Herkus lebte wieder in seinem Haus, aber es hatte den Anschein, als redeten Celcis und er nicht viel miteinander. Er schnitt Gras auf den Wiesen und schien froh, als das Getreide reif war, dann konnte er von morgens bis abends auf den Feldern arbeiten.

Als die heißesten Tage vorüber waren, kam an einem späten Nachmittag eine Truppe Jadwinger in unser Dorf, angeführt von Skomand. Der Jadwinger tat, als kenne er mich nicht, und rief: »He, du. Wo ist dein Fürst?«

»Auf dem Feld. Er arbeitet.«

»Geh und hol ihn.«

Ich kam dem Auftrag nach, ließ mir aber Zeit. Als ich Herkus fand, warnte ich ihn. Etwas war anders. Skomand hatte sich verändert, seine aufbrausende Art war etwas Kühlem, Kalkulierendem gewichen.

»Wir leben von der Beute, die wir machen«, sagte er, als ich mit Herkus zurückgekehrt war, »von Gold und Bernstein und Waffen, die wir toten Feinden abnehmen. Unsere Frauen lieben den Schmuck, den wir bringen. Vor allem Zannas Augen leuchten immer, wenn ich ihr eine Goldkette schenke. Aber seit ihr die Ritter vertrieben habt, finden wir nichts mehr.«

Er hatte die Augen zusammengekniffen, seine Stimme klang gepresst.

Herkus lachte ein wenig. Ich hörte den Hohn darin und

wollte ihn bremsen, aber er sagte: »Auch bevor es Ritter in unserem Land gab, haben die Jadwinger gelebt.«

»Das heißt nichts. Du wirst uns entschädigen, Natanger.«

»Weil wir die Feinde der Prusai besiegt haben? Wo gibt es denn so etwas?«

Skomand spuckte aus. »Aus dem Grund, den ich eben genannt habe. Unser Volk verlangt das.«

»Deine Rede ist höchst ungewöhnlich, Skomand, und sie ergibt wenig Sinn. Bist du deshalb hergekommen? Dann lass dir gesagt sein, dass wir mit den anderen Stämmen zusammen für unser ganzes Volk gehandelt haben.«

»Dein Maul ist groß, Herkus Monte. Im Gegensatz zu deinem Mut. Dabei hast du nicht einmal gesiegt, sondern bist geflohen. Nur war das Glück auf deiner Seite.«

Ich hielt mich nicht mit Gesichtsausdrücken zurück, die ihm deutlich machten, was ich von seiner Einschätzung hielt. Jeder Narr konnte sich aus der Wahrheit herausschneiden, was ihm passte. Als ich widersprechen wollte, legte Herkus mir die Hand auf den Arm.

»Außerdem haben die Jadwinger beschlossen, einen Ersatz dafür zu verlangen, dass wir für alle Prussen Romowe schützen.«

Skomands Leute stimmten zu.

»Romowe wird, soweit ich weiß, von der Vorwache verteidigt. Und die bilden junge Krieger aus dem ganzen Land.«

Skomand winkte ab. »Romowe liegt im Gebiet der Jadwinger. Aber wir sind großzügig und lassen jedermann dorthin.«

»Und jetzt reitet ihr zu allen Stämmen und verlangt etwas dafür, dass sie weiterhin nach Romowe dürfen? Ist das so? Was wollt ihr haben? Bernstein? Oder Gold?

Oder vielleicht lieber das Geld, das die Christen benutzen?«

Skomand starrte ihn an. Ich wartete darauf, dass er endlich sein Schwert zog, deswegen, glaubte ich, war er hergekommen. Doch er verschränkte die Arme vor der Brust.

»Bei wem wart ihr bereits?«, verlangte Herkus zu wissen. »Bei den Samländern? Den Galindern? Oder geht es hier nur um uns?«

Der Jadwinger verzog das Gesicht zu einer seltsamen Fratze. In seinem Gesicht standen Zorn und Sprachlosigkeit. Im nächsten Moment würde er toben. Aber er hielt sich zurück. Stattdessen wanderte sein Blick durchs Dorf. »Wir wollen über Nacht hierblieben. Gewährst du uns Gastfreundschaft?«

»Selbstverständlich«, erwiderte Herkus.

Sie schlugen ihr Lager neben der Pferdekoppel auf, wo sie Decken ausbreiteten und ein Feuer anzündeten. Ein Krug ging herum, in dem Weizenbrand war, wie ich vermutete. Anders als bei anderen Gästen scherte sich niemand um sie, auch Herkus nicht. Sie hatten ihre eigene Verpflegung. Nur ihre rauen Stimmen waren im Dorf zu hören.

Als es dämmerte, brachte Celcis ihnen einen großen Topf. Skomand sprang auf, als sie sich näherte, und wollte ihr den schweren Topf abnehmen, und für einen Augenblick hielten sie ihn beide fest und lachten dabei. Ich hatte sie lange nicht mehr lachen gehört. Skomand machte eine Geste, mit der er sie einlud, sich zu ihnen zu setzen. Er nahm eine Decke, die er für sie ausbreiten wollte. Sie schüttelte den Kopf und zeigte in die Richtung ihres Hauses. Aber er schien sie nicht gehen lassen zu wollen, er redete immer weiter und griff sogar nach ihrem Arm.

Früh am nächsten Morgen ging Herkus aufs Feld. Er liebte diese stille Stunde und würde in Ruhe arbeiten, bis die anderen kamen.

Die Jadwinger räkelten sich in ihrem Lager und wurden wach. Ich war unterwegs zu meinem Hund, um ihm Fressen zu bringen. Mit dem Alter hatte er viel von seiner Schärfe eingebüßt, er bellte nur noch heiser, war langsam und wirkte einsam. Morgens wartete er schon auf mich, er wusste, ich brachte ihm nicht nur Fressen, sondern hockte mich neben ihn und strich ihm übers Fell. Dann knurrte er.

Ein paar Meter weiter hörte ich die tiefen Stimmen der Jadwinger. Sie setzten ihre behörnten Helme auf, griffen nach ihren Waffen und holten ihre Pferde. Celcis kam übers Feld zu ihnen. Diesmal war ich so nahe, dass ich hören konnte, was sie sprachen.

»Ich wollte meinen Topf holen. Ihr reitet schon davon?«

Skomand reichte ihn ihr. Eine ungewöhnliche Geste, schließlich war er der Mann und sie die Frau.

»Hat es euch geschmeckt?«

Er nickte. »Du bist … eine richtige Köchin. Am liebsten würde ich dich mitnehmen. Sieh, wir haben nichts übrig gelassen.«

Celcis hielt den leeren Topf in einer Hand. Sie hätte sich verabschieden und gehen können, ja gehen müssen, aber irgendetwas schien sie zu halten. Ihr rotes Haar leuchtete in der Morgensonne. Mit jedem Atemzug hob und senkte sich ihre Brust. Die Augen hatte sie niedergeschlagen.

Einer der Jadwinger brachte das Pferd Bruteno. Skomand nahm es am Zügel. Das Tier konnte kaum stillstehen. Sein Herr beruhigte es.

Celcis sah ihm zu. »Ein Pferd wie deins habe ich noch nie gesehen. Es gehorcht nur einem Fürsten.«

Er machte einen Schritt auf sie zu. »Sieh es dir aus der Nähe an. Es lässt nicht jeden an sich heran. Aber dich bestimmt.«

Sie zögerte. Er nahm ihre Hand, zog sie langsam zu sich und legte sie dem Pferd auf die Nüstern. Bruteno schnaubte. Celcis setzte ihren Topf ab und näherte sich dem Pferd mit der Hand. Bruteno tänzelte. Seine Augen waren groß, als er sie ansah. Dann ließ er den Kopf ein wenig sinken.

»Siehst du«, rief Skomand, »er mag dich. Kein Wunder – er hat viel Gefühl.«

Im nächsten Moment drehte er sich weg und schwang sich auf das sattellose Pferd. »Wir reiten auf die Jagd.« Seine Stimme war laut und fröhlich. Er streckte ihr seinen Arm entgegen. »Komm mit.«

Sie schüttelte den Kopf. Ich hockte immer noch bei meinem Hund, der mit seinem Knochen beschäftigt war.

Celcis drehte sich um. Sie ließ ihren Blick durchs Dorf schweifen. Offenbar fand sie niemanden, der über sie tratschen konnte. Es war einfach noch zu früh. Sie ergriff Skomands Hand, er zog sie auf sein Pferd. Sie kam hinter ihm zu sitzen und hielt beide Hände um seine Hüfte. Er ließ das Tier wenden. Als er bei seinen Männern war, zeigte er mit seinem Arm nach rechts. Alle sprengten davon. Nur er ritt zur anderen Seite.

Der Tag war noch nicht alt, als sie zurückkam. Unsere Blicke begegneten sich. Die Haare waren zerzaust, ihr Gesicht wirkte breit und weich, als hätte es allen Halt verloren. Ob sie froh war oder traurig, konnte ich nicht erkennen. Sie kniff die Augen zusammen und verzog Nase und Oberlippe. Das sah aus, als wollte sie mir die Schuld an allem Unglück geben.

Inzwischen waren Leute im Dorf unterwegs, aber sie nahm das nicht wahr, sie blickte keinen an, grüßte niemanden. Lautlos verschwand sie in ihrem Haus und ließ sich lange nicht mehr blicken.

Als sie an einem der nächsten Tage herauskam, hatte sie ihr Haar abgeschnitten. Jeder sah, dass mit Celcis etwas geschehen war. Sie bemalte sich das Gesicht, trug eine dicke Schicht Zinnober auf den Lippen und strich sich Asche um die Augen. Nicht nur, dass sie die Einzige im Dorf war, die im Alltag solche Dinge tat, sie nahm auch viel zu viel Farbe, so als wollte sie sich nicht verschönern, sondern als sende sie damit irgendwelche Zeichen.

Ich begriff sie in keiner Weise, dachte aber auch nicht allzu viel über sie nach. Vielleicht hätte ich mir das eine oder andere zusammenreimen können, schließlich war ich derjenige, der gesehen hatte, wie sie mit Skomand davongeritten war. Doch sie war nicht meine Frau und damit nicht meine Sorge. Mich beschäftigte etwas anderes. Meine Mutter wurde krank.

In den vergangenen Monaten war sie noch magerer geworden und ging gebeugt, lehnte aber Hilfe nach wie vor ab, es sei denn, man bot sie ihr so geschickt an wie Herkus. Wenn sie arbeitete, seufzte sie, und da sie immerzu arbeitete, begleitete ihr Seufzen sie durch den Tag. Manchmal konnte ich es nicht mehr ertragen und lief hinaus, da es mir nicht anstand, sie zu ermahnen.

Eines Morgens stand sie nicht mehr auf. Ich trat zu ihr ans Bett, um nach ihr zu sehen. Sie wusste nicht, dass der Tag bereits angebrochen war, und widersprach mir, als ich ihr das sagte. Doch dem Sonnenlicht konnte sie nicht widersprechen. Ich bat sie, trotzdem liegen zu bleiben – vergeblich. Ihr Gesicht war so weiß wie ihr Haar, aus den Lippen war alles Blut gewichen. Nach ein paar Schritten stürzte sie. Ihre Augen waren groß und traten hervor. Die Stirn war heiß. Ich trug sie zurück auf ihr Stroh und erschrak, wie leicht sie war. Nun war sie fast willenlos und sprach auch nicht mehr. Das Fieber stieg schnell, Schweiß brach ihr aus, und aus ihrem Mund kam ein leichtes Stöhnen. Ihr Verstand zog sich zurück, sie dämmerte. Sie war wie ein langer Tag, der verging. Ich wusste mir nicht anders zu helfen, als bei ihr zu bleiben, ihr die magere erkaltende Hand zu halten und ihr mit einem feuchten Tuch das Gesicht zu kühlen. Sie sprach kein einziges Wort mehr.

An jenem Tag kam kein Besuch, und da ich sie nicht allein lassen wollte, war ich der Letzte, der bei ihr war. Als sie aufhörte zu atmen, war es noch nicht Abend. Ich schloss ihr die Augen und bedeckte ihren Körper und Kopf. Da ihre Seele noch im Zimmer war, nahm ich Abschied und bedankte mich bei ihr.

Dann ging ich Herkus holen.

Er legte mir die Hand auf die Schulter und wollte mich drücken, doch ich sah ihm an, dass er genauso erschüttert, genauso trostbedürftig war wie ich. Wir umarmten einander. Zwei Männer, zwei Krieger, standen mitten auf dem Feld und klammerten sich aneinander. Wer außer uns dort war, starrte zu uns herüber und glaubte wahrscheinlich, ein böser Geist sei in uns gefahren. Doch es war kein Geist, es war Schmerz.

Zusammen mit Herkus bahrte ich den Leichnam am nächsten Tag auf. Wir schichteten Holz zu einem Haufen und hängten die Bahre mit Riemen an vier Träger, so wie es bei den Natangern üblich war. Als wir den Haufen anzündeten und ihren Leichnam verbrannten, war auch Dargus bei uns. Hand in Hand nahmen wir Abschied von ihr, drei Männer: ihr Sohn, dazu einer, den sie geliebt, und einer, der sie geliebt hatte. Das Feuer knackte, die Flammen stiegen höher, erfassten die Bahre und schließlich auch den leblosen Körper. Wir warteten, bis es alles, was brennbar war, genommen hatte und wieder kleiner wurde.

Als ich in unser Haus zurückkehrte, war ich ganz allein. Ich setzte mich an den Tisch, blickte auf die Küche, in der sie jeden Tag gearbeitet hatte. Es herrschte eine Stille, wie ich sie noch nie erlebt zu haben glaubte. Als ich sie nicht mehr aushalten konnte, begann ich, leise mit ihr zu sprechen, und erzählte ihr von ihrem Enkelkind. Mir kamen die Tränen, als ich ihr sagte, wie unendlich leid es mir tue, dass sie sich an der kleinen Uimme nie hatte erfreuen können.

Später an jenem Abend kam Herkus zu mir. Es war das erste Mal, dass er an die Tür klopfte, bevor er eintrat. Auch in seinem Gesicht stand der Kummer. Es sah aus wie ein Stein. Der mir dort gegenüberstand, das war der Herkus der frühen Zeit. So hatte ich ihn in Magdeburg gekannt. Jetzt erst ermaß ich, wie groß seine Einsamkeit damals gewesen sein musste. Ich hieß ihn, sich zu setzen, und holte Branntwein aus dem Schrank. Wir stießen die kleinen Becher aneinander, und ich sagte ihm, was ich in ihm sah.

»Wir wollen an diesem Abend nicht über mich sprechen.«

Ich schenkte nach, wir tranken einen zweiten Becher. »Es gibt keine Regeln, worüber man an einem Trauerabend redet. Meine Mutter hätte es interessiert. Du hast ihr viel bedeutet.«

Er drehte den Becher zwischen den Fingern. Die Stille im Raum war wieder da. Aber jetzt, mit ihm, ertrug ich sie leichter, konnte mich ihr sogar öffnen.

»Die schwarze Galle«, sagte er schließlich, »ist immer da. Aber seit ich Fürst bin, nein, seit ich Kriegsherr bin, hält sie sich zurück. Als habe sie sich verordnet, in einer Kammer irgendwo in meinem Körper zu warten. Ich weiß, dass sie da ist. Nur beherrscht sie mich nicht mehr, nicht einmal an schlechten Tagen.«

Er sah auf und versuchte ein Lächeln, das nicht recht glückte. Herkus war noch keine dreißig und hatte nun die Kräfte mobilisiert, die ihm zur Verfügung standen. Anstelle der schwarzen Galle lastete Verantwortung auf ihm, nicht nur für unseren Stamm, sondern für das ganze prussische Volk. Ich griff nach seiner Hand und drückte sie, als könnte durch die Berührung ein Teil seiner Last auf mich übergehen. Wir tranken einen dritten Schnaps, der mir jetzt zu Kopfe stieg und mich wärmte.

»Ich habe ihr viel zu verdanken«, sagte er, »genau genommen alles.«

Ich zog meine Hand weg. Seine Worte hatten mich getroffen. Wieso hatte er ihr alles zu verdanken? War sie denn die Einzige, die ihn aufgenommen hatte? Ich rückte von ihm ab.

»Wo hätte ich ohne sie gelebt? Einen Platz zum Schlafen hätte mir auch ein anderer gegeben. Aber das Gefühl, willkommen zu sein, ein Zuhause zu haben. Gemocht zu werden. Die Selbstverständlichkeit. Verstehst du?« Er nickte. »Das verdanke ich Naudith.«

Er schenkte uns beiden nach, stieß diesmal nicht mit mir an, sondern lehnte sich in seinem Stuhl zurück und kippte sich den Schnaps herunter. Auch ich trank. Während sich ein kleiner dunkler Kreisel in meinem Kopf zu drehen begann, begriff ich, dass die Lücke, die der Tod meiner Mutter gerissen hatte, niemals geschlossen werden konnte. Sicher nicht von Herkus. Nein, nun gab es niemanden mehr, der Anteil an meinem Dasein nahm, außer Suplith vielleicht, aber die konnte mir ihre Zuneigung nur im Verborgenen zeigen. Ich war jetzt allein.

Als die Tür erneut geöffnet wurde, war ich erleichtert. Zu viele Gefühle und Gedanken schwirrten mir im alkoholisierten Kopf herum, Trauer, Einsamkeit und die quälende Frage, ob ich Herkus irgendetwas bedeutete.

»Dargus«, rief ich aus, »komm herein.«

Der alte Mann nickte uns zu. Ich bot ihm einen Platz an und stellte ihm einen Becher hin. Auch er war traurig, hatte darüber seine Würde aber nicht verloren. Sein Haar und Bart waren geschnitten, die Kleidung ordentlich.

»Ihr lasst Naudith noch einmal hochleben?«, fragte er, als er seinen Becher erhob, um mit uns anzustoßen.

»Ja.« Ich musste mich bemühen, klar zu sprechen. »Ich weiß, dass sie dich sehr gemocht hat. Auch wenn sie es nicht so zeigen konnte.«

Er lächelte.

»Sie …« Mein Gedanke wollte sich nicht formen. »Wegen meines Vaters«, brachte ich hervor. »Nach ihrer Vorstellung hätte sie ihn verraten.«

Er nickte. Der höfliche Mann. Als wir begannen, meine Mutter in Geschichten noch einmal leben zu lassen, trug er das meiste bei. Seine Stimme war leise, aber deutlich. Er erzählte von der Zeit, da wir in Magdeburg waren. Sie hatte fast gleichzeitig ihren Mann und ihr Kind verloren und schien keinen Lebenswillen mehr zu haben, aß wenig und sprach kaum. In jener Zeit hatte Dargus angefangen, ihr seine Hilfe anzubieten. Er kam zu ihr und wurde abgewiesen.

Wir hörten zu. In Dargus' Erzählungen wurde sie noch einmal lebendig, ich sah sie vor mir in ihrer Sturheit und dem Arbeitswillen, aber auch mit ihrem Herz und der Hilfsbereitschaft. Sie war ein Teil von mir.

Als Dargus' Worte versiegten, sannen wir ihnen nach. Schließlich sagte Herkus: »Vielleicht hat sie sich den richtigen Zeitpunkt ausgesucht, um zu gehen.« Als wir ihn erstaunt ansahen, fuhr er fort: »Wir haben gesiegt und gefeiert. Wie lange soll das anhalten?«

Es dauerte lange, bis seine Worte in meinem schweren Kopf ankamen: »Du rechnest mit einem weiteren Krieg?«

»Du nicht?«

Er war überzeugt davon, dass eine neue Auseinandersetzung mit dem Ritterorden bevorstand. Und er hatte schon Pläne gemacht. Ich hörte sie an diesem Abend zum ersten Mal, aber er hatte sie schon länger mit sich herumgetragen. Einen Teil der Ernte wollte er wieder für Notzeiten einbehalten. Diese Aufgabe, fürchtete ich, würde wieder auf mich zukommen. Um ihn nicht zu ermutigen, wich ich seinem Blick aus. Als er Dargus bat, war ich erleichtert. Ihm, so sagte Herkus, vertrauten die Leute, hätten Respekt vor seinem Alter. Der Schmied sollte die Waffen wieder überholen, und im Winter wollte er erneut Wachen am Ostmeer aufstellen. Er sah voraus, dass er kaum Freiwillige dafür finden würde. Deshalb sollten wir im Herbst eine Hütte am Alsmaris bauen, dazu einen Pferdestall. Auch an Brennholz dachte er. Wochenweise sollten sich die Wachen dort ablösen, immer zwei Mann zusammen.

Dargus glaubte, die Christen seien noch lange mit ihren Wunden beschäftigt und würden so schnell nicht zurückkehren, falls sie überhaupt je wiederkehrten. Als er das aussprach, begriff ich, wie sehr Herkus recht hatte. Sie waren kein kleines Volk, sondern kamen aus vielen Ländern, wo viele Menschen lebten. Zeit, um alte Wunden auszuheilen, brauchten sie nicht. Ich kannte sie so gut wie er. Sie würden zurückkommen.

Ob wir jemals Ruhe vor ihnen finden würden, fragte ich.

Keiner der beiden gab eine Antwort. Die Frage blieb im Raum stehen und beendete das Gespräch.

Dargus stand auf und ging hinaus. Herkus blieb in der

Tür. Es war noch warm draußen, eine laue Spätsommernacht. Wir sahen dem alten Mann nach.

»Wie geht es Celcis?«, fragte ich.

Er runzelte die Stirn, als er mich ansah. »Warum fragst du?«

Ich gab die erstbeste Antwort, die mir in den Sinn kam: »Wegen ihrer kurzen Haare.«

Er schnaubte. »Das ist ihre Sache.«

18

In keinem der nächsten Winter traf Herkus Montes Vorhersage ein.

Wir bauten die Wachhütte an einer Düne am Alsmaris, in unmittelbarer Nähe zum Meer, und schafften Lebensmittel und Brennholz dorthin. Sogar einen Brunnen bohrten wir, und es gab einen Pferdestall. Unser Schmied arbeitete an den Waffen und Rüstungen und hielt sie in Schuss. Nur die Ritter kamen nicht.

Wir hatten gute Ernten in diesen Jahren, vor allem, weil es genug regnete, was für unser trockenes, sandiges Land keine Selbstverständlichkeit ist. Es gab viel zu essen, und es gab Met. Kaum jemand erinnerte sich noch daran, dass wir einmal gehungert hatten. Die Sorgen waren die des Alltags, genauso wie die Freuden. Wir feierten Sonnenwenden, tanzten, sangen, lachten. Nur Herkus machte bei all dem selten mit.

Im Dorf hatte es sich bald eingebürgert, mit Dargus zu feilschen, der nach wie vor Vorräte für Notzeiten sammelte. Nach allgemeiner Überzeugung hatten wir dafür bereits genug, und der alte Mann wurde hintergangen, wo es möglich war, die Leute nahmen ihm, wenn er nicht hinsah, wieder ab, was sie ihm gegeben hatten, oder sie reizten ihn, indem sie vor seinen Augen aufaßen, was er bekommen sollte. Er ertrug all das mit Gelassenheit, meist sogar mit einem Lächeln. Aber manchmal platzte ihm der Kragen, dann bekam er einen roten Kopf und rief, er handele auf Befehl des Fürsten. Die Leute lachten darüber.

Denn Herkus, der Sonderling, stand eigentlich in ihrem Blickpunkt. Sie tuschelten über ihn. Witze machten die Runde. Einer fragte, von was Herkus wohl in der Nacht geträumt habe. Sein Gegenüber antwortete: von den Ordensrittern, und dann feixten sie beide. Bald wurden manche dreister und ahmten ihn nach, imitierten seinen Gang und seinen düsteren Blick. Er nahm all das offenbar nicht wahr, entweder merkte er es wirklich nicht, oder er reagierte nicht darauf. Ich wusste um seine Feinfühligkeit, mit der er mich schon manches Mal überrascht hatte. Aber in diesem Fall hatte er nicht die richtige Strategie. Wie die Kinder verlangten die Leute eine Reaktion von ihm. Solange sie nicht kam, wurden sie immer dreister. Zu festgesetzten Kampfübungen erschienen viele nicht, andere weigerten sich, ihren Wachdienst an der Hütte anzutreten, oder sie gingen in der Zeit zur Jagd und kamen mit ihrer Beute zurück, ohne sie irgendwie zu verbergen.

Als Bote zu den anderen Stämmen wollte auch kaum noch jemand geschickt werden. Deshalb unternahm ich mehrere lange Ritte, vor allem zu den Warmiern, aber auch zu den Galindern, und war jedes Mal froh, das Dorf für eine Weile verlassen zu können.

Nur zu Albat und den Samländern mochte ich nicht mehr gehen. Diese Wege machte Herkus selbst, und wenn er fort war, ging erst recht alle Ordnung verloren. Die Jungen stahlen Met und tranken auf dem Dorfplatz, bis sie umfielen. Ich habe sogar erlebt, dass sie, als Herkus zurückkam, ihm »auf deinen Krieg« zuprosteten und laut lachten.

In manchen Stunden ertappte ich mich dabei, die Ritter herbeizusehnen. Sollten die Leute doch sehen, was dann geschah. Die Frondienste, die Monate auf fremden Baustellen, die Peitschen der Aufseher würden sie wieder zur Besinnung bringen. Aber natürlich wusste ich, dass wir die Christen nicht noch einmal loswerden würden. Ich war auch versucht, mit Herkus über die Stimmung im Dorf zu sprechen, unternahm sogar zwei Anläufe, vorsichtige zugegebenermaßen. Er blockte alles ab.

Celcis wurde in jener Zeit immer wunderlicher. An vielen Tagen war sie kaum ansprechbar. Sie bemalte sich das Gesicht, sang vor sich hin oder führte Selbstgespräche und schien in einer eigenen Welt zu leben. Leute machten auch sie nach, sie trällerten oder sangen, wenn sie vorüberging. Ein Mann sagte, die Fürstenfrau habe die Seele einer Amsel. Er begann zu pfeifen, als er Celcis sah.

Als er sich zu seinem Publikum umdrehte, stand Herkus da. Der Mann wurde rot und geriet ins Stottern. Herkus schubste ihn, er stolperte rückwärts, und ehe er sich versah, hatte er den ersten Faustschlag im Gesicht. Er hatte das Pech, das abzubekommen, was sich angestaut hatte. Keiner der Zuschauer kam dem Mann zu Hilfe. Sie mochten die Gewalt spüren, die Herkus ausströmte. Er schlug sein Opfer regelrecht zusammen. Der Mann blutete aus vielen Wunden, verlor zwei Zähne und konnte ein Auge tagelang nicht öffnen.

Danach kehrte etwas Ruhe ein. Herkus wurde gefürchtet, respektiert wurde er nicht. Mag sein, dass er zu wenig den Fürsten gab. Die Privilegien, die ihm zustanden, nahm er nicht an, auf den Gemeinschaftsfeldern schuftete er mehr als alle anderen, obwohl er es nicht gemusst hätte. Er ließ niemanden für sich laufen, verlangte keine Unterwürfigkeit, aß nichts anderes als alle anderen.

Im nächsten Winter gab es so wenig Frost, dass am Ostseestrand nicht einmal Eisschollen lagen. Niemand hätte übers Meer zu uns kommen können, höchstens ihr

Jesus Christus, der angeblich übers Wasser laufen konnte. In jener Zeit blieb die Wachhütte verwaist. Aber die Häme wurde wieder größer.

In dem Jahr starb auch der alte Schmied, der, wie Dargus und ich und ein paar andere, immer auf Herkus' Seite gestanden hatte. Sein Sohn dagegen war offen für die kleineren und größeren Bosheiten gegen den Fürsten, und wenn er keine Lust hatte oder den Sinn nicht einsah, kümmerte er sich nicht um die Waffen, und sein Feuer blieb aus.

Eine Beschwerde von Herkus über all diese Dinge habe ich nie gehört, obwohl wir viel Zeit miteinander verbrachten. Er kam regelmäßig in mein Haus. Zuerst dachte ich, er wollte nach mir sehen, aber später gewann ich den Eindruck, dass er immer mal wieder seiner Wohnung entfloh. Dann streckte er sich auf sein altes Strohlager, verschränkte die Hände hinter dem Kopf und starrte vor sich hin, bis der Schlaf ihn übermannte.

Als sie im darauffolgenden Winter endlich kamen, wurden wir von der Wache alarmiert. Es war ein Zufall, dass unsere Dünenhütte tatsächlich besetzt war und die Männer sogar aufgepasst hatten. Herkus und ich ritten so schnell an die Küste, wie der gefrorene Boden es zuließ. Als wir die Düne erreicht hatten und mit unseren Wachposten auf die Ostsee blickten, traute ich meinen Augen nicht. Der Zug hatte keinen Anfang und kein Ende. Das Eis war schwarz bedeckt, so weit das Auge reichte. Wie ein Insektenschwarm kamen sie auf uns zu. Eine Heuschreckenplage. Ich hielt den Zug für eine Sinnestäuschung, schloss die Augen, öffnete sie wieder. So weit ich den Hals auch reckte, ich sah keine Spitze und kein Ende. Herkus stieß Atemwölkchen aus. Auch die beiden Natanger, die uns in ihre Mitte genommen hatten, schwiegen. War das die endgültige Niederlage? Der Untergang unseres Landes? Brachten sie wirklich so viele Menschen hervor?

Als ich bereit war zu glauben, was ich vor mir sah, schloss ich erneut die Augen. Ich bat unsere Götter, alle. Ich flehte sie an. Deiwas und Perkunas sollten allen Streit vergessen und zusammenstehen. Velnias, der Gott des Todes, bekäme so viele Seelen wie noch nie, er solle nur die der Feinde nehmen. Das Einzige, was sie alle tun müssten, wäre, das Eis zum Schmelzen zu bringen. Damit hatten sie uns doch schon einmal geholfen.

Aber an diesem Tag blieb es kalt. Es gab keinen Blitz und keinen Donner. Das Eis knackte nicht einmal.

»Wir brauchen die Jadwinger«, entfuhr es mir. Wenn schon keine Götter, dann alle prussischen Krieger, und zwar ausnahmslos.

Herkus' Gesicht war klein unter der Wollmütze, die er sich in die Stirn gezogen hatte. Seine Nasenspitze war rot vor Kälte.

»Nein«, erklärte er.

»Herkus, bitte. Lass mich zu Skomand reiten.«

Er gab keine Antwort, sondern blickte wieder nach vorn, wo der Zug der Christen mit unheimlicher Ruhe an uns vorbeizog. Deshalb waren sie so viele Jahre nicht gekommen – sie hatten sich gesammelt. Eine weitere Niederlage gegen die Heiden wollten sie nicht riskieren. Diesmal würden sie es richtig machen.

»Skomand zu bitten hat nur Aussicht auf Erfolg, wenn ich es selbst tue. Mich will er sehen, und zwar vor sich auf den Knien.«

»Ich richte ihm aus, dass du ihn bittest. Von mir aus auf Knien. Er wird verstehen, dass du unmöglich selber kommen konntest. Wenn die Ritter angreifen, kann der Kriegsherr nicht zu Verhandlungen im Jadwingerland sein.«

Er schüttelte den Kopf. Auch mir war nicht wohl bei der Vorstellung. Der weite Weg bei Frost, Tageslicht nicht länger als acht, neun Stunden. In der anderen Zeit könnte ich nicht reiten, aber auch nicht schlafen, wollte ich nicht erfrieren. Selbst wenn ich in Romowe Station machte, blieben viele einsame Nächte im Wald, wo ich mir Feuer machen und Schneehütten bauen musste.

»Trotzdem« murmelte ich. »Ohne die Jadwinger gehen wir unter.«

In Wahrheit zweifelte ich, je länger ich dem Zug zusah, dass sich durch die Jadwinger etwas ändern würde. Ich zählte die Ritter nicht. Aber vierzig oder fünfzig jadwingische Krieger verschoben das Gewicht sicher nicht. Die Christen waren mindestens zehnmal so viele wie wir. Und dies waren Männer, die ihr Lebtag nichts anderes getan hatten, als sich auf den Kampf vorzubereiten. Ob mit oder ohne Jadwinger – wir waren zum Untergang verdammt.

Zu zweit kehrten wir in unser Dorf zurück, einer hinter dem anderen. Mein Kopf war leer, er dröhnte. Ich hatte kein Auge für den Schnee auf den Bäumen und spürte die Kälte nicht. Was Herkus dachte, ob er einen Plan hatte, wusste ich nicht.

Zu Hause verstärkte er die Wachen, die die Ritter beobachten sollten. Außerdem nahm er sein Botensystem wieder auf und schickte Reiter mit den neuen Meldungen zu den Samländern und den Warmiern, die ihrerseits die weiter entfernt liegenden Stämme benachrichtigen sollten.

Dann begann wieder das Warten. Im Dorf hatte die Stimmung von einem Augenblick auf den nächsten umgeschlagen. Niemand machte sich mehr über Herkus lustig, keiner raubte Getreide oder Met. Der junge Schmied kam von selbst und berichtete über die Fortschritte bei seiner

Arbeit. Herkus befahl ihm, sich unter den jungen Männern einen Gehilfen zu suchen und ihn anzulernen.

Wir erfuhren, dass die Ritter wieder ihre Burgen bezogen hatten. Ich stellte mir die Enge dort vor und fragte mich, wie sie sich mitten im Winter versorgten. Sie hatten viele Wagen über das Eis mit sich gezogen. Aber ohne Nachschub würden ihre Vorräte früher oder später zur Neige gehen. War das der Moment, in dem sie zu uns kamen?

Das Warten zehrte an den Nerven. Die Angst wuchs, und die Vorstellungskraft unserer Leute hatte viel Zeit, um sich auszumalen, was passieren würde. Die Ahnungen wurden schnell schlimmer. Nur die Kräftigen sollten zur Fron gezwungen werden, die anderen würden gleich getötet, denn sie brauchte man nicht mehr, hieß eine davon. Man redete auch darüber, aus welchen fernen Ländern der Christenheit die Ritter stammten. Und je fremder und phantastischer die Namen klangen, desto mehr wurde allen klar, dass wir ihnen nicht gewachsen waren und untergehen würden. Aus England und Schottland sollten die Ritter kommen, aus Dänemark und Norwegen, aus deutschen Landen natürlich, aber auch aus Ländern, deren Namen ich noch nie gehört hatte, wie Aragon, Kastilien oder dem Königreich Leon.

Nur ein einziges Mal flammte Hoffnung auf. Ein Gerücht – dessen Ursprung ich nicht kannte – besagte, dass kein Ritter, sondern ein päpstlicher Legat den Kreuzzug befehligte. Ein Zivilist, ein Mann Gottes – also würden die Christen, glaubten viele von uns, nicht kämpfen wollen, sondern verhandeln.

Eine Möglichkeit, wenigstens mit dem Leben davonzukommen. Dann würden wir eben unseren Göttern abschwören und ihren Glauben annehmen, die Holzkirche neu aufbauen und sonntags eine Predigt über uns ergehen lassen. Und zu wem wir heimlich beteten, bekamen die Besatzer gar nicht mit. Solange sie uns nur am Leben ließen.

»Nein«, sagte Herkus nach ein paar Tagen, als das Gerücht zu ihm vorgedrungen war, »sie kommen nicht mit so vielen Bewaffneten, um zu verhandeln. Wer glaubt das denn? Die wollen keinen Frieden, die wollen uns besiegen. Und zwar ein für allemal.« Wer ihm zugehört hatte, verstand, dass er recht hatte. Die Hoffnungen zerstoben, die Angst kehrte zurück.

Wie vor Jahren warteten wir darauf, dass die Ritter uns zur Schlacht forderten.

Aber diesmal kamen sie nicht. Als das Tauwetter einsetzte, hatten wir noch mit keinem Einzigen von ihnen gesprochen. Am Ostmeer sah ich, dass sie ihren Nachschub sehr wohl bedacht hatten. Sobald das Eis geschmolzen war, kamen Segelschiffe zu ihnen. Die Ordensritter wurden aus dem Reich versorgt. Uns brauchten sie gar nicht. Und sie mussten keine Sorge haben, denn jedes Schiff wurde von einem zweiten begleitet, mit vielen Bewaffneten an Bord, mit Bögen und Armbrüsten im Anschlag.

Herkus ritt oft aus dem Dorf hinaus. Der letzte Schnee war getaut. Genauso wie wir wartete er darauf, dass die Ritter reagieren würden. Auch ihn, der Geduld besaß wie kein anderer, hatte Unruhe gepackt. Er beobachtete die Burgen aus der Ferne, wurde aber offenbar nicht schlau aus dem, was er sah.

Eines Abends kam er zu mir und erklärte: »Ich reite zu ihm.«

»Wann?«

»Sobald es morgen früh hell wird.«

»Ist gut«, sagte ich.

»Du musst nicht mitkommen.«

»Mag sein. Aber ich kann dich nicht allein reiten lassen. Wollten wir nicht immer einer auf den anderen aufpassen?«

Mit beiden Händen drückte er mir die Unterarme. Zusammen gingen wir zu Dargus. Herkus berichtete ihm von unserem Vorhaben und besprach mit ihm, wie er reagieren sollte, falls die Ritter uns inzwischen forderten. Dargus müsse Aufschub verlangen.

»Und warum sollten sie den gewähren?«, fragte er. Man spürte seine Angst vor der Verantwortung.

»Weil Überfälle auf wehrlose Dörfer ohne Ehre sind. Sag ihnen das. Und dass wir uns in einem solchen Fall in die Wälder zurückziehen und ihnen keine ruhige Stunde lassen würden. Sie müssten zu jeder Zeit damit rechnen, überfallen zu werden.«

»Ich soll ihnen drohen?«

»Sei so lange freundlich wie möglich«, schlug ich vor. »Drohe ihnen erst, wenn es nicht mehr anders geht.«

Dargus nickte langsam und fragte dann: »Wie willst du Skomand davon überzeugen, mit uns zu kämpfen?«

Herkus schüttelte den Kopf. »Ich kann ihn nicht überzeugen und werde auch nicht lange mit ihm reden. Ich teile ihm nur mit, dass die Ritter zurückgekehrt sind, ein Heer, größer, als es unser Land je gesehen hat. Entweder erkennt er dann, was die Stunde geschlagen hat, oder wir müssen ohne die Jadwinger in die Schlacht ziehen.«

»Er wird einen Preis verlangen«, erwiderte Dargus. »Skomand hat noch nie etwas umsonst getan.«

»Meine Ehre, meinst du?«

Der alte Mann nickte.

»Die schenke ich ihm. Und wenn wir gesiegt haben, kann er sich einen Schrein darumbauen und all seinen Anhängern zeigen, dass Herkus Monte vor ihm auf die Knie gegangen ist.« Er schüttelte den Kopf, dann ging er hinaus.

Für einen Augenblick stellte ich mir einen solchen Schrein bildhaft vor und dachte an Zanna. Dann konnte sie die letzte Hoffnung fahren lassen, falls sie noch welche besaß.

Ich wollte schon Herkus folgen, aber Dargus hielt mich zurück. »So wird das nichts. Du musst …«

»Was denn? Skomand kennt noch nicht einmal meinen Namen. Für ihn bin ich der hinkende Schäfer.«

»Norelis«, bat er.

»Ja, ich weiß es doch. Zwei Stiere, die Köpfe gesenkt. Und auch wenn es der Jadwinger ist, der unseren Fürsten nicht in Ruhe lässt, reagiert Herkus doch auf die gleiche Weise. Er zeigt auch seine Hörner. Was mir möglich ist, will ich tun, Dargus, das verspreche ich dir. Und wenn es mich meine eigene Ehre kostet. Ich verabscheue Skomand genauso, wie Herkus es tut, aber er wird es nicht merken. Ich bin bereit, ihn zu bitten.«

In der Morgendämmerung brachen wir auf. Obwohl ich den Weg nach Romowe zweimal geritten und bei den Jadwingern gewesen war, übernahm Herkus die Führung. Er jagte, sein zweites Pferd an einer Leine hinter sich, los. In seinem Kopf lebte immer noch der Zugvogel, der ihm die Richtung wies, so wie er uns damals aus Magdeburg nach Hause geführt hatte. Selbst wenn wir anhielten – was selten vorkam –, dachte er nicht darüber nach, wie es weiterging. Er wusste es einfach.

Für die Landschaft hatten wir keinen Blick, der schnelle Ritt erforderte, auf den Weg zu achten. Wir nahmen den Pfad, wo er sichtbar war, jagten über die Heide, trieben die Pferde sogar im Wald an. Die einzigen Pausen, die Herkus gestattete, waren gerade lang genug, um den Sattel auf das zweite Pferd zu legen und Wasser zu trinken. Mir kamen kurze Erinnerungen, wie wir diesen Weg einmal schwimmend und jagend zurückgelegt hatten. Am Abend, wenn unsere Pferde übers Unterholz zu stolpern drohten, machten wir ein kleines Feuer und aßen, bevor wir uns auf unseren Fellen ausstreckten. Noch in der Nacht standen wir wieder auf, schürten das Feuer und tranken und aßen erneut. Sobald der Morgen graute, ritten wir weiter.

Ich dachte an unser Dorf. War Dargus stark genug, von den Rittern Aufschub zu verlangen? Ließen sie sich darauf ein? Oder würden wir erst zurückkehren, wenn schon alles zu spät war? Herkus mochte ich nicht mit diesen Gedanken belasten. Vielleicht hatte er sie selbst. Um ihn war seine Düsternis. Ich wusste aber, dass er in dieser Stimmung am liebsten in Ruhe gelassen wurde, und mir ging es nicht anders. Was sollten wir spekulieren? Wie es dem Stamm in unserer Abwesenheit erging, würden wir erst bei unserer Rückkehr erfahren.

Schnell näherten wir uns Romowe. Im Gebiet der Vorwache verlangsamten wir unser Tempo. Als wir aus dem Verborgenen aufgefordert wurden, die Waffen fallen zu lassen, rief Herkus zurück: »Ich bin Herkus Monte, Fürst der Natanger. Ich muss eilig zum Stamm der Jadwinger und werde meine Waffen behalten. Für meinen Begleiter gilt das Gleiche.«

Er bekam keine Antwort. Wir warteten auf einer kleinen Lichtung. Dann raschelte es. Kurz darauf kamen die Wächter hervor. Sie zogen einen Kreis um uns. Hätten sie geschossen, wären wir nicht davongekommen.

Sie waren noch keine Männer. Ihre Gesichter hatten einen kriegerischen Ausdruck, der ein wenig gespielt wirkte. Wären nicht so viele Pfeile auf mich gerichtet gewesen, hätte ich anfangen können zu lachen. Ihr Wortführer war so jung, dass Wangen und der Hals noch glatt waren. Er hatte blaue Augen und war etwa einen halben Kopf größer als die anderen. In der Hand hatte er einen Bogen und einen Pfeil im Anschlag.

»Du willst zu Skomand?«, fragte er.

»Das habe ich gerade gesagt.«

Er schätzte uns ab. Genauso wenig wie die anderen ließ er seinen Pfeil sinken.

»Wir haben ihn gesehen. Vor zwei Tagen erst. Er kam aus der Richtung seines Dorfes und ist nach dort gezogen.« Der Junge zeigte in südwestliche Richtung – fast dorthin, von wo wir gekommen waren.

»Du bist sicher?«

»Zweifelst du an meinem Verstand, Natangerfürst?«

Ich hielt den Atem an. Auch wenn der Junge ein Hauptmann der Vorwache war, so durfte er nicht sprechen.

Herkus schien ihn nicht zurechtweisen zu wollen. »Weißt du, wo die Jadwinger hinwollten?«

»Wir sollen solche Fragen nicht stellen. Unsere Aufgabe ist es, Romowe zu schützen. Mehr nicht.«

Herkus musterte ihn und nickte langsam. »Ihr werdet euren Mut und eure ganze Kraft dafür brauchen. Ich danke dir für die Auskunft.«

Wir ritten in die Richtung davon, die der Hauptmann uns gewiesen hatte, dabei verlangsamten wir unser Tempo, um die Spuren der Jadwinger besser erkennen zu können. Der Junge hatte die Wahrheit gesagt, das Erdreich unter uns war frisch aufgewühlt. Skomand musste mit einer Gruppe seiner Krieger unterwegs sein. Entweder waren sie auf Beutezug oder wollten jagen.

Noch bevor es dunkel wurde, hatten wir sie eingeholt. Sie saßen rund um ein Feuer und brieten Wild. Der Met kreiste. Ihre Pferde waren zusammengebunden. Sie fühlten sich im Jadwingerland offenbar so sicher, dass sie nicht einmal Wachen aufgestellt hatten. Wer sollte sie hier auch angreifen?

Wir ritten im Schritt auf ihren Lagerplatz zu. Trotzdem sprangen einige von ihnen auf und griffen nach ihren Bögen. Herkus stieg vom Pferd, und ich tat es ihm gleich.

»Der Fürst der Natanger und sein hinkender Schatten. Seid gegrüßt«, rief Skomand. Seinen Leuten befahl er: »Setzt euch wieder hin.«

Wir näherten uns dem Feuer. Skomand hielt uns einen Krug hin. »Trinkt Met mit uns, Natanger. Ich hoffe, ihr kommt in friedlicher Absicht.«

Als wir auf ihn zugingen und seinem allzu freundlichen Willkommen lauschten, dachte ich an Celcis. Ich begriff, dass es ihm nie um sie gegangen war, sondern allein um Herkus. Sicherlich wussten alle seine Männer, dass er sie bestiegen hatte. Er hatte es erzählt – und sie hatten laut darüber gelacht. Herkus aber schien all das nicht einmal zu ahnen.

Die Jadwinger trauten dem Frieden nicht. Sie hatten zwar die Waffen nicht auf uns gerichtet, aber sie waren auf der Hut.

»Wir haben keine Zeit, Skomand, und werden nicht bleiben. Die Ordensritter sind zurückgekehrt. Um dir das zu sagen, haben wir dich aufgesucht.«

»Vielen Dank.«

Ich begriff, dass alles umsonst war. Skomand war nach seinem eigenen Verständnis Herkus überlegen und die Jadwinger den Natangern. Auf Vorschläge der Schwächeren würde er sich nicht einlassen.

»Die Stämme sind davon überzeugt, dass wir nur dann eine Chance haben, wenn wir ihnen vereint gegenübertreten«, erklärte Herkus.

»Haben wir dieses Gespräch nicht schon einmal geführt?« Skomands Tonfall ließ seine Leute lachen.

»Mag sein. Aber in vielen Jahren kann jeder seine Meinung ändern.«

»Hast du deine geändert?«

Die Jadwinger kicherten. Ich wäre am liebsten davongeritten.

Aber Herkus setzte den nächsten Schritt. »Gibt es irgendwas, das ich tun kann, um dich zu überzeugen, dass wir gemeinsam kämpfen müssen? Soll ich dir schildern, wie ungeheuer groß ihr Heer diesmal ist?«

Skomand ließ seinen Kopf auf die eine, dann auf die andere Schulter sinken – eine derart übertriebene Geste, dass ich glaubte, er habe bereits zu viel getrunken. »Lass mich überlegen … Eine neue Ratsversammlung vielleicht. Ja, das wäre eine Möglichkeit.«

»Ich fürchte, ich verstehe nicht«, erwiderte Herkus.

Wir standen, Skomand saß am Feuer. Aber in einem weiteren Sinne kniete Herkus bereits vor ihm, so wie er es angekündigt hatte.

»Was ist daran nicht zu verstehen, Natanger? Du rufst eine Versammlung ein, das hast du doch schon mal so ordentlich gemacht. Dann sagst du allen Fürsten, du würdest das Kommando mir übertragen. Und dann kämpfen wir, wie die Jadwinger es für richtig halten. Wir überfallen sie, wann immer es uns passt. Lassen ihnen keine Sicherheit in unserem Land.«

»Das ist deine Bedingung?«

Skomand wartete wieder, und als er dann antwortete, klang seine Stimme wieder spöttisch: »Eine von zweien.« Er machte eine Pause und schien es zu genießen, alle Zuhörer warten zu lassen. »Die andere ist, dass du einen Krug Met mit uns leerst. Und dein Freund auch. Der Schäfer da.«

Er hielt Herkus seinen Krug hin. Natürlich wusste er, dass Herkus niemals Met trank. Er hatte es oft genug sehen können. Herkus zögerte, während Skomand den Krug in der ausgestreckten Hand hielt. Auf einmal war er im Vorteil, er konnte nicht nur warten, bis der Arm des Jadwingers erlahmte, er gab Skomand auch preis, denn wie lange durfte er dem Natangerfürsten etwas anbieten, ohne sich lächerlich zu machen.

Ich dachte an die Ermahnung von Dargus. Wäre er hier gewesen, hätte er gesehen, dass ich nichts tun konnte. Es war einfach unmöglich, mich einzumischen.

»Ich denke darüber nach«, sagte Herkus, wandte sich um und stapfte davon.

Ich war heilfroh, nicht über Nacht im Jadwingerlager bleiben zu müssen. Auch wenn sie Prusai waren, fühlte ich mich bei ihnen in keiner Weise sicher. Die Wahrheit war aber auch, dass wir gescheitert waren. Wir stiegen auf unsere Pferde.

Nachdem wir eine Weile still geritten waren und wegen der Dunkelheit nicht weiterkonnten, erklärte Herkus: »Ich musste es versuchen.«

Dargus strahlte, als wir zurückkehrten. Kein Ritter hatte sich sehen lassen, es hatte keinen Kampf gegeben und keine Aufforderung zur Schlacht. Allein ein paar Stimmen hatten sich im Dorf breitgemacht, die behaupteten, Herkus sei vor der Gefahr davongelaufen.

Doch nun war er zurück. Was die Ordensritter vorhatten, begriff er so wenig wie alle anderen. Bei unseren Leuten kam vereinzelt die Hoffnung auf, die Ritter würden sich damit begnügen, ihre Burgen wieder zu besetzen. Es sei eben doch ein Unterschied, dass ein Kirchenmann den Zug anführe. Ob sie das selber glaubten, schien mir zweifelhaft, vielleicht wollten sie nur ihre Angst loswerden. Herkus ging nicht darauf ein.

Er schickte erneut Boten zu den Warmiern im Westen und den Samländern im Nordosten. Eine sinnvolle Antwort kam nur von den Warmiern, den Barten und den Galindern, die versicherten bereitzustehen. Auch bei ihnen hätten sich noch keine Christen gezeigt. Die Nachricht von der Ostseite war unverständlich. Herkus fuhr den Boten, der kaum vom Pferd gestiegen war, an, ob er sich denn ein paar einfache Sätze nicht merken könnte, doch der Mann beteuerte, etwas anderes habe man ihm nicht gesagt – es sei alles ruhig, wir sollten uns keine Sorgen machen. So habe der Fürst der Samländer gesprochen. Ob sie denn gerüstet seien, hakte Herkus nach. Er wisse es nicht, man habe ihm das nicht mitgeteilt, sagte der Bote.

Ich hielt den Freund zurück. Es war offensichtlich, dass der Bote nicht mehr in Erfahrung gebracht hatte. Selbst wenn Herkus ihn weiter bedrängte, würde er nicht mehr aus ihm herausbekommen.

Von den Nadrauen und Schalauen habe er keine Nachricht, antwortete er mit gesenktem Kopf.

Herkus schüttelte den Kopf und ging weiter. Ich legte dem Reiter die Hand auf die Schulter und erklärte ihm, er könne nichts dafür. Es sei eine alte Erfahrung, dass die Boten für die Nachrichten verantwortlich gemacht würden, doch was man ihnen nicht sage, könnten sie auch nicht weitergeben. Er sah mich an und nickte.

Ein paar Tage später begannen wir zu begreifen, da sahen wir auf der Ostsee – in einer Ferne, die täuschen konnte – Segel. Kleine graue Tücher, die mit den Wellen auf und nieder hüpften. Sie bewegten sich in die falsche Richtung, um für christliche Versorgungsschiffe gehalten zu werden. Ich wollte weiterreiten und die Sache auf sich beruhen lassen. Aber Herkus blieb stehen. Er legte eine Hand über die Augen und starrte aufs Meer hinaus. Sein ganzer Körper war starr, als habe er sogar das Atmen eingestellt. Auch sein Pferd bewegte sich nicht. Immer weiter schaute er nach vorne.

»Samländische Schiffe«, sagte er schließlich. »Fischer.«

»Das kann nicht sein.« Warum sollten die Samländer die Ritter provozieren oder ein solches Risiko eingehen?

»Ist aber so. Sieh doch hin.«

Für mich blieben es Segel in weiter Ferne, ich konnte nicht erkennen, wer auf den Booten war. Allerdings sprach die Gegend, in der sie sich befanden, für Herkus' Einschätzung.

»Wir werden ihn fragen müssen.«

»Du willst zu Albat?«

Er nickte.

Der Samländer trat aus seinem Haus und breitete zur Begrüßung die Arme aus. Offenbar hatte ihm jemand unsere Ankunft gemeldet. Es schien ihm gutzugehen, er war dicker geworden, vor allem im Gesicht. Er fasste Herkus an den Armen und hieß ihn willkommen. Als er auf mich, der ich ihn seit der großen Schlacht gegen den Ritterorden nicht mehr gesehen hatte, zuging, zögerte er einen Augenblick. Dann setzte er ein Strahlen auf, schüttelte mir die Hand und sagte, er freue sich über unseren Besuch.

Durch die offene Tür rief er seiner Frau zu, es seien Gäste zum Essen da. Sie reichte uns die Hand. Zu ihrem Mann sagte sie, das Essen sei in einer Stunde fertig.

Albat führte uns durch sein Dorf, das mir wie bei meinem ersten Besuch fremd vorkam, vor allem wegen der Steinfundamente, auf die die Häuser gebaut waren. Aus Holz waren nur die Wände. Sie standen links und rechts eines breiten Weges, der zum Strand führte. Manchmal gab es hinter einem Haus ein zweites. Albat winkte dem einen oder anderen Mann zu, er redete hier und da ein paar Worte, und mancher seiner Leute sprach uns an. Die Stimmung bei den Samländern war eine andere als bei uns. Hier herrschte Freundlichkeit, keine Angst. Und die Männer schienen ihren Fürsten zu respektieren.

Als wir auf den Erdwall stiegen, der das Dorf vor der See schützte, sog ich die Meeresluft ein. Ich hörte die Möwen und die Brandung, und dann lag die Ostsee vor uns, grau, mit weißen Schaumkronen, und sie ließ ihre Wellen gegen den Strand laufen, eine nach der anderen, als führe sie einen ewigen Kampf.

Mir lief ein Schauer über den Rücken. Auch Herkus war mit seiner Aufmerksamkeit nicht bei dem Samländer, der immerzu redete. Sein Blick ging in die Ferne, wo das Meer und der Himmel von einer scharfen Linie getrennt wurden.

Im Schutz einer Bucht hatten die Samländer Holzstege errichtet, an denen ihre Fischerboote festmachten. Ein Hafen, wie Albat erklärte. Von den Liegeplätzen waren einige besetzt, aber andere frei, und auch wenn man kein Segel auf der See ausmachen konnte, wussten wir, dass samländische Fischer unterwegs waren.

»Fahrt ihr mit oder ohne Genehmigung der Ritter hinaus?«, fragte Herkus.

»Mit.«

Albat wich Herkus' Blick aus und machte ein paar Schritte auf den vor ihm liegenden Holzsteg. »Wir haben im Dorf überlegt, sie zu fragen, aber dann kamen sie von sich aus, eine kleine Delegation, fast ohne Waffen. Sie waren ungewöhnlich freundlich.«

Als er nicht weitersprach, fragte Herkus: »Was haben sie gesagt?«

»Dass die Fischrechte in der Ostsee laut Friedensvertrag bei ihnen lägen, aber sie hätten nun mal keine Boote und seien auch keine Fischer. Deshalb dürften wir hinausfahren, wenn wir es nicht sowieso schon täten. Schließlich wüssten sie, dass die Samländer ein Seefahrervolk seien.«

Er drehte sich zu uns und nickte, und sein Gesicht bekam eine Ernsthaftigkeit, die mir gespielt vorkam.

»Keine Bedingungen?«, fragte Herkus.

»Sie wollen Fisch. Aber gegen Bezahlung.«

»Und das habt ihr zugesagt?«

Albat breitete in einer dramatischen Geste die Arme aus. »Herkus Monte, wir sind nicht nur Seefahrer, sondern auch Händler. Wer immer rund um die Ostsee ein Geschäft machen will, macht es mit uns. Wir tauschen. Oder nehmen Gold als Währung.«

Er legte Herkus eine Hand auf die Schulter, wozu er sich – da er deutlich kleiner war – strecken musste.

»Ihr liefert ihnen viel Fisch?«, fragte Herkus nach.

»Ach, was heißt schon viel? An manchen Tagen bleiben die Netze ja fast leer, und die Männer ärgern sich, dass sie überhaupt hinausgefahren sind.« Er führte uns wieder von dem Holzsteg herunter. Auf dem Meer sah ich ein Segel, das sich näherte.

»Ja, viel«, fuhr Albat fort. »Oder sagen wir so: Sie kaufen, was immer wir ihnen bringen. Und sie bezahlen anständig.«

Schweigend gingen wir zurück, selbst Albat hielt seinen Mund. Herkus hatte den Kopf gesenkt. Auf dem Erdwall drehte ich mich noch einmal um. Die Wellen hoben das Segelboot an und ließen es wieder fallen, doch es schien unbeeindruckt vom Seegang, setzte seinen Weg fort und kam dem Hafen immer näher. Ich versuchte, mir das Bild der Ostsee ins Gedächtnis zu brennen, und ahnte gleichzeitig, dass es schon im nächsten Moment schwächer sein würde.

»Es ist nur so, dass die Samländer den Feind ernähren«, sagte Herkus schließlich.

»Ha«, machte Albat, »und ohne uns würden sie verhungern? So ein Quatsch. Hast du nicht ihre Schiffe gesehen? Was meinst du, was die transportieren? Die Ritter haben genug zu essen – mit uns oder ohne uns.«

»Es ist ein Unterschied.«

»Hättest du ihnen nein gesagt? Hättest du gesagt, wir brauchen keinen Erlös aus unserem Fischfang? Weißt du, mein Lieber, dann wäre ich ein Fürst gegen mein Volk. Wie lange würden die Samländer das wohl mitmachen?«

Herkus gab keine Antwort, und ich hatte mich bis dahin nicht eingemischt. Mein Bild von Albat war bestätigt worden: ein freundlicher Herr, aber jemand, auf den man sich nicht verlassen durfte. Ein Mann, der auf Beute aus war, auf Geld. Etwas anderes scherte ihn nicht.

Für Albat aber war das Gespräch noch nicht beendet. Mit vielen flinken Worten versicherte er Herkus, dass er ein Prusai sei wie wir, dass er wisse, auf welche Seite er gehöre. Nicht nur er, sondern alle seine Leute. Es gebe keinen Samländer, der die Ordensritter nicht verabscheue.

Herkus ließ ihn reden, aber seine Worte schienen ihn nicht mehr zu erreichen. Albat sprach ins Leere. Ich hielt, während wir zu seinem Haus zurückgingen, ein wenig Abstand. Der Fischfang und der Handel taten den Leuten gut, das war zu sehen. Ihnen ging es deutlich besser als den Natangern, ihre Häuser waren größer, ihre Kleidung aufwendiger. Und sie besaßen mehr Pferde und Schafe.

Während des Essens redete niemand mehr über die Ritter. Es gab Wein, den Albat aus der Burg erhalten haben musste. Vielleicht hatte er ihn getauscht. Herkus rührte ihn nicht an, aber ich war neugierig und probierte, denn seit meiner Jugend im Kloster hatte ich keinen Wein mehr getrunken. Er schmeckte zunächst süßlich, aber dann herb in der Kehle. Und er stieg mir schnell zu Kopf.

Wie immer redete Albat. Er sprach über die Schweden und die Finnen und ihre Länder. Davon, dass die Ostsee eigentlich dafür gemacht sei, von Schiffen befahren zu werden. Sie sei ein Handelsweg, dafür habe Deiwas sie erschaffen.

Ich fragte mich, ob er nur unseretwegen von Deiwas sprach. Hätte er, wenn zwei Christen an seinem Tisch gesessen hätten, gesagt: Gott?

Herkus aß wenig, trank kaum, hörte zu, aber beteiligte sich nicht am Gespräch. Als alle aufgegessen hatten, sagte er, wir ritten nun zurück ins Natangerland. Albat verzog sein Gesicht, als täte es ihm leid, uns nicht länger bewirten zu können. Er ging mit uns hinaus.

Bevor er aufsaß, stellte Herkus die Frage, die ihm die ganze Zeit auf der Seele gelegen haben mochte: »Wenn ihr Geschäfte mit den Christen macht und davon offensichtlich gut lebt – warum solltet ihr sie bekämpfen wollen?«

»Aber Herkus. Wir sind Prusai, das habe ich doch bereits gesagt. Prusai wie ihr und wie alle anderen.«

Herkus stieg auf sein Pferd und hielt die Zügel fest. »Du glaubst, es ginge immer so weiter, wie es jetzt ist. Aber da machst du einen Fehler. Einen Denkfehler. Heute wollen sie uns spalten, das macht den Kampf für sie leichter. Aber sobald sie sich sicher fühlen und unser Land wieder beherrschen, ist es auch mit eurer Freiheit vorbei. Dann verlangen sie, dass ihr ihnen euren Fang abliefert, oder sie versagen euch die Fischrechte.«

Albat gab keine Antwort. Er versuchte ein Lächeln und schwieg.

»Das ist alles schon einmal da gewesen«, fuhr Herkus fort, »und es ist nicht mal lange her. Das ist das Schlimme an all dem, dass ihr so schnell vergesst. Niemand darf behaupten, die Christen nicht zu kennen. Sie brauchen euch nur heute. Morgen schon nicht mehr.«

Als Albat immer noch schwieg, ließ Herkus die Zügel locker und schnalzte mit der Zunge. Sein Pferd lief los.

Als wir ins Dorf zurückkehrten, spürte ich, wie sehr die Angst bei uns wieder Teil des Alltags geworden war. Die

Männer pflügten die Felder und brachten die Saat aus. Aber sie redeten nicht miteinander. Anders als früher arbeitete jeder für sich. Selbst zum Mittag, wenn die Frauen ihnen Grütze brachten, hielten sie Abstand voneinander. Sie wussten genau, es brauchte nur wenig, um Streit zu bekommen. Das war die Angst, auch wenn sie in einer seltsamen Form auftrat.

Ich fragte mich, ob die Samländer nicht schlauer gewesen waren – zumindest dann, wenn Herkus' Vorhersage nicht eintraf und die Ritter sie in Ruhe ließen. Er allerdings hatte keinen Zweifel an ihrer Absicht. Wir hätten die Christen doch kennengelernt. Sie kämen nun mit der Idee, die Prusai zu spalten. Er blickte mir in die Augen. Ich könne doch nicht im Ernst glauben, dass sie auf Dauer mit den Samländern anders umgingen als mit uns. Herkus, der sein halbes Leben lang gezweifelt hatte. Jetzt wusste er. Er war sich ganz sicher. Ich bewunderte ihn dafür, auch für seine Einsichten, die sich so oft bewahrheitet hatten. Und trotzdem hielt ich es für möglich, dass er sich dieses Mal irrte. Mag sein, dass das nur eine Hoffnung war. Mein Versuch, die Angst klein zu halten.

Er schickte nach Legien, und als der Freund ein paar Tage später eintraf, erzählte er ihm von den Samländern. Legien hatte noch etwas anderes gehört: die Ordensritter hätten den Nadrauen und Schalauen versprochen, ihr Land und ihren Frieden nicht zu stören, wenn sie selbst sich an einem Krieg nicht beteiligten.

Wie die Antwort der beiden Stämme ausgefallen sei, wollte Herkus wissen. Doch bevor Legien einen Satz herausbrachte, hob Herkus die Hand: »Ich weiß schon. Die Boten haben von ihnen keine klaren Nachrichten bekommen … Sie schämen sich, aber gleichzeitig ist ihnen das eigene Überleben wichtiger.«

Legien nickte.

»Der gleiche Fehler wie die Samländer«, sagte Herkus. »Ich fürchte, wir sind ein dummes Volk. Zu dumm für einen Gegner, der seinen Verstand einsetzt.«

»Dann müssen wir mit ihnen sprechen!«, entgegnete Legien.

»Nadrauen und Schalauen werden uns nicht glauben. Albat hat uns auch nicht geglaubt. Sie sind der Überzeugung, selber davonzukommen, und was schert sie am Ende das Leben von ein paar Natangern und Galindern. Hast du Nachricht von den Warmiern und den Barten?«

»Nicht aus jüngster Zeit«, antwortete Legien, »aber ich habe keinen Grund, an ihrer Loyalität zu zweifeln.«

»Dann sind wir vier Stämme. Vier von acht, die in Freiheit leben. Die Hälfte kämpft nicht mit.«

Legien streckte für jeden einen Finger in die Höhe: »Nadrauen, Schalauen, Samländer, Jadwinger.«

»Mit ihnen wären wir schon in der Unterzahl gewesen«, sagte Herkus.

»Meinst du?«

»Frag Norelis. Wie haben den Zug der Ritter gesehen ...«

Ich nickte.

»Und deshalb«, sagte Herkus, »ist die Frage, was wir tun wollen: kämpfen oder aufgeben?«

»Aufgeben? Niemals.« Legien klang entsetzt.

Unsere Aufmerksamkeit wurde von einem Mann, der ins Dorf geritten kam, abgelenkt. Er hatte ein rotes Gesicht und einen Bauch wie eine Trommel. Obwohl sein erster Besuch bei uns eine Ewigkeit zurücklag, erkannte ich ihn sofort wieder. Seine Kutte war voller Staub. Er sah erschöpft aus. Es war der Pfarrer, den Dargus einst vom Hochzeitsfest weggeholt hatte. Bruder Clemens.

»Seht mal, dort«, sagte ich.

Der Fremde hatte nicht nur unsere Blicke auf sich gezogen. Die Männer hatten ihre Arbeit unterbrochen und näherten sich, genauso wie Frauen und Kinder, dem Pfarrer. Ich erwischte einen Blick von Dargus, der strahlte. Er dachte offenbar, der christliche Missionar bringe etwas Unterhaltung. Auch wir gingen zu ihm.

»Seid gegrüßt, meine Brüder und Schwestern in Christo. Hättet ihr die Güte, einem armen Pilger einen Schluck Wasser zu geben?«, fragte er mit seiner kräftigen Stimme.

Die Natanger rührten sich nicht. Sie starrten ihn an. Er lächelte, während er sich langsam um die eigene Achse drehte. Schließlich reichte ihm jemand Wasser. Er bedankte sich und trank.

»Ich bin den weiten Weg von der Marienburg in Pomesanien zu euch gekommen, um euch eine Botschaft zu bringen: Fürchtet euch nicht. Gott ist groß, und er ist gerecht. Noch nie hat er eine Seele verschmäht, die sich zu ihm bekannte.«

Niemand begriff, was der Prediger wollte. Trotzdem waren die Natanger gebannt. Ich verstand nicht recht, was sie zu diesem Mann zog.

»So wahr ich Bruder Clemens bin, ich helfe euch. Ich taufe jeden, der das möchte. Auch zum zweiten Mal, wenn ihr früher schon getauft wurdet. Brüder und Schwestern, kommt in die Arme des Herrn. Sie sind weit und stark, dort findet ihr allen Schutz, den ihr sucht.« Er hielt kurz inne, um dann fortzufahren: »Und vergesst nicht, Ritter des Kreuzes werden niemals Menschen angreifen, die sich zum christlichen Glauben bekennen. Nicht ihr seid der Feind. Das Böse ist unser Feind, aber das Böse hat überall dort keine Möglichkeit, wo Gott ist. Deshalb kommt in den Schoß von Mutter Kirche. Bekennt euch. Ich taufe jeden, der das will. Gleich heute. Oder morgen.«

Er sprach einen Mann an, der vor ihm stand. Erst dachte ich, es sei der Schmied. Doch es war dessen Nachbar. »Wie steht es mit dir?«

»Ich weiß nicht. Was kannst du versprechen?«

»Ich?«, dröhnte der Prediger. »Ich verspreche nichts. Aber der Herr verspricht alles.« Er wandte sich dem Nächsten zu. Es war Dargus. »Und du, alter Mann? Es ist nie zu spät, zu Gott zu finden.«

»Mich würde interessieren, was dein Antrieb ist.«

Der Prediger begriff nicht. »Was meinst du?«

»Nun, du sagst, du kommst aus Pomesanien. Wenn ich dein Pferd ansehe, ist es sicher nicht die pure Lust am Reiten, die dich zu uns führt.«

Die Umstehenden lachten.

»Gehet hin und machet zu Jüngern alle Völker: Taufet sie auf den Namen des Vaters und des Sohnes und des Heiligen Geistes«, rief der Prediger. »So steht es geschrieben, mein Sohn, so will ich es halten. Du kannst es genauso tun. Wenn ich dich heute noch taufe, kannst du dich morgen schon auf den Weg machen.« Er zeigte nach Osten. »Du ziehst zu den Litauern oder den Russen und lehrst sie, was du gelernt hast. Weißt du, wie der Satz von Jesus Christus weitergeht, den ich zitiert habe?«

»Nein«, antwortete Dargus.

Ich wusste es – ich hatte ihn im Kloster so oft gehört, dass ich ihn nicht vergessen hatte –, hielt mich aber zurück.

»Und siehe, ich bin bei euch alle Tage bis an der Welt Ende.«

Stille trat ein. Vielleicht war es das Wort vom Ende der Welt, das alle beeindruckte. Manche nickten. Für uns war dieses Ende gekommen. Es spielte keine Rolle, mit welchem Gott.

»Wenn wir Christen werden«, fragte eine Frau, »werden sie uns trotzdem die Ernte stehlen und unsere Kinder wegnehmen und die Männer zur Fron zwingen?«

Der Prediger senkte den Kopf, als schäme er sich. Doch als er ihn wieder hob, hatte er neue Kraft in der Stimme. »Es ist der Herrgott allein, der entscheidet. Aber verlass dich darauf, der Orden geht mit Christen anders um als mit Heiden. Auch wenn ich euch nicht vorhersagen kann, was geschehen wird.«

»Du verlangst viel«, sagte Dargus. »Wir sollen mit dem Glauben unserer Väter brechen. Aber was du anbietest, ist vage.«

Bruder Clemens glotzte den alten Mann an. »Weil ich es nicht zu entscheiden habe. Ich bin nur wie ein Arbeiter im Weinberg. Ich kann euch nur sagen: Wenn ihr euch bekennt, liegt eure Hoffnung in dem Bibelwort: So werden die Letzten die Ersten und die Ersten die Letzten sein.«

Während Herkus dem Schauspiel zuhörte und zusah, wurde Legien auf meiner anderen Seite unruhig. Wir sollten diesen Spinner unterbrechen, verlangte er. Ich hielt ihn zurück.

Dargus winkte ab. »Prediger, mich gewinnst du nicht. Ich glaube an Deiwas und Perkunas, aber nicht an deinen Gott. Er gehört nicht in unser Land.«

»Nicht so schnell«, meinte ein anderer. »Wir wollen ihn fragen, ob er für uns zur Ordensburg reitet und einen Frieden aushandelt. Einen, der …«

»Eine solche Frage ist nicht deines Amtes«, rief Herkus dazwischen.

Das war ein Befehl. Niemand widersprach. Aber die Blicke, die ihn trafen, waren alles andere als freundlich.

Der Prediger hob beide Arme. »Lernt zu vertrauen. Auch du, alter Mann. Es gibt nur einen Gott, und der schützt euch, wenn ihr euch nur zu ihm bekennt. Das ist der Weg. Alles andere ist doch …« Er verzog das Gesicht. »… heidnische Verblendung. Ein Glaube primitiver Völker. Ihr solltet euch aufmachen und einen großen Schritt tun.«

Die Menschen wurden auf einmal auseinandergedrückt. Jemand bahnte sich ziemlich rabiat seinen Weg nach vorn. Es war Celcis.

In der letzten Zeit hatte sie sich nur selten im Dorf blicken lassen, meistens in der Morgen- oder Abenddämmerung. Wenn sie ging, schien sie zu schweben, hatte die Arme ausgebreitet und trat oft nur mit den Zehenspitzen auf. Sie holte Wasser am Bach, machte aber den Eimer nicht voll. Oder sie blieb an einem Baum stehen und hörte dem Gezwitscher der Vögel zu. Ihr zerzaustes Haar verstärkte den Eindruck, dass sie verwirrt war.

Nun machte sie zwei Schritte auf den Prediger zu. Im nächsten Moment zog sie ein Messer aus dem Ärmel ihres Kleides und hielt es dem dicken Mann vor die Brust.

»Verschwinde. Sofort. Sonst steche ich dich ab«, schrie sie.

Herkus wollte eingreifen. »Celcis«, rief er. Aber sie schien ihn nicht zu hören.

Bruder Clemens hob beide Hände. »Ist gut, ist gut. Versündige dich nicht, meine Tochter.«

»Steig auf dein Pferd, und lass dich hier nie wieder blicken.«

Jemand wollte sich ihr von hinten nähern, um ihr das Messer zu entreißen. Sie hatte es schneller als alle anderen gemerkt und sich umgedreht. »Fass mich nicht an«, kreischte sie, »sonst steche ich euch alle beide nieder.«

Der Mann wich zurück.

Celcis war wieder bei dem Prediger. »Bist du immer noch hier?«

Bruder Clemens ging rückwärts, einen Arm zum Schutz

vor der Brust. Er tastete nach seinem Pferd und wedelte dabei hinter sich mit der Hand, was die Leute lachen ließ. Er bekam die Zügel zu fassen und drehte sich um. Mit Mühe hob er seinen linken Fuß in den Steigbügel. Doch aufzusitzen schaffte er nicht. Ihm fehlte die Kraft oder das Geschick, oder er war zu schwer. Er hüpfte, den linken Fuß im Steigbügel, vor dem Pferd umher. Unsere Leute lachten lauter, erst nur wenige, dann erfasste es alle, auch Herkus und Legien und mich. Nur Celcis und Bruder Clemens beteiligten sich nicht.

Am Ende hatte jemand Erbarmen mit dem schnaufenden Mann, fasste ihn am Bein und stemmte ihn hoch. Er gab dem Pferd einen Klaps, das sich in Bewegung setzte.

Nun waren alle Blicke auf Celcis gerichtet. Sie hatte immer noch das Messer in der Hand. Ihre Augen waren geweitet, der Mund stand halb offen. Scheu sah sie aus und verängstigt, nicht so, als habe sie gerade jemandem gedroht. Ob sie es überhaupt noch wusste?

Herkus fasste sie bei der Hand und zog ihr das Messer weg, was sie widerstandslos geschehen ließ. Dann führte er sie von den Umstehenden weg und bat sie, nach Hause zu gehen.

19

Wir standen genauso wie bei der ersten Schlacht, viele Jahre zuvor, mit Hauptfeld und Seitenflügeln. Und doch war alles anders. Die Galinder mussten die linke Seite allein behaupten. Rechts waren Barten und Warmier, und dazwischen gab es weite Lücken. Wir waren wie ein Zug Wanderer, bei dem sich die Schnellen von den Langsamen und die wiederum von den Lahmen entfernt hatten. Ein löchriger Haufen.

Wie anders sah das bei unserem Gegner aus. In jedem Heeresteil war er doppelt so stark besetzt wie wir. Die Ritter hatten beste Vorarbeit geleistet, indem sie uns die Samländer, Nadrauen und Schalauen abgeschwatzt hatten. Jetzt standen sie Pferd an Pferd, die Visiere hochgeklappt, die Lanzen in der Hand. Reglos. Sie waren Kämpfer und würden uns töten.

Unser Hauptfeld kommandierte ein einfacher Schäfer, ein Mann, der seit seiner Jugend hinkte und Pergament beschrieb. Mein Herz schlug laut, die Gedanken in meinem Kopf machten, was sie wollten. Schon bevor es losging, taten mir die Todesschreie im Ohr weh. Mir war mulmig.

In den letzten Tagen und Wochen hatten mich die Todesängste wieder heimgesucht. Ich träumte von Abschieden, von Menschen, die verblassten oder die fortgingen, ohne sich umzudrehen, ich sah Zugvögel, die ins Jenseits flogen. Und immer wieder kam Velnias zu mir, der Gott des Todes, der lachte, als wolle er damit nie wieder aufhören, und sich auf seine Beute freute.

Und nun sollte ich unsere Truppen auch noch in die Schlacht führen. Herkus' Idee. Hätte er nicht einen Besseren finden können? Ich war gerüstet, trug Schwert und Armbrust, aber das flaue Gefühl in meinem Körper war stärker als all das. Ich saß auf einem Pferd, und mir war schlecht. Vor allem hatte ich eine grenzenlose Sehnsucht. Ich wollte zu Suplith. Ich brauchte jemanden, der mich in seinen Armen hielt und mir Trost zusprach. Mit Gewalt kämpfte ich darum, mich innerlich in Form zu bringen. Der Tod war nichts Schlimmes, wiederholte ich mir, aber überzeugen wollte mich dieser Gedanke nicht. Die Männer neben und hinter mir rissen Witze. Vielleicht ging es ihnen nicht anders als mir. Nur hatten sie ihre Angst in Met ertränkt, in viel Met, das konnte ich riechen.

Ich hob mein Schwert – als Zeichen für die anderen, sich bereitzuhalten. In der Schlacht, hoffte ich, würden alles Denken und alle Angst aufhören.

Bei unseren Feinden presste ein Ritter sein Horn an die Lippen und blies. Ihr Angriffssignal. Doch noch bevor sie sich in Bewegung gesetzt hatten, brachen Herkus und Legien und zehn weitere Kämpfer aus dem Wald hervor. Sie attackierten das Hauptfeld der Ritter von hinten. Mit ungeheurer Gewalt schlugen sie auf die Gegner ein, für die es nun ein Nachteil war, so dicht aneinanderzustehen. Sie konnten die Pferde nicht wenden und sich selbst in ihren schweren Rüstungen kaum bewegen.

Ich ließ mein Schwert sinken und trat meinem Pferd in die Flanken. Ob es meine eigene Kehle war, aus der der Schrei gekommen war, wusste ich nicht. Aber ich hatte ihn gehört. Die Natanger und beide Flügel folgten mir. Im Galopp jagten wir über das Feld. Auch die Ritter stürmten vor, die kleine prussische Truppe im Rücken.

In der Mitte des Feldes trafen wir aufeinander. Unsere Leute brüllten. Mein Gegner holte aus, ich riss meinen Schild in die Höhe, fing den Schlag ab, aber der Aufprall stauchte mir den Arm bis hinauf in die Schulter. Ich selbst schlug als Zweiter zu und traf auch nur den Schild. Herkus, Legien und die anderen setzten den Rittern immer noch nach. Wir wendeten auf der Stelle, um unsere Leute zu unterstützen. An unseren Flügeln waren die Lücken schon nach dem ersten Schlag größer geworden. Dort hatte keine Überfalltruppe geholfen, die Ritter zu dezimieren. Zu zweit oder zu dritt hieben sie auf unsere Leute ein.

Legien sah, was ich gesehen hatte. Er gab Herkus ein Zeichen und sprengte hinüber zu seinen Galindern – ein Einzelner, der eine Übermacht von Feinden aufhalten wollte.

Wir fochten im Nahkampf, um wenigstens ihren Schlachtrossen keinen Platz zu lassen. Ich hatte meinen Schild an den Sattel gehängt, hielt die Armbrust in der Hand und schoss, wann immer es ging. Wenn die Visiere der Ritter hochgeklappt waren, zielte ich auf Gesichter, sonst auf Hals oder Unterleib. Dabei blieb ich immer in Bewegung, um nicht selber von hinten getroffen zu werden. Ich schoss ein paarmal gut, die Ritter waren nicht tot, aber verwundet, und konnten sich nicht auf ihren Pferden halten. Doch merkte man ihr Fehlen kaum. Andere drängten nach und füllten die Lücken. Unsere Leute kämpften einen aussichtslosen Kampf.

Dabei wehrten sich die Prusai mit aller Gewalt gegen die Überlegenheit des Gegners. Der ewige Schlachtenlärm, der Aufprall von Eisen, das Kampfesgebrüll und die Schreie der Verwundeten waren überall um mich herum. Wir schlugen und schlugen, und Herkus war der Wildeste von allen. Doch besonders an den Flügeln hatten wir zu wenig Kraft.

Herkus blickte auf – und sprengte mitten aus einem Zweikampf davon. Seinen Gegner hatte er nicht verwundet, er ließ ihn einfach stehen und kämpfte sich seinen Weg frei. Er wollte auf den linken Flügel, zu den Galindern, zu Legien. Ich erkannte zunächst nur sein Pferd, das ihn nicht mehr trug, dann sah ich, was Herkus gesehen hatte. Legien lag am Boden. Ich kämpfte mir ebenfalls den Weg dorthin frei. Als ich vom Pferd sprang und mich gegenüber von Herkus hinkniete, hatte Legien ein dünnes Lächeln im Gesicht.

»Wir bringen dich fort. In Sicherheit«, rief Herkus und wollte ihn hochheben.

Legien stöhnte, so dass Herkus ihn wieder losließ. Seine Worte kamen nur noch stockend: »Ich gehe jetzt zu Tork. Mein Leben lang ... ist kaum ein Tag vergangen, an dem ich nicht an ihn gedacht habe. Ich ... ich habe ihm das Genick gebrochen. Wisst ihr noch? Jetzt gehe ich zu ihm und bitte ihn um Verzeihung. Kann ihn endlich ... sein Verständnis. Er war wirr, viel zu laut, schon auf der Mauer. Wisst ihr noch?«

Erst jetzt sah ich die Wunde an seinem Bauch. Das feindliche Schwert war tief eingedrungen. Blut quoll hervor. Legiens Gesicht wurde immer blasser. Die Lippen waren schon weiß. Er kämpfte darum, die Augen offen zu halten.

»Meine Freunde«, flüsterte er, »ich bin froh, ich war es immer, dass ich euch getroffen habe ... und ihr mich damals aus dem Schlafsaal geholt habt.«

»Legien«, flehte Herkus. Ich erkannte ihn kaum wieder. Er hatte Tränen in den Augen.

Legien schüttelte ganz langsam den Kopf, sein verzerrtes Gesicht verriet seine starken Schmerzen. Er stöhnte. »Velnias ist schon in mir ... Er wartet. Er will mich mitnehmen.«

Kraftlos streckte er beide Hände aus, und jeder von uns griff nach einer. Ich drückte zu, und er sah mich an und dann Herkus, bevor seine Augen zufielen. Das Lächeln lag immer noch auf seinen Lippen.

Herkus drückte die Brust vor, den Kopf legte er in den Nacken und schrie, wie ich ihn noch nie hatte schreien hören: »Neeeeeiiiinnnn!« Dann sprang er auf. Er schwang sein Schwert und stürmte in den Feind hinein. In allen Kämpfen war er stärker als zwei oder drei Gegner gewesen, aber was er jetzt tat, war unbeschreiblich. Er, der zu Fuß war, hieb auf die Ritter ein, die auf ihren Pferden saßen. Er traf sie an Beinen, Bauch und Rücken. Und sie fielen. Einer nach dem anderen. Er lief um ihre Pferde herum. Auch die Tiere verloren ihren Stand. Herkus riss tatsächlich eine erste Lücke in ihr Feld.

Ich war versucht, ihm zu helfen, konnte aber die Vorstellung nicht ertragen, dass der tote Legien auf dem Schlachtfeld zertrampelt würde. Deshalb packte ich ihn an den Händen und zog ihn an den Kämpfenden vorbei in den Schutz einiger Bäume. Als ich ihn ablegte, bildete ich mir ein, er hätte die Augen noch einmal geöffnet. Doch das war wohl nur eine Einbildung.

Mein Schwert in der einen Hand, die Armbrust in der anderen eilte ich zu Herkus zurück. So wild er auch kämpfte – er tat es ohne Deckung. Die Ritter hatten seine Schwachstelle erkannt. Zwei von ihnen näherten sich ihm von hinten. Den ersten traf ich mit einem Pfeil. Er war nicht tot, sackte aber zusammen. Der zweite drehte sich zu mir und hieb im nächsten Moment auf mich ein. Ich riss mein Schwert hoch und spürte, als ich zuschlug, die gleichen Kräfte wie Herkus. Die Kräfte der Verzweiflung. Der Ohnmacht. Der Trauer. Und einen Zorn auf die Besatzer, der grenzenlos war.

Auf dem Feld hatte sich alle Ordnung aufgelöst, es gab

keine Flügel mehr und kein Hauptfeld. Natanger und Galinder und Warmier und Barten waren durcheinandergemischt. Sie wurden immer weniger. Auch unter den Rittern gab es Verluste, nur änderte sich das Kräfteverhältnis nicht. Sie waren und blieben in der Überzahl.

Ich focht mit meinem Gegner. Mein Knie schmerzte, es wollte die schnellen Bewegungen verweigern, die ich brauchte, um ihm auszuweichen. Ich setzte mich darüber hinweg. Der andere war nicht besonders behände. Ich stand links von dem Ritter, dann rechts von ihm. Und schlug zu.

Hinter mir, wo Herkus kämpfte, war mit einem Mal aller Schlachtenlärm erloschen. Oder waren meine Ohren zu Schaden gekommen, und ich hörte nichts mehr? Ich blickte über die Schulter. Er stand da, hatte das Schwert sinken lassen und wirkte vollkommen abwesend. Fast sah es aus, als sei die schwarze Galle zurück und habe ihn überschwemmt. Er starrte in die Ferne. Der schlechteste aller denkbaren Momente.

»Herkus«, schrie ich und keuchte. Der Kampf mit dem Ritter war anstrengend. Wenn seine Schläge trafen, hatte ich Mühe, sie abzuwehren. Ich selbst konnte ihm nicht den Hieb zufügen, der ihn zu Boden geworfen hätte.

»Wir geben auf«, hörte ich.

Ich drehte mich erneut um. Es war Herkus – ja, es war Herkus, der das gerufen hatte. Er hatte seinen Helm abgezogen. In seinem verschwitzten Gesicht stand Entsetzen. Er kämpfte nicht mehr, sondern schüttelte den Kopf. Was auch immer ihn gepackt hatte, es hatte vollständig Besitz von ihm ergriffen. Er zog sich auf eins der vielen Pferde, die herrenlos herumstanden. Niemand schien ihn mehr angreifen zu wollen. Ich hatte den Eindruck, Deiwas persönlich halte seine Hand über ihn.

Mein eigener Gegner gab keine Ruhe. Mir wurde klar,

dass ich ihn nicht besiegen konnte, er war breit und kräftig. Ich wollte ihn zu Fall bringen, und deshalb trieb ich ihn mit einer Serie von Schlägen rückwärts. Und er stolperte über einen toten Körper.

Er versuchte noch, sich aufzufangen, aber die Rüstung hinderte ihn. Er fiel. Ich sprang vor, trat auf seinen rechten Arm, in dem er immer noch sein Schwert hielt. Meine Waffe in die Höhe gerissen, schaute ich ihm ins Gesicht. Sein letzter Augenblick auf Erden.

Ich ließ meinen Blick schweifen. Herkus auf seinem Pferd war bei dem Kommandanten des Ordensheers angekommen, der ein wenig abseits der Schlacht zusah und sie lenkte. Der Ritter glaubte, angegriffen zu werden, und legte die Armbrust an. Aber Herkus warf sein Schwert vor ihm in den Dreck. Sofort ließ der andere seine Waffe sinken. Mit dem ausgestreckten Arm gab er einen Befehl. Das Horn ertönte wieder.

Die Ritter stellten die Kampfhandlungen ein. Ich warf meinem Gegner einen Blick zu. Er hatte Angst und wollte nicht sterben. Ich nickte ihm zu und trat zur Seite.

Überall ruhten die Waffen, und die Krieger wussten nicht, wie es weiterging. Jeder hielt sein Schwert in der Hand, misstrauisch, bereit, wieder zuzuschlagen. Der Schlachtenlärm war verklungen. Nur das Stöhnen und Jammern der Verwundeten war zu hören. Mich zog es zu Legien, der unter den Bäumen lag, die Augen geschlossen, ein Lächeln auf den Lippen. Er sah so friedlich aus. Obwohl ich ihn in einem besseren Jenseits wusste, durchfuhr mich ein Schmerz, stark wie eine Ostseewelle bei Sturm. Ich musste mich zusammenreißen, um nicht die Fassung zu verlieren. Mit Legien war auch ein Teil von mir gegangen.

Ich kniete mich hin und hielt dem Freund zitternd die kalte Hand. Gegen die Tränen kam ich nicht mehr an.

Tonlos rief ich Legiens Namen und bat ihn – flehte ihn an –, mit mir zu sprechen. Ich suchte nach Zeichen in den Bäumen. Ein Zweig, der sich bog, ein Ast, der knackte. Aber es war nichts da. Ich war verzweifelt. Der Krieg, den wir führten, war auf grausame Art sinnlos. Und wir hatten verloren. Ich war voller Wut auf die Ordensritter. Was hatten sie angerichtet? Warum wollten sie ein Land besitzen, in dem andere Menschen lebten, die sich zur Wehr setzen mussten? Und die dabei ihr Leben ließen.

Ich krampfte mich an Legiens Hand fest, dabei nahm ich den toten Freund wie durch einen Schleier wahr. Alles, was ich wusste – dass es ein Leben im Jenseits gab, dass Legiens Seele in einer Eiche wohnen würde und ich mit ihr sprechen könnte –, half mir nicht. Ich sah allein den Verlust und fühlte ihn mit einer Heftigkeit, gegen die ich wehrlos war.

Wie lange ich neben dem Leichnam kniete, wusste ich nicht. Ich bekam nicht mit, was auf dem Schlachtfeld geschah. Es kümmerte mich auch nicht. Erst als zwei Ritter neben mich traten, wurde ich langsam klarer. Sie forderten mich auf, aufzustehen. Beim ersten Mal hörte ich sie kaum. Der eine von ihnen stieß mich mit der Schwertspitze an. Ich sah auf und begriff nicht, was er wollte. Seine Stimme klang barsch. Ich solle endlich hochkommen.

Langsam erhob ich mich. Als ich in sein Gesicht sah, erkannte ich den Mann, den ich hätte töten können. Vor kurzem hatte er noch vor mir auf der Erde gelegen, Todesangst im Gesicht und die Bitte um Erbarmen. Jetzt schlug er mir seinen Schwertknauf ins Kreuz.

Sie brachten mich zum Schlachtfeld zurück. Als ich nicht schnell genug ging und mich zu Legien umdrehte, bekam ich Schläge auf den Hinterkopf und den Rücken.

In der Mitte des Feldes lag ein riesiger Haufen. Unsere Leute hatten alle Waffen abgeben und ihre Rüstungen ausziehen müssen. All die Schwerter und Lanzen und Armbrüste, die wir in vielen Jahren gehortet hatten, die Brust- und Beinpanzer, die Helme. Ich schmiss dazu, was ich bei mir trug.

»Wenn nun auch der Letzte von euch seine Waffen abgegeben habt, dürft ihr nach Hause. Geht in eure Dörfer. Wir werden die Regeln wieder einführen, die in diesem Land früher gegolten haben. Der zehnte Teil der Ernte ist für uns, und ihr glaubt an Christus. Eure Pferde könnt ihr mitnehmen.«

Einige unserer Männer atmeten auf – sie würden uns nicht töten, nicht einmal gefangen nehmen. Andere blieben skeptisch, das sah man an ihren Blicken genauso wie an ihrer vorsichtigen Art, sich zu bewegen. Sie drehten sich um, als rechneten sie mit einer Falle.

Auch Herkus wollte sich aufmachen, aber er kam nicht weit.

»He, bleib stehen. Bist du Herkus Monte?«, rief der Kommandeur ihm nach.

Herkus wandte sich um, gab aber keine Antwort. Er war es gewesen, der die Waffen gestreckt und unsere Niederlage besiegelt hatte. Der Kommandant wusste natürlich, dass er ein Fürst war.

»Der bin ich.«

Der Ritter gab seinen Leuten ein Zeichen. Drei Bewaffnete umstellten Herkus. »Wir nehmen dich gefangen.«

Das war das letzte Mal, dass ich ihn aus der Nähe gesehen habe. Ich war wie gelähmt – der Schmerz um Legien, die Niederlage, und nun Herkus, den sie mit sich nehmen würden. Selbst wenn ich eine Waffe gehabt hätte, ich wäre nicht in der Lage gewesen, dem Freund zu Hilfe zu kommen. Diesmal nicht mehr.

Sogar jetzt, wo ich in meiner Hütte am Alsmaris von

diesem Abschied schreibe, kann ich die Lähmung von damals wieder spüren. Jeder weitere Kampf wäre aussichtslos gewesen. Wir hatten vor einer Übermacht kapituliert. Und ich hatte die beiden Freunde meines Lebens verloren, den einen an Velnias, den anderen an die Christen.

Ich konnte mich nicht rühren, sondern starrte ihn nur an, wie er auf das wartete, was mit ihm geschehen würde. Er stand aufrecht, seine Haltung strahlte Würde aus, etwas Ungebrochenes und Trotziges. Herkus Monte, den ich mehr liebte als mich selbst. Hätten die Ordensritter mir angeboten, an seiner Stelle in Gefangenschaft zu gehen, nicht einen Moment hätte ich gezögert. Er war mehr als mein Bruder – er war ein Teil meiner selbst. Der bessere Teil. Ich wollte zu ihm, ein paar letzte Worte mit ihm sprechen, ihn umarmen, Abschied nehmen. Doch die Lanzen seiner Wächter schirmten ihn ab und hielten mich auf Abstand.

Wir blickten uns an, und er nickte mir zu, als wollte er mich trösten. Ich winkte zurück, dabei hob ich die Hand nicht höher als zur Brust. Er verzog den Mund. Das sollte eine Aufforderung sein. Was genau er sagte, verstand ich nicht, vielleicht, dass ich nicht aufgeben sollte oder dass wir uns wiedersehen würden.

Sicher war, dass er – den sie gefangen gesetzt hatten und einsperren würden – mir, der ich nach Hause ging, Trost zusprach. So wie ich tonlos Legiens Namen gerufen hatte, rief ich jetzt den seinen. Der Schrei in meinem Inneren füllte meinen ganzen Körper aus.

Ein paar unserer Männer zogen mich fort. Über den Leichen und Tierkadavern auf dem Schlachtfeld kreisten bereits Schwärme von Fliegen. Die Toten lagen übereinander, man musste aufpassen, wo man hintrat. Ich sah grausame Wunden, aufgerissene Bäuche und Hälse, abgeschlagene Gliedmaßen, überall Blut.

Die Prusai halfen ihren Verwundeten, sie legten sie auf Pferde oder schleppten zu zweit einen, der nicht mehr gehen konnte. Mein Pferd lebte, ich führte es zu Legiens Leichnam, den ich zusammen mit einem anderen Mann vorsichtig über den Sattel legte. Ohne ein Wort gab ich die Zügel einem Galinder in die Hand und drückte sie fest. Er nickte stumm.

Mein letzter Blick galt wieder Herkus. Ich fasste kaum, welche Kraft von ihm ausging. Vielleicht war es wirklich Deiwas selbst, der ihn schützte und ihm seine unsichtbare Hand auf den Hinterkopf gelegt hatte. Herkus blickte in die Ferne und harrte der Dinge, die kommen würden. Ich versuchte, mir dieses Bild einzubrennen. So wie er es vormachte, so wollte ich mich meiner Zukunft stellen. Sollten sie mir alles nehmen – an meine Stärke würden sie nicht herankommen. Das versprach ich mir.

Unsere Leute nahmen mich mit sich.

Zu Hause in unserem Dorf erfuhr ich, dass Herkus in der Ordensburg eingesperrt worden war. Ich machte den Weg in jener Zeit zweimal, hielt mich aber, um keinen Verdacht zu erregen, in der Nähe versteckt. Herkus sehen konnte ich nicht.

Bereits in jenem Jahr verlangten sie den zehnten Teil unserer Ernte. Ein bewaffneter Trupp kam ins Dorf, die Männer führten ihren Wagen gleich mit sich. Der Gemeinschaftsspeicher war recht gut gefüllt. Sie nahmen sich, was ihnen nach ihrer Überzeugung zustand. Niemand von uns wagte zu widersprechen. Im Dorf herrschte die nackte Angst. Wie früher hatten sich Frauen und Kinder versteckt. Auch viele Männer schlichen davon, meistens in den Wald. Die Kirchenbaustelle lag danieder und konnte jederzeit fortgeführt werden. Dann würden wir unsere Fron wiederaufnehmen müssen.

Als die Ritter mit einem Teil unseres Getreides abzogen und niemanden zur Arbeit gefordert hatten, war Erleichterung spürbar. Wer sich im Wald versteckt hatte, kam zurück, und hier und da ertönte sogar ein Lachen. Aber bald setzte sich jene Stimmung wieder durch, die seit der Niederlage eingezogen war. Die Menschen waren leise geworden. Jeder ging seiner Arbeit nach und wollte nicht auffallen. So wie wir uns verhielten, hatte ich vor vielen Jahren die Prussen an der Marienburg in Pomesanien erlebt – geduckt, flüsternd, möglichst unsichtbar. Ich hatte sie dafür verachtet. Jetzt waren wir selber so weit.

Wenn Entscheidungen zu treffen waren, wandten sich die Leute an Dargus. Er besuchte mich manchmal in meinem Haus, um sich zu beraten oder zu reden. Es waren Kleinigkeiten, mit denen die anderen zu ihm kamen, Streitigkeiten um Arbeitstiere oder um den Einsatz auf den Gemeinschaftsfeldern, die wir schnell abhakten, um dann über die Zukunft unseres Dorfes und unseres Volkes zu sprechen. Viel Hoffnung hatten wir nicht, höchstens die, bis auf die Abgaben in Ruhe gelassen zu werden. Aber wir trauten der Ruhe nicht. Die Ritter konnten jeden Tag mit einer neuen Anordnung kommen.

Ohne Aufforderung der Besatzer hatten die Männer unseres Dorfes die Holzkirche wieder hergerichtet. Zwar ging niemand hinein – es gab auch keinen Gottesdienst –, aber wir wollten uns nichts nachsagen lassen und keiner Gefahr aussetzen. Niemand spottete oder schlug falsche Kreuze. Vor lauter Angst hätten wir sogar zu ihrem Gott gebetet, hätten sie uns einen Pfarrer geschickt.

Bald endete auch die Freiheit der Samländer. Das Recht zum Fischfang wurde ihnen wieder entzogen. Als ich davon hörte, musste ich an Herkus denken. Er hatte es vorausgesagt. Die Fischer durften zwar, wie es im alten Friedensvertrag stand, hinausfahren, aber nur im Dienste der Ritter. Sie hatten den Fang abzuliefern und wurden entlohnt, und die Höhe ihres Lohnes hing von der Menge der Fische ab, die sie brachten. Doch Albat erwies sich als schlauer Fürst. Er gab in der ersten Zeit Ruhe und achtete darauf, dass sich seine Leute ehrlich verhielten. Keiner der Fischer durfte die Christen betrügen. Auch wenn es ihnen weh tat, mussten sie abliefern, was sie gefangen hatten, und ohne Murren akzeptieren, was sie als Gegenwert erhielten.

Dann bot Albat den Rittern an, ihnen mit den größeren Schiffen seines Stammes bei ihrem Nachschub aus dem Reich zu helfen. Zunächst waren sie misstrauisch, dann ließen sie ihn gewähren, weil die unsteten Lieferungen aus ihrem Land für sie ein Ärgernis waren. Sie brachten bewaffnete Männer an Bord, die die Ware und das Tun der Seeleute kontrollierten. Mittlerweile haben sie auch das aufgegeben. Wie eh und je fahren die Samländer übers Ostmeer. Sie besitzen mehr Segelschiffe als früher. Genauso wie alle anderen müssen sie einen Teil der Ernte abführen, aber anders als wir leben sie nicht vom Getreide.

Ich habe mir hin und wieder ihre Dörfer angesehen. Ihnen geht es noch besser als früher. Sie besitzen Geld und verkaufen sich gegenseitig Waren.

Den Nadrauen und Schalauen haben die Ritter den Frieden bald aufgekündigt. Kurz darauf sind sie in ihr Land einmarschiert und haben begonnen, es genauso zu unterwerfen wie das westliche Prussenland. Sie bauen Burgen und Fahrwege, legen Siedlungen an und zwingen die Bevölkerung zu Abgaben und Fron. Soweit ich gehört habe, hat sich keiner der Nadrauen oder Schalauen zur Wehr gesetzt. Mag sein, dass es bei ihnen immer noch einige Räuberbanden gibt, die nun die Ritter überfallen. Aber die wird es selbst im Reich geben.

Die Grenze des Gebietes, in dem der Deutschritterorden

das Sagen hat, reicht jetzt bis an das Land der Litauer heran. Die Litauer sind, so sagt man, ein starkes Volk, unabhängig, freiheitsliebend, wehrhaft. Waren wir das nicht auch einmal? Wie wir glauben sie an Deiwas und Perkunas und die anderen Götter, die zum Land an der Ostsee gehören. Ich war noch nie in Litauen, aber ich bin davon überzeugt, dass es nicht an ihrer Stärke hängt, ob sie frei bleiben, sondern allein am Hunger der Christen. Werden die irgendwann genug haben? Oder sind sie unersättlich?

Ich habe gehört, dass die Ritter auch ins Land der Jadwinger vorrücken. Ob es stimmt, kann ich nicht sagen, aber meistens sind diese Gerüchte, die der Wind verbreitet, wahr. Nun muss sich auch Skomand zur Wehr setzen. Ich traue ihm nicht zu, mit der neuen Lage umgehen zu können. Wir lange werden die Jadwinger standhalten? Sie sind ganz allein, und die Übermacht der Christen ist groß.

Als Herkus nicht mit uns anderen zurückkehrte, zog seine Frau zu ihrer Mutter, und das Haus, an dem er jahrelang gebaut hatte, stand leer. Celcis erinnerte mich an einen Geist. Sie trug knöchellange helle Gewänder. Ihr rotes Haar schnitt sie, wie es ihr in den Sinn zu kommen schien, an manchen Stellen kurz, an anderen ließ sie es länger. Sie sang oft vor sich hin, sprach aber mit kaum jemandem. Mich schien sie nicht einmal mehr zu kennen. Von ihrem Vater hatte sie die Liebe zum Met geerbt, aber nicht dessen Sorgfalt bei der Zubereitung. Weder kümmerte sie sich um die Bienen noch um die Gärzeit, und wenn es keinen Met gab, trank sie Weizenbrand. Dass alle das sahen, schien ihr egal zu sein, auch, dass sie die einzige Frau war, die so viel und so regelmäßig trank. Der Alkohol trieb ihr Farbe ins Gesicht und ließ sie sich noch mehr in eine eigene Welt zurückziehen. Im Dorf scherte sich niemand um sie, und wenn, dann wurde sie ausgelacht. Aber die meisten zuckten mit den Schultern, wenn sie ihr begegneten.

Mertil, ihre Mutter, starb an einem Tag im Frühling. Der Himmel war grau, und es war kalt. Celcis schrie. Ihr Schrei, ein hoher, schriller Ton, der nicht enden wollte, drang aus ihrem Haus. Dargus und einige Nachbarn machten sich auf, um nachzusehen. Er klopfte an ihre Tür und bekam keine Antwort, und als wir im Haus waren, sahen wir die tote Mertil auf dem Fußboden liegen.

Celcis kniete neben ihr und schrie immer weiter, heulte und kreischte. Auf dem Tisch stand ein fast leerer Krug Weizenbrand.

Wir versuchten, sie zu beruhigen, erreichten sie aber nicht, sie klammerte sich an der Mutter fest und war in ihrer Trauer gefangen. Als sie uns schließlich wahrnahm, begann sie, um sich zu schlagen, fluchte und schimpfte und blickte uns mit wütenden Augen an. Auf Dargus' Geheiß hielten zwei Männer sie fest. Celcis strampelte immer weiter und trat um sich. Die beiden brauchten alle Kraft, um sie schließlich zu bändigen.

Später fiel Celcis in eine tiefe, dabei schlaflose Ruhe. Die Frauen hatten sich ihrer angenommen und berichteten uns, ließen aber niemanden zu ihr. Wir bauten, wie wir es immer für unsere Toten machten, ein Brettergestell und schütteten den Holzhaufen auf. Ich dachte an jenem Tag immerzu an Zanna. Es war auch ihre Mutter, die gestorben war. Sie ahnte es nicht und konnte nicht Abschied nehmen. Wie mochte es ihr gehen? Ob die Christen schon bis zu ihrem Dorf vorgerückt waren?

Viele Leute fanden sich ein, als wir das Holz anzündeten, immerhin war es die Frau unseres früheren Fürsten Willun, die gegangen war. Die Bahre war an Pfosten gehängt, die Tote lag mit gekämmtem Haar und geschlossenen Augenlidern darauf.

Wir warteten auf Celcis. Zwei Frauen gingen, um sie zu holen, und als sie kam, begann sie zu sprechen. Sie brachte die Wörter nicht klar heraus: »Mutter … wenn du gehst … bin ich die Letzte. Ganz allein. Lässt du mich … ganz allein?«

Sie wankte, und die beiden Frauen mussten sie stützen. Wir anderen standen in einem Halbkreis vor dem Feuer, das langsam höher züngelte. Bald würde es die Bahre erfassen.

Celcis hatte sich Asche auf die Wangen geschmiert. Sie weinte, und die schwarze Farbe lief ihr mit den Tränen über die Wangen und verlieh dem Gesicht etwas Dämonisches.

»Aber was, wenn ich nicht ganz allein bleiben will? Was ist dann? Hast du dir das überlegt, Mutter?«

Diese Frau, die hier wirres Zeug von sich gab, hatte so viel gewollt. Respektierte, geliebte Fürstin der Natanger hatte sie sein wollen und dafür mit Hilfe ihres Vaters einen Mann geheiratet, dessen Herz einer anderen gehörte. Ihr Ehrgeiz war zu groß gewesen, sie war daran zerbrochen. Schon als sie nach Skomands Hand gegriffen und sich auf seinen Hengst hatte ziehen lassen, war sie nicht mehr bei sich gewesen. Sie hatte recht, für sie gab es niemanden mehr. Die Eltern waren tot, genauso der Halbbruder, die Schwester lebte in der Ferne, und der Mann war in Gefangenschaft. Sie hatte keine Kinder, die sich um sie kümmern konnten. Ihr Kopf schwankte am Feuer, die Kraft wich ihr aus den Beinen, und sie musste wieder gestützt werden: »Du triffst nun Vater. Aber du weißt gar nicht, ob er dich noch will. Bei mir konntest du dir sicher sein. Ich brauche dich, Mutter. Ich will nicht allein bleiben.«

Alle, die wir zusahen, wie die Bahre nun langsam anfing zu brennen, hatten wir erlebt, wie sich Hinterbliebene unter Schmerz hatten beugen müssen. Ich selbst hatte meinen Freund verloren und geglaubt, die Zeit bleibe stehen. Ja, das war mein Gefühl gewesen, als ich bei Legien kniete: dass die Götter den Atem angehalten hätten.

Mit Celcis war es etwas anderes. Sie klagte nicht, sie forderte. Ihre Worte hörten sich an, als sei sie ihrer Mutter böse, gestorben zu sein und sie alleingelassen zu haben. Als sie sich aufrichtete, schüttelte sie mit einer heftigen Bewegung die beiden Frauen ab, die sie an den Armen hielten. Ihr Kopf war nun aufrecht, als hätte sie sich ihrer Würde besonnen. Sie redete nicht mehr, sondern ging ein paar Schritte um das Feuer herum, das laut knisterte und sich immer höher fraß, bis es schließlich die Tote erreichte.

Celcis' Gesicht war reglos, sie schien weit weg zu sein. Sie weinte nicht mehr. Die Asche auf ihren Wangen blieb verschmiert und trocknete dort. Erst im Nachhinein begriff ich, dass das ein Zeichen von Velnias war. Der Tod hatte auch sie bereits geholt.

Sie breitete die Arme aus. Wir alle starrten zu ihr hinüber. Ihr letzter Blick galt uns, es lag kein Abschied in ihm, sondern Häme. Dann stellte sie sich auf die Zehenspitzen, federte einmal auf und ab und sprang, als läge vor ihr ein unberührter See an einem Sommertag.

Sie sprang ins offene Feuer.

Die Trauergäste schrien auf. Ein paar Männer liefen um das Feuer herum, drängten trotz der Hitze näher heran und wollten sie an den Füßen wieder herausziehen. Doch es war zu spät. Celcis brannte bereits. Dargus machte den Helfern ein Zeichen. Man hätte nichts mehr für sie tun können, deshalb sollten wir jetzt ihren letzten Willen respektieren.

Außer dem ersten Aufschrei hat Celcis' freiwilliger Tod

nicht viele Reaktionen hervorgerufen. Schon am nächsten Tag sprach kaum noch einer davon. Unsere Leute waren mit sich beschäftigt, mit ihrer Hoffnungslosigkeit und der Angst vor der Zukunft. Dargus bemühte sich darum, dass die Arbeit auf den Feldern weiterging. Es war die Zeit des Pflügens. Ich selbst habe mich nur wenig um meine Schafe gekümmert. Wozu?, fragte ich mich. Für welche Zukunft? Allein dass meine Tochter Uimme ab und an kam und sich für die Tiere interessierte, machte mir Freude. Gleichzeitig wartete ich immer darauf, dass Erkil sie rief und von mir wegzog. Suplith konnte sich nur noch selten sehen lassen. Es hatte – ich weiß nicht, woher – manches Gerücht gegeben, und sie wollte nicht riskieren, dass es bis zu ihrem Mann vordrang. Nur wenn wir uns unbeobachtet glaubten, nickten wir einander zu oder schickten uns ein Lächeln.

Im ersten Jahr hatten die Christen uns weitgehend in Ruhe gelassen. Doch im nächsten Jahr verlangten sie Männer für eine neue Fron. Wie früher war es nur eine Zahl, die sie nannten – wer ging, sollten wir selbst bestimmen. Sie planten eine neue Burg – direkt am Alsmaris, am Frischen Haff, wie sie sagten. Burg Lochstädt.

Ich meldete mich als einer der Ersten. Mich drängte es hinaus aus der ewigen Trübsal unseres Dorfes und vielleicht auch aus meinem alten Leben. Zudem hoffte ich darauf, Herkus wiederzusehen. Sie würden ihn arbeiten lassen, dessen war ich mir sicher. Ich hatte Sehnsucht nach meinem Freund.

Doch ich wurde abgelehnt. Einen Hinkenden brauche man nicht bei der schweren Arbeit, wurde mir vom Schreiber mitgeteilt, ich solle im Dorf auf dem Feld helfen, schließlich wollten sie nicht verhungern und würden sich ihren zehnten Teil auch weiterhin holen. Ich versuchte, ihn von mir zu überzeugen, und sagte, ich sei durchaus in der Lage, schwere Arbeit zu tun. Auch machte ich vor ihm ein paar Schritte, bei denen ich mein Knie so weit einknickte, dass es weh tat, was ich mir aber nicht anmerken ließ. Aber er schüttelte den Kopf. Die Deutschen nahmen ihre Entscheidungen nie zurück.

So kam es, dass ich in jener Zeit allein zum Alsmaris ritt und mir dort die Hütte, die wir einst für unsere Wachposten gebaut hatten, wieder herrichtete. Das Dach war löchrig geworden, ich stopfte es mit frischem Gras und Lehm und sorgte auch dafür, dass die Tür wieder richtig schloss. Sogar Brennholz war noch da. Im Raum gab es Stroh und einen Tisch.

Von allen Stämmen wurden Arbeiter zur Fronbaustelle gezwungen. In der Nähe meiner Hütte auf einer Düne stehend, beobachtete ich, wie immerzu Männer einzogen, von Rittern bewacht, wie sie sich Unterkünfte bauten und mit der eigentlichen Arbeit begannen. Diese Baustelle war größer als alles, was wir je gesehen hatten.

Die Prusai wirkten niedergeschlagen, hoffnungslos, fast willenlos. Was immer die Ritter ihnen befahlen, führten sie aus und legten dabei eine Art dienstbarer Eile an den Tag. Ich habe oft gesehen, wie sie sich vor den Christen verbeugten. Zwar konnte ich ihre Worte aus der Ferne nicht hören, doch ich war mir sicher, dass sie sie genau so ansprachen, wie die Ritter es verlangten. Mit »Herr« und »Ihr«.

Damals habe ich endlich Herkus wiedergesehen. Wie ich vermutet hatte, ließen sie ihn arbeiten. Ich war erleichtert, weil er aus der Ferne immer noch aufrecht und stark wirkte, auch wenn er mir älter und schmaler geworden schien. Was mochte in ihm vorgehen? Ob er überhaupt noch irgendetwas dachte, irgendeine Hoffnung hatte? Sie schotteten ihn ab, er durfte nicht mit Leuten seines Volkes reden und auch sonst keinen Kontakt haben. Immer waren Wächter um ihn. In Magdeburg hatte er im Loch gesessen und plötzlich von Flucht gesprochen. Ich hatte niemanden gekannt, auch von niemandem gehört, der je aus dem Kloster entkommen war. Die steten Warnungen der Mönche und die Tatsache, unendlich weit von zu Hause fort zu sein, erstickten jeden Gedanken daran. Außer bei Herkus. Aber was mochte er jetzt denken, wo er kein junger Mann mehr war und seinen Krieg verloren hatte? Zu gern hätte ich ein paar Worte mit ihm gewechselt. Vielleicht gab es etwas, das ich für ihn tun konnte. Ich blieb einfach in der Nähe.

Ich war auch zu Besuch bei den Galindern. Legiens Witwe Narwike empfing mich. Sie erzählte, wie es ihnen und den Leuten in ihrem Dorf ging. Ich hatte den Eindruck, sie wollte jede Klage vermeiden. Dabei war sie selbst, kaum über dreißig, eine alte Frau geworden, das Haar grau, der Körper formlos, die Hände voller brauner Flecken und in den Augen kein Leuchten mehr.

Arnike sagte fast nichts. Es war allein ihr Blick, der zu mir sprach. Mag sein, dass ich etwas Falsches hörte, ich glaubte es aber nicht. Sie bat mich, sie mitzunehmen. Und versprach gleichzeitig, für mich all das zu tun, was eine Frau tun konnte. Ich konnte nicht und wandte mich ab.

Von den Kindern war nur die Tochter im Haus. Narwike verfiel ins Flüstern, als sie von Rickais erzählte. Er sei groß wie ein Mann, sehe aus wie Legien und lebe oft wochenlang im Wald, um den Rittern und der Fron zu entkommen. Vor allem dank seiner Hilfe überlebten sie. Er arbeite auf den Feldern und gehe zur Jagd und bringe ihnen Wild.

Narwike kämpfte mit den Tränen, als sie von ihrem Sohn sprach. Sie klang stolz und gleichzeitig verzweifelt.

Ihre Worte und Arnikes Blicke waren fast zu viel für mich, und ich ertappte mich dabei, mir einen Vorwand auszudenken, um fortreiten zu können. Aber ich ermahnte mich. Dies war Legiens Familie, ich konnte nicht gleich wieder verschwinden. So blieb ich über Nacht. Als ich auf dem Stroh lag, hörte ich so lange angespannt auf alle Geräusche im Haus, bis mich der Schlaf endlich übermannte. Arnike kam nicht zu mir. Ich träumte in jener Nacht von Suplith.

Die Wachhütte am Meer bezog ich nur langsam. Damals dachte ich noch nicht daran, unsere Geschichte aufzuschreiben. Meine Arbeitskraft wurde im Dorf gebraucht, wo viele Männer fehlten. Den Ausschlag, mich in die Hütte zurückzuziehen, gab am Ende der neue Vogt, von dem es hieß, er sei gleichermaßen hässlich wie ehrgeizig. Der Mann ordnete an, die Natanger hätten jeden Sonntag in die Kirche zu gehen. Ich habe es getan, dreimal. Es war unerträglich. Der Priester, der mich an Bruder Simon erinnerte. Der lateinische Singsang. Die monotonen Gebete, die kein Mensch verstand. Das ganze kalte Ritual. Ich bemühte mich in der Kirche, meine Ohren zu verschließen, ohne die Finger daraufzupressen. Es ging nicht, die Wort fanden ihren Weg und setzten sich in meinem Kopf fest. Ich könnte die Verse jederzeit aus dem Gedächtnis aufschreiben, wenn das irgendetwas zur Sache täte.

Deshalb also die Hütte.

Ein weiterer Grund war die Tatsache, dass Erkil auf der Baustelle der Burg Frondienste zu leisten hatte. Ich begriff nicht, warum er, der zitterte, wenn er keinen Met bekam, ausgewählt worden war und ich nicht, doch das war die Entscheidung der Besatzer. In unserem Dorf begann für Suplith und mich eine schwere Zeit. Die Frauen überboten sich darin, sie zu besuchen, zu unterstützen – und dabei immerzu zu überwachen. Sie war fast nie mehr allein. Wenn ich die Schafe hinaustrieb, besuchte sie mich nicht. Dazu ließ man ihr keine Möglichkeit.

Im Haus meiner Mutter lagen meine Aufzeichnungen, Es waren Stapel ungeordneter Papiere, sie stammten aus Romowe, von einer der vielen Weiden, manche aus meinem Zimmer, wo ich schrieb, während neben mir eine Kerze brannte. Die Packen waren staubbedeckt. Ich wollte sie sortieren und las mich dabei fest. Was sollte ich mit ihnen anstellen? Ich nahm sie mit in die Hütte.

Das war im Sommer.

Jetzt ist der Herbst da. Die Sonne scheint, aber sie wärmt nicht mehr, die Blätter werden gelb und manche schon braun. Nachts muss ich mich zudecken. Die Ostsee ist friedlich, ein paar Möwen, leichter Wellengang, mehr nicht. Am Strand liegt Treibholz. Muscheln knirschen unter meinen Sohlen. Ein feiner, frischer Wind weht, und der Seegeruch steigt mir in die Nase und lässt mich sentimental werden. Dabei weiß ich: Der Frieden hier ist nichts als Einbildung. Schon in der nächsten Bucht werden Männer mit der Peitsche zur Arbeit gezwungen.

Die Fronarbeiter warten wohl auf den Winter, dann ruht die Baustelle, und sie können für einige Monate nach Hause. Aber es dauert noch, bis der Frost kommt. Herkus wird dann wieder eingesperrt werden.

Ich gehe zurück, die Düne hinauf. Der Sand gibt nach. Als Schäfer habe ich das Alleinsein gelernt, es fällt mir nicht schwer, obwohl wir von Kindheit an in Gruppen gelebt, zusammen gegessen und zu mehreren im selben Zimmer geschlafen haben. Vielleicht habe ich mich auch hierin von meinem prussischen Ursprung entfernt und nicht nur durch mein Schreiben.

Auch hier ist es keineswegs völlig einsam. Von Zeit zu

Zeit bekomme ich Besuch, manchmal lässt sich ein Samländer blicken, oder es kommt ein Natanger geritten. Fast immer bringen sie etwas zu essen mit. Was sie über mich denken, über den seltsamen Mann am Meer, ist mir egal. Sie setzen sich an meinen Tisch oder mit mir vor die Tür in die Sonne, und ich freue mich, ein bisschen Unterhaltung zu haben.

Mein Papyrusstapel hat eine beeindruckende Höhe erreicht, und ich weiß immer noch nicht, was ich mit ihm anfangen soll. Vielleicht ist das auch nicht so wichtig. Ich habe aufgeschrieben, was ich festhalten wollte, nun soll Deiwas entscheiden, ob er sich um die Geschichte seines Volkes kümmern und sie anderen zu lesen geben will oder ob sie wieder verschwinden soll. Ja, das ist jetzt seine Sache.

Ein neuer Herbstmorgen zieht auf. Über der Bucht ist die Sonne aufgegangen, ihre Strahlen glitzern auf dem Wasser. Als ich Hufgetrappel höre, trete ich aus der Tür und sehe den samländischen Fischer, einen regelmäßigen Besucher. Er hat es eilig. Erst direkt an meiner Haustür hält er sein Pferd an und fängt an zu reden, noch bevor er abgesessen hat. Warum ist er so aufgeregt?

In der Nacht, berichtet er mir, sei Aufruhr im Lager der Baustelle gewesen. Er habe es hören können, weil er mit dem Fischerboot habe hinausfahren wollen. Schreie habe es gegeben, Kommandos. Fast habe es sich angehört, als würde das Lager angegriffen und müsse sich zur Wehr setzen. Dann hätten die Ritter Feuer angezündet. Feuer – mitten in der Nacht!

Ich habe keine Vorstellung davon, worüber der Samländer redet. Er glaubt, jemand sei davongelaufen.

Ich schüttele den Kopf.

Als er weiterspricht und sagt, das sei ein sinnloses Unterfangen, sie würden doch jeden Flüchtling in den Dörfern finden oder sich einen anderen mitnehmen, begreife ich endlich.

Ich renne durch den Sand zurück an die See und weiter in Richtung Lager, bis zu dem Platz, von dem aus ich es immer beobachte. Es wird nicht gearbeitet. Die Prusai stehen in einer Reihe, sie haben die Mützen in der Hand und halten die Blicke gesenkt. Vor und hinter ihnen haben Ritter Armbrüste auf sie angelegt. Es sieht aus, als wollten sie sie alle erschießen. Unsere Leute wagen nicht, sich zu rühren.

Nur einen kann ich nicht sehen. Er ist nicht da. Ich lege die Hand über die Augen, suche systematisch das ganze Feld ab, aber finde ihn nicht. Weil ich es immer noch nicht glaube, klettere ich auf eine Birke, fast bis in die Krone hinauf. Ich suche erneut den gesamten Bauplatz ab. Sie können ihn fortgeschafft haben. In Ketten gelegt. Eingesperrt. Aber ich glaube es nicht. Nein, Herkus ist geflohen, wie er aus dem Kloster geflohen ist. Und es gibt nur ein Ziel für ihn. Er versteckt sich nicht, nicht in unserem Dorf und auch nicht anderswo. Mein Herz klopft. Ich versuche, Vernunft walten zu lassen. Soll ich mich wirklich aufgrund einer Einbildung auf den weiten Weg machen? Eine sinnlose Frage. Herkus ist weg, und ich bin innerlich schon auf seinen Spuren.

Ich packe den Papyrusstapel und bemühe mich, die Blätter in meiner Satteltasche zu verstauen. In die andere werfe ich, was ich an Verpflegung in der Hütte finde. Der samländische Fischer steht vor der Tür. Er beobachtet meinen Aufbruch, stellt aber keine Fragen. Ich schwinge mich auf mein Pferd, das viel Zeit hatte, sich auszuruhen. Jetzt muss es rennen.

Unterwegs fasse ich den Entschluss, mir in unserem Dorf ein zweites Pferd zu holen. So bin ich schon zweimal zu Skomand geritten, die Tiere brauchen weniger Rast, und man kommt schneller voran.

Ich habe Zweifel, durchaus. Einer heißt: Wie soll Herkus den weiten Weg zurücklegen? Etwa zu Fuß? Oder hat er sich ein Pferd gestohlen? Aber wo? Er ist doch nicht das Risiko eingegangen, in eins der Dörfer zu laufen. Ganz sicher sind die Ritter noch in der Nacht ausgeschwärmt, um nach ihm zu suchen. Und sie werden die Dörfer überwachen. Sie müssen fürchten, dass sich die Natanger mit ihm erneut erheben.

Ich beuge mich den Zweifeln nicht. Wenn ich mich irre, stehe ich in ein paar Tagen im Jadwingerland. Ein weiter Weg, ganz umsonst. Es gibt Schlimmeres.

Im Dorf läuft mir Suplith über den Weg. Ausgerechnet Suplith. Sie sieht mich an, als ahne sie die Veränderung. Ihr Gesicht ist eine einzige Frage, und die heißt: Was hast du vor? Und: Werden wir uns wiedersehen?

Es wäre nicht recht gewesen, ohne Abschied zu verschwinden, aber ich hätte es wohl getan. Mein Mund ist trocken, als ich vom Pferd steige. Ich kann ihr nicht erzählen, was ich tun werde. Sie würde einwenden, dass – nach allem, was man hört – die Ordensritter ins Jadwingerland vordringen. Auch ist ihr klar, dass Skomand mir nicht gerade freundlich gesinnt ist. Ich habe es zu eilig, um mich auseinanderzusetzen. Ach, Suplith, wärest du doch irgendwo mit deinem Weidenkorb unterwegs und sammeltest Kräuter.

Sie begleitet mich das letzte Stück zur Pferdekoppel. Ich brauche mich nicht umzudrehen, um zu wissen, dass viele, viele Augenpaare uns folgen. Suplith scheint das egal zu sein. Ein weiterer Hinweis, dass sie um die Bedeutung dieser Stunde weiß.

Ich will sie fragen, ob er hier gewesen ist. Aber wenn ich das Gespräch eröffne, wird sie mehr wissen wollen und versuchen, mich zurückzuhalten. Ach Suplith, du hast deinen Mann. Und meine Bestimmung ist es, meinem Freund zu helfen.

Ich bekomme meinen trockenen Mund nicht auf, und auch sie sagt kein Wort. An der Koppel werfe ich einen Blick auf die mageren Pferde. Ich entscheide mich für eine rotbraune Stute, die mir einigermaßen kräftig scheint.

Suplith steht am Zaun. Ich finde sie immer noch schön, die dunkle, schmale Frau. Wenn ich mich nicht schnell losreiße, schaffe ich es gar nicht. Sie blickt mir in die Augen, kämpft um ein Lächeln. Ich verachte mich für mein Schweigen. So gelingt es mir immerhin, es zu überwinden.

»Ist er hier gewesen?«

»Wer?«

Das ist schon die Antwort. Aber so kann ich sie nun nicht stehen lassen. »Herkus. Ich glaube, er ist geflohen. Ich muss ihn suchen, er braucht mich.«

Sie nickt. Ihr Gesicht ist ernst, als ahnte sie, dass unser Abschied ein endgültiger sein kann. Meine Gefühle für sie überfluten mich. Aber ich will nicht. Ich darf nicht. Es geht nicht.

Ich lege meine Hände in ihre, sie hebt den Kopf und sieht mich an, Tränen in den Augen. Vor vielen Jahren hat sie mich einmal nach der Bedeutung meines Namens gefragt. Sie wollte wissen, was ich mir mit Sehnsucht wünsche. Jetzt kenne ich die Antwort. Sie hat zwei Teile. Suplith ist meine Sehnsucht – und Herkus ist meine Sehnsucht. In meinem Kopf klirrt etwas, als sei dort ein Tonbecher zersprungen. Ich kann und will nicht nachdenken. Sie steht vor mir und ringt um Tapferkeit. Ich ziehe sie an mich. Mir ist es unendlich egal, wer uns zusieht, ich umarme sie und drücke sie fest an mich. Sie presst ihr Gesicht an meinen Hals, und dort spüre ich ihre Tränen.

Ein Abschiedswort bringe ich nicht heraus, keinen Trost, kein Versprechen, gar nichts. Nur langsam lasse ich sie wieder los. Sie bemüht sich um ein neues Lächeln auf ihrem verweinten Gesicht. Ich nicke ihr zu und lasse ihre Hand los. Dann schwinge ich mich aufs Pferd, greife die Leine des zweiten und jage davon. Ich drehe mich nicht mehr um.

Der Herbst ist milde und trocken, so komme ich gut voran. Anderen Menschen begegne ich nicht, erst recht keinen Rittern. Von wenigen und kurzen Pausen abgesehen, reite ich den ganzen Tag. Dass ich abends am Feuer, wenn ich meine Mahlzeit verzehre, ins Grübeln gerate, kann ich nicht immer verhindern. Seit Jahren habe ich Herkus nicht gesprochen und bilde mir trotzdem ein, zu wissen, was er vorhat. Vielleicht ist er in eine ganz andere Richtung unterwegs, mit einem Schiff zu den Schweden oder ins Land der Litauer. Dann hätte er mit allem gebrochen – auch mit der Frau, die er liebt. Ich muss einräumen, dass das möglich ist, zumal die Gefangenschaft einen anderen Menschen aus einem machen kann. Meinen Weg setze ich trotzdem fort.

Wo es Pfade durch das Land gibt, suche ich nach Fährten oder nach Zeichen von ihm. Auf Hufspuren kann ich allerdings nichts geben, zu viele Reiter kommen hier durch. Und etwas anderes finde ich nicht. Aber was heißt das schon? Soll er einen Hinweis hinterlassen – einen Gruß von Herkus Monte?

Nach ein paar Tagen nähere ich mich Romowe, und mir kommen die Erinnerungen. Wie lange ist das her – wie jung waren wir! –, dass wir im heiligen Dorf waren. Ich frage mich, ob sich unsere Götter genauso besiegt fühlen wie unser Volk. Und ob sie auf Gegenwehr sinnen? Drängender ist die Frage, welchen Weg ich nehmen soll.

Um den heiligen Ort herum, mit dem ich zwar Zeit verliere, aber im Besitz meiner Waffen bleibe? Ohne Bogen und Messer kann ich nicht weiterreiten. Dann bleibt die Möglichkeit, so aufzutreten, wie es Herkus einst vorgemacht hat. Aber ich bin kein Fürst und auch nicht auf der Suche nach Skomand. Die Wächter würden es merken.

Ein anderer Gedanke ist der, wenigstens einen Tag in Romowe zu bleiben und mit Glande zu sprechen, wenn er denn noch lebt. Er wird meine Frage beantworten können: Was denken unsere Götter? Aber ich will mir die Zeit nicht nehmen.

Wo mag Herkus sein?

Langsam nähere ich mich der Gegend, in der die Vorwache ihren Posten hat. Ich will niemanden überraschen oder provozieren, so lasse ich meine Pferde langsamer gehen und halte mich mitten auf dem Weg. Was nicht kommt, ist die Aufforderung, meine Waffen niederzulegen. Meine Pferde gehen im Schritt weiter, ich achte auf Geräusche im Wald und höre nichts. Weil es so still ist, rechne ich mit einer Falle, mit einem Hinterhalt. Ich ziehe meinen Bogen und lege einen Pfeil ein. Meine Ohren sind gespitzt, aber sie hören nichts als die Schritte meiner beiden Pferde und das ewige Vogelgezwitscher. Wo ist die Vorwache?

Ich habe ihren Bereich bereits hinter mich gebracht und werde immer unruhiger. Ein Weg führt durch den Wald. Er endet im heiligen Dorf, ich kenne ihn. Ich drehe mich auf meinem Sattel in alle Richtungen. Aber niemand ist zu sehen.

Erst in Romowe begreife ich, warum das so ist. Der heilige Ort ist menschenleer. Und er ist zerstört.

Manche Häuser sind niedergebrannt, bei anderen sind die Wände eingeschlagen. Die Bänke, auf denen die Priester zu sitzen pflegten, sind umgestürzt. Auf den Rasenflächen tritt die Erde hervor. Hier sind viele Pferde darübergetrampelt. Ein Stück weiter ist frisches Erdreich zu einem Hügel angehäuft.

Ein grenzenloses Entsetzen überfällt mich. Ich bin an einem Ort, wo Furchtbares geschehen sein muss.

Ein Geruch nach kalter Asche liegt in der Luft. Was haben sie mit den Priestern gemacht? Und was mit den Wächtern? Leichen sind keine zu sehen, es gibt keinen Verwesungsgeruch, auch keine große Feuerstelle, wo man sie verbrannt hätte. Ob sie sie alle gefangen genommen haben? Oder sind ihre Leichen dort vergraben, wo die Erde frisch angehäuft ist?

Ich sitze ab und führe meine Pferde hinter mir, als ich den Weg zur Eiche gehe. Der Baum mit dem Loch, durch das man ins Jenseits sehen konnte, ist umgestürzt. Der Steinbrocken liegt abseits. Alles zerstört.

Ich lasse meine Pferde grasen und hocke mich hin. Hier gibt es nichts mehr, was an das alte Romowe erinnert. In ein paar Jahren werden neue Bäume wachsen, ihr Laub wird die Wege zudecken, und die umgestürzte heilige Eiche wird vermodern.

Romowe ist vernichtet. Bald wird es auch Vergangenheit sein.

Sie haben unser Innerstes zerstört. Mit meinem ganzen Wesen begreife ich jetzt, wie unumkehrbar ist, was wir erlitten haben. Wie Herkus es vor vielen Jahren vorausgesagt hat, rotten sie unseren Glauben aus und zwingen uns ihren auf – die Prusai werden Christen, und wenn die Alten noch nicht an ihren Gott und seinen Sohn glaubten, die Jüngeren werden es tun. Die Ordensritter planen in langen Zeiträumen, und das passt zu den Burgen und den Steinkirchen. Was sie tun, ist für die Ewigkeit.

Dabei vernichten sie unser Volk auf eine perfide Art.

Sie töten uns nicht – sie machen uns zu ihresgleichen. Das eine hätte ihr Gott verdammt, das andere belohnt er.

Mit beiden Händen streiche ich über die heilige Eiche. Ich würde gerne Zorn empfinden, einen heiligen Zorn, groß genug, dass ich mich zur Wehr setze. Aber ich bin einfach nur niedergeschlagen. Es ist nicht einmal genug Kraft in mir, um meinen Weg fortzusetzen. Warum hatte ich es so eilig? Sicher, der Freund. Aber ist er wirklich unterwegs zu Zanna? Was nützen ihm seine Flucht und sein Leben, wenn er das hier sieht? Wir sind alle tot.

Ich strecke mich neben dem heiligen Baum aus, meine Tiere grasen in der Nähe. Ich habe sie nicht festgebunden und nicht einmal den Sattel heruntergenommen. Obwohl es helllichter Tag ist, überfällt mich Erschöpfung, die Augen fallen mir zu. Ich habe nicht einmal eine Decke, die liegt auf einem der Pferde. Ich drehe mich dem Baum zu, versinke fast ein wenig unter ihm. Dann schlafe ich ein.

Mein Traum ist voller Gewalt und Blut, ich höre Schreie, sehe angsterfüllte Priester, und Schwerter und Rüstungen blitzen auf und schlagen auf wehrlose Männer und Frauen, die gelähmt vor Schreck sind und nicht weglaufen und sich nicht zur Wehr setzen.

Als ich erwache, fühle ich mich noch elender. Es dämmert bereits. Ich schaffe es kaum, auf die Füße zu kommen, nur der Hunger treibt mich hoch. Endlich erlöse ich mein Reitpferd von seinem Sattel, mache mir sogar ein kleines Feuer, trinke und esse. Die düsteren Gedanken bleiben, und als die Nacht hereinbricht und ich mich erneut ausstrecke, beginnen sie, mich zu quälen. Ich setze mich wieder auf und bitte Deiwas darum, zu mir zu sprechen. Auch wenn ich nur ein kleiner Schäfer bin – ich brauche ihn. Es bleibt still, ich höre nichts, sooft ich auch bitte. Mich überkommt Verlangen nach gebranntem

Schnaps, den ich aber nicht habe. Schnaps, um alles zu vergessen.

Lange Zeit bleibe ich wach, manchmal sitzend, dann wieder liegend. Mein Herz schlägt laut, der Schlaf will sich nicht einstellen.

Dass ich doch eingeschlafen sein muss, merke ich, als ich im Morgengrauen hochschrecke. Unausgeruht, wie ich bin, springe ich auf die Füße. Ich will weg, nur weg. Ich kann den heiligen Ort nicht länger ertragen, bliebe ich, müsste ich sterben, und wenn ich jetzt weglaufe, laufe ich vor dem Tod davon. Ich nehme mir vor, vorsichtig zu bleiben, obwohl das nicht nötig ist. Rittern auszuweichen ist nicht schwer, sie sind nicht in der Lage, sich leise zu bewegen. Und wenn ich auf Jadwinger treffe, warum sollten sie mich angreifen? Wir haben doch gemeinsam alles verloren.

Während ich weiterreite, bleibt Romowe in meinem Kopf, ich nehme das zerstörte Dorf und den umgestürzten heiligen Baum mit mir. Eilig habe ich es nicht mehr. Es ist alles zu spät. In Wahrheit glaube ich auch nicht mehr, Herkus bei den Jadwingern zu treffen. Er kann an so viele Orte geflohen sein. Mich hält nur ein Zug meines Wesens, der Angefangenes zu Ende bringen will, davon ab, umzukehren.

Es ist ruhig im Jadwingerland. Und es gibt viele Spuren. Ich halte mich im Wald, lasse meine Tiere Schritt gehen und bemühe mich darum, in meiner Aufmerksamkeit nicht zu sehr nachzulassen. Abends mache ich nicht einmal ein Feuer, ich esse kaltes Fleisch und Getreidemus. Meinen Wasserschlauch fülle ich in den Seen auf.

Einige Tage vergehen, bis ich den Hügel erreiche, von dem aus man auf das Dorf der Jadwinger blicken kann. Ich steige ab und führe meine Pferde an den Zügeln. Manchmal erlauben die Bäume einen Blick auf die Siedlung, ich erkenne Zelte und Häuser im Sonnenschein. Die Pferde schnauben. Ich ziehe sie weiter.

Ich muss über mich lachen, als mir klar wird, mit wie wenig Überlegung ich mich auf den Weg gemacht habe. Der Wald rund um das Dorf ist dicht und weit. Selbst wenn Herkus hier irgendwo ist, wo soll ich ihn finden? Vielleicht wartet er lange auf einen günstigen Augenblick. Denn warten: das kann er wie kein Zweiter. Aber was soll ich tun, wenn ich nicht einmal weiß, ob er in der Nähe ist?

Ich binde meine Pferde im Schutz der Bäume fest, nehme meinen Bogen und ziehe allein weiter. Das Dorf ist nicht mehr weit, entsprechend vorsichtig halte ich mich im Schatten großer Eichen und Buchen, achte aufs Unterholz, trete vorsichtig auf und blicke mich immerzu um. So erreiche ich den Waldrand. Dort bietet sich mir ein gespenstisches Bild. Die Ritter sind bereits da, sie lungern auf dem Dorfplatz herum und trinken Met. Sie haben ein mannshohes Holzkreuz errichtet, um das alle Jadwinger versammelt sind. Die Schlacht ist geschlagen. Nur die Ritter tragen noch Waffen.

Was im Dorf vor sich geht, erkenne ich bald. Ein Priester steht am Bach. Die Jadwinger müssen zu ihm vortreten. Ich habe oft genug von der Taufe im Fluss Jordan gehört, im Kloster haben sie uns – den Heiden – dieses Kapitel der Bibel immer wieder vorgelesen.

Die Jadwinger wehren sich nicht mehr. Sie stehen zu zweit oder zu dritt nebeneinander und warten auf das, was passieren wird. Ich mache Skomand aus, ein wenig abseits von seinen Leuten. Und Zanna. Sie ist ganz allein und sieht der Prozedur zu. Ob sie von Herkus weiß?

Ich finde ihn nirgendwo. Sosehr ich mich auch bemühe, ein großer Teil des Waldes ist für mich nicht einsehbar.

Ich achte darauf, ob sich irgendwo Zweige bewegen. Aber nichts geschieht.

Die Zeremonie im Dorf beginnt noch nicht. Die Jadwinger werden ungeduldig, sie blicken sich um, treten von einem Bein auf das andere. Warum fängt der Priester nicht an? Ich bin zu weit weg, um etwas hören zu können. Doch aus dem, was ich sehe, begreife ich langsam. Der Priester hat die Arme ausgebreitet, und alle Leute sehen zu ihm. Er predigt. Wahrscheinlich auf Latein.

Es mögen hundert Menschen sein, zu denen er spricht, die meisten von ihnen sind Männer. Die Ritter tragen ihre Waffen, Lanzen und Armbrüste, aber sie haben sie nicht wurf- und schussbereit. Die Drohung genügt.

Im Schutz der Bäume nähere ich mich noch etwas. Vor mir liegt die Pferdekoppel. Skomands Rappe Bruteno steht wie früher abseits. Überhaupt hat sich das Dorf seit meinem letzten Besuch wenig verändert. Nur sind jetzt die Besatzer da. Insofern hat sich alles verändert. Sie verlangen von den Jadwingern nicht, gleich alles anders zu machen und sich zu kleiden wie sie. So dumm sind sie nicht und auch nicht so ungeduldig. Die Taufe ist ein erster, entscheidender Schritt. Die nächste Generation wird sich anziehen wie die Christen und die übernächste in Häusern aus Stein wohnen. Die werden schon nicht mehr wissen, dass ihre Vorfahren einem freien prussischen Stamm angehörten.

Ich suche erneut nach Herkus. Der Wald, dicht und bunt, wie er ist, verwehrt mir den Blick. Wo soll ich ihn finden?

Der Priester hat seine Predigt beendet. Die Ritter bekreuzigen sich. Nun geht es an die Taufzeremonie. Ein erster Jadwinger tritt vor. Der Priester bückt sich, taucht seine Hand in das Wasser des Baches und legt sie dem Mann auf den Hinterkopf, bevor er ihm ein Kreuz auf die

Stirn streicht. Seine Worte kann ich nicht hören, das ist nicht nötig, ich kenne sie: »Ich taufe dich im Namen des Vaters, des Sohnes und des Heiligen Geistes. Amen.«

Er entlässt den Getauften, der Nächste tritt vor. Zanna steht weiter abseits und sieht zu. Sie wird auch drankommen, aber erst nach den Männern. Mir fällt wieder ein, wie Skomand sich bei seiner Hochzeit geweigert hat, in die Kirche in unserem Dorf zu gehen. Jetzt wird auch er ein Christ werden. Ohne jeden Widerstand tritt er in die Reihe zu seinen Leuten, die ihm Platz machen. Seine Niederlage ist eine vollständige. Er hat alles verloren, und da ist es nur folgerichtig, dass er zum Glauben der Sieger übertritt. Ich verachte ihn.

Zwei Männer stehen noch vor ihm. Das Taufritual ist immer gleich, die nasse Hand auf das Haar, das Kreuz auf die Stirn. Die Christen scheinen nicht zu verlangen, dass ihre neuen Mitglieder auch etwas über ihren Gott und seinen Sohn wissen. Oder sie rechnen damit, dass ihre Kinder und Kindeskinder das eines Tages lernen und ihnen erklären. Sie werden die Gottesdienste besuchen müssen.

Skomand wartet reglos am Ufer des Baches. Wie alle anderen schaut er zu, wie der Mann vor ihm getauft wird. Er selbst, der früher unbändige Jadwingerfürst, wehrt sich nicht, seine Körperhaltung ist willenlos. Er erduldet, was mit ihm geschieht.

Sie haben ihn gebrochen.

Bevor er die letzten Schritte auf den Priester zumacht, steigt im Wald, links von mir, ein wenig Staub auf. Ich erkenne kaum etwas und weiß doch alles. Zanna hat es auch gesehen. Sie starrt in diese Richtung.

Einer gegen einen ganzen Stamm – das ist ein Unterfangen für einen Menschen, der bereit ist, in den Tod zu gehen. Auch unbewaffnete Jadwinger sind zu allem fähig. Und wie werden die Ritter sich verhalten? Sie lassen doch nicht zu, dass ein Fremder ins Dorf reitet, eine Frau raubt – noch dazu, bevor sie getauft ist – und wieder verschwindet. Mit der Lanze werden sie sein Pferd durchbohren und mit Pfeilen ihn selbst.

Noch haben nur wenige erkannt, dass da jemand auf sie zuhält. Aber das ändert sich, als sich Zanna in Bewegung setzt. Jahrelang muss sie auf diesen Moment gewartet haben. Jetzt geht sie los, mit weiten Schritten. Im Galopp kommt der Reiter näher. Er hat ein Schlachtross, das er offenbar auf der Baustelle gestohlen hat. Eins meiner Rätsel ist immerhin gelöst.

Die Ritter bringen ihre Waffen in Anschlag. Die Jadwinger blicken zu ihrem Fürsten. Was wird er befehlen?

Ich laufe los. Mitten ins Dorf hinein. Eine andere Idee habe ich nicht. Aber tue ich nichts, wird er sterben. Im Laufen spanne ich einen Pfeil auf die Sehne meines Bogens. Niemand nimmt mich wahr, alle Blicke gehen in die andere Richtung. So habe ich wenigstens die Überraschung auf meiner Seite.

»Skomand«, rufe ich aus Leibeskräften, als ich die Pferdekoppel erreicht habe, »hier spricht Norelis. Jener Natanger, dessen Namen du immer wieder vergisst.«

Nicht nur Skomand, auch alle andere wenden sich mir zu.

»Hör mich an, wenn ich dich einen Feigling nenne. Erst hast du unsere Sache verraten, jetzt lässt du dich an den Taufbach führen, willenloser als das schwächste meiner Schafe. Das nenne ich einen Feigling. Ein Mann wie du verdient kein Pferd wie Bruteno.«

Ich ziele, bitte Deiwas um Beistand und lasse die Sehne los. Der Augenblick ist so klar, und er dauert so lange, dass ich dem Flug meines Pfeiles glaube, hinterhersehen zu können. Er trifft den Rappen genau am Hals. Das Tier wiehert und bäumt sich auf, aber kommt kaum noch in die Höhe. Skomand schreit.

Der Rappe sieht mich an und scheint mich zu fragen, warum in aller Welt ich ihm einen solchen Schmerz zufüge. Ich drehe mich um und renne. Hinter mir herrscht Aufruhr. Ich höre wilde Rufe, laute Stimmen und schließlich Skomands Befehl: »Fangt ihn. Ich will ihn lebend.«

Mein Vorsprung ist nicht allzu groß, aber ich laufe so schnell, dass ich den Wind in meinem Gesicht spüre. Mein linkes Bein arbeitet so gut wie das andere. Bevor ich den Waldrand erreiche, schaue ich noch einmal zurück. Herkus hat Zanna auf sein Pferd gezogen. Sein Haar ist lang geworden. Ich freue mich, ihn zu sehen. Kaum jemand beachtet ihn. Nur flieht er nicht. Auch er scheint wissen zu wollen, ob sie mich fangen.

Hau ab, rufe ich ihm zu, verschwinde. Die Worte kommen nicht aus meinem Mund. Sie würden ihn sowieso nicht erreichen.

Meine Pferde warten dort, wo ich sie festgebunden habe. Ich steige auf die Stute, die bereits gesattelt ist, und packe das andere Tier am Zügel. Als ich sie antreibe, sehe ich die Jadwinger. Sie haben mich fast eingeholt.

Doch jetzt bin ich im Vorteil. Sie haben keine Pferde. Ich bin versucht, ihnen zum Abschied zuzuwinken, lasse es aber sein. Mit den Hacken trete ich meiner Stute in die Flanken. Sie läuft, so schnell der dichte Wald das zulässt. Ich achte auf den Boden. Sie darf jetzt nicht stolpern. Hinter mir höre ich nichts mehr. Trotzdem muss ich damit rechnen, dass die Jadwinger ihre Pferde holen und mir folgen. Es sei denn, die Ritter ließen sie nicht davon. Schließlich ist die Zeit der Taufe.

Ein naiver Wunsch. Skomand ist ein Feigling, aber dumm ist er nicht, er weiß, dass ich den weiten Weg in sein Land nicht zu Fuß gemacht habe. Seine Reiter – andere als die, die mich zunächst verfolgt haben – sind mir bereits auf den Fersen. Ich sehe sie, als ich eine weite, mit Heidekraut bewachsene Lichtung überquere. Sie sind hinter mir her.

Flach auf meinem Pferd liegend, flüstere ich ihm ins Ohr, es soll laufen, wir wollen doch beide mit dem Leben davonkommen. Und es läuft. Es jagt über Lichtungen, rennt Hügel hinauf und hinunter, galoppiert an Seeufern vorbei. Nur wenn der Wald dicht wird, lässt es nach, dann setze ich mich aufrecht, um genau auf den Weg zu achten. Mit der Hand auf seinem Hals fühle ich den Schweiß des Tieres. Es ist kräftig und bereit, alles zu geben. Ich lasse die Zügel lockerer, die Stute streckt den Kopf und versucht, noch schneller zu werden. Das zweite Tier ziehe ich hinter mir her, es hat keine Wahl, es muss mithalten.

Ich schaffe es zumindest streckenweise, den Abstand zu den Jadwingern zu vergrößern. Wenn ich zurückschaue, sind sie nur Punkte weit hinter mir. Ich habe längst gesehen, dass jeder von ihnen nur ein Pferd hat. Dort, hoffe ich, liegt mein Vorteil.

Ich halte und wechsle das Pferd, nehme mir aber nicht die Zeit, den Sattel hinüberzuziehen, ich schlage mir nur den zweiten Zügel ums Handgelenk. Sofort treibe ich beide Tiere wieder zum gestreckten Galopp. Der Boden ist sandig, ein schwieriges Geläuf, für meine Pferde genauso wie für die meiner Verfolger. Immer noch sind sie weit hinter mir. Unmittelbare Gefahr droht nicht, aber ich habe sie auch noch nicht abgeschüttelt.

Es mögen sechs Mann sein, die mir folgen. Es ist ihr Land, sie kennen es genau. Wenn ich aber immer nur nordwärts reite, können sie mir den Weg nicht abschneiden, dann nützt ihnen ihre Ortskenntnis nichts.

Meine Sorge ist eine andere. Die Sonne ist untergegangen, es beginnt zu dämmern. Ich bin bereit, so lange zu reiten, wie ich etwas erkennen kann. Aber was ist danach? Was, wenn sie in der Dunkelheit das Gelände absuchen, möglicherweise mit Fackeln? Außerdem müssen Tiere trinken. Da ich mir den Ort meiner Rast nicht aussuchen kann, werde ich kaum an einem See haltmachen können. Ich habe noch Wasser im Schlauch. Doch für uns drei ist das zu wenig. Ich verscheuche alle diese Gedanken. Das Gelände wird unwegsamer, auch wenn wir nicht im Wald sind. Der Boden ist trocken und brüchig, als hätte der Regen dieses Stück Land ausgespart. In großen Schollen liegt die Erde übereinander. Zu meiner Rechten ist eine kleine Anhöhe, ich überlege, dort hinaufzureiten, auch wenn ich nicht weiß, was mich dahinter erwartet.

Es ist nun dunkel. Die Jadwinger sind weiter hinter mir. Sie können es sich nicht leisten, aufzugeben und mit leeren Händen zu ihrem Häuptling zurückzukehren. Mein Pferd läuft zu schnell für diesen Boden und dieses Licht, ich ziehe vorsichtig am Zügel und versuche, es zu bremsen.

Dabei stolpert es. Bleibt mit einem Huf an einem Stück harter Erde hängen und knickt ein. Ich fliege herunter, immer noch die Zügel des zweiten Tieres um mein Handgelenk gebunden. Der Boden ist knochenhart, als ich lande, nicht auf dem Kopf, aber auf Schulter, Oberarm und Becken. Benommen bleibe ich liegen. Nur mein Verstand arbeitet. Er erwägt, ob die Verletzung schlimm genug ist, um aufzugeben und auf das zu warten, was passiert. Ich lasse diesen Gedanken nicht zu, sondern komme wieder auf die Füße. Die Zügel haben sich in mein Handgelenk geschnitten, es blutet. Ich wickle sie ab und humple zu dem verletzten Pferd.

Beide Vorderläufe sind umgeknickt, aber die Hinterbeine stehen noch. Das Tier atmet schwer und zittert, schüttelt sich vor Erschöpfung und Schmerz. Ich sehne die Nacht herbei. Es ist dunkel, aber noch nicht stockfinster. Wenn einer der Verfolger gute Augen hat, wird er uns sehen, zumal wir auf offenem Feld sind. Ich versuche, mein verletztes Pferd zu beruhigen, während ich mir klarmache, dass ich es zurücklassen muss.

Doch da sind sie schon. Sie haben mich gesehen und stoßen wilde Schreie aus. Ich springe hinüber zu der gesattelten Stute. Meinen linken Fuß bereits im Steigbügel, blicke ich hinter mich. Sie haben mich fast eingeholt, und das wissen sie genauso gut wie ich. Wenn ich jetzt fliehe, mache ich mich und mein Pferd zur Zielscheibe für ihre Pfeile.

Ich ziehe meinen Bogen ab und werfe mich hinter das verletzte Pferd. Mein Pfeil trifft einen von ihnen, der Reiter lässt die Zügel los und hält sich den Bauch. Aber nicht nur er, auch sein Nebenmann ist getroffen. Fast gleichzeitig fallen sie von ihren Pferden. Nur: zweimal geschossen habe ich nicht.

Es ist Herkus. Ich ahne ihn mehr, als dass ich ihn sehe. Er ist auf der Anhöhe neben mir. Und dann höre ich seinen Schrei. Er hat bereits einen weiteren Jadwinger getroffen. Die anderen drei bremsen ab. Ich schieße nicht mehr, halte aber den Pfeil eingelegt und die Sehne gespannt. Doch sie drehen ab.

Ich bleibe in meiner Deckung. Die Nacht hat sich nun über das Feld gelegt, nur der Mond scheint und erhellt den Ort. Die Jadwinger heben ihre Verletzten auf und jagen davon. Vor Erleichterung presse ich die Luft aus meinem Körper.

Als ich aufstehe, sehe ich Herkus auf mich zukommen. Ein Schauer läuft mir über den Rücken. Tatsächlich, sein Haar reicht ihm bis über die Schultern, und er ist schmal und älter geworden. Aber er sieht kräftig aus wie immer. Er bleibt vor mir stehen, ein breites Grinsen im Gesicht.

»Es hat sich nichts verändert. Immer muss einer von uns den anderen retten. Wir sind verbunden.«

»Woher wusstest du …«

»Ich habe die Jadwinger gesehen. Da sie nicht hinter mir her waren, konnten sie nur dir folgen. Mir ist klar, warum. Sein Rappe lag Skomand mehr am Herzen als seine Frau.«

»Aber da er nun beide nicht mehr hat, kann in Zukunft Jesus Christus diesen Platz einnehmen«, sage ich.

Wir lachen, länger und lauter, als es meine kleine Bosheit wert ist. Dabei umarmen wir uns und lassen uns wieder los, halten einander fest und schauen den anderen an. Dann sehe ich ein Pferd den Hügel herunterkommen. Es ist Zanna, die es führt.

Herkus wartet auf sie. Er strahlt. Während ich ihn beobachte, begreife ich, dass er all die Jahre auf sie gewartet hat.

»Norelis«, sagt sie, legt mir die Hände um den Hals und zieht mich an sich. Für einen Moment schließe ich die Augen und lasse mich in die Umarmung fallen.

»Wir können hier nicht bleiben«, erklärt Herkus, »wir brauchen einen besseren Ort für unser Lager.« Er beugt sich zu meinem verletzten Pferd herunter. Ein Zittern läuft durch seinen Körper. Herkus streicht ihm über den Hals.

»Es kann nicht mehr«, sagt er und reicht mir sein Messer. So wie ich es mit Schafen und Lämmern oft gemacht habe, trenne ich ihm mit einem schnellen, tiefen Schnitt die Schlagader durch. Warmes Blut schießt in die Höhe. Das Pferd sackt zusammen. Es ist tot.

Wir führen unsere Tiere und gehen zu Fuß, Zanna mit ihren leichten Schritten in der Mitte, Herkus und ich neben ihr. So laufen wir ein langes Stück in die Nacht hinein, vom Mondschein begleitet. Als wir uns schließlich in einem dichten Waldstück niederlassen, macht Herkus ein Feuer. Wir geben den Tieren Wasser und trinken selber und essen, was ich noch in meiner Satteltasche habe.

»Wir wollen ins Land der Litauer«, sagt Zanna zwischen zwei Bissen. »Komm mit uns, Norelis. Ja?«

»Er kann nicht«, entgegnet Herkus, und als wir beide ihn ansehen, lehnt er sich ein wenig zurück, bevor er fortfährt: »Es gibt eine Frau in unserem Dorf. Sie ist Witwe geworden, ihr Mann ist auf der Baustelle gestorben. Sie hat eine Tochter, die sieht genauso aus, wie Norelis früher ausgesehen hat. Da hieß er noch Nikolaus und war ein Klosterschüler …«

»Du weißt das?«

Herkus lacht, und ich glaube, er lacht mich aus. »Natürlich, ich wusste es immer. Du hast deine Schafe hinausgetrieben, bald darauf hat sie sich mit einem Korb in der Hand auf den Weg gemacht. Meistens in die andere Richtung übrigens. Und du hast immer Getreide vor ihr Haus gestellt.«

Ich glaube nicht, was ich höre. Ist das Herkus Monte, der immer nur mit sich selbst und mit seiner Aufgabe beschäftigt war?

»Am Tag, als wir geheiratet haben …« Er nimmt Zannas Hand. »Auch da bist du verschwunden, mein Freund.«

Unfassbar, was ich höre. Durch die Wipfel der Bäume sehe ich den Mond. Der Mann dort drüben hat genauso auf mich geachtet wie ich auf ihn. Nur habe ich das nicht einmal geahnt.

»Du musst sie holen«, sagt er, »alle beide. Und ich gehe mit dir. Wir sind zusammen gegangen, wann immer wir konnten.«

»Diesmal nicht«, entgegne ich. »Dich suchen sie, du bist der gefürchtete Natangerfürst, der ihnen entflohen ist. Sie haben Angst vor dir. Mich hingegen kennen sie nicht einmal. Für mich ist es gefahrlos.«

Zanna mischt sich nicht ein. Herkus scheint nachzudenken.

»Also gut«, sagt er schließlich. »Die Grenze zum Land der Litauer ist ein Fluss. Wir warten am anderen Ufer auf dich.«

Er reicht mir beide Hände, ich ergreife sie, und wir halten einander fest.

Zanna schläft in seinem Arm. Ich liege auf der anderen Seite des Feuers. Als der Morgen graut, satteln wir die Pferde. Dabei schnalle ich meine Satteltasche ab und reiche sie ihm. »Ich habe noch eine Bitte. Nimm diese Tasche mit ins Land der Litauer. Sie ist mir viel wert.«

Er öffnet sie, blickt hinein und fährt mit dem Finger über das Pergament. Ein paar der Blätter zieht er heraus, betrachtet sie lange und schüttelt den Kopf. Als er wieder aufsieht, grinst er. »Am Flussufer bekommst du sie zurück. Lass dir nicht zu viel Zeit, Norelis, mein Bruder. Und bring Suplith und deine Tochter Uimme mit.«

Peter Berling

Das Kreuz der Kinder

Historischer Roman

ISBN 978-3-548-26919-1
www.ullstein-buchverlage.de

Im Jahre 1212 brechen Zehntausende von Jugendlichen aus Deutschland und Frankreich zu einem Kreuzzug ins Heilige Land auf. Ihr Ziel erreichen sie nicht. Die meisten kommen auf der gefährlichen Reise um, viele enden auf dem Sklavenmarkt im Orient. Rik van de Bovenkamp verschlägt es an den Hof von Mahdia. Er soll Karim, den Sohn des Emirs, erziehen – denn er kannte dessen Mutter Melusine, die einst die große Liebe des Emirs war. Dann aber droht der Kreuzzug Kaiser Friedrichs II. und Rik gerät in einen Strudel weltlicher Machtinteressen und religiöser Verirrungen.

»Genau recherchiertes und spannendes Epos, das in Hinblick auf das Aufeinandertreffen von Christentum und Islam von größter Aktualität ist.«
ZDF aspekte